FICHES
Tout-en-un

2nde - 1re - Tle

À domicile
En structure

BAC PRO ASSP

Objectif

Marie-Pierre CERVONI
Jean-Yves GOLA
Guillaume LUCIANI
Jean-Jacques ODABACHIAN
Séverine ROURE
Stéphanie SERVAT

hachette
ÉDUCATION

I.S.B.N. 978-2-01-714720-6
www.parascolaire.hachette-education.com

Sommaire

Biologie et microbiologie appliquées

Sciences médico-sociales

Ergonomie-Soins

Animation-Éducation à la santé

Nutrition – Alimentation

Chapitre 1 Sources nutritionnelles

Chapitre 2 Alimentation rationnelle

Chapitre 3 Régimes alimentaires

Chapitre 4 Comportement et habitude alimentaire

Chapitre 5 Qualité sanitaire des aliments

Services à l'usager

Chapitre 1 Entretien de l'environnement de la personne

Présentation des épreuves d'ASSP (candidats scolarisés dans des établissements publics et privés sous contrats et en CFA)

Conduite d'un projet d'accompagnement coefficient 4

Le projet d'accompagnement évalue l'aptitude du candidat à identifier et analyser les besoins et attentes de la personne ; à présenter et justifier un projet d'accompagnement ; à décrire des actions d'accompagnement dans les actes de la vie quotidienne et/ou des activités de maintien de la vie sociale et relationnelle.

Le projet s'appuie sur des **savoirs associés de science médico-sociales, d'animation et d'éducation à la santé**.

L'épreuve en **contrôle en cours de formation** (CCF) est une **épreuve orale de 45 minutes** : 15 minutes de présentation d'un dossier (15 à 20 pages élaborées au cours d'une **période de formation en milieu professionnel** (PFMP)) et 30 minutes d'entretien avec un professionnel et un professeur de la spécialité.

Épreuve technologique : analyse de situation professionnelle coefficient 4

L'épreuve technologique s'appuie sur des **savoirs associés de sciences médico-sociales, de biologie et microbiologie, de nutrition, d'animation et d'éducation à la santé, des services aux usagers et d'ergonomie et soins.**

C'est une **épreuve ponctuelle écrite de 4 heures** s'appuyant sur des situations professionnelles et un dossier technique fourni.

Épreuve professionnelle coefficient 10

L'épreuve professionnelle est spécifique à chaque option : à domicile ou en structure. Elle comprend 5 sous-épreuves dont l'économie-gestion et la prévention-santé-environnement.

Option à domicile

Accompagnement des actes de la vie quotidienne au domicile coef. 4

Cette épreuve s'appuie sur des savoirs associés de services aux usagers et d'ergonomie et soins. En CCF, l'évaluation porte sur des activités d'aides aux soins d'hygiène et de confort auprès d'un adulte, de mobilisation et/ou d'installation de la personne ; de conception, préparation et services de repas et collations ;

de maintien de l'hygiène de l'environnement de la personne. **L'évaluation est réalisée par le tuteur lors de la PFMP** et la notation est établie avec un professeur d'enseignement professionnel.

Organisation d'interventions au domicile — coef. 2

À partir d'une situation professionnelle, le candidat doit, dans le cadre de la gestion d'une équipe, organiser l'intervention à domicile des membres d'une équipe et justifier ses choix, organiser une réunion sur un thème donné en lien avec la situation et, dans le cadre d'une intervention à domicile, gérer des documents de la vie quotidienne de cette personne.

L'épreuve s'appuie sur des savoirs associés de sciences médico-sociales, d'animation et d'éducation à la santé et de services aux usagers. Cette épreuve en CCF est une **épreuve orale d'une durée de 2 heures** dont 1 h 30 de préparation et 30 minutes d'entretien face à un professionnel et un professeur de la spécialité.

L'épreuve d'aménagement et d'équipement des espaces privés — coef. 2

L'épreuve d'aménagement et d'équipement des espaces privés évalue les aptitudes du candidat à proposer et justifier un aménagement de l'espace de vie d'une personne en vue du maintien de l'autonomie d'une personne et de la sécurisation ; à choisir et commander l'équipement nécessaire et à assurer le suivi des commandes, des contrats de locations et/ou de maintenance du matériel et/ou des équipements. Elle s'appuie sur des **savoirs associés d'ergonomie et soins et de services à l'usager.**

L'épreuve en CCF est une **épreuve orale de 30 minutes** dont 10 minutes de présentation d'un dossier de 10 à 15 pages élaboré lors d'une PFMP de 20 minutes d'entretien face à un professionnel et un professeur de la spécialité.

Option en structure

Soins d'hygiène et de confort, de services à la personne en structure — coef. 4

Cette épreuve (E31) s'appuie sur des **savoirs associés de services à l'usager, et d'ergonomie et soins.** En CCF, durant l'une des PFMP, l'évaluation porte sur des activités de soins d'hygiène et de confort auprès d'un adulte non autonome, de techniques de manutention ; de préparation et service de collations et distribution de repas ; de surveillance de l'état de santé ; de maintien de l'hygiène de l'environnement de la personne. L'évaluation est réalisée par le tuteur lors de la PFMP et la notation établie avec un professeur d'enseignement professionnel.

Le projet d'animation — coef. 2

L'épreuve (E32) s'appuie sur des **savoirs associés de sciences médico-sociales et d'animation et éducation à la santé.**

Durant l'une des PFMP, le candidat doit concevoir un projet d'animation, proposer les étapes et les modalités de mise en œuvre puis réaliser la ou les activités choisies et les évaluer.

L'évaluation en CCF est un entretien oral pour présenter la conception et la réalisation du projet, en présence du tuteur et d'un professeur d'enseignement professionnel.

La conduite d'action d'éducation à la santé — coef. 2

L'épreuve (E33) évalue l'aptitude du candidat à proposer des **techniques et outils pour analyser les besoins d'un public en matière d'éducation à la santé** ; à retenir une action en réponse aux besoins repérés ; à présenter et justifier les supports utilisés ; à développer les étapes de mise en œuvre de l'action. Elle s'appuie sur des **savoirs associés de biologie, microbiologie, nutrition, sciences médico-sociales et d'animation et d'éducation à la santé**.

L'épreuve en CCF est une **épreuve orale de 30 minutes** dont 10 minutes de présentation d'un dossier de 10 à 15 pages élaboré lors d'une PFMP et 20 minutes d'entretien face à un professionnel et un professeur de la spécialité.

L'épreuve d'économie-gestion — coefficient 1

Cette évaluation est une **épreuve ponctuelle écrite de 2 heures**. Le sujet comprend deux parties. Un dossier documentaire est fourni au candidat.

- La 1re partie est une série de questions abordant les axes du programme ;

- la 2de partie est une question d'économie et de gestion au choix parmi 3 propositions, en se référant à la spécialité du baccalauréat présenté.

L'épreuve de prévention-santé environnement — coefficient 1

C'est une **épreuve ponctuelle de 2 heures.** Le sujet se compose de 2 parties :

- **la 1re partie (10 points)** prend appui sur des situations de la vie quotidienne et porte sur l'éducation de l'individu, la santé, la consommation et le développement durable ;

- **la 2de partie (10 points)** porte sur la connaissance du milieu professionnel (situation d'entreprise, démarche d'analyse par le travail) et la prévention des risques (démarche d'approche par le risque, conduite à tenir face à une situation d'urgence).

L'évaluation s'appuie sur un dossier fourni au candidat. Ce dossier présente :

- une situation professionnelle ;
- une description des activités de l'entreprise ;
- des documents législatifs et réglementaires nécessaires.

LA CELLULE

I. ULTRASTRUCTURE DE LA CELLULE

A • Définition et niveaux de hiérarchie du corps humain

La **cellule** est l'unité de base de tous les êtres vivants. Le corps humain est constitué de 10^{13} cellules (c'est-à-dire 10 000 milliards). Les cellules se distinguent par leur taille, leur forme, leurs fonctions et leur durée de vie.

Les cellules sont constituées d'un assemblage de **diverses molécules** (eau, glucides, acides nucléiques, protéines, lipides...). Elles s'associent pour former des tissus (tissus nerveux, tissus musculaires...). Les **tissus** s'assemblent pour former des organes (pancréas, cœur, reins, foie, cerveau...). **Plusieurs organes** participent au sein des **appareils** aux diverses fonctions de nutrition, de relation, de respiration, de reproduction (appareil respiratoire, circulatoire, reproducteur...).

B • Les constituants cellulaires

Chaque cellule est délimitée par une membrane cytoplasmique contenant le noyau et le cytoplasme dans lequel se trouvent divers organites : les ribosomes, les mitochondries, l'appareil de Golgi, le réticulum endoplasmique...

Le **noyau** renferme l'informatique génétique sous forme d'ADN (Acide désoxyribonucléique) ; il contrôle les réactions qui se déroulent dans la cellule.

Les **mitochondries** produisent l'énergie cellulaire indispensable aux processus physiologiques, sous forme d'ATP (Adénosine triphosphate).

Les **ribosomes** interviennent dans la synthèse des protéines ; ils transforment le message porté par les ARN messagers (Acide ribonucléique) en un enchaînement d'acides aminés (les protéines), en utilisant un code de traduction (le code génétique).

C • La membrane cytoplasmique

Elle entoure la cellule et délimite la frontière avec le milieu extérieur. Elle est constituée de 2 feuillets phospholipidiques (bicouche lipidique) dans lesquels s'insèrent diverses molécules (cholestérol, protéines, glucides). Elle assure un rôle de protection et régule les échanges membranaires entre les milieux intra et extracellulaires (elle permet à la cellule de puiser les nutriments et de libérer dans le milieu extracellulaire les molécules synthétisées et d'éliminer les déchets). Elle intervient dans la communication et la reconnaissance cellulaire.

Parmi les divers types d'échanges membranaires, on rencontre :

– le **transport passif** (sans apport d'énergie) des ions et des molécules, de part et d'autre de la membrane. Il existe plusieurs transports passifs : la **diffusion simple** au travers de la bicouche lipidique et la **diffusion facilitée** au travers de canaux protéiques présents dans la membrane. Les mouvements d'eau s'effectuent passivement à travers la membrane par **osmose** ;

– le **transport actif** (avec apport d'énergie), grâce à des transporteurs membranaires spécifiques présents dans la membrane, permet le transfert d'ions et de molécules.

D'autres échanges membranaires nécessitant de l'énergie interviennent pour transférer des molécules de grandes dimensions, des cellules... Ce sont l'**endocytose** et l'**exocytose**.

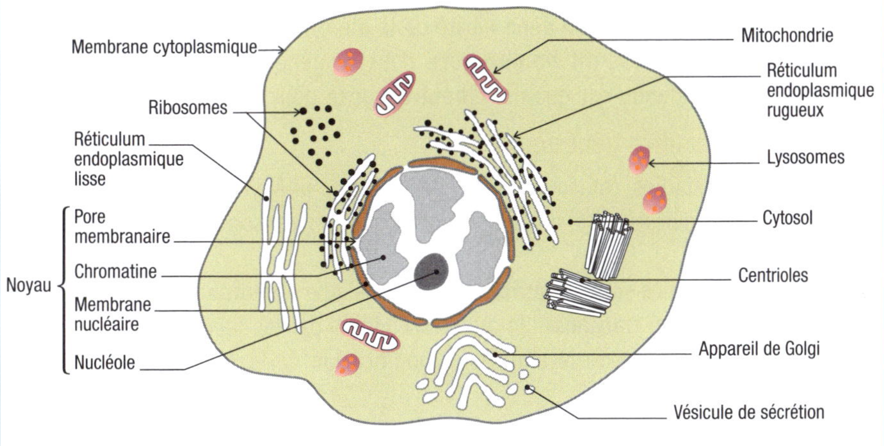

Ultrastructure de la cellule

II. Les chromosomes

A • Présentation

Les chromosomes servent de support à l'information génétique. Ils sont constitués d'une molécule d'ADN enroulée autour de 8 **histones** (protéines en contact étroit avec l'ADN) : l'ensemble ADN-histone forme le **nucléosome**. Les chromosomes sont constitués de 2 **chromatides** sœurs (deux brins d'ADN parallèles) réunies par un **centromère** (partie centrale du chromosome). Les extrémités des chromosomes s'appellent les **télomères**. Les chromosomes portent les gènes.

Chaque cellule du corps humain, sauf les cellules sexuelles, possède **46 chromosomes** (**22 paires d'autosomes** et **une paire de gonosomes ou chromosomes sexuels** (XX chez les filles et XY chez les garçons)). L'étude de l'aspect des chromosomes d'un individu (forme, nombre) s'appelle le **caryotype**.

Sur un caryotype, les chromosomes sont photographiés et disposés par paires et classés par taille. L'étude des caryotypes permet le diagnostic de certaines maladies (trisomie 21...).

Les **gènes** sont des séquences d'acide désoxyribonucléique (ADN) qui spécifient la synthèse d'une chaîne de polypeptides ou d'un acide ribonucléique (ARN) fonctionnel. Ils assurent la transmission des caractères héréditaires des individus (couleur des yeux, couleur de la peau...). L'ensemble des gènes portés par les chromosomes d'une espèce constitue le **génome**. Un gène peut exister sous différentes formes (**allèles**). Les allèles occupent la même position (locus) sur les **chromosomes homologues** (chromosomes appartenant à la même paire, qui ont la même forme, la même taille et le même contenu génétique).

Une paire de chromosomes homologues porte deux **allèles** d'un même gène (un gène hérité du père et un gène hérité de la mère). Si les deux allèles sont identiques, l'individu est dit **homozygote** pour ce gène ; si les deux allèles sont différents, l'individu est qualifié d'**hétérozygote** pour ce gène.

B • Les maladies génétiques

Certaines maladies (mucoviscidose, daltonisme, phénylcétonurie) sont dues à l'altération (mutation) d'un ou plusieurs gènes : ce sont les **maladies génétiques**.

Certaines maladies sont **héréditaires** : une maladie héréditaire est une altération de l'état de santé transmissible aux descendants par les gamètes (cellules reproductrices) et résulte de la mutation (modification de la séquence) d'un ou plusieurs gènes.

Certains caractères sont transmis d'une génération aux suivantes par des gènes portés par un **chromosome non sexuel (autosome)**. On parle d'**hérédité autosomique**.

D'autres caractères sont transmis par les chromosomes sexuels (gonosomes). Ainsi, l'hémophilie A est une **maladie héréditaire liée au sexe**.

Dans le cas des maladies génétiques, si la présence d'un seul allèle permet l'expression de la maladie, l'hérédité est qualifiée d'**autosomique dominante** (exemple : la maladie de Huntington est une affection héréditaire qui touche le cerveau). Si les deux allèles doivent être présents pour que la maladie apparaisse, l'hérédité est dite **autosomique récessive** (exemples : la drépanocytose, la mucoviscidose, la phénylcétonurie).

III. La multiplication cellulaire

La **mitose** (multiplication ou division cellulaire) est le processus qui permet la division d'une cellule-mère en deux cellules-filles au patrimoine génétique identique à celui de la cellule mère.

A • Les étapes de la mitose

La mitose se déroule en quatre phases :

1re phase : la prophase : la membrane nucléaire disparaît. Les chromatides-sœurs de chaque chromosome se condensent et les chromosomes deviennent visibles. Le fuseau mitotique, constitué de microtubules, se forme grâce aux centrioles.

2e phase : la métaphase : les chromosomes condensés se placent sur le plan équatorial de la cellule. Ils forment la plaque équatoriale.

3e phase : l'anaphase : les chromatides-sœurs se séparent et migrent en sens opposé, en direction des pôles de la cellule.

4e phase : la télophase : une enveloppe nucléaire se forme aux deux extrémités de la cellule autour des chromosomes qui se décondensent. Le fuseau nucléaire disparaît. La cellule-mère se divise en deux cellules-filles par cytodiérèse (étranglement du cytoplasme de la cellule-mère).

Entre deux mitoses, la cellule est dans une phase intermédiaire (**l'interphase**) ; sa durée est plus ou moins longue et dépend entre autres du type cellulaire.

B • Le cancer

Les **cellules cancéreuses** résultent de **nombreuses mutations de l'ADN** contenu dans le noyau des cellules. Celles-ci développent des caractéristiques qui leur sont propres. Les cellules cancéreuses sont notamment caractérisées par une croissance et une division qui ne sont plus contrôlées. Leur multiplication est ainsi rapide. Cette prolifération anarchique forme une **tumeur** qui grossit progressivement. L'acquisition du pouvoir de fabrication de vaisseaux sanguins permet aux cellules cancéreuses de se développer et explique l'augmentation de la taille de la tumeur.

Les cellules cancéreuses se sont dédifférenciées ; leur noyau est le plus souvent volumineux, leur cytoplasme présente davantage de granulations. Elles perdent aussi leur inhibition de contact : elles n'ont plus d'éléments qui freinent leur multiplication. Elles acquièrent la faculté de se disséminer, c'est-à-dire d'envahir l'organisme par les vaisseaux sanguins. Elles forment des **métastases** et transforment un cancer localisé à un organe en un cancer invasif. La métastase correspond au processus par lequel des cellules tumorales prolifèrent et se disséminent dans l'organisme pour atteindre d'autres organes.

La survenue d'un cancer peut être liée à des facteurs d'origine **endogène** (facteurs génétiques) ou **exogènes** (pollution environnante, alimentation, tabac, alcool, rayons UV, produits chimiques...).

LES TISSUS

Un tissu est un ensemble de cellules identiques qui participent à une même fonction. On distingue différents types de tissus : le tissu **épithélial**, le tissu **conjonctif**, le tissu **nerveux** et le tissu **musculaire**.

I. LE TISSU ÉPITHÉLIAL

A • Un épithélium

Un épithélium constitue une barrière entre deux milieux de nature différente. Il est formé de cellules épithéliales jointives, juxtaposées et solidaires les unes des autres. Des systèmes de jonction permettent la cohésion des cellules entre elles, ainsi que la cohésion du tissu. On distingue le **tissu épithélial de revêtement** et le **tissu épithélial glandulaire.** Les épithéliums de revêtement ou de surface forment le revêtement des cavités de l'organisme et recouvrent la surface du corps.

B • Les tissus glandulaires (ou épithéliums glandulaires)

Les tissus glandulaires, constituant les glandes, fabriquent et rejettent dans le milieu extracellulaire des molécules spécifiques ayant un rôle déterminé.

Les glandes endocrines : elles appartiennent au système endocrinien. Elles libèrent leurs sécrétions (les hormones) dans la circulation sanguine (appelé milieu intérieur). Les hormones libérées agissent sur des cellules-cibles et en modulent l'activité. Exemples : les ovaires, les testicules, le pancréas, l'hypothalamus.

Les glandes exocrines : leurs sécrétions sont relâchées dans le milieu extérieur ou dans un organe creux par un ou plusieurs canaux sécréteurs. Elles ne sont pas libérées dans la circulation sanguine. Exemples : la digestion fait intervenir le suc pancréatique libéré par le pancréas dans la lumière du tube digestif, dans l'intestin grêle ; les glandes mammaires secrètent le lait, les glandes salivaires libèrent la salive…

Les glandes mixtes (ou amphicrines) : elles libèrent à la fois des hormones dans la circulation sanguine (fonction endocrine) et des sucs dans un canal sécréteur (fonction exocrine). Exemples : le pancréas, le foie, les testicules…

II. LE TISSU CONJONCTIF

A • Son rôle

C'est le **tissu le plus abondant de l'organisme**. On distingue :
– des tissus conjonctifs peu spécialisés (rôle mécanique de soutien et de lien entre les autres tissus) ;

– des tissus conjonctifs plus différenciés (rôle de protection et d'isolement des organes).

Les tissus conjonctifs sont les tissus lâches (tissus adipeux), les tissus denses (tendons, ligaments...), les cartilages, le tissu osseux, le tissu sanguin.

B • Constitution

Le tissu conjonctif est formé de cellules dispersées dans une substance.

1. La matrice extracellulaire

Elle est composée d'une substance fondamentale (gel très hydraté), de fibres protéiques (fibres de collagènes, fibres élastiques...), de substances dissoutes. On y trouve aussi des vaisseaux sanguins, des nerfs... Les fibres de collagène sont les plus communes ; elles sont flexibles et résistent aux forces de tension dans les tissus. Les fibres élastiques se laissent distendre pour revenir spontanément à leur longueur initiale. Elles entrent dans la constitution des tissus conjonctifs d'organes soumis à d'importantes variations de volume.

2. Les cellules

Les différents tissus conjonctifs possèdent des cellules spécifiques.

- **Les cellules mésenchymateuses** servent pour la régénération ou la réparation du tissu conjonctif.
- **Les fibroblastes** sont les cellules les plus abondantes du tissu conjonctif. Elles assurent la production et le renouvellement des composants de la matrice extracellulaire (les fibres de collagène et les fibres élastiques).
- **Les cellules mobiles** assurent la défense de l'organisme (système immunitaire) : lymphocytes, plasmocytes, polynucléaires neutrophiles et macrophages.

III. Le tissu musculaire

Il est constitué de fibres (cellules) musculaires, appelées **myocytes**. Des myofilaments présents dans les fibres musculaires assurent la contraction des fibres et permettent notamment les mouvements. On distingue des tissus musculaires squelettiques, cardiaques et lisses. Le tissu musculaire est capable de se contracter lorsqu'il est soumis à un **stimulus** (tissu excitable).

IV. Le tissu nerveux

Le tissu nerveux est spécialisé dans la conduction, la transmission et le traitement des informations. Présent dans toutes les régions du corps, il est l'un des grands moyens de communication de l'organisme.

LA PEAU : STRUCTURE ET FONCTIONS

La peau est l'enveloppe du corps humain ; elle est en continuité avec les muqueuses recouvrant les cavités naturelles de l'organisme. C'est le plus gros organe de l'être humain, représentant 1/3 du poids de l'organisme et une surface de l'ordre de 2 m^2 chez un adulte. Les phanères (les poils et les ongles) et de nombreuses glandes lui sont associés.

I. LA STRUCTURE DE LA PEAU

La peau est structurée en 3 couches de tissus superposées.

A • L'épiderme

C'est un tissu situé à la surface du corps. La partie la plus superficielle de l'épiderme est constituée de cellules mortes et kératinisées : c'est la couche cornée.

B • Le derme

Il est situé sous l'épiderme. C'est un tissu conjonctif riche en fibres élastiques. Il a un rôle de soutien et de nutrition de la peau. Il est fortement vascularisé. Il contient de nombreux vaisseaux sanguins et lymphatiques, des nerfs, des terminaisons nerveuses et des glandes sudoripares qui assurent la transpiration.

C • L'hypoderme

C'est la couche la plus profonde. Il joue le rôle de réserve énergétique et contient les adipocytes qui stockent les graisses.

1. épiderme (couche cornée, couche, vivante, couche basale)
2. derme
3. hypoderme
4. poil
5. glande sébacée
6. muscle horripilateur
7. canal sudoripare
8. glande sudoripare
9. récepteurs sensoriels spécialisés : corpuscules de *Messner*, de *Merkel* et de *Pacini*, corpuscules de *Krause* et de *Ruffini*, nocicepteurs
10. cellules graisseuses
11. vaisseaux sanguins

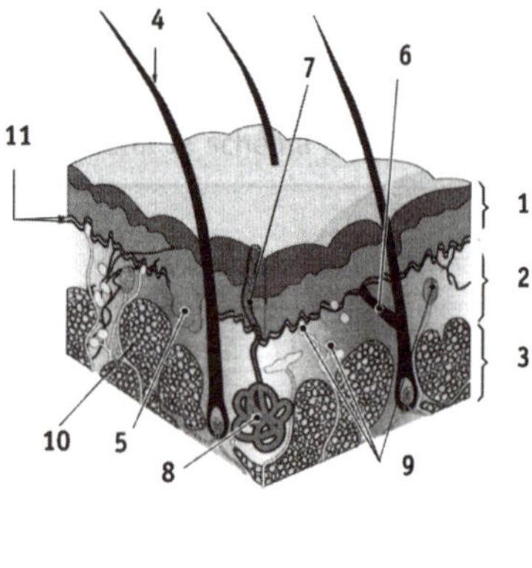

Schéma de la peau

II. Les flores cutanées

A • La flore résidente

Elle est constituée de **germes commensaux** (micro-organismes qui colonisent l'organisme sans provoquer de maladie), implantés de façon permanente sur la peau (*Staphylococcus epidermidis*...). Elle se trouve sur la couche superficielle de la peau. Elle joue un rôle dans la résistance à la colonisation par d'autres espèces microbiennes.

B • La flore transitoire

Elle est formée de **germes saprophytes** (bactéries pathogènes opportunistes se nourrissant des matières en putréfaction : Staphylocoques, Streptocoques, *Bacillus*, *Neisseiria*, *Pseudomonas*, *Candida albicans*). Cette flore varie avec l'âge et participe à la barrière protectrice de la peau pour l'organisme. Elle peut être à l'origine d'une maladie si les défenses de l'hôte viennent à défaillir.

III. Les fonctions de la peau

A • La protection

- La peau protège l'organisme contre **les agressions extérieures** : les agents biologiques (micro-organismes), les facteurs physiques (radiations lumineuses...) et chimiques (pH...).
- Elle assure une protection contre **les chocs et les pressions** qu'elle amortit.
- La protection contre **les micro-organismes** est assurée par le **sébum** (secrété par les glandes sébacées) qui graisse la peau et par la **sueur** (libérée par les glandes sudoripares), sécrétion acide, aux propriétés antimicrobiennes.

B • La respiration et la thermorégulation

- La peau participe au **maintien de la température corporelle interne** (environ 37 °C). Elle s'adapte aux conditions de l'environnement par les vaisseaux sanguins qui irriguent le derme. Un environnement froid provoque une vasoconstriction (rétrécissement du diamètre des vaisseaux sanguins) pour éviter les pertes de calories. La chaleur environnante provoque une vasodilatation (augmentation du diamètre des vaisseaux sanguins) afin d'éliminer les calories en trop.
- Elle assure des **échanges des gaz du sang**.

C • Autres fonctions

Elle a un **rôle de réserve** de substances (corps gras) au niveau de l'hypoderme (les adipocytes). Elle a un **rôle sensitif** : la sensibilité tactile est assurée par des mécanorécepteurs *(corpuscules de Messner, de Merkel et de Pacini)*. La sensibilité thermique est due aux thermorécepteurs (*corpuscules de Krause et de Ruffini*). La sensibilité à la douleur est due aux nocicepteurs. Elle synthétise la vitamine D (vitamine antirachitique). Elle a un rôle d'**absorption** de certaines substances.

LA PEAU : ÉVOLUTION ET PATHOLOGIES

I. ÉVOLUTION DE LA PEAU

A • Le nourrisson et l'enfant

La peau du nourrisson est mince car la couche cornée est plus fine que celle des adultes ; elle est donc très fragile. Les glandes sudoripares et sébacées sont encore immatures. Cela se traduit par une moins bonne capacité à réguler la température corporelle et une plus grande sensibilité aux agressions externes (l'exposition solaire, le vent...). Sa peau est ainsi sensible aux agressions physiques, chimiques et microbiennes.
Au cours de l'enfance, l'activité des glandes sébacées augmente. La peau de l'enfant reste mince et bien hydratée.

B • L'adolescent

À l'adolescence, des modifications hormonales s'opèrent, les glandes sébacées et sudoripares deviennent très actives. L'excès de sébum s'accumule près des follicules pileux. Des points noirs (comédons) se forment alors ; au contact de l'air, ceux-ci peuvent s'infecter et engendrer la formation de boutons rouges et l'apparition de pus : c'est l'acné.

C • La personne âgée

Les cellules de la personne âgée se renouvellent moins vite et moins bien. La couche cornée offre une résistance moindre. La peau est moins riche en fibres de collagène et en fibres élastiques. Cette raréfaction est à l'origine de l'apparition des rides et de la perte de souplesse de la peau. Les glandes sébacées et sudoripares sont moins productives. On note un dessèchement de la peau. Le vieillissement s'explique en partie par l'exposition aux rayons du soleil.

II. PATHOLOGIES

Plusieurs pathologies touchent la peau : les plaies, les brûlures, les escarres, l'érythème fessier, la gale (due à un acarien, le sarcopte de la gale), la pédiculose (due aux poux qui se nourrissent par piqûre du sang de leur hôte).

A • Les plaies

Les plaies sont des lésions de la peau qui exposent les tissus sous-jacents au milieu extérieur. Elles sont dues à des coupures, brûlures, écorchures...

Même minime, une plaie peut être grave selon sa localisation et peut être l'objet d'une infection. Elle peut être accompagnée de fractures, d'hémorragies.

B • Les brûlures

On distingue :
- les **brûlures thermiques** : elles peuvent être dues à des liquides (eau...), à des solides chauffés (appareils), à des vapeurs, à des produits enflammés ;
- les **brûlures chimiques** : elles sont dues au contact avec des agents chimiques (acides, solvants...) ;
- les **brûlures électriques** : les effets peuvent être une détresse respiratoire, un arrêt cardiovasculaire.

Une brûlure est dite grave lorsqu'elle est profonde, étendue, localisée dans un endroit particulièrement vulnérable (visage, mains...).

C • Les escarres

Une escarre est une **destruction localisée de la peau** survenant surtout chez les personnes immobilisées (au lit ou en fauteuil). Elles apparaissent le plus souvent au niveau des zones d'appuis : fesses, talons, région du sacrum... Le poids du corps comprime la peau entre deux surfaces dures, empêchant le sang de circuler. Les cellules privées de sang, d'oxygène et de nutriments finissent par mourir : le tissu se nécrose.
Le processus de survenue de l'escarre peut être rapide et ne nécessite parfois que quelques heures d'immobilisation. D'autres facteurs favorisent l'apparition d'escarres : le manque d'hygiène corporelle, une alimentation déséquilibrée, des frottements, des troubles circulatoires...

Une escarre évolue dans le temps. Au départ, une rougeur apparaît dans la zone comprimée. On note un gonflement au niveau de l'épiderme, puis une réaction inflammatoire intense : la peau devient rouge, gonflée, chaude et douloureuse. L'atteinte s'étend au derme. Une plaque de nécrose apparaît ensuite. On observe une destruction du tissu cutané et un durcissement des tissus sous-jacents. Sans traitement, l'atteinte peut toucher les tissus musculaires et osseux.

Fiche 63

Pour prévenir et traiter efficacement une escarre, il faut en supprimer la cause : changer de position toutes les 3 à 4 heures en répartissant au maximum les points d'appuis, stimuler la circulation en réalisant des massages doux avec des corps gras, installer le patient sur un matelas anti-escarre (matelas à fibres, à mousses), installer des coussins et des boudins pour diminuer les points de pressions, effectuer des changes fréquents pour éviter la macération et maintenir l'hygiène cutanée, favoriser l'hydratation et une alimentation saine et adaptée.

LES APPAREILS GÉNITAUX : ANATOMIE

Les appareils génitaux sont les organes de la reproduction.

I. L'APPAREIL GÉNITAL DE LA FEMME

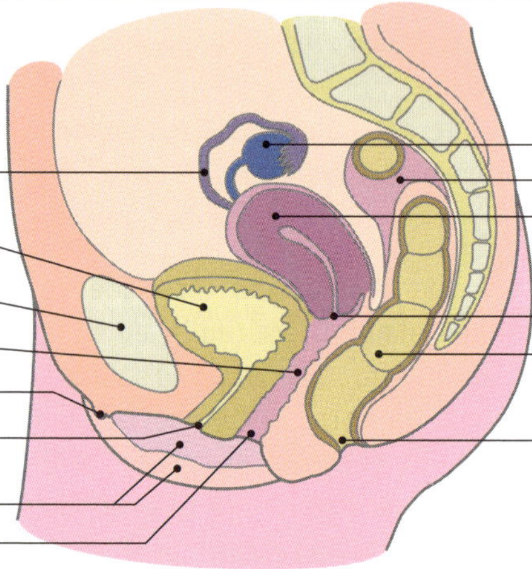

L'appareil génital est constitué de **deux ovaires** et des **voies génitales** : les trompes utérines, l'utérus, le vagin.

Fiche 6

- **Les ovaires** élaborent les cellules reproductrices sexuelles femelles (les gamètes) : les ovocytes ; ils synthétisent aussi les hormones œstrogènes et la progestérone. Ce sont les glandes amphicrines ou mixtes.
- **Les trompes utérines (trompes de Fallope)** relient les ovaires à l'utérus et captent l'ovocyte élaboré par l'ovaire ; elles sont le siège de la fécondation.
- **L'utérus** est un organe creux composé d'un endomètre, une muqueuse qui tapisse la paroi intérieure de l'utérus et d'un myomètre (un muscle épais). Il recueille l'ovule fécondé ; il est le siège de la nidation et du développement de l'embryon.
- **Le vagin** est un conduit de 8 à 10 cm de long. Il permet l'accouplement (il reçoit le pénis), l'élimination des règles, la naissance de l'enfant.
- **La vulve** est un organe génital externe ; elle est constituée par les petites et les grandes lèvres et par le clitoris.

II. L'APPAREIL GÉNITAL DE L'HOMME

C'est l'appareil de la reproduction. Il assure l'élaboration des cellules sexuelles masculines (les gamètes) : les spermatozoïdes. Il est composé de **deux testicules, des voies génitales, des glandes annexes, du pénis**.

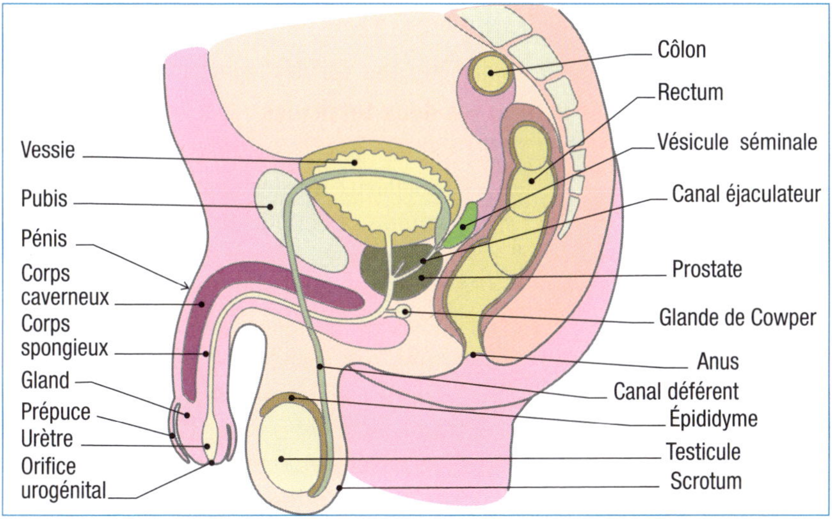

Fiche 6

- **Les testicules** sont deux organes localisés dans un sac externe, le scrotum. Ils produisent les spermatozoïdes et l'hormone sexuelle, la testostérone.

- **Les voies génitales** sont constituées par les épididymes coiffant les testicules, les canaux déférents, les canaux éjaculateurs et l'urètre. Elles assurent la collecte des spermatozoïdes, leur maturation et leur transport.

- **Les glandes annexes** :

– la prostate produit le liquide prostatique qui entre dans la composition du sperme ; le liquide prostatique est indispensable à la mobilité et à la protection des spermatozoïdes. Il est émis au moment de l'éjaculation avec les spermatozoïdes ;
– les deux vésicules séminales produisent le liquide séminal, liquide alcalin riche en fructose ; c'est un constituant du sperme ; il est émis lors de l'éjaculation avec le liquide prostatique et se trouve mélangé aux spermatozoïdes. Cette sécrétion permet aux spermatozoïdes de vivre un moment dans le milieu acide du vagin ;
– les glandes de Cowper produisent une sécrétion dont le rôle est de protéger les spermatozoïdes de l'acidité toxique de l'urètre due aux traces d'urine et de jouer un rôle de lubrifiant, permettant le transport des spermatozoïdes durant l'éjaculation.

- **Le pénis** est un organe externe se terminant par un renflement, le gland. Il permet l'accouplement, l'émission du sperme et l'élimination des urines.

Les appareils génitaux : gonades, gamètes et contraception

I. Les gonades : les glandes sexuelles

Les gonades élaborent les gamètes (les cellules reproductrices).

A • Les gonades mâles : les deux testicules

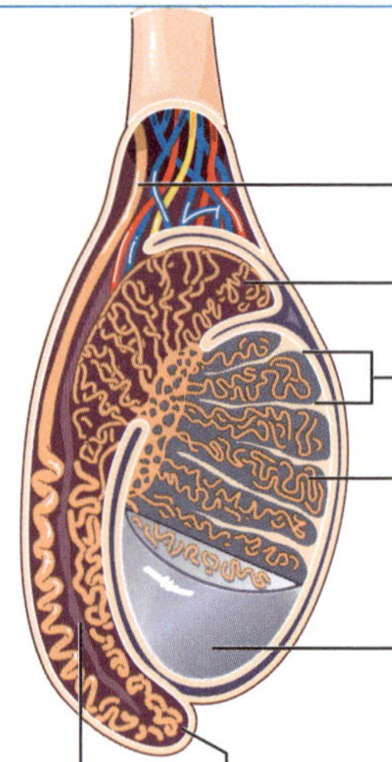

Situés dans le scrotum, ils sont constitués de nombreux lobules contenant les tubes séminifères, à l'origine de la fabrication des spermatozoïdes. À l'intérieur des tubes séminifères, se trouvent les **cellules de Sertoli** et les cellules de la lignée génitale, les **spermatogonies**. Les cellules de Sertoli ont un rôle de soutien et de nutrition des spermatogonies. Les extrémités des tubes séminifères se rejoignent et constituent **l'épididyme**, structure stockant les spermatozoïdes. Lors de l'éjaculation, les spermatozoïdes empruntent le canal déférent. Ils sont protégés par le liquide prostatique et le liquide séminal. Les cellules du tissu conjonctif (cellules de Leydig) entourant les tubes séminifères sécrètent l'hormone mâle, la testostérone.

B • Les gonades femelles : les deux ovaires

Fiche 5

Les deux ovaires sont situés de part et d'autre de l'utérus et assurent de façon cyclique la synthèse des ovocytes (cellules reproductrices femelles). Ils fabriquent les **hormones ovariennes** : les **œstrogènes** et la **progestérone**. La surface des ovaires est lisse jusqu'à la puberté. Elle devient irrégulière et présente des cicatrices du fait des cycles successifs aboutissant à l'ovulation. Chaque ovaire présente une zone corticale (partie superficielle) renfermant de nombreux follicules à divers stades d'évolution et une zone médullaire, centrale, vascularisée.

II. Les gamètes

A • Les gamètes mâles : les spermatozoïdes

• Un spermatozoïde est une cellule mobile de plus de 50 µm de long. Il possède 23 chromosomes (22 chromosomes autosomes + 1 chromosome sexuel ou gonosome X ou Y). Il est constitué de 3 parties : la tête, la pièce interméd[iaire et] la queue. La tête contient un noyau renfermant les chromosomes ; elle est [recou]verte de l'acrosome (structure riche en enzymes qui intervient lors de la fécondation). La pièce intermédiaire contient des mitochondries et des nutriments permettant aux spermatozoïdes de se déplacer. La mobilité du spermatozoïde est assurée par le flagelle de la queue.

• La **synthèse des spermatozoïdes ou spermatogenèse** débute à la puberté ; elle est continue jusqu'à la mort. Elle dure environ deux mois et demi. Elle s'effectue en plusieurs étapes, dans les tubes séminifères des testicules. La spermatogenèse est sous l'influence des hormones FSH et LH libérées par l'hypophyse.

Les spermatogonies (cellules diploïdes à 46 chromosomes) sont les cellules à l'origine des spermatozoïdes. Elles sont formées dès la période embryonnaire. Jusqu'à la puberté, les spermatogonies se multiplient par **mitose**. À la puberté, une partie des spermatogonies se transforme en **spermatocytes I** puis en **spermatocytes II** avant de former des **spermatides** (cellules à 23 chromosomes). Ces transformations successives sont notamment obtenues au cours de **la méiose**.

Les spermatides donnent ensuite naissance aux spermatozoïdes lors de **la spermiogénèse**. Les spermatozoïdes sont alors libérés dans la lumière des tubes séminifères puis stockés dans l'épididyme jusqu'au moment de l'éjaculation.

B • Les gamètes femelles : les ovocytes II

• Ce sont les cellules reproductrices femelles de 100 µm de diamètre. Elles sont haploïdes (23 chromosomes : 22 chromosomes autosomes + 1 chromosome sexuel).

• Les gamètes femelles sont fabriqués par les ovaires au cours de **l'ovogénèse** (cycle ovarien). Dès la vie embryonnaire, les ovaires synthétisent des cellules souches en grand nombre : les ovogonies (cellules diploïdes à 46 chromosomes). Celles-ci se transforment dès la vie embryonnaire en ovocytes I (cellules diploïdes). Chaque ovocyte I est entouré de cellules : l'ensemble constitue un follicule primordial. **À la naissance**, les ovaires possèdent une réserve d'ovocytes I qui resteront en dormance jusqu'à la puberté. **À partir de la puberté**, les follicules primordiaux évoluent successivement et de façon cyclique, sous l'influence des hormones LH et FSH, du système hypothalamo-hypophyse. Le follicule primordial se transforme en follicule primaire, en follicule secondaire puis en follicule de De Graaf.

Au cours de cette évolution, l'**ovocyte I** se transforme en ovocyte II (phénomène de la méiose). L'ovocyte II, cellule haploïde à 23 chromosomes, est alors libéré hors de l'ovaire (ovulation).

La formation des ovocytes II est cyclique (tous les 28 jours en moyenne). L'ensemble de ces processus peut se décomposer en **3 phases** (cycle ovarien).

• **La phase folliculaire** : elle dure 14 jours en moyenne. Elle débute au premier jour des règles (pertes de sang correspondant à l'élimination spontanée de la muqueuse utérine). Cette phase aboutit à la maturation d'un follicule. Sous l'influence d'une hormone sécrétée par l'hypophyse, la **FSH**, un follicule primaire se forme à partir d'un follicule primordial. Il devient ensuite un follicule secondaire, puis un follicule mûr de De Graaf caractérisé par la présence d'une grande cavité folliculaire (antrum). Le follicule de De Graaf libère des hormones sexuelles, les **oestrogènes** qui freinent la libération de FSH, augmentent la sécrétion de LH et reconstituent la muqueuse utérine. Au cours de cette phase, l'ovocyte I se transforme en ovocyte II.

• **L'ovulation :** sous l'influence de la LH, libérée de façon brutale vers le 14ᵉ jour du cycle, le follicule de De Graaf faisant saillie à la surface de l'ovaire se rompt ; il libère l'ovocyte II. L'ovocyte II est recueilli par la trompe de Fallope.

• **La phase lutéinique :** elle a une durée de 14 jours en moyenne. Après l'ovulation, le follicule de De Graaf se transforme en **corps jaune** sous l'influence de la LH qui libère **la progestérone** en grandes quantités et les œstrogènes. La progestérone provoque un important développement de la vascularisation de l'endomètre utérin et une modification de la muqueuse utérine (apparition de profonds replis). Ceci permet de préparer l'éventuelle nidation et la gestation. S'il n'y a pas eu de fécondation, le corps jaune dégénère.

C • Le complexe hypothalamus-hypophyse

Situé à la base du cerveau, il contrôle, entre autres, le fonctionnement des gonades et la formation des gamètes. Lorsqu'il est stimulé, l'hypothalamus synthétise une hormone, la gonadolibérine (**Gn-RH**) qui agit sur l'hypophyse et active la libération des hormones LH et FSH transportées par le sang, ces deux hormones agissent sur leurs organes cibles : les gonades, ovaires et testicules.

• **Chez la femme :** le cycle menstruel (ou cycle utérin) correspond à l'ensemble des modifications de l'appareil génital. Sous l'effet des hormones, l'appareil génital subit une série de transformations. Le cycle ovarien et le cycle menstruel se déroulent en parallèle et sont liés. Ils sont ainsi sous le contrôle de l'axe hypothalamo-hypophysaire. Le cycle menstruel débute, par convention, le 1ᵉʳ jour des règles. On distingue plusieurs phases :

• **La phase menstruelle** (les 5 premiers jours) : la chute des taux des hormones œstrogènes et progestérone provoque une rupture des vaisseaux sanguins qui irriguent l'endomètre de l'utérus ; la desquamation est accompagnée d'une hémorragie (menstruations). Le taux de FSH dans le sang augmente alors progressivement.

• **La phase proliférative** (jusqu'au 14ᵉ jour) : sous l'influence de la FSH, un follicule primordial évolue et se transforme en follicule de De Graaf. L'endomètre se reconstitue et s'épaissit sous l'influence des hormones œstrogènes libérées par le follicule en croissance.

• **L'ovulation** : la rupture du follicule et la libération de l'ovocyte II sont dues au pic de sécrétion de LH consécutif à la forte concentration en œstrogènes.

• **La phase sécrétoire** (du 15e au 28e jour) : les sécrétions d'œstrogènes et de progestérone par le corps jaune transforment l'endomètre, qui se vascularise et s'épaissit. En absence de fécondation, le corps jaune régresse et les taux d'œstrogènes et de progestérone diminuent, entraînant la desquamation de l'endomètre et l'apparition des règles. Un nouveau cycle recommence alors.

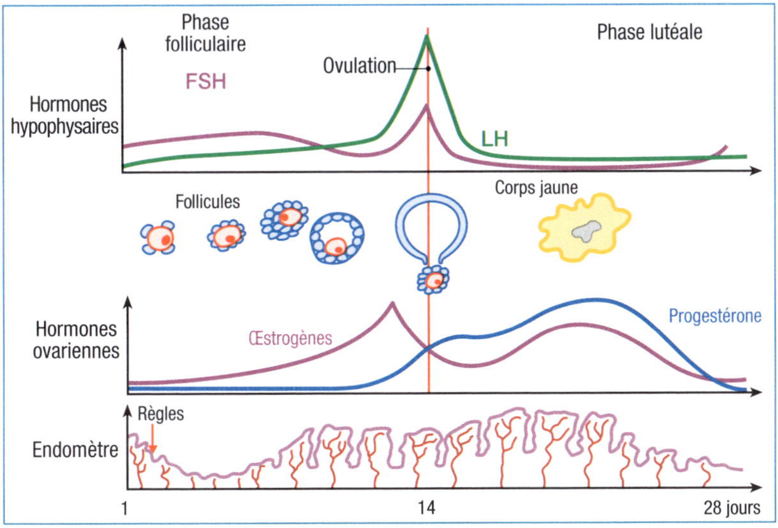

Cycle menstruel

• **Chez l'homme :** la spermatogenèse est sous l'influence des hormones FSH et LH : la FSH agit sur les tubes séminifères et notamment sur les cellules de sertoli : elle favorise ainsi la spermatogénèse. La LH stimule la production de testostérone par les cellules de Leydig. La testostérone agit sur le développement des organes génitaux, sur le développement et sur le maintien des caractères sexuels secondaires. Elle régule aussi la production de LH et de FSH en agissant au niveau de l'hypothalamus (rétrocontrôle négatif).

III. Les moyens de contraception pour éviter une grossesse

• Empêcher la formation de l'ovule : la pilule, l'anneau contraceptif, l'implant contraceptif, le patch contraceptif.
• Éviter la rencontre entre les gamètes : préservatif féminin et masculin.
• Éliminer les spermatozoïdes : gel spermicide.
• Empêcher la fixation de l'œuf fécondé dans la paroi utérine : le stérilet.
• La contraception chirurgicale : la ligature des trompes, la vasectomie.

LES APPAREILS GÉNITAUX : DE LA FÉCONDATION À LA NAISSANCE, LACTATION ET IST

I. LA FÉCONDATION

A • Définition

La fécondation est la rencontre suivie de la **fusion** de deux gamètes mâle (**spermatozoïde**) et femelle (**ovule**). Le résultat de la fusion donne un œuf (ou **zygote**). Pour que la fécondation soit possible, il est indispensable que l'ovocyte II et les spermatozoïdes se rencontrent dans les trompes de Fallope.
La rencontre ne peut être réalisée qu'après l'ovulation. L'ovocyte II ne survit que 12 à 24 heures après sa libération par l'ovaire lors de l'ovulation : cela limite le temps de rencontre avec le spermatozoïde, dont la durée de vie n'excède pas 72 heures. Le rapport sexuel doit avoir lieu au plus tôt dans les 3 jours avant l'ovulation et 24 heures, au plus tard après. D'autres paramètres sont à prendre en compte, comme la bonne qualité de l'ovocyte II et des spermatozoïdes, d'éventuels problèmes de santé…

B • Les étapes de la fécondation

Lors d'un rapport sexuel, les millions de spermatozoïdes sont déposés au fond du vagin. Ils gagnent rapidement la **glaire cervicale**, un milieu dans lequel les spermatozoïdes peuvent vivre jusqu'à 3 jours. Ils entament leur progression dans l'utérus, puis dans les trompes de Fallope. À peine 1 % des spermatozoïdes provenant de l'éjaculat parvient à traverser le col utérin et l'utérus.

Au tiers externe de la trompe de Fallope, les spermatozoïdes rencontrent l'ovocyte II, libéré par l'ovaire. Les spermatozoïdes libèrent les enzymes contenus dans l'acrosome ; ceux-ci dégradent l'enveloppe muqueuse (ou zone pellucide) entourant le gamète femelle. C'est la **réaction acrosomiale.** Un spermatozoïde parvient à pénétrer dans l'ovocyte II ; il s'oppose alors à toute autre pénétration de spermatozoïdes (protection contre la polyspermie) par **la réaction corticale** : dès qu'un spermatozoïde a pénétré, l'ovocyte II libère des granules qui dressent une membrane de protection imperméable aux autres spermatozoïdes. La pénétration d'un spermatozoïde achève la transformation de l'ovocyte II en ovule (par **méiose**). Les deux noyaux de l'ovule et du spermatozoïde fusionnent, donnant naissance à un œuf diploïde (à 2n chromosomes).

II. La gestation

A • La segmentation

La gestation dure 40 semaines (9 mois). Elle permet le développement de l'enfant. On distingue la **période embryonnaire** (les 8 premières semaines de la grossesse) puis la **période fœtale**. Dans les premières heures qui suivent la fécondation, tout en migrant vers l'utérus en passant par les trompes de Fallope, l'œuf diploïde subit une série de divisions par **mitoses** : c'est la segmentation. On obtient 2, 4, 8 puis 16 cellules identiques après 96 heures. C'est le **stade morula**.

B • La nidation

Les mitoses se poursuivent, donnant le **blastocyste** au bout du 5e jour après la fécondation. Il se fixe dans la paroi de l'utérus au 7e jour : c'est la **nidation.** Ce phénomène se réalise sous l'influence des hormones, œstrogènes et progestérone, qui préparent la paroi utérine à recevoir l'œuf fécondé. Les cellules embryonnaires commencent à se différencier et à se spécialiser. Le **placenta** se forme ensuite à partir de tissus de la mère et de ceux du fœtus. Cet organe temporaire, en forme de disque, peut atteindre 20 cm de diamètre. Il relie le fœtus à l'utérus par un prolongement, le **cordon ombilical**. Le placenta est très vascularisé, il a :

- un rôle nutritionnel : il laisse passer les petites molécules (glucides, lipides, protides, vitamines, sels minéraux) et l'eau ;
- un rôle respiratoire : il fournit l'oxygène et élimine le dioxyde de carbone produit par le fœtus ;
- un rôle excréteur : il élimine les déchets métaboliques du fœtus (urée...) ;
- un rôle protecteur et endocrinien.

C • La phase embryonnaire

Au cours de la période embryonnaire, les principaux appareils se mettent en place (système nerveux, appareil cardiovasculaire, appareil digestif...). La tête et les membres sont formés et apparents. À la fin de la 8e semaine, l'embryon mesure 3 cm et pèse 3 g.

D • Pendant la période fœtale

Les structures formées s'accroissent. Le fœtus atteint successivement : à 12 semaines, 10 cm et 40 g ; à 20 semaines, 23 cm et 380 g ; à 24 semaines, 30 cm et 800 g ; à 28 semaines, 36 cm et 1 400 g ; à 32 semaines, 40 cm et 2 000 g. À terme, le fœtus mesure en moyenne 50 cm et pèse 3,3 kg.

E • Tout au long de la grossesse

Un certain nombre de règles d'hygiène de vie sont à respecter :
- ne pas consommer d'alcool, de drogue, de tabac, de médicament sans avis médical ;
- avoir une alimentation régulière et équilibrée ;
- respecter des temps de sommeil de 7 à 8 heures ;
- réaliser les examens médicaux prévus.

La femme enceinte doit aussi être vigilante vis-à-vis de la **toxoplasmose** (maladie due à un protozoaire). Le protozoaire traverse le placenta, surtout en fin de grossesse, et peut provoquer chez le fœtus des malformations, voire une mort *in utero*. La transmission peut s'effectuer par l'ingestion d'aliments crus souillés (fruits et légumes). La prévention passe par un dépistage et un suivi régulier tout au long de la grossesse et nécessite le respect des règles d'hygiène.

III. L'accouchement

Il se produit après 40 semaines de gestation. Il se divise en 3 phases :
- **le travail** : des contractions douloureuses et irrégulières entraînent une dilatation du col de l'utérus ;
- **l'expulsion** : le fœtus s'engage dans le bassin lorsque la dilatation du col atteint 10 à 15 cm ; les contractions permettent alors l'expulsion du fœtus ;
- **la délivrance** : la reprise des contractions à la suite de l'expulsion permet de détacher le placenta de la paroi utérine (15 à 20 minutes après l'accouchement).

IV. La lactation

A • Les seins

Les seins ou glandes mammaires sont des **glandes exocrines** ; ils sont constitués d'une vingtaine de lobes glandulaires entourés de tissus adipeux. Les lobes sont eux-mêmes constitués de lobules (formés à leur tour de cellules alvéolaires ou acini produisant le lait) et de **canaux excréteurs**. Les canaux excréteurs des lobes glandulaires sont les canaux galactophores ou canaux lactifères ; ils convergent vers la zone centrale du sein, le mamelon, où ils acheminent le lait. Le mamelon est entouré d'une zone pigmentée, l'aréole. Les seins sont tenus par la peau et des structures fibreuses ; ils reposent en arrière sur le muscle pectoral.

Le développement des seins s'effectue au moment de la puberté. Il se fait sous l'influence des œstrogènes, de la progestérone et des hormones hypophysaires (hormone folliculostimulante ou FSH, hormone lutéinisante ou LH, prolactine). Les seins acquièrent alors une taille variable selon les individus. La glande mammaire réagit aux variations hormonales au cours du cycle menstruel et augmente de volume en période prémenstruelle sous l'effet des œstrogènes.

Au cours de la grossesse, les seins augmentent de volume. Ce changement est lié au développement des cellules alvéolaires et des canaux galactophores. Ces événements sont le signe de la production importante du lait maternel.

B • Déroulement de la lactation

Plusieurs étapes se succèdent lors de la lactation, après l'accouchement. Des modifications hormonales se produisent dans les heures qui suivent l'accouchement : elles sont à l'origine de la sécrétion lactée qui augmente progressivement. L'éjection du lait résulte d'un phénomène réflexe. La succion constitue un stimulus mécanique. Elle stimule les terminaisons nerveuses de l'aréole et du mamelon. La transmission à l'hypothalamus (une partie du cerveau) de ce message sensoriel provoque à la fois :

- la libération de **prolactine** par l'antéhypophyse. Cette hormone est transportée par le sang, elle agit sur les glandes mammaires et stimule **la production de lait** (la synthèse des composants du lait);
- la libération d'**ocytocine** par l'adénohypophyse. Cette hormone arrive dans le sein par la circulation sanguine. Elle y provoque la contraction des cellules myoépithéliales qui entourent les alvéoles. La pression ainsi créée éjecte le lait dans les canaux excréteurs qui s'élargissent pour favoriser l'écoulement du lait. L'ocytocine permet ainsi **l'éjection du lait**.

V. Les infections sexuellement transmissibles (IST)

Les infections sexuellement transmissibles sont provoquées par des microbes (virus, bactéries, parasites) qui peuvent être transmis au cours de relations sexuelles, par voie sanguine ou par voie materno-fœtale.

On distingue la blennorragie, la syphilis, le sida, l'herpès génital, l'hépatite B, la chlamydiose, les infections à papillomavirus (pouvant être à l'origine de condylomes, de cancers du col de l'utérus) et à mycoplasmes, la trichomonase...

La prévention passe par l'information, l'utilisation de préservatifs (masculin ou féminin), la réalisation de tests de dépistage. Il existe aussi des vaccins contre l'hépatite B et le papillomavirus responsable du cancer du col de l'utérus.

À SAVOIR

L'épidémie de sida a débuté dans les années 1980 ; elle a fait plus de 30 millions de victimes dans le monde. Chaque année, en France, plus de 7 000 personnes sont contaminées par ce virus.

Une personne **séropositive** est porteuse du virus du **sida**, mais n'a pas développé la maladie. En revanche, une personne atteinte du **sida** présente des symptômes et a développé la maladie. Dans les deux cas, la personne séropositive ou atteinte du sida peut contaminer d'autres personnes.

L'APPAREIL CARDIOVASCULAIRE : ANATOMIE DU CŒUR ET DES VAISSEAUX

I. ANATOMIE DU CŒUR

A • Fonctionnement du cœur

Le cœur (ou **myocarde**) est un muscle creux (300 g environ chez l'adulte), à contraction rythmique dont la fonction est d'assurer la progression du sang à l'intérieur des vaisseaux sanguins. Il a le rôle d'une véritable **pompe**.

Le cœur possède une **activité électrique interne** qui lui permet de se contracter automatiquement. En quatre-vingts ans, le cœur effectue environ 3 milliards de battements à raison de 60 à 80 battements par minute. Le cœur est situé dans le thorax entre les deux poumons, il repose sur le diaphragme. Il est irrigué par les artères coronaires qui l'alimentent en nutriments et en oxygène.

B • La circulation du sang

Le cœur est séparé en **deux parties** par le septum : le **cœur droit** et le **cœur gauche**. Les deux parties assurent un sens circulatoire du sang :

– la **petite circulation** : le sang veineux provenant de la périphérie de l'organisme arrive au cœur droit qui le dirige vers les poumons pour le recharger en oxygène ;

– la **grande circulation** : le sang provenant des poumons arrive au cœur gauche qui l'envoie vers la périphérie de l'organisme pour fournir aux organes vitaux l'oxygène et les nutriments.

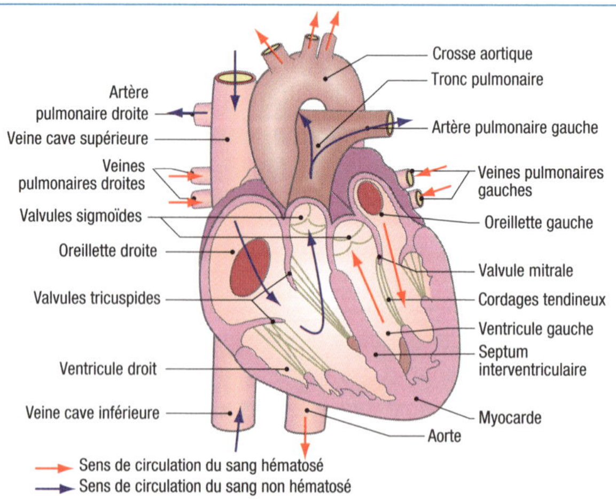

Schéma du cœur et circulation du sang

C • Organisation du cœur

Chaque partie du cœur comporte deux cavités : une **oreillette** et un **ventricule**. On distingue ainsi une oreillette droite et une oreillette gauche, un ventricule droit et un ventricule gauche.

Les ventricules sont situés à la partie inférieure du cœur ; les oreillettes sont situées à la partie supérieure. Les oreillettes communiquent avec les ventricules par les orifices auriculo-ventriculaires (ou valves) dont le rôle est d'empêcher le reflux du sang lors de son passage entre ces deux cavités :
- l'**orifice mitral**, entre l'oreillette et le ventricule gauche, est équipé de deux valvules mitrales ;
- l'**orifice tricuspide**, entre l'oreillette et le ventricule droit.

Deux autres valves empêchent également le sang de refluer :
- l'**orifice aortique**, situé entre le ventricule gauche et l'aorte ;
- l'**orifice pulmonaire**, situé entre le ventricule droit et le tronc de l'artère pulmonaire.

II. Les vaisseaux sanguins

À SAVOIR

La circulation du sang dans l'organisme s'effectue dans un réseau d'**artères**, de **veines** et de **capillaires**. Le sang artériel est riche en oxygène et en nutriments, le sang veineux est appauvri en oxygène, enrichi en dioxyde de carbone et en déchets métaboliques.

A • Les artères

Elles partent du cœur et amènent le sang vers les organes. Leur diamètre important à la sortie du cœur se rétrécit progressivement. Les artères se ramifient et deviennent des **artérioles** qui forment des **capillaires** au contact des organes. Elles distribuent aux cellules les nutriments et l'oxygène. La paroi des artères est épaisse et rigide. Elle est constituée de 3 couches (3 tuniques) :
- la **tunique interne** (ou **intima**) : elle garantit l'étanchéité de l'artère et a un rôle anticoagulant ;
- la **tunique moyenne** (ou **média**) : elle assure la résistance et l'élasticité des artères ;
- la **tunique externe** (ou **adventice**) : elle est fibreuse.

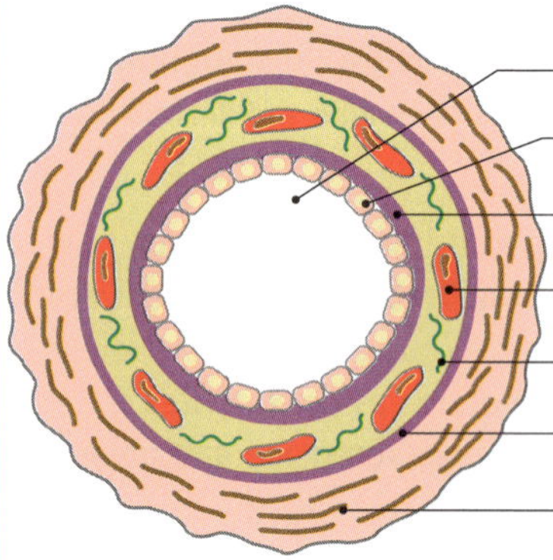

Histologie des artères

B • Les veines

Les veines sont des vaisseaux qui ramènent le sang des organes au cœur. Les réseaux de capillaires veineux, qui se forment au niveau des organes, donnent naissance aux **veinules** (vaisseaux sanguins de petit diamètre). Les veinules se rejoignent et forment des vaisseaux de plus grand diamètre : les **veines**. La jonction des veines forme des veines de plus en plus grosses (les veines terminales) qui parviennent au cœur. Ce sont les **veines caves** supérieures et inférieures. Les veines transportent les déchets métaboliques, dont le dioxyde de carbone, afin de les éliminer.

C • Les capillaires

Les capillaires sont des vaisseaux de très fin diamètre. Leur paroi, très fine, permet le passage de molécules et d'**éléments figurés** (leucocytes par diapédèse). Les capillaires fournissent ainsi aux cellules les nutriments nécessaires à leur fonctionnement ; ils récupèrent les déchets des cellules. Les membranes des artères et des veines sont imperméables aux gaz et aux liquides et aucun composant du sang ne peut les traverser. En revanche, le diamètre des plus petits capillaires est inférieur à celui des hématies. À ce niveau, les différents composants du sang peuvent diffuser à travers la membrane du capillaire et se retrouver dans le milieu interstitiel (espace entre les capillaires sanguins et les cellules).

D • La petite circulation et la grande circulation

Le chemin du sang dans la petite circulation est le suivant :

Arrivée du sang pauvre en oxygène et en nutriments par les veines caves → oreillette droite → ventricule droit → artères pulmonaires → poumons droit et gauche → diffusion alvéoles/capillaires → veines pulmonaires → oreillette gauche

→ ventricule gauche → crosse aortique : le sang est ainsi oxygéné et peut être distribué à tout l'organisme.

Le chemin du sang dans la grande circulation comprend :

Sortie du sang oxygéné par la crosse aortique → passage du sang dans les artères → passage dans les artérioles → passage du sang dans les capillaires → diffusion dans les différents tissus → passage du sang dans les veinules → passage dans les veines caves supérieure et inférieure → arrivée du sang appauvri en oxygène et en nutriments dans l'oreillette droite : l'oxygène et les nutriments ont été distribués aux cellules.

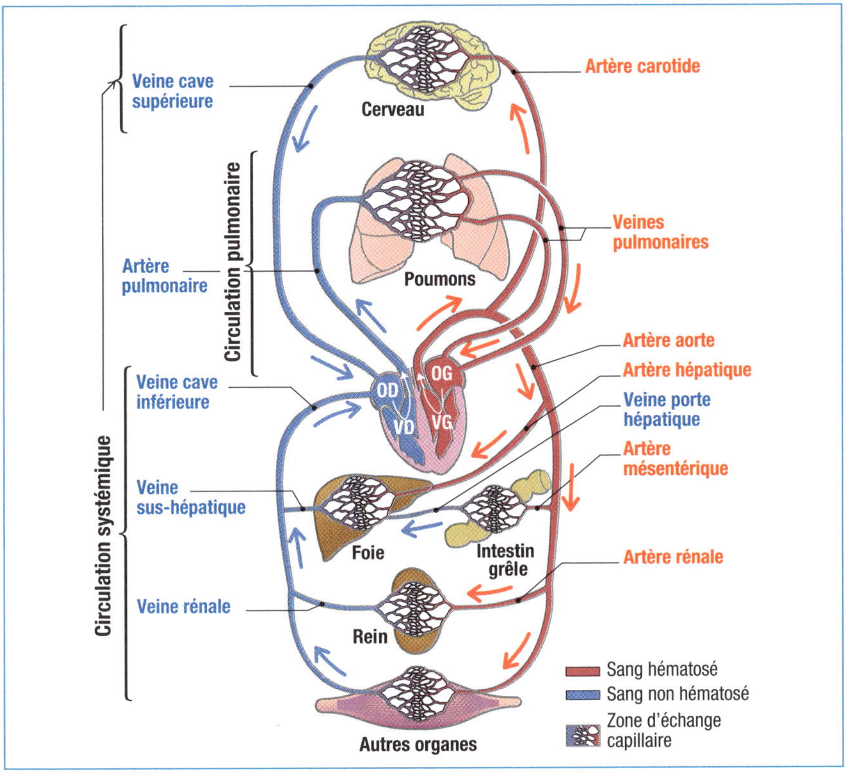

L'appareil circulatoire

DÉFINITIONS

Artériole : vaisseau sanguin qui assure la liaison entre une artère et un capillaire.

Capillaire : vaisseau de très petit diamètre qui conduit le sang des artérioles aux veinules.

Oreillette : cavité cardiaque recevant le sang avant de le faire passer dans le ventricule correspondant.

Ventricule : cavité cardiaque recevant le sang depuis une oreillette et le renvoyant vers les poumons (ventricule droit) ou les autres organes (ventricule gauche).

L'APPAREIL CARDIOVASCULAIRE : LA CONTRACTION CARDIAQUE

Fiche 8

Le cœur fonctionne comme une **pompe automatique.** Son rythme est régulier (environ 70 battements par minute chez un adulte). La contraction cardiaque envoie le sang dans l'organisme, à la fois par les artères pulmonaires (petite circulation) et par l'aorte (grande circulation).
Le volume de sang dans le corps est en moyenne de 5 litres. Le cœur assure un débit de 4,5 à 5 litres de sang par minute. La totalité du volume sanguin passe ainsi dans le cœur en une minute environ. Le sang arrive dans les oreillettes par des veines, il quitte les ventricules par les artères.

I. LES TROIS TEMPS DE LA CONTRACTION CARDIAQUE

Chaque cycle de fonctionnement du cœur (**une révolution cardiaque**) se déroule en **3 temps** :

❶ **La systole auriculaire :** la **contraction des oreillettes** remplies de sang envoie le sang dans les ventricules. La fermeture des valvules mitrales et tricuspides s'accompagne du premier bruit du cœur et empêche le retour du sang dans les oreillettes.

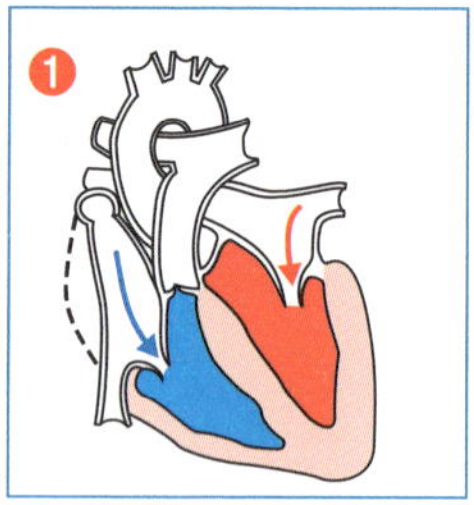

❷ **La systole ventriculaire :** les **ventricules** remplis se contractent et envoient le sang dans les **artères pulmonaires** (ventricule droit) et l'**artère aorte** (ventricule gauche). Les valvules sigmoïdes se referment empêchant le retour du sang dans les ventricules : c'est le deuxième bruit du cœur.

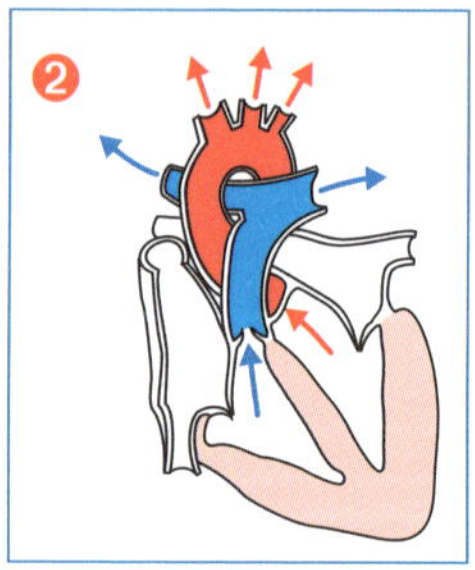

Les contractions des oreillettes et des ventricules sont automatiques : elles sont gouvernées par le cœur, mais elles sont aussi influencées par des facteurs extérieurs. Leur fréquence peut être affectée par des influences nerveuses ou hormonales liées à l'exercice physique ou à la perception de dangers (facteurs de stress).

❸ **La diastole auriculaire et ventriculaire :** c'est le remplissage passif des oreillettes par le sang provenant des veines (caves à droite et pulmonaires à gauche) ; le **myocarde** est au repos. Un cycle cardiaque dure ainsi en moyenne 0,85 seconde. Au total, le cœur peut battre plus de 3 milliards de fois en une vie !

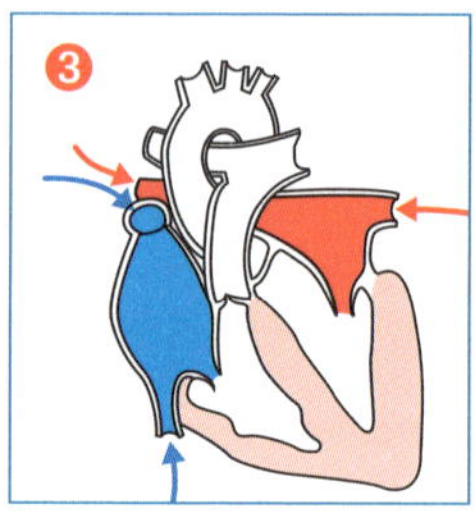

II. Pression artérielle et rythme cardiaque

A • La pression artérielle

Lorsque le sang est mis en circulation, il exerce une pression sur la paroi des artères. Cette **pression artérielle** (ou **tension artérielle**) peut être mesurée (on l'exprime en millimètres de mercure (mm Hg) ou en centimètres de mercure (cm Hg)). Elle mesure **la force exercée par le sang sur les parois des artères.** L'unité internationale de mesure de la pression est le **Pascal (Pa).** Elle est exprimée par deux valeurs :
- la pression maximale au moment de la contraction du cœur (**systole**) ;
- la pression minimale au moment du relâchement du cœur (**diastole**).

La pression artérielle est indiquée par deux nombres : la pression systolique/la pression diastolique. Chez un individu sain, elle est de l'ordre de 120/80 (le premier chiffre correspond à 120 mm Hg, et le second chiffre à 80 mm Hg). Cette valeur varie avec l'âge, le poids, le sexe, la pratique d'un exercice physique, la sédentarité, l'alimentation, le stress, la prise de médicament, l'état de santé... La pression artérielle se mesure avec **un tensiomètre** (un brassard gonflable circulaire relié à un manomètre).

B • Le rythme cardiaque

Le rythme cardiaque (ou **fréquence cardiaque**) est le nombre de battements du cœur par minute (le pouls). Chez un sujet sain, il se situe entre 60 et 80 battements par minute (bpm). Il varie selon l'âge, les conditions physiologiques de l'individu, l'exercice physique. Chez un nouveau-né, il est de 140 +/- 50 bpm, chez un enfant âgé de 6 à 12 ans, il est de 95 +/- 30 bpm...

Pendant un effort tel qu'un exercice physique, le rythme cardiaque peut atteindre des valeurs de 140 battements par minute. Cela permet d'adapter l'approvisionnement des cellules musculaires en nutriments et en oxygène.

C • Les anomalies du rythme

Les anomalies du rythme cardiaque désignent des battements du cœur trop lents, trop rapides ou irréguliers. On désigne par **arythmie,** les battements cardiaques irréguliers. Les manifestations de l'arythmie cardiaque sont des palpitations, des étourdissements, un pouls trop lent ou trop rapide, une chute de la tension artérielle, une dyspnée (essoufflement), des douleurs à la poitrine, des œdèmes... Parmi les arythmies, on distingue :
- la **tachycardie** : on enregistre plus de 100 bpm chez un individu au repos ;
- la **bradycardie** : on enregistre moins de 60 bpm chez un individu au repos.

L'**électrocardiogramme** est un outil indispensable pour analyser les troubles du rythme cardiaque.

L'APPAREIL CARDIOVASCULAIRE : LE SANG ET LA LYMPHE

Chez l'adulte, le volume de sang représente environ 6 à 8 % du poids corporel (environ 5 à 6 litres pour un homme de 70 kg). Ce volume, contenu dans l'appareil cardiovasculaire, représente la partie circulante du milieu intérieur, à laquelle s'ajoute la **lymphe**.

I. LA COMPOSITION DU SANG ET DE LA LYMPHE

Le sang est un liquide visqueux et légèrement alcalin (pH = 7,4). C'est un tissu conjonctif particulier. Il se compose d'une partie liquide (**le plasma**), dans laquelle baignent différents types de cellules mobiles : **les éléments figurés**.

A • Le plasma

Il correspond à la partie liquide du sang. Il est constitué de plus de 90 % d'eau. Il contient des substances en solution : des **gaz respiratoires** (O_2, CO_2), des **éléments minéraux** (Na^+, Cl^-...), des **protéines** (albumine, immunoglobulines, facteurs de coagulation, des enyzmes...), des **substances azotées** (urée), des **substances régulatrices ou informatives** (hormones), **des nutriments** (glucose, acides aminés, lipides...), des **vitamines**...

B • La lymphe

La lymphe est un liquide jaunâtre de composition analogue à celle du plasma sanguin. Elle contient beaucoup d'eau, des protéines, des graisses, des éléments permettant la défense de l'organisme (des globules blancs, notamment des lymphocytes). La lymphe est dépourvue de globules rouges. Elle a un rôle nutritif, un rôle de défense de l'organisme et de transport des cellules. Elle assure aussi l'élimination des déchets cellulaires.

On distingue :
- **la lymphe interstitielle** : sous l'effet de variations de pression dans le sang, des protéines et du liquide peuvent passer, par filtration, au travers des capillaires sanguins, au niveau de l'extrémité artérielle et se retrouvent en dehors des vaisseaux sanguins. Une partie de ce liquide et de ces protéines est réabsorbée au niveau de l'extrémité veineuse des capillaires sanguins. L'autre partie reste dans le liquide interstitiel et constitue la lymphe interstitielle puis, elle est réabsorbée par les capillaires lymphatiques et constitue la lymphe canalisée ;

– **la lymphe canalisée** : elle circule à l'intérieur de vaisseaux lymphatiques, elle est riche en déchets, en globules blancs, et se charge de graisses issues de la digestion après les repas. Elle rejoint la circulation sanguine au niveau de la veine sous-clavière gauche. Elle absorbe la lymphe interstitielle en excès et elle permet le retour dans la circulation sanguine des protéines.

II. Les éléments figurés du sang

À SAVOIR

Le sang contient 3 sortes de cellules : les globules rouges (ou **hématies** ou érythrocytes), les globules blancs (ou **leucocytes**) et les **plaquettes** (ou thrombocytes).

A • Les hématies

Ce sont les cellules les plus nombreuses du sang (4,5 à 5 millions/mm^3 de sang). Les hématies sont des cellules sans noyau en forme de disque biconcave qui se déforment facilement. Leur durée de vie est en moyenne de 120 jours. Elles sont produites par la moelle osseuse de certains os et sont détruites au niveau du foie et de la rate principalement. Leur couleur rouge est due à la présence d'un pigment protéique : l'**hémoglobine** qui assure le **transport des gaz respiratoires** (**O_2 et CO_2**). Les hématies possèdent à leur surface des antigènes qui permettent de classer les individus en divers groupes sanguins (système ABO).

B • Les globules blancs (ou leucocytes)

Ils interviennent dans la **défense de l'organisme**. Il y a environ 7 000 globules blancs par mm^3 de sang. On distingue :
– les **monocytes**, qui peuvent quitter le sang et aller dans les tissus pour devenir des **macrophages** et qui réalisent **la phagocytose** ;
– les **lymphocytes B et T**, qui sont impliqués dans la reconnaissance spécifique des antigènes et qui interviennent dans les mécanismes de l'immunité ;
– les **granulocytes** (ou **polynucléaires**). Ces cellules, avec un noyau présentant plusieurs lobes, sont impliquées dans les infections bactériennes, parasitaires et dans les allergies. On distingue trois types de granulocytes : les neutrophiles, les basophiles et les éosinophiles.

C • Les plaquettes

Il y en a environ 300 000 par mm^3 de sang. Elles interviennent dans l'hémostase en formant le clou plaquettaire. Elles assurent ainsi l'**arrêt des saignements** lors de lésions vasculaires. Elles protègent l'organisme du risque hémorragique en colmatant les brèches des vaisseaux grâce à leurs propriétés adhésives qui vont se manifester aux sites des lésions. Elles jouent un rôle essentiel dans la coagulation.

L'APPAREIL EXCRÉTEUR

L'appareil excréteur (système urinaire) assure l'élimination des déchets cellulaires et des substances toxiques transportés par le sang. Il participe à l'homéostasie.

I. ANATOMIE

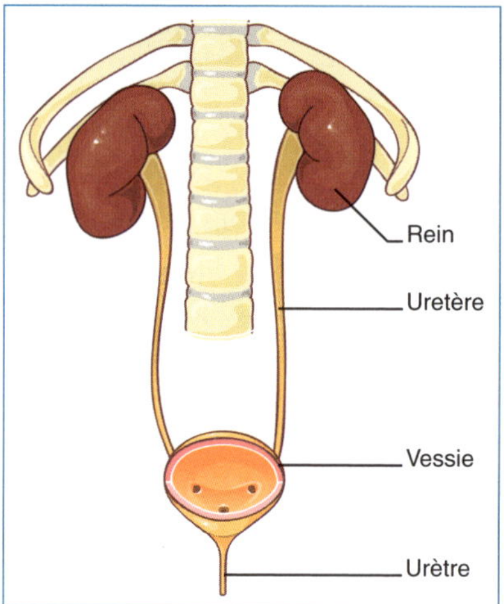

Anatomie générale du système urinaire

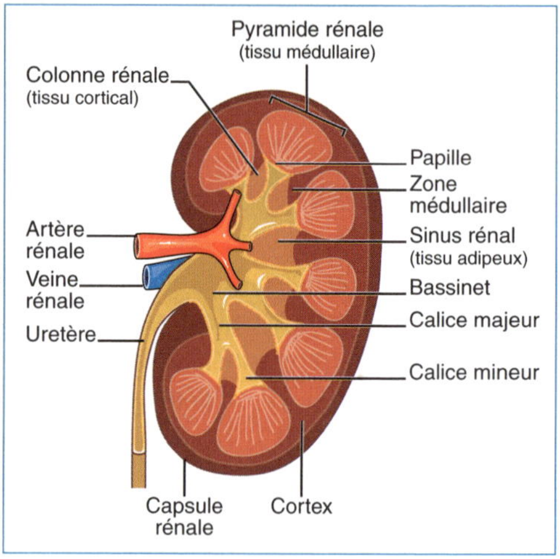

Coupe longitudinale d'un rein

L'appareil excréteur est constitué de deux reins et des voies urinaires.

A • Les reins

Les deux reins régulent la composition sanguine et produisent l'urine. Ils sont situés dorsalement, sous le diaphragme, de chaque côté de la colonne vertébrale.

B • Les voies urinaires

Elles assurent l'excrétion de l'urine (son élimination à l'extérieur du corps). On distingue :

– **les deux uretères** : ce sont des conduits de 25 à 30 cm de longueur et de 4 à 7 mm de diamètre ; ils acheminent l'urine produite par les reins vers la vessie ;
– **la vessie** : réservoir à parois musculaires, elle stocke l'urine produite avant de l'évacuer. Le besoin d'uriner survient lorsque la vessie contient entre 250 et 300 mL d'urine ;
– **l'urètre** : ce canal conduit l'urine de la vessie vers l'extérieur du corps.

Chaque rein est entouré d'une capsule rénale (membrane de protection). Il est constitué de 3 parties :

- **la zone corticale (le cortex)** est localisée à la périphérie du rein ; elle est riche en néphrons. Elle est le siège de la filtration du sang ;
- **la zone médullaire (la médulla)** contient les pyramides de Malphigi (pyramides rénales) ; on y trouve les tubules rénaux et les tubes collecteurs d'urine ;
- **le bassinet** est un entonnoir qui collecte l'urine déversée par les pyramides ; il la canalise vers l'uretère.

II. Le néphron

A • Structure du néphron

Chaque rein est formé d'un million de néphrons (l'unité fonctionnelle du rein). Un néphron mesure entre 3 et 4 cm de longueur. Il est constitué de deux parties : **la capsule de Bowman** et **le tubule rénal**. La capsule de Bowman coiffe des capillaires sanguins constituant le glomérule de Malpighi. La capsule de Bowman et le capillaire sanguin forment le corpuscule de Malpighi. Le tubule rénal est formé par le tubule contourné proximal, l'anse de Henlé et le tubule contourné distal.

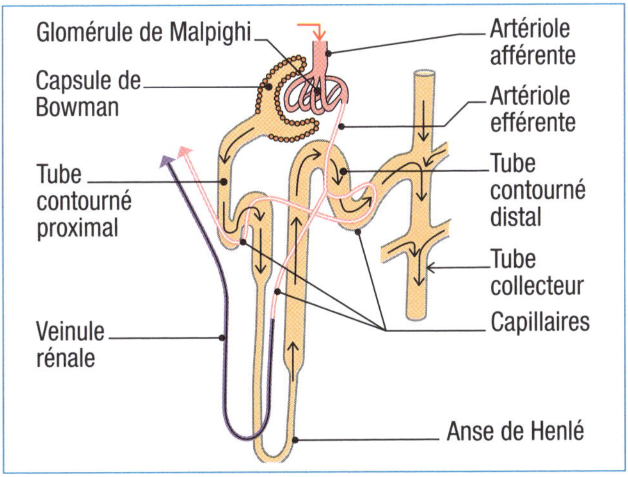

Schéma d'un néphron et de sa vascularisation

B • Les différents rôles du néphron

La formation de l'urine s'effectue, dans les néphrons, grâce à 3 mécanismes.

1. La filtration

Le sang pénètre par l'artère afférente dans le néphron. Une filtration est réalisée au niveau du corpuscule de Malpighi. Les substances du sang (à l'exception des molécules de grandes dimensions telles que les protéines...) passent alors à travers les parois des capillaires et de la capsule de Bowman (lieu de naissance du filtrat glomérulaire – urine primitive) ; le filtrat a alors, approximativement, la même composition que le sang. Il parcourt successivement le tubule contourné proximal, l'anse de Henlé puis le tubule contourné distal en y subissant des modifications de sa composition.

2. La réabsorption

Une fois l'urine primitive formée, certains des éléments qu'elle contient sont récupérés par les vaisseaux sanguins. Des capillaires sanguins en contact avec le tubule rénal assurent cette récupération (phénomène de réabsorption). Certaines substances initialement filtrées retournent dans la circulation sanguine. Ce phénomène concerne des substances indispensables à l'organisme : glucose, sels minéraux, acides aminés, eau... À l'issue de cette étape, 99 % du filtrat a été réabsorbé.

3. La sécrétion

D'autres substances partiellement présentes dans le filtrat voient leur concentration augmenter au fur et à mesure du parcours dans les tubules : c'est la sécrétion. Ce phénomène de concentration de l'urine concerne des substances toxiques pour l'organisme, les ions H^+, le potassium, l'acide urique, l'urée, la créatinine, les ions ammoniums... La sécrétion permet aux néphrons d'augmenter l'élimination de ces substances.

III. Les différents rôles du rein

A • Il régule les quantités d'eau dans l'organisme et la pression artérielle

Le rein maintient la quantité d'eau qui est nécessaire à l'organisme. Il reçoit environ 1 800 litres de sang par jour et il ne rejette que 0,5 à 2 litres d'urines par 24 heures. La quasi-totalité des liquides filtrés est réabsorbée par les tubules des néphrons. Au total, les entrées et les sorties journalières d'eau s'équilibrent. Le rein maintient ainsi constante la pression artérielle.

B • Il élimine des substances toxiques

Il assure l'excrétion des déchets azotés et d'autres substances toxiques issues du métabolisme : l'urée, la créatinine, l'acide urique... (fonction épuratrice).

C • Il maintient l'équilibre des concentrations des substances chimiques

Il régule les quantités de sels de potassium et d'autres électrolytes, nécessaires au bon fonctionnement du cœur, des muscles et des autres organes. Il régule le milieu intérieur en éliminant les acides en excès et en maintenant le pH sanguin à la valeur de 7,4 environ.

D • Il intervient dans la production et la sécrétion d'hormones

Le rein synthétise des hormones : la rénine, l'érythropoïétine, le calcitriol.

IV. Les physiopathologies

	Définition et caractéristiques	Prévention et traitement
Infections urinaires	Inflammations provoquées par des bactéries qui peuvent toucher les glomérules (glomérulonéphrites), les reins (pyélonéphrites), l'urètre (urétrite), la vessie (cystite). **Les symptômes** : brûlures à la miction, fièvre, douleurs lombaires…	**La prévention :** boire fréquemment, uriner souvent, ne pas porter de vêtements serrés, avoir une hygiène corporelle rigoureuse… **Les traitements** : antibiotiques.
Incontinence urinaire	Incapacité à maîtriser la miction (élimination des urines). Elle est due à un affaiblissement du sphincter externe de l'urètre, à la diminution du tonus musculaire de la zone uro-génitale ou à une contraction précoce de la vessie.	**La prévention** : rééducation périnéale après l'accouchement… **Les traitements** : prise de médicaments, rééducation, chirurgie ou traitements palliatifs (couches…).
Insuffisance rénale	Les reins ne peuvent plus assurer la fonction d'épuration du sang. L'insuffisance résulte souvent des complications du diabète, de l'hypertension, de glomérulonéphrites… **Les symptômes** : – enflure des pieds, des chevilles, des jambes… ; – douleur à la miction, diminution du volume d'urine ; – hypertension artérielle ; – fatigue et faiblesse plus marquées ; – maux de tête, troubles du sommeil, nausées et vomissements ; – perte d'appétit, mauvais goût en bouche, perte de poids inexpliquée.	**La prévention** : – contrôle de l'hypertension artérielle et du diabète ; – consommation modérée d'alcool ; – prise de médicaments ; – traitement des infections urinaires dès leur apparition. **Les traitements** : – régime alimentaire ; – prise de médicaments (réguler la pression artérielle, maintenir les globules rouges, traitement diurétique) ; – la dialyse et la greffe de rein.

L'appareil respiratoire : anatomie et échanges

L'appareil respiratoire introduit, dans le corps, le **dioxygène (O_2)** indispensable à la vie des cellules et rejette au dehors le **dioxyde de carbone (CO_2)**.

I. Anatomie

L'appareil respiratoire comprend les voies respiratoires et les poumons.

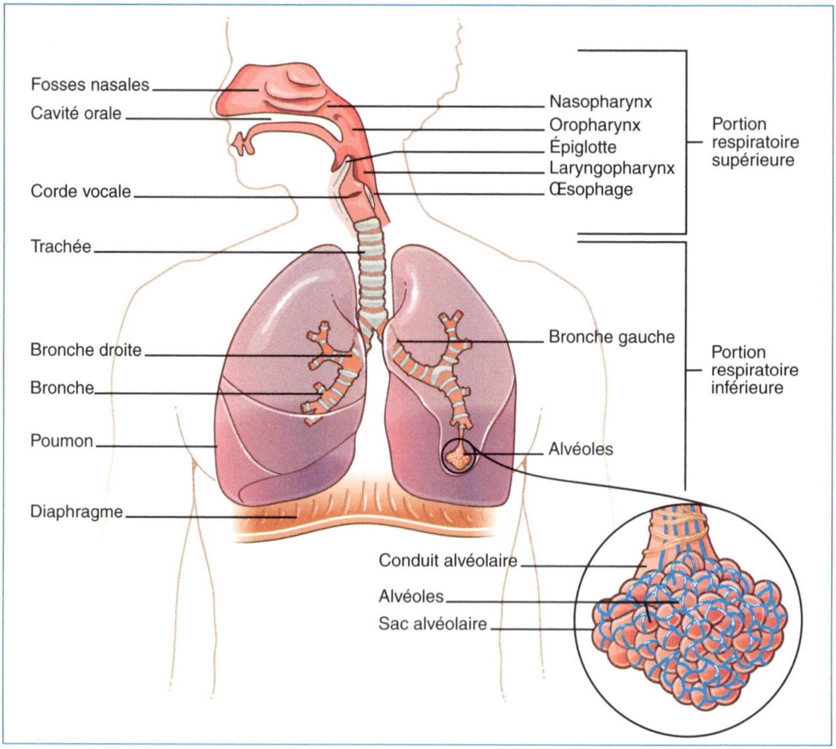

A • Les voies aériennes supérieures

• **Les fosses nasales** : elles sont situées dans le nez. Elles sont tapissées d'une muqueuse ciliée. La présence de poils et la sécrétion de mucus retiennent les poussières, réchauffent, humidifient et purifient l'air inspiré.

• **Le pharynx** : c'est le carrefour des voies aériennes et digestives, lieu où se croisent les trajets du flux respiratoire (des fosses nasales à la trachée) et du bol alimentaire (qui doit s'engager dans l'œsophage à la suite de la déglutition).

- **Le larynx** : c'est l'organe de la phonation. Il permet le passage de l'air vers la trachée. C'est un ensemble d'os et de cartilages élastiques. À sa partie supérieure, l'épiglotte ferme l'entrée du larynx pendant la déglutition. Le larynx met le pharynx en relation avec la trachée artère.
- **La trachée artère** : c'est le conduit qui amène l'air du larynx aux deux bronches. Elle est située à l'avant de l'œsophage. Son épithélium sécrète un mucus qui englue les poussières.

B • Les voies aériennes inférieures

- **Les bronches** : la trachée artère se divise en deux bronches (droite et gauche). Les bronches pénètrent chacune dans les poumons et se ramifient en bronches lobaires dont les ramifications ultérieures donnent naissance aux bronchioles. Les poumons sont enveloppés par deux feuillets constituant la plèvre et ils reposent sur un muscle, le diaphragme.
- **Les bronchioles** : elles se ramifient à leur tour ; les bronchioles terminales aboutissent aux vésicules pulmonaires en forme de grappes de raisins.
- **Les vésicules pulmonaires** : les sacs alvéolaires (ou vésicules pulmonaires) sont constitués de nombreuses alvéoles pulmonaires (petits sacs remplis d'air). Leurs parois très fines (0,4 µm) jouent un rôle important dans les échanges gazeux respiratoires. Le nombre d'alvéoles pulmonaires (60 millions) permet d'augmenter considérablement la surface des échanges gazeux.

L'ensemble bronches-bronchioles-vésicules pulmonaires-alvéoles pulmonaires appartient à l'arbre bronchique.

II. Mécanique ventilatoire

Les mouvements respiratoires, l'inspiration et l'expiration, ont pour effet de renouveler l'air alvéolaire : c'est la ventilation pulmonaire. Le **rythme respiratoire** est le nombre de cycles respiratoires (inspirations et expirations) par minute mesuré chez un individu. Les gaz se déplacent passivement des zones où ils sont le plus concentrés (zone à haute pression) vers les zones où ils sont le moins concentrés (zone à faible pression).

A • Lors de l'inspiration

Le volume de la cage thoracique s'accroît : la contraction des muscles intercostaux augmente le volume de la cage respiratoire.

Les poumons suivent alors passivement le mouvement et de l'air atmosphérique y entre (air inspiré). L'inspiration est ainsi un phénomène actif.

B • Lors de l'expiration

Le volume de la cage thoracique diminue (relâchement des muscles intercostaux et du diaphragme).

Les poumons suivent le mouvement et se rétractent : de l'air sort des poumons (air expiré). L'expiration est un phénomène passif.

C • Le rythme respiratoire

Un adulte inspire environ 500 mL d'air au cours d'une respiration normale. Au cours de l'expiration, le même volume de gaz est chassé. Chez un adulte au repos, il est généralement de 14 à 20 cycles par minute. Le rythme respiratoire varie selon l'âge, l'activité, les pathologies. Ainsi, chez un nouveau-né, le rythme respiratoire est de 35 à 50 cycles par minute, chez une personne âgée, il est de 15 à 25 cycles par minute. Le rythme respiratoire augmente fortement lors d'un exercice physique afin de fournir suffisamment d'oxygène aux muscles en activité.

III. ÉCHANGES GAZEUX

A • Les différences de composition en gaz

Après passage dans les poumons, l'air expiré n'a pas la même composition que l'air inspiré. Il est davantage chargé en dioxyde de carbone, appauvri en dioxygène, et davantage chargé en vapeur d'eau. Ces différences sont la conséquence d'échanges gazeux qui s'effectuent au niveau des alvéoles pulmonaires. Les alvéoles pulmonaires sont au contact de capillaires sanguins avec lesquels les échanges gazeux ont lieu. Les échanges ont lieu selon le principe de la diffusion simple : les gaz se déplacent d'un milieu où ils sont le plus concentrés vers un milieu où ils sont le moins concentrés.

B • Les transferts de gaz

1. Au niveau des alvéoles pulmonaires

Fiche 8

Le dioxyde de carbone quitte par diffusion le sang des capillaires et passe dans l'air alvéolaire pour être ensuite rejeté lors de l'expiration. Le dioxygène passe par diffusion de l'air alvéolaire vers le sang des capillaires. Le sang, enrichi en dioxygène, quitte ensuite les poumons, passe par le cœur pour être alors distribué à toutes les cellules de l'organisme.

2. Au niveau des tissus

Le dioxygène diffuse du sang des capillaires vers le cytoplasme des cellules. Il est indispensable au fonctionnement des cellules. Le dioxyde de carbone est un déchet du métabolisme cellulaire ; il passe du cytoplasme des cellules jusque dans le sang des capillaires qui le ramènent aux poumons afin qu'il soit éliminé hors de l'organisme par le biais de l'expiration. Le sang, enrichi en dioxyde de carbone, circule ainsi vers les poumons en passant par le cœur.

C • Le transport des gaz respiratoires

Les gaz respiratoires sont transportés dans le sang principalement par les **hématies** (les globules rouges). C'est un pigment particulier présent dans les hématies, l'**hémoglobine**, qui fixe le dioxygène ou le dioxyde de carbone pour le transporter.

1. Au niveau des poumons

La pression en oxygène est élevée. Des molécules de dioxygène présentes dans les alvéoles pulmonaires pénètrent par diffusion dans le sang. Elles se fixent immédiatement sur des molécules d'hémoglobine pour former des molécules d'oxyhémoglobine :

hémoglobine + dioxygène → **oxyhémoglobine**

L'oxyhémoglobine donne alors au sang sa couleur rouge vif.
Dans les capillaires à proximité des poumons, le plasma libère le dioxyde de carbone qui diffuse dans les poumons pour être expiré ; une partie des molécules de dioxyde de carbone est transportée dans le sang sous forme de molécules de carbhémoglobine (dioxyde de carbone fixé à l'hémoglobine) ; celles-ci relâchent leur dioxyde de carbone :

carbhémoglobine → hémoglobine + dioxyde de carbone

Ce dernier est alors éliminé hors de l'organisme lors de l'expiration.

2. Au niveau des cellules

La pression en oxygène est faible. Les molécules d'oxyhémoglobine libèrent les molécules de dioxygène qui diffusent dans les cellules, le sang prend une couleur rouge foncé :

oxyhémoglobine → hémoglobine + dioxygène (sang rouge foncé)

D'autres systèmes contribuent au transport du dioxygène dans le sang ; il est ainsi transporté sous forme dissoute.
Les molécules de dioxyde de carbone pénètrent, par diffusion, dans le sang. Le dioxyde de carbone est transporté par le plasma principalement sous forme d'ions hydrogénocarbonates et sous forme de gaz dissous ; une partie est aussi transportée par les globules rouges sous forme de carbhémoglobine :

hémoglobine + dioxyde de carbone → **carbhémoglobine**

L'APPAREIL RESPIRATOIRE : PHYSIOPATHOLOGIE ET TABAGISME

I. PHYSIOPATHOLOGIE

A • L'insuffisance respiratoire

Définition : c'est l'incapacité de l'appareil respiratoire à oxygéner correctement les tissus et à éliminer le dioxyde de carbone.

Les symptômes : céphalées (maux de tête), sueur, cyanose (coloration bleuâtre de la peau du fait de la concentration élevée dans le sang en dioxyde de carbone), difficultés respiratoires…

Les causes : elle peut être due à une obstruction des voies aériennes (emphysème, asthme, bronchite chronique), à un manque d'oxygène, à une asphyxie…

Les traitements : ils diffèrent selon la maladie invoquée. On peut recourir à des respirateurs qui insufflent de l'air pour restaurer une ventilation normale…

B • L'asthme

Définition : c'est une affection pulmonaire chronique caractérisée par des difficultés respiratoires (une dyspnée). Le diamètre des bronchioles est réduit du fait de la contraction des fibres musculaires de leur paroi. Ce phénomène s'accompagne d'une inflammation et d'une accumulation de mucus.

Les symptômes : une respiration sifflante, une oppression thoracique, un essoufflement, une toux.

Les causes : divers allergènes (animaux domestiques, acariens, pollens…), l'air froid, la fumée, la poussière, les perturbations émotionnelles, des prédispositions génétiques.

La prévention : des mesures d'hygiène quotidiennes, telles qu'aérer les locaux, éviter les allergènes… peuvent être efficaces.

Les traitements : identifier l'allergène, suivre une désensibilisation, prendre un traitement anti-inflammatoire et utiliser des bronchodilatateurs.

C • L'asphyxie (ou détresse respiratoire)

Définition : c'est une insuffisance respiratoire aiguë qui conduit à un manque d'oxygénation du sang et des tissus (**hypoxie**). Elle entraîne une dyspnée et une cyanose (coloration mauve ou bleutée de la peau).

Les symptômes : après quelques minutes sans dioxygène, la victime a des mouvements qui ralentissent ; elle devient inconsciente et peut décéder.

Les causes : l'inhalation de monoxyde de carbone (CO) peut entraîner une asphyxie. Ce gaz incolore et inodore se fixe à l'hémoglobine à la place du dioxygène de manière irréversible.
Les traitements : dans le cas de l'intoxication au monoxyde de carbone, les secours (le 18, le 15 ou le 112) sont alertés. Les personnes intoxiquées sont transportées vers l'hôpital et mises sous oxygène pour accélérer l'élimination du monoxyde de carbone.

D • La bronchiolite

Définition : c'est une inflammation des bronchioles qui touche les jeunes enfants (1 mois à 2 ans).
Les symptômes : on note une rhinite, une toux, de la fièvre et une obstruction nasale, une dyspnée, une respiration rapide (polupnée). La bronchiolite est le plus souvent bénigne, mais dans certains cas des complications peuvent survenir.
Les causes : l'agent responsable est un virus ; c'est une maladie très contagieuse. Elle se transmet par voie aéroportée et manuportée.
Les traitements : la prise d'antipyrétiques (type aspirine ou paracétamol) est nécessaire pour baisser la température, lorsque celle-ci est trop élevée. Le sérum physiologique permet de désobstruer le nez. Ce traitement, associé à des conseils d'hygiène et à la kinésithérapie, suffit la plupart du temps à aider l'enfant à surmonter ses difficultés respiratoires. Il existe des traitements antiviraux pour combattre le virus responsable et des traitements à base d'antibiotiques pour lutter contre la surinfection.

II. Le tabagisme

C'est la consommation de tabac. Les composants de la fumée de cigarette sont dangereux pour la santé. On y trouve les goudrons (responsables de la fréquence des cancers des voies respiratoires et des poumons mais aussi de la langue, des lèvres...), la nicotine (drogue qui crée chez le fumeur une dépendance) et le monoxyde de carbone. La fumée de tabac est nocive pour le fumeur et pour son entourage (tabagisme passif).
En France, le tabagisme est la première cause de mortalité, avec environ 60 000 décès chaque année. Les maladies liées au tabagisme sont nombreuses :
- un cancer sur trois est dû au tabagisme. Le plus connu est le cancer du poumon, mais d'autres cancers sont également causés par le tabac : œsophage, gorge, bouche, lèvres, pancréas, reins, vessie, utérus ;
- le tabagisme actif peut être à l'origine de maladies cardiovasculaires ;
- fumer durant la grossesse comporte de multiples risques pour la grossesse et pour le développement du fœtus (développement insuffisant du fœtus).

L'APPAREIL DIGESTIF : ANATOMIE ET MÉCANISMES

L'appareil digestif est composé de nombreux organes : œsophage, estomac, intestin grêle... Il assure la digestion des aliments grâce à un ensemble de mécanismes. Les aliments sont transformés en substances assimilables par l'organisme : **les nutriments**.

I. SCHÉMA DE L'APPAREIL DIGESTIF

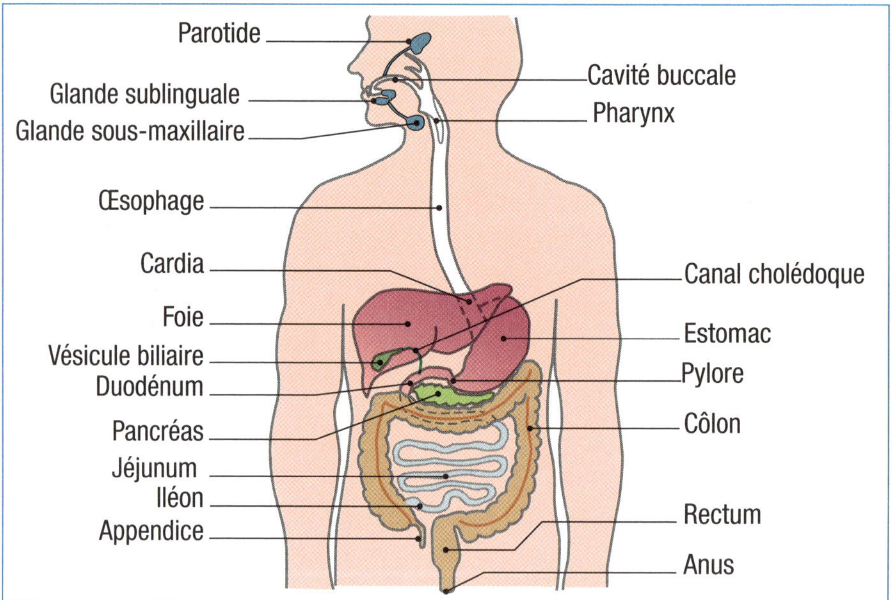

II. LES DIFFÉRENTES ÉTAPES DE LA DIGESTION

La digestion est un processus qui s'effectue en plusieurs étapes. On distingue des **phénomènes mécaniques** et des **phénomènes chimiques**.

A • Les phénomènes mécaniques

Organes	Phénomènes mécaniques
Bouche	**Mastication** : les aliments sont mécaniquement coupés, déchiquetés et broyés par les dents ; ils forment le bol alimentaire. Le bol est imprégné de salive, il est brassé par la langue. Le bol alimentaire progresse vers la base de la langue. **Déglutition** : c'est une activité réflexe qui envoie le bol alimentaire en direction de l'œsophage. La contraction des muscles du pharynx pousse le bol alimentaire : il est avalé.
Œsophage	Le bol alimentaire progresse le long de l'œsophage grâce à l'onde péristaltique créée par la contraction des muscles de l'œsophage. Le bol alimentaire parvient au cardia.
Estomac	La contraction des muscles de la paroi de l'estomac assure un brassage gastrique du bol alimentaire. Cela favorise le contact avec les sécrétions gastriques. Le bol alimentaire constitue alors le chyme. Il sort de l'estomac en franchissant le pylore.
Intestin grêle	Le chyme progresse en passant successivement par le duodénum, le jéjunum et l'iléon. La progression et le brassage sont assurés par les contractions des muscles lisses. Il forme alors le chyle. Les nutriments qu'il contient sont en partie absorbés par les villosités intestinales au cours de l'absorption intestinale.
Gros intestin	Les résidus non absorbés progressent lentement dans le gros intestin en passant par le cæcum, le côlon et le rectum. Les résidus se déshydratent et forment le bol rectal. Ils constituent les selles et sont éliminés par l'anus lors de la défécation.

B • Les phénomènes chimiques

Ils se produisent tout au long du trajet du bol alimentaire, en même temps que les phénomènes mécaniques. Ils font intervenir **les sécrétions exocrines des organes**.

	Phénomènes chimiques		
Organes	**Nom des sécrétions**	**Nom des substances actives**	**Actions réalisées**
Glandes salivaires	Salive (libérée dans la bouche)	Amylases salivaires	Actives contre l'amidon
Estomac	Suc gastrique (libéré dans l'estomac)	Acide chlorhydrique	Modifie le pH du milieu et favorise l'action des enzymes digestives
		Enzymes gastriques : la rénine, la pepsine	Actives contre les protéines
Intestin grêle	Suc intestinal (libéré dans l'intestin grêle)	Enzymes : maltases, saccharases	Actives contre les glucides
Pancréas	Suc pancréatique (libéré dans l'intestin grêle)	Amylase pancréatique	Active contre les glucides
		Trypsine	Active contre les protéines
		Lipases pancréatiques	Actives contre les matières grasses
Foie / Vésicule biliaire	Bile (élaborée par le foie, stockée dans la vésicule biliaire, libérée dans l'intestin grêle lors de la digestion)	Sels biliaires	Actifs contre les matières grasses (ils émulsifient les lipides)

À SAVOIR

Le gros intestin abrite une flore intestinale abondante qui réalise des fermentations en utilisant les déchets alimentaires (les résidus de la digestion).

III. Le bilan de la digestion

La digestion permet la transformation des molécules alimentaires en **nutriments.**

Constituants alimentaires	Nutriments
Glucides : • amidon puis maltose • saccharose • lactose	• Glucose • Glucose et fructose • Glucose et galactose
Protides : protéines, polypeptides…	Acides aminés
Lipides	Acides gras et glycérol
Eau, minéraux, vitamines sont directement absorbés par les intestins.	

IV. L'absorption intestinale

L'**absorption intestinale** est le mécanisme de transport des nutriments dans la circulation sanguine et lymphatique. Elle est réalisée par divers mécanismes qui diffèrent selon la nature de la molécule absorbée (**la diffusion passive, la diffusion facilitée, le transport actif**). Elle a lieu dans les replis de l'intestin grêle : les **villosités**. Chez l'homme, l'intestin grêle est un tube de 7 à 8 mètres de long. Sa muqueuse interne présente de nombreux replis portant des villosités intestinales. Avec ses replis et ses villosités (dix millions), l'intestin grêle a une surface interne totale de l'ordre de 200 m^2 ; les villosités intestinales sont irriguées par de nombreux capillaires sanguins et lymphatiques permettant de rapidement mettre à la disposition de l'organisme les nutriments issus de la digestion. Les molécules se retrouvent ainsi dans le **milieu intérieur** et sont distribuées aux cellules pour les alimenter ou pour contistuer des réserves.

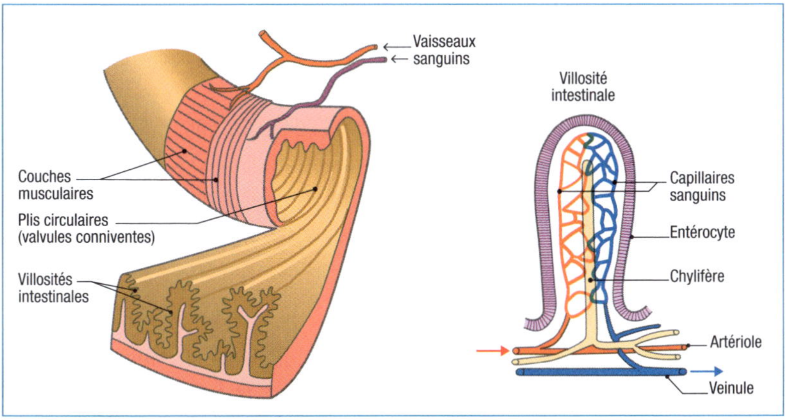

La paroi de l'intestin grêle et une villosité intestinale

L'APPAREIL DIGESTIF : DENTITION ET HYGIÈNE BUCCODENTAIRE

I. LA CHRONOLOGIE D'APPARITION DES DENTS

Les dents sont enfermées dans la cavité buccale. Elles se mettent en place progressivement au cours de la croissance.

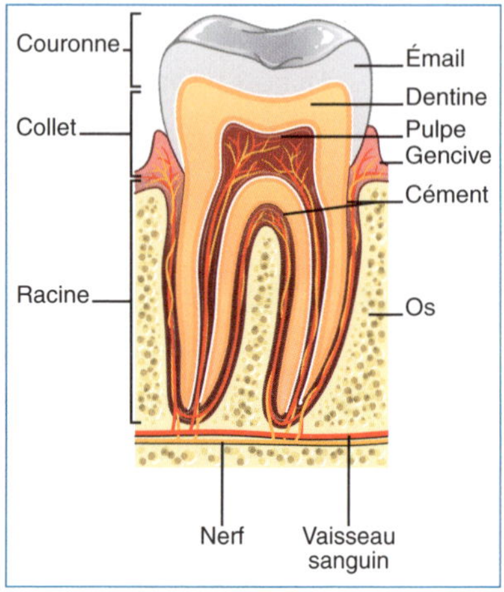

Schéma d'une dent

A • Les dents de lait : la dentition déciduale

Les premières dents sont les dents de lait : c'est **la denture temporaire**.

Les 8 incisives apparaissent les premières (entre 6 mois et 1 an) ; suivent ensuite les 4 premières molaires (entre 1 an et 18 mois), les 4 canines (entre 18 mois et 2 ans), et enfin, les 4 deuxièmes molaires (entre 2 ans et 2 ans et demi). On compte au total 20 dents de lait. La dentition temporaire se met ainsi en place pendant 5 à 6 ans à partir de la naissance.

À partir de 6 ans, les dents de lait sont remplacées progressivement par les dents définitives. Cette période de transition est nommée **denture mixte**.

B • La dentition définitive

Lorsque toutes les dents permanentes ont fait leur éruption, on parle de **denture permanente**. On bénéficie de 32 dents au total. Cette période s'étend de 6 ans à 18-25 ans.

Les 4 premières molaires apparaissent à l'âge de 6 ans, puis suivent successivement dans l'ordre, les 8 incisives (6-8 ans), les 4 premières prémolaires (8-9 ans), les 4 canines et 4 prémolaires (9-13 ans), les 4 autres molaires (12 ans), les 4 dernières molaires ou dents de sagesse (16-25 ans).

C • Les différents types de dents

Les **incisives** (8) coupent les aliments.

Les **canines** (4) arrachent, déchirent, déchiquettent les aliments.

Les **prémolaires** (8) et **molaires** (12) écrasent et broient les aliments.

II. La plaque dentaire et la carie dentaire

A • Définition

La **plaque dentaire** est une substance blanchâtre qui se dépose en permanence à la surface des dents, à la jonction avec la gencive. Elle est constituée de bactéries de la flore buccale, de salive, de résidus alimentaires emprisonnés dans un gel très adhérent. La plaque dentaire mal éliminée peut se minéraliser et, en se calcifiant, donner du **tartre**.

La **carie dentaire** est une maladie infectieuse qui touche l'émail et la dentine. Elle est caractérisée par la décalcification progressive des tissus durs de la dent. Elle peut avoir pour origine le manque d'hygiène, des carences alimentaires, l'hérédité…

B • Évolution d'une carie

Stade 1 : l'attaque des tissus extérieurs. La carie commence toujours par l'attaque de l'émail de la dent, la carie n'est pas douloureuse car l'émail ne contient aucun nerf. Seule l'observation des dents permet de détecter la carie à ce stade.

Stade 2 : la destruction de la dentine. La carie détruit la dentine de la dent. À ce stade, la carie peut commencer à faire mal. La dent est sensible au chaud ou au froid.

Stade 3 : l'attaque de la pulpe. L'invasion bactérienne progresse et attaque la pulpe. De violentes douleurs spontanées apparaissent : c'est la rage de dent.

Stade 4 : la destruction de la pulpe de la dent. La carie détruit la pulpe de la dent et l'infection peut se développer en dehors de la dent. La prolifération bactérienne progresse vers les tissus qui environnent la dent (ligament, os, gencive). C'est l'**abcès dentaire**. Ce foyer infectieux peut se disséminer dans le reste de l'organisme et atteindre le cœur, les sinus, les reins, les yeux, les articulations… : c'est la **septicémie**.

III. Les conditions d'une bonne hygiène bucco-dentaire

Une bonne hygiène dentaire évite le développement de caries et limite la formation de tartre. Elle nécessite de :

- se brosser les dents matin, midi et soir (surtout après le repas) pendant 3 minutes ;
- changer régulièrement sa brosse à dents (tous les 3 mois environ) ;
- consulter 2 fois par an un dentiste pour des visites de contrôle ;
- nettoyer régulièrement son appareil dentaire avec des produits spécifiques ;
- ne pas avoir d'écarts de températures trop importants au niveau des aliments ingérés ;
- ne pas manger trop de sucreries : elles fermentent et produisent des acides qui attaquent les dents ;
- consommer des aliments riches en vitamine D et en calcium (lait, laitages, fruits et légumes).

L'APPAREIL DIGESTIF DE L'ENFANT ET DE LA PERSONNE ÂGÉE ; LA PHYSIOPATHOLOGIE

L'appareil digestif évolue au cours de l'âge. Les régimes alimentaires proposés à chaque âge doivent ainsi être adaptés.

I. L'APPAREIL DIGESTIF DE L'ENFANT

L'appareil digestif du nouveau-né est immature.

Caractéristiques	Conséquences
Absence de dents à la naissance. Développement de la mastication à partir du 6e mois.	L'alimentation est liquide, puis semi-liquide jusqu'à 6 mois. L'alimentation mixée succède à l'alimentation liquide.
Œsophage court. Estomac : petit volume, cardia mal fermé.	Les régurgitations sont fréquentes : les rations sont fractionnées, en petits volumes.
Estomac : – faible acidité gastrique (action anti-microbienne faible) ; – pepsine en faible quantité ; – contraction gastrique après le repas.	Les préparations doivent être réalisées en respectant des règles d'hygiène strictes : – l'alimentation ne doit pas être trop riche en protéines qui seraient difficiles à digérer (digestion lente des protéines) ; – production d'un rot pour évacuer l'air ingéré.
Absence d'amylase salivaire chez les nouveau-nés.	Éviter les aliments à base de farine. Respecter une alimentation exclusivement lactée du nouveau-né dans un premier temps. Introduire progressivement des farines à partir du 4e mois.
Intestin long, muqueuse fragile, pas d'amylase pancréatique pendant les 6 premiers mois. Peu de lipases pancréatiques.	Éviter l'amidon et les graisses. Vulnérabilité vis-à-vis des germes.

II. L'APPAREIL DIGESTIF DE LA PERSONNE ÂGÉE

Caractéristiques	Conséquences
Altération de la dentition	Recourir à une alimentation mixée.
Réflexe de déglutition altéré	Risque de fausse route et d'étouffement. Ajuster l'alimentation, utiliser du matériel adapté, adapter le mode d'alimentation.
Ralentissement de la sécrétion d'enzymes et du péristaltisme	Digestion et absorption plus lentes et plus difficiles (aliments gras notamment). Augmenter les aliments riches en cellulose.
Altération du goût et de l'odorat	Perte d'appétit. Encourager à s'alimenter régulièrement pour éviter la malnutrition.
Diminution de la sensation de soif	Encourager à boire régulièrement pour éviter la déshydratation.

III. LES TROUBLES DIGESTIFS ET LES GASTRO-ENTÉRITES

Les **troubles digestifs** regroupent un ensemble de symptômes liés au fonctionnement de l'appareil digestif. On distingue :

– le **vomissement** : rejet actif, soudain et involontaire par la bouche d'une partie du contenu de l'estomac. Les excès alimentaires, d'alcool, la prise de médicaments, les toxi-infections alimentaires, l'ingurgitation de substances toxiques... peuvent en être à l'origine ;

– la **diarrhée** : évacuation fréquente de selles molles et riches en eau. Généralement, elle constitue le symptôme de certains types de grippes, d'intoxications alimentaires. Si elle n'est pas traitée, la diarrhée peut conduire à une déshydratation ;

– la **constipation** : retard ou difficulté d'évacuation de selles moins fréquentes, moins abondantes, plus dures que normalement : moins de 3 selles par semaine. Elle peut être causée par plusieurs facteurs (une mauvaise alimentation, l'absence d'exercice ou de sport, le stress, des problèmes psychologiques, la prise de certains médicaments, une maladie...).

Une **gastro-entérite** est une **inflammation** et une **infection** de la **muqueuse** du tube digestif de l'**estomac** et de l'**intestin**. Elle peut provoquer une **déshydratation** importante.

LE SYSTÈME LOCOMOTEUR : LE SQUELETTE ET LES OS

I. ANATOMIE DU SQUELETTE

Le corps peut bouger grâce aux **os** et aux **muscles** qui sont commandés par le cerveau.

L'ensemble des os du corps constitue **le squelette.** Le squelette humain est composé de 206 os. Chaque os possède un nom précis. Les os sont articulés entre eux grâce à des articulations et ils sont reliés entre eux par des **ligaments.**

Les muscles sont attachés aux os par des **tendons.**

On distingue trois parties dans le squelette :

- **la tête** ;
- **le tronc** ;
- **les membres.**

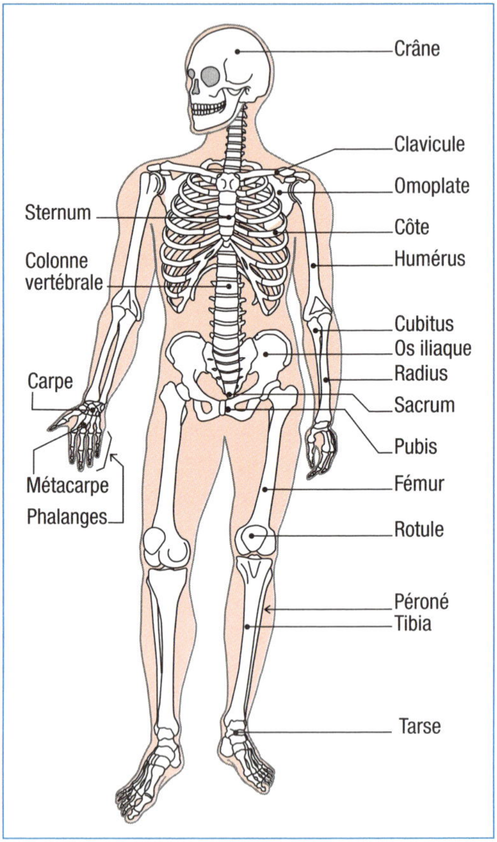

Le squelette constitue à la fois **la charpente du corps**, sur laquelle les muscles, notamment, se fixent et il assure également une **fonction de protection** pour certains organes, comme ceux situés dans la cage thoracique (cœur, poumons...) ou le cerveau, protégé par les os du crâne. Il assure un rôle de soutien de certains organes (viscères...).

Il permet aussi **les mouvements du corps, la formation des cellules sanguines.** Enfin, il constitue une **réserve d'éléments minéraux** (calcium...).

II. Les différents types d'os

A • Présentation

On distingue différents types d'os :

– des **os longs** ayant une forme allongée avec deux parties renflées aux extrémités (les **épiphyses**) et une partie centrale (**la diaphyse**). Exemples : le fémur, le tibia… ;

– des **os courts**, de petite taille. On les trouve principalement au niveau du poignet (les os du carpe) et de la cheville (les os du tarse). Exemple : la rotule ;

– des **os plats**, de faible épaisseur. Exemples : l'omoplate, le bassin, le sternum…

B • Les tissus conjonctifs

L'os est constitué de deux tissus conjonctifs : le **tissu osseux** et le **tissu cartilagineux**.

Le **tissu osseux** est formé de cellules et d'une **matrice extracellulaire** regroupant des **fibres de collagène,** des **fibres d'élastine** et une substance fondamentale calcifiée constituée d'**osséine** (une protéine), d'eau et de sels minéraux (phosphate de calcium, carbonate de calcium, fluor de calcium…).

Le tissu osseux est très vascularisé (il reçoit beaucoup de vaisseaux sanguins).

On distingue diverses cellules :

– des **ostéoblastes** : ce sont des cellules jeunes responsables du renouvellement du tissu osseux ; ils fabriquent l'osséine ;

– des **ostéocytes** : ce sont des ostéoblastes matures ; ils entretiennent la matrice osseuse ;

– des **ostéoclastes** : ils détruisent la matrice osseuse au fur et à mesure de son remaniement et assurent ainsi son renouvellement.

Le **tissu cartilagineux** contient une matrice extracellulaire et des cellules, les **chondroblastes** (ce sont des cellules jeunes qui fabriquent la matrice extracellulaire) et les **chondrocytes** (ces cellules entretiennent la matrice extracellulaire et assurent le renouvellement du tissu cartilagineux).

III. Structure d'un os long

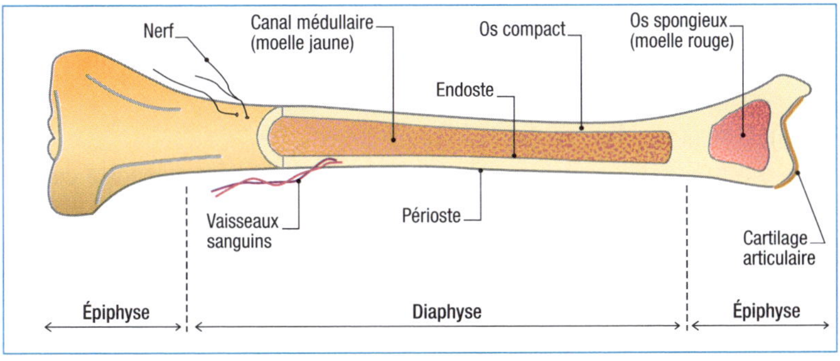

BIOLOGIE ET MICROBIOLOGIE APPLIQUÉES

A • Le périoste

L'os est une structure vivante et dynamique. Il est en perpétuel renouvellement. L'os long est enveloppé d'une membrane fine, le **périoste**, qui le recouvre entièrement sauf au niveau des surfaces articulaires. Le périoste est percé d'une multitude de pores par lesquels pénètrent des vaisseaux sanguins nourriciers et des nerfs. Il est composé d'une couche superficielle fibreuse et d'une couche profonde jouant un rôle dans la croissance osseuse et la régénération de l'os.

B • Les épiphyses

Elles sont constituées d'**os spongieux** qui renferment **la moelle osseuse rouge**, responsable de l'hématopoïèse à l'origine des différents types de cellules sanguines : les globules blancs, les globules rouges et les plaquettes. Les épiphyses sont recouvertes d'un **cartilage articulaire** qui facilite les mouvements en évitant les frottements avec les os adjacents. Son élasticité lui permet d'amortir partiellement les chocs et la pression pendant les mouvements.

C • La diaphyse

Elle est formée d'un cylindre creux entouré d'**os compact**, très dense. Il délimite une cavité centrale : le **canal médullaire** ou cavité médullaire, qui contient une **moelle osseuse jaune**, riche en cellules adipeuses et en vaisseaux sanguins. La diaphyse est surmontée à ses deux extrémités des deux épiphyses.
À la jonction de la diaphyse et de chaque épiphyse d'un os long adulte se trouve **la ligne épiphysaire**. C'est le reliquat du **cartilage de conjugaison** responsable de la croissance en longueur de l'os. La surface osseuse est irrégulière : elle est ornée de saillies sur lesquelles se fixent des tendons ou des ligaments.

IV. La croissance osseuse (ostéogenèse)

La croissance osseuse s'effectue par étapes. Elle débute pendant la grossesse, au cours de la vie intra-utérine. Elle se poursuit progressivement après la naissance.

A • La croissance d'un os long

1. La croissance en épaisseur

Elle s'effectue au niveau de la diaphyse. Le périoste produit en permanence de l'os compact en direction de l'intérieur de l'os : le diamètre de l'os s'accroît donc régulièrement chez le jeune. Parallèlement, les ostéoclastes effectuent une résorption osseuse en agrandissant le canal médullaire au centre de la diaphyse. L'activité du périoste se poursuit toute la vie : très importante chez les jeunes, en période de croissance, elle se réduit considérablement chez les personnes âgées. Cette activité permanente est fondamentale, car elle permet la réparation des fractures.

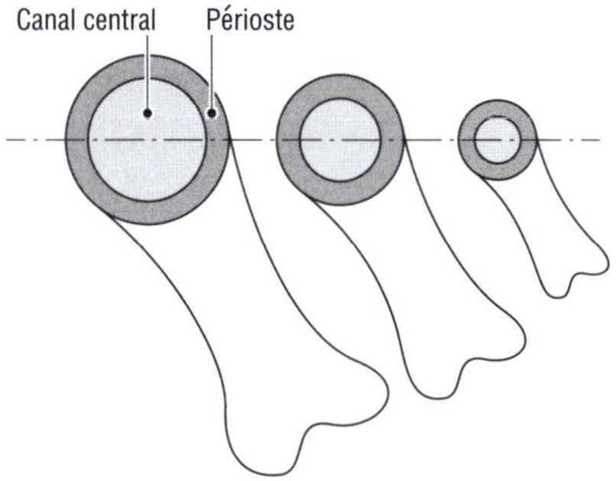

Des cellules spécialisées (les ostéoblastes) fabriquent des couches osseuses au niveau du périoste et d'autres cellules (les ostéoclastes) détruisent le tissu osseux au niveau du **canal central** (le canal médullaire). Ainsi, l'os s'accroît en épaisseur.

2. La croissance en longueur

Dans chaque épiphyse, on trouve une bande de cartilage : le cartilage de conjugaison. C'est une zone cartilagineuse non ossifiée. Ce cartilage fabrique en permanence (jusqu'à ce que l'os soit mature) de l'os compact, grâce à l'action des ostéoblastes. Ainsi, les os longs des enfants atteignent peu à peu leur taille adulte. Vers l'âge de 18-20 ans, ce cartilage disparaît en s'ossifiant lui-même. Il ne reste alors qu'une ligne séparant l'épiphyse de la diaphyse, c'est la ligne épiphysaire. L'os a alors atteint sa taille maximale.

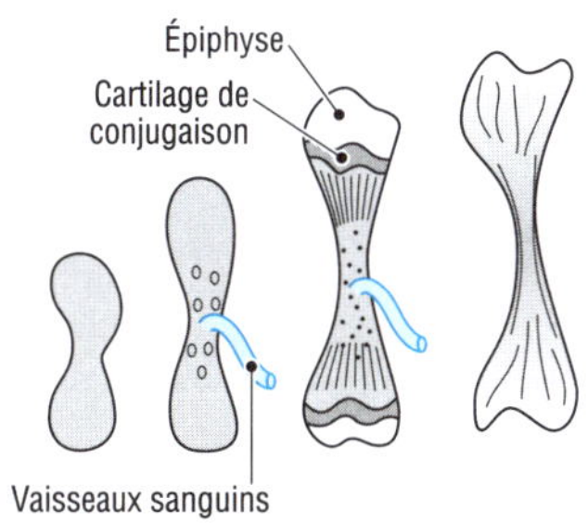

Une zone de l'os long se situant en haut et en bas de l'os (épiphyse) reste cartilagineuse jusqu'à la fin de la croissance, permettant le développement du tissu osseux : c'est le **cartilage de conjugaison** ou de croissance.

B • Les étapes de l'ossification crânienne

Le crâne du nouveau-né comporte **deux fontanelles** : régions encore souples non ossifiées qui relient les os du crâne. Une fontanelle est présente au sommet du crâne (la grande fontanelle). Une autre fontanelle se situe à la base du crâne (la petite fontanelle). La **boîte crânienne** laisse ainsi le cerveau se développer. Progressivement, le tissu conjonctif des fontanelles se calcifie (il se durcit du fait du dépôt de sels de calcium) : les fontanelles deviennent rigides (à 3 mois pour la petite fontanelle et à 18 mois pour la grande fontanelle).

LE SYSTÈME LOCOMOTEUR : LES ARTICULATIONS ET LE TISSU MUSCULAIRE

I. LES ARTICULATIONS

A • Définition

C'est le moyen d'union entre plusieurs pièces osseuses. Le corps humain comporte plus de 350 articulations. On distingue les articulations mobiles, semi-mobiles et fixes.

Une autre classification distingue les articulations fibreuses, cartilagineuses et synoviales.

B • Les articulations fibreuses

Elles sont la jonction de 2 pièces osseuses par l'intermédiaire d'un tissu osseux. Ce sont des articulations sans mobilité et sans cartilage articulaire.

Exemples : articulations des os du crâne, articulations entre la dent et la mâchoire.

C • Les articulations cartilagineuses

Elles regroupent les articulations semi-mobiles. Ce sont des articulations à mobilité réduite possédant un cartilage articulaire (constitué de fibres de collagènes) mais dépourvues de cavité articulaire et de liquide synovial. Exemple : les vertèbres.

D • Les articulations synoviales

Elles sont très mobiles et constituent la majorité des articulations des membres inférieurs et des membres supérieurs. Exemples : articulation de l'épaule, du pouce, du genou, du coude. L'articulation est maintenue solidement par des ligaments. Les articulations synoviales sont unies par une capsule articulaire qui les entoure et détermine une cavité articulaire. Les mouvements sont facilités par la présence d'une substance visqueuse et lubrifiante, appelée **synovie** (liquide synovial), produite par la membrane synoviale qui tapisse la face interne de la capsule articulaire. La synovie lubrifie et nourrit les cartilages articulaires.

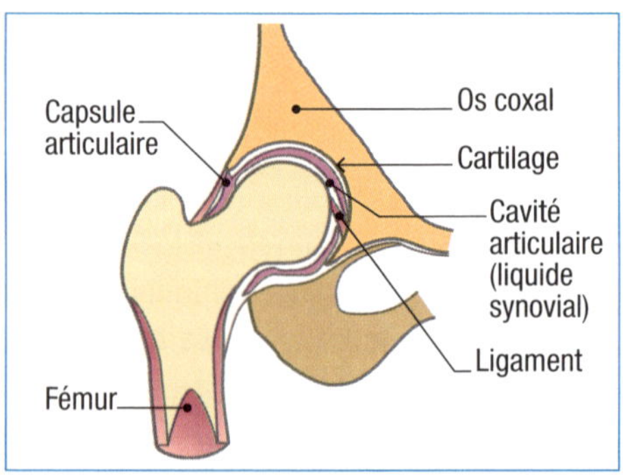

Articulation de la hanche

II. Le tissu musculaire

Les muscles sont présents dans tout le corps. Ils sont constitués de cellules musculaires : les **myocytes** (ou **fibres musculaires**). Les cellules musculaires sont capables de se contracter lorsqu'elles sont excitées.

A • Les différents muscles

Les muscles ont diverses formes. On distingue :
- les **muscles plats** (exemple : le diaphragme) ;
- les **muscles en fuseau** : muscles fusiformes dont la longueur est prédominante (exemples : le biceps, le triceps) ;
- les **muscles en anneaux** (exemples : le sphincter anal, les muscles des lèvres).

Les muscles peuvent être **superficiels** ou localisés **en profondeur**.

La classification distingue trois grandes catégories de muscles dans le corps humain ; chacune possède des caractéristiques (forme, localisation, propriétés) et accomplit des fonctions particulières :

1. les muscles striés ou squelettiques : ils s'attachent sur les os par les tendons ; ce sont les muscles du squelette. Ils assurent la motricité du corps et sont des muscles à **commande volontaire** : c'est le système nerveux central qui commande la contraction des muscles. Ces muscles peuvent fournir une puissance énorme, mais ils se fatiguent vite ;

2. les muscles lisses : ce sont des muscles **à commande involontaire** qui enveloppent les vaisseaux sanguins, l'intestin ou l'estomac. Ils se situent dans les parois des organes creux du corps comme l'estomac, la vessie et les organes des voies respiratoires ;

3. le muscle cardiaque (ou myocarde) forme les parois du cœur. Il permet la contraction du cœur et la circulation du sang. Il a une structure proche de celle des muscles striés, mais ses contractions sont **autonomes, rythmiques et involontaires** : les contractions du muscle cardiaque propulsent la masse sanguine à travers l'appareil cardiovasculaire.

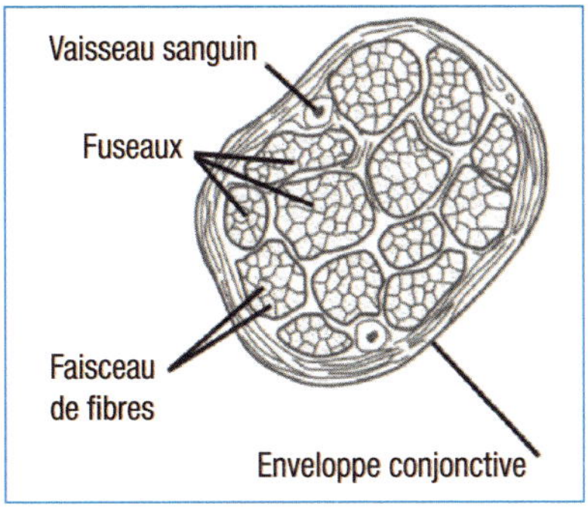

Coupe transversale d'un muscle squelettique

B • Le muscle strié

1. Structure

Les muscles striés sont constitués de cellules allongées : les **fibres musculaires** dont chacune mesure plus de 40 mm de long. Les fibres sont associées en **faisceaux**, séparés les uns des autres par du tissu conjonctif. Chaque fibre contient de nombreux noyaux répartis à la périphérie de la cellule et un grand nombre de mitochondries. Elle est délimitée par une membrane (le sarcolemme). La fibre musculaire est l'**unité motrice du muscle**. Elle contient dans son cytoplasme (sarcoplasme) des **myofibrilles** responsables de la contraction. Les myofibrilles sont constituées de deux familles de filaments protéiques, **les filaments fins d'actine et les filaments épais de myosine**, disposés en alternance et parallèlement. Les myofibrilles présentent des alternances de disques clairs et sombres coupés en leur milieu par une bande claire. Ces différentes bandes correspondent au chevauchement des fibres d'actine et de myosine.

On définit **le sarcomère** comme étant l'unité de base des myofibrilles ; il est situé entre deux stries Z. Les fibres musculaires sont innervées. La zone de contact entre les neurones et la cellule musculaire est nommée **plaque motrice**.

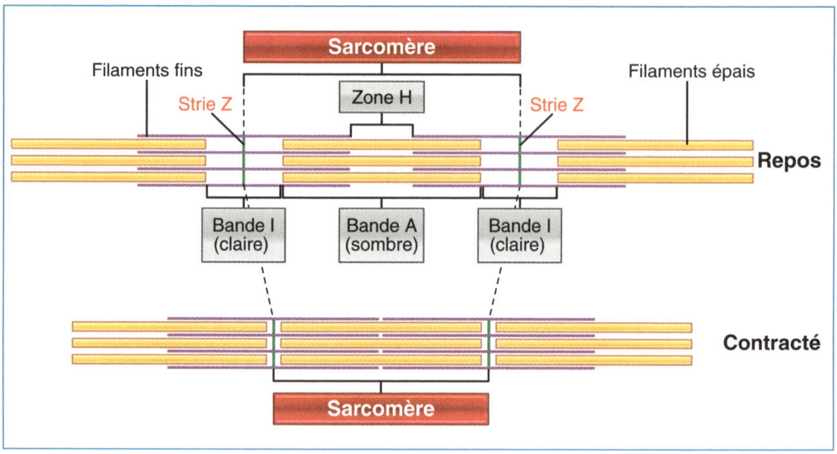

2. Propriétés

Les muscles striés possèdent de nombreuses propriétés :
- **excitabilité** : le muscle réagit à une stimulation, il se contracte lorsqu'il est soumis à un stimulus électrique, chimique, thermique ou mécanique ;
- **contractilité** : le tissu musculaire se raccourcit, s'épaissit, se durcit lorsqu'il est soumis à un stimulus approprié ;
- **élasticité** : le muscle se raccourcit lors de la contraction, il est capable de reprendre sa forme initiale lorsque s'arrête la contraction ;
- **tonicité** : le muscle peut être dans un état permanent de contraction partielle.

C • La contraction musculaire

Dans le cas des muscles striés, le cerveau envoie l'ordre (message nerveux) à un des muscles de se contracter. Un message nerveux parcourt les **neurones moteurs** et parvient à la **synapse neuromusculaire** nommée aussi **plaque motrice** (ensemble des fibres musculaires innervées par un même neurone). La synapse correspond à la zone de contact entre une cellule nerveuse et une cellule musculaire. Le neurone libère alors un **neurotransmetteur**, l'acétylcholine, qui diffuse dans la synapse et parvient sur la membrane de la fibre musculaire.

Après diffusion dans la fente synaptique, l'acétylcholine se fixe sur les récepteurs du sarcolemme.

Un nouveau message nerveux (un potentiel d'action) apparaît alors dans la cellule musculaire. Il provoque l'entrée d'ions calcium (Ca^{2+}) dans la cellule musculaire.

Le calcium se fixe alors sur la troponine ; cette fixation a pour effet de faciliter la liaison entre les filaments de myosine et d'actine.

La myosine se lie ainsi à l'actine.

L'ATP (molécule fournisseur d'énergie) apporte alors l'énergie nécessaire au glissement des filaments et à la contraction musculaire. **Les filaments fins glissent entre les filaments épais** : on a alors un raccourcissement de la longueur de la fibre musculaire et du muscle.

La contraction musculaire correspond ainsi à un raccourcissement de la longueur du muscle. Lors du glissement des filaments, la longueur des sarcomères diminue : les deux stries (ou lignes) Z délimitant un sarcomère se rapprochent l'une de l'autre. Ce phénomène se produisant simultanément pour tous les sarcomères de la cellule, il en résulte un raccourcissement global de la cellule musculaire selon l'axe longitudinal.

Le système locomoteur : étude d'un mouvement, de la marche

I. Le rôle des muscles et de l'articulation lors d'une flexion et d'une extension

A • Les divers mouvements

Les mouvements sont assurés par un ensemble d'éléments : les muscles, les articulations, les tendons, les ligaments, le squelette. Ils agissent de manière coordonnée. Ils font aussi intervenir le système nerveux (encéphale, moelle épinière…). On distingue divers types de mouvements : **la flexion, l'extension, la rotation, l'abduction, l'adduction**. Ces mouvements se définissent par rapport à la position anatomique de référence : une personne debout les bras tendus le long du corps, les paumes des mains tournées vers l'avant.

L'**extension** est un mouvement qui replace deux parties du corps dans le prolongement l'un de l'autre. Elle augmente l'angle entre les os.

La **flexion** est un mouvement par lequel une partie du corps se replie sur une autre ; elle rapproche deux os l'un de l'autre en diminuant l'angle entre les os.

B • Exemple : les mouvements de l'avant-bras sur le bras

Les mouvements de flexion et d'extension de l'avant-bras sont gérés par plusieurs muscles dont le biceps (muscle fléchisseur) et le triceps (muscle extenseur). Biceps et triceps sont deux **muscles antagonistes** : ils ont une action contraire. Ainsi, lors de l'extension, le biceps est relâché et le triceps est contracté ; lors de la flexion, le biceps est contracté et le triceps est relâché. Le biceps est attaché à deux os, par des tendons : une des extrémités est reliée à l'omoplate, l'autre extrémité est fixée au radius. Le triceps est relié à l'omoplate et au cubitus. Le biceps fonctionne comme un levier en tirant sur le radius.

Lors de la **flexion** de l'avant-bras, le biceps (muscle antérieur du bras) se raccourcit, se durcit et gonfle : il est en **contraction**. La diminution de sa longueur exerce un effet de levier sur le radius. Le changement d'état du biceps, par rapport au repos, provoque ainsi le rapprochement de l'avant-bras vers le bras. L'articulation du coude est une articulation mobile qui permet le déplacement du radius. Les articulations permettent ainsi un mouvement des os les uns par rapport aux autres.

Lors de la même flexion, le triceps (muscle postérieur du bras) reste allongé et mou : il est en **relâchement ou décontraction**. La seule flexion du bras met ainsi en jeu **deux muscles opposés ou antagonistes**. Biceps et triceps agissent de façon coordonnée pour permettre ce mouvement.

Lors de l'**extension** de l'avant-bras, le biceps s'allonge et devient plus mou (il se décontracte), alors que le triceps se raccourcit et se durcit (il se contracte).

II. Les différentes étapes du mécanisme de la marche

La **marche** est un mode de locomotion automatisé. Elle correspond à une succession de pas accomplis par les membres inférieurs associée à un mouvement alterné des membres supérieurs. La marche résulte d'une maturité du cerveau et du système locomoteur, mais également d'un processus d'apprentissage.

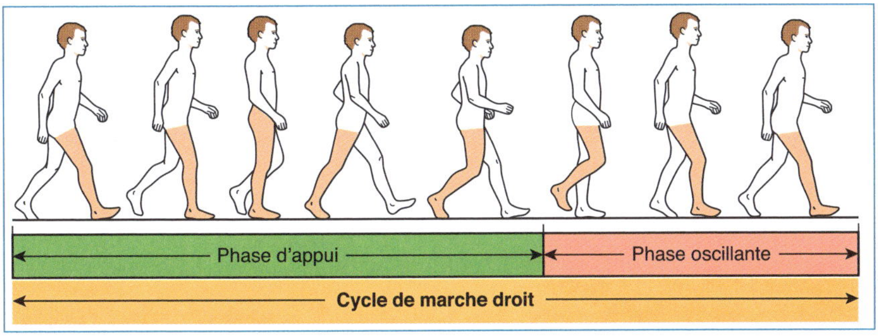

Lors de la réalisation d'un cycle de marche, on distingue, pour chaque membre :
- **une phase d'appui** : période pendant laquelle le pied est au sol ;
- **une phase oscillante** : période pendant laquelle le pied est en l'air.

- La **phase d'appui** débute par une attaque du talon et elle finit par le décollage du gros orteil. Le pied touche le sol par le talon, puis par les orteils ; puis la plante du pied touche ensuite le sol. Enfin, l'impulsion motrice permet le décollage successif du talon puis des orteils.
- La **phase oscillante** débute par le décollage du gros orteil et elle finit par l'attaque du talon. La hanche bascule d'arrière en avant. La jambe légèrement fléchie croise l'autre jambe.

La durée d'un cycle correspond à la somme des durées de la phase d'appui (60 % du temps) et de la phase oscillante (40 %).

La longueur du cycle est la distance parcourue entre un contact au sol avec un pied et le contact suivant du même pied au sol. Cela correspond à deux pas.

À SAVOIR

Lors d'un cycle, les membres supérieurs (les bras) sont animés d'un mouvement opposé à celui des jambes. Les membres supérieurs se déplacent en sens inverse par balancement alterné.

LE SYSTÈME LOCOMOTEUR : LA PHYSIOPATHOLOGIE

I. LES MALADIES DES OS ET DES ARTICULATIONS

A • L'ostéoporose

Cette maladie est due à un vieillissement du tissu osseux. Elle résulte d'un déséquilibre entre la formation et la destruction des os. Elle se caractérise par une diminution de la masse osseuse qui rend les os plus poreux et plus susceptibles de se fracturer. Elle touche surtout des femmes. Certaines maladies sont aussi des facteurs de risque d'ostéoporose (troubles rénaux, problèmes de glande thyroïde, alcoolisme...).
Pour prévenir l'ostéoporose, il convient d'adopter une alimentation saine, de s'exposer régulièrement, mais avec modération au soleil, de prendre des suppléments en calcium et en vitamine D, de pratiquer une activité physique régulière, d'adopter des habitudes de vie saines (éviter le tabac et l'alcool), consulter son médecin à la ménopause. Une personne qui souffre d'ostéoporose devra être vigilante et prudente afin de prévenir les chutes pour éviter les fractures. Le diagnostic nécessite une ostéodensitométrie.

B • L'arthrite

C'est un ensemble d'affections qui se caractérisent par des douleurs à des articulations, des ligaments, des tendons, des os ou d'autres éléments du système musculosquelettique. La **polyarthrite rhumatoïde** est un exemple d'arthrite. Les articulations des mains, des poignets et des pieds sont souvent les premières touchées. L'arthrite est de 2 à 3 fois plus fréquente chez les femmes que chez les hommes. Elle peut être d'origine auto-immune et influencée par l'hérédité et les habitudes de vie. Un diagnostic rapide permet de traiter cette forme d'arthrite pour maintenir la fonction articulaire et pour prévenir les déformations.

C • L'arthrose

C'est une affection provoquée par **une usure (une dégénérescence) du cartilage articulaire** qui aboutit à une destruction progressive d'une articulation. Les os s'entrechoquent et causent des douleurs, une perte de mobilité ou des déformations. Parallèlement, le tissu osseux situé sous le cartilage prolifère et provoque des déformations au niveau des articulations et la formation d'excroissances osseuses (les ostéophytes). Toutes les articulations du corps peuvent être touchées par l'arthrose. Elle atteint surtout les articulations soumises à des pressions importantes qui supportent le poids du corps. La colonne vertébrale, le genou, la hanche, la main sont les plus touchés. Les traitements ont pour but de soulager la douleur. Le médecin peut prescrire un antalgique (paracétamol…).

II. La traumatologie

A • La fracture

C'est la **cassure d'un os**. Les fractures les plus fréquentes sont les fractures du poignet, du col du fémur (surtout chez les personnes âgées), de la cheville et de la jambe. Le traitement après une fracture consiste à réduire la douleur et à immobiliser l'os ou la partie de l'os touché (selon le cas : chirurgie éventuelle, port d'un plâtre, d'une attelle…). La plupart des os sont réparés en 6 à 8 semaines.

B • L'entorse

C'est une **lésion des ligaments** (étirement ou déchirure) sans déplacement des surfaces articulaires. Elle survient lors d'un mouvement brutal (chute, torsion articulaire). Elle peut être bénigne (foulure), moyenne ou grave (les ligaments sont rompus). Les entorses les plus fréquentes sont celles de la cheville et du genou. Selon le degré de l'entorse, il est exigé de limiter les mouvements de l'articulation pour ne pas aggraver la lésion ou d'immobiliser le membre lésé. Le port d'un plâtre peut être recommandé.

C • La luxation

C'est un **déplacement des deux extrémités osseuses d'une articulation** entraînant une perte du contact normal des deux surfaces articulaires. Elle est due à un choc ou à un mouvement forcé. Les articulations le plus souvent atteintes sont celles des membres supérieurs (épaule, coude, doigts), du genou, des vertèbres ou de la hanche. La radiographie permet de confirmer le diagnostic. Le traitement nécessite une remise en place en urgence, à l'hôpital, des deux os puis une immobilisation de l'articulation.

III. Lordose, cyphose, scoliose

La **lordose** est une accentuation de la courbure lombaire ; la personne est anormalement cambrée.

La **cyphose** est une exagération de la courbure dorsale (dos rond). Cette déformation peut être congénitale ou résulter d'une mauvaise posture ou d'une maladie inflammatoire.

La **scoliose** est une déformation de la colonne vertébrale. Elle peut survenir dès la naissance et chez l'enfant en bas âge (la scoliose infantile intervient avant 3 ans) et apparaître à tout âge, jusqu'à la fin de l'adolescence.

LA RÉGULATION DE LA GLYCÉMIE

I. GLYCÉMIE ET GLYCOSURIE

A • Définitions

La **glycémie** est la concentration de glucose dans le sang. Chez un sujet sain, elle varie de 0,70 g/L à 1,10 g/L de sang. On parle d'**hypoglycémie** lorsque la glycémie est inférieure à 0,70 g/L chez l'adulte. L'**hyperglycémie** se caractérise par un taux de glucose supérieur à 1,10 g/L. La **glycosurie** est la présence de glucose dans les urines. Chez un individu sain, la glycosurie est nulle.

B • Variation de la glycémie

Malgré les repas qui fournissent de grandes quantités de sucres et les dépenses énergétiques qui nécessitent de l'énergie produite à partir du sucre, la glycémie **varie** peu au cours d'une journée ; elle reste toujours voisine à 1 g/L. Cela suggère l'existence d'un système de régulation. Même après une nuit de jeûne, la glycémie ne diminue que jusqu'à 0,8 g/L, ce qui prouve sa constance et l'intervention d'un système de régulation.

II. LES HORMONES INTERVENANT DANS LA RÉGULATION

Le foie est l'organe central de la régulation glycémique. Il stocke ou libère du glucose selon les besoins de l'organisme. Les muscles et le tissu adipeux peuvent aussi stocker du glucose lorsque sa concentration dans le sang s'élève. Les processus de stockage ou de libération de glucose sont gouvernés par les hormones.
Le glycogène est la forme principale de stockage du glucose dans l'organisme.
Les cellules α et β du pancréas endocrine, regroupées en îlots de Langerhans, interviennent pour réguler la glycémie. En fonction des variations de la glycémie, elles libèrent dans le sang deux hormones à l'effet opposé : **le glucagon** et **l'insuline** respectivement libérées par les cellules α et β. Le glucagon est libéré lorsque la glycémie baisse. Le glucagon permet la libération de glucose à partir du glycogène. Il provoque une augmentation de la glycémie : c'est une **hormone hyperglycémiante**. L'insuline est libérée par les cellules β du pancréas lorsque la glycémie augmente. Sous l'action de l'insuline, le glucose est stocké sous forme de glycogène dans le foie et les cellules musculaires squelettiques, ainsi que sous forme de triglycérides dans le foie et les adipocytes. L'insuline stimule également l'utilisation du glucose par l'ensemble des cellules. L'insuline entraîne une diminution de la glycémie : c'est une **hormone hypoglycémiante**.

L'insuline et le glucagon sont deux hormones antagonistes (qui ont des rôles opposés).

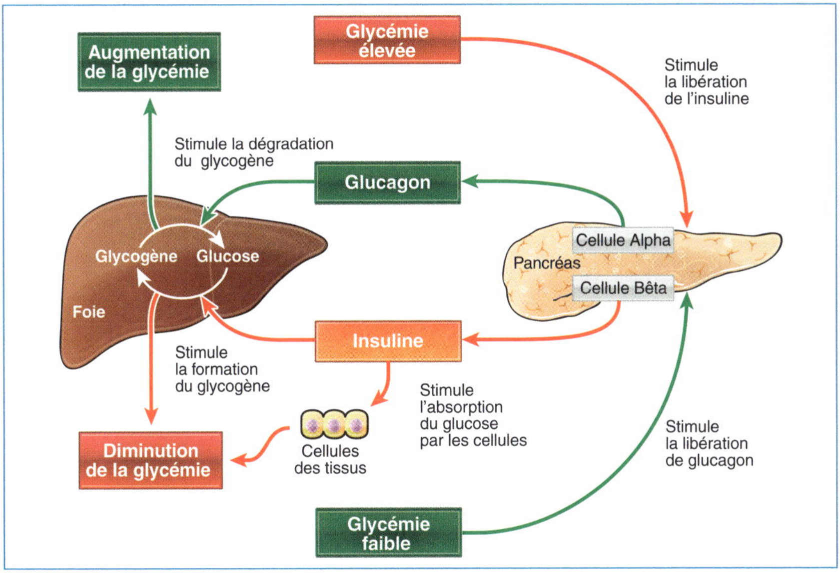

III. Les diabètes

Le diabète se caractérise par la présence anormale de **glucose dans les urines**. Le diabète est diagnostiqué quand la glycémie (mesurée à jeun) dépasse le seuil de **1,26 g/L (hyperglycémie)**. On distingue **deux formes de diabète**.

Type de diabète	Caractéristiques	Traitement
Le diabète de type 1 ou diabète insulinodépendant (DID)	Trouble de la sécrétion d'insuline. Les cellules β des îlots de Langerhans du pancréas sont détruites par le système immunitaire. Il n'y a plus d'insuline synthétisée. Le glucose n'est pas capté rapidement par les cellules.	Le traitement nécessite l'injection quotidienne de doses d'insuline sous forme de piqûres. On associe aussi une alimentation adaptée.
Le diabète de type 2 ou diabète non insulino-dépendant (DNID)	C'est le plus fréquent. Les cellules cibles sont insensibles à l'insuline. Le glucose n'est pas capté par les cellules. Il représente 90 % des diabètes et touche 4 % de la population en France, soit environ 2,5 millions de personnes.	Le traitement fait appel à différents médicaments hypoglycémiants et à un régime alimentaire hypocalorique et si possible accompagné d'une augmentation de l'activité physique.

LE SYSTÈME NERVEUX : ORGANISATION

Le système nerveux est organisé en deux grands systèmes : le système nerveux **cérébro-spinal** et le système nerveux **végétatif**.

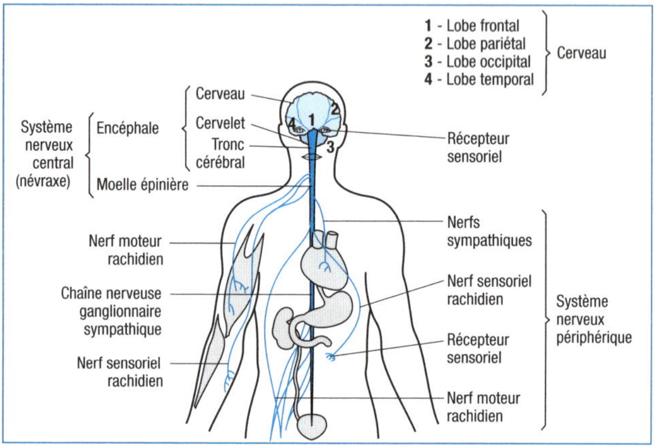

L'organisation générale du système nerveux

I. LE SYSTÈME NERVEUX CÉRÉBRO-SPINAL

Il comprend le système nerveux central et le système nerveux périphérique.

A • Le système nerveux central ou névraxe

Il est composé de plusieurs structures : **l'encéphale** logé dans la boîte crânienne (il regroupe **le cerveau, le cervelet, le tronc cérébral**) et **la moelle épinière.**
Le système nerveux central regroupe les centres nerveux chargés d'assurer le bon fonctionnement des appareils. Toutes les informations sensitives (douleur, pression, température...) y arrivent et toutes les informations motrices en partent.
Le cerveau est constitué de **2 hémisphères** symétriques séparés par un profond sillon. Chaque hémisphère est parcouru par 2 sillons qui délimitent 4 lobes.
L'encéphale assure plusieurs fonctions : **la fonction sensorielle**, **la fonction sensitive**, **la fonction motrice**, **la fonction du langage**, **la fonction intellectuelle**, **la fonction végétative.**
La moelle épinière est située dans le canal rachidien. Elle s'étend du bulbe rachidien jusqu'aux vertèbres lombaires. Elle est constituée de la substance grise (au centre) et de la substance blanche (autour). Elle est recouverte de 3 membranes (les méninges) : la dure-mère, la pie-mère et l'arachnoïde. La moelle épinière transmet

à l'encéphale les informations sensitives et elle transmet des ordres moteurs venant de l'encéphale aux organes effecteurs. Elle est le centre des **activités réflexes**.

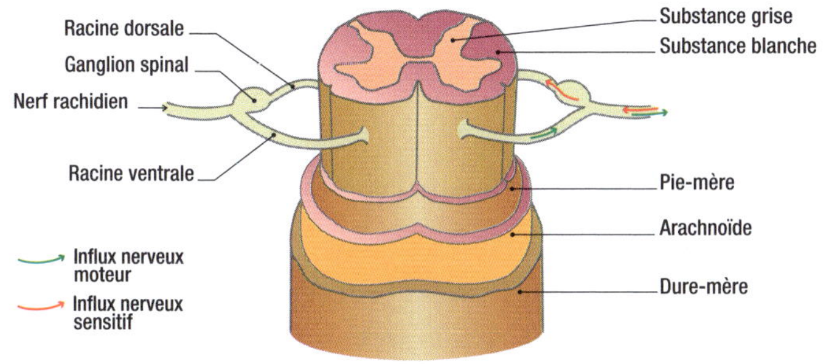

B • Le système nerveux périphérique

Il est formé de nerfs (**nerfs crâniens** et **rachidiens**) et de ganglions. Les nerfs crâniens relient le cerveau aux organes des sens (yeux, oreilles, langue, nez...), aux muscles de la tête et du cou... Les nerfs rachidiens sortent de chaque côté de la colonne vertébrale. Ils relient la moelle épinière aux muscles et aux récepteurs sensitifs du tronc et des 4 membres.

Le rôle du système nerveux périphérique est de conduire jusqu'au système nerveux central les informations issues des récepteurs périphériques (de la sensibilité, de la douleur...) et de transmettre les ordres moteurs émis par les centres nerveux jusqu'aux organes.

II. Le système nerveux végétatif (ou autonome)

Le **système nerveux autonome ou végétatif** est indépendant de la volonté. Il traite les informations relatives au fonctionnement de l'organisme. Il est chargé de réguler **l'homéostasie** et d'adapter le fonctionnement des organes à l'environnement. Il est responsable des fonctions automatiques non soumises au contrôle volontaire. Il contrôle la contraction des muscles lisses (muscles de la vessie, des artères, des appareils respiratoire et digestif...), l'activité du muscle cardiaque... C'est un système soumis, notamment au contrôle de l'hypothalamus.

Il est constitué de chaînes de ganglions reliées à la moelle épinière. Il fonctionne par deux voies distinctes : le **système sympathique** et le **système parasympathique**. Ces deux systèmes fonctionnent de façon opposée (antagoniste).

Le système sympathique augmente les dépenses de l'organisme pour s'adapter à l'environnement. Il prépare l'organisme à un effort.

Le système parasympathique diminue les dépenses de l'organisme. Il économise l'énergie et maintient les activités de base des organes.

Exemple : le système sympathique augmente le rythme cardiaque tandis que le système parasympathique le diminue.

LE SYSTÈME NERVEUX : NEURONES, NERFS, SYNAPSES ET PATHOLOGIES

I. LE NEURONE

A • Propriétés d'un neurone

Le neurone est l'unité structurale et fonctionnelle du système nerveux. C'est une cellule hautement spécialisée dans la **réception**, la **genèse**, la **propagation** et la **transmission de messages nerveux** (messages électriques). Le nombre de neurones est défini à la naissance. Les neurones ne se multiplient pas.

B • Structure du neurone

Un neurone est constitué de plusieurs parties : un **corps cellulaire**, des **dendrites**, un **axone**.

Le **corps cellulaire** est le centre vital de la cellule, il contient le noyau et les organites baignant dans le cytoplasme. Il contient tous les éléments cellulaires permettant la synthèse de ses constituants.

Les **dendrites** sont des prolongements du corps cellulaire. Elles constituent les zones de réception de l'information nerveuse. Un neurone peut en posséder un grand nombre ; elles transportent l'information jusqu'au corps cellulaire.

L'**axone** transporte l'information nerveuse depuis le corps cellulaire jusqu'à ses extrémités (boutons synaptiques). Sa longueur est variable, de quelques millimètres (dans l'encéphale) jusqu'à 1 m (dans la moelle épinière). Chaque neurone contient un unique axone, myélinisé ou non. L'appellation « fibre nerveuse » correspond à un axone.

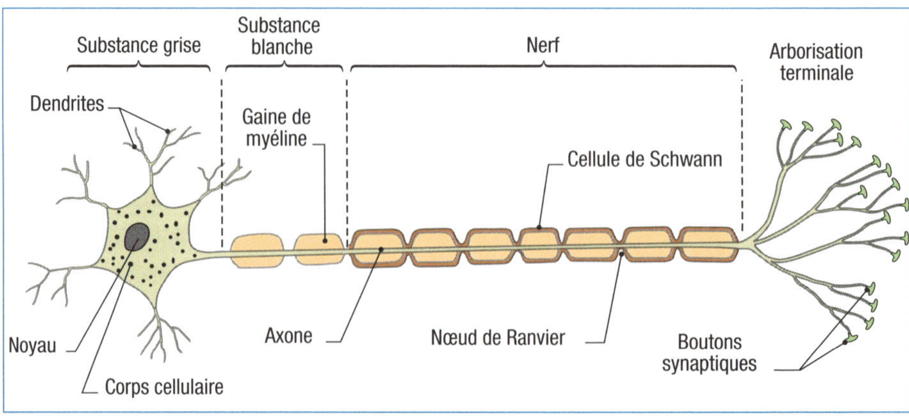

Schéma d'un neurone

II. Les nerfs

A • Fonctions

Un nerf est constitué par un groupement de plusieurs milliers de fibres nerveuses myélinisées ou non. Il a l'aspect d'un long filament. Les nerfs sont chargés de transmettre les messages électriques. Ils assurent le lien entre le cerveau et le reste du corps humain en transportant les informations sous la forme d'influx nerveux.

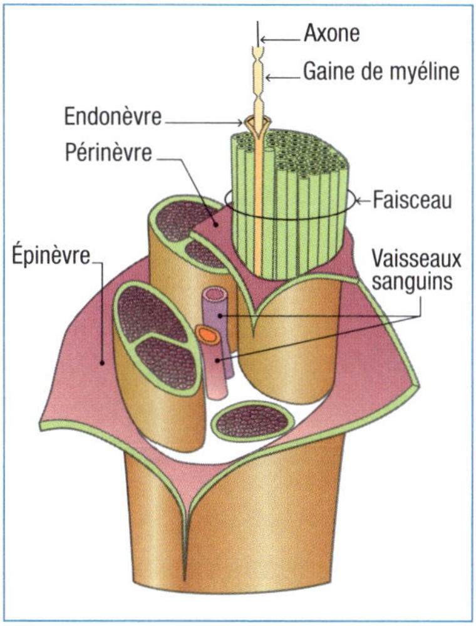

B • Les propriétés physiologiques du nerf

Les nerfs sont des structures **excitables** et **conductrices**. Plus la stimulation d'un nerf est forte, plus le nombre de fibres nerveuses excitées augmente. La vitesse de conduction de l'influx nerveux par les nerfs dépend de la présence de la gaine de myéline ; les fibres nerveuses myélinisées conduisent l'influx nerveux à des vitesses supérieures à 150 mètres par seconde. Les nerfs relient les différentes parties du corps au système nerveux central. Ils transmettent des messages nerveux sensoriels ou moteurs.

Les nerfs sensitifs, ou voie afférente, font remonter les informations depuis les récepteurs sensoriels jusqu'au système nerveux central (action centripète).

Les nerfs moteurs, ou voie efférente, transportent les informations depuis le système nerveux central vers les effecteurs tels que les muscles, les glandes… (action centrifuge). Certains nerfs sont **mixtes** et contiennent à la fois des fibres sensitives et des fibres motrices.

Pour assurer la protection de ce signal sur de longues distances, les axones sont entourés de plusieurs couches isolantes, constituées de différents types de cellules qui font partie intégrante du nerf. Les axones sont ainsi recouverts d'une membrane, l'**endonèvre.** Ils sont groupés en faisceaux, protégés par une membrane, la **périnèvre.** Des vaisseaux sanguins alimentent les nerfs en nutriments. L'ensemble des faisceaux et des vaisseaux sanguins est recouvert d'une membrane, l'**épinèvre.**

III. La synapse

A • La fonction

Un neurone est spécialisé dans la réception, la création et la transmission des messages électriques (l'influx nerveux). Les messages se propagent depuis les dendrites vers le corps cellulaire ; l'axone conduit les messages électriques créés au niveau du corps cellulaire jusqu'à son extrémité terminale. Les ramifications de l'axone transmettent ce message aux cellules avec lesquelles elles établissent des contacts ou synapses. Les synapses constituent des points de contact entre les neurones ou entre les neurones et d'autres cellules (musculaires, glandulaires...) afin de permettre la transmission d'informations. La synapse met ainsi en contact deux cellules : le neurone qui transmet l'information (cellule présynaptique) et la cellule qui reçoit l'information (cellule post-synaptique). Une synapse transmet ainsi une information d'une cellule à l'autre. Chaque neurone peut établir de 30 à 100 000 synapses. La transmission de l'information au niveau d'une synapse est assurée par l'intermédiaire d'un médiateur chimique (**neurotransmetteur**). Il existe différents neurotransmetteurs qui se distinguent par leur structure, par leurs effets sur la cellule post-synaptique : acétylcholine, dopamine, sérotonine, vasopressine, ocytocine...

B • La transmission d'un message par une synapse

Elle s'effectue en plusieurs étapes. Le message nerveux (nommé influx nerveux ou potentiel d'action) longe l'axone d'un neurone (neurone présynaptique). Lorsqu'il atteint la terminaison axonale, il déclenche une suite d'événements qui aboutit à l'entrée d'ions calcium dans le neurone présynaptique et à la libération de neurotransmetteurs dans la fente synaptique par le neurone présynaptique (libération par exocytose). Le neurotransmetteur traverse la fente synaptique ; il se fixe de manière réversible, aux récepteurs sur la membrane post-synaptique de la cellule située de l'autre côté de la fente synaptique (neurone, fibre musculaire ou cellule d'une glande) ; le neurotransmetteur modifie alors l'activité de la cellule post-synaptique : un nouveau message électrique est alors créé. Le neurotransmetteur a ainsi transmis le message électrique à une autre cellule. Tant que le neurotransmetteur est lié au récepteur, il continue à produire un message. Plusieurs mécanismes mettent alors fin à son action telle que la dégradation du neurotransmetteur par des enzymes.

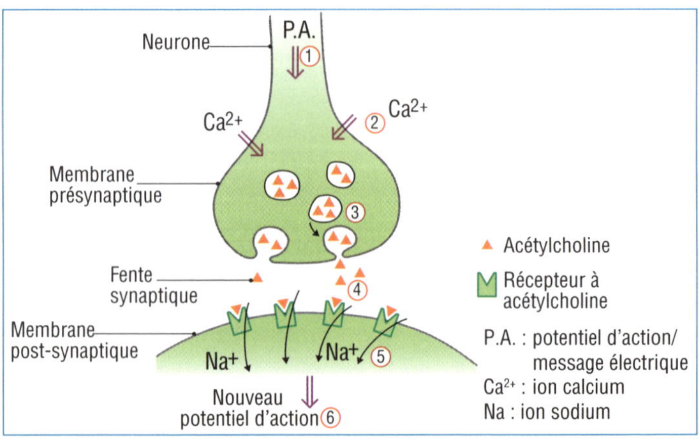

IV. Pathologies

À SAVOIR

Plusieurs pathologies touchent le système nerveux. On distingue des troubles de l'équilibre, la maladie de Parkinson, des démences séniles, la maladie d'Alzheimer, l'épilepsie…

A • La maladie de Parkinson

C'est une **pathologie chronique neuro-dégénérative**, touchant le système nerveux central et évoluant lentement. Cette maladie neurologique provoque des troubles essentiellement moteurs. Elle débute le plus souvent entre 45 et 70 ans. 5 à 10 ans environ s'écoulent avant l'apparition des premières manifestations. Elle résulte d'une dégénérescence d'un certain type de neurones produisant la dopamine, un neurotransmetteur qui intervient notamment au niveau des neurones responsables du contrôle des mouvements du corps ; cela se traduit alors par des troubles des mouvements. Les signes de la maladie sont divers : tremblements réguliers au repos, lenteur des mouvements, raideur des membres, troubles de l'équilibre… Certains traitements permettent d'améliorer la maladie mais pas de la guérir. La maladie évolue lentement et aboutit peu à peu à une aggravation. Des règles de vie simples permettent de faciliter le quotidien des malades.

B • La maladie d'Alzheimer

Cette **affection du cerveau** dite **neuro-dégénérative** entraîne une disparition progressive des neurones. Elle survient surtout chez les individus âgés de plus de 65 ans. Cette dégénérescence progressive provoque l'apparition de nombreux symptômes : pertes de mémoire, difficultés à accomplir les tâches quotidiennes, problèmes de langage, désorientation dans le temps et dans l'espace, difficultés dans les raisonnements abstraits (la personne rencontre des difficultés pour effectuer les formalités administratives, pour gérer ses finances, pour rédiger un chèque, pour appeler quelqu'un au téléphone), perte d'objets, altération du jugement, modification du comportement, pertes de motivation, changement de personnalité.

Les troubles alimentaires et les problèmes de déglutition qui y sont associés engendrent un amaigrissement conséquent. Progressivement, le patient devient totalement dépendant en raison de la perte de la capacité de s'habiller, de se laver et d'aller aux toilettes. La maladie crée un état de faiblesse immunitaire et des complications infectieuses. Les médicaments disponibles freinent l'évolution de la maladie et diminuent ses effets. Ils permettent de lutter contre l'agitation, la dépression, les hallucinations ou l'insomnie. Le traitement mobilise des psychologues, des orthophonistes, des kinésithérapeutes… Le but est d'améliorer ou de préserver les capacités du patient.

LE SYSTÈME NERVEUX : ACTIVITÉ RÉFLEXE ET ACTIVITÉ VOLONTAIRE

On distingue deux types d'activités musculaires : les **activités réflexes** et les **activités volontaires**.

I. LES ACTIVITÉS RÉFLEXES

A • Définition

Les activités réflexes constituent une réponse à une stimulation. Ce sont des mouvements ayant un certain nombre de caractéristiques :
- ils sont **involontaires** : ils ont lieu sans qu'il y ait intention de les exécuter ;
- ils sont **automatiques et inéluctables** : ils se produisent toujours de la même façon lorsque le stimulus est présent ;
- ils sont **stéréotypés** : la réponse est prédéfinie et toujours identique ; elle est modulée selon l'intensité de la stimulation ;
- ils sont **immédiats** : les réflexes permettent une réponse très rapide de l'organisme à des situations.

On distingue des **réflexes innés** qui existent chez tous les êtres vivants, sans apprentissage. Ils sont prévisibles, immuables, fixés héréditairement et liés à un stimulus déterminé. Exemples : les réflexes de défense pour se protéger d'un danger, les réflexes permettant d'assurer certaines fonctions telles que la déglutition lors de la digestion.
Certains réflexes sont conscients, d'autres inconscients. Exemple : en fonction de l'intensité lumineuse, la contraction (ou le relâchement) des muscles de l'iris entraîne la fermeture (ou l'ouverture) de la pupille. La lumière constitue le stimulus à l'origine de la réponse physiologique. Ce réflexe est inconscient.

D'autres réflexes sont **acquis** et résultent d'une éducation ou d'un apprentissage. Ils varient d'un individu à l'autre. Ce sont des réactions immédiates, mécaniques. Exemple : l'apprentissage de la conduite.

B • L'arc réflexe

Un réflexe fait intervenir des **récepteurs**, des **effecteurs** (glandes, muscles lisses, muscle cardiaque ou muscles squelettiques), des **fibres nerveuses**, un centre nerveux (moelle épinière ou encéphale). Il transforme un stimulus en une réponse adaptée. On définit l'arc réflexe comme étant le trajet suivi par les messages nerveux au cours de l'acte réflexe.
Ainsi, un récepteur sensoriel perçoit un stimulus ; il crée un message nerveux qui

voyage le long des dendrites jusqu'au corps cellulaire du neurone sensitif (fibre nerveuse sensitive). L'influx nerveux se dirige ensuite le long de l'axone jusqu'à la corne postérieure de la moelle épinière (centre nerveux). À cet endroit, le message est transmis directement à un neurone moteur ou par l'intermédiaire d'un neurone d'association. Cette transmission s'effectue par une synapse. La fibre nerveuse (neurone moteur) transmet le message nerveux du centre nerveux aux effecteurs (glande, muscle...). Un ou des organes effecteurs répondent.

Exemple : l'arc réflexe lors d'une piqûre. On retire brusquement sa main quand on se pique.

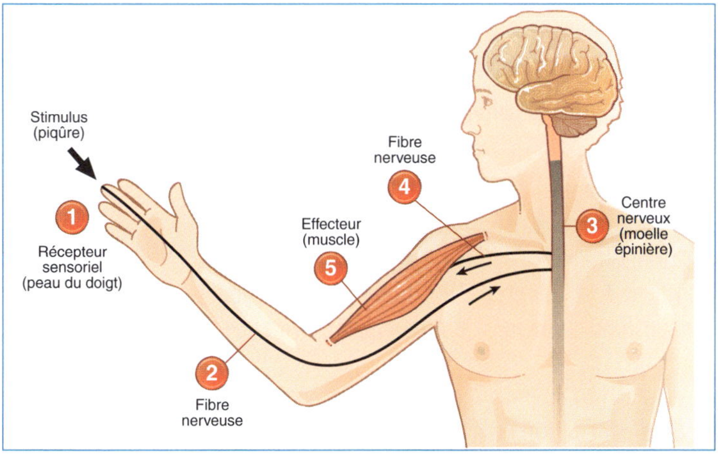

Le retrait de la main fait intervenir les muscles du bras qui permettent la flexion de l'avant-bras. La piqûre constitue le stimulus qui est ressentie par des récepteurs sensoriels à la surface de la main ❶. Les récepteurs transforment le message en un message nerveux transporté par des fibres nerveuses jusqu'à la moelle épinière ❷. La moelle analyse l'information ❸ et envoie un ordre sous forme de message nerveux jusqu'aux muscles de l'avant-bras ❹ qui se contractent ❺. La main se retire.

II. Les activités volontaires

Un **mouvement volontaire** est un acte conscient. Il est précédé d'une certaine activité mentale, d'une intention d'exécuter le mouvement. L'activité volontaire implique une activité sensorielle, une activité d'intégration de l'information et une activité motrice.

L'exécution d'un mouvement volontaire fait intervenir un centre nerveux (le cerveau), des fibres nerveuses, des muscles.

L'ŒIL

I. ANATOMIE DE L'ŒIL

A • L'œil, l'organe de la vision

Les yeux sont les organes de la vue. Ils sont constitués d'un **globe oculaire**, de **membranes** (la cornée, la sclérotique, la choroïde, la rétine qui se prolonge par le nerf optique), de **milieux transparents** permettant la pénétration des rayons lumineux (humeur aqueuse, humeur vitrée, le cristallin).

B • Anatomie et physiologie de l'œil

Les yeux sont protégés par les paupières inférieures et supérieures, par les cils qui les bordent et par les sourcils. La protection de l'œil est assurée par la membrane conjonctive et les larmes, qui protègent l'œil, l'empêchent de se dessécher et l'humidifient.

La **cornée** et le **cristallin** fonctionnent comme deux lentilles optiques. Ils concentrent les rayons lumineux, qui forment l'image dans le fond de l'œil, sur la rétine.

Le **cristallin** est un organe déformable, contrairement à la cornée. Sa forme se modifie par l'action de muscles en fonction de la position, plus ou moins éloignée, de l'objet à observer. Il permet « la mise au point » : c'est l'**accommodation.**

L'**iris** est un disque musculaire coloré : il peut être bleu, marron ou vert. Il s'agit de la partie visible de la couronne ciliaire. L'iris et la couronne ciliaire sont composés de cils extrêmement fins qui régulent la quantité de lumière qui entre dans l'œil par la **pupille.** Quand la luminosité ambiante est forte, l'iris se contracte, la pupille est rétractée, ce qui diminue l'intensité lumineuse qui vient frapper le centre de la rétine. Inversement, lorsque la luminosité ambiante est faible, l'iris s'ouvre, la pupille est dilatée. Davantage de lumière pénètre alors.

La **rétine** est une membrane très fragile composée de plusieurs couches de cellules (**cellules visuelles**). On distingue deux types de cellules visuelles : les **cônes** et les **bâtonnets.** Ces cellules photoréceptrices contiennent des pigments qui sont sensibles à la lumière ; les cellules à bâtonnets sont sensibles à la lumière de très faible intensité. Elles interviennent dans **la vision crépusculaire.** Les cellules en forme de cônes sont sensibles à la **vision de détails des formes et des couleurs.** La rétine a pour tâche de transmettre le message porté par la lumière au cerveau *via* le nerf optique.

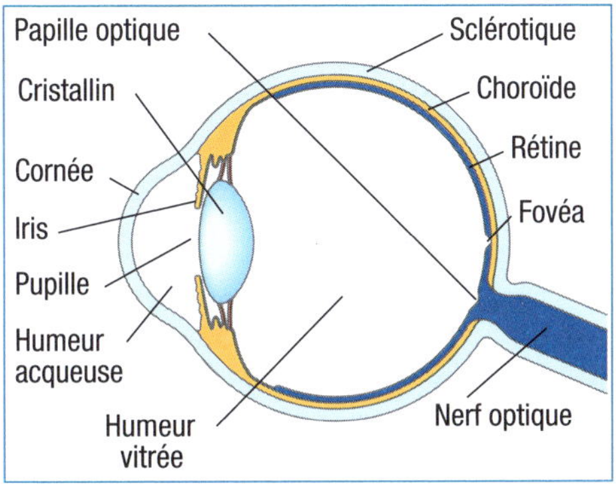

Anatomie de l'œil

II. Vision : perception et transmission des images

Les rayons lumineux traversent la cornée et l'humeur aqueuse ; le cristallin concentre les rayons lumineux sur la rétine. Les pigments des cellules visuelles de la rétine captent les photons (particules chargées d'énergie constituant la lumière), les pigments se transforment alors et donnent lieu à une cascade de réactions qui provoquent la naissance d'influx nerveux (messages de nature électrique). Les influx nerveux sont alors transmis aux cellules bipolaires, puis acheminés par le **nerf optique** jusque dans le cerveau. Ils parviennent à une aire visuelle spécialisée dans l'intégration, l'analyse des messages visuels et la mémorisation.

III. Physiopathologie

A • La myopie

Elle est caractérisée par une vision floue de loin alors que les objets très proches sont vus nettement. Elle est due à un œil trop convergent : l'image se forme en avant de la rétine. Les traitements consistent à utiliser des verres de formes concaves ou des lentilles.

B • La presbytie

Elle est due à une perte de souplesse du cristallin. L'accommodation se détériore. La convergence n'est plus suffisante. La vision des objets proches devient difficile. Les traitements consistent à utiliser des verres de formes convergentes.

C • La cataracte

Elle se manifeste sous forme d'une ou plusieurs zones troubles dans le cristallin de l'œil. Le cristallin s'opacifie. La lumière ne peut pas le traverser. On note une baisse progressive de la vue, des troubles de la vision des couleurs, une gêne face à la lumière vive. Elle se manifeste davantage chez les personnes âgées. Selon les cas, le traitement passe par la chirurgie : le cristallin est alors remplacé.

L'OREILLE

L'oreille est l'organe de la perception des sons et de l'équilibration. Elle se décompose en 3 parties : l'oreille externe, l'oreille moyenne et l'oreille interne.

I. ANATOMIE DE L'OREILLE

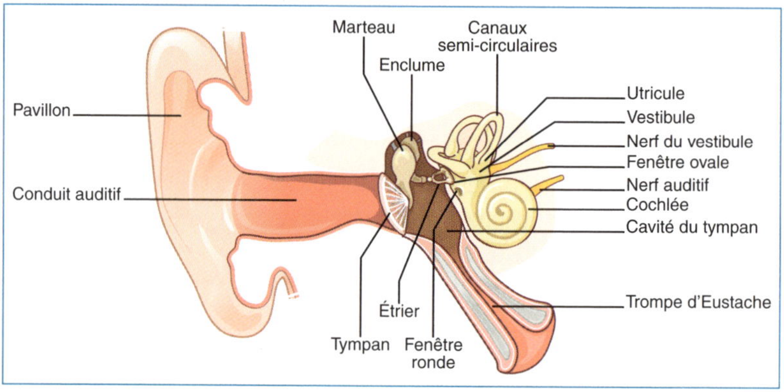

A • L'oreille externe

Elle recueille les vibrations sonores et les dirige sur le tympan. Elle comprend :
- le **pavillon** : il capte les ondes sonores et les dirige vers le conduit ou canal auditif externe ;
- le **canal auditif externe** : petit tuyau par lequel transitent les ondes sonores ; il est tapissé de poils et contient des glandes sécrétant le cérumen dont le rôle est de retenir les poussières ;
- le **tympan** : membrane située à l'extrémité du canal auditif ; il vibre sous l'effet des ondes sonores.

B • L'oreille moyenne

Elle s'étend depuis la membrane du tympan (oreille externe), jusqu'à la fenêtre ovale et la fenêtre ronde (oreille interne). Cette cavité remplie d'air communique avec le pharynx par le conduit de la **trompe d'Eustache**. L'oreille moyenne abrite une **chaîne d'osselets** (**marteau**, **enclume**, **étrier**) reliés entre eux par leurs articulations, maintenus à la cavité du tympan par des ligaments et par des muscles. L'oreille moyenne assure la transmission mécanique des vibrations sonores du tympan à l'oreille interne et leur amplification.

C • L'oreille interne

L'oreille interne a pour fonctions l'équilibration (grâce au vestibule et aux canaux semi-circulaires) et l'audition (grâce à la cochlée ou limaçon). Elle communique avec l'oreille moyenne par la fenêtre ovale. Elle est divisée en plusieurs parties :
- le **vestibule** et les **canaux semi-circulaires** interviennent dans l'équilibre et la posture ;
- la **cochlée** est un tube enroulé sur lui-même dont la base, appelée **organe de Corti**, est tapissée de cellules sensorielles ciliées au nombre d'environ 15 000. La cochlée amplifie les vibrations qui lui parviennent ; la mise en mouvement des cils des cellules sensorielles engendre la formation d'un message nerveux transmis par des fibres nerveuses (constituant le nerf auditif) aux aires auditives du cerveau.

II. L'AUDITION : PERCEPTION, TRANSMISSION DES SONS ET ÉQUILIBRE

A • La transmission

Lorsqu'un son parvient à l'oreille externe : il est dirigé par le pavillon vers le conduit auditif externe ; il arrive sur le tympan qui se met à vibrer. Les vibrations sont transmises à la fenêtre ovale par l'intermédiaire de la chaîne des osselets qui amplifient le message sonore. Ces vibrations se propagent ainsi dans l'oreille moyenne, puis dans l'oreille interne qui contient la cochlée.

La cochlée transforme un son en un signal électrique qui sera transmis par le nerf cochléaire (constituant le nerf auditif) vers le cerveau. À l'intérieur de la cochlée, des cellules munies de cils et faisant partie de l'organe de Corti, sont en suspension dans un liquide appelé **endolymphe**. En présence de vibrations transmises par la fenêtre ovale, le liquide baignant les cellules se déplace, mettant en mouvement les cils des cellules ciliées. Le mouvement des cils libère des neurotransmetteurs qui diffusent vers les fibres nerveuses du nerf cochléaire ; cela déclenche la production d'un message nerveux : l'information sonore est transformée en message nerveux transporté par le nerf cochléaire.

Il existe des **surdités de transmission** dues à des obstacles situés au niveau de l'oreille externe ou moyenne (otites, bouchons de cérumen). Ce type de surdité peut être corrigé ou amélioré par un traitement médical ou une intervention chirurgicale.

B • La perception

Le message nerveux est acheminé par le nerf cochléaire jusqu'à l'aire auditive située dans le lobe temporal du cerveau où il est interprété. **La surdité de perception** est une perturbation du son au niveau de l'oreille interne et du nerf auditif. La perte de l'audition est parfois totale. Elle peut résulter de lésions de la cochlée ou des voies nerveuses.

LES BACTÉRIES : STRUCTURE ET ULTRASTRUCTURE

Le monde microbien rassemble de nombreuses familles de micro-organismes microscopiques, invisibles à l'œil nu. On les désigne par le terme de **protistes**. On distingue les **protistes supérieurs ou eucaryotes** (moisissures, levures, protozoaires et algues, exceptées les cyanobactéries) et les **protistes inférieurs ou procaryotes** (bactéries, archaebactéries et cyanobactéries).

I. LES CRITÈRES MORPHOLOGIQUES DE CLASSIFICATION

A • La forme et la taille des bactéries

Les bactéries sont invisibles à l'œil nu ; elles sont microscopiques. Leur taille est comprise entre 1 et 10 micromètres (µm). Elles peuvent avoir une forme sphérique (coques), être en forme de bâtonnet (bacilles) ou de spirale (les spirilles, les vibrions...).

B • Le mode de groupement

Les bactéries peuvent être isolées les unes des autres, être associées par deux (les diplocoques ou les diplobacilles). Certaines bactéries peuvent former des chaînettes (les streptocoques) ; d'autres bactéries forment des grappes (les staphylocoques). On distingue aussi des bactéries groupées en amas cubiques (les sarcines).

C • La composition de la paroi bactérienne

L'analyse de la composition chimique de la paroi met en évidence deux types de parois. Une technique de coloration (coloration de Gram) permet de différencier deux groupes de bactéries. On distingue ainsi les bactéries Gram + et les bactéries Gram –, selon le comportement de la paroi vis-à-vis des colorants employés. La coloration de Gram met en œuvre plusieurs réactifs (violet de gentiane, lugol, alcool, fuchsine). Selon le comportement de la paroi vis-à-vis des réactifs et ses capacités à les retenir, les préparations bactériennes apparaissent colorées en violet (bactéries à Gram +) ou colorées en rose (bactéries à Gram –) au microscope avec de l'huile à immersion.

II. LES ÉLÉMENTS DE LA CELLULE BACTÉRIENNE

Les bactéries sont constituées d'un certain nombre d'éléments. On distingue des éléments présents chez toutes les bactéries (éléments permanents ou obligatoires) et des éléments présents chez certaines bactéries (éléments non permanents ou facultatifs).

A • Le rôle des éléments permanents

• La **paroi** est située à la surface externe de la bactérie, elle entoure la bactérie et lui donne sa forme. Elle assure la protection de la bactérie.

• La **membrane cytoplasmique** régule les échanges entre l'intérieur de la bactérie (le cytoplasme) et le milieu extérieur. Elle prélève dans le milieu extérieur les nutriments indispensables à la bactérie et rejette les déchets du métabolisme. Elle intervient dans le métabolisme et la respiration cellulaire.

• Le **cytoplasme** est délimité par la membrane cytoplasmique. C'est une sorte de gel contenant de l'eau, des ribosomes (intervenant dans la synthèse des protéines), des substances de réserves.

• L'**élément nucléaire** est constitué d'un chromosome. C'est un long filament d'ADN (acide désoxyribonucléique). Il est le support des caractères héréditaires (l'information génétique). Il se réplique à l'identique lors de la division cellulaire, pour qu'une cellule-fille hérite du même potentiel génétique que la cellule-mère.

• Les **ribosomes** assurent la synthèse des protéines.

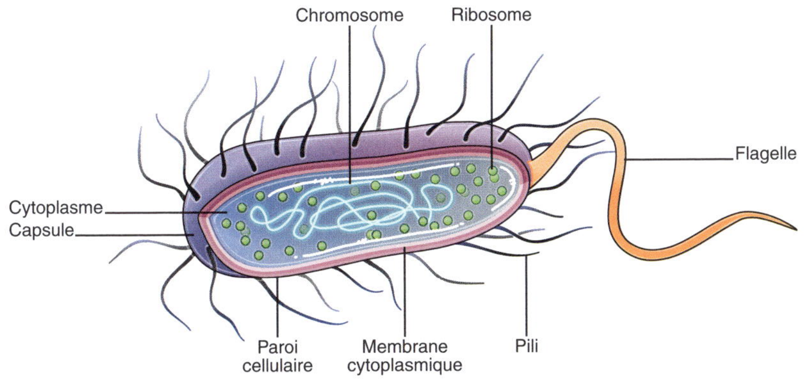

B • Le rôle des éléments non permanents

• La **capsule** protège la bactérie contre la phagocytose.

• Le **flagelle** permet le déplacement de la bactérie.

• Les **plasmides** sont constitués d'ADN et sont porteurs d'information génétique favorisant le pouvoir pathogène des bactéries (la capacité à être dangereux). Exemple : les gènes de résistance contre les antibiotiques.

• Les **pili communs et sexuels** jouent respectivement un rôle dans le pouvoir pathogène des bactéries et dans la conjugaison bactérienne permettant l'échange de plasmides porteurs d'information génétique.

LES BACTÉRIES : CONDITIONS DE VIE ET MULTIPLICATION

I. LES DIFFÉRENTS TYPES DE BACTÉRIES

Les espèces bactériennes se distinguent les unes des autres notamment selon la source de carbone et la source d'énergie qu'elles utilisent, leurs besoins en dioxygène, leurs conditions de croissance (température...).

A • Les besoins nutritionnels

Les bactéries ont besoin de substances nutritives pour vivre et se multiplier.
On distingue 2 groupes selon l'origine de la **source de carbone** utilisée :
- **les bactéries autotrophes** utilisent le dioxyde de carbone présent dans l'environnement pour synthétiser toutes les molécules carbonées qui leur sont nécessaires ;
- **les bactéries hétérotrophes** : elles utilisent des substances organiques (glucides, acides aminés...) présentes dans leur milieu pour synthétiser les molécules qui leur sont indispensables.

Les bactéries nécessitent également une **source d'azote**, une **source de soufre** et de **phosphore** pour assurer leur croissance et leur multiplication.

B • Les besoins en énergie

Les bactéries doivent disposer d'une source d'énergie leur permettant de réaliser toutes les réactions nécessaires à leur vie et leur multiplication. Selon la nature de la source d'énergie utilisée, on distingue : **les bactéries phototrophes** et **les bactéries chimiotrophes**.

	Bactéries phototrophes	Bactéries chimiotrophes
Source d'énergie	Photons lumineux (soleil)	Substances minérales ou organiques
Exemples	Les cyanobactéries	*Escherichia coli*

C • Les besoins en oxygène

• Les **bactéries aérobies strictes** ont obligatoirement besoin de dioxygène pour vivre et se multiplier (exemple : *Pseudomonas*).
Les **bactéries anaérobies strictes** ne se multiplient que dans les milieux dépourvus de dioxygène.

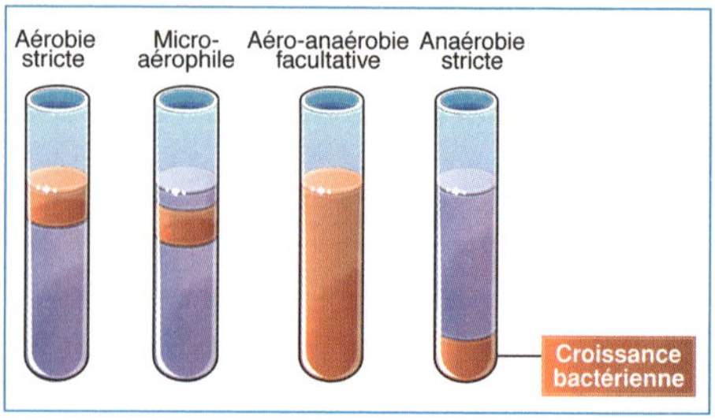

• Les **bactéries aéro-anaérobie facultatives** tolèrent l'oxygène et se multiplient en présence ou en absence d'oxygène (exemples : *Escherichia*, *Salmonella*). Les **bactéries microaérophiles** se développent lorsque la teneur en oxygène est inférieure à celle de l'air.

II. La croissance des bactéries

À SAVOIR

Les bactéries se multiplient par **division binaire** (ou **scissiparité**). La multiplication d'une simple bactérie par scissiparité donne naissance au bout de plusieurs heures à une colonie bactérienne, pouvant contenir plusieurs millions de bactéries disposant du même patrimoine génétique et des mêmes propriétés : c'est un **clone**.

A • La division bactérienne

Toute bactérie placée dans un milieu favorable grandit ; elle augmente de taille puis se divise. Sa croissance s'accompagne de la synthèse de ses constituants cellulaires. Au cours de ce processus, la bactérie-mère s'adapte au milieu dans lequel elle est placée. Elle synthétise les éléments cellulaires nécessaires à sa croissance, sa taille s'allonge, son unique chromosome se duplique, sa paroi se pince et une cloison sépare les deux bactéries-filles formées ; chacune possède un même exemplaire du chromosome hérité de la bactérie-mère.

B • Le temps de génération et le taux horaire de croissance

Le **temps de génération** est le temps nécessaire à la bactérie-mère pour donner naissance à deux bactéries-filles. On l'emploie aussi pour préciser le temps nécessaire au doublement d'une population bactérienne. Il varie d'une espèce bactérienne à une autre et il est aussi influencé par les conditions de milieu. Exemples : *Escherichia coli* : 20 minutes ; *Mycobacterium tuberculosis* : 800 minutes ; *Staphylococcus aureus* : 40 minutes.
Le **taux horaire de croissance** est le nombre de divisions bactériennes par unité de temps. Exemples : 6 h^{-1} pour *Vibrio parahaemolyticus* ; 3 h^{-1} pour *Escherichia coli*.

C • La courbe de croissance

Lorsque des bactéries sont plongées dans un milieu de culture (milieu non renouvelé), elles se multiplient en utilisant les éléments nutritifs. La courbe de croissance (Log (nombre de bactéries) en fonction du temps de croissance) permet de suivre et de dénombrer la population bactérienne au cours du temps.

On distingue plusieurs phases :

❶ **La phase de latence :** les bactéries s'adaptent à leur milieu, la croissance est nulle. Le nombre de bactéries reste constant.

❷ **La phase d'accélération** (phase facultative) : les bactéries utilisent les nutriments du milieu pour se multiplier. Le nombre de bactéries augmente.

❸ **La phase exponentielle de croissance :** les bactéries se multiplient rapidement. Leur nombre augmente très rapidement, de façon linéaire. Le taux horaire de croissance est maximal ; le temps de génération est minimal.

❹ **La phase de ralentissement** (phase facultative) : la quantité disponible de nutriments commence à diminuer. Le nombre de bactéries augmente mais le taux horaire de croissance diminue et le temps de génération augmente.

❺ **La phase stationnaire :** les bactéries épuisent leur milieu de culture, elles synthétisent et libèrent des déchets parfois toxiques qui modifient le milieu. Le nombre de bactéries reste constant. Il y a autant de bactéries qui naissent que de bactéries qui meurent.

❻ **La phase de déclin ou de létalité :** les nutriments ont disparu, les bactéries meurent par empoisonnement. Le nombre de bactéries diminue.

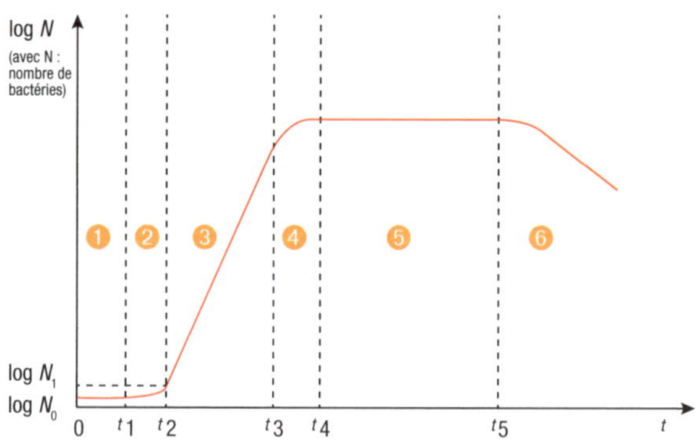

D • Les paramètres favorables ou défavorables à la croissance bactérienne

Les bactéries se multiplient rapidement lorsque le milieu présente des paramètres physiques et chimiques adaptés. Plusieurs paramètres peuvent avoir un effet favorable ou défavorable sur la croissance bactérienne.

1. La température

La plupart des bactéries se multiplient dans une zone de températures comprises entre 15 et 40 °C. Des températures plus élevées tuent la plupart des bactéries. Des températures plus basses ralentissent la croissance ou la stoppent. Chaque espèce bactérienne nécessite une température précise pour se multiplier rapidement : c'est la **température optimale de croissance**. Selon les cas, on distingue des bactéries psychrophiles, psychrotrophes, mésophiles ou thermophiles.

2. Le pH

Les bactéries se multiplient à un pH précis. Toute modification du pH modifie la croissance des bactéries.

On distingue des bactéries neutrophiles (exemple : *Escherichia coli*), des bactéries acidophiles (exemple : *Lactobacillus*) et des bactéries basophiles ou alcalophiles (exemple : *Vibrio*).

3. La teneur en eau

L'absence d'eau ralentit la croissance bactérienne. De même, la présence dans le milieu de substances (sucres, sels) diminue la disponibilité en eau et ralentit la croissance bactérienne. L'activité de l'eau (Aw) indique la disponibilité de l'eau d'un milieu. Les bactéries ne peuvent se développer sur les produits alimentaires ayant une Aw inférieure à 0,90. Elles sont absentes des produits alimentaires secs, mais se développent davantage dans des produits ayant une humidité importante. De nombreuses applications ont été mises au point pour conserver les aliments : fabrication de lait déshydraté, séchage des aliments, conservation des aliments par le sel (saumure) afin de diminuer la disponibilité de l'eau.

4. Les nutriments

L'absence d'un nutriment (glucose, vitamines…) peut ralentir ou stopper la croissance des bactéries. Des bactéries **auxotrophes** exigent la présence de facteurs de croissance (vitamines, acides aminés, acides gras…) pour se multiplier. Les bactéries qui n'ont pas besoin de tels facteurs sont dites **prototrophes**.

E • La sporulation

Lorsque les conditions de vie et de multiplication sont moins favorables, certaines espèces bactériennes (*Clostridium botulinum, Bacillus cereus*…) ont la capacité de fabriquer une forme de résistance (la spore). C'est la sporulation. Les spores correspondent à une forme de vie ralentie de la bactérie. Les spores se forment à l'intérieur des cellules bactériennes, d'où le nom d'endospores. Elles constituent une forme de résistance. Il ne se forme qu'une seule spore par cellule végétative. Les spores ont de nombreuses propriétés :

– les spores peuvent survivre pendant de longues périodes, même dans des conditions défavorables. Elles résistent aux températures élevées, aux radiations telles que les ultraviolets ou les rayons X, aux températures basses, à la déshydratation, au manque d'éléments nutritifs, aux désinfectants, aux antiseptiques, aux antibiotiques… Elles sont plus difficiles à détruire ;

– elles ont le pouvoir de reprendre leur forme végétative lorsque les conditions environnantes redeviennent favorables (phénomène de la germination). La germination est le processus permettant la transformation de la spore en bactérie sous forme végétative.

LES BACTÉRIES : POUVOIR PATHOGÈNE

I. GÉNÉRALITÉS

A • Le pouvoir pathogène

C'est la propriété qu'ont certaines bactéries de provoquer une maladie. On distingue :
- les **bactéries pathogènes spécifiques** : elles agissent sur un organisme sain. Exemples : le bacille de la tuberculose, la bactérie responsable de la diphtérie... ;
- les **bactéries pathogènes opportunistes** : elles agissent chez les individus dont les défenses immunitaires sont affaiblies. Exemple : les bactéries commensales de l'homme.

Un porteur **asymptomatique** (ou porteur sain) est un individu qui héberge des micro-organismes pathogènes, mais qui ne présente aucun signe de maladie.

B • Le pouvoir invasif

C'est la capacité de certaines bactéries à envahir un organisme et à proliférer à l'intérieur des tissus de l'organisme hôte. Le pouvoir invasif est favorisé par certains éléments structuraux des bactéries (pili, capsule, la présence d'antigènes).

C • Le pouvoir toxique

C'est la capacité qu'ont certains micro-organismes de fabriquer des toxines. Les toxines sont des substances chimiques ayant la propriété d'empoisonner l'organisme dans lequel elles sont libérées. Il existe deux groupes de toxines : les endotoxines et les exotoxines.

	Endotoxines	Exotoxines
Composition	Lipides, glucides	Protéines
Propriétés	– Présentes à la surface des bactéries à gram négatif – Libérées dans le milieu extérieur à la mort de la bactérie et parfois lors de la croissance – Action non spécifique, pouvoir toxique aux fortes concentrations – Dégâts importants – Thermostables (résistent à la chaleur)	– Produites par la bactérie puis libérées dans le milieu extérieur – Action spécifique (chaque toxine agit sur une cible précise), pouvoir toxique élevé – Dégâts importants – Thermolabiles (sensibles à la chaleur) le plus souvent

II. L'INFECTION BACTÉRIENNE

A • Les voies de pénétration

Les micro-organismes pénètrent de diverses façons dans le corps d'un individu :
- la **voie cutanée** : les micro-organismes pénètrent par la peau lésée ;
- la **voie digestive** : les micro-organismes pénètrent par les aliments contaminés ;
- la **voie sanguine** : les micro-organismes peuvent pénétrer par le sang, par l'intermédiaire d'objets (dispositifs médicaux, objets coupants souillés...) ;
- la **voie respiratoire** : les micro-organismes pénètrent par les poussières aspirées avec l'air ;
- la **voie sexuelle** : des rapports sexuels non protégés peuvent transmettre des micro-organismes (exemples : virus du sida, virus de l'hépatite B, tréponème...).

B • L'évolution d'une maladie infectieuse

On distingue 3 étapes :
- la **phase d'incubation** fait suite à la pénétration des micro-organismes. Elle n'est accompagnée d'aucun signe de maladie ;
- la **phase d'invasion** est la phase de l'infection au cours de laquelle des signes (symptômes) généraux de la maladie apparaissent (fièvres, douleurs...). Ces symptômes ne sont pas spécifiques de la maladie ;
- la **phase d'état** est la période de l'infection au cours de laquelle des signes cliniques spécifiques de la maladie se développent et permettent de réaliser un diagnostic.

Généralement, l'organisme contaminé réagit par l'intermédiaire de ses défenses immunitaires ou par des traitements administrés. Les signes de la maladie disparaissent : c'est la **phase de déclin**. À l'issue de la phase de déclin, l'organisme se rétablit alors : c'est la **phase de convalescence**.

C • Les phases de l'infection

Chaque infection bactérienne est particulière. Sa localisation, les signes cliniques correspondants diffèrent selon la nature de l'infection.

L'**infection locale** se traduit par la réaction inflammatoire caractérisée par une rougeur, une chaleur, un gonflement, une douleur au niveau de la lésion.

L'**infection loco-régionale** (ou **lymphatique**) correspond à une infection qui s'est étendue, elle gagne les vaisseaux lymphatiques, puis les ganglions lymphatiques. Les ganglions deviennent durs et douloureux.

L'**infection générale** est caractérisée par une diffusion des bactéries dans l'ensemble de l'organisme. Les bactéries peuvent passer dans le sang et déclencher une **septicémie**.

LES VIRUS

I. PRÉSENTATION

A • Définition

Les virus sont des **particules microscopiques** qui ont une structure très simple. Ce ne sont pas des cellules. Ce sont des parasites obligatoires, car ils n'ont pas la capacité de se multiplier seuls (l'expression de leurs gènes et la réplication de leur génome ne peuvent se faire qu'à partir d'une cellule infectée). Ils ne peuvent donc se multiplier que s'ils infectent une cellule vivante (cellule hôte). Ils sont ainsi qualifiés d'agents infectieux. Les virus à l'état libre, en dehors d'une cellule hôte, sont appelés virions. Ils sont constitués d'un nombre restreint de molécules. On trouve des **protéines** et des **acides nucléiques** (ADN ou ARN).

B • Diversité et taille

On distingue **une grande variété de virus**. Ils diffèrent selon leur forme, leurs dimensions et leur composition chimique. Ils parasitent tous les types de cellules vivantes : les animaux, les végétaux, les bactéries (on parle alors de bactériophages). On recense environ 200 espèces de virus infectieux pour l'homme. Les virus ont une taille inférieure à celle d'une bactérie. Leur taille varie entre 10 et 400 nanomètres (un nanomètre – nm – équivaut à un milliardième de mètre, soit 1 nm = 10^{-9} m). Ils ne sont observables qu'au microscope électronique. Ainsi, le virus de la grippe mesure entre 80 et 120 nm.

II. STRUCTURE

A • La capside

Un virus est composé d'une boîte protéique, appelée **capside,** qui renferme et protège le génome. Elle intervient directement dans l'attachement de la particule virale à la cellule hôte. La capside est constituée d'unités structurales de base (monomères) nommés les capsomères. Selon la disposition des capsomères, on distingue deux types de symétrie structurale : icosaédrique ou hélicoïdale. Deux groupes de virus se distinguent alors : les virus à symétrie cubique (ou icosaédrique, de forme polyédrique) et les virus à symétrie hélicoïdale. Un troisième groupe de virus (les virus complexes) résulte d'un mélange des deux symétries hélicoïdale et icosaédrique (exemple : les bactériophages).

B • L'acide nucléique et la nucléocapside

Un virus contient aussi un acide nucléique, ADN ou ARN, constituant son patrimoine génétique. L'ensemble acide nucléique et capside se nomme nucléocapside. Cette structure caractérise les **virus nus**, seulement constitués d'une nucléocapside. D'autres virus ont leur nucléocapside entourée d'une enveloppe contenant des lipides, des glucides et des protéines : ce sont les **virus enveloppés**.

III. Reproduction

A • Envahir pour se multiplier

Privés d'un métabolisme et donc incapables de produire de l'énergie, les virus doivent utiliser les ressources d'un être vivant pour pouvoir se reproduire. Ils doivent donc obligatoirement pénétrer dans une cellule hôte. Ils détournent alors à leur profit la machinerie cellulaire de la cellule hôte pour se multiplier. Un même virus peut ainsi se multiplier en un grand nombre d'exemplaires au sein d'une cellule (100 à 1 000 nouveaux virus). À l'issue de la multiplication, les particules virales nouvellement synthétisées peuvent sortir de la cellule hôte en la détruisant éventuellement.

B • Une stratégie pour se multiplier

On distingue plusieurs étapes :

- **l'adsorption, la pénétration et la décapsidation** : le virus se fixe à un récepteur de la surface de la cellule hôte, il y pénètre par phagocytose ou par fusion des membranes. Les protéines de la capside se séparent ensuite de l'acide nucléique qui est libéré dans la cellule ;

- **la réplication** (duplication du génome, transcription, traduction) : dans le cas d'un virus à ADN, l'acide nucléique (l'ADN) nu, séparé des protéines de la capside, est répliqué dans le noyau (il est copié en un grand nombre d'exemplaires) par les enzymes de la cellule hôte. Les informations portées par les gènes du virus sont ensuite décodées : il y a alors synthèse des protéines dans le cytoplasme (traduction réalisée par les ribosomes de la cellule hôte) ;

- **l'assemblage** : les protéines de la capside et les génomes viraux néosynthétisés s'auto-assemblent alors pour former de nouveaux virions ;

- **la libération des nouveaux virions** : les virus sortent ensuite de la cellule hôte en franchissant la membrane (par bourgeonnement, exocytose ou lyse cellulaire) : un seul virus peut ainsi donner naissance à plusieurs centaines de milliers de virions en quelques heures.

LE SYSTÈME IMMUNITAIRE

Le système immunitaire assure la défense de l'organisme contre des éléments étrangers.

I. L'IMMUNITÉ INNÉE

L'immunité innée, naturelle ou non spécifique, fait intervenir différents systèmes : la peau, les muqueuses et la réaction inflammatoire.

A • La barrière cutanéo-muqueuse

La peau et les muqueuses constituent la première ligne de défense de l'organisme contre les micro-organismes et les substances chimiques. Elles constituent une **barrière mécanique** (présence de cils et de mucus, présence de kératine), une **barrière chimique** (la sécrétion de sébum et de sueur, les larmes, la salive, le suc gastrique, les sécrétions acides du vagin...) et **une barrière biologique** (présence des flores buccales, intestinales, vaginales et de la peau empêchant le développement des autres micro-organismes ou les détruisant).

B • La réaction inflammatoire

C'est une réaction de défense contre une agression de l'organisme, comme une brûlure, une coupure, la pénétration d'un micro-organisme ou d'une substance chimique.

Dans le cas d'une infection microbienne, elle est mise en œuvre lorsque les barrières cutanéo-muqueuses sont franchies par des micro-organismes.

Le tissu victime de l'agression réagit en libérant un ensemble de facteurs chimiques aux propriétés pyrogènes qui augmentent **la chaleur** locale et **la douleur**. Ils ont aussi un effet vaso-actif : ils stimulent tous les capillaires sanguins de la région et déclenchent leur dilatation. Cette vasodilatation provoque une **rougeur** et renforce l'impression de **chaleur** à cause de la plus grande quantité de sang qui arrive à cet endroit. Une fois le capillaire dilaté, il est ainsi moins étanche et du liquide va sortir du sang pour aller s'insinuer entre les cellules. Cela fait alors gonfler localement les tissus (**œdème**). **La douleur** ressentie est renforcée par la vasodilatation qui comprime aussi et irrite les fibres nerveuses. Des cellules sanguines dites **phagocytes** (comme les **macrophages** et les **polynucléaires**) sont attirées sur le site de l'inflammation par les différentes molécules (chimiokines) libérées suite à la pénétration des micro-organismes. Cette attraction est **le chimiotactisme**. Les cellules phagocytaires quittent les vaisseaux sanguins pour se porter au contact des micro-organismes ayant réussi à traverser la peau. Ces leucocytes ont une membrane extrêmement déformable, très fluide, qui leur permet de traverser la paroi des capillaires sanguins en s'insinuant entre deux cellules : c'est **la diapédèse**. Une fois parvenues près des micro-organismes, les cellules phagocytaires émettent des prolongements (des pseudopodes) en direction de l'envahisseur ; elles l'englobent, l'enferment dans une poche puis le digèrent : c'est **la phagocytose**. Les micro-organismes envahissants sont ainsi éliminés.

II. L'IMMUNITÉ ADAPTATIVE

A • Les caractéristiques de l'immunité adaptative

Elle assure la protection de l'organisme contre des corps étrangers précis grâce à un ensemble d'éléments : des cellules (les **lymphocytes B** et **T**), des molécules (les **anticorps**, les **récepteurs**...). Elle est fondée sur la reconnaissance de molécules particulières (les **antigènes**) présentes à la surface des corps étrangers. On nomme **antigène toute substance étrangère à l'organisme capable de déclencher une réponse immunitaire.** L'immunité adaptative est caractérisée par sa capacité à distinguer le soi du non soi et par sa **mémoire immunitaire** (c'est la capacité des cellules immunitaires, les lymphocytes B ou T, qui ont déjà été en contact avec un antigène, de reconnaître ce même antigène et de réagir plus rapidement et de façon plus marquée contre lui suite à un second contact). Selon la nature de l'antigène, la réponse immunitaire sera réalisée par les lymphocytes T (réponse cellulaire) ou par les lymphocytes B (réponse humorale).

B • La réponse humorale

Elle est assurée entre autres par les **lymphocytes B** et les **anticorps**. Les anticorps sont des protéines de la famille des immunoglobulines capables de reconnaître et de neutraliser de manière spécifique les agents étrangers tels que les bactéries, les virus, les toxines ou d'autres molécules étrangères présentant un antigène précis et se trouvant dans le sang ou la lymphe.

On distingue **deux types d'anticorps** circulant dans le milieu intérieur :

– **les anticorps fixés** dans la membrane des lymphocytes B, constituant les récepteurs immunitaires des lymphocytes B. Ils sont chargés de la reconnaissance des antigènes ;

– **les anticorps circulants**, sécrétés par les plasmocytes (eux-mêmes dérivant des lymphocytes B), et constituant des effecteurs de l'immunité adaptative.

Il existe des millions de **clones** de lymphocytes B différant par la nature de l'anticorps membranaire qu'ils portent. Chaque clone ne peut reconnaître qu'un seul antigène.
Lorsqu'un antigène pénètre dans l'organisme, un clone de lymphocytes B le reconnaît (**phase de sélection clonale)**. Cette reconnaissance active la multiplication des lymphocytes B et leur transformation en plasmocytes et en **lymphocytes B mémoire**. Les plasmocytes sécrètent de grandes quantités d'anticorps. Les **lymphocytes B mémoire** sont susceptibles de réagir rapidement en cas de nouveau contact avec le même antigène. La production d'anticorps est aussi influencée par les interleukines, substances chimiques, libérées par les lymphocytes T après que ces derniers ont aussi reconnu l'antigène. Les interleukines activent la multiplication des lymphocytes B. Les anticorps se fixent ensuite spécifiquement sur les antigènes et constituent le **complexe antigène-anticorps (complexe immun)** ; il neutralise ainsi l'antigène. Le complexe peut par la suite être phagocyté par les macrophages. Il est alors digéré par des enzymes digestives. À la fin de la digestion, les déchets sont évacués à l'extérieur des leucocytes (globules blancs). Le complexe peut aussi être détruit par **le système du complément**. La réponse est ainsi précise et réalisée contre un antigène particulier.

C • La réponse cellulaire

Lorsqu'un antigène pénètre dans l'organisme, les macrophages le dégradent en fragments et présentent les débris à un clone de lymphocytes T **précytotoxiques** (ou LT8) ; cette reconnaissance est réalisée par les **récepteurs de cellules T** présents à la surface des LT8. Elle active la multiplication et l'activation des LT8 (aidée par l'intervention de substances chimiques véhiculées par le sang – **les interleukines** – produites par des macrophages et par des **lymphocytes T auxiliaires** ou LT4). Les LT4 favorisent aussi la différenciation des lymphocytes B en plasmocytes. Les LT8 activés constituent alors des **lymphocytes T cytotoxiques** capables d'éliminer les cellules cibles présentant l'antigène d'une part, et en **lymphocytes T mémoire** d'autre part. Ces derniers vont persister dans le corps, en attente d'une seconde rencontre avec le même antigène. Cette seconde rencontre peut prendre place des années après le contact initial et dans ce cas, les cellules T mémoire répondront rapidement afin de détruire l'envahisseur. Ceci procure une protection spécifique et de longue durée.

III. La vaccination

Elle permet d'acquérir une immunité spécifique de façon **artificielle** pendant une longue période contre un antigène spécifique d'un micro-organisme responsable d'une maladie donnée. Elle met ainsi à profit la **mémoire immunitaire**. Elle consiste à introduire chez un individu un antigène spécifique (appartenant à un micro-organisme), peu virulent, ayant conservé ses capacités à induire une réponse immunitaire. Au cours de ce premier contact, l'organisme réagit en mobilisant les divers acteurs de la réponse immunitaire spécifique, ce qui permet l'apparition de cellules mémoire, à longue durée de vie. C'est la **réponse primaire** à l'infection. Grâce à la mémoire immunitaire, un second contact avec le même antigène sera alors suivi d'une réponse très rapide et importante du système immunitaire afin de lutter efficacement contre le micro-organisme pathogène. La mémoire immunitaire s'atténue cependant avec le temps, il est donc indispensable de procéder à un **rappel** régulièrement.

Il existe des **vaccins à germes vivants atténués** (les agents infectieux ont été mutés afin de leur faire perdre leur pouvoir pathogène mais ils gardent leur capacité de se multiplier et d'induire une réponse immunitaire – exemple : le BCG), des **vaccins à germes tués ou inactivés** (les germes sont incapables de se multiplier – exemple : la grippe) et des **vaccins à fractions antigéniques inertes** (on inocule une toxine ou un fragment de la paroi du micro-organisme pathogène – exemples : l'hépatite, le tétanos ou la diphtérie).

On distingue **des vaccinations obligatoires** et **des vaccinations conseillées**.

IV. Les allergies

Une allergie (ou réaction d'**hypersensibilité**) est une réponse anormale, inadaptée et exagérée du système immunitaire contre un antigène. On distingue des allergies alimentaires, médicamenteuses, par piqûre, par contact. Une allergie peut se manifester dans différentes régions du corps : sur la peau, aux yeux, dans le système digestif, dans les voies respiratoires. La réaction allergique nécessite en général **2 contacts avec l'allergène**. La première fois que l'allergène pénètre dans le corps, le système immunitaire identifie l'élément étranger comme étant dangereux. Il fabrique des anticorps spécifiques contre lui (**phase de sensibilisation**) et garde en mémoire cette rencontre. Lors d'un second contact avec l'allergène, le système immunitaire réagit immédiatement. Les anticorps cherchent à éliminer l'allergène en déclenchant un ensemble de réactions de défense (**la réaction allergique**). Les symptômes et leur intensité varient selon l'endroit où l'allergie se déclare : éruption cutanée, éternuements, conjonctivite, eczéma, rhinite, œdème de Quincke, toux d'irritation. Dans certains cas, on assiste à une **réaction anaphylactique** (réaction allergique, subite et généralisée qui touche tout l'organisme). Si elle n'est pas traitée rapidement, elle peut évoluer vers le **choc anaphylactique** (libération dans la circulation sanguine d'histamine et d'autres substances entraînant la dilatation des vaisseaux sanguins et la constriction des bronches) ; sans traitement adapté, le décès peut alors survenir en quelques minutes.

LA POLITIQUE DE SANTÉ PUBLIQUE

I. LA NOTION DE DÉMOGRAPHIE ET DE SANTÉ PUBLIQUE

A • Les indicateurs démographiques

La **démographie** est l'étude quantitative de la population. Des **indicateurs démographiques** permettent de relever les données économiques, sociales et épidémiologiques, afin d'observer l'évolution de la population. Ces indicateurs sont :
- la **natalité** : le nombre de naissances pour une période donnée ;
- la **fécondité** : le nombre moyen d'enfants par femme en âge de procréer (de 15 à 49 ans) pour une année donnée ;
- la **morbidité** : le nombre de personnes malades, par maladies ;
- la **mortalité** : le nombre de personnes décédées (en général ou par tranches d'âge ou par causes).

B • Le concept de santé et la notion de prévention

• **La santé** n'est pas un état permanent, mais un état évolutif qui s'inscrit dans un processus qui commence dès la vie utérine.

• **L'OMS (Organisation mondiale de la santé)** définit la santé comme « un état de bien-être physique et mental, et ne consiste pas seulement en l'absence de maladie et d'infirmité ».

• **Les altérations de la santé** sont dues à des facteurs endogènes qui sont propres à la personne (maladie génétique, par exemple) et à des facteurs exogènes, liés à l'environnement, au cadre de vie, au mode de vie, au milieu professionnel…

• **La prévention** est l'« ensemble des actions qui tendent à promouvoir la santé individuelle et collective » (OMS). Ce sont des mesures qui ont pour but d'éviter ou de réduire la morbidité et la mortalité.

Il y a trois niveaux de prévention :
- la **prévention primaire :** diminuer l'impact d'une maladie dans une population et réduire l'apparition de nouveaux cas. Exemples : campagne d'information, vaccinations…
- la **prévention secondaire :** limiter le développement de la maladie par le dépistage et le traitement précoce. Exemples : examens de santé, dépistage du cancer du sein…
- la **prévention tertiaire :** lorsque la maladie ou l'accident n'a pu être évité, il s'agit de prévenir les rechutes ou les complications, de diminuer les incapacités, pour favoriser la réinsertion professionnelle et sociale. Exemple : rééducation après un accident.

II. L'organisation sanitaire et sociale en France

A • L'organisation sanitaire et sociale au niveau de l'État

Au niveau national	**Le ministère des Affaires sociales et de la Santé**, appelé depuis 2017 ministère des Solidarités et de la Santé, met en œuvre la politique du Gouvernement dans les domaines des affaires sociales, de la santé publique et de l'organisation du système de soins.
Au niveau régional et départemental	**Les ARS (agences régionales de santé) et les délégations départementales de l'ARS** sont chargées d'établir le plan stratégique régional de santé (PSRS).
	Les DRJSCS (directions régionales de la jeunesse, des sports et de la cohésion sociale) et les DDCSPP (directions départementales de la cohésion sociale et de la protection des populations) sont chargées, sous l'autorité des préfets de région ou de département, du pilotage et de l'animation des politiques sociales, sportives, de jeunesse… Elles représentent plusieurs ministères.

B • L'organisation sanitaire et sociale au niveau des collectivités territoriales

Région	Conseil régional	Il est responsable des formations professionnelles sanitaires et sociales.
Département	Conseil départemental	• **Protection maternelle et infantile (PMI)** • **Aide sociale à l'enfance (ASE)** • Aide aux personnes handicapées, aux personnes âgées, à l'insertion sociale et professionnelle…
Commune	Conseil municipal	• **Le Centre communal d'action sociale (CCAS)** est chargé d'organiser l'action sociale pour les résidents de la commune (aide-ménagère, maintien à domicile…). • **Les services communaux d'hygiène et de santé (SCHS)** gèrent les problèmes de salubrité, d'hygiène et de santé publique. • **Le conseil municipal** fait appliquer le Code de la santé publique et le règlement sanitaire.

III. La promotion de la santé en faveur des élèves

Les problèmes de santé sont susceptibles d'engendrer des difficultés d'apprentissage ou de mettre les élèves en situation d'échec scolaire.
L'école a une double mission :
– **le suivi de la santé des élèves**, en collaboration avec les familles (visites médicales, vaccination...) ;
– **l'éducation à la santé,** intégrée dans les programmes dès l'école primaire (éducation nutritionnelle, à la sexualité, prévention des conduites à risques et addictives...) dans le but de sensibiliser à la nutrition et prévenir les problèmes de surpoids, contribuer à la prise en compte des règles d'hygiène, de sécurité et d'ergonomie, de développer chez les élèves des comportements civiques et solidaires (exemple : l'apprentissage des gestes qui sauvent...).

IV. Les différents systèmes de protection sociale

La protection sociale désigne l'ensemble des moyens de prévoyance mis en œuvre par la collectivité pour permettre aux individus de faire face aux conséquences financières des « risques sociaux ».

A • Les risques sociaux

Les **risques sociaux** sont des événements, pouvant survenir dans la vie de tout individu, susceptibles d'entraîner une augmentation importante des dépenses et/ou une diminution des revenus.
La **protection sociale** regroupe ces risques en **six domaines** : le risque santé, le risque maternité-famille, le risque vieillesse-survie, le risque logement, le risque emploi-chômage, le risque pauvreté-exclusion sociale.

B • Les principaux types de protection sociale

À SAVOIR

La protection sociale en France est assurée par la Sécurité sociale et des organismes de couvertures complémentaires.

• **La Sécurité sociale** est un système d'assurance sociale, obligatoire pour tout travailleur, qui est construit sur trois principes fondamentaux : l'égalité d'accès aux soins, la qualité des soins et la solidarité. Elle est constituée de plusieurs **régimes**, correspondant aux catégories socioprofessionnelles : le régime général, le régime agricole (MSA) et des régimes spéciaux.
Le **financement** provient des cotisations salariales et patronales prélevées sur les salaires et de certains impôts et taxes (CSG, CRDS...).

Le régime général concerne la majorité de la population, il est constitué de plusieurs **branches** prenant en charge différents risques :
- la branche maladie (assurance maladie, maternité, invalidité, décès) ;
- la branche accident du travail, maladie professionnelle ;
- la branche famille (allocations familiales, aides à la famille et au logement, allocation handicap, RSA) ;
- la branche retraite (assurance vieillesse) ;
- la branche recouvrement (gestion de la trésorerie).

• **Les régimes complémentaires obligatoires de retraite (AGIRC et ARRCO)** versent une retraite complémentaire à celle versée par l'assurance vieillesse de la Sécurité sociale. Le financement se fait par le prélèvement de cotisations sur les salaires (acquittées par le salarié et l'employeur durant la vie professionnelle).

• **Les mutuelles** sont des organismes de droit privé, à but non lucratif. Elles complètent partiellement ou totalement les remboursements de l'assurance maladie pour les frais engagés par l'assuré social (frais médicaux, optiques, dentaires, hospitalisation...). Depuis 2016, les employeurs du secteur privé ont l'obligation de souscrire et proposer à leurs salariés une complémentaire santé. La participation financière de l'employeur doit être au moins égale à 50 % de la cotisation (le reste est à la charge du salarié). L'adhésion à une mutuelle n'est pas obligatoire. Les ressources des mutuelles sont constituées des cotisations des adhérents.

• **L'aide sociale :** les personnes défavorisées, sans travail ou malades bénéficient en France d'aides financières ou sociales en fonction de leur situation personnelle. Cette aide est apportée par les collectivités territoriales. Elle est financée par les impôts et taxes. Les différentes prestations d'aide sociale sont :
- les aides spécifiques aux familles, aux personnes handicapées et aux personnes âgées ;
- le RSA (revenu de solidarité active) pour les personnes privées de ressources ;
- la PUMa (Protection Universelle Maladie) qui garantit un droit à la prise en charge des frais de santé aux personnes ne pouvant être affiliées à la Sécurité sociale et résidant en France de manière stable et régulière depuis 3 mois ;
- la CSS (Complémentaire Santé Solidaire) destinée aux personnes qui ont de faibles ressources. Leurs dépenses de santé sont prises en charge à hauteur de 100 % des tarifs de la Sécurité sociale.

Fiche 50

La PUMa et la CSS remplacent les CMU.

• **Les assurances privées :** les compagnies d'assurance privée couvrent leurs adhérents des conséquences financières de certains risques (accident, hospitalisation, invalidité, décès...). L'assuré est engagé par contrat et paie des primes mensuelles. L'adhésion à ces assurances est volontaire et facultative.

LES BESOINS ET LES ATTENTES DE LA PERSONNE ; LES RYTHMES DE VIE

I. LES BESOINS ET LES ATTENTES

A • Les différents types de besoin

À tout âge de la vie, tout individu a des **besoins vitaux**. La satisfaction de ces besoins est indispensable à sa survie. Certains sont des **besoins physiologiques primaires** (respirer, boire, manger, dormir…) ; d'autres sont des **besoins secondaires**, mais indispensables au bien-être et à la conservation de la santé (être aimé, entouré, se sentir utile…).

Le besoin est ressenti comme un **manque** qu'il est nécessaire de combler. Ce sentiment de manque varie d'une personne à une autre ainsi qu'avec l'âge. Le bébé exprime ses besoins par des pleurs, il ne peut attendre et réclame leur satisfaction immédiate. Avec le temps, l'enfant apprend à attendre la satisfaction de certains besoins, si les parents posent des limites. L'adulte est capable d'attendre et de différer la satisfaction de certains besoins (pour manger ou dormir, par exemple).

B • Les attentes

L'**attente** correspond à un **souhait**, **un désir**, **une envie**, au fait de compter sur quelque chose ou quelqu'un pour satisfaire des besoins.

Les besoins et les attentes peuvent parfois être inconscients.

C • Prise en compte des besoins et des attentes dans l'accompagnement

Dans un souci de bientraitance, **les professionnels doivent prendre en compte les besoins et les attentes de chaque usager** en respectant les choix, les goûts et le rythme de vie, en créant un climat de confiance et de sécurité. Ils doivent proposer un accompagnement lui permettant de conserver sa santé physique et mentale, de favoriser son développement, le maintien ou la restauration de son autonomie.

II. LES RYTHMES DE VIE

A • Qu'est-ce qu'un rythme de vie ?

L'être humain est soumis à différents rythmes qui ponctuent sa vie. Le respect du rythme biologique permet de répondre aux besoins physiologiques et de maintenir la santé. Les rythmes de vie sont personnels à chacun (le besoin de sommeil, la rapidité), mais sont aussi imposés par la société (horaires scolaires ou professionnels…).

B • Les temps de repos et de sommeil

Le besoin de repos et de sommeil varie avec l'âge, l'état de santé physique et mentale. Le sommeil peut être perturbé par le mode de vie, l'environnement, l'absorption de certains médicaments… La durée idéale de sommeil est celle qui permet de se lever sans ressentir de fatigue et de rester en forme toute la journée, sans problème de concentration ou d'attention.

Âge	Durée totale de sommeil/jour	Caractéristiques
Nouveau-né	16 à 20 heures	Il dort par tranche de 3 heures puis vers 3 semaines, il dort 6 heures la nuit.
Vers 6 mois	15 heures	dont trois siestes de 1 à 2 heures, une sieste en fin de matinée et deux siestes dans l'après-midi.
9-12 mois	14 à 15 heures	dont deux siestes, le matin et l'après-midi puis une seule sieste en début d'après-midi.
15-18 mois	14 heures	
2-4 ans	12 à 13 heures	dont 2 heures à 2 h 30 de sieste. Si l'enfant dort beaucoup pendant la journée, il risque de moins dormir la nuit.
Enfant	10 heures	Il s'endort très vite le soir, a un sommeil calme, très profond.
Adolescent	9 heures	Il peut ressentir des difficultés d'endormissement et avoir besoin de dormir plus le matin.
Adulte	7 à 8 heures	
Personne âgée	6 à 7 heures	Elle se couche et se lève plus tôt et a souvent besoin d'une sieste. Le sommeil devient léger, avec des éveils nocturnes fréquents.

C • La capacité d'attention

La capacité d'attention est variable dans le temps et d'un individu à l'autre, en fonction de l'âge, des moments de la journée, des jours de la semaine. Chez l'enfant, cette capacité augmente régulièrement.

Avant l'âge de 3 ans, l'attention n'excède pas 10 minutes.

De 3 à 6 ans, l'attention est discontinue, l'enfant est capable d'écouter une explication pendant 10 minutes, l'application peut durer 20 minutes.

De 6 à 10 ans, le temps d'attention est d'environ une heure. L'adolescent est capable de rester attentif pendant 2 heures. Cette capacité évolue ensuite en fonction des individus, pour régresser avec le vieillissement.

L'ENFANT : EXAMENS À LA NAISSANCE, DÉVELOPPEMENT SOMATIQUE

I. LES EXAMENS DE L'ENFANT À LA NAISSANCE

A • Le score d'APGAR

Le score d'APGAR est **une évaluation de l'état de santé d'un nouveau-né** et permet aux médecins de déterminer rapidement la conduite à tenir ainsi que les éléments à surveiller. Ce test est effectué dès la première minute de vie ainsi que 5 minutes et 10 minutes plus tard. Il consiste à contrôler le rythme cardiaque, le rythme respiratoire, les réactions aux stimulations (bruit, lumière), le tonus musculaire, la coloration de la peau (cyanose). Chaque élément évalué est noté sur 2, le total donne une note sur 10. Les résultats de cette évaluation sont indiqués sur le carnet de santé.

B • Le test de Guthrie

Le test de Guthrie est effectué après la naissance, au cours des premiers jours de l'enfant. C'est un **test sanguin** qui consiste à prélever sur un carton buvard quelques gouttes de sang au niveau d'un talon de l'enfant. Il permet le dépistage de maladies : hypothyroïdie, phénylcétonurie, mucoviscidose, toxoplasmose, hyperplasie des surrénales, drépanocytose et, en cas de test positif, de mettre en place un traitement précoce.

C • Les réflexes archaïques

Au cours de la première visite médicale du nouveau-né, le médecin recherche les réflexes archaïques, pour vérifier l'état neurologique du bébé.

- **Le réflexe de succion :** un contact sur les lèvres déclenche la succion, il tète.
- **Le réflexe des points cardinaux :** quand on effleure la joue, il tourne la tête en tétant.
- **Le réflexe d'agrippement :** un contact sur la paume de main déclenche une flexion des doigts.
- **Le réflexe de Moro :** un changement de position, un bruit sec fait que le bébé écarte les bras puis les ramène à lui.
- **Le réflexe de la marche automatique :** le contact de la plante des pieds sur un plan dur provoque un mouvement des jambes qui ressemble à celui de la marche.

La disparition de ces réflexes vers 2 mois montre le bon développement du système nerveux et du tonus musculaire.

II. LE DÉVELOPPEMENT SOMATIQUE

A • Définition

Le **développement somatique** est l'ensemble des phénomènes physiques qui contribuent à la croissance d'un enfant : la croissance staturo-pondérale (en taille et en poids), l'évolution des segments du corps et l'indice de masse corporelle. Ces mesures sont prises régulièrement et les informations sont inscrites dans le carnet de santé de l'enfant.

B • Les indicateurs de croissance

• **La croissance staturale :** c'est le contrôle de l'évolution de la taille (hauteur du sommet du crâne au talon).

Nouveau-né : environ 50 cm.
À 3 mois : 60 cm.
À 6 mois : 67 cm.
À 1 an : 74 cm.
À 2 ans : 86 cm (la moitié de sa taille d'adulte).
À 3 ans : 94 cm.
À 4 ans : 102 cm (il double sa taille de naissance).

La taille augmente régulièrement jusqu'à la puberté où il y a une poussée de croissance importante.

• **La croissance pondérale :** c'est le contrôle de l'évolution du poids.
Un nouveau-né pèse en moyenne 3 kg. À 5 mois, le poids de naissance (PN) est doublé (PN × 2). À 12 mois : PN × 3. À 2 ans : PN × 4.
Le poids augmente ensuite régulièrement de 2 kg par an. À 10 ans, il est à la moitié de son poids adulte.

• **L'évolution des différents segments du corps**
Au cours de la croissance, les proportions du corps se modifient. À la naissance, la tête représente 1/4 de la hauteur totale du corps. Le segment inférieur du corps est égal à 1/3 de la taille du nouveau-né.
Chez l'adulte, la tête représente environ 1/8 de hauteur totale du corps. Le segment inférieur et le segment supérieur sont égaux.

• **L'indice de masse corporelle (IMC)**
Fiche 70
L'IMC permet d'évaluer la corpulence en prenant en compte le poids, la taille et l'âge de la personne.
Sa valeur est reportée sur la courbe de corpulence pour évaluer l'évolution de la masse grasse et l'état nutritionnel.
Au cours de la croissance, la corpulence varie d'une façon très importante. Elle augmente la première année de la vie, puis diminue jusqu'à 6 ans, puis croît à nouveau jusqu'à la fin de la croissance.

L'ENFANT : DÉVELOPPEMENT SENSORIEL, MOTEUR ET INTELLECTUEL

I. LE DÉVELOPPEMENT SENSORIEL

À SAVOIR

Le développement sensoriel concerne le fonctionnement des cinq organes des sens : l'audition, la vision, le toucher, l'olfaction et la gustation.

A • Les capacités sensorielles du nouveau-né et leur évolution

• **L'audition.** Le nouveau-né entend et reconnaît la voix de sa mère. Il réagit aux bruits forts en sursautant ou en pleurant. Entre 2 et 4 mois, il tourne la tête en direction de la source sonore. Il s'intéresse aux personnes qui lui parlent et commence à gazouiller. Vers 6 mois, il fait la relation entre le son, la parole et le mouvement des lèvres. Vers 18 mois, il reconnaît les bruits, les voix, même de loin. Il imite certains sons.

• **La vision.** À la naissance, l'enfant a une vision floue, son accommodation est imparfaite et son champ visuel limité. Il est capable de fixer les visages à 30-40 cm de lui et de suivre du regard un objet déplacé lentement. Vers 2 mois, l'enfant peut suivre un objet du regard jusqu'à 180 °. La sensibilité aux couleurs apparaît. À 3 mois, il suit du regard en tournant la tête. Entre 6 et 8 mois, il suit des yeux un objet lorsqu'il disparaît. À 3 ans, il reconnaît certaines couleurs. Son acuité visuelle est bien développée.

• **Le toucher.** La peau du nouveau-né est très sensible. Les diverses sensations ressenties lui procurent du plaisir ou du déplaisir. Exemples : le chaud ou le froid, les caresses, la douleur…

L'exploration tactile des objets se fait surtout par la bouche, mais aussi par les mains. Il apprend ainsi à distinguer les différentes textures.

• **L'olfaction.** Dès la naissance, il distingue les odeurs « agréables ». Il grimace aux odeurs fortes. Il reconnaît très vite l'odeur de sa mère puis les odeurs familières (le lait). Vers 2-3 ans, il est capable d'émettre une opinion sur ses préférences olfactives.

• **La gustation.** À la naissance, tous les enfants préfèrent le goût sucré. Les autres saveurs déclenchent des grimaces et des pleurs. Vers 6 mois, avec l'introduction de l'alimentation diversifiée, c'est le début de l'éducation du goût : jusqu'à 18 mois, il accepte assez facilement de goûter tous les aliments proposés. Vers 2-3 ans, il reconnaît les différentes saveurs, son goût s'affine et il a des préférences alimentaires.

B • Les anomalies du développement sensoriel

Des **tests de dépistage** sont réalisés dès la naissance (**réaction aux bruits et poursuite oculaire**), puis lors des examens médicaux pour rechercher des anomalies de l'audition et de la vision. Une prise en charge précoce par des professionnels est indispensable, car toute déficience peut entraîner un retard dans les apprentissages du langage, dans la vie relationnelle et dans l'acquisition de l'autonomie.

II. Le développement moteur

Le développement moteur est le résultat d'une maturation musculaire et neurologique lié à la stimulation de l'environnement et à la qualité des échanges affectifs. Il concerne les étapes d'acquisition des postures du corps, de la marche, de la préhension et de la propreté.

A • L'évolution des capacités posturales et motrices

La motricité se développe toujours en suivant les mêmes axes, de la tête vers les pieds, du centre du corps vers la périphérie. Les capacités posturales et motrices évoluent en parallèle, par paliers de durée variable d'un enfant à l'autre, car **chacun a son propre rythme de développement** :
- il maintient sa tête (3-4 mois) ;
- il se retourne dos-ventre, puis inversement (6-8 mois) ;
- il se tient assis (8 mois), il rampe (9 mois), il marche à 4 pattes (10 mois) ;
- il se met debout en s'agrippant (10-11 mois), il marche seul (12-14 mois) ;
- il monte les escaliers marche par marche (2 ans), il pédale (3 ans).

B • Les différents stades de l'acquisition de la préhension

La **préhension** est l'action de prendre un objet avec la main. Elle évolue par stades successifs au cours de la première année de vie.

• **Le réflexe d'agrippement :** l'enfant serre involontairement très fort le doigt mis dans sa main.

• **La préhension au contact :** l'enfant prend l'objet mis au contact de sa main.

• **La préhension palmaire :** il saisit volontairement un objet de grosse taille avec la paume de la main et les doigts se referment dessus.

• **La préhension en pince inférieure :** il saisit entre le pouce et le petit doigt.

• **Le relâchement volontaire :** il relâche ou jette volontairement l'objet.

• **La préhension en pince supérieure :** il saisit avec le pouce et l'index.

• **La préhension fine et précise :** il manipule tout, c'est l'indépendance manuelle.

• **Le développement de la motricité fine :** les possibilités gestuelles s'affinent. Il peut manger seul, participer à son habillage, tenir un crayon…

C • L'acquisition de la propreté

• **Les différents stades.** L'acquisition de la propreté est l'aptitude d'un enfant à **maîtriser ses fonctions de miction et de défécation**, de jour comme de nuit. Dans la majorité des cas, les enfants deviennent propres spontanément entre 18 mois et 3 ans. Cette acquisition est liée à la **maturation du système nerveux** ; elle est naturelle, ce n'est pas un apprentissage. L'enfant doit avoir atteint un niveau de maturité neuromusculaire, intellectuel et affectif suffisant, il faut donc le laisser évoluer à son rythme. Il doit pouvoir se rendre compte et comprendre qu'il a besoin de vider ses intestins (défécation) ou sa vessie (miction). Il commence par acquérir d'abord la maîtrise du sphincter anal (18 mois/2 ans), puis celle du sphincter vésical, le jour vers 2/3 ans, puis la nuit vers 3-4 ans.

• **Les facteurs favorables.** Pour faciliter cette acquisition et dès qu'il paraît pouvoir être propre, il faut lui proposer un pot, remplacer les couches par une culotte, ne pas le punir ou le menacer, insister sur l'intérêt de « devenir grand » en devenant propre.

• **Les facteurs de régression possibles.** L'enfant peut momentanément régresser quand il vit des situations émotionnelles difficiles (naissance d'un bébé dans la famille, difficultés familiales, décès d'un proche, maltraitance…) ou quand il est malade. Dans tous les cas, il ne faut pas le punir. Si le problème persiste, il peut s'agir de troubles fonctionnels :
– **l'énurésie** : émission d'urine inconsciente et involontaire, survenant de façon répétée au lit ou dans les vêtements, le plus souvent la nuit, chez les enfants de plus de 5 ans. Elle est dite primaire lorsque l'enfant n'a jamais été propre. Elle est dite secondaire si elle survient après une période de propreté complète d'au moins 6 mois. Une prise en charge psychoaffective de l'enfant et une recherche de la cause de l'énurésie suffit à résoudre le problème ;
– **l'encoprésie** : défécation involontaire et répétée, en dehors des lieux réservés à cet usage, chez un enfant de plus de 4 ans qui n'a aucune maladie. Le point de départ est une constipation dont la cause peut être physiologique (refus d'aller aux toilettes à l'école) ou psychologique (par opposition ou vengeance), l'enfant fait de la rétention fécale puis ne peut plus contrôler l'émission des selles. Le traitement est médical pour éliminer la constipation et parfois psychiatrique si le trouble persiste.

III. Le développement intellectuel

À SAVOIR

Le développement intellectuel est lié au **développement sensoriel et moteur**. C'est le développement des facultés de compréhension, de mémorisation et de raisonnement.

A • La période sensorimotrice (de 0 à 18 mois)

C'est une intelligence sans pensée. Elle est uniquement pratique et se développe grâce à des expériences :
– par des **actions réflexes** qui se répètent ;
– par des **actions découvertes par hasard** qui deviennent volontaires quand l'enfant reproduit l'action pour obtenir le même résultat.
Il découvre son corps et va coordonner ses gestes pour prendre l'objet qu'il voit. Ses **actions** deviennent **intentionnelles** entre 8 et 12 mois : c'est l'**intelligence pratique**. Le but est prémédité avant l'action. L'enfant adapte son comportement moteur à la situation. À cet âge, il y a **persistance de l'objet**, lorsqu'il disparaît de sa vue, il le recherche. Entre 12 à 18 mois, il commence à coordonner ses pensées, il invente et expérimente de nouveaux modes d'action pour atteindre le but prémédité.

B • Le stade pré-opérationnel (de 18 mois à 7 ans)

L'**intelligence symbolique** ou représentative est l'apparition de la pensée abstraite qui se manifeste par des images mentales. L'enfant est capable de se représenter mentalement des objets et des situations. C'est l'âge de l'imitation, de l'imagination et de la fabulation. Dans ses jeux, l'enfant crée des histoires où se mêlent le réel et l'imaginaire. Il éprouve du plaisir à raconter des mensonges qu'il rectifie ensuite en disant « c'est pour rire ».
C'est également une **intelligence intuitive** : l'enfant n'est pas encore capable de raisonner logiquement, il agit par intuition. Il pense ce qu'il perçoit et ne prend en compte qu'une seule donnée. Il cherche à comprendre et pose beaucoup de questions auxquelles il faut répondre simplement.

C • La pensée concrète (de 7 à 12 ans)

C'est le début du **raisonnement logique**. L'enfant progresse dans l'organisation de la pensée. Il prend en compte plusieurs données. Il discerne le réel de l'imaginaire. Il s'intéresse à l'histoire, à la vie des gens d'autres pays, à l'espace… Il collectionne des objets, il est capable de les classer. C'est le début de la **mémorisation**.

D • La pensée logique (après 12 ans)

Il commence à utiliser des concepts : c'est le début de l'**abstraction**. Les mécanismes logiques se mettent en place. Se développent également l'attention et la mémoire.

L'ENFANT : DÉVELOPPEMENT AFFECTIF, SOCIAL ET PSYCHOLOGIQUE

I. LES MODES D'EXPRESSION ET DE COMMUNICATION

A • L'évolution des réactions de l'enfant

L'évolution des réactions de l'enfant aux stimulations et à l'environnement dépend de son **développement neurologique et sensoriel**, mais surtout de **l'attention** et de **l'affection** qu'il reçoit :
- **de 0 à 2 mois :** le bébé pleure, sursaute, suit des yeux. Il est réceptif à la voix. Il a des expressions faciales qu'il adopte par mimétisme ;
- **de 2 à 4 mois :** il explore du regard, s'intéresse à son environnement. Il sourit et commence à gazouiller, à rire aux éclats ;
- **de 4 à 6 mois :** il reconnaît les personnes de son entourage. Il sourit et vocalise, tourne la tête vers les voix ou les bruits ;
- **vers 8 mois :** il imite les expressions faciales et les sons de l'adulte ;
- **de 10 à 12 mois :** il utilise le langage du corps pour indiquer ses désirs (exemple : il montre du doigt, il tend ses bras...).

B • Les étapes de l'évolution du langage oral

• **L'acquisition du langage oral** est un processus complexe qui demande plusieurs années. Chaque enfant a son propre rythme :
- **à 1 mois :** le bébé émet des **vagissements** et communique par les pleurs ;
- **de 2 à 4 mois :** les **gazouillis** sont riches en voyelles ;
- **de 5 à 8 mois :** les sons utilisés s'enrichissent en consonnes. C'est l'âge des **babillages**, des **lallations**, il fait des **jeux vocaux**. Il s'écoute, c'est un jeu solitaire. L'enfant sourd ne babille pas. Le babillage d'un enfant français n'est pas le même que celui d'un enfant chinois ;
- **de 9 à 10 mois :** il utilise les **monosyllabes** (da, pa, be...) ;
- **de 10 à 12 mois :** il utilise les **doubles syllabes** (dada) et comprend tout ce qu'on lui dit ;
- **à partir d'un an :** il emploie le **mot phrase**. Le même mot peut être utilisé pour des usages différents en changeant l'intonation, ce qui permet à l'adulte de décoder le sens. Il a un vocabulaire de 4 mots ;
- **de 15 à 24 mois :** il associe deux mots, c'est le **langage global significatif.** Il a un vocabulaire de 5 à 10 mots, qu'il déforme souvent.
- **à 24 mois :** il fait **des phrases de 3 mots.** Il parle de lui à la 3e personne en se nommant ;

– **à 3 ans :** il emploie le pluriel, dit son nom, il utilise le « je », les verbes et fait des **phrases correctes**. Il connaît environ 1 000 mots ;
– **à 6 ans :** il a un vocabulaire de 2 500 mots. **Le langage oral est acquis**.

• **Les troubles du langage.** Certains enfants ont des troubles de l'évolution du langage. Il est important de les détecter tôt pour mettre en place des stratégies d'apprentissage afin de faciliter la scolarisation et d'éviter les situations d'échec scolaire.
– le **zézaiement** : défaut de prononciation de certains sons ;
– le **bégaiement** : blocage répété de la parole sur une syllabe et répétition saccadée ;
– la **dyslexie** : l'enfant a tendance à confondre la phonétique de certains sons, à inverser les lettres des mots ;
– la **dysphasie** : difficultés de compréhension et de mémorisation. L'enfant structure mal ses phrases, il ne trouve pas ses mots ou ne parle pas.

C • Les étapes de l'évolution du graphisme

Le dessin représente un échange, une communication. L'enfant découvre ses possibilités et les perfectionne : saisir le crayon ou le pinceau, le diriger, faire des traits, percer la feuille en appuyant très fort... C'est également un moyen d'expression.
• **De 12 à 18 mois :** premières expressions graphiques, il joue à **tracer des lignes**.
• **À 2 ans :** il fait des **gribouillis**.
• **À 3 ans :** il utilise le **cercle**, dessine le 1er **bonhomme têtard** (un rond et 2 bâtons).
• **À 4 ans :** le dessin du **bonhomme têtard est complété** des détails du visage, les mains, les pieds, parfois les cheveux. Il utilise le **rectangle** et le **carré**. C'est le stade du **réalisme manqué**. Il essaie de représenter.
• **Entre 4 et 8 ans :** la caractéristique du dessin est « **la transparence** ». Il ne cherche pas à reproduire ce qu'il voit, mais ce qu'il connaît, donc il dessine même ce qui ne se voit pas (l'intérieur de la maison, par exemple).
Le bonhomme se complète avec le tronc et les membres, il est parfois habillé, avec des détails. Il utilise **le triangle**.
• **Entre 8 et 10 ans :** c'est **le réalisme visuel**, il essaie de représenter la réalité.

II. L'ACQUISITION DU SCHÉMA CORPOREL

A • Les étapes d'acquisition du schéma corporel

Le schéma corporel est la représentation mentale que toute personne se fait de son corps et de ses attitudes dans l'espace, dans le temps. C'est un élément de base indispensable à la construction de la personnalité, qui lui permet d'établir les limites du corps et de son image.

Si la représentation mentale de son corps est bonne, l'enfant se sentira à l'aise dans ses déplacements, puis dans ses relations avec les autres.

Le développement du schéma corporel se fait par étapes au cours desquelles il va progressivement prendre conscience de son corps.

- **Le nouveau-né** n'a pas de représentation mentale de son corps ; il le perçoit par l'intermédiaire des soins, des caresses.
- **Vers 2-3 mois :** il découvre ses mains. Il les porte à la bouche. Il commence à localiser les objets autour de lui.
- **Vers 6 mois :** il découvre ses pieds et les explore avec la bouche. Il sourit à son image dans le miroir. Il a encore une image « éclatée » de son corps et les activités devant le miroir vont aider la construction.
- **De 7 à 8 mois :** il comprend que la personne dans le miroir n'est qu'une image.
- **Vers 12 mois :** il touche son image dans le miroir, il voit son corps en entier. Il expérimente, il explore son corps, se frappe.
- **Vers 18 mois :** il reconnaît son image et celle des autres dans le miroir et sur les photos.
- **Entre 2 et 4 ans :** il se regarde dans le miroir, se nomme, fait des grimaces, des bisous, il expérimente des mouvements, danse... Il reconnaît les différentes parties du corps sur les autres puis sur lui. Il découvre la différence anatomique des sexes, il y porte de l'intérêt et pose des questions.
- **Jusqu'à 11 ans :** le schéma corporel se constitue. L'image corporelle est unifiée.

B • La capacité à se repérer dans l'espace

C'est la capacité à se situer, à s'orienter et à se déplacer dans l'espace, à situer les objets et les personnes, à distinguer le monde réel de l'imaginaire. Cette notion s'acquiert à partir des informations sensorielles (visuelles, auditives, tactiles...). L'enfant commence à se repérer dans l'espace par les mouvements du corps. Certains jeux (remplissage, emboîtage, encastrement, parcours de motricité...) lui permettent d'expérimenter les relations spatiales entre les objets et d'acquérir les notions de distance, d'orientation, de direction.

C • La capacité à se repérer dans le temps

L'enfant a besoin de points de repères. Pour lui, « avant » et « après » n'ont aucun sens. L'acquisition de cette notion se fait grâce aux habitudes et au rythme de vie.

Vers 5 ans : il situe un moment de la journée et utilise correctement « hier » et « demain » (exemple : rituels à l'école maternelle).

Vers 8 ans : il connaît les mois, l'heure. Il peut se repérer sur un emploi du temps.

III. Le comportement social

A • Les étapes de la socialisation

Le processus de socialisation est l'ensemble des mécanismes par lesquels l'individu fait l'apprentissage des règles de vie, des valeurs et des normes sociales. Le premier lieu social pour un enfant est sa famille.

- **De 0 à 2 mois :** le bébé pleure pour exprimer ses besoins et ses émotions et s'apaise quand on lui parle ou qu'on le prend dans les bras.
- **Vers 3 à 4 mois :** il aime la compagnie des adultes et leur sourit. C'est le premier « sourire social » intentionnel. Il utilise le langage du corps pour faire comprendre ses besoins.
- **Vers 8 mois :** c'est l'âge de « l'angoisse de la séparation ». Il ressent un sentiment d'abandon en l'absence de sa mère, qu'il compense avec un objet transitionnel, son « doudou ». Il différencie sa famille des personnes étrangères.
- **Vers 1 an :** il découvre son environnement, à quatre pattes puis debout et se heurte alors aux premiers interdits qui peuvent déclencher des colères. C'est l'âge des « câlins » et des bisous. Il faut poser des limites.
- **De 2 à 3 ans :** il est égocentrique et ne connaît pas le partage. Il recherche la compagnie des autres enfants mais joue à côté d'eux. Il affirme sa personnalité par l'opposition à l'autre, c'est « l'âge du non » et des colères. Il a besoin de repères.
- **Après 3 ans,** il apprécie de plus en plus la compagnie des autres enfants et aime jouer avec eux ; il apprend à se comporter en société.

La **socialisation** est en partie le résultat d'une éducation, mais aussi un processus d'imitation correspondant aux **valeurs familiales**, dans un premier temps, puis, parfois, en opposition chez l'adolescent.
La socialisation s'effectue surtout pendant la petite enfance. Plusieurs acteurs participent à cette socialisation : la famille, les professionnels des structures d'accueil (crèche, école, club sportif...), les camarades... Elle se poursuit ensuite pour permettre à l'individu de s'intégrer à la société dans laquelle il vit.

B • Les attitudes adaptées aux comportements difficiles

Face à un enfant présentant un comportement difficile (violence physique ou verbale, opposition systématique...) l'adulte doit rester calme et intervenir rapidement. Il faut **dialoguer** pour comprendre pourquoi il agit ainsi. Il ne faut pas accepter ce mode d'expression et lui rappeler les règles de vie (ce qui est permis et défendu), lui **expliquer** pourquoi son comportement est inadmissible et les conséquences. Il faut tenir compte des **capacités de l'enfant** pour que l'autorité soit efficace.

LES MODES D'ACCUEIL DE LA PETITE ENFANCE

I. LES MODES D'ACCUEIL COLLECTIFS

A • Caractéristiques communes

• Leurs missions :

- recevoir de façon régulière ou occasionnelle des enfants de moins de 6 ans pour aider les parents à concilier vie professionnelle et vie familiale ;
- veiller à la santé, à la sécurité, au bien-être et au développement des enfants qui leur sont confiés ;
- contribuer à l'éveil, à la socialisation et à l'éducation des enfants en collaboration avec leurs parents ;
- participer à l'intégration des enfants présentant un handicap ou atteints d'une maladie chronique.

• Fonctionnement : les conditions d'accueil sont fixées par la loi. Le conseil départemental délivre un agrément après vérification (locaux adaptés, personnels qualifiés, projet d'établissement, sécurité, hygiène...). Des contrôles réguliers sont effectués par le service départemental de PMI.

Ces établissements peuvent être gérés par une collectivité (commune), par une association ou une entreprise.

• Les professionnels de la petite enfance

Le taux d'encadrement en crèche est un professionnel pour 5 enfants qui ne marchent pas, et un professionnel pour 8 enfants qui marchent.

Qualification	Rôles
Directeur et directeur adjoint, (puéricultrice ou EJE)	- Accueillir les familles. - Gestion administrative et financière de la crèche. - Encadrer l'équipe pluridisciplinaire. - Mettre en œuvre le projet d'établissement.
Éducateur de jeunes enfants (EJE)	- Favoriser le développement et l'épanouissement des jeunes enfants. - Proposer et animer des activités. - Travailler en équipe pour la mise en œuvre du projet d'établissement.
Auxiliaire de puériculture	Prise en charge de l'enfant : repas, propreté, jeux d'éveil, activités d'apprentissage de l'autonomie...
Titulaire du CAP Petite enfance ou du CAP AEPE	- Entretenir les locaux et les équipements. - Participer à la surveillance et aux soins des enfants.

B • L'accueil collectif régulier

<table>
<tr><th>Type de structure</th><th>Horaires de fonctionnement</th><th>Âge des enfants</th><th>Effectif</th></tr>
<tr><td>Crèche collective
(municipale ou privée associative)</td><td>Elle fonctionne sur une amplitude horaire de 8 à 12 heures par jour, du lundi au vendredi.</td><td>2 mois ½ à 4 ans</td><td>20 à 60 enfants</td></tr>
<tr><td>Crèche d'entreprise ou d'hôpital : accueille en priorité les enfants du personnel.
Les crèches hospitalières fonctionnent avec une amplitude horaire de 16 à 18 heures.</td><td>Horaires adaptés à l'entreprise.</td><td>2 mois ½ à 4 ans</td><td>20 à 60 enfants</td></tr>
<tr><td>Micro-crèche
Encadrement : 3 professionnels de la petite enfance</td><td rowspan="2">Elle fonctionne sur une amplitude horaire de 8 à 12 heures par jour, du lundi au vendredi.</td><td>moins de 6 ans</td><td>10 enfants</td></tr>
<tr><td>Établissement à gestion parentale
ou crèche parentale.
Gérés par une association de parents. Ceux-ci effectuent une permanence d'une demi-journée par semaine, à tour de rôle, dans la crèche auprès des professionnels.</td><td>2 mois ½ à 3 ans</td><td>16 à 25 enfants</td></tr>
<tr><td>Jardin d'enfants
Formule d'accueil identique à l'école maternelle mais avec des horaires proches de ceux des crèches.

Encadrement : 1 EJE pour 15 enfants</td><td>Horaires : de 8 à 18 heures du lundi au vendredi.</td><td>de 2-3 ans à 6 ans</td><td>Max. 80 places 20 enfants par section</td></tr>
<tr><td>Service d'accueil familial ou crèche familiale.
Emploie, sous la direction d'une puéricultrice, des assistantes maternelles agréées qui accueillent les enfants à leur domicile.
Une à deux fois par semaine, elles les font participer à des activités, animées par une EJE, dans les locaux collectifs.</td><td>Horaires pouvant être adaptés aux besoins des parents</td><td>2 mois ½ à 3 ans</td><td>1 à 4 enfants</td></tr>
</table>

C • L'accueil collectif occasionnel ou ponctuel

1. La halte-garderie ou établissement d'accueil occasionnel

C'est un établissement accueillant de manière occasionnelle ou à temps partiel des enfants (20 environ) âgés de quelques mois à 6 ans.

Son rôle est :
- d'assurer la garde des enfants en permettant aux parents qui ne travaillent pas d'accomplir certaines activités (course, démarche ou travail à temps partiel...) ;
- de favoriser la socialisation et l'éveil de l'enfant en milieu collectif.

L'enfant est gardé au maximum 20 heures par semaine.

2. Le jardin d'éveil

C'est une structure proposant un mode d'accueil intermédiaire entre la famille, l'assistante maternelle et la crèche. Il accueille des enfants de 2 à 3 ans pour favoriser l'éveil, le développement, la socialisation et le préparer à l'entrée à l'école maternelle.

Les horaires sont les mêmes qu'une crèche collective, mais le jardin accueille l'enfant à mi-temps et pour une durée de 9 à 18 mois maximum (sauf enfant présentant un handicap).
Capacité d'accueil : 24 places, par unité de 12 places encadrée par un adulte.

3. La garderie périscolaire

Le service de garderie périscolaire est proposé aux familles pour les enfants de 3 à 6 ans scolarisés. C'est un accueil temporaire autour des horaires scolaires (le matin et le soir) dans les locaux de l'école.

D • L'accueil collectif multi-accueil

C'est une structure mixte qui associe un accueil régulier et occasionnel. Ce type d'établissement regroupe une crèche et une halte-garderie et/ou un service d'accueil familial et permet simultanément l'accueil à temps partiel ou à temps complet d'enfants de moins de 6 ans.

II. L'ACCUEIL INDIVIDUEL

L'accueil individuel est un accueil non permanent, régulier ou occasionnel (après l'école) par un(e) assistant(e) maternel(le) agréé(e), à son domicile ou dans une maison d'assistants maternels (MAM).

A • Les modalités d'agrément des assistants maternels

L'assistant(e) maternel(le) est agréé(e) par le président du conseil départemental qui l'autorise à exercer sa profession. C'est la PMI (protection maternelle et infantile) qui est en charge de l'instruction des dossiers.

L'agrément est délivré pour 5 ans et autorise la garde de 1 à 4 enfants de moins de 6 ans. Il a pour objectif de vérifier les aptitudes éducatives de l'assistant maternel et les conditions d'accueil à son domicile afin de garantir la sécurité, la santé et l'épanouissement de l'enfant.

B • Le statut et les conditions d'exercice de l'assistant maternel

- **Individuel :** assistant maternel indépendant, employé par les parents (avec un contrat de travail précisant le salaire, le nombre de semaines de garde pour l'année, les modalités de garde...), garde à son domicile des enfants de moins de 6 ans.
- **Salarié :** assistant maternel employé par un service d'accueil familial (crèche familiale), garde à son domicile des enfants de moins de 3 ans.
- **Groupement :** l'assistant maternel exerce son activité dans une MAM. Depuis 2010, 4 assistants maternels agréés peuvent se regrouper pour garder dans un local adapté 16 enfants (4 par assistant). L'assistant maternel est employé par les parents des enfants dont il est le référent.

C • Les relais assistants maternels (RAM)

Les relais assistants maternels (RAM) sont des lieux d'information, de rencontre et d'échange au service des assistants maternels, des parents, et des professionnels de la petite enfance.

Les RAM proposent :
- **pour les assistants maternels :** rencontres avec d'autres assistants maternels pour rompre l'isolement du métier, activités d'éveil et de socialisation pour les enfants accueillis, débats/informations sur divers thèmes, informations sur leur statut professionnel, accompagnement dans les relations avec les parents ;
- **pour les parents :** aides pour trouver un assistant maternel, dans les démarches à réaliser en tant qu'employeur, accompagnement dans les relations avec l'assistant maternel.

L'ÉCOLE ET L'ACCUEIL DE LOISIRS

I. L'ÉCOLE

A • Les objectifs de l'école primaire

En France, les parents ont l'obligation de donner une instruction à leur enfant. Cette obligation s'applique à partir de **3 ans** et à partir de la rentrée 2020, l'obligation de se former est prolongée jusqu'à l'âge de **18 ans** (afin qu'aucun jeune ne soit laissé dans une situation où il ne serait ni en études, ni en formation, ni en emploi).

L'école primaire regroupe l'école maternelle (petite, moyenne et grande sections) et l'école élémentaire (CP, CE1, CE2, CM1 et CM2).

L'école maternelle a pour objectifs de favoriser la socialisation, d'aider l'enfant à devenir autonome, à s'approprier des connaissances et à développer des compétences. Il doit acquérir un langage oral correct pour intégrer le cours préparatoire.

L'école élémentaire a pour objectifs la maîtrise du langage sous toutes ses formes, et l'acquisition des savoirs fondamentaux (lire, écrire, compter...).

L'école doit favoriser l'épanouissement de l'élève et prendre en compte le rythme de chacun. Elle est organisée en cycles :
- le cycle 1 des apprentissages premiers en école maternelle (PS/3 ans, MS/4 ans, GS/5 ans) ;
- le cycle 2 des apprentissages fondamentaux en CP/6 ans, CE1/7 ans, CE2/8 ans ;
- le cycle 3 de consolidation en CM1/9 ans, CM2/10 ans.

Le collège marque la fin du cycle 3 en 6e et ouvre le cycle 4 des approfondissements (5e, 4e et 3e).

B • L'école maternelle

1. L'inscription

L'enfant doit avoir 3 ans. Il peut être admis à 2 ans dans la limite des places disponibles.
Il doit avoir reçu les vaccinations obligatoires.
Il doit être prêt physiquement (être propre) et psychologiquement.
La première inscription dans une école maternelle doit se faire à la mairie, qui délivre un certificat d'inscription pour l'école où l'enfant est affecté.

2. L'organisation

L'école accueille les enfants de 2 à 6 ans. Ils sont répartis en section en fonction de leur âge : en petite section jusqu'à 4 ans, en moyenne section entre 4 et 5 ans puis en grande section jusqu'à 6 ans.

3. Les différentes catégories de personnels

• **Le personnel de l'Éducation nationale :** le directeur (titulaire d'un Master et du concours) gère le fonctionnement de l'école. Les enseignants (titulaires d'un Master et du concours) sont responsables de leur classe ; ils organisent les apprentissages.

• **Le personnel municipal :** les **ATSEM (agent territorial spécialisé des écoles maternelles)**, titulaires du CAP Petite enfance ou du CAP AEPE et du concours, assistent le personnel enseignant pour l'accueil, la préparation et l'animation des ateliers, l'hygiène des enfants et sont chargés de l'entretien des locaux et du matériel.

II. L'accueil de loisirs

Les accueils de loisirs proposent diverses activités culturelles, artistiques, sportives... en contribuant à l'épanouissement et à la socialisation de l'enfant.

A • L'accueil de loisirs sans hébergement

• **Objectifs :** accueillir les enfants d'âge scolaire dans la journée le mercredi et pendant les vacances ou après le temps scolaire, dans des locaux scolaires ou du centre de loisirs.

• **Taux d'encadrement :** un animateur pour 8 enfants de moins de 6 ans ; un animateur pour 14 enfants de plus de 6 ans.

B • Les séjours de vacances avec hébergement

• **Objectifs :** accueillir loin de leur domicile, pendant les vacances, des groupes d'enfants pour des séjours en pension complète.

• **Taux d'encadrement :** un animateur pour 8 enfants de moins de 6 ans ; un animateur pour 12 enfants de plus de 6 ans.

C • Les différentes catégories de personnel

• **L'équipe d'animation :** elle est constituée du directeur, titulaire du **brevet d'aptitude aux fonctions de directeur (BAFD)** et des animateurs, titulaires du **brevet d'aptitude aux fonctions d'animateur (BAFA)** ou stagiaires.

• **L'équipe technique :** elle comprend du personnel de cuisine, du personnel d'entretien et un assistant sanitaire.

• **Réglementation :** 50 % minimum de l'effectif des animateurs doit être titulaire du BAFA (ou d'un diplôme équivalent) ou stagiaire BAFA. 20 % maximum de l'effectif des animateurs peuvent être non qualifiés.

L'adolescent

À savoir

L'adolescence est la période qui débute à la puberté (11-13 ans) et se termine à l'âge adulte (17-21 ans).

I. Les principales caractéristiques de l'adolescence

A • Les transformations physiques et physiologiques

La **puberté** débute par une poussée de croissance et l'apparition des caractères sexuels secondaires ainsi que des transformations morphologiques et physiologiques. Elle a pour finalité de préparer le corps à la procréation.

La forme du corps et du visage se modifient. La peau et les cheveux deviennent gras, et l'acné juvénile apparaît. D'autres transformations se mettent en place :

– **chez la fille :** développement des seins, apparition de la pilosité pubienne et axillaire (aisselles), modification du bassin, allongement des lèvres au niveau des organes génitaux, apparition des règles ;

– **chez le garçon :** apparition de la pilosité pubienne, axillaire, au niveau du torse et de la face, mue de la voix, développement de la pomme d'Adam, augmentation du volume des testicules et du pénis ; premières éjaculations.

C'est l'augmentation de **sécrétion des hormones sexuelles**, la testostérone et les œstrogènes, qui est à l'origine de ces modifications.

B • Les transformations psychologiques et relationnelles

- Transformation du caractère qui devient instable, les interdits deviennent des contraintes inacceptables.
- Recherche d'une nouvelle identité, car l'adolescent doit s'approprier sa nouvelle image, adapter son rapport aux autres.
- Recherche de nouvelles valeurs et de nouveaux repères.
- Besoin de s'affirmer, de se sentir libre ; il a tendance à prendre de la distance avec sa famille et à se rapprocher des copains. L'adolescence est le temps des grandes amitiés.

II. Le comportement social des adolescents

L'adolescent a besoin de se détacher de ses parents, dont il se sent incompris. Il essaie de se distinguer d'eux, par son langage, sa tenue vestimentaire, sa conduite alimentaire (il refuse les repas en famille, grignote dans la journée)... Il s'isole dans sa chambre pour écouter de la musique, téléphoner, surfer sur Internet...

Il veut ressembler aux jeunes de son âge. Il a besoin d'intégrer un groupe, dont il adopte souvent le langage, la tenue… pour ne pas être rejeté. Le groupe lui permet de s'exprimer, de se confier. Les relations y sont intenses, mais les amitiés parfois de courte durée et les ruptures sont toujours mal vécues. Tout ceci influence la construction de l'identité de l'adolescent.

III. Les conduites à risques

Faire des expériences, relever des défis, est normal chez l'adolescent. Mais quand, pour rechercher des sensations, tester les limites ou défier l'autorité, il adopte des comportements qui peuvent mettre en danger sa vie ou sa santé, il s'agit de conduites à risques. Les conduites à risques (consommation d'alcool ou de substances illicites, comportement dangereux sur la route, jeux violents, sports extrêmes, troubles des conduites alimentaires comme la boulimie ou l'anorexie) peuvent n'être qu'une recherche du plaisir, un moyen de se sentir exister mais aussi celui de faire passer un message ou d'exprimer un mal-être.

IV. Les droits des mineurs

A • Les différents droits des mineurs

L'adolescent n'a pas de capacité juridique ; ce sont ses parents et la société qui doivent défendre ses droits. Il est soumis à **l'autorité parentale** jusqu'à ses 18 ans, âge de la majorité civile, politique et pénale.

Cependant, quelques droits sont accordés progressivement aux mineurs :

- **dès la naissance :** il a droit à une identité, à une nationalité et peut avoir une carte d'identité ;
- **à 3 ans :** il a droit à une instruction et il est soumis à l'obligation scolaire ;
- **à 13 ans :** les poursuites pénales sont possibles. Il doit donner son consentement pour une adoption plénière. Il peut être entendu par le juge aux affaires familiales pour son droit de garde ;
- **à 14 ans :** il peut conduire un cyclomoteur avec le brevet de sécurité routière ;
- **à 16 ans :** il peut conduire une moto de 50 à 125 cm^3 avec le permis A1. Il peut ouvrir un compte bancaire et le gérer seul. Il peut être émancipé avec l'accord des parents.

B • La maison des adolescents (MDA)

Implantée dans chaque département, c'est un lieu d'accueil, d'écoute, d'information, et d'orientation, des adolescents et des parents. La MDA propose une prise en charge médicale et un accompagnement social, éducatif et juridique.

L'AIDE SOCIALE À L'ENFANCE ; LES DROITS DE L'ENFANT

I. L'AIDE SOCIALE À L'ENFANCE

À SAVOIR

L'aide sociale à l'enfance (ASE) est un service départemental, placé sous l'autorité du président du conseil départemental. C'est un ensemble de moyens mis en œuvre en faveur des enfants et des jeunes de moins de 18 ans (ou parfois de moins de 21 ans) pour compenser les défaillances des familles, qu'elles soient d'ordre matériel, moral ou éducatif.

A • Les missions de l'ASE

• Apporter un soutien matériel, éducatif et psychologique aux enfants et à leur famille, quand ils rencontrent des difficultés risquant de mettre en danger la santé, la sécurité, la moralité des enfants ou de compromettre gravement leur éducation ou leur développement physique, affectif, intellectuel et social.

• Organiser des actions collectives visant à prévenir la marginalisation et à faciliter l'insertion sociale des enfants et des familles.

• Mener en urgence des actions pour protéger les enfants en danger.

• Mener des actions de prévention des mauvais traitements et organiser le recueil et la transmission des informations préoccupantes.

• Pourvoir à l'ensemble des besoins des enfants confiés au service de l'ASE (pupilles de l'État, enfants en garde ou accueillis provisoirement...).

B • Les actions et les moyens

Lorsque la santé de l'enfant, sa sécurité, son entretien ou son éducation l'exigent, l'ASE peut intervenir par plusieurs moyens.

1. Des actions éducatives

Il s'agit de protéger les enfants en favorisant le maintien dans leur milieu familial et d'apporter un soutien éducatif et psychologique aux enfants et aux familles.

• **L'aide éducative à domicile (AED)** est mise en œuvre avec l'accord des parents ou à leur demande. Elle peut comprendre :

– l'aide d'un **technicien de l'intervention sociale et familiale (TISF)** ou d'une aide ménagère pour accompagner les familles rencontrant des difficultés éducatives et sociales, dans le but de leur permettre de retrouver leur autonomie ;

– un **accompagnement en économie sociale ou familiale (AESF)** pour aider les parents dans la gestion de leur budget et de leurs conditions de vie au quotidien.

• **L'action éducative en milieu ouvert** (AEMO) est imposée par décision administrative ou judiciaire, lorsque les parents rencontrent des difficultés dans leurs responsabilités éducatives et que les conditions de vie de l'enfant font que celui-ci est en situation de danger. Elle consiste en l'intervention d'éducateurs spécialisés ou d'assistants de service social dans le milieu familial de l'enfant.

2. Des aides financières

Il s'agit d'aides pour l'entretien et l'éducation des enfants de familles en difficulté, effectuées sous forme soit de secours exceptionnels, soit d'allocations mensuelles, à titre définitif ou sous condition de remboursement.

3. Des mesures de placement

Ce sont des mesures administratives sur demande ou en accord avec la famille ou des mesures judiciaires. Le placement a lieu dans les cas de violence familiale (physique, sexuelle ou psychologique), de difficultés psychologiques ou psychiatriques des parents, de problèmes d'alcoolisme, de toxicomanie, de graves conflits familiaux, de carences éducatives, de problèmes comportementaux de l'enfant… L'enfant est confié au service de l'ASE qui décide des modalités de placement.

• **Placement en famille d'accueil**

L'assistant familial a obtenu un agrément pour l'accueil permanent de mineurs à son domicile.

• **Placement dans les établissements de l'aide sociale à l'enfance**

Ces établissements emploient, suivant l'âge des enfants accueillis, des éducateurs de jeunes enfants, des puéricultrices et des auxiliaires de puériculture ou des éducateurs spécialisés, des moniteurs éducateurs… Ce sont des établissements publics, ou des structures privées gérées par des associations ou des fondations :

– **les foyers de l'enfance :** ils accueillent en urgence les mineurs en difficulté ou en danger. Il en existe au moins un par département. L'objectif est de proposer ensuite une orientation dans une structure spécialisée ou dans une famille d'accueil, pour préparer l'avenir du jeune ou un retour en famille ;

– **la pouponnière à caractère social :** ce sont des services d'accueil en urgence ou de garde jour et nuit d'enfants de moins de 3 ans séparés de leurs parents soit pour un accueil temporaire, soit par décision de justice ;

– **les maisons d'enfants à caractère social (MECS) :** ces établissements fonctionnent en internat complet ou en foyer ouvert (les enfants sont scolarisés ou reçoivent une formation professionnelle à l'extérieur) ;

– **les villages d'enfants :** constitués de 6 à 8 maisons individuelles, ils accueillent des fratries (frères et sœurs) orphelines. Chaque maison abrite un groupe familial sous la responsabilité d'un « éducateur familial » qui s'occupe des enfants au quotidien pour toute la durée de leur éducation ;

– **le centre de placement familial socio-éducatif (CPFSE) :** il accueille des jeunes éloignés de leur famille en raison de difficultés sociales ou éducatives, au domicile d'un assistant familial et sous des formes d'hébergement diversifiées. Il permet la mise en œuvre d'un accompagnement éducatif dans le but de limiter ou supprimer le danger à l'origine de la mesure de protection, de restaurer les liens familiaux, sociaux, scolaires et de permettre l'acquisition progressive de l'autonomie.

II. L'ENFANT EN DANGER

À SAVOIR

Un enfant est en danger ou en risque de l'être si ses conditions de vie et d'éducation constituent une menace pour sa santé, sa sécurité ou sa moralité et ont des conséquences graves sur son développement physique, affectif, intellectuel et social.

A • Les signes susceptibles d'évoquer une maltraitance

Certains signes sont susceptibles d'évoquer une maltraitance :
- enfant triste, craintif, qui s'isole, indifférent ou provocateur et agressif, subitement en échec scolaire ;
- retard de croissance staturo-pondérale chez le nourrisson ;
- lésions : traces de coups, de brûlures, de morsures, des fractures... ;
- énurésie, encoprésie ;
- aspect négligé...

B • L'obligation de signalement

Lorsqu'un mineur fait l'objet de mauvais traitements, le Code pénal impose à toute personne qui en a connaissance d'en avertir les autorités administratives ou judiciaires. Sinon, elle se rend coupable de non-assistance à personne en danger.
Le signalement des mauvais traitements a pour but de protéger les enfants et non de sanctionner les auteurs.
Les professionnels (médecin, professeur des écoles, auxiliaire de puériculture, ATSEM, assistante sociale, infirmière...) sont autorisés à partager des informations à caractère secret afin de mettre en œuvre des actions de protection.

C • Les destinataires du signalement

Toute personne, y compris l'enfant lui-même, peut avoir recours, pour transmettre une information préoccupante aux services de l'ASE, au numéro d'appel spécialisé (le 119), au commissariat de police ou à la gendarmerie, au tribunal de grande instance.

D • Les compétences du juge des enfants

Le juge des enfants est compétent pour s'occuper des mineurs en danger et des mineurs auteurs d'infractions. Il peut :
- décider d'une mesure judiciaire : assistance éducative dans l'intérêt de l'enfant ou placement dans le cas du signalement d'un enfant victime de maltraitance grave ou d'abus sexuels ;
- imposer des mesures comme le suivi de la famille par un travailleur social ou un éducateur ;
- instruire et juger les mineurs accusés d'une infraction délictuelle.

III. Les droits de l'enfant

A • Reconnaître les droits fondamentaux de l'enfant

« L'enfant a besoin de soins et de protection pour avoir une enfance heureuse. »
Pour protéger les enfants dans le monde, **l'ONU (Organisation des Nations unies)**, a adopté en 1989 la Convention internationale des droits de l'enfant. C'est un traité international qui a pour but de reconnaître et de protéger les droits fondamentaux reconnus à chaque enfant. Il assure à tout enfant, quels que soient son origine, sa religion, sa situation sociale, son handicap, le respect de ses besoins essentiels, la protection de son corps et de son équilibre.

B • Les droits de l'enfant

Par ses articles, la Convention énonce les droits qui sont ceux de tous les enfants du monde :
- droit à la vie et à la survie ;
- droit de se développer dans toute la mesure du possible ;
- droit dès sa naissance à un nom et une nationalité, à une famille, un logement, une éducation, à des loisirs, à des soins médicaux ;
- droit à une justice pour enfant ;
- droit à la liberté d'expression ;
- droit d'être protégé contre toute forme de violence, l'exploitation, la prostitution et la guerre...

Cette convention a été adoptée par la majorité des États membres de l'ONU. Ces pays se sont engagés à l'appliquer et à mettre en œuvre des mesures qui tiennent compte de l'intérêt supérieur de l'enfant. Une journée internationale des droits de l'enfant est célébrée chaque année le 20 novembre (date anniversaire de la Convention).

LA FAMILLE : ÉVOLUTION, FORMES D'UNION, AUTORITÉ PARENTALE

À SAVOIR

Une famille est un ensemble de personnes unies par des liens de parenté, qui sont issus de la filiation, l'alliance ou l'adoption.
La **famille traditionnelle** (ou famille nucléaire) est composée du couple (marié ou non) et de leurs enfants nés de leur union ou adoptés.
La **famille monoparentale** est constituée d'un parent (père ou mère) qui ne vit pas en couple et de ses enfants. Ce type de famille a pour origine le veuvage, le célibat, la séparation ou le divorce.
La **famille recomposée** est constituée de deux adultes qui forment un nouveau couple (marié ou non) et d'un ou des enfants issus de leurs précédentes unions. Dans ce cas, ces enfants vivent avec un parent, un beau-parent et ses enfants et des demi-frères ou demi-sœurs nés de cette nouvelle union.
La **famille homoparentale** est constituée par un ou plusieurs enfants qui vivent avec deux parents du même sexe.

I. LES FORMES D'UNION

A • Le mariage

Le mariage est l'union légale de deux personnes de sexes différents ou de même sexe (depuis la loi du 17 mai 2013 ouvrant le mariage aux couples de personnes de même sexe) dans le but de vivre ensemble et de se prêter assistance. C'est un acte juridique (inscrit au registre d'état civil) dont la forme et les effets sont fixés par la loi. L'officier d'état civil leur remet un livret de famille.

Les effets du mariage : le mariage crée des devoirs et des droits entre les époux, qui se doivent mutuellement fidélité, secours et assistance ; ils ont une obligation de communauté de vie et contribuent ensemble aux charges du ménage. Ils sont responsables de leur famille et partagent l'autorité parentale. Les biens acquis au cours du mariage appartiennent pour moitié à chacun des époux (sauf en cas de contrat de mariage). La dissolution du mariage se fait par jugement (séparation de corps puis divorce).

B • Le Pacte civil de solidarité (PACS)

Le PACS est un contrat conclu entre deux personnes majeures pour organiser leur vie commune. Elles font enregistrer ensemble leur déclaration conjointe de PACS par un officier d'état civil à la mairie de leur résidence ou chez un notaire.

Les effets du PACS : il crée des droits et des obligations entre les partenaires (selon ce qui est prévu dans le contrat) : aide mutuelle et matérielle, solidarité des dettes pour les dépenses de la vie courante ; les biens acquis au cours du PACS appartiennent pour moitié aux deux partenaires. Le PACS prend fin d'un commun accord ou par la volonté ou le mariage d'un des partenaires ou par le décès de l'une des personnes.

C • Le concubinage (ou union libre ou vie maritale)

C'est une union caractérisée par une vie commune stable et continuelle entre deux personnes majeures qui vivent en couple.

Les effets : vis-à-vis de la loi, les concubins ne sont tenus à aucun devoir réciproque. Le couple peut obtenir certains droits à condition de déclarer le concubinage.

II. La filiation

À SAVOIR

La filiation est le lien juridique qui unit un enfant à ses parents, il entraîne des droits et des devoirs réciproques et permet la transmission du « nom ». La filiation est établie par l'acte de naissance mentionnant le nom du ou des parents. Cet acte est inscrit au registre de l'état civil et copié sur le livret de famille.

A • Établir une filiation

Il existe plusieurs moyens d'établir une filiation :

– **la déclaration de naissance** : c'est une obligation légale. L'enfant doit être déclaré à la mairie du lieu de naissance dans les 3 jours. L'officier d'état civil enregistre la déclaration, sur présentation du certificat de naissance établi par la maternité. La filiation maternelle est établie d'office (sauf lors d'une naissance sous X). La filiation paternelle s'établit automatiquement si le couple est marié, car l'enfant est présumé avoir pour père le mari de sa mère ;

– **la reconnaissance** : lorsque les parents ne sont pas mariés entre eux, la filiation s'établit différemment. La filiation maternelle est automatique dès lors que son nom figure dans l'acte de naissance alors que la filiation paternelle suppose une démarche de la part du père. Il doit reconnaître son enfant. Par cet acte, il déclare volontairement et officiellement être le géniteur de l'enfant et vouloir établir le lien de filiation.

B • Les différentes formes de filiation

• **La filiation légitime :** un enfant légitime est un enfant né de deux personnes mariées. Cette filiation est établie par l'acte de naissance.

• **La filiation naturelle :** c'est la filiation de l'enfant dont les parents ne sont pas mariés. Cette filiation est établie par les actes de naissance et de reconnaissance.

• **La filiation adoptive :** l'adoption est un lien de filiation juridique entre un enfant et un ou deux parents, qui est établie par jugement. Il existe deux types d'adoption :
– **l'adoption plénière** par laquelle un enfant perd tout lien avec sa famille d'origine. Il prend le nom des adoptants et a les mêmes droits et devoirs qu'un enfant légitime ;
– **l'adoption simple** qui maintient les liens juridiques de l'enfant avec sa famille d'origine et crée un nouveau lien de filiation avec les adoptants. Le nom des parents adoptifs s'ajoute au nom de l'enfant.

C • L'attribution du nom de l'enfant

Depuis le 1er janvier 2005, la transmission des noms de famille est modifiée. Auparavant, l'enfant prenait systématiquement le nom du père (ou celui de la mère, dans le cas où l'enfant était déclaré sans filiation paternelle). Lorsque la filiation d'un enfant est établie à l'égard des deux parents, ces derniers peuvent choisir le nom de leur famille : soit le nom du père, soit le nom de la mère, soit les deux noms accolés dans l'ordre choisi par eux et dans la limite d'un nom pour chacun d'eux.
Tous les enfants issus des mêmes parents ont obligatoirement le même nom de famille. Lors de la déclaration de naissance, les parents doivent remplir et signer un formulaire de déclaration du choix du nom de famille et, s'ils ont d'autres enfants communs, les copies des actes de naissance.

III. L'autorité parentale

À SAVOIR

L'autorité parentale constitue l'ensemble des droits et des devoirs des parents vis-à-vis de leur enfant. L'enfant est placé par la loi sous l'autorité de ses parents.

A • Qui exerce l'autorité parentale ?

L'autorité parentale est exercée conjointement par les deux parents.
Lorsque les parents sont séparés de corps ou divorcés, l'autorité parentale continue d'être exercée en commun, ou peut être confiée exclusivement à l'un des parents par le juge aux affaires familiales. L'autre parent bénéficie en principe d'un droit de visite et d'hébergement dont les modalités sont définies par le jugement. En cas de décès de l'un des parents, le second exerce seul l'autorité parentale. Le décès des deux parents donne lieu à l'ouverture d'une tutelle. Le juge aux affaires familiales désigne un tuteur, l'autorité parentale et la garde de l'enfant lui sont alors confiées, sous la surveillance du conseil de famille.

B • Le contrôle de l'autorité parentale

La loi prévoit une possibilité de déchéance totale ou partielle de l'autorité parentale, en cas de faute grave de la part des parents et dans des cas d'extrême

gravité (maltraitance, condamnation...).
Lorsque la santé, la sécurité ou la moralité de l'enfant est compromise, des mesures institutionnelles de protection des mineurs peuvent être prises par le juge. Si les parents ne peuvent ou ne veulent plus assumer leurs responsabilités, l'enfant peut alors être confié à un tiers ou à une institution sociale. Quand l'autorité parentale est retirée, les enfants mineurs sont mis sous tutelle.

C • Droits et devoirs

• **Des parents à l'égard de l'enfant.** Les parents doivent protéger l'enfant dans sa sécurité, sa santé et sa moralité. Ils ont une obligation d'éducation, de surveillance et d'entretien jusqu'à ce que l'enfant soit en âge de subvenir seul à ses besoins. Chacun des parents doit pourvoir à l'entretien des enfants (pour nourrir, vêtir, soigner, éduquer...). En cas de divorce ou de séparation, l'obligation d'entretien ne prend pas fin. Elle prend le plus souvent la forme d'une pension alimentaire versée par le parent à qui la résidence de l'enfant n'a pas été confiée. Lorsque l'un des parents refuse de participer aux frais d'entretien des enfants, son conjoint peut demander en justice qu'il y soit contraint.
Ils administrent légalement les biens de l'enfant.

• **De l'enfant à l'égard des parents.** L'enfant a un devoir de respect envers ses parents. Il reste sous leur autorité jusqu'à sa majorité ou son émancipation. Il ne peut quitter le domicile familial sans leur accord et ne peut en être retiré que dans des cas graves prévus par la loi.
Devenu adulte, il a un devoir d'obligation alimentaire envers ses parents s'ils sont dans le besoin.

IV. Les compétences du juge aux affaires familiales (JAF)

Le juge aux affaires familiales est un juge du tribunal de grande instance, délégué aux affaires de la famille. Il est compétent pour les procédures suivantes :
– procédures de divorce et de séparation de corps, ainsi que leurs conséquences (partage des biens des époux ou des partenaires d'un PACS ou des concubins) ;
– modification de l'exercice de l'autorité parentale après un divorce ou une séparation (attribution de l'autorité parentale, des droits de garde, de visite et d'hébergement, des droits de visite des grands-parents...) ;
– fixation et révision des obligations alimentaires, de l'obligation d'entretien des enfants et de l'obligation de contribution aux charges du mariage ou du PACS ;
– procédure de changement de prénom et attribution des prénoms si les prénoms choisis par les parents peuvent nuire aux intérêts de l'enfant ;
– demande de protection à l'encontre du conjoint, ou du partenaire ou du concubin violent.

LA PROTECTION SANITAIRE ET SOCIALE DE LA FAMILLE : PMI, PRESTATIONS FAMILIALES

I. LA PROTECTION MATERNELLE ET INFANTILE (PMI)

A • Les objectifs et les actions de la PMI

La protection maternelle et infantile a pour objectifs de protéger la santé des femmes enceintes, des enfants de moins de 6 ans et des familles par un ensemble de mesures. C'est un service géré par le conseil départemental.

La PMI anime des permanences au sein des quartiers. Les consultations y sont gratuites.

• **Ses actions en faveur des futures mères et leurs enfants** : surveillance de la grossesse et de la future mère ; surveillance du développement des enfants de moins de 6 ans et vaccinations ; prévention et dépistage du handicap ; prévention des négligences graves et de la maltraitance ; veiller sur les conditions de vie de l'enfant.

• **Ses actions d'éducation à la santé** : planification familiale (contraception, IVG, IST), consultations d'aide aux familles, diffusion de brochures d'éducation sanitaire.

• **Mission de surveillance et de contrôle** des établissements et services d'accueil des enfants de 0 à 6 ans et intervient dans l'agrément et le suivi des assistants maternels.

B • Les examens médicaux de la femme enceinte

Sept consultations prénatales sont obligatoires (avant la fin du 3e mois de grossesse, puis un examen tous les mois jusqu'à l'accouchement), trois échographies ainsi que des examens biologiques (analyses d'urines et bilans sanguins). Les examens permettent une surveillance régulière de l'état de santé de la future mère et du fœtus, les échographies servent à vérifier le développement du fœtus et à détecter d'éventuelles anomalies.

Un **carnet de santé de maternité** est remis à la future mère. Il lui donne des informations sur le déroulement de la grossesse, ses droits, les formalités à accomplir. C'est un lien entre les professionnels de santé pour le suivi de l'état de santé de la future mère jusqu'à l'accouchement.

C • Les examens médicaux de l'enfant

L'enfant a **vingt examens de santé** recommandés à effectuer jusqu'à ses 6 ans : sept la première année (à 8 jours, puis un par mois jusqu'au 6e mois), cinq au cours de la deuxième année (à 9, 12, 16, 20 et 24 mois), puis deux par an jusqu'à 6 ans dont deux bilans de santé à l'école maternelle.

Ces examens permettent de suivre la croissance de l'enfant, de vérifier son état de santé, de dépister des anomalies et de conseiller les parents.

Le **carnet de santé de l'enfant** permet le suivi de la santé (maladie, hospitalisation, examens complémentaires), de la croissance et des vaccinations de l'enfant. C'est un lien entre les professionnels de santé qui interviennent auprès de l'enfant.

II. La protection sociale de la famille

A • La Sécurité sociale : la branche famille

La protection sociale des familles est assurée par « la branche famille » de la Sécurité sociale qui intervient dans quatre domaines : l'aide aux familles, l'accueil du jeune enfant, l'accès au logement et la lutte contre la précarité ou le handicap.

Dans les départements, les **caisses d'allocations familiales (CAF)** ont en charge le versement des prestations familiales et l'action sociale familiale.

Les prestations familiales sont des aides financières versées aux familles sous forme de compléments de revenus. Elles sont attribuées à toute personne résidant en France, ayant à sa charge un ou plusieurs enfants de moins de 20 ans. L'objectif principal est d'aider les familles à élever leurs enfants.

B • Les différentes prestations familiales

- **Les allocations familiales (AF)** attribuées à partir du 2e enfant à charge.
- **La prestation d'accueil du jeune enfant (PAJE)**, qui comprend :
  - une prime à la naissance ou à l'adoption ;
  - une allocation de base ;
  - une prestation partagée d'éducation de l'enfant attribuée au parent qui arrête ou diminue à temps partiel son activité professionnelle, pour s'occuper de son enfant de moins de 3 ans ;
  - un complément de libre choix du mode de garde attribué au ménage exerçant une activité professionnelle pour la garde d'un enfant de moins de 3 ans.
- **Le complément familial (CF)** attribué, sous conditions de ressources, au ménage ayant au moins trois enfants de plus de 3 ans à charge.
- **L'allocation de rentrée scolaire (ARS)** attribuée sous condition de ressources pour les enfants de 6 à 18 ans qui poursuivent leurs études.
- **L'allocation d'éducation de l'enfant handicapé (AEEH)**.
- **L'allocation journalière de présence parentale (AJPP)** versée au parent qui s'occupe de son enfant malade, accidenté ou handicapé.
- **L'allocation de soutien familial (ASF)** attribuée au conjoint survivant ou parent isolé ou à la famille d'accueil pour élever un enfant orphelin ou en cas de non-paiement de pension alimentaire.

LA PERSONNE ÂGÉE

I. LE VIEILLISSEMENT

A • Notions de vieillissement, sénescence et sénilité

Le **vieillissement** est un processus normal et inévitable, présent dès le début de l'existence. C'est la conséquence de l'action du temps sur les fonctions de l'organisme.

La **sénescence** est le vieillissement naturel de l'organisme, entraînant un ralentissement normal des capacités.

La **sénilité** est l'état d'une personne atteinte de pathologies liées au vieillissement et dont les capacités physiques et/ou intellectuelles sont dégradées.

B • Les différents âges de la vieillesse

Avec l'allongement de l'espérance de vie, la vieillesse s'étend sur un temps de plus en plus long. On peut distinguer plusieurs périodes :

- le **troisième âge** désigne les personnes de plus de 60 ans. Les **séniors** sont en général des retraités actifs qui peuvent être atteints de sénescence et/ou de maladies, mais qui restent autonomes ;
- le **quatrième âge** concerne les personnes âgées de plus de 80 ans et, plus particulièrement, celles atteintes de déficiences motrices, sensorielles ou intellectuelles et qui ne peuvent plus assumer seules certaines activités de la vie quotidienne ;
- le **cinquième âge** regroupe les personnes de plus de 95 ans qui sont dépendantes.

C • La place de la personne âgée dans la société

La population des personnes âgées est en constante augmentation depuis plusieurs années. Les retraités vivent plus longtemps en bonne santé. Ils sont actifs et ont une place importante dans la société : soutien familial de leurs enfants et de leurs parents âgés, bénévoles dans les associations, consommateurs de voyage et de loisirs quand leurs ressources le permettent.

Avec l'âge, lorsqu'ils perdent une partie de leurs capacités et deviennent dépendants, le rapport d'entraide s'inverse et les enfants aident leurs parents, la famille est le premier soutien social. La population du « grand âge » a toujours un rôle économique, car la prise en charge de la dépendance est génératrice d'emplois.

D • Le comportement face au vieillissement

La vieillesse est vécue différemment d'une personne à l'autre. Le vieillissement peut être perçu comme une succession de pertes :
- de son image, car il faut accepter les modifications physiques ;
- de son activité professionnelle et de son rôle de parent ;
- de ses capacités physiques ou mentales ;
- des amis et des proches qui disparaissent au fil des années.

Il peut entraîner un repli sur soi, une dépression, surtout s'il y a perte d'autonomie, car la personne se sent inutile et souffre de ne plus pouvoir subvenir seule à ses besoins.

Pour la famille, il est toujours difficile de voir vieillir un parent, surtout si la personne est malade ou dépendante. La prise en charge est difficile et parfois impossible, ce qui peut être culpabilisant et source de conflit.

E • Le vieillissement biologique

Le **vieillissement biologique** est progressif, il s'installe peu à peu. Les cellules se renouvellent moins. Les tissus perdent leurs propriétés mécaniques, car les fibres de collagène durcissent et les fibres élastiques diminuent. Le vieillissement est propre à chaque individu. Personne ne vieillit au même rythme, ni de la même façon. Les organes vieillissent également à des vitesses différentes.

Il entraîne des **modifications morphologiques**. La silhouette se transforme : elle se voûte, la taille s'affaisse à cause du tassement de la colonne vertébrale, la masse musculaire diminue et la masse graisseuse augmente, principalement au niveau du ventre. La peau est moins souple, plus fine, elle se ride et des taches brunes apparaissent. Les cheveux blanchissent et sont moins nombreux. Les poils deviennent plus épais surtout au niveau des sourcils, des oreilles et du nez chez les hommes. Les ongles deviennent épais, durs, cassants et jaunissent.

Le vieillissement entraîne des **modifications anatomiques et physiologiques** des différentes fonctions de l'organisme et des maladies peuvent se développer :

- **L'appareil locomoteur** : amincissement et usure des cartilages articulaires (arthrose) qui entraîne des douleurs pour certains mouvements, diminution de la densité osseuse (ostéoporose) avec risque de fracture, diminution de la force musculaire.
- **L'appareil cardiovasculaire** : le rythme cardiaque ralentit. Les artères durcissent (artériosclérose) ce qui a pour conséquence l'augmentation de la tension artérielle et une mauvaise irrigation du cœur.
- **L'appareil respiratoire** : diminution de la capacité respiratoire à l'origine d'essoufflements.

• **L'appareil digestif** : diminution du péristaltisme et des sécrétions digestives entraînant des problèmes de constipation et de digestion. Perte des dents avec des difficultés à mâcher les aliments.
• **L'appareil urinaire** : le filtre rénal devient moins efficace. Relâchement des sphincters avec apparition d'incontinence.
• **Le système nerveux** : la conduction nerveuse est ralentie par la diminution du nombre de neurones. La mémoire s'affaiblit ainsi que les réflexes.
• **La vision** : la presbytie (dès 40 ans) gêne la vision de près car le cristallin s'épaissit, ce qui rend l'accommodation difficile. La cataracte gêne la vision, car le cristallin s'opacifie.
• **L'audition** : la presbyacousie est une baisse de l'acuité auditive. Elle entraîne des difficultés à suivre une conversation dans un environnement bruyant.
• **Le système immunitaire** : réduction de la production d'anticorps avec diminution de résistance aux infections.
• **Le système endocrinien** : diminution de sécrétions de certaines hormones, entraînant des perturbations du métabolisme (ex. : augmentation de la glycosurie) ou des troubles du sommeil...

F • Le vieillissement cognitif et psychologique

Le vieillissement cognitif affecte les capacités mentales. La modification des fonctions cognitives se caractérise par :
– des troubles de la mémoire (la mémoire des faits anciens est conservée tandis que la fixation des faits récents est altérée) ;
– une diminution des facultés d'attention, de concentration et d'apprentissage, l'effort intellectuel entraîne de la fatigue ;
– un ralentissement dans l'enchaînement des idées (manque de rapidité, de spontanéité dans le processus de la pensée).
La personne âgée rencontre de plus en plus de difficulté pour s'adapter aux situations nouvelles. Tout changement est mal toléré.

G • La maladie d'Alzheimer

La maladie d'Alzheimer est une maladie du cerveau qui entraîne la destruction des neurones et détériore progressivement les fonctions cérébrales. La maladie apparaît par des troubles de la mémoire et provoque des troubles du comportement (oublis, répétition des mots ou des gestes, déambulation, apathie ou agitation, agressivité...). L'attitude des professionnels doit toujours respecter la dignité de la personne. Face à ce type de patient, il faut savoir garder la maîtrise de soi, rassurer, utiliser le contact physique pour calmer, détourner l'attention vers une autre idée en discutant ou en proposant une activité... et toujours penser à la sécurité.

H • La perte d'autonomie, la dépendance

La notion d'**autonomie** se définit comme la capacité ainsi que le droit d'une personne à choisir et à décider seule de ses actes.
Une personne est dite **dépendante** quand elle a besoin d'aide pour accomplir tous les actes de la vie quotidienne.

La **perte d'autonomie** apparaît quand la personne ne peut effectuer seule, sans aide humaine, certaines activités physiques, mentales et sociales. Elle peut être partielle ou totale.

La perte d'autonomie peut être progressive ou brutale. Plusieurs facteurs sont générateurs d'une perte d'autonomie :
- les **facteurs physiques** : maladies, handicap…
- les **facteurs psychiques** : démences séniles, maladie d'Alzheimer, dépression…
- les **facteurs environnementaux** : logement inadapté (sans ascenseur, trop grand, mal chauffé…), isolement du logement (loin des commerces, sans moyens de locomotion…), isolement social (loin de la famille, plus d'amis…).

L'association de plusieurs facteurs est fréquente et peut accélérer l'évolution vers la perte d'autonomie.

L'évaluation de l'autonomie est indispensable pour pouvoir répondre au mieux aux besoins des personnes en perte d'autonomie. La grille nationale **AGGIR (autonomie gérontologie groupes iso-ressources)** est un outil qui permet d'évaluer le degré de perte d'autonomie, physique et psychique dans l'accomplissement des actes quotidiens et de classer les personnes évaluées en six GIR (groupes iso-ressources). L'évaluation se fait sur la base des activités de la vie courante. La grille AGGIR sert de référence pour l'attribution de l'**APA (allocation personnalisée autonomie)**.

FICHE 44

LA POLITIQUE SOCIALE ET MÉDICO-SOCIALE EN FAVEUR DES PERSONNES ÂGÉES

I. LES GRANDS PRINCIPES DE CETTE POLITIQUE

Les objectifs de la politique en faveur des personnes âgées sont :
- favoriser le maintien à domicile dans de bonnes conditions et prévenir la perte d'autonomie ;
- améliorer la qualité des établissements d'accueil pour personnes âgées et augmenter le nombre de places d'accueil ;
- prendre en charge la dépendance et apporter un soutien financier.

II. DIFFÉRENTES ALLOCATIONS OU AIDES DÉDIÉES AUX PERSONNES ÂGÉES

• **Les pensions de retraite** sont versées par la branche retraite de la Sécurité sociale et par les caisses de retraite complémentaires à partir de l'âge légal de la retraite, à toute personne ayant cotisée à l'assurance vieillesse. Leur montant est proportionnel aux nombres d'années de cotisation et au montant des salaires perçus. Les caisses de retraite peuvent prendre en charge les frais d'aide-ménagère.

• **L'ASPA (allocation de solidarité aux personnes âgées)** permet d'assurer un minimum de revenus aux personnes âgées qui n'ont pas suffisamment cotisé au régime de retraite.

• **Les aides au logement :** l'APL (aide personnalisée au logement) ou l'ALS (allocation logement social) sont des aides financières versées par la caisse d'allocations familiales qui permettent d'alléger les charges de loyer du domicile ou de la structure d'hébergement.

• **L'APA (allocation personnalisée d'autonomie) :** allocation départementale destinée aux personnes âgées en perte d'autonomie pour améliorer la prise en charge de la dépendance. C'est la grille AGIR qui permet d'évaluer les besoins d'aide. Seuls les GIR 1 à 4 ouvrent droit à l'APA, que les bénéficiaires se trouvent à domicile ou en établissement. À domicile, l'APA permet de financer toutes les dépenses liées aux aides nécessaires à la personne âgée pour accomplir les actes de la vie courante et continuer à vivre chez elle. En établissement, elle permet d'acquitter une partie du tarif de dépendance.

• **L'aide sociale départementale :** pour financer en partie l'aide-ménagère, les frais de repas des foyers restaurants ou du portage des repas, des prestations de garde à domicile ou une aide au frais d'entretien en structure d'hébergement.

L'aide sociale n'intervient que si les ressources de la personne âgée et les aides financières de l'obligation alimentaire familiale et des régimes de prévoyance sont insuffisantes pour permettre au demandeur de faire face à ses besoins.

- **Les aides fiscales :** réductions d'impôts pour l'emploi d'un salarié pour l'aide à domicile ou pour les frais d'hébergement dans un EHPAD.
- **L'aide à l'amélioration de l'habitat :** aide pour financer des travaux d'adaptation ou d'équipements du logement liés au handicap d'une personne âgée (élargissement des portes pour le fauteuil roulant, pose de barres d'appui, élévateur pour gagner un étage, etc.).

À SAVOIR

Ces différentes allocations ou aides aux personnes âgées sont attribuées le plus souvent sous conditions d'âge (60 ou 65 ans), de ressources de la personne ou du couple, du degré de dépendance, de résidence en France ou dans les départements d'Outre-mer...

Certaines allocations sont des avances de l'État et peuvent donc être récupérées après le décès du bénéficiaire sur une partie de la succession.

III. Les services et organismes permettant la mise en œuvre de la politique médico-sociale en faveur des personnes âgées

- **L'État** élabore les lois et définit les grandes lignes de la politique médico-sociale au niveau national : prise en charge de la dépendance, création de l'APA et de la journée de solidarité, **plans nationaux** (plan solidarité grand âge, plan Alzheimer).
- **Les départements** sont chargés d'élaborer le schéma départemental gérontologique et de mettre en œuvre l'action sociale en faveur des personnes âgées. Ils contrôlent les établissements d'hébergement et les services d'aide au maintien à domicile, gèrent l'APA, financent l'aide sociale à l'hébergement... Ils coordonnent les actions menées par les différents services en faveur des personnes âgées.

Ils pilotent les **CLIC** (centres locaux d'information et de coordination) et depuis 2019 les **« Maisons du bel âge »**, pour informer, orienter, accompagner les seniors, assurer une veille sanitaire et proposer des animations.

- **Les communes** contribuent à cette politique en mettant en place différents services d'aide aux personnes âgées. Les **CCAS (centre communal d'action sociale)** proposent différents services : aide-ménagère, téléalarme, distribution de repas à domicile, transport, animation...
- **Des associations** proposent des services d'aide au maintien à domicile.

LES ÉTABLISSEMENTS ET STRUCTURES D'ACCUEIL DES PERSONNES ÂGÉES

I. LES DIFFÉRENTS ÉTABLISSEMENTS ET STRUCTURES D'ACCUEIL

À SAVOIR

Le terme « maisons de retraite » est utilisé couramment pour désigner les établissements accueillant des personnes âgées de plus de 60 ans. Ces établissements se sont spécialisés pour répondre aux différents besoins de cette population et ont des appellations diverses.

A • Les structures d'accueil des personnes âgées autonomes ou partiellement autonomes

- **Les foyers-logements ou logements-foyers :** ensemble de logements individuels adaptés aux personnes âgées, de type 1 ou 2, sécurisés (téléalarme et surveillant), avec cuisine et salle de bain, proposant également des services collectifs (restauration, salons TV, animation, sorties, aides diverses (portage de repas, ménage...)). La personne âgée est locataire de son logement. Elle peut rester indépendante ou utiliser les services collectifs payants.
- **Les EHPA (établissements d'hébergement pour personnes âgées) :** ils assurent la prise en charge de la personne âgée (hébergement en chambre seul ou à deux, restauration, ménage, animations...).
- **Les petites unités de vie (PUV) :** ce sont de petites structures d'accueil (25 places) implantées au cœur des communes, qui proposent un hébergement en logements privatifs et des espaces collectifs. L'accueil peut être permanent ou temporaire.
- **Les MARPA (maisons d'accueil rural pour personnes âgées) :** ce sont de petites structures (20 résidents) en milieu rural avec des logements privatifs et des espaces de vie collective. Les résidents participent aux activités de la vie courante. La structure est gérée par une maîtresse de maison, elle permet aux résidents de continuer à vivre « au pays ».
- **Les résidences services :** constituées d'appartements ou de maisons individuelles adaptées, en location ou en propriété, et de lieux de vie collectifs (restaurant, salons, espace forme, piscine, tennis...). Elles proposent un fonctionnement de type hôtelier et des activités collectives. Elles sont sécurisées (surveillance 24 h/24, portail d'accès de la résidence...).

B • Les établissements d'accueil pour personnes âgées dépendantes

Ils comprennent :

- les **MAPAD** (maisons d'accueil pour personnes âgées dépendantes) ;
- les **EHPAD** (établissements d'hébergement pour personnes âgées dépendantes). Ce sont des établissements médicalisés conventionnés qui proposent un accueil en collectivité avec hébergement en chambre seul ou à deux, avec prise en charge de tous les services essentiels à la vie courante ainsi que les soins médicaux, pour des personnes âgées dépendantes ou atteintes d'une affection somatique ou psychique.

C • Les structures d'hébergement pour les malades d'Alzheimer

• **Les unités de vie protégée,** souvent intégrées aux EHPAD ou aux USLD (**CANTOU** (centre d'animation naturel tiré d'occupations utiles), **UVA** (unités de vie Alzheimer), **UHR** (unité d'hébergement renforcée)), sont des **petites unités sécurisées** qui proposent un hébergement, des soins et des activités adaptées pour des personnes atteintes de la maladie d'Alzheimer ou de troubles apparentés.

• **Le PASA** (pôle d'activités et de soins adaptés) permet d'accueillir dans la journée les résidents de l'EHPAD (12 à 14 personnes) ayant des troubles du comportement modérés et de leur proposer des activités sociales et thérapeutiques adaptées.

D • Les structures hospitalières

• **Le court séjour en services gériatriques d'une unité hospitalière de médecine :** c'est un séjour médical pour des personnes âgées malades, dans la limite d'accueil de 90 jours.

• **Le moyen séjour ou SSR (soins de suite et de réadaptation) :** service hospitalier, pour des personnes âgées dont l'état de santé n'est pas encore stabilisé après une hospitalisation, permettant des soins dans le cadre d'une rééducation ou d'un traitement sous surveillance médicale. La durée est limitée, elle varie de 15 jours à 2 mois.

• **Le long séjour ou USLD (unités de soins de longue durée) :** c'est un service d'hébergement collectif médicalisé rattaché à un établissement de santé qui accueille des personnes âgées dépendantes et malades dont l'état nécessite une surveillance médicale constante. Il assure la prise en charge de la personne : hébergement en chambre simple ou double, restauration, ménage, services essentiels à la vie courante.

E • Les alternatives au placement en institution

• **L'accueil familial :** accueil au domicile de particuliers, à titre payant, de personnes âgées ou handicapées. La famille d'accueil doit avoir reçu un agrément du conseil départemental pour l'accueil de une à trois personnes au maximum.

Les conditions d'accueil sont réglementées afin de garantir la santé, la sécurité et le bien-être physique et moral des personnes accueillies. Un contrat fixe les modalités d'hébergement et le coût.

• **Les unités d'accueil de jour :** ce sont des lieux de vie, qui accueillent à la journée, une à plusieurs fois par semaine des malades d'Alzheimer et apparenté qui vivent à leur domicile, avec l'aide de leurs proches.

• **L'accueil et l'hébergement temporaire :** hébergement pour une durée limitée dans un EHPAD qui s'adresse aux personnes âgées dont le maintien à domicile est momentanément difficile : départ en vacances des aidants ou de la famille, logement inadapté l'hiver ou trop isolé, travaux dans le logement, convalescence, besoin de répit pour les aidants.

II. Les caractéristiques communes à ces établissements

A • Les missions

Ils doivent assurer le bien-être physique et mental des personnes âgées. L'accueil doit se faire dans le respect des droits des usagers.

B • Leur fonctionnement

Tous les établissements doivent obtenir une autorisation de fonctionnement délivré pour 15 ans par le département et par l'Agence régionale de santé (pour les établissements médicalisés).

Ils peuvent dépendre du secteur public et sont gérés par le département ou la commune, ou du secteur privé et sont alors gérés par une société ou une association à but non lucratif.

Les EPHA et les EHPAD sont conventionnés. Une convention tripartite de 5 ans est signée entre l'établissement, le département et l'État, dans laquelle sont définies les conditions de fonctionnement de l'établissement (la qualité de la prise en charge des personnes et des soins, le niveau de formation du personnel, les tarifs...). Cette convention oblige l'établissement à respecter un cahier des charges (projet d'établissement, livret d'accueil, contrat de séjour, conseil de vie sociale) et à avoir une démarche qualité pour assurer un accueil dans les meilleures conditions de sécurité, d'hygiène et de confort. L'ARS effectue des contrôles réguliers et garantit le bon fonctionnement des établissements médicalisés.

C • La tarification

Le **tarif d'hébergement** (frais d'administration, d'hôtellerie, de restauration, d'entretien et d'animation) est à la charge de la personne âgée et/ou de sa famille. L'aide sociale peut prendre en charge tout ou partie de l'hébergement.

Le **tarif dépendance** (frais d'accompagnement dans les actes de la vie quotidienne et frais de matériel (achat des protections)) varie suivant l'état de la personne. L'APA peut financer une partie de ce coût.

Le **tarif soins** : les soins médicaux et paramédicaux dispensés aux résidents sont pris en charge par l'assurance maladie et la mutuelle.

Dans les établissements conventionnés, « le prix de journée » est fixé par le conseil départemental.

D • Le personnel des structures d'accueil pour personnes âgées

Le personnel peut être différent d'un établissement à l'autre :
- le personnel administratif : équipe de direction, secrétaire, agent administratif ;
- le personnel d'encadrement : cadre infirmier coordonnateur, gouvernante, maitresse de maison ;
- le personnel médical et paramédical : médecin, psychologue, kinésithérapeute, ergothérapeute, diététicien, pédicure…
- le personnel soignant : infirmier, aide-soignant (AS) ;
- le personnel médico-social : aide médico-psychologique (AMP), auxiliaire de vie sociale (AVS) ;
- le personnel d'animation : animateur ;
- le personnel de service : agent de service, lingère, cuisinier, jardinier, agent d'entretien…

E • La charte de la personne âgée en situation de handicap ou de dépendance

C'est un outil de réflexion qui a pour objectif d'« affirmer la dignité de la personne en situation de handicap ou devenue dépendante et rappeler ses libertés et ses droits ainsi que les obligations de la société à l'égard des plus vulnérables ». Elle est constituée de 14 articles qui énumèrent leurs droits.

LE MAINTIEN À DOMICILE

I. LES INTÉRÊTS ET LIMITES DU MAINTIEN À DOMICILE

A • Les intérêts pour la personne et la collectivité

Le maintien à domicile est la possibilité pour les personnes en perte d'autonomie de continuer à vivre chez elles. **Pour la personne**, il permet :
- de préserver son autonomie ;
- de conserver ses repères et son cadre de vie (ses objets familiers...) ;
- de maintenir ses liens sociaux : relations de voisinage, commerçants...
- de garder son indépendance, ses habitudes et son rythme de vie ;
- de réduire les coûts liés aux besoins de prise en charge, ils sont moins onéreux qu'un placement en établissement d'hébergement.

Pour la collectivité, le financement du maintien à domicile est inférieur à celui de la création et de l'entretien de structures d'hébergement collectif et nécessite moins de professionnels.

B • Les limites du maintien à domicile

• La personne est seule une bonne partie de la journée et s'ennuie.

• Le domicile peut devenir un lieu dangereux surtout s'il n'est pas adapté. L'isolement peut être dangereux en cas de chute.

• Les aidants (famille, voisins, amis) doivent être disponibles et sont parfois « épuisés ».

• Si la perte d'autonomie augmente et nécessite la présence de salariés à temps plein, le coût est alors important.

II. LES AIDES ET SERVICES MIS EN PLACE

À SAVOIR

Le projet individualisé d'aide et d'accompagnement permet d'évaluer les besoins de la personne et de répondre à ses attentes.

A • Les aménagements du logement

Fiches 66, 67

Des barres d'appui peuvent être installées dans les couloirs, la salle de bains, les toilettes. La douche peut être aménagée. Des aides techniques viennent améliorer le quotidien ; cannes, déambulateur, rehausseur de WC.

B • Les services d'aide à la vie quotidienne

Des services d'aide à la vie quotidienne sont proposés par les départements, les communes, les associations ou des organismes privés. Des **aides financières** pour financer une partie des prestations peuvent être fournies par certaines caisses de retraite et par les départements, les communes. Ces services sont :
- les **services d'aide et d'accompagnement à domicile (SAAD)** qui apportent une aide matérielle : services ménagers (entretien du logement, les courses, cuisine…), aide à la personne pour les actes essentiels de la vie quotidienne par des auxiliaires de vie ;
- la téléassistance pour améliorer la sécurité : la personne porte sur elle en permanence un boîtier qui lui permet d'alerter, en cas de problème, de chute…
- le portage de repas à domicile ;
- les transports accompagnés ;
- le dépannage et les petits travaux d'entretien.

C • Les services d'aide aux soins

Le **service de soins infirmiers à domicile (SSIAD)** n'est possible que sur prescription médicale de soins à domicile. Des équipes de professionnels de santé et d'auxiliaires médicaux (infirmiers, aide-soignants, kinésithérapeutes…) dispensent des soins infirmiers, des soins d'hygiène corporelle, des soins de rééducation et de maintien de l'autonomie pour la mobilisation.

L'hospitalisation à domicile (HAD) permet d'écourter un séjour à l'hôpital en continuant à recevoir les soins à domicile.

D • Les professionnels du maintien à domicile

Le **médecin traitant** assure le suivi médical.

L'**infirmier(e)** prodigue les soins selon les prescriptions médicales.

Le **kinésithérapeute** rééduque ou maintient les fonctions motrices des patients par des massages et de la gymnastique.

L'**auxiliaire de vie sociale** est une aide professionnelle dans l'accomplissement des tâches et activités de la vie quotidienne : le lever, le coucher, la toilette, les soins d'hygiène et de prévention, l'aide à l'appareillage, la préparation et la prise des repas, les travaux ménagers courants, les démarches, les sorties, les courses. Elle est titulaire du diplôme d'État d'auxiliaire de vie sociale (DEAVS).

L'**aide-ménagère** est une aide matérielle pour les tâches quotidiennes d'entretien, les courses, l'aide au repas, des démarches simples.

FICHE 47

LA PERSONNE HANDICAPÉE

À SAVOIR

« Constitue un handicap, toute limitation d'activité ou restriction de participation à la vie en société, subie dans son environnement par une personne en raison d'une altération durable ou définitive d'une ou plusieurs fonctions physiques, sensorielles, mentales, cognitives ou psychiques, d'un polyhandicap ou d'un trouble de la santé invalidant. » Loi du 11 février 2005

I. LES PRINCIPAUX TYPES DE HANDICAP

A • Les handicaps physiques

1. Les handicaps moteurs sont dus à une déficience motrice d'un membre ou de plusieurs parties du corps réduisant l'autonomie de la personne pour se déplacer, changer de position, effectuer certains gestes... Exemples : les paralysies (hémiplégie, paraplégie, tétraplégie), l'infirmité motrice cérébrale (IMC, myopathie...).

2. Les handicaps sensoriels sont dus à la déficience d'un ou plusieurs sens, ils peuvent être :
- **visuels** : la personne est malvoyante ou atteinte de cécité (aveugle) ;
- **auditifs** : la personne est malentendante ou atteinte de surdité (sourde). La déficience auditive peut être accompagnée de difficultés du langage.

B • Les handicaps mentaux

1. Les déficiences intellectuelles se caractérisent par des capacités intellectuelles limitées (exemple : la trisomie 21) ou des troubles de l'apprentissage, de l'attention et de la mémoire (exemples : la dyspraxie, la dyslexie, la dysphasie...).

2. Les déficiences psychiques peuvent être des troubles du comportement, de la vie relationnelle (exemples : autisme, phobie, TOC...) ou des maladies mentales.

C • Le polyhandicap

C'est l'association de plusieurs déficiences physiques et/ou mentales.

II. LES PRINCIPALES CAUSES DE HANDICAP

A • L'origine des handicaps

Un handicap peut être **congénital** ; il est présent dès la naissance :
- **héréditaire** : il est dû à une maladie transmise par les parents ;

- **non héréditaire** : il est provoqué par une maladie, une anomalie ou un accident survenu pendant la grossesse, l'accouchement ou au cours de la première année de vie de la personne atteinte du handicap.

Un handicap peut être **acquis** au cours de la vie à la suite d'un accident, d'une maladie ou à cause du vieillissement.

B • Les causes des handicaps

Les handicaps peuvent être causés par :

- une maladie génétique (exemples : myopathie, mucoviscidose...) ;
- une anomalie chromosomique (exemple : trisomie 21) ;
- une maladie invalidante (exemples : toxoplasmose, rubéole fœtale, méningite, Alzheimer, Parkinson, sclérose en plaques...) ;
- une maladie mentale (exemples : schizophrénie, psychose, névrose...) ;
- une prise de certains médicaments ou de produits toxiques (drogues, alcool...) pendant la grossesse et au cours de la vie ;
- une anoxie (insuffisance d'apport en oxygène) de l'enfant durant l'accouchement, ou à cause d'un accident vasculaire cérébral (AVC) ;
- une grande prématurité ;
- un accident de la circulation, domestique, ou du travail...
- la sénescence (vieillissement naturel des tissus et de l'organisme).

III. Les principaux moyens de prévention

A • Les mesures de prévention pour limiter les handicaps congénitaux

Avant la conception d'un enfant :

- vaccinations contre certaines maladies infectieuses (la rubéole...) ;
- conseil génétique pour les parents présentant des risques (enfant handicapé dans la famille, porteurs d'une maladie génétique, âgés...).

Pendant la grossesse :

- les consultations prénatales, les échographies, les analyses biologiques pour dépister des anomalies (malformations...) ou des maladies (toxoplasmose...) ;
- l'amniocentèse, pour établir le caryotype du fœtus, s'il y a des risques d'anomalie génétique ou de trisomie (mère de plus de 38 ans) ;
- les conseils d'hygiène de vie (alimentation, médicaments, tabac, alcool) ;
- le congé de maternité, pour limiter les naissances prématurées ;
- surveillance du rythme cardiaque du fœtus pendant l'accouchement.

Après la naissance :

- les examens à la naissance : tests d'APGAR, de Guthrie, d'Ortolanie, de l'audition, visuels, recherche des réflexes archaïques...
- les examens médicaux de l'enfant, les vaccinations.

B • Les mesures de prévention pour limiter les handicaps acquis

- Les visites médicales à l'école, au travail ;
- les règles de sécurité au travail et dans les activités quotidiennes ;
- la sécurité routière (réglementation, campagne d'information) ;
- les formations aux gestes de premiers secours.

IV. Les attitudes face au handicap

L'annonce du **handicap d'un enfant** est un choc. Les parents se sentent responsables ou cherchent un responsable. Les réactions sont très variables :
- des parents surmontent le handicap et se battent pour que leur enfant reçoive les soins appropriés et l'éducation nécessaire ;
- d'autres parents refusent de « voir » le handicap, cette attitude retarde la mise en place de soins et d'éducation adaptée ;
- certains surprotègent l'enfant, car ils culpabilisent, ce qui va rendre l'enfant dépendant de sa famille.

Le comportement des frères et des sœurs joue un rôle important. Dans le meilleur des cas, ils considèrent l'enfant handicapé comme un membre de la famille sans privilège particulier, ce qui facilitera sa socialisation. Parfois, ils surprotègent la famille et se sentent obligés d'être parfaits pour ne pas créer d'autres problèmes. Ils peuvent rejeter leur frère ou sœur (car il monopolise l'attention) ou en avoir honte.

Dans le cas du **handicap d'un adulte**, la réaction de l'entourage a une grande influence sur le rôle que la personne continue à jouer dans la famille.

V. La législation en faveur des personnes handicapées

A • Les grands principes

La loi du 11 février 2005 « pour l'égalité des droits et des chances, la participation et la citoyenneté des personnes handicapées » a pour principes de :
- garantir aux personnes handicapées le libre choix de leur projet de vie grâce à la compensation des conséquences de leur handicap et à un revenu d'existence ;
- permettre une participation effective des personnes handicapées à la vie sociale grâce à l'accessibilité généralisée à l'école, l'emploi, la culture, les loisirs, les transports et aux bâtiments ;
- placer la personne handicapée au centre des dispositifs qui la concernent par une prise en compte de l'ensemble des besoins et du projet de vie.

B • Les missions des différentes instances et commissions

La **MDPH** (maison départementale des personnes handicapées) constitue un « guichet unique » pour les personnes handicapées. Elle accueille, informe et

facilite les démarches administratives. Elle met en place des actions de sensibilisation des citoyens au handicap et organise la CDAPH (Commission des droits et de l'autonomie des personnes handicapées) et les équipes pluridisciplinaires.
L'**équipe pluridisciplinaire d'évaluation** évalue l'incapacité permanente. Elle détermine le taux d'invalidité et les besoins de compensation sur la base du projet de vie et propose un plan personnalisé de compensation du handicap.
La **CDAPH** examine chaque cas et reconnaît aux personnes le statut d'handicapé. Elle prend les décisions concernant les aides et les prestations destinées à la compensation du handicap. Elle statue sur l'orientation de la personne handicapée en désignant les établissements ou services correspondant aux besoins et définit le projet personnalisé de scolarisation (PPS) des enfants handicapés.
L'**équipe de suivi** de scolarisation facilite la mise en œuvre et assure le suivi du PPS. Elle informe la CDAPH de toute difficulté.

C • Le projet de vie

Le **projet de vie** permet, à la personne handicapée et/ou à ses parents, de faire connaître les attentes et les besoins (aménagements, aides matérielles, accompagnements...) pour organiser leur vie. La MDPH propose alors des réponses adaptées à la situation, dans le respect du choix de vie.

D • Le plan personnalisé de compensation (PPC)

Il est construit par l'équipe pluridisciplinaire après un échange avec la personne handicapée par rapport à son projet de vie. Il comprend des propositions concernant des prestations, l'orientation en établissement ou services, des conseils pour répondre à des besoins (aménagement de logement, scolarisation, insertion professionnelle...). Il est transmis à la CDAPH qui prend les décisions.

E • Les prestations sociales

L'**allocation d'éducation de l'enfant handicapé (AEEH)** est versée aux parents ayant un enfant de moins de 20 ans avec une incapacité permanente d'au moins 80 %. L'**allocation aux adultes handicapés (AAH)** est versée pour un taux d'incapacité d'au moins 80 % et sous conditions de ressources du foyer.
La **prestation de compensation du handicap (PCH)** est une aide personnalisée, destinée à financer les besoins en aides humaines ou matérielles (aménagement du logement ou du véhicule) et animalières.

F • Législation relative à l'emploi en milieu ordinaire

La CDAPH reconnaît à la personne la qualité de travailleur handicapé et décide des mesures de reclassement professionnel. La loi prévoit que toute entreprise de plus de 20 salariés doit réserver 6 % de ses emplois à des personnes handicapées.

LES ÉTABLISSEMENTS ET SERVICES POUR LES PERSONNES HANDICAPÉES

I. LES ÉTABLISSEMENTS EN FAVEUR DES PERSONNES HANDICAPÉES

A • Les structures de rééducation et de travail protégé

• **Les établissements et services d'aide par le travail (ESAT)** accueillent à partir de 20 ans des personnes handicapées ayant une capacité de travail inférieure à un tiers de la capacité moyenne. C'est une structure de travail protégé qui permet à la personne handicapée d'exercer une activité professionnelle. Ces établissements proposent un soutien médico-social et éducatif.

• **Les entreprises adaptées (EA)** accueillent des personnes à capacité réduite, ayant la reconnaissance de « qualité de travailleur handicapé » et leur permettent d'exercer une activité dans des conditions adaptées à leur handicap.

• **Les centres de distribution de travail à domicile (CDTD)** sont destinés aux travailleurs qui ont des difficultés à se déplacer, ils proposent des travaux à effectuer à domicile. En EA et en CDTD, les personnes handicapées ont un statut de salarié. Elles possèdent tous les droits des salariés.

• **Les centres de rééducation professionnelle (CRP)** proposent une formation qualifiante et un accompagnement médico-social adapté. Ils ont pour objectifs de favoriser l'intégration professionnelle de personnes handicapées qui, à la suite d'un accident ou d'une maladie, sont obligées d'abandonner leur métier et d'envisager une reconversion professionnelle soit vers le milieu de travail ordinaire, soit vers le milieu protégé ; d'entraîner ou de ré-entraîner la personne au travail.

• **Les sections d'accompagnement spécialisées (SAS)** accueillent des jeunes de 18-20 ans sortant d'établissements spécialisés ou d'ULIS, lycées en vue de perfectionner leur projet professionnel.

• **Les centres d'accueil de jour (CAJ)** accueillent en externat 5 jours par semaine des adultes handicapés mentaux à partir de 18 ans, sans troubles graves du comportement et reconnus inaptes au travail. Ils proposent un accompagnement social et des activités adaptées à chacun afin de développer l'autonomie.

B • Les établissements médico-sociaux

L'orientation dans un établissement médico-social est proposée par la Commission des droits et de l'autonomie des personnes handicapées (CDAPH). La prise en charge est assurée par l'assurance maladie.

• **Les CAMPS (centres d'action médico-sociale précoce)** accueillent en cure ambulatoire des enfants, de la naissance à 6 ans, présentant ou risquant de présenter des retards psychomoteurs, des troubles sensoriels, ou intellectuels. Ils ont pour objectifs : dépistage, traitement des troubles, rééducation, accompagnement des parents pour l'éducation et l'éveil, pour l'accueil en milieu ordinaire (crèche, halte-garderie, école maternelle) ou en établissement spécialisé.

• **Les CMPP (centre médico-psycho-pédagogique)** accueillent en consultation pour un diagnostic, un soutien éducatif, une prise en charge thérapeutique ou une rééducation, des enfants et adolescents de moins de 20 ans, présentant des troubles psycho-affectifs, psychomoteurs, orthophoniques, des difficultés d'apprentissage, ou de comportement et qui sont scolarisés en milieu ordinaire.

• **Les instituts** accueillent des enfants et des adolescents atteints de déficiences en internat ou en demi-pension. Ils dispensent une éducation spécialisée avec une prise en charge pédagogique et thérapeutique adaptée aux besoins des jeunes accueillis. La prise en charge est réalisée par une équipe pluridisciplinaire qui travaille en collaboration avec les familles :
– les **IME (instituts médico-éducatifs)** : pour les enfants et adolescents atteints d'une déficience intellectuelle ou mentale. Un IME peut regrouper une structure pour l'accueil des moins de 14 ans et un institut médico-professionnel (IM Pro) pour l'accueil des 14 à 20 ans auxquels il propose une initiation professionnelle ;
– les **IEM (instituts d'éducation motrice)** pour les enfants et adolescents atteints d'une déficience motrice avec des troubles associés ;
– les **IES (instituts d'éducation sensorielle)** pour les jeunes atteints de handicaps auditifs ou visuels.
– les **ITEP (instituts thérapeutiques éducatifs et pédagogiques)** pour les enfants, adolescents ou jeunes adultes qui présentent des troubles de la conduite et du comportement, perturbant gravement la socialisation et l'accès aux apprentissages.

Les **établissements pour polyhandicapés** accueillent les enfants présentant des handicaps à la fois mentaux et sensoriels.

C • Les différentes structures d'hébergement

• **Le foyer d'hébergement** accueille, en chambre ou en studio meublé, des adultes handicapés qui exercent une activité professionnelle en milieu ordinaire, en ESAT ou EA. Une équipe pluridisciplinaire assure l'encadrement.

- **Le foyer de vie** (ou foyer occupationnel) accueille en internat, semi-internat ou de jour des adultes qui ne sont pas ou plus en mesure d'exercer une activité professionnelle, mais qui disposent d'une certaine autonomie. Il propose des activités occupationnelles et des animations sociales.
- **Le foyer d'accueil médicalisé (FAM)** héberge des adultes inaptes à toute activité professionnelle dont la dépendance est totale ou partielle et qui ont besoin de l'aide d'une tierce personne et d'une surveillance médicale.
- **La maison d'accueil spécialisée (MAS)** accueille des adultes atteints d'un handicap grave ou un polyhandicap, ne pouvant effectuer seuls les actes essentiels de la vie.
- **L'accueil familial permanent chez des particuliers** agréés.

II. Les services spécifiques aux personnes handicapées

A • Le SESSAD (service d'éducation spécialisé et de soins à domicile)

Le SESSAD est une structure qui favorise le maintien de l'enfant en situation de handicap dans son milieu ordinaire de vie et d'éducation. Il accompagne les familles dans la prise en charge des jeunes handicapés jusqu'à 20 ans. Une équipe pluridisciplinaire apporte une aide au développement de l'enfant par la mise en œuvre d'un projet personnalisé. Elle peut intervenir au domicile, à la crèche, à l'école (en milieu ordinaire ou en **ULIS** (**unités localisées pour l'inclusion scolaire**)) ou dans les locaux du SESSAD.

B • Les services d'accompagnement pour adultes en situation de handicap

- **Le SAVS (service d'accompagnement à la vie sociale)** a pour rôle de contribuer à la réalisation du projet de vie par un accompagnement adapté favorisant le maintien ou la restauration des liens familiaux, sociaux, ou professionnels et facilitant l'accès à l'ensemble des services offerts par la collectivité. Il intervient auprès de personnes vivant à leur domicile ou dans des appartements thérapeutiques rattachés à un établissement d'hébergement.
- **Le SAMSAH (service d'accompagnement médico-social pour adulte handicapé)** a les mêmes missions que le SAVS. Il intervient auprès de personnes qui vivent à domicile et qui ont besoin d'une assistance pour tout ou partie des actes essentiels de la vie quotidienne ainsi qu'un suivi médical et paramédical. Ce service, en milieu ordinaire, vise une plus grande autonomie des personnes et permet le maintien à domicile.

III. Handicap et scolarisation

A • Le projet personnalisé de scolarisation (PPS)

Tout enfant, même en situation de handicap, est de droit un élève.
Un **projet personnalisé de scolarisation** est un élément important du plan personnalisé de compensation. Il est construit par l'équipe de la MDPH avec les parents et l'enfant pour définir le parcours de formation. Il permet d'organiser les modalités de scolarisation et les actions pour répondre aux besoins particuliers (AVS, matériel pédagogique adapté...). Il fait l'objet de révisions régulières.
La CDAPH oriente l'enfant en classe ordinaire, en structure adaptée ou en établissement spécialisé.

B • Les différentes modalités de scolarisation

La **scolarisation en milieu ordinaire** est un droit : « Tout enfant, tout adolescent présentant un handicap ou un trouble invalidant de la santé a droit à une scolarisation en milieu ordinaire » (loi du 11 février 2005). L'élève en situation de handicap doit être inscrit dans l'établissement d'enseignement le plus près de son domicile qui constitue « son établissement de référence », mais il n'y fera pas obligatoirement sa scolarité.
Les conditions de la scolarisation individuelle varient selon la nature et la gravité du handicap. La scolarisation peut se dérouler sans aucune aide particulière ou faire l'objet d'un **accompagnement par un auxiliaire de vie scolaire (AVS)** ou un **accompagnant d'élèves en situation de handicap (AESH)** ainsi que d'aménagements, par exemple des conditions d'examen pour garantir l'égalité des chances entre les candidats handicapés et les autres candidats.

L'école doit s'adapter pour **scolariser et faciliter l'inclusion scolaire** dans les établissements de l'Éducation nationale. L'objectif est de permettre la réalisation du projet personnalisé de scolarisation (PPS) grâce à une scolarisation plus souple dans des classes spécialisées insérées en milieu ordinaire, avec des élèves présentant le même type d'handicap et en effectif réduit (10 à 12) : les ULIS (unité localisée pour l'inclusion scolaire) en écoles élémentaires, collèges et lycées. Chaque élève scolarisé au titre d'une ULIS a aussi un temps de scolarisation dans une classe ordinaire de l'établissement scolaire.

La **scolarisation en établissements spécialisés** : les unités d'enseignement en établissement médico-social permettent de scolariser sur place des enfants et des adolescents atteints d'une déficience importante nécessitant une prise en charge spécialisée. L'enseignement est assuré par du personnel de l'Éducation nationale.

LA PERSONNE MALADE

I. CLASSIFICATION DES MALADIES

A • Les différents critères de classification

La maladie est une altération de la santé. C'est un dysfonctionnement de l'organisme se caractérisant par différents symptômes. Les maladies peuvent être classifiées suivant :
- leur étiologie : maladies infectieuses, génétiques, dégénératives...
- leur typologie : maladies aiguës ou chroniques, métaboliques, organiques, fonctionnelles, professionnelles...
- leur localisation : maladie de l'appareil circulatoire, respiratoire, digestif....

Une **classification internationale des maladies (CIM)** est publiée par l'OMS et permet le codage des maladies, des traumatismes et de l'ensemble des motifs de recours aux services de santé. Elle est utilisée dans différents pays pour enregistrer les causes de morbidité et de mortalité, pour permettre l'analyse et la comparaison des données recueillies, afin de suivre l'évolution des pathologies.

B • Les maladies aiguës et maladies chroniques

La **maladie aiguë** est soudaine et se manifeste par des symptômes, plus ou moins graves. Elle évolue rapidement vers la guérison ou la mort.

La **maladie chronique** est une affection de longue durée qui a un caractère évolutif. Elle nécessite une prise en charge sur plusieurs années et a un retentissement sur la vie quotidienne de la personne (besoin de médicaments, de soins médicaux, d'un régime ou d'un suivi psychologique et limite les activités physiques, professionnelles et sociales...).

C • Les troubles mentaux et du comportement

Les troubles mentaux et du comportement sont courants. Ils peuvent être passagers ou durables. Selon l'OMS, ce sont « des problèmes de santé mentale qui surviennent lorsqu'un individu ne peut se réaliser, surmonter les tensions normales de la vie, accomplir un travail productif et contribuer à la vie de sa communauté ». Ils se caractérisent par un changement du mode de pensée, de l'humeur ou du comportement associé à une détresse psychique et/ou à une altération des fonctions mentales.

D • Les maladies dites « émergentes »

Une maladie émergente se caractérise par l'augmentation de son **incidence** (nombre de cas), dans une population donnée, dans une région donnée et pendant une période donnée, par rapport à sa situation épidémiologique habituelle. Elle peut être **une nouvelle infection** causée par l'évolution ou la modification d'un agent pathogène ou d'un parasite, et par un changement d'hôtes. Le terme s'applique aussi à l'apparition d'une infection ou d'une maladie non encore signalée. Elle peut être une maladie de l'homme aussi bien que des animaux ou des végétaux.

Les maladies émergentes sont principalement de nature infectieuse, mais il peut s'agir aussi d'autres maladies, métaboliques par exemple.

À SAVOIR

Quelques exemples de maladies émergentes : les grippes, l'Ebola, le Zika, le chikungunya, le SRAS et le MERS, le sida, la fièvre jaune, la dengue, la rougeole, la Covid-19...

II. Les conséquences de la maladie

La maladie, selon sa gravité, peut avoir des conséquences :

- **physiques** : fatigue, douleurs, incapacité à réaliser certaines activités, effets secondaires de certains traitements médicaux ;
- **mentales** : angoisse, déprime ;
- **sociales** : difficultés financières, modification des relations sociales...
- **professionnelles** : arrêt de travail, perte d'emploi, reconversion.

III. La prise en charge de la douleur

La douleur est une conséquence fréquente de la maladie. C'est un ressenti individuel, elle est variable d'une personne à une autre. La douleur peut être aiguë (douleur vive, à la suite d'un traumatisme, d'une opération ou de soins) ou chronique (douleur qui dure depuis plusieurs mois).

La prise en charge de la douleur est un **droit du malade** inscrit dans le Code de santé publique : « Toute personne a le droit de recevoir des soins visant à soulager sa douleur. Celle-ci doit être en toute circonstance prévenue, évaluée, prise en compte et traitée. » Pour identifier les mécanismes de la douleur et la traiter, l'équipe soignante a besoin de réaliser une évaluation.

L'**évaluation de l'intensité** de la douleur est faite à l'aide d'outils choisis en fonction de l'âge ou de l'état mental du patient :

– **les échelles d'évaluation**, qui permettent au patient d'indiquer le degré de la douleur ressentie :

- **l'échelle visuelle analogique (EVA)** : échelle avec curseur « pas de douleur du tout » à « douleur maximale imaginable ») ;
- **l'échelle numérique** : le malade note sa douleur de 0 à 10 ;
- **l'échelle verbale simple** : le malade décrit l'intensité de sa douleur (faible, modérée, intense) ;
- **l'échelle des visages**...

– les **grilles d'observation** du comportement sont utilisées lorsque le patient ne peut exprimer sa douleur. Il s'agit de repérer les signes pouvant signifier une douleur : pleurs, cris, agitation, rythme cardiaque, sommeil, manque d'appétit, repli sur soi, désintérêt, gestes pour protéger certaines parties du corps... (exemples : échelles d'observation utilisées en gériatrie : Doloplus, ECPA (évaluation comportementale de la douleur chez la personne âgée)).

Il existe différents moyens de traiter la douleur. Des traitements médicamenteux par antalgiques (paracétamol, codéine, dérivés morphiniques...) et des thérapeutiques non médicamenteuses : kinésithérapie, relaxation, psychothérapie, hypnose, neurostimulation, traitement chirurgical... Pour les douleurs chroniques persistantes, certains hôpitaux proposent des consultations spécialisées.

IV. Les comportements face à la maladie

A • Les réactions du malade

La représentation de la maladie est très différente selon les individus. **Face à la maladie**, les réactions varient **en fonction de la personnalité** et du vécu individuel, de l'évolution de la maladie, du milieu socioculturel et du niveau d'instruction. Le malade peut se révolter, refuser des soins et tout ce qui lui est imposé, avoir des réactions désagréables, agressives, vis-à-vis du personnel, être très exigent, revendiquer tout et montrer de l'ingratitude. Il peut être soumis, triste, déprimé, ne s'intéresser à rien, avoir tendance à se plaindre sans arrêt, réclamer une présence constante. Il peut accepter et décider d'affronter la maladie et coopérer avec l'équipe soignante. La maladie modifie les relations. Pour certains, elle peut être un moyen d'assurer leur position familiale ou sociale et l'occasion d'en tirer des avantages affectifs ou matériels. D'autres, pour se préserver, peuvent rester distants à l'égard de leur famille et de l'équipe soignante.

L'**hospitalisation** (surtout en urgence) est toujours un moment de **stress.** Chez la personne âgée, la maladie et l'hospitalisation sont toujours des événements graves qui peuvent provoquer un état de choc et entraîner une dégradation physique et une perte de l'autonomie. Le malade perd tous ses repères familiers et risque de se laisser aller (**phénomène de glissement**).

B • Les réactions de l'entourage

Face à la maladie, l'entourage peut ne pas accepter et fuir, par peur d'être confronté à la maladie et à ses conséquences, ou accepter la maladie et apporter un soutien au malade pour affronter cette épreuve. Certaines personnes sont angoissées, car la maladie est la concrétisation chez l'autre de ce qu'ils redoutent pour eux. L'appréhension de ce qui va advenir au malade peut parfois être démesurée. La santé du malade devient la préoccupation principale de la famille. Toute l'attention est centrée sur lui, parfois au détriment des autres membres de la famille qui peuvent se sentir abandonnés.

Face à l'hospitalisation et à l'équipe soignante, l'entourage du malade est angoissé, parfois désemparé. Cette souffrance morale peut se manifester par des comportements de contestation ou d'agressivité.

C • L'enfant hospitalisé

L'hospitalisation des enfants pose des **problèmes d'ordre psychologiques et affectifs**, car elle entraîne des angoisses et des peurs, une perte des repères. L'enfant peut ressentir un sentiment d'injustice et d'abandon, il a besoin d'être rassuré.

Les services de pédiatrie permettent aux parents de rester auprès de l'enfant, des salles de jeux et des activités d'animations encadrées par une éducatrice de jeunes enfants sont proposées pour les divertir et occuper le temps. Le personnel soignant explique les soins à l'enfant, souvent par l'intermédiaire de jeux, il lui permet d'être actif, de faire des choix, de toucher le matériel. Pour répondre aux besoins de l'enfant hospitalisé, les établissements de santé s'engagent à respecter la charte de l'enfant hospitalisé.

V. Les droits du malade

La **charte de la personne hospitalisée** figure dans le livret d'accueil remis à toute personne hospitalisée et est affiché dans les lieux de passage. Elle énonce les droits de la personne malade : par exemple, le droit d'accéder aux informations de santé la concernant, de refuser les traitements ou d'en demander l'interruption, de rédiger des directives anticipées pour faire connaître ses souhaits quant à sa fin de vie, de désigner par écrit une personne de confiance qui pourra l'accompagner dans ses démarches, assister aux entretiens médicaux et qui sera consultée au cas où elle-même serait hors d'état d'exprimer sa volonté…
L'article 36 du Code de la santé publique sur le consentement éclairé impose aux professionnels d'informer le patient des soins qu'ils lui proposent pour obtenir son consentement.

LES ÉTABLISSEMENTS EN FAVEUR DES MALADES, L'ASSURANCE MALADIE

I. LES ÉTABLISSEMENTS DE SANTÉ

Tous les établissements de santé sont placés sous l'autorité de l'Agence régionale de santé (ARS) qui leur accorde une autorisation d'activités en fonction du projet régional de santé.

A • Les établissements publics de santé (EPS)

Les **centres hospitaliers régionaux (CHR)** assurent le diagnostic et les soins en médecine, chirurgie et obstétrique ainsi que les soins d'urgence, de suite et de longue durée.
Les **centres hospitaliers universitaires (CHU)** assurent les soins et sont chargés des enseignements médicaux, pharmaceutiques, paramédicaux et postuniversitaires. Ils participent à la recherche. Ils sont souvent associés aux CHR et sont alors des CHRU.
Les **centres hospitaliers (CH) et les hôpitaux locaux** assurent les soins courants et les soins d'urgence et de longue durée.

Un EPS peut être communal, intercommunal, départemental, régional, interrégional ou national. Ces établissements peuvent collaborer entre eux en formant des communautés hospitalières de territoire (CHT) ou construire des partenariats avec des établissements de santé privés en créant des groupements de coopération sanitaire.
Les médecins intervenant dans les établissements publics sont salariés. Les personnels non médicaux relèvent de la fonction publique hospitalière mais peuvent aussi être non fonctionnaires (contractuels à durée déterminée ou indéterminée, intérimaires, etc.).

B • Les établissements privés

• **Les établissements de santé privés d'intérêt collectif (ESPIC)** regroupent les établissements de santé privés à but non lucratif et les centres de lutte contre le cancer. Ils sont gérés par des associations type loi 1901, des congrégations religieuses ou des organismes sociaux.

• **Les établissements privés à but lucratif** sont gérés par des entreprises privées (exemple : cliniques).

C • Les missions du service public

La loi fixe les missions du service public dans le cadre des schémas régionaux d'organisation des soins pour garantir à tout patient :

- l'égal accès à des soins de qualité ;
- l'accueil et la prise en charge 24 h/24 ou son orientation vers un autre établissement ;
- la prise en charge des soins palliatifs ;
- l'aide médicale urgente.

Le service public a également pour missions, l'enseignement universitaire et postuniversitaire, la recherche, des actions de santé publique, d'éducation et de prévention, la lutte contre l'exclusion sociale.

II. La Sécurité sociale : l'assurance maladie

À SAVOIR

L'assurance maladie est une des branches de la Sécurité sociale. Elle a pour but d'aider les individus à faire face aux conséquences financières des risques maladie, maternité, invalidité et décès.

A • Les différentes prestations de l'assurance maladie

Les **bénéficiaires** des prestations sont :
- **l'assuré social** : individu qui est personnellement assuré. Il faut justifier d'une durée suffisante de cotisations ;
- **les ayants droit** : personnes qui bénéficient de l'assurance maladie d'un assuré social (car ne peut être assurée) : conjoint, concubin ou partenaire, les enfants de moins de 20 ans, les ascendants, la personne qui cohabite avec l'assuré et qui est à sa charge.

Pour bénéficier des prestations de l'assurance maladie, il faut être rattaché à un régime de sécurité sociale et avoir accompli les formalités.
L'immatriculation est l'attribution d'un numéro d'identification de 15 chiffres.
L'affiliation est le rattachement d'un assuré social à une **caisse primaire d'assurance maladie (CPAM)**. L'assuré reçoit une carte d'assuré social informatisée, la **carte vitale**, justifiant son droit aux prestations et contenant les renseignements nécessaires à la prise en charge des soins.

SCIENCES MÉDICO-SOCIALES

B • Les prestations en nature et en espèces

Les **prestations** sont des sommes versées pour indemniser les différents risques couverts par l'assurance maladie.

• **Les prestations en nature** comprennent le remboursement des dépenses engagées par l'assuré et ses ayants droit pour se soigner : consultation de médecin, médicaments, examens, frais de séjour d'hospitalisation…

Des frais restent à la charge de l'assuré, ils correspondent au **ticket modérateur**. Celui-ci peut être partiellement ou totalement pris en charge par un organisme complémentaire (mutuelle, assurance).

Le **système du tiers payant** dispense de faire l'avance des frais, l'assuré paie uniquement le ticket modérateur ; l'assurance maladie règle les professionnels de santé.

Dans certaines situations, il peut y avoir **exonération du ticket modérateur**, par exemple pour certaines maladies classées en affections de longue durée (ALD), certaines interventions chirurgicales ou les frais liés à la maternité, dans ce cas il y a remboursement total des frais engagés.

L'assuré social a obligation de choisir un médecin traitant et de respecter son parcours de soins pour être remboursé au taux conventionnel.

En plus du ticket modérateur, d'autres frais restent à la charge de l'assuré : la participation forfaitaire d'un euro par consultation ou par acte médical, la franchise médicale de 0,50 € par boîte de médicaments et acte paramédical, le forfait pour actes lourds, le forfait hospitalier (participation aux frais d'hébergement, il peut être remboursé par la mutuelle (ainsi que les frais de chambre particulière)).

• **Les prestations en espèces :** ce sont des revenus de remplacement versés uniquement à l'assuré social. Des **indemnités journalières** sont versées en remplacement partiel du salaire non payé à la suite à d'un arrêt de travail prescrit par un médecin.

Des prestations en espèces peuvent également être versées sous forme de pension d'invalidité, de rente après un accident du travail ou une maladie professionnelle ou de capital décès versé aux ayants droit pour compenser une partie des frais liés au décès de l'assuré social.

L'**allocation journalière d'accompagnement d'une personne en fin de vie (AJAP)** est versée au salarié en congé de solidarité familiale pour accompagner à domicile un proche en fin de vie (21 jours).

C • Les aides sociales de l'Assurance maladie

Les aides sociales de l'Assurance maladie peuvent permettre de bénéficier d'aides en complément des prestations habituellement versées (remboursement des soins, indemnités journalières...).

• **La PUMa** ou Protection Universelle Maladie (remplace depuis le 1er janvier 2016 la CMU de base ou couverture maladie universelle) est octroyée aux personnes qui résident en France depuis plus de 3 mois de manière stable et régulière. Elle concerne toutes les personnes (quelle que soit leur nationalité) et garantit une prise en charge continue des frais de santé par l'Assurance maladie française à titre personnel. Chaque adulte possède son propre numéro de Sécurité sociale ; il n'y a plus d'ayant droit majeur dans ce dispositif.
L'objectif est de garantir aux assurés une prise en charge de leurs dépenses de santé sans rupture de leurs droits en cas de changement intervenant dans leur vie personnelle (mariage, divorce, veuvage, déménagement...) ou professionnelle (chômage, changement de statut...).

• **La CSS ou Complémentaire Santé Solidaire** (remplace depuis le 1er novembre 2019 la CMU-C ou couverture maladie universelle complémentaire et l'ACS ou aide au paiement d'une complémentaire santé) est une aide au financement d'une mutuelle (ou complémentaires santé) pour faciliter l'accès aux soins des personnes ayant de faibles ressources
En fonction des ressources du foyer (plafond fixé), la CSS peut être gratuite ou avec une participation financière modeste. Elle est gratuite pour les bénéficiaires du RSA.
Les dépenses de santé des membres du foyer sont remboursées entièrement dans la limite des tarifs de la Sécurité sociale : dispense d'avance de frais médicaux, prise en charge du ticket modérateur, du forfait hospitalier, pas de dépassements d'honoraires sur les tarifs médicaux dans le parcours de soins, dispense des franchises médicales et de la participation forfaitaire de 1 €, forfaits de remboursement pour prothèses dentaires, lunettes, aides auditives...
Les titulaires peuvent également obtenir des réductions de prix sur l'électricité ou le gaz en bénéficiant du tarif de première nécessité (TPN) et du tarif spécial solidarité (TSS) et parfois sur les billets de train selon les régions.

• **L'aide médicale de l'État (AME)** est destinée à permettre l'accès aux soins des personnes en situation irrégulière en France. Elle est attribuée sous conditions de résidence et de ressources. Elle peut aussi être accordée, exceptionnellement, à titre humanitaire.

LA FIN DE VIE ET LA MORT

I. LES ASPECTS BIOLOGIQUES, PSYCHOLOGIQUES ET CULTURELS DE LA MORT

A • Définition

La **mort biologique** est la cessation complète et définitive des fonctions organiques. Le critère retenu par la législation est l'arrêt définitif de toute activité cérébrale.

B • La mort dans différentes cultures

Des rituels par rapport à la mort existent dans toutes les religions. Ils servent à rendre un dernier hommage au défunt et à aider l'entourage à accepter ce moment difficile.

C • Les réactions de l'entourage, les étapes du deuil

Le **deuil** est un processus qui peut durer plusieurs années. Il passe par plusieurs étapes :
- le choc lors de l'annonce du décès ;
- le déni, refus de la réalité ;
- la colère, vers soi, les autres, le défunt ;
- la tristesse qui peut parfois se transformer en dépression ;
- l'acceptation : penser au défunt devient supportable, la personne en deuil retrouve le goût de vivre.

II. LA MORT SUBITE DU NOURRISSON

A • Définition

La mort subite du nourrisson est le décès brutal et inattendu d'un jeune enfant de moins de un an, apparemment en bonne santé, pendant son sommeil.

B • Des facteurs favorisants

La position de couchage sur le ventre, une chambre trop chauffée, enfant trop couvert, hyperthermie, prématurité, le tabagisme passif…

C • Prévenir la mort subite du nourrisson

Quelques recommandations :
- coucher le nourrisson sur le dos dans une gigoteuse ;
- le lit doit être adapté : adopter un matelas ferme, sans couverture, couette, oreiller et peluche ;
- maintenir la température de la chambre 19°C ;
- aérer la chambre régulièrement.

III. L'ACCOMPAGNEMENT DE LA PERSONNE MOURANTE

A • Définitions

L'acharnement thérapeutique est l'obstination déraisonnable de soins. Il s'agit d'actes médicaux inutiles ou n'ayant pour effet que de maintenir artificiellement la vie.

L'euthanasie est un acte médical consistant à provoquer intentionnellement la mort d'un malade incurable pour soulager ses souffrances.

> **À SAVOIR**
> En France, l'euthanasie et le suicide assisté sont condamnés par la loi.

Le **suicide assisté** consiste à donner au patient, à sa demande, les moyens nécessaires pour mettre fin à sa vie.

B • Les soins palliatifs

Les **soins palliatifs** sont spécialisés dans l'accompagnement des personnes en fin de vie. Ces services ont pour missions de soulager la douleur, d'apaiser la souffrance psychologique et spirituelle, et de soutenir l'entourage.

C • Le droit de la personne en fin de vie

Le malade en fin de vie a le droit :
- d'être informé de son état de santé ;
- de recevoir des soins appropriés ;
- de prendre les décisions concernant son traitement ;
- de refuser l'acharnement thérapeutique ;
- de désigner par écrit une personne de confiance qui prendra des décisions à sa place s'il n'est plus en état de le faire.

La **personne de confiance** peut être un parent, un proche ou le médecin traitant. Si le malade le souhaite, elle l'accompagne dans ses démarches et assiste aux entretiens médicaux.

MÉTHODOLOGIE D'INTERVENTION

I. LA BIENTRAITANCE

A • Le concept de bientraitance

Selon l'ANESM, « la bientraitance est une démarche collective qui permet d'identifier l'accompagnement le meilleur possible pour l'usager, dans le respect de ses choix et dans l'adaptation la plus juste à ses besoins ».
C'est une attitude, une manière d'agir, qui a pour but de permettre à la personne dépendante de vivre avec dignité. Elle doit être un objectif permanent dans la « prise en soin », en prenant en compte les besoins et les attentes.
La promotion de la bientraitance permet d'améliorer la qualité de vie des personnes accueillies en établissement ainsi que des soignants.

B • Les principes de la bientraitance

- Respecter la dignité de la personne et son autonomie, en tenant compte le plus possible des capacités restantes, des souhaits et des refus.
- Prendre en considération l'expression de la personne : être attentif à ses plaintes, identifier ses inquiétudes.
- Agir de façon réfléchie pour le bien-être de la personne et prendre en compte ses habitudes de vie et son projet.
- Savoir se remettre en question et s'interroger sur sa pratique professionnelle.

C • Exemples d'actions de promotion de la bientraitance

- Offrir un accueil personnalisé de l'usager et sa famille.
- Informer l'usager des actes ou des changements le concernant.
- Évaluer les pratiques professionnelles en équipe.
- Sensibiliser les professionnels à la bientraitance.

II. LA MALTRAITANCE

À SAVOIR

Le terme de **maltraitance** est utilisé pour l'ensemble des violences, abus ou négligences commis par les professionnels, par un membre de la famille ou par un autre usager, sur une personne vulnérable.

A • Définition de la maltraitance

La maltraitance est « une violence se caractérisant par tout acte ou omission commis par une personne, s'il porte atteinte à la vie, à l'intégrité corporelle ou psychique ou à la liberté d'une autre personne ou compromet gravement le développement de sa personnalité et/ou nuit à sa sécurité financière. » (Définition proposée par le Conseil de l'Europe)

B • L'origine de situation de maltraitance

Plusieurs facteurs sont à l'origine de situation de maltraitance, ils peuvent être liés :

- **à l'institution ou au contexte familial** : surcharge de travail dans les services, conditions de travail difficiles, mauvaises relations familiales...
- **au personnel, aux aidants** : manque de formation, pas de reconnaissance dans le travail, routine, conflits, relation difficile avec le patient ;
- **à l'usager** : vulnérabilité, âge, maladie ou handicap, perte d'autonomie, handicaps physiques ou mentaux, soumission...

C • Les différents types de maltraitance

Les actes de maltraitance peuvent être des **violences** :

- **physiques** : soins brusques, coups, brûlures, ligotages, violences sexuelles ;
- **psychiques ou morales** : irrespect, dévalorisation, infantilisation, chantages, abus d'autorité, non-respect de l'intimité ;
- **matérielles et financières** : locaux inadaptés ou insalubres, vols, exigence de pourboires, escroqueries...
- **médicales ou médicamenteuses** : soins insuffisants, pas d'information sur les traitements, non prise en compte de la douleur...

Ils peuvent être des **négligences actives** (sévices ou manquements dans le but de nuire) ou **passives** (inattention ou ignorance de l'entourage).

Ils peuvent être une **privation ou une violation des droits** : entrave à la liberté ; privation de l'exercice des droits civiques, d'une pratique religieuse.

D • La conduite à tenir en cas de maltraitance

Il y a une **obligation de signalement** des actes de maltraitance infligés à un mineur de moins de 15 ans ou à une personne vulnérable auprès des services sociaux, police, procureur de la république ou au **3977** (ALMA : Allo Maltraitance des personnes âgées et/ou des personnes handicapées) ou au **119** (Allo enfance maltraitée).

Ces organismes reçoivent les appels de signalement, orientent et conseillent ou envoient une « information préoccupante » à la cellule de protection des personnes ou des mineurs.

E • Les sanctions en cas d'acte maltraitant

Ce sont des **sanctions pénales**, amende et/ou emprisonnement, en fonction de la gravité des actes de maltraitance et des **sanctions disciplinaires** : licenciement, mutation, mise à pied, avertissement.

III. Éthique et déontologie

A • Définitions

L'**éthique** est l'ensemble des principes moraux qui fixent les règles de bonne conduite. La **déontologie** est l'ensemble des règles qui guident la conduite à tenir dans une profession ou une fonction. Elle est imposée par le **code de déontologie** de la profession (médecins, infirmiers, sages-femmes, assistants sociaux, psychologues). Ils précisent les conditions d'exercice, les règles et les devoirs.

B • Le secret professionnel

« La révélation d'une information à caractère secret par une personne qui en est dépositaire soit par l'État, soit en raison d'une fonction ou d'une mission temporaire, est punie d'un an d'emprisonnement et de 15 000 euros d'amende. » (Articles 226-13 et 226-14 du Code pénal)
Les professionnels ont obligation de taire toute information à caractère secret confiée, recueillie, entendue ou vue durant leur activité, au cours d'une mission (même temporaire) ou de leur fonction.

Le **secret professionnel** concerne les informations sur la vie privée des usagers, leur pathologie, les traitements médicaux. Il ne doit pas être divulgué sans consentement du patient. Il ne s'éteint pas avec le décès du patient.

Les conditions de la levée du secret professionnel :
Dans certains cas, le Code pénal autorise la révélation du secret professionnel :
- pour informer les autorités compétentes de sévices ou privations qui ont été infligés à un mineur ou à une personne vulnérable ;
- pour informer la police du caractère dangereux d'une personne ;
- pour permettre aux médecins de témoigner des sévices constatés.

Les risques encourus en cas de non-respect du secret professionnel :
- poursuites pénales (un an d'emprisonnement et 15 000 euros d'amende), indemnités de « dommages et intérêts » ;
- poursuites disciplinaires (avertissement, blâme, licenciement ou radiation).

C • Le secret partagé

Le **secret partagé** est l'échange, entre professionnels, d'informations concernant un patient, si celui-ci ne s'y oppose pas. Il porte uniquement sur les informations nécessaires pour assurer la continuité des soins. Il peut être partagé avec la famille du malade ou la personne de confiance.

IV. La qualité

A • Certification des établissements de santé

La certification est une procédure d'évaluation externe d'un établissement de santé. La HAS réalise les visites de certification et évalue le fonctionnement. Cette procédure s'effectue tous les 4 ans, et a pour objectif d'améliorer la qualité et la sécurité des soins.

Les organismes de référence chargés de la certification sont :
- la Haute autorité de santé (HAS), autorité publique indépendante qui a pour mission de contribuer à la régulation de la qualité du système de santé (évaluation des produits de santé, des pratiques professionnelles, de l'organisation des soins) ;
- l'Agence nationale de l'évaluation et de la qualité des établissements et services sociaux et médico-sociaux (ANESM) ;
- la Fédération de l'hospitalisation privée (FHP).

B • Évaluation en EHPAD

Ces établissements ont une obligation d'évaluation (loi de janvier 2002). Ils sont tenus d'évaluer en continu la qualité du fonctionnement, des prestations, des activités et des pratiques professionnelles.
Ils doivent transmettre un rapport aux partenaires de la convention tripartite et faire réaliser une évaluation externe par un organisme habilité par l'ANESM, tous les 5 ans.

C • Notion d'analyse des pratiques professionnelles

L'ANESM publie des recommandations de bonnes pratiques professionnelles. Ce sont des méthodes ou des comportements à adopter. Le *Guide des bonnes pratiques* sert de référence pour la rédaction et la mise en place de protocoles.

LES DIFFÉRENTS TYPES DE PROJETS

I. LES DIFFÉRENTS PROJETS

A • Les objectifs de la mise en place d'un projet

Un projet est un ensemble d'actions prévues pour répondre à des besoins repérés. La construction d'un projet permet aux professionnels de travailler avec l'usager, d'évaluer ses capacités, de fixer des objectifs pour répondre au mieux à ses besoins et ses attentes, dans le respect des règles déontologiques et éthiques.

B • La mise en place des projets

Les projets sont des outils de travail des équipes sociales et médico-sociales. La mise en place des différents projets est imposée par des lois spécifiques : loi du 2 janvier 2002, rénovant l'action sociale et médico-sociale, décret du 15 mai 2007 fixant le contenu du cahier des charges pour l'évaluation des activités et de la qualité des prestations des établissements et services sociaux et médico-sociaux, et loi du 11 février 2005 « pour l'égalité des droits et des chances, la participation et la citoyenneté des personnes handicapées ».

C • Classification des projets

Les projets peuvent avoir des appellations différentes qui varient en fonction des structures et des usagers :
- le **projet d'accueil et d'accompagnement** : pour chaque personne accueillie dans une structure d'hébergement afin d'instaurer la relation d'accompagnement ; le résident participe, avec l'aide de son représentant légal, à la conception et à la mise en œuvre de son projet ;
- le **projet personnalisé** (ou projet de vie personnalisé ou individualisé) : pour les résidents en EHPAD, pour répondre aux besoins exprimés et déterminer les moyens pour conserver un minimum d'autonomie. Il concerne toute l'équipe pluridisciplinaire, la personne malade ou handicapée, sa famille et est évalué régulièrement ;
- le **projet individualisé d'aide et d'accompagnement** permet de déterminer les prestations à fournir au domicile de la personne par les SSAD (services de soins et d'aide à domicile) et les SSIAD (services de soins infirmiers à domicile) après une évaluation globale des besoins ;
- le **projet d'accueil individualisé (PAI)** : dans le cadre scolaire, il est demandé par les parents ou parfois par l'équipe pédagogique et a pour objectif d'organiser

la prise en charge de l'élève ayant des besoins d'accompagnement spécifiques à la suite d'une maladie entrainant un handicap temporaire, une pathologie chronique (diabète, allergie...), ou une dyslexie.

– le **projet individualisé d'accompagnement** est différent :

• pour les enfants en situation de handicap, scolarisés en établissement médico-social, le PIA fixe les méthodes pédagogiques ainsi que les accompagnements adaptés, à mettre en œuvre par les professionnels. Il constitue la partie scolaire du PPS ;

• pour les adultes en situation de handicap pris en charge dans les services d'accompagnement médico-social, il prend en compte le projet de vie, il permet l'évaluation des besoins et fixe les objectifs de l'accompagnement individualisé à mettre en place.

Tous ces projets doivent pouvoir s'harmoniser avec ceux du service ou de l'établissement.

II. La construction du projet

A • Les différents acteurs

Différents acteurs sont impliqués dans la construction du projet : la personne qui en est l'acteur principal, son entourage, les professionnels de l'équipe pluridisciplinaire, le médecin traitant...

B • Les différentes étapes d'élaboration du projet

Étape 1 : Recueil des attentes de la personne et de l'entourage. Cela permet de connaître ses habitudes de vie et ses besoins, de repérer ce qui est important.

Étape 2 : Analyse de la situation. Réunion de synthèse pour rechercher des réponses possibles, préparer le choix des objectifs et des actions.

Étape 3 : Co-construction du projet personnalisé avec les différents acteurs. Décision et rédaction du projet : objectifs retenus, énoncé des actions à mettre en place et des moyens nécessaires.

Étape 4 : Mise en œuvre du projet par l'équipe professionnelle avec la participation active de la personne et de son entourage. Un coordinateur de projet fait le suivi pour vérifier sa cohérence.

Étape 5 : Évaluation du projet pour l'actualiser ou l'ajuster.

C • Les freins à la mise en place du projet

Certains éléments peuvent freiner la mise en place du projet :

– les relations difficiles entre les acteurs ;

– le personnel non motivé ou réticent à partager certaines décisions ;

– le manque de moyens financiers et humains.

LA COMMUNICATION PROFESSIONNELLE ET INTERPROFESSIONNELLE

I. LE MÉCANISME DE LA COMMUNICATION

A • Définition

Toute situation de communication est un échange d'informations avec mise en relation de deux ou plusieurs personnes, avec leur statut professionnel, social et leur affectivité.

Elle se déroule à un moment et dans un contexte donnés (environnement matériel, cadre professionnel...).

B • Un émetteur et un récepteur

Dans toute situation de communication les personnes sont successivement en position d'émetteur puis en position de récepteur et ainsi de suite :

– l'**émetteur** transmet un message constitué d'un ensemble d'informations codées selon deux principes : le code verbal et le code non verbal. Il y a communication si le récepteur perçoit ces signes et leur donne la même signification ;

– le **récepteur** peut faire savoir à l'émetteur que le message a été reçu et décodé, par ses propos (commentaire, questions, reformulation...) ou son attitude (grimaces, gestes...) : c'est la **rétroaction**.

C • Différents canaux

Pour **la transmission et la réception du message** les interlocuteurs peuvent utiliser différents canaux : un moyen sonore (la parole...), un moyen visuel (l'écriture, l'image...), un outil (lettre, téléphone, ordinateur, affiche...).

II. FORMES ET RÔLE DE LA COMMUNICATION

A • Les différentes formes de communication

La communication est **directe** quand elle se déroule entre personnes présentes, elle est **à distance** quand elle se fait à l'aide d'un outil.

La communication peut être **instantanée** (l'émission et la réception du message se font simultanément) ou **différée** (l'émission et la réception sont décalées dans le temps).

Selon le langage utilisé, la communication est :
- **non verbale**, elle utilise des signes non verbaux : sourires, mimiques, gestes, attitudes corporelles ;
- **verbale**, elle utilise les mots (langage écrit ou parlé). Ce langage peut être soutenu ou spécialisé, courant ou encore familier.

Dans la communication verbale, on distingue :
- la **communication orale** : forme de communication qui utilise la parole. Exemples : un entretien téléphonique, l'accueil d'un usager, un entretien médical, les transmissions orales ;
- la **communication écrite** : forme de communication qui utilise un support écrit. Exemples : un courrier, une notice de médicament, un compte rendu d'hospitalisation ;
- la **communication visuelle** : forme de communication qui utilise un message constitué de signes écrits et/ou imagés : formes géométriques, pictogramme, symboles, code couleurs... Exemples : un planning, une affiche signalétique, un dépliant, un organigramme, un logo...

B • Les fonctions de la communication

La communication a différentes fonctions, elle permet :
- de se présenter en donnant son identité pour être reconnu ;
- d'informer des personnes ;
- de créer des liens ;
- d'organiser le travail en équipe ;
- de travailler en réseau...

C • Les facteurs favorables à la communication

Entre l'émetteur et le récepteur : être attentif à l'autre, s'observer, avoir envie de communiquer, se montrer disponible, souriant, patient, reformuler et questionner si nécessaire.

Le contenu du message : transmettre des informations pertinentes, éviter les détails inutiles, respecter le secret professionnel.

La forme du message : utiliser un langage adapté, parler en articulant, utiliser simultanément le langage verbal et non verbal, avoir un débit et un ton adaptés à la situation.

Les outils de communication sont à utiliser pour illustrer les propos et favoriser la compréhension (images...).

Le contexte : pour communiquer, il faut choisir le moment opportun, un endroit calme, être bien installé...

La rétroaction : s'assurer de la compréhension du message transmis en faisant répéter.

LA TENUE PROFESSIONNELLE

La tenue professionnelle (la tunique, le pantalon, les sabots et les gants) protège l'opérateur autant que l'usager des éventuelles contaminations. Elle est changée tous les jours et lavée en structure pour éviter toutes contaminations. L'opérateur met et enlève sa tenue sur son lieu de travail.

I. LA TUNIQUE ET LE PANTALON

La tunique a des manches courtes. Elle est avec ou sans boutonnage. Elle a sur la poche de la poitrine un badge adhésif sur lequel sont inscrits le nom, le prénom et la fonction de l'opérateur. Le pantalon est élastique à la taille et de longueur adaptée.

Le pantalon et la tunique sont :
- blancs ou de couleur claire, les salissures sont ainsi vite repérées ;
- portés sur les sous-vêtements ;
- en coton ou polyester/coton pour supporter la désinfection quotidienne ;
- changés tous les jours et chaque fois qu'ils sont souillés.

II. LES SABOTS

Les sabots sont blancs et lavables.
- Ils disposent d'une lanière pour être attachés au pied de l'opérateur.
- Dotés d'une semelle antibruit, les sabots sont antidérapants.
- Ils sont confortables pour l'opérateur, car il les porte longtemps.

III. Les gants

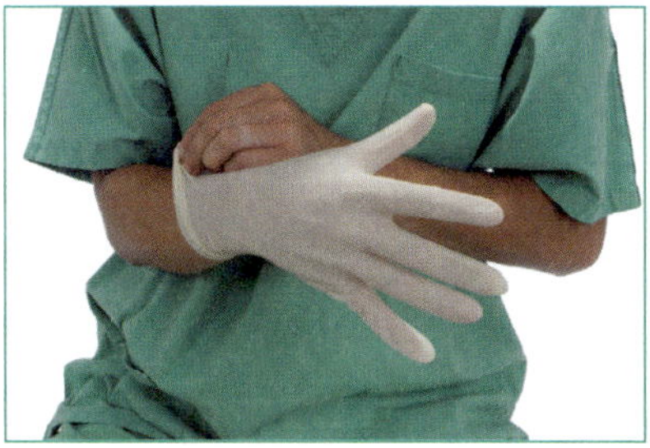

Le port des gants est obligatoire pour réaliser certains gestes qui mettent l'opérateur en contact avec des liquides ou des matières biologiques humains (selles, urines, sang, mucosités).
Les gants sont à usage unique.
Le lavage des mains est obligatoire après le retrait des gants.

Les gants protègent :
- l'usager des micro-organismes pathogènes que pourrait transporter l'opérateur ;
- l'opérateur de la contamination par les micro-organismes pathogènes que pourrait lui transmettre l'usager.

IV. Les autres éléments de la tenue professionnelle

Pour des raisons d'hygiène et de confort, il est également recommandé :

- de ne pas porter de bijoux, car ils favorisent le stockage, la prolifération et la transmission de micro-organismes ;

- d'avoir les cheveux propres et de les attacher pour éviter d'incommoder l'usager, car les cheveux sont vecteurs de micro-organismes ;

- d'avoir les ongles courts, propres et sans vernis ; en effet le vernis favorise la prolifération des micro-organismes, car il masque leur présence ;

- de porter une sur-blouse ou un tablier plastique à usage unique, ils doivent être utilisés chaque fois qu'il existe un risque de projection de sang ou de liquide biologique.

L'HYGIÈNE DES MAINS

I. L'HYGIÈNE DES MAINS

A • Son intérêt

L'hygiène des mains a pour objectif d'éliminer les salissures et de réduire la flore cutanée transitoire. L'intérêt est de limiter les risques de contamination manuportée et de lutter contre les infections nosocomiales.

B • Les produits d'hygiène des mains et leur utilisation

Les **produits hydro-alcoolisés** sont des solutions ou gels hydro-alcooliques qui ont des propriétés bactéricides, virucides et fongicides. Ils s'utilisent sans eau, en friction, l'opération doit durer 30 secondes. Ils n'ont pas d'effet nettoyant. Ils peuvent avoir un effet irritant sur la peau à cause de l'alcool. Les **savons** s'utilisent avec de l'eau, le temps de lavage varie selon la méthode utilisée (simple, antiseptique, chirurgicale).

C • Les règles indispensables

L'opérateur doit porter les ongles courts, sans vernis ni faux ongles, des manches courtes et des gants. Les bijoux sur les mains et les avant-bras sont proscrits. Le port des gants ne dispense pas du lavage des mains.

II. LES DIFFÉRENTES TECHNIQUES DE LAVAGE DES MAINS

A • Le lavage simple

• **Quand ?** Il s'effectue au début et à la fin du service, après un geste de la vie courante (se coiffer, se moucher...), avant et après un soin d'hygiène ou de confort, lorsque les mains sont visiblement sales ou souillées.

• **Buts :** éliminer les souillures, diminuer la flore transitoire et prévenir toute contamination.

• **Matériels :** savon liquide non désinfectant, essuie-mains à usage unique.

B • Le lavage antiseptique ou hygiénique

• **Quand ?** Il est réalisé après tout contact avec des liquides biologiques, tout geste ayant un risque de contamination, avant tout contact stérile, lors de gestes successifs contaminants pour le même usager.
• **Buts :** éliminer la flore transitoire et diminuer la flore résidente.
• **Matériels :** savon liquide antiseptique, essuie-mains à usage unique.

C • Le lavage chirurgical

• **Quand ?** Il s'accomplit avant un acte chirurgical ou une intervention qui demande une asepsie chirurgicale.
• **Buts :** éliminer la flore transitoire et diminuer significativement la flore résidente.
• **Matériels :** savon liquide antiseptique, eau filtrée bactériologiquement, brosse à ongles et essuie-mains stériles à usage unique.

D • Technique

Les étapes du lavage simple et antiseptique :

1. Mouiller les mains.
2. Appliquer une dose de produit dans la paume de la main.
3. Savonner les mains et les poignets. Insister sur les pouces, le dos des doigts, les espaces interdigitaux et les ongles pendant 30 secondes pour un lavage simple, une minute pour un lavage antiseptique.
4. Rincer, du bout des doigts vers les poignets, les mains placées au-dessus.
5. Sécher avec un essuie-mains non stérile.

Les étapes du lavage chirurgical :

1. Mouiller les mains et les avant-bras.
2. Appliquer une dose de produit dans la paume de la main.
3. Savonner les mains et les avant-bras, de chaque côté pendant une minute.
4. Brosser les ongles de chaque main pendant 30 secondes.
5. Rincer les mains et les poignets.
6. Savonner les mains et les poignets pendant une minute.
7. Rincer les mains et les avant-bras.
8. Sécher avec un essuie-mains stérile.

À SAVOIR

La **friction hydro-alcoolique** est une technique pratiquée avec un distributeur de produit. Appliquer une dose dans la paume de la main, frictionner pendant 30 secondes, mains et poignets. Insister sur les pouces, le dos des doigts, les espaces interdigitaux et les ongles. Cette technique ne remplace pas le lavage des mains.

DÉFINITION ET CHAMPS DE L'ERGONOMIE

I. PRÉSENTATION DE L'ERGONOMIE

C'est l'étude des conditions de travail et des relations entre l'homme et la machine. L'ergonomie a pour but d'améliorer les conditions de travail, d'accroître la productivité et d'adapter le travail à l'homme en concevant des outils, et en élaborant des techniques, qui peuvent être utilisées par le plus grand nombre, avec plus de confort, de sécurité et d'efficacité. Ainsi, l'ergonomie participe à l'amélioration des conditions de travail, à la prévention, à la diminution des accidents du travail et à la baisse des maladies professionnelles.

II. LES CHAMPS D'ACTION DE L'ERGONOMIE

A • Les opérations cognitives

Au cours de son travail, l'opérateur exerce des opérations mentales : observation, compréhension, perception, mémorisation. Il utilise plusieurs outils technologiques de l'information et de la communication : des ordinateurs, des téléphones mobiles, des plannings, des tableaux…

B • Les opérations organisationnelles

L'opérateur évolue au sein de structures organisées (en clinique, établissement d'hébergement pour personnes âgées dépendantes (EHPAD)…). Il travaille en équipe. Son activité est en relation avec celle des autres membres de l'équipe (exemples : une ATSEM travaille avec le professeur des écoles, un(e) aide-soignant(e) avec l'infirmière).

C • Les activités physiques

Au cours de son travail, l'opérateur met en œuvre son corps. Ces activités ergonomiques physiques lui imposent de respecter des consignes de sécurité et d'économie d'effort.

Les consignes de sécurité : se rapprocher de la charge, assurer l'équilibre, respecter les courbures naturelles de la colonne vertébrale, assurer les prises.

Les consignes d'économie d'effort : porter bras tendus en simple traction, utiliser la force des cuisses, travailler en équipe et/ou utiliser des aides techniques.

III. La mise en place de la démarche ergonomique

• Étape 1 : identifier le problème ergonomique (questionnement)

Le problème se traduit par les effets négatifs pour l'individu (absentéisme, maladies professionnelles) et pour l'entreprise (altération de la qualité de production). Le problème est identifié grâce au questionnement (déterminer les effets sur le salarié et l'entreprise).

• Étape 2 : analyser la situation de travail à l'aide du schéma de compréhension

Il s'agit d'établir les liens de causalité entre les déterminants (les caractéristiques de l'individu et la situation de travail), puis le travail réel et le travail prescrit et enfin les effets sur l'homme et l'entreprise.

• Étape 3 : formuler des hypothèses (liens déterminants/effets)

Le schéma de compréhension permet de formuler les hypothèses : « Il semble que... [déterminants] conduise l'opérateur à ... [travail réel], ce qui engendre... [effets]. » Si les hypothèses sont validées, la démarche se poursuit. Sinon, il faut en formuler d'autres, c'est le retour à l'étape 3.

• Étape 4 : valider les hypothèses (outils de validation)

Les hypothèses sont validées à partir d'observations de posture, déplacement, effort. Les outils de validation sont les schémas des postures, les plans, les histogrammes, les photos...

• Étape 5 : proposer des solutions (principes généraux de prévention)

Il s'agit d'évaluer les risques, de les combattre à la source, d'adapter le travail à l'homme, de remplacer ce qui est dangereux. Des instructions appropriées doivent être données aux travailleurs.

L'ACTIVITÉ ET LA SITUATION DE TRAVAIL

I. DIFFÉRENCIER ACTIVITÉ ET TÂCHE

La **tâche** est ce qui doit être fait, c'est le but à atteindre dans des conditions déterminées. La tâche que doit effectuer le salarié est définie dans un mode d'emploi et/ou dans le contrat de travail.

L'**activité** est ce qui est réellement fait par le salarié, c'est le but à atteindre dans les conditions réelles de travail que le salarié prend en compte.

II. EXEMPLE À PARTIR D'UNE ACTIVITÉ DONNÉE

A • Déterminer les tâches à accomplir d'une activité donnée

L'**activité donnée** est, par exemple, aider à la toilette du visage d'une personne alitée, qui a une paralysie du bras droit. Les **tâches à accomplir** sont d'aider à la toilette ou de réaliser des soins d'hygiène corporelle chez la personne en fonction de son degré d'autonomie et aux différents âges de la vie.

B • Les facteurs influençant cette activité

Les facteurs qui déterminent cette activité sont :
- l'environnement ;
- les besoins de la personne, les capacités et l'autonomie de l'usager ;
- les règles d'hygiène, de sécurité, d'économie et d'ergonomie ;
- le respect de la pudeur et du confort de l'usager ;
- la relation adaptée avec l'usager ;
- la qualité du résultat ;
- la prévention des infections liées aux soins ;
- le protocole de soins ;
- les transmissions à l'équipe.

III. LES PRINCIPALES CAUSES D'ARRÊT DE TRAVAIL

A • Les différentes formes d'arrêt de travail

L'**accident du travail (AT)** est un accident survenu par le fait ou à l'occasion du travail de toute personne salariée, ou travaillant à quelque titre ou en quelque lieu que ce soit, pour un ou plusieurs employeurs ou chefs d'entreprise.

La **maladie professionnelle (MP)** est la conséquence de l'exposition à un risque, qui existe lors de l'exercice habituel de la profession.

L'accident du travail et la maladie professionnelle surviennent lorsqu'il existe un risque et un danger. Il est donc important de définir ces deux termes.

B • Les principales causes d'accidents du travail avec arrêt

Le communiqué de presse de l'AMELI (Assurance maladie en ligne) donne pour l'année 2017 les principales causes d'accidents du travail suivantes :
- les manutentions manuelles : 53 % des AT ;
- les chutes de hauteur ou de plain-pied : 25 % des AT ;
- l'outillage à main pour 9 %.

C • Les principales causes de maladies professionnelles

Les **troubles musculo-squelettiques (TMS)** sont la première cause (80 %) des maladies professionnelles avec ou sans arrêt pour les salariés du régime général. Exemple : tendinite.

Les **affections péri-articulaires** représentent 91 % des TMS avec ou sans arrêt de travail. Exemple : des douleurs de l'épaule provoquées par les gestes répétitifs, certaines postures de travail, des cadences soutenues.

D • Les principales maladies professionnelles

Les maladies professionnelles sont diverses. L'Organisation internationale du travail (OIT) les a classées en **quatre groupes** :
- les maladies professionnelles causées par l'exposition à un agent : agent chimique, agent physique, agent biologique et maladies infectieuses ou parasitaires ;
- les maladies professionnelles affectant des fonctions et organes cibles : maladies de l'appareil respiratoire, maladies de la peau, TMS, les troubles mentaux du comportement ;
- les cancers professionnels : cancers causés par des agents tels que l'amiante, le virus de l'hépatite B...
- les autres maladies.

IV. De la prévention à l'intervention

A • La prévention

Il s'agit de repérer les risques et dommages potentiels, à partir :
- des statistiques de l'entreprise sur les AT et MP, de l'analyse des dangers propres au secteur, des risques pour la santé ;
- de l'observation des situations de travail ;
- de l'écoute des opérateurs et de l'étude de leur poste : il s'agit de connaître l'écart avec le travail attendu, pour analyser les risques non évalués et définir la situation dangereuse ressentie par le salarié.

Ainsi, chaque risque a des caractéristiques propres à l'entreprise : probabilité, gravité, fréquence, nombre de personnes concernées.

B • Les solutions pour supprimer ou limiter ces risques

Les risques sont classés, afin de mettre en place des actions de prévention pour les supprimer ou les limiter. Quelques exemples :

- **l'aménagement des espaces de travail :** supprimer les fils électriques au sol, signaler la mise en place temporaire d'outils lors de travaux (échelle...) ;
- **utilisation du poste de travail :** mettre en évidence un mode d'emploi simplifié et compréhensible par le plus grand nombre, accompagner un nouveau salarié ;
- **adaptation des outils de travail :** utiliser des lits à commandes électriques, apprendre les gestes qui préservent des TMS ;
- **organiser les activités de travail :** mettre en place des outils favorisant la communication entre les membres de l'équipe.

C • Alerter en cas de situations dangereuses

Les situations et produits dangereux sont signalés par des éléments (cônes et banderoles à rayures rouges et blanches) et **pictogrammes réglementaires**. Cela est possible lorsque le danger est connu.

Lorsque le dommage survient, l'alerte se traduit par un signal sonore connu par les salariés de l'entreprise et par la population.

Par ailleurs, il faut alerter les services de secours. Dans le message d'alerte l'opérateur doit donner : son nom, le nom de son entreprise, l'adresse, la zone du bâtiment, le nom du local et l'importance du sinistre.

D • Intervenir en sécurité en cas d'incident ou d'accident

En cas d'incident ou d'accident, seules les personnes habilitées peuvent intervenir (des salariés ayant reçu des formations adéquates et des services de secours).

Les salariés sont les **sauveteurs secouristes du travail (SST)**, formés pour intervenir en cas d'urgence ou d'incendie et porter secours.

Les **services de secours** sont les pompiers, la police et gendarmerie, le SAMU. Ils sont appelés par téléphone au moyen d'un numéro d'urgence particulier : **18** : pompiers, **17** : police et gendarmerie, **15** : SAMU.

En cas d'incident ou d'accident, l'intervention d'autres personnes pourrait mettre en jeu la sécurité et augmenter les dommages. Il est important d'informer les salariés de l'entreprise de la conduite à tenir lors de ces événements.

V. Identifier les sources de risques psychosociaux

A • Le rôle de l'INRS

L'**Institut national de recherche et de sécurité (INRS)** identifie les sources de risques psychosociaux afin de formaliser une alerte pertinente :
- les mutations du travail (charge de travail) ;
- la complexité accrue des tâches (manque de clarté dans le partage des tâches) ;
- la suppression des temps morts (intensification du travail) ;
- l'individualisation du travail (organisation du travail) ;
- les exigences de la clientèle.

B • Les risques psychosociaux

Ce sont le stress au travail, les violences internes (conflits, brimades, harcèlement moral), les violences externes que subissent les salariés par les personnes externes à l'entreprise, l'épuisement professionnel.

À SAVOIR

Un trouble peut en entraîner un autre. Chacun réagit de manière différente à un même trouble. Le stress peut être à l'origine de la dépression du salarié, de l'absentéisme, de la violence entre salariés.

C • La prévention des troubles psychosociaux

La prévention est difficile, elle ne peut se faire que par la prise en compte des risques dans l'organisation du travail. Il existe des indicateurs qui font ressortir les risques psychosociaux dans l'entreprise : le renouvellement des salariés, la production, la qualité, le temps de travail, les accidents du travail, les TMS, l'activité du service de santé au travail.

Quelques exemples d'actions visant à prévenir le stress au travail :
- adapter le travail demandé aux capacités du salarié ;
- définir clairement les responsabilités de chacun ;
- faire participer le salarié aux changements d'organisation qui le concernent ;
- favoriser la communication entre les acteurs de l'entreprise ;
- aménager les locaux pour limiter les agressions ;
- former des médiateurs ;
- déterminer les caractéristiques du travail.

Il est important de prendre en charge les salariés en souffrance au sein de l'entreprise.

LES MANUTENTIONS MANUELLES ET LA PRÉVENTION DES TMS

I. PRÉVENTION DES RISQUES LIÉS À L'ACTIVITÉ PHYSIQUE

A • Les principes de base

• **Rapprocher son centre de gravité de celui de la charge** en se positionnement près de la charge, ainsi la force nécessaire pour la soulever sera moins importante.

• **Assurer l'équilibre** par la position des pieds : écartés et décalés, ainsi le centre de gravité de l'opérateur est au-dessus de celui de la charge.

• Maintenir son regard à l'horizontal pour **respecter les courbures naturelles de la colonne vertébrale.**

B • Les principes d'économie d'effort

• **Utiliser la force des cuisses**, car les muscles de celles-ci sont les plus puissants du corps, l'opérateur travaille jambes fléchies.

• **Travailler bras tendus** pour réaliser une économie d'effort en évitant la fatigue et en diminuant les risques d'apparition de TMS.

II. ADAPTATIONS

A • La position debout

Pour une activité debout (exemples : plier du linge propre en crèche, ranger du matériel sur le poste de travail), l'opérateur doit avoir les jambes écartées de la largeur du bassin.

Le poste de travail est organisé de manière à éviter toute torsion ou flexion du tronc, et il présente un dégagement pour les pieds.

La table de travail peut s'incliner et se règle en hauteur.

B • La position assise

La position assise est requise lors d'une saisie informatique des transmissions, d'un classement de dossiers… L'opérateur a le dos en appui complet sur le dossier, ses jambes ne sont pas croisées, les cuisses sont parallèles au sol, les tibias sont perpendiculaires au sol.

L'assise respecte les courbures du dos, elle est réglable en hauteur et en profondeur, elle est stable (5 pieds). Les autres éléments du poste de travail sont un repose-pied et un repose-mains, un écran et un porte-document à la hauteur du regard. La table doit être réglable en hauteur. Les documents nécessaires sont à portée de main. Le poste de travail est organisé.

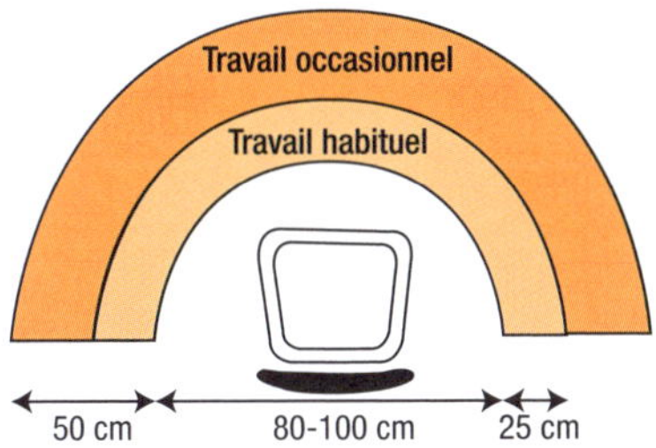

Poste de travail assis, vu de dessus

C • La position accroupie

La position accroupie est à éviter le plus possible, car elle gêne la circulation dans la partie inférieure des jambes et abîme l'articulation du genou.

L'opérateur a le choix entre deux positions, selon l'activité :
- **la position de « chevalier servant »** (un genou à terre, l'autre jambe forme un angle droit au niveau du genou). Exemple : déposer ou prendre un enfant dans le transat ;
- **la position assis au sol.** Exemple : ranger les jouets dans le coffre prévu à cet effet, les jouets sont disposés en étoile devant lui et de chaque côté.

D • Le travail à hauteur variable

La table de travail peut être positionnée à différentes hauteurs :
- à hauteur de la poitrine, dans le cas d'un travail de précision ;
- à hauteur de la ceinture, les avant-bras reposent sur la table, dans le cas d'un travail ne demandant pas d'effort important ;
- plus basse que la ceinture, les avant-bras ne peuvent pas être en appui sur la table, dans le cas d'un travail demandant un effort physique.

Fiche 79 Les conditions de travail peuvent être améliorées et les risques professionnels peuvent être également prévenus.

LA DÉMARCHE DE SOINS

I. DÉFINITION

La démarche de soins est un processus dynamique centré sur la personne soignée. Elle permet l'analyse et la résolution de problèmes, et aboutit à une suite ordonnée d'opérations : la prestation individualisée et continue de soins adaptés aux besoins d'une personne. Elle est règlementée par le décret du 29 juillet 2004 du Code de la santé publique.

II. LES DIFFÉRENTES ÉTAPES

A • Le recueil de données

L'opérateur **regroupe toutes les données** concernant l'usager :
- inscrites dans le dossier médical : données sociales et civiles, motifs d'hospitalisation, complications ;
- notées dans les transmissions écrites et orales de l'équipe soignante : traitement et constantes du jour (pouls, température) ;
- exprimées par le patient, la famille, l'entourage ;
- observées au contact de la personne.

B • L'analyse des données

L'infirmier analyse et interprète les données. À l'aide du tableau des **14 besoins fondamentaux de V. Henderson**, il identifie les besoins perturbés chez le patient et ses problèmes de santé. L'analyse aboutit au classement des besoins du patient en trois groupes : indépendance, dépendance, sources de difficulté. Puis, les dépendances sont hiérarchisées.

C • La planification et la réalisation des soins

La planification des soins détermine la nature des soins que va recevoir le patient. Le **plan de soins** est mis en œuvre. Les différents membres de l'équipe sont appelés à intervenir (infirmier, aide-soignant...).

D • L'évaluation

Le professionnel **vérifie** si les besoins du patient ont été satisfaits et si l'état de santé du patient s'est amélioré. C'est la mesure de l'écart entre le résultat obtenu et le résultat attendu.

E • La remédiation

Les **réajustements** sont mis en place. La démarche est revue pour être adaptée aux besoins du patient, et pour répondre aux besoins non satisfaits mis en évidence lors de l'évaluation.

F • Objectif : assurer la qualité des soins

Les échanges avec le patient et son entourage permettent au patient de devenir l'un des acteurs de la démarche, il est pris en compte dans sa globalité. L'évaluation implique une remise en question permanente du travail des professionnels.
La démarche de soins favorise le travail en équipe (chaque professionnel a un rôle propre en étant coordonné aux autres membres de l'équipe).

À SAVOIR

Les 14 besoins fondamentaux de V. Henderson

1. Respirer normalement
2. Manger et boire convenablement
3. Éliminer par toutes les voies d'élimination
4. Se mouvoir et maintenir une bonne posture
5. Dormir et se reposer
6. Choisir les vêtements appropriés, s'habiller et se déshabiller
7. Maintenir à un niveau normal la température du corps
8. Tenir son corps propre et sa mise soignée, protéger son épiderme
9. Se garder des dangers que peut représenter l'environnement
10. Communiquer avec autrui et exprimer ses émotions
11. Remplir ses devoirs religieux selon ses croyances
12. S'occuper à un travail qui lui donne l'impression de faire quelque chose d'utile
13. Jouer ou participer à divers genres de récréations
14. Apprendre, découvrir, satisfaire une saine curiosité pouvant favoriser le développement normal de la santé

LES SOINS D'HYGIÈNE CORPORELLE DE L'ADULTE

I. LES OBJECTIFS DES SOINS

- Respecter les besoins de la personne.
- Assurer l'hygiène corporelle et le confort.
- Favoriser le maintien de l'autonomie.
- À domicile (**D**), il s'agit d'aider la personne à réaliser son soin d'hygiène corporelle. En structure (**S**), il est plus fréquent de réaliser le soin.
- Prévenir toute dégradation de l'état de santé, et l'apparition d'escarres.
- Maintenir un lien relationnel avec le patient.
- Maintenir l'intégrité de l'organisme.

II. LE CHOIX DES MATÉRIELS ET PRODUITS

Les soins d'hygiène corporelle de l'adulte sont nombreux. Les matériels et produits sont choisis en fonction du soin à réaliser.

- Brosse à dent
- Maquillage
- Savon doux liquide
- Gants de toilette
- Shampooing doux
- Brosse à cheveux personnelle
- Rasoir personnel
- Alèse à usage unique
- Serviettes de toilette personnelles
- Protection individuelle à usage unique
- Vêtements propres
- Gants de protection
- Produit d'entretien détergent désinfectant
- Chariot de soins
- Lavettes
- Poubelle

D : les produits de toilette utilisés sont ceux de l'usager.
S : les produits de toilette peuvent être fournis par l'établissement si l'usager n'en a pas. Dans certains cas (après une opération, en cas de plaies ou de cicatrisation), l'usager ne les choisit pas.

À SAVOIR

Le chariot de soins ou adaptable

D : l'adaptable (ou élément du mobilier) est utilisé, en accord avec l'usager.
S : le chariot de soins (ou adaptable) est utilisé, selon les usages de l'établissement.

III. Les étapes de réalisation des soins

A • Préparation de l'environnement

L'opérateur est en tenue professionnelle. Il communique avec l'usager sur le soin qui va être réalisé. Il prépare le matériel et les produits nécessaires, et effectue un lavage simple des mains.

À SAVOIR

Il est indispensable de solliciter l'usager, lui parler, le conseiller et lui expliquer les gestes.

B • La réalisation de la toilette du visage

D : lors de la toilette du visage dans la salle de bains, l'opérateur aide l'usager, il peut mettre le savon sur le gant, l'usager se savonne lui-même le visage.
S : la toilette du visage s'effectue au fauteuil, à proximité du lavabo, ou au lit, dans ce cas la partie haute du lit est surélevée.

Les étapes :

1. Vérifier la température de l'eau, la faire tester par l'usager pour assurer son confort.

2. Mouiller le gant, l'essorer pour ne pas mouiller tout l'environnement.

3. Mouiller le visage avec le gant, en faisant de petits cercles pour favoriser un massage relaxant, dans l'ordre suivant : front, joues, menton, ailes du nez, contours de la bouche, oreilles extérieures, puis intérieures.

4. Nettoyer les yeux avec les gants bien essorés en commençant par le coin externe pour aller du plus propre au plus sale.

5. Savonner : déposer du savon sur le gant, savonner le visage dans le même ordre.

6. Rincer le gant, rincer le visage dans le même ordre avec le gant.

7. Sécher le visage en tapotant, sans frotter pour ne pas irriter la peau, toujours dans le même ordre.

L'opérateur peut également effectuer ou aider le brossage des dents, maquiller, coiffer ou raser la barbe de l'usager.

C • La réalisation de la toilette du corps

D : lors de la toilette du corps dans la salle de bains, la personne est debout dans la douche ou assise sur un tabouret spécifique. L'opérateur l'aide au déshabillage, lui propose un peignoir pour se couvrir.

S : la toilette du corps est réalisée au lit, réglé à la bonne hauteur.

L'opérateur déshabille la personne, protège la literie avec une alèse à usage unique, puis couvre la personne avec le drap.

Les étapes : l'opérateur réalise la toilette en sollicitant l'usager

1. Vérifier la température de l'eau, la faire tester par l'usager pour assurer son confort.

Pour chaque partie : commencer par le haut du corps (chaque bras, dos, poitrine, ventre) et couvrir le bas. Puis s'occuper du bas du corps (chaque jambe jusqu'aux pieds) et couvrir le haut.

2. Mouiller. Savonner.
3. Rincer, puis sécher la personne.
4. Surveiller les zones sensibles : les points d'appui (coudes, talons, coccyx).
5. Après le séchage, réaliser sur ces zones de petits massages circulaires pour activer la circulation du sang, éviter l'apparition des escarres, améliorer le confort de la personne.
6. Habiller la personne avec des vêtements propres.

D • La réalisation de la toilette génito-anale et change de la protection

D : la toilette génito-anale est faite en même temps que la toilette du corps dans la douche. **S** : elle est réalisée au lit.

Les étapes :

1. Régler le lit à la bonne hauteur, usager en position de décubitus dorsal.
2. Déshabiller le bas du corps et utiliser le drap pour préserver la pudeur.
3. Placer une alèse à usage unique sous les fesses de la personne.
4. Mettre des gants de protection pour protéger l'opérateur et l'usager des contaminations manuportées.
5. Demander à la personne d'ouvrir les jambes, replier la protection et la placer sous les fesses en enlevant le maximum de salissures.
6. Mouiller, savonner, rincer et sécher du plus propre au plus sale.
7. Placer la personne en **décubitus latéral** (position allongée) et jeter la protection sale.
8. Mouiller, savonner, rincer et sécher du plus propre au plus sale.
9. Enlever l'alèse. Enlever les gants de protection. Placer la protection propre.
10. Replacer la personne en décubitus dorsal. Fermer la protection.
11. Rhabiller la personne.
12. Se laver les mains.

À SAVOIR

Après le soin, l'opérateur range le matériel, nettoie et désinfecte le poste de travail. Il se lave les mains et fait la transmission du soin au supérieur hiérarchique, à l'oral ou à l'écrit.

IV. Les conduites à tenir

Tout au long du soin, l'opérateur doit veiller à solliciter l'usager le plus possible.

A • Pour respecter la pudeur de l'usager

- Fermer la porte de la chambre ou de la salle de bains.
- Couvrir la personne lors de la toilette du corps (le haut pendant la toilette du bas, et inversement).

B • Pour respecter le confort de l'usager

- Pratiquer de petits massages circulaires avec le gant, pour favoriser la détente de la personne.
- Sécher la personne en tapotant avec la serviette, les frottements pourraient irriter la peau souvent fragile des personnes.

C • Pour garantir la sécurité de l'usager

- Se laver les mains avant et après le soin pour éviter la transmission de micro-organismes.
- Veiller à ce que la personne s'appuie sur la barrière dans la douche lors de la toilette debout et utiliser un tabouret spécifique lors de la toilette assise dans la douche pour éviter les chutes.

D • Pour assurer l'hygiène de l'usager

- Pour chaque soin de toilette, l'opérateur doit aller du plus propre au plus sale, pour ne pas transporter les salissures. Il doit bien sécher toutes les parties du corps, pour éviter l'apparition de mycoses en insistant sur les plis (aisselles, sous les seins, plis du ventre...) et les espaces interdigitaux des mains et des pieds.
- Tout au long du soin, il faut jeter les déchets dans la poubelle et mettre le linge sale dans le bac prévu.
- À la fin du soin, le poste de travail est nettoyé et désinfecté avec la lavette et le produit adéquat.

LES SOINS D'HYGIÈNE CORPORELLE DE L'ENFANT

I. LES OBJECTIFS DU SOIN

- Assurer l'hygiène corporelle et le confort.
- Favoriser le développement de l'autonomie.
- Prévenir l'apparition d'irritations de la peau et d'érythèmes fessiers.

II. CHOIX DES MATÉRIELS ET PRODUITS

- Savon doux liquide
- Sérum physiologique en fiole, compresses
- Brosse à cheveux personnelle
- Couches adaptées à la taille de l'enfant
- 2 gants et 2 serviettes de toilette
- Gants de protection
- Table à langer (**D**), poste de travail (**S**)
- Matelas à langer
- Vêtements propres, un jouet
- Produit d'entretien, détergent désinfectant
- Poubelle, lavettes
- Un jouet pour occuper l'enfant

L'opérateur doit préparer l'environnement.

À SAVOIR

L'opérateur doit utiliser :
– **deux gants** : un gant pour savonner, un autre pour rincer ;
– **deux serviettes** : une pour sécher l'enfant, l'autre pour la disposer sur la table à langer et y déposer l'enfant, afin de lui assurer du confort.

III. LES ÉTAPES DE RÉALISATION DES SOINS

A • La toilette du visage et des mains

1. Mouiller le gant et l'essorer suffisamment.
2. Mouiller, savonner le visage avec le gant, en faisant de petits cercles, dans l'ordre suivant : front, joues, menton, ailes du nez, contour de la bouche, oreilles extérieures puis l'intérieur. Tourner le gant d'un quart de tour à chaque passage.
3. Rincer avec un autre gant dans le même ordre.
4. Nettoyer les yeux : déposer du sérum physiologique sur une compresse et nettoyer l'œil en commençant par le coin interne pour aller du plus propre au plus sale.
5. Sécher le visage en tapotant, sans frotter pour ne pas irriter, toujours dans le même ordre. Coiffer l'enfant pour finir la toilette.
6. Nettoyer les mains : mouiller, savonner, rincer et sécher.

À SAVOIR

Lorsque l'enfant marche, il se lave les mains au lavabo, aidé et surveillé par l'adulte.

B • La toilette et le change de la couche

1. Déshabiller le bas du corps. Demander à l'enfant d'ouvrir les jambes, replier la couche et la placer sous ses fesses en enlevant le maximum de salissures.
2. Mouiller, savonner, rincer et sécher, en allant du plus propre au plus sale, de devant vers l'arrière. Tourner le gant d'un quart de tour à chaque passage. Jeter la couche sale.
3. Placer la couche propre, les attaches à hauteur du nombril. Fermer la couche, passer deux doigts entre le ventre et la couche pour vérifier qu'elle n'est pas trop serrée.
4. Rhabiller l'enfant et le mettre en sécurité.

Après le soin, l'opérateur range le matériel, nettoie et désinfecte le matelas à langer et le poste de travail. Il se lave les mains et fait la transmission du soin sur le cahier de transmission.

IV. Les conduites à tenir

Pour respecter la pudeur de l'enfant, l'opérateur déshabille et rhabille l'enfant dans la salle de soins.

Pour garantir sa sécurité, l'opérateur se lave les mains avant et après le soin (éviter la transmission de micro-organismes). Il ne laisse jamais l'enfant sans surveillance sur le poste de travail. Il surveille l'apparition d'érythème fessier et signale tout signe d'irritation au supérieur hiérarchique.

À SAVOIR

L'**érythème fessier** est une dermite ou irritation de la peau du nourrisson, causée par le frottement de la couche sur la peau ou le contact avec l'urine et les selles, une maladie dermatologique (exemple : psoriasis), une infection bactérienne due aux germes présents dans les selles.
Une **hygiène stricte** est indispensable : changes réguliers, en respectant le sens de la toilette. Dès le début de l'irritation, utiliser un savon de Marseille ou savon surgras, sécher les fesses et laisser à l'air si possible. Sur ordonnance médicale, appliquer une pommade adaptée.

Pour assurer l'hygiène de l'enfant, pendant le soin, l'opérateur respecte le sens de la toilette, il sèche tous les plis (pour éviter l'apparition de mycoses). À la fin du soin, le poste de travail est nettoyé et désinfecté avec la lavette et le produit adéquat.
Tout au long du soin, l'opérateur sollicite l'enfant et lui explique ses gestes.

LA PRÉVENTION DES RISQUES D'ALITEMENT PROLONGÉ

L'alitement prolongé entraîne souvent des dégradations de l'état de santé de la personne, appelées **complications de décubitus** (position allongée). Elles sont liées à l'état de santé de l'individu, aux conditions de literie et à la qualité des soins, mais aussi à l'immobilisation, à la perte de la station verticale, à l'absence d'exercices.

Les principales complications sont les escarres, la phlébite, la constipation et le syndrome de glissement. L'opérateur doit toujours agir sous couvert de son supérieur hiérarchique.

I. L'ESCARRE

A • Les caractéristiques de l'escarre

L'escarre est une **lésion cutanée**. La rougeur (érythème) résulte de l'appui prolongé de la peau contre le matelas ou le fauteuil. Si l'appui est supprimé, ce stade est réversible. Les zones les plus touchées sont les talons, le sacrum, l'occiput (arrière de la tête), les omoplates et les coudes. Des complications sont possibles : infection, extension à l'os.

B • Ses causes

Un mauvais état de santé général est un facteur d'aggravation dû :

– à la **pression et friction**, de la peau entre l'os et le plan dur du lit ou fauteuil : les points d'appui créés compriment la peau sur une zone. Les vaisseaux sanguins sont écrasés, la circulation du sang est stoppée, la peau privée d'oxygène se nécrose. Des zones d'ulcération apparaissent.

Les facteurs aggravants : la répétition des frottements, les appuis importants en cas de surpoids ;

– aux **troubles de la sensibilité** : l'appui prolongé entraîne la perte de la sensibilité ;

– à des **facteurs liés à l'environnement** : humidité de la literie, en cas d'incontinence importante ou par manque de soins corporels, plis des draps, objets (sonde urinaire) ;

– à la **dénutrition**, plus fréquente chez les personnes âgées.

C • La prévention des escarres

La prévention des escarres est faite par toute l'équipe soignante. Chaque membre agit selon ses compétences et en concertation avec les autres.
L'individu a aussi son rôle à jouer :
- surveiller l'état de la peau dans les zones à risques et relever les signes d'inconfort, l'apparition de rougeurs ;
- mettre les points d'appui dans le vide : surélever les pieds par les coussins ;
- utiliser des matelas à eau, en forme de gaufrier (pour assouplir les points d'appui), des lits verticalisateurs (pour favoriser la circulation sanguine), installer la personne dans une literie sans plis ;
- pratiquer des soins d'hygiène corporelle rigoureux ;
- masser les zones à risques, 10 à 15 secondes, en variant les produits (émulsions, corps gras, alcool) pour favoriser la circulation du sang ;
- changer de position toutes les 4 heures (sur ordonnance médicale) ;
- lutter contre la dénutrition, la déshydratation.

D • Le traitement de l'escarre

Le traitement de l'escarre et de la douleur est le travail de toute l'équipe.

- **Stade 1. Rougeur** : arrêter les rougeurs, mobiliser la personne plusieurs fois par jour, utiliser un matelas et des coussins adaptés.
- **Stade 2. Phlyctène (ampoule/cloque)** : changer de position régulièrement, adapter le matelas et les coussins, vider la phlyctène, si la peau est partie ou est inflammée, utiliser un pansement hydrocolloïde hydrocellulaire.
- **Stade 3. Érosion (ou désépidermisation)** : voir les conseils énoncés au stade 2 et appliquer des pansements.
- **Stade 4. Escarre constituée** : soins pratiqués par un soignant spécialisé. Nettoyer la plaie : enlever la peau nécrosée, jusque sur les bords de la plaie pour favoriser la cicatrisation. La cicatrisation se fait quand du tissu rouge et sain apparaît, le soignant peut alors disposer les pansements.

À SAVOIR

Un **pansement hydrocolloïde** ou hydrocellulaire est un pansement seconde peau, appliqué après le nettoyage de plaie et changé régulièrement.

II. La phlébite

A • Les caractéristiques de la phlébite

La phlébite (ou thrombose-veineuse) est un trouble cardiovasculaire. C'est la formation d'un caillot de sang dans une veine qui agit comme un bouchon, gêne, voire empêche la circulation de sang. Elle peut se situer dans toutes les veines.

Elle est plus grave lorsqu'elle apparaît dans une veine profonde de gros calibre, il est urgent de l'arrêter. Le plus souvent, ce sont les veines des jambes qui sont le siège de la phlébite.

B • La phlébite causée lors de l'alitement prolongé

Elle résulte de la stase veineuse, c'est-à-dire la stagnation de sang dans la veine. Il existe d'autres causes de phlébite : lésion d'une veine, coagulation trop rapide du sang. Toutefois, le manque d'exercices, la sédentarité, et par conséquent l'alitement prolongé, sont des facteurs qui favorisent la formation de la phlébite.

C • La prévention de la phlébite chez la personne alitée

Il s'agit d'éviter l'embolie pulmonaire, complication grave, qui peut entraîner la mort : détachement du caillot qui se déplace pour aller boucher une veine de gros calibre ou arriver au cœur.
En cas d'alitement prolongé, une hydratation suffisante, au moins 2 litres d'eau par jour, est recommandée. La personne ne doit pas porter de vêtements qui gênent la circulation : pas d'élastique trop serré aux chevilles, genoux, à la taille. Il faut éviter de rester en position immobile longtemps : bouger les jambes, si la personne ne peut pas le faire, un professionnel l'y aidera, sur ordonnance médicale.

D • Les traitements

Prescrits sur ordonnance médicale, plusieurs traitements existent :
- **le traitement local** consiste à surélever les jambes, porter des bas de contention ;
- **les traitements médicamenteux** : anti-inflammatoire pour atténuer les douleurs, anticoagulant pour retarder la formation du caillot ou le dissoudre, il peut être administré par voie intraveineuse ou sous-cutanée en cas d'urgence ;
- **le traitement chirurgical** : la veine atteinte est enlevée ou dilatée avec un stent (tube), pose d'un filtre dans la veine cave supérieure dans l'abdomen pour stopper le caillot.

> **À SAVOIR**
> Ne pas masser lorsque la veine est enflée, c'est une cause de complication.

III. La constipation

A • Les caractéristiques de la constipation

La constipation est un trouble du transit intestinal lorsqu'on compte moins de trois selles par semaine. Elle peut être aiguë (dure moins d'un mois) ou chronique (dure plus d'un mois). Elle se manifeste par l'évacuation difficile ou rare de selles dures, ou la sensation d'évacuation incomplète. Elle n'est pas un trouble grave.

Toutefois, il peut exister des complications : fissures ou hémorroïdes de l'anus ou du rectum causées par des selles trop dures. Elle peut résulter d'un régime alimentaire insuffisant en fibres, de certains médicaments, du stress ou de la sédentarité.

B • Prévention de la constipation chez la personne alitée

L'alimentation joue un rôle prépondérant. Il est conseillé :
- d'enrichir l'alimentation en fibres (légumes verts et fruits) ;
- de manger à heures fixes et boire suffisamment (au moins 2 litres/jour en cas d'alitement prolongé) ;
- de supprimer les aliments qui fermentent dans l'estomac (choux, haricots blancs) et d'éviter les plats trop gras, trop épicés.

C • Traitements

Prescrits sur ordonnance médicale, plusieurs traitements existent :
- **le traitement local** : rééducation annale, aide manuelle à l'évacuation de fécalome (selles trop dures) ;
- **le traitement médicamenteux** : laxatifs doux pour une courte durée, laxatifs et lavements peuvent irriter l'anus et sa région.

Les moyens de prévention sont aussi des traitements possibles.

IV. Le syndrome de glissement

A • Les caractéristiques du syndrome de glissement

La personne donne l'impression de ne plus avoir envie de vivre. C'est la décompensation rapide de l'état général de santé, suite à une affection aiguë et qui semble guérir. Des complications sont possibles : infection pulmonaire, infection urinaire, complication veineuse (thrombose), escarres.

B • La prévention du syndrome

• **Surveiller les signes biologiques** : baisse de l'albumine, de l'urée, augmentation de la protidémie, des leucocytes, de la vitesse de sédimentation.

• **Surveiller les signes cliniques** : anorexie, troubles digestifs, troubles du métabolisme (amaigrissement, déshydratation), troubles des sphincters (incontinence), troubles neuropsychologiques (perte d'intérêt à vivre).

C • Les traitements

- Assurer des soins d'hygiène corporelle très rigoureux pour lutter contre l'apparition d'escarres, mobiliser et masser la personne.
- Maintenir une alimentation adaptée et l'hydratation de la personne.
- Lutter contre l'installation de constipation et soigner l'aérophagie.
- Prescrire des antibiotiques, antidépresseurs, un suivi psychologique.

L'HABILLAGE ET LE DÉSHABILLAGE DE L'ADULTE ET DE L'ENFANT

Pour aider la personne à s'habiller ou à se déshabiller, il est recommandé de choisir des vêtements confortables, faciles à enfiler (munis de manches raglan), amples, légers, en tissu souple et solide. Ce seront des vêtements faciles d'entretien, permettant la respiration de la peau et l'évaporation de la sueur (laine et coton) et adaptés à l'occupation de l'usager.

I. Pour l'adulte

Avant de commencer, l'opérateur doit communiquer avec l'usager, le prévenir, lui demander son accord.

Pour respecter ses besoins, il l'incite à participer et favorise la communication. L'opérateur sollicite la personne dans le choix des vêtements propres par respect et pour la valoriser.

> **À SAVOIR**
>
> L'opérateur respecte l'autonomie de l'usager, il ne réalise pas « à la place de l'usager » tant que cela est possible.

L'opérateur prépare le linge propre, le bac à linge sale, les accessoires techniques d'aide à l'habillage, si besoin, afin de limiter les allées et venues et rester auprès de l'usager pendant le déshabillage et l'habillage.

Pour respecter les principes d'ergonomie, la hauteur du lit est réglée. Pour limiter les risques de contaminations manuportées, l'opérateur se lave les mains.

Les étapes :

1. Commencer le déshabillage/l'habillage : déshabiller le haut du corps, le bas du corps est couvert pour respecter la pudeur de l'usager. Déboutonner le vêtement. Plier la première manche en accordéon et faire sortir le bras. Faire de même pour la deuxième manche. Placer le linge sale dans le bac prévu à cet effet.
Remarque : pour un vêtement sans bouton, enlever une manche après l'autre.

2. Rhabiller le haut du corps avec un vêtement propre. Plier une manche en accordéon et faire entrer le bras, faire de même avec la deuxième manche. Boutonner le vêtement.
Remarque : la partie déshabillée est rhabillée tout de suite pour éviter que l'usager ne se refroidisse, et pour respecter sa pudeur.

3. Déshabiller le bas du corps : enlever le pantalon, en pliant les jambes du vêtement en accordéon, faire attention en arrivant au niveau des pieds. Placer le linge sale dans le bac prévu à cet effet.

4. Rhabiller le bas du corps avec un vêtement propre. Plier les jambes du vêtement en accordéon, les passer au niveau des pieds l'une après l'autre, faire monter le pantalon progressivement jusqu'à la taille.

En cas de handicap : lors du déshabillage, l'opérateur commence par le membre sain ; en revanche lors de l'habillage, il commence par le membre paralysé.
L'opérateur termine en rangeant le matériel et les vêtements, selon les habitudes de l'usager, puis se lave les mains et note les transmissions.

II. Pour l'enfant

Les étapes :

1. Préparer le matériel. Se laver les mains.

2. Aller chercher l'enfant et communiquer avec lui.

3. Installer l'enfant sur la table à langer à plat ventre. Déboutonner la boutonnière dans le dos, retourner l'enfant, plier les manches en accordéon et les enlever l'une après l'autre. Enlever les jambes en les pliant en accordéon, en étant délicat au niveau des pieds.

4. Mettre la grenouillère propre : commencer par les manches, pliées en accordéon l'une après l'autre, puis enfiler les jambes, pliées en accordéon l'une après l'autre, boutonner le dos.

5. Placer l'enfant en sécurité.

6. Mettre le vêtement sale dans le bac.

7. Ranger et nettoyer le poste de travail.

8. Se laver les mains et noter les transmissions.

À SAVOIR

Il est important de créer un climat de confiance entre l'opérateur et l'enfant, en communiquant avec lui tout au long de l'habillage – déshabillage. Chaque geste est expliqué pour favoriser l'apprentissage de la parole. L'opérateur peut le faire participer, en fonction de ses possibilités, pour lui apprendre l'autonomie.

LA RÉFECTION D'UN LIT OCCUPÉ

La technique est utilisée en cas d'alitement prolongé de la personne, pour assurer son hygiène et sa sécurité, son confort et le maintien d'un bon état de santé. Elle se fait en plusieurs étapes.

I. PRÉPARATION DU MATÉRIEL

L'opérateur prépare le matériel sur le charriot de soin : deux draps propres (un drap de dessous et un drap de dessus), une alèse à usage unique, une taie d'oreiller/traversin, des produits d'entretien et lavettes, un chariot (devant la porte de la chambre pour y mettre le linge sale).

À SAVOIR

Avant de commencer, l'opérateur convient avec la personne du moment de la réfection du lit et veille à aérer la chambre, en absence de la personne.

II. LES ÉTAPES DE LA REFECTION DU LIT OCCUPÉ

1. Allumer la présence (signal lumineux).
2. Observer l'état de la literie.
3. Se laver les mains. Installer deux chaises au pied du lit, dos à dos.
4. Défaire le lit, déborder le lit, enlever oreiller/traversin, le poser sur la chaise et placer la taie au sale.
Lorsque seule l'alèse est changée, la réfection du lit est dite partielle.

A • L'opérateur se place d'un côté du lit, il doit :

1. placer l'usager en position de **décubitus latéral** (position allongée sur le côté droit ou gauche) ;
2. plier le dessus-de-lit en trois (rabattre le tiers inférieur, puis le tiers supérieur au milieu pour les déplier plus facilement au moment de refaire le lit), le poser sur la chaise, faire de même pour la couverture ;
3. placer le drap de dessus sur la personne en pliant les bords (pudeur) ;
4. rouler l'alèse et le drap de dessous sales, sous l'usager, le long de son dos et ses jambes ;
5. nettoyer, désinfecter la housse du matelas et la retendre ;
6. se laver les mains ;

7. positionner le drap de dessous et l'alèse propres ;
8. rouler le drap et l'alèse propres, sans toucher drap et alèse sales, border et les tendre pour le confort pour éviter la formation d'escarres.

B • L'opérateur se place de l'autre côté du lit, il doit :

1. tourner l'usager de l'autre côté ;
2. enlever l'alèse et le drap sales, et les placer dans le chariot de linge sale ;
3. se laver les mains ;
4. dérouler le drap et l'alèse propres, les tendre et border (confort, pudeur) ;
5. positionner l'usager en décubitus dorsal (position allongée sur le dos) ;
6. enlever le drap de dessus et le placer dans le chariot linge sale ;
7. se laver les mains ;
8. placer le drap de dessus propre, réaliser le pli d'aisance au niveau des pieds pour permettre le mouvement des jambes ;
9. finir le lit : placer la couverture et le dessus-de-lit, plier les coins du lit au carré. Placer l'oreiller ou le traversin avec la taie propre sous la tête de la personne. Ranger les chaises. Se laver les mains.

À SAVOIR

Après la réfection du lit occupé, l'opérateur note les transmissions, et particulièrement : les souillures, le degré de participation de la personne, son discours pendant la réfection du lit, l'expression de sa douleur à des endroits spécifiques.

III. Les modalités de participation de la personne alitée aux changements de positions

À SAVOIR

L'opérateur sollicite l'usager, selon ses possibilités, pour favoriser le maintien de l'autonomie, sans le mettre en situation d'échec.

A • De la position décubitus dorsal à la position décubitus latéral

L'opérateur se place sur le côté du lit, au niveau du torse de l'usager. D'une main, il saisit la main de l'usager (la plus loin de l'opérateur), de l'autre, il l'aide à plier sa jambe la plus loin. L'opérateur demande à la personne de tirer sur sa main et en même temps, il se déplace pour l'aider à se positionner sur le côté.

B • De la position décubitus latéral à la position décubitus dorsal

C'est le mouvement inverse dans le respect des positions ergonomiques.

LES DIFFÉRENTS LITS ET ACCESSOIRES DU LIT

I. LES LITS POUR ENFANTS

A • Le berceau de maternité

Il est fait d'une structure principale en acier et très stable, elle repose sur quatre roulettes pour permettre le déplacement simple en toute sécurité du berceau. Transparent, il permet de surveiller le bébé. Le support de berceau est inclinable manuellement.

B • Le lit médicalisé pour enfant

Il a des barreaux pour assurer la sécurité de l'enfant et éviter les chutes. Son sommier est inclinable manuellement, pour s'adapter aux besoins de l'enfant. Le lit à quatre roulettes est muni de freins pour être déplacé si besoin. La taille du lit est adaptée à l'âge de l'enfant.

II. LES LITS POUR ADULTES

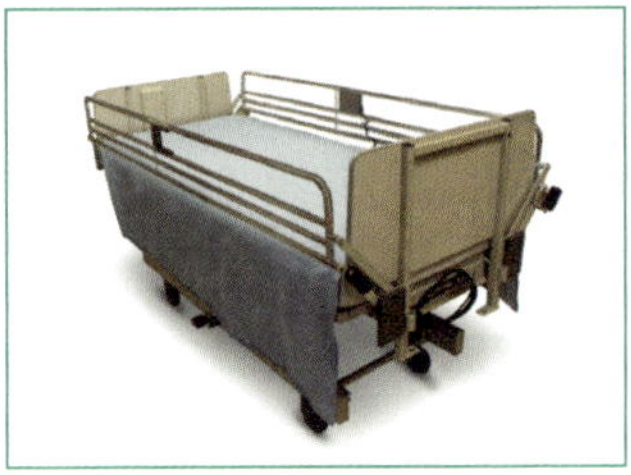

Lit simple

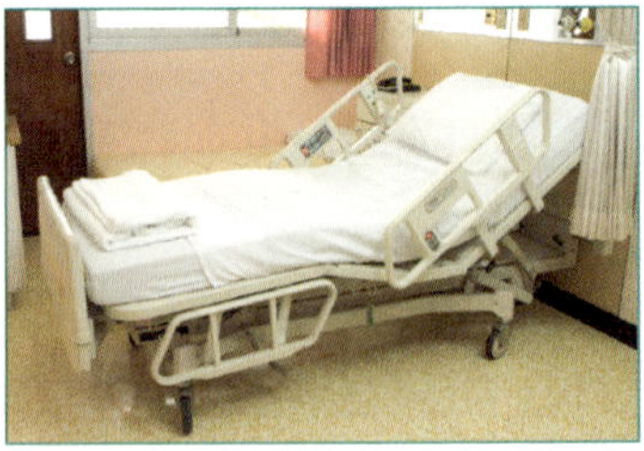

Lit électrique

A • Le cadre du lit

Monté sur des roulettes avec des freins, il peut être muni d'un système à commande électrique permettant de monter ou descendre le lit. La position haute est utilisée au moment des soins pour faciliter le travail de l'opérateur et respecter les principes d'ergonomie. En dehors des soins, la position basse permet d'éviter les chutes de l'usager et facilite le lever.

B • Le sommier du lit

Il est composé de trois parties, qui peuvent bouger indépendamment les unes des autres, à l'aide d'une commande électrique ou manuelle.

Le **buste** est surélevé au moment des repas, de la toilette du visage au lit ou si la personne désire lire.
Les **pieds** sont surélevés pour faciliter la circulation sanguine et le retour veineux des membres inférieurs vers le haut du corps.
Le **sommier** peut être plié au niveau des genoux et placer la personne dans une position proche de la position assise.

À SAVOIR

Les lits pour les personnes atteintes de la maladie d'Alzheimer présentent en plus une position surbaissée pour éviter l'accident lors de chute du lit.
Les lits verticalisables permettent de placer l'usager en position verticale (debout) pour activer la circulation sanguine.

III. Les accessoires du lit

Ils permettent de faciliter le travail des professionnels dans le respect des principes d'ergonomie et de dignité de l'usager.

A • Le matelas

On distingue :
- le matelas en mousse lorsqu'il n'y a pas de risque d'escarres ;
- le matelas « gaufrier » : plusieurs carrés de mousse assemblés entre eux, utilisé lorsque le risque d'escarres est faible ;
- le matelas à mémoire de forme (base en mousse, partie supérieure en gel) : lorsque le risque de former des escarres est élevé.

B • Les barrières du lit

Elles sont utilisées seulement sur ordonnance médicale, lors de soins (toilette complète au lit), lors de la réfection du lit occupé, ou lorsqu'une personne présentant des risques est sans surveillance. Métalliques, elles sont fixées au lit, peuvent être baissées ou enlevées.

C • Les autres accessoires du lit

Les **arceaux de lit** sont utilisés lorsque la personne ne peut pas ou ne doit pas supporter le poids de la literie (cicatrisation de plaies, opération des pieds...).
Le **linge de lit**, les draps sont en coton, blancs, lavables en machine à haute température pour permettre un nettoyage complet.
La **potence**, fixée à la tête du lit, sert de point d'appui à l'usager pour lui permettre de se mettre en position assise, elle est utilisée en complément du relève buste électrique.
Le **pied à perfusion**, placé à la tête du lit, permet d'y suspendre les poches comprenant le traitement de la personne.

L'INSTALLATION AU LIT ET AU FAUTEUIL

I. LES DIFFÉRENTES POSITIONS AU LIT

A • La position assise

Lorsque la personne est en position assise dans le lit, la partie haute du lit est surélevée au maximum. Selon ses capacités et sauf contre-indication médicale, la personne peut actionner, seule ou avec l'aide du professionnel, la commande électrique pour surélever le sommier. Cette position est utilisée au moment du repas, de la toilette du visage, pour la lecture, l'utilisation de l'ordinateur, pendant l'allaitement.

B • La position semi-assise

Lorsque la personne est en position semi-assise dans le lit, le buste est surélevé, mais pas complètement. Cette position est utilisée lorsque la personne se repose, a de la visite, regarde la télévision et à sa demande, sauf contre-indication médicale.

II. LES TECHNIQUES DE MOBILISATION ET DE DÉPLACEMENT

A • Objectifs

Elles favorisent le maintien de l'autonomie, car la personne est sollicitée pour la mise en œuvre de la technique. Ces techniques améliorent les conditions de travail de l'opérateur, car elles respectent les principes de base de l'ergonomie et limitent l'apparition des TMS.

À SAVOIR

Ces techniques sont nombreuses. Seules les personnes ayant reçu une formation **PRAP2S (prévention des risques liés à l'activité physique dans le secteur sanitaire et social)** peuvent les appliquer. Elle est dispensée en établissements scolaires ou par des organismes agréés. Pour chaque technique, l'opérateur donne à l'usager des consignes claires et précises.

B • Les techniques de mobilisation et de déplacement (source : INRS)

Posture et mouvement de l'opérateur	Posture et mouvement de l'usager
Translation assise avant/arrière	
Opérateur : « Avancez les fesses. » Il fait face à l'usager, en double fente, les yeux dans les yeux.	Il est assis au fond du siège, ses pieds touchent par terre pour éviter qu'il se penche en avant.
Il bascule alternativement l'usager d'un côté et de l'autre. Il place du côté soulevé, une cuillère, derrière la fesse, son avant-bras est posé sur la chaise jusqu'à ce que la personne soit assise sur le bord de la chaise.	Il bascule alternativement latéralement selon les consignes jusqu'à ce qu'il soit assis sur le bord de la chaise.
À SAVOIR La translation assise avant/arrière peut être utilisée pour aider la personne à avancer au bord de sa chaise, son fauteuil ou de son lit, avant de l'aider à se mettre debout par exemple. C'est le mouvement inverse qui est fait pour aider la personne à s'asseoir au fond du fauteuil.	
Roulement dos côté : la personne en décubitus dorsal, passe en décubitus latéral	
Opérateur : « Tirez sur mon bras. ». Il verrouille le bras en dragonne et accompagne le genou en l'abaissant. Il inverse la fente avant en fente arrière.	Il tourne sur le côté en tirant sur le bras de l'opérateur. Il place sa main (qui était en dragonne) au bord du lit.
À l'arrivée, il est dans la même posture qu'au début.	Il est couché sur le côté, sa jambe de dessus est en crochet. Il a une main à côté de sa tête, avec l'autre main, il se tient au bord du lit.
Roulement côté dos	
Il se place jambes écart en fente face au lit. Il place une main sur l'épaule et une main sur la hanche de l'usager. Opérateur : « Couchez-vous sur le dos. »	Il est allongé sur le côté.
Il descend en double fente, en maintenant la position de ses mains. L'idée est de retenir l'usager pour qu'il ne roule pas trop vite.	Il est allongé sur le dos.

Posture et mouvement de l'opérateur	Posture et mouvement de l'usager
Abaissement assis couché dos	
1. Il se place jambes écartées face au lit, à côté des jambes de l'usager et côté tête du lit. 2. Il glisse son genou côté pied du lit, sous les jambes de l'usager, fait une passerelle avec la main même côté, et place l'autre main en cuillère sur l'épaule côté pied du lit. 3. Opérateur : « Avec une main saisissez le bord du lit un peu loin, et placez l'autre main sur le genou côté tête du lit. » 4. « Placez la cheville, côté pied, en crochet sous l'autre. »	Il est assis au bord du lit. Sa main, côté tête du lit, est éloignée. Son autre main est sur le genou opposé. Il est donc en position penchée.
5. Opérateur : « Couchez-vous sur le côté. » 6. Il se baisse et accompagne sa passerelle au bord du lit. 7. Il descend la main de l'épaule sur le mouvement de l'épaule. 8. Il se retrouve en fente face au lit. Il a une main sur l'épaule et une main sur la hanche.	Il s'allonge sur le côté.
Redressement couché assis	
Il est face au lit, jambes écart, fente côté pied du lit. Il place une main en cuillère de balayage sur le mollet de dessous, et prépare une cuillère au niveau de l'épaule de dessous.	Il est allongé sur le côté, sa jambe de dessus est en crochet. Il a une main à côté de sa tête, avec l'autre main, il forme le poing et la place au niveau de l'aisselle.
Opérateur : « Poussez sur votre poing. Enfoncez votre poing dans le lit. » Il balaye les jambes pour les sortir du lit, et se baisse en ramenant l'épaule verticalement.	Il appuie sur le poing, pivote et s'assoit.

Posture et mouvement de l'opérateur	Posture et mouvement de l'usager
Abaissement debout assis (arrivée double rampe)	
Il se positionne face à l'usager et verrouille les bras. « Saisissez l'accoudoir (avec la main la plus proche) et allez chercher le second accoudoir. »	Il est perpendiculaire à la chaise.
1. Sa main la plus près de la chaise, passe en cuillère dorsale (pour faire pencher en avant). Il dégage le deuxième bras. 2. Il place un poussoir à l'aine en cuillère, et enjambe l'usager en se baissant. La main 1 est en traction dorsale. La main 2 est en poussée, au niveau de l'aine.	1. Il saisit le coin de la chaise. 2. Il va chercher l'accoudoir et s'assoit.
À la fin, il est face à l'usager assis, à hauteur d'œil.	Il est assis au fond du siège.
Aide à la marche (en double rampe)	
Il se positionne face à l'usager et verrouille les bras (coude au corps). Opérateur : « Mettez vos bras dans les miens. »	L'usager place ses coudes dans la paume des mains de l'opérateur. Il saisit les avant-bras de l'opérateur, ses coudes dans le creux des mains de l'opérateur.
Il marche en se dandinant, jambes écartées. Il sollicite l'usager pour être les yeux dans les yeux et en le faisant dandiner pour l'aider à démarrer. L'opérateur marche en arrière.	Il marche en se dandinant, jambes écartées, les yeux dans les yeux de l'opérateur.

L'INSTALLATION POUR UN REPAS L'AIDE À L'ÉLIMINATION

I. L'INSTALLATION AU REPAS

A • Le rehaussement couché

Lorsque la personne prend son repas au lit, l'opérateur doit réaliser son rehaussement en haut du lit. L'opérateur est face au lit et place son pied en haut du lit, en fente, face à l'usager. Il place son avant-bras entier en parallèle de la colonne vertébrale de la personne, et l'autre main en cuillère en barre fessière. L'opérateur donne des consignes à l'usager : « Pliez la jambe. » (la jambe la plus éloignée de l'opérateur), « Appuyez sur votre talon et regardez votre ventre. » L'usager plie le genou éloigné de l'opérateur. Il place ses mains à plat sur le lit au niveau de ses hanches.
L'opérateur inverse la fente (du pied vers la tête du lit) en tractant ses bras. L'usager glisse sur le lit en remontant vers la tête. Ensuite, l'opérateur surélève le haut du lit, à l'aide de la commande électrique, pour placer la personne en position assise.

B • La prise du repas

Lorsque le repas est pris au lit, la table peut être fixe ou mobile, en fonction des capacités de la personne.
La **table adaptable** au lit doit être fonctionnelle et facile d'entretien. Elle est montée sur roulettes pour être déplacée si besoin, à hauteur variable pour s'adapter à la hauteur du lit. Elle est munie d'un plan inclinable pour permettre la lecture, par exemple.

Table adaptable

Elle a de nombreuses utilisations : prise du repas, pose de produits de toilette, lors de la toilette du visage au lit. Elle peut être aussi utilisée au fauteuil.

C • Le matériel d'aide à la prise du repas

À SAVOIR

Le matériel est incassable pour limiter les risques de blessures de l'usager. Il est conçu pour que la personne mange seule (favoriser le maintien de son autonomie) proprement (favoriser le respect de sa dignité). L'opérateur aide à l'installation de la personne pour ses repas, mais la personne reste autonome pour la prise du repas, selon ses capacités.

Le **set de table** antidérapant assure la stabilité de la vaisselle sur la table de repas. La personne peut manger sans aide.

Le **bavoir** imperméable assure la protection des vêtements lors des repas, ses dimensions sont adaptées à la taille de l'adulte (encolure réglable). Il protège des risques d'humidité au niveau du ventre et des cuisses, avec une face absorbante et sa doublure est plastifiée.

Le **rebord d'assiette** est léger, flexible et amovible. Il s'adapte à l'assiette plate. Il sert de butée aux aliments. Le rebord permet de maintenir la table propre pendant le repas.

L'**assiette inclinée** facilite l'accès aux aliments, car elle évite à la personne d'avoir à lever le bras pour les sortir de l'assiette. Ce système adapté aux personnes dont la préhension est difficile, favorise l'autonomie.

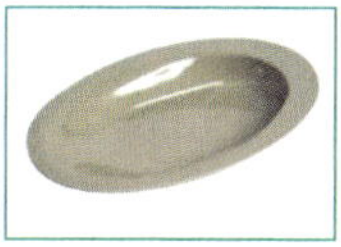

Les **couverts ergonomiques** (légers, manche épais) sont adaptés aux personnes dont la préhension est difficile, qui ont peu de force dans les bras. Ainsi elles mangent sans aide.

Le **verre à bec** sert plutôt aux personnes alitées, pour boire en position presque allongée sans faire couler la boisson, la propreté est ainsi assurée.

II. Le matériel d'aide à l'élimination

A • L'élimination en position assise

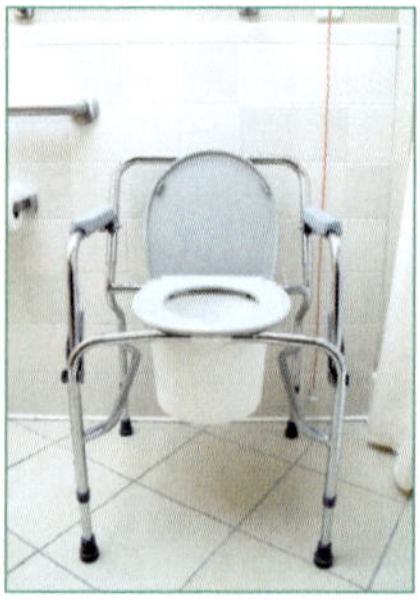

La **chaise garde-robe** a un seau récupérateur d'urines et selles, escamotable par le haut. L'assise est relevable pour enlever le seau et le nettoyer. Les accoudoirs permettent à la personne d'avoir des points d'appui stables au moment où elle s'assoit et se lève.

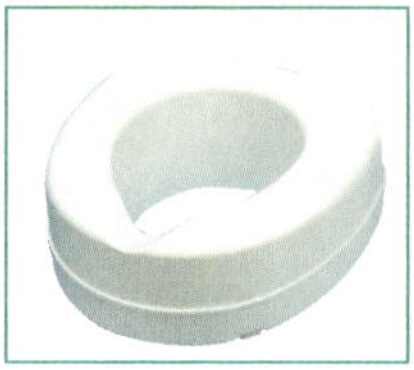

Le **rehausseur** permet aux personnes qui se relèvent difficilement d'assises trop basses, d'accéder aux toilettes. Le rehausseur est maintenu aux toilettes par des clips pour assurer la stabilité du rehausseur et la sécurité de la personne. Il possède un abattant pour assurer l'hygiène dans les toilettes. Il existe des hauteurs variables de rehausseur pour s'adapter à toutes les personnes. Ce matériel permet le maintien de l'autonomie des personnes à mobilité difficile.

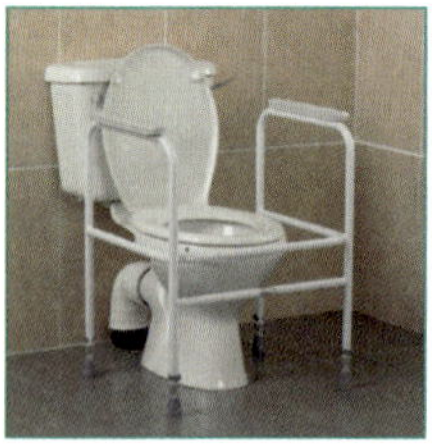

Le **cadre de toilettes** assure un appui solide et stable aux personnes pour s'asseoir et se relever des toilettes. Il est réglable en hauteur pour s'adapter aux différentes morphologies. Il ne demande aucune installation, il est simplement posé. Le cadre de toilettes a des embouts en caoutchouc aux pieds pour assurer une très grande stabilité et donc la sécurité de la personne.

À SAVOIR

Le matériel d'aide à l'élimination doit être nettoyé et désinfecté régulièrement avec les produits adaptés et selon le protocole établi par le service.

B • Le matériel d'aide à l'élimination pour les personnes alitées

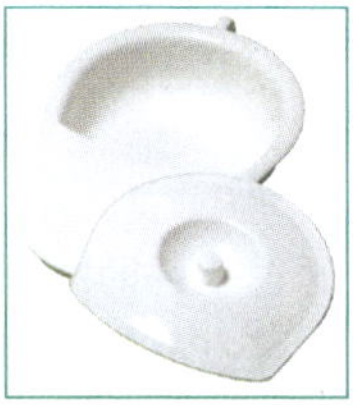

Le **bassin** permet de récupérer les urines des femmes et les urines et selles des personnes alitées. La partie plate est à placer sous les fesses de la personne. Elle est munie d'une poignée, pour être saisie facilement par l'opérateur. Elle est en plastique pour être nettoyée facilement et désinfectée.

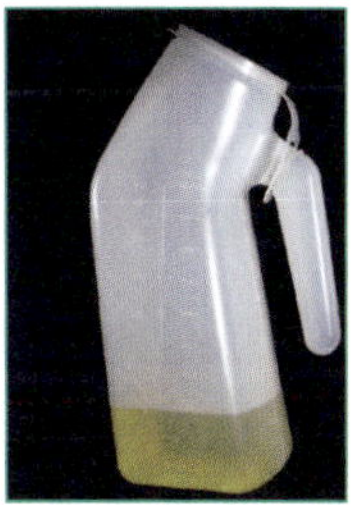

L'**urinal** est destiné à récupérer les urines des hommes alités. Muni d'une poignée pour une bonne préhension et il permet d'éviter les débordements. Gradué, il permet de mesurer la quantité d'urine éliminée. En plastique, il peut être nettoyé et désinfecté facilement.

C • Entretien et maintenance

L'entretien est assuré chaque fois que l'opérateur manipule ces matériels. Il doit procéder de la manière suivante :

1. Mettre des gants à usage unique.
2. Vider les urines et les selles dans les sanitaires.
3. Rincer le matériel avec la douchette.
4. L'égoutter. Sécher le matériel et le reposer à sa place.
5. Enlever les gants et se laver les mains.

Chaque semaine, l'opérateur doit procéder à la désinfection du matériel. Pour cela, l'opérateur doit sortir le matériel de la chambre avec une protection et procéder à la **décontamination** : le matériel est plongé dans un bac spécifique avec un détergent désinfectant pendant 10 minutes, puis est rincé.
Une fois la décontamination effectuée, l'opérateur procède à une désinfection par immersion : l'opérateur fait tremper 20 minutes le matériel dans un bac spécifique avec une solution désinfectante ou de l'eau de Javel à 0,1 %. Puis le matériel est rincé, séché et rangé.

À SAVOIR

L'opérateur doit respecter la dilution, le temps de contact et la date de péremption du produit de désinfection utilisé. En cas de pathologie particulière, des précautions sont à prendre quant à l'entretien du matériel. Des sacs hygiéniques protecteurs avec absorbant anti-odeur peuvent être adaptés sur un seau de chaise ou un bassin.

FICHE 69

LES MATÉRIELS D'AIDE À LA MOBILISATION ET AUX DÉPLACEMENTS

Les matériels d'aide sont utilisés à condition que l'opérateur ait eu une formation adaptée. Ils permettent l'économie d'effort, le respect des règles d'ergonomie et de limiter l'apparition des TMS et les risques d'accidents de travail. Ils nécessitent une ordonnance médicale (vente ou location). Ce matériel est disponible dans des sociétés spécialisées en matériel médical qui doivent en assurer la maintenance, c'est-à-dire vérifier le bon état du matériel, l'entretien et la décontamination.

I. LE MATÉRIEL D'AIDE À LA MOBILISATION

A • Le soulève-personne

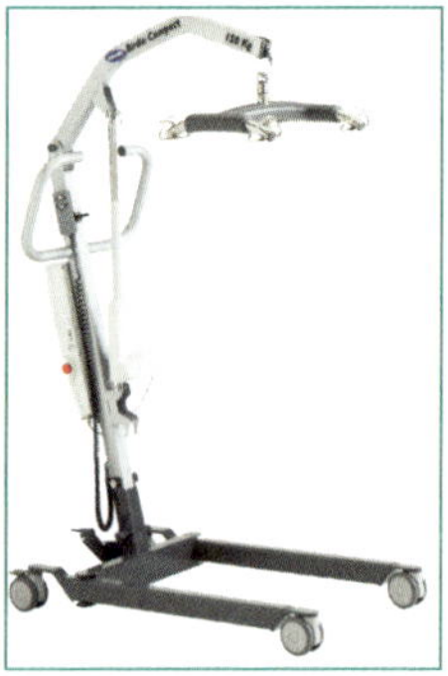

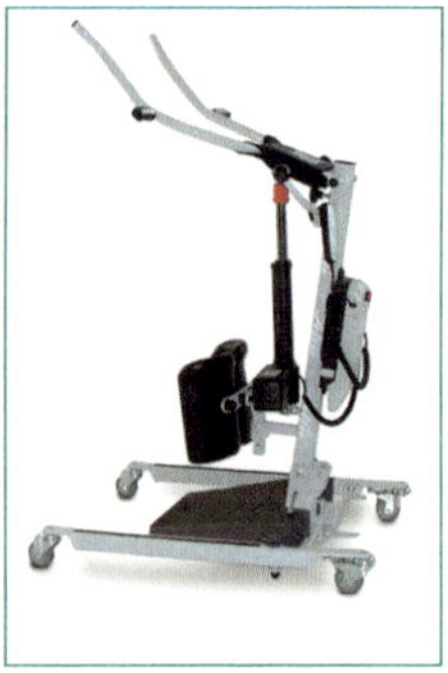

Le soulève-personne est utilisé lorsque les personnes ne peuvent plus se déplacer seules, pour aller aux toilettes, s'installer dans le fauteuil, ou prendre le bain. Le soulève-personne est utilisé par l'opérateur. Il en existe plusieurs :

– le **soulève-personne avec hamac ou sangle** : monté sur roulettes, les sangles (ou le hamac) sont fixés à l'appareil, et la personne est posée dedans par l'opérateur. Si l'usage de cet accessoire est dégradant pour la personne, il permet de la déplacer facilement et de lui offrir des soins de qualité, comme le bain, très apprécié. Son utilisation ne peut se faire qu'avec l'accord de l'usager et de sa famille ;

– le **verticalisateur**, plus humain et plus respectueux de la dignité de la personne. En effet, elle est transportée en position debout, les bras appuyés sur l'appareil, les genoux calés sur le devant.

Le soulève-personne permet à l'usager de se déplacer dans les différentes salles de la structure et d'avoir une vie sociale.

B • La planche de transfert

La **planche de transfert** facilite le transfert individuel entre deux assises (environ 75 cm × 22 cm). Adaptée pour une personne de plus de 130 kg, sa surface lisse facilite le glissement. En plastique, solide et renforcée, elle résiste à l'éclatement.

C • Le drap de transfert

Le **drap de transfert** est conçu pour déplacer la personne allongée, d'un lit à un autre. Il est en nylon, sa surface est traitée de manière à réaliser le transfert sans soulèvement. Il est muni de 8 poignées périphériques que les opérateurs peuvent saisir. Le drap est placé sous la personne. La présence de deux opérateurs est nécessaire, leurs gestes doivent être coordonnés. L'utilisation du drap de transfert nécessite un apprentissage.

D • La poignée de traction

La **poignée de traction** est fixée au mur dans la douche, la baignoire ou aux toilettes. La personne s'y accroche pour se mettre debout ou pour ne pas glisser. La personne peut utiliser une seule poignée ou plusieurs, en fonction de ses besoins ou de ses capacités.

II. Le matériel d'aide aux déplacements

A • Le fauteuil roulant

Le **fauteuil roulant** a une structure en acier, le siège et le dossier sont en nylon respirant, les repose-bras sont fixes et les repose-pieds sont rabattables et amovibles. Le fauteuil est léger, électrique ou non, son utilisation est très répandue. Il est différent selon les besoins. Il existe différentes tailles, pour les enfants et les adultes. Il contribue à l'autonomie et à la vie sociale de la personne.

B • Les différents types de cannes

Elles sont utilisées par les personnes dont la marche est altérée. Les pieds munis de caoutchouc assurent la stabilité des cannes et la sécurité de la personne. Les **béquilles aisselles** et les **cannes anglaises** sont destinés à une utilisation temporaire, la personne ne peut poser qu'un seul pied au sol. Il faut une certaine force dans les bras. Les **cannes à poignée en T** et **à poignée courbe** sont utilisées pour des durées plus longues, voire définitives, les personnes ont besoin d'un appui stable pour pouvoir marcher.

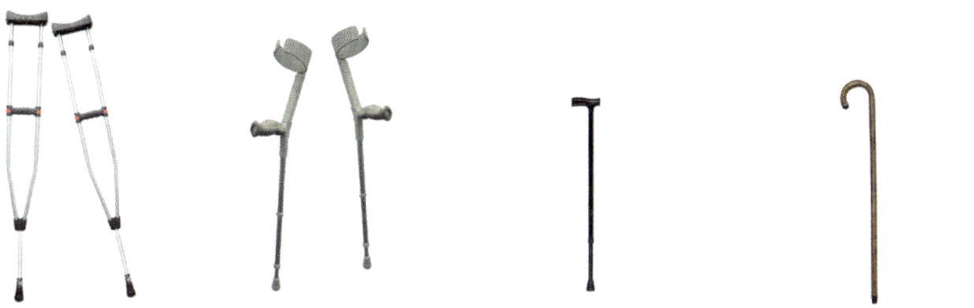

Béquilles aisselles — **Cannes anglaises** — **Canne à poignée en T** — **Canne à poignée courbe**

FICHE 70 LES PARAMÈTRES VITAUX, LES PRINCIPALES CONSTANTES, LES SIGNES CLINIQUES

Les paramètres vitaux sont des indicateurs de la santé de la personne.
La mesure de ces paramètres se fait sur ordonnance médicale. En cas d'anomalie, l'opérateur avise son supérieur hiérarchique.

I. LA PULSATION

A • Les caractéristiques d'une pulsation

Une pulsation correspond à la contraction du ventricule gauche qui éjecte le sang. La prise de la pulsation ou pouls, permet de percevoir au toucher les battements de l'artère que l'on palpe. Elle mesure le **rythme** (régularité), la **fréquence** (nombre de pulsations) et l'**amplitude** (force) des battements cardiaques.

La valeur normale de la fréquence cardiaque varie selon les périodes de la vie :
- nouveau-né : 130 à 140 pulsations par minute ;
- nourrisson : 100 à 130 pulsations par minute ;
- enfant : 90 à 100 pulsations par minute ;
- adulte : 60 à 80 pulsations par minute ;
- personne âgée : 60 à 70 pulsations par minute.

B • Mesurer la pulsation

Dix minutes avant, l'opérateur prévient la personne pour qu'elle soit au repos. Pour observer les pulsations, l'opérateur effectue un lavage simple des mains, puis choisit le pouls artériel selon plusieurs possibilités :
- **le pouls temporal** : sur l'arcade sourcilière ;
- **le pouls carotidien** : dans le cou ;
- **le pouls huméral** : en dessous du pli du coude, sur le tendon du biceps ;
- **le pouls radial** : sur l'artère radiale sur la face interne du poignet ;
- **le pouls abdominal** : au-dessus du nombril ;
- **le pouls fémoral** : dans le pli de l'aine ;
- **le pouls poplité** : sur la face postérieure du genou ;
- **le pouls tibial postérieur** : à l'arrière de la malléole interne ;
- **le pouls pédieux** : sur la face dorsale du pied.

La personne est allongée et l'opérateur presse contre l'artère la pulpe de trois doigts (index, majeur, annulaire). La mesure se fait pendant une minute. Il observe sa rapidité, son intensité (fort, faible, imperceptible) et sa régularité.

II. Le rythme respiratoire

A • Les caractéristiques du rythme respiratoire

Lors de la respiration, l'organisme absorbe l'oxygène et rejette le gaz carbonique. Le **rythme respiratoire** est la régularité de la respiration.
L'opérateur mesure :
- la **fréquence respiratoire** (nombre de respirations par minute) ;
- l'**amplitude respiratoire** (respiration profonde ou superficielle) ;
- le **bruit respiratoire** (crépitements, sifflements).

Le rythme respiratoire varie en fonction de l'âge, sa valeur normale est :
- 25 à 35 par minute pour un enfant de 2 ans ;
- 30 à 50 par minute pour un enfant plus grand ;
- 12 à 20 par minute pour un adulte.

B • Mesurer le rythme respiratoire

La personne doit être au repos et ne doit pas savoir que l'opérateur mesure son rythme respiratoire. Il peut observer le mouvement de l'abdomen et/ou du thorax en faisant semblant de prendre le pouls. Il mesure le rythme respiratoire pendant 30 secondes ou une minute si la respiration est anormale. Il observe les caractéristiques de la respiration (rythme, amplitude, bruits) et les arrêts, la difficulté, l'incapacité à respirer autrement qu'assis… La respiration peut être thoracique (après un exercice, un stress…) ou abdominale (lorsque la personne est détendue).

III. La pression artérielle

A • Les caractéristiques de la pression artérielle

La **pression** (ou tension) artérielle est la force exercée par le sang contre les parois artérielles dans lesquelles il circule. Elle est donnée par deux chiffres, elle se mesure en mm Hg :
- la **pression artérielle systolique (PAS)** : pression du sang dans les artères au moment de la contraction des ventricules, exercée lors de l'éjection du sang du cœur, c'est le maxima ;
- la **pression artérielle diastolique (PAD)** : pression dans les artères pendant le relâchement du ventricule, c'est le minima.

Les valeurs normales de la pression artérielle sont :
- pour un bébé : 70-80 mm Hg (maxima), 40-50 mm Hg (minima) ;
- pour un adulte : 110-140 mm Hg (maxima), 60-80 mm Hg (minima).

B • Mesurer la pression artérielle

L'opérateur a besoin d'un **stéthoscope**, pour écouter les battements du cœur et d'un tensiomètre (poire de gonflage + brassard + cadran), pour mesurer la pression dans le brassard. L'opérateur se lave les mains, explique le soin à la personne et l'installe dans une position confortable : assise, son bras est appuyé, ses jambes sont décroisées et touchent le sol, elle est au repos depuis 5 minutes.

Ensuite, il place le brassard légèrement au-dessus du pli du coude, sur l'artère brachiale. Il place le stéthoscope sous le brassard. Il gonfle le brassard jusqu'à la disparition du pouls radial, puis il gonfle le brassard environ 30 mm Hg au-dessus du point de disparition du pouls. Il laisse dégonfler lentement le brassard et lit la pression sur le cadran. Il note le chiffre du premier battement régulier (PAS) et le chiffre du dernier battement régulier (PAD).

Enfin, l'opérateur enlève le brassard, nettoie les écouteurs du stéthoscope, range le matériel et se lave les mains.

IV. La température

A • Les caractéristiques de la température

La température est le degré de chaleur du corps humain. La valeur normale de la température varie de 0,5 à 1 °C selon l'endroit où elle est prise :
- température buccale (dans la bouche) : 36,1 à 37 °C ;
- température axillaire (sous l'aisselle) : 35,6 à 36,7 °C ;
- température rectale (dans le rectum) : 36,7 à 37,8 °C.

B • Prendre la température

À SAVOIR

L'opérateur se lave les mains avant et après l'acte, nettoie et désinfecte le thermomètre.

Prise de température buccale, 10 à 20 secondes : au moins 30 minutes après ingestion de nourriture, la sonde est placée sous la langue, la personne doit garder la bouche fermée.

Prise de température rectale : l'opérateur met du lubrifiant sur la gaine protectrice du thermomètre, la personne est en position de décubitus latéral, le thermomètre est inséré et maintenu en place pendant 20 à 30 secondes. La personne reste couverte pendant la prise de température pour respecter sa pudeur.

Prise de température tympanique : le thermomètre optique est placé dans le conduit auditif et retiré après le signal sonore.

Prise de température axillaire : l'aisselle doit être bien sèche, le thermomètre est placé au centre de l'aisselle, la personne doit maintenir son bras fermement appuyé sur la poitrine.

V. La taille et le poids

A • Caractéristiques

La **taille** est la hauteur de la personne, elle s'exprime en cm. La taille moyenne d'un Français est 1,70 m ou 170 cm. Le **poids** de la personne est sa masse corporelle, il s'exprime en kg. La valeur normale du poids (ou poids idéal de la personne) est le poids théorique pour lequel les risques pour la santé sont les plus faibles. Il correspond à une fourchette de valeurs, donné par l'IMC (indice de masse corporelle), il se calcule ainsi :

$$\text{IMC} = \frac{\text{Poids}}{\text{Taille}^2}$$ avec le poids exprimé en kg et la taille exprimée en m

Lorsque l'IMC est compris :
- entre 18,5 et 25 : la personne a un poids normal ;
- entre 16,5 et 18 : la personne est dite trop maigre (IMC < 18,5 : danger) ;
- entre 25 et 30 : la personne est en surpoids ;
- au-delà de 30 : elle est obèse (au-delà de 40 : obésité morbide).

B • Mesurer la taille et peser

Lors de la mesure de la taille, la personne se place contre la toise, les pieds contre le mur, le dos le plus plat possible, le regard fixe l'horizon. Pour la pesée, l'opérateur vérifie que la balance est bien réglée. Lors de la mesure du poids, l'opérateur doit prendre en compte le sexe de la personne, son âge, sa taille, sa musculature.

VI. La diurèse

A • Les caractéristiques de la diurèse

C'est le volume d'urine émis en 24 heures. Les urines doivent avoir un aspect clair, une couleur et une odeur normale. La valeur normale de la diurèse est de 1,5 à 2 litres par 24 heures.

B • Mesurer la diurèse

L'opérateur informe le patient de la surveillance de ses urines. Il note l'heure des urines, recueille les urines dans un bocal gradué au nom de la personne. Il observe la quantité, l'aspect, la couleur et l'odeur des urines.

VII. Les signes cliniques

A • L'observation des signes cliniques

Lorsque l'opérateur repère un trouble clinique (par la vue, le toucher ou le questionnement), il doit en aviser son supérieur hiérarchique immédiatement. L'observation des troubles cliniques fait partie intégrante de la prise en charge de la personne. Elle permet de prévenir l'aggravation de pathologies ou de déceler un problème de santé.

B • Les troubles cutanés

Ils touchent la peau et les muqueuses, ils sont classés en fonction de :
- la **coloration** : le trouble peut être la pâleur, la cyanose (coloration bleue, violacée), le mélanoderme (coloration bronzée), l'ictère (coloration jaune), l'érythème (coloration rouge), les marbrures ;
- la **sensation de chaleur** au niveau de la zone atteinte ;
- la **surface** de peau ou muqueuse touchée.

C • La douleur

C'est une impression anormale et pénible que le cerveau perçoit, elle crée une sensation émotionnelle, désagréable. Elle peut être :
- **aigüe** : transitoire et intense ;
- **chronique** : lorsqu'elle dure plus de trois mois, elle a des conséquences sur l'appétit, le sommeil, la vie quotidienne ;
- due à un excès de **nociception** : excitation excessive de récepteurs périphériques, la douleur est continue ou intermittente et d'intensité variable ;
- **neurogène** : lorsqu'elle résulte de lésions tissulaires, la douleur est permanente, il s'agit de brûlures ou de troubles du toucher ;
- **psychogène** : s'il n'y a pas de cause somatique, la douleur a une cause psychologique.

D • Les troubles du transit

Ce sont des perturbations de l'élimination fécale. La **constipation** est la baisse de la production quotidienne de selles ou une difficulté à évacuer des selles trop dures. La personne a moins de trois défécations par semaine ou moins de 35 g de selles par jour. Elle se plaint d'avoir des selles trop dures. La **diarrhée** est l'émission trop fréquente (plus de trois par jour) de selles et/ou trop molles ou trop liquides. Elle est aigüe si elle dure 10 jours, chronique si elle dure au moins 3 semaines. L'**occlusion intestinale** est l'arrêt du transit intestinal (arrêt de l'élimination fécale).

Les **troubles de l'élimination** des urines comprennent :
- la **dysurie** : gêne de la miction, le jet urinaire est faible et haché, des poussées abdominales sont indispensables pour terminer la miction ;
- la **rétention urinaire** : incapacité à évacuer tout ou partie des urines ;
- l'**anurie** : absence d'urine ;
- l'**incontinence urinaire** : émission non maîtrisée des urines ;
- la **polyurie** : augmentation du volume quotidien des urines (plus de 3 L/jour) ;
- l'**oligurie** : baisse du volume quotidien d'urines (moins de 500 ml/jour).

Le **vomissement** est un rejet actif d'une partie ou de la totalité du contenu gastro-intestinal par la bouche.

VIII. Évaluation de la douleur

A • Les échelles unidimensionnelles

Le professionnel demande à la personne d'évaluer sa douleur :
- avec l'**échelle verbale simple** : pas de douleur, douleur modérée, douleur forte ;
- avec l'**échelle numérique** : « Sur une échelle de 0 à 10, quel est votre niveau actuel de douleur ? »
- avec l'**échelle visuelle analogique**, c'est une réglette qui présente d'un côté une ligne subjective et de l'autre côté, une réglette de 100 mm. La personne trace un trait ou avance le curseur en fonction de l'intensité de la douleur allant de « pas de douleur » à « douleur maximale imaginable ». Le soignant doit faire correspondre avec la notation à l'arrière le déplacement du curseur.
- avec **la planche de visages** présentée à l'enfant de 2 à 4 ans pour qu'il choisisse celui qui représente le mieux sa douleur. Le soignant peut faire le parallèle avec un chiffre de l'échelle visuelle analogique.

Le soignant dispose d'**une grille d'observation** du comportement de l'enfant pour évaluer sa douleur, lorsqu'il ne l'exprime pas :
- les signes directs de la douleur : protection des zones de douleur, plaintes et localisation des zones douloureuses, réactions pendant l'examen des zones douloureuses ;
- atonie psychomotrice : résignation, repli sur soi ;
- l'anxiété : nervosité, agressivité, pleurs fréquents, mobilisation contrôlée.

B • Les échelles pluridimensionnelles

Elles évaluent la douleur, dans le contexte de la pathologie de la personne. Les questionnaires sont propres à chaque service, en fonction des pathologies et de la spécialité de chacun. Les échelles comportementales étudient le comportement lorsque la douleur n'est pas verbalisée. Elles sont adaptées à la pathologie traitée.

OBSERVATION DU COMPORTEMENT RELATIONNEL OU SOCIAL

L'opérateur a un rôle important dans le repérage des changements de comportement, d'attitudes, il doit les signaler immédiatement à son supérieur hiérarchique. Ils sont parfois sans gravité, mais ils peuvent cacher un mal-être ou une pathologie débutante.

S'ils reflètent un mal-être, ils gêneront l'épanouissement de la personne. Dans ce cas, la prise en charge globale de la personne et de son entourage est indispensable. Si c'est une pathologie débutante, le repérage précoce permettra d'en limiter l'aggravation et les complications.

I. LES SIGNES DE MAL-ÊTRE CHEZ L'ENFANT

Atteintes du caractère, des attitudes, du comportement	• Humeur instable : colères soudaines, agressivité, nervosité, irritabilité, bagarres • Multiples refus : d'obéir, d'aller à l'école • Repli sur soi, tristesse, manque d'énergie • Pleurs fréquents, comportement curieux • Peur de l'abandon, demande d'être rassuré • Manque de confiance ne soi
Atteintes intellectuelles	Troubles de la concentration (rêverie, chute des résultats scolaires), retard des apprentissages, de la parole, de la lecture
Perturbations du sommeil	Réveil pendant la nuit, cris pendant le sommeil, cauchemars, refus de s'endormir ou de se coucher
Perturbations de l'appétit	Refus de manger, régurgitations, grignotages, anorexie, boulimie, nausées, vomissements
Troubles du contrôle des sphincters	Énurésie (nocturne, diurne), défécation non contrôlée, dans des endroits inappropriés
Éléments psychosomatiques	Éruptions cutanées, asthme, maux de ventre, maux de tête, perte de connaissance

II. Les signes de mal-être chez l'adolescent et l'adulte

Tristesse et envie de ne rien faire	Manque d'énergie, incapacité à se reposer, se détendre, manque d'intérêt pour ce qui se passe autour de lui, pour les activités habituelles, désespoir, pessimisme durable, idée de suicide, pleurs fréquents (ou envie de pleurer), incapacité à surmonter une situation difficile (deuil, licenciement), envie de laisser tomber, sentiment de solitude
Comportements différents	Non-respect de la loi, changements de l'apparence, des habitudes vestimentaires
Atteintes des relations avec les autres	Humeur imprévisible, colères inattendues, agressivité, difficultés à communiquer sur soi, timidité envahissante (qui gêne la relation avec les autres), conflits fréquents, dégradation des relations conjugales ou des relations avec les pairs
Angoisses	Sensation d'être sous pression, panique, peur de mourir, sentiment de culpabilité, peur du changement, de l'imprévu
Variations	Sentiment de tristesse/très grande joie, idéalisation/rejet, investissement démesuré/désintérêt (ex. : scolaire)
Atteintes de la confiance en soi	Difficultés à faire des choix et à décider, baisse de l'estime de soi
Atteintes psychosomatiques	Palpitations, transpiration, tremblements, sensation d'étouffement, douleur thoracique
Perturbations du sommeil	Insomnies, difficultés à trouver le sommeil, se réveille tôt, cauchemars, dort beaucoup
Perturbations de l'appétit	Variations de l'appétit, variations de poids, nausées
Perte de contrôle	Troubles obsessionnels compulsifs, comportements imprudents : prise de risques sexuels, addiction, achats compulsifs, dérapages verbaux, automutilation

LES DIFFÉRENTES TRANSMISSIONS

I. LES TRANSMISSIONS

A • À domicile, en structure

À SAVOIR

Les transmissions sont notées dans **le cahier de transmissions**, elles servent de lien entre les différents acteurs (personnel médical, personnel paramédical, autres personnels, famille) qui interviennent auprès de la personne.

À domicile, chaque jour, l'opérateur note les tâches et actes effectués auprès de la personne : prises de médicaments, repas servis (afin d'informer le collègue qui pourrait être chargé du repas du soir et qui devra compléter ou équilibrer l'alimentation de la personne si celle-ci a peu mangé), fréquence des selles et des urines, signalement de tout état ou comportement inhabituel, toilette, changes, activités diverses…

En structure, les transmissions sont faites à chaque changement d'équipe. En crèche, halte-garderie, l'accompagnant du matin informe l'équipe de l'état de forme, du sommeil de l'enfant. Ces informations sont notées dans le cahier de transmissions. Durant la journée, l'équipe note les faits marquants et autres anecdotes afin de les transmettre aux parents.

B • Intérêts des transmissions et de la traçabilité

Pour l'usager, les transmissions permettent d'assurer la continuité de la prise en charge.

Pour la famille, le temps de transmission est un temps d'échange avec l'opérateur.

Pour la structure, les transmissions sont des informations permettant à chaque membre de l'équipe de connaître des éléments indispensables à la prise en charge de soins adaptés à la personne. Elles sont lisibles et visibles par tous les membres de l'équipe pluridisciplinaire, suscitent les échanges entre les différents groupes d'acteurs intervenant autour de la personne, facilitent le transfert d'autorité et/ou de responsabilité. Une bonne communication entre professionnels favorise le respect des missions du service, un travail d'équipe effectif et de qualité.

À SAVOIR

Les transmissions doivent obligatoirement indiquer :
- l'identité du patient ;
- la date, la fonction et la signature de l'auteur de la transmission ;
- les observations exactes (pas d'interprétation, ni d'opinion personnelle) ;
- des informations utiles concernant la personne.

Les transmissions sont une référence en cas de problème juridique.

II. Les transmissions ciblées

A • Objectifs

Elles permettent d'informer sur les observations de l'équipe soignante, les soins réalisés, les réactions et les réponses des patients lors des soins et :
- de se familiariser avec une démarche de résolution de problèmes ;
- d'avoir un langage commun et précis pour tous les professionnels ;
- de valoriser le travail fait et de responsabiliser ;
- d'obtenir une vision globale du séjour hospitalier ;
- de faciliter la continuité des soins ;
- d'organiser des transmissions narratives, de gagner du temps et de l'efficacité.
- d'évaluer et de réajuster les actions selon les résultats obtenus.

B • Mise en œuvre

Elles se présentent sous forme de colonnes : date, cible, transmissions, intervenant.

La **cible** est un mot-clé qui attire l'attention sur le problème donné : un état psychologique, un changement de santé, un diagnostic infirmier, un événement pendant le soin, l'intervenant d'une personne extérieure au service.

Fiche 60

L'opérateur se base sur les besoins fondamentaux de Virginia Henderson pour poser le problème rencontré. Les informations sont notées selon le mode « **DAR** » (**donnée – action – résultat**).

La conception du dossier de soins du patient est à la charge de l'infirmier. Il est composé d'informations actualisées sur l'évolution de l'état clinique de la personne et de sa prise en charge. Tout ce qui est fait doit être écrit, et tout ce qui est écrit doit être fait. Les transmissions sont un outil légal, elles font foi devant les tribunaux. En cas de litige, il appartient aux professionnels de santé d'apporter la preuve que l'information a été délivrée.

L'AIDE À LA PRISE DE MÉDICAMENT

I. LES COMPOSANTS DU MÉDICAMENT

A • Qu'est-ce qu'un médicament ?

Dans le Code de la Santé publique, le médicament est défini comme « toute substance ou composition présentée comme possédant des propriétés curatives ou préventives à l'égard des maladies humaines ou animales, ainsi que tout produit pouvant être administré à l'homme ou à l'animal en vue d'établir un diagnostic médical ou de restaurer, corriger ou modifier leurs fonctions organiques ». C'est donc un produit qui agit sur l'organisme.

À SAVOIR

Le médicament n'est pas un produit de consommation comme les autres :
- sa fabrication, sa distribution et sa commercialisation sont réglementées ;
- il est financé en totalité ou en partie par les organismes de protection sociale ;
- il est obligatoirement vendu avec une notice précisant la composition et le mode d'utilisation.

B • L'excipient

L'**excipient** est une substance associée au principe actif d'un médicament. Il est neutre, inerte, n'a pas d'effet direct sur l'organisme. Il peut être liquide, pâteux, solide ou gazeux. Il permet de véhiculer le principe actif que le médicament contient jusqu'aux cellules cibles.

C • Le principe actif

Le **principe actif** est la molécule qui entre dans la composition du médicament et qui lui confère ses propriétés thérapeutiques, il est incorporé à l'excipient. Un médicament peut contenir un ou plusieurs principes actifs.

D • La posologie

La **posologie** est la quantité et le rythme d'administration du médicament. Ce sont les doses du médicament à administrer en fonction de l'âge, du sexe, du poids et de l'état du malade.

II. Les différentes voies d'administration et formes galéniques

À SAVOIR

La **galénique** des médicaments est la science qui permet d'optimiser les qualités du médicament. Les formes galéniques sont spécifiques à chaque voie d'administration.

A • La voie orale (ou voie *per os*)

La voie orale est la voie d'administration la plus simple et la plus utilisée. Le médicament, absorbé par l'appareil digestif, est transformé dans le foie, puis passe dans la circulation sanguine pour arriver vers les organes où il exerce son action. Il peut être en comprimés non enrobés, enrobés, effervescents, solubles, dispersibles, orodispersibles (utilisables sans eau), gastrorésistants (libération progressive du principe actif), prendre la forme de gélules, de préparations liquides (solutions, émulsions).

B • La voie parentérale

La **voie intraveineuse** est la voie d'administration la plus directe, car le médicament, injecté dans les veines, évite le passage par l'appareil digestif. Très utilisée en cas d'urgence, cette modalité d'administration nécessite une posologie précise et contrôlée.
Le médicament est injecté sous la peau (abdomen, épaule, cuisse). Son effet sera retardé et progressif. C'est la **voie sous-cutanée**.

La **voie intramusculaire** est l'injection du médicament dans le muscle (quart supérieur de la fesse ou deltoïde) : l'effet est retardé et progressif.

Les médicaments concernés sont :
- **les préparations injectables** : principe actif sous forme de solution, émulsion ou de dispersion dans l'eau ou dans un liquide non aqueux ;
- **les préparations pour perfusion** : solutions aqueuses ou émulsions en phase aqueuse, pour une injection lente (goutte à goutte) ;
- **les préparations à diluer** et les poudres pour injection ou perfusion ;
- **les implants** : préparations solides stériles dont la taille et la forme sont appropriées à l'implantation parentérale (généralement sous-cutanée). Ils assurent la libération des actifs sur une longue période.

C • La voie transmuqueuse

Cette voie est utilisée pour une action localisée ou pour un passage dans la circulation générale. L'effet est rapide.
Elle comprend :
- la voie sublinguale (exemple : granules d'homéopathie) ;
- la voie rectale (exemple : suppositoires) ;

- la voie vaginale (exemple : ovule) ;
- la voie nasale (exemple : spray nasal) ;
- la voie oculaire (exemple : collyre).

Les médicaments concernés sont :
- les collyres : anti-infectieux, anti-inflammatoires, anesthésiques locaux...
- les pommades et les hydrogels, utilisés dans le même cadre que les collyres ;
- les inserts ophtalmiques, préparations stériles solides ou semi-solides, ils diffusent les principes actifs dont ils sont remplis ;
- les formes injectées ou implantées dans l'œil, dans l'humeur vitrée de l'œil.

D • La voie percutanée

Le médicament est déposé sur la peau. Il a un **effet local**. Lorsque le produit traverse la barrière cutanée, il arrive dans la **circulation sanguine** et il a un effet général, progressif et de longue durée. Les médicaments concernés sont :
- les pommades : pour les principes actifs destinés à agir localement ;
- les gels : très utilisés, ce sont des anesthésiques, hormones, veinotoniques...
- les dispositifs transdermiques ou patchs : maintenus sur la peau par un adhésif, ils libèrent un principe actif en continu pendant plusieurs jours à une vitesse constante.

E • La voie pulmonaire

Le médicament, sous forme d'aérosols, arrive directement dans la **circulation en passant par les poumons**, l'effet est très rapide, il est localisé ou général.

Les médicaments concernés sont les nébulisateurs et inhalateurs pour liquides ou poudre, à dose pour une prise unique, ou à réservoir de poudre.

III. Les conditions de délivrance et de stockage d'un médicament

A • Le rôle du pharmacien

Le pharmacien ne peut pas délivrer un médicament autre que celui prescrit, sauf dans certaines situations exceptionnelles : dans le cadre d'un traitement chronique et lorsque la durée de validité d'une ordonnance renouvelable est expirée.

Le pharmacien peut délivrer, en remplacement du médicament prescrit, une spécialité du même groupe générique, sauf si le médecin a indiqué sur l'ordonnance qu'il s'y opposait (avec la **mention « NS » pour non substituable**). Il précise notamment sur l'ordonnance le nom du médicament générique délivré en remplacement.

Pour être remboursé par l'Assurance maladie, le pharmacien ne doit pas délivrer en une seule fois une quantité de médicaments correspondant à une durée de traitement supérieure à 4 semaines ou à 30 jours selon le conditionnement du médicament (sauf exception).

B • Les conditions de conservation et de stockage d'un médicament

La pharmacie est pourvue des équipements adéquats afin de garantir le respect des règles de qualité du médicament, d'hygiène et de sécurité : locaux et meubles de stockage inaccessibles aux personnes non autorisées, sécurisés (porte pouvant être fermée à clé), à l'écart du flux des personnes et réservés aux produits thérapeutiques.

Un réfrigérateur est nécessaire pour entreposer les médicaments devant respecter la chaîne du froid (températures indiquées par le fabricant) et en cas de forte chaleur. La température du réfrigérateur (pour les vaccins) doit être contrôlée au moins une fois par semaine et les contrôles sont enregistrés dans un document *ad hoc*.

Les consignes de conservation des médicaments sont précisées dans l'étiquetage du produit. Elles concernent la température et la durée de conservation. Quelquefois les conditions de conservation sont différentes après ouverture de l'emballage.

Conservation	Température de conservation
Congelé ou congélateur	< – 15 °C
Réfrigéré ou réfrigérateur	+ 2 à + 8 °C
Au frais	+ 8 à + 15 °C
À température ambiante	+ 15 à + 25 °C
À l'abri de la chaleur	< + 30 °C
À l'abri de l'humidité	Endroit sec, en-dehors du réfrigérateur

IV. L'aide à la prise de médicaments

A • Principes de la législation en vigueur

La loi portant réforme de l'hôpital et relative aux patients, à la santé et aux territoires (HPST) inscrite (art. 21 L. 313-26) au Code de l'action sociale et des familles autorise les personnes chargées d'assurer l'aide aux actes de la vie courante dans les établissements sociaux et médico-sociaux à intervenir auprès des usagers dans la prise de leurs médicaments dès lors que cette aide à la prise de traitement constitue une modalité d'accompagnement de la personne dans les actes de la vie courante.

Il s'agit aussi d'une amélioration de la situation d'autonomie pour les personnes en situation de handicap, personnes âgées et des familles fragilisées, auxquelles un simple accompagnement par les personnes chargées d'assurer l'aide aux actes de la vie quotidienne est nécessaire dans la prise de leur traitement.

À SAVOIR

Ne pas confondre :
- le **suivi de la prise médicamenteuse** peut relever du personnel chargé d'assurer l'aide aux actes de la vie quotidienne (aides-soignants, moniteurs-éducateurs notamment) ;
- la **distribution de médicaments** comprenant le conditionnement des piluliers ou la sélection du lieu de rangement des médicaments, qui relève de la compétence exclusive des personnels soignants et/ou médicaux.

B • Modalités de distribution selon le contexte professionnel

À SAVOIR

La distribution est l'action de donner des médicaments à différents bénéficiaires.

La préparation des doses consiste à préparer les « piluliers » **individualisés** par résident. Le contrôle de la validité des traitements distribués ne relève pas de la compétence des aides-soignants. Toute personne qui commet une erreur médicamenteuse dommageable pour le patient voit sa responsabilité pénale engagée. Il est donc fondamental que les aides-soignants qui distribuent les médicaments aient une information sur les médicaments et au moindre doute cherchent l'information, contactent le médecin ou le pharmacien.

Tout médicament administré doit faire l'objet d'une traçabilité rigoureuse et a l'obligation de vérification de la prescription. Pour cela, une fiche est mise en place (nom du résident, horaires des prises et nom de la personne qui a donné le médicament au résident).

Dans les établissements de santé, les médicaments sont prescrits par le médecin. L'infirmier est seul compétent pour la distribution et l'aide à la prise de médicaments pour le patient non autonome.

En maisons de retraite et établissements médico-sociaux, la préparation des piluliers est faite par l'infirmier. Seuls les aides-soignants, auxiliaires de puériculture ou aides médico-psychologiques peuvent collaborer avec l'infirmier. La distribution et l'aide à la prise médicamenteuse pour une personne non autonome peut être faite, sous la responsabilité de l'infirmier, par l'aide-soignant. Le refus de distribuer des médicaments par le personnel est une faute professionnelle.

C • Législation

« Lorsque les actes accomplis et les soins dispensés relevant de son rôle propre sont dispensés dans un établissement ou un service à domicile à caractère sanitaire, social ou médico-social, l'infirmier peut, sous sa responsabilité, les assurer avec la collaboration d'aides-soignants, d'auxiliaires de puériculture ou d'aides médico-psychologiques, qu'il encadre. L'aide-soignant ne peut pas pratiquer des gestes invasifs (changement d'une sonde urinaire, pansements, soins stériles). Le domaine de compétence de l'aide-soignant est limité aux soins d'hygiène et de conforts, aucun des actes : lavement, changement de perfusion ne peut être confié à l'aide-soignant. S'il observe une anomalie, l'aide-soignant doit en informer l'infirmier pour une bonne prise en charge du patient. » (Article R. 4311-4)

LES APPRENTISSAGES ET LE HANDICAP

La loi du 11 février 2005 pour l'égalité des droits et des chances, la participation et la citoyenneté des personnes handicapées affirme le droit pour chacun à une scolarisation en milieu ordinaire.

I. LE PLAN PERSONNALISÉ DE SCOLARISATION (PPS)

A • Définition du PPS

L'équipe pluridisciplinaire de la maison départementale des personnes handicapées (MDPH), en collaboration avec la famille, identifie les besoins de l'élève en situation de handicap, et élabore le PPS en tenant compte des projets de vie de l'individu. Le **PPS définit les modalités de déroulement de la scolarité** en précisant :

- les accompagnements nécessaires (thérapeutiques ou rééducatifs) ;
- le recours à une aide humaine individuelle ou mutualisée ;
- le recours à un matériel pédagogique adapté ;
- les aménagements pédagogiques.

B • Les acteurs du PPS

La **MDPH** élabore, évalue et actualise le PPS. Les décisions sont prises par la commission des droits et de l'autonomie des personnes handicapées (CDAPH) : transport, accompagnement par un auxiliaire de vie scolaire (AVS), matériel…

L'**enseignant référent** recueille les éléments d'évaluation des besoins scolaires, il facilite la mise en œuvre du PPS et assure son suivi.

L'**établissement scolaire (équipes pédagogique et éducative)** assure la mise en œuvre du PPS : il organise le temps et l'espace scolaires, met en place les aménagements spécifiques et les adaptations.

C • Le PPS et l'équipe pédagogique

L'enseignant référent de chaque élève veille à la continuité et à la cohérence de la mise en œuvre du PPS, il est l'interlocuteur privilégié des parties prenantes du projet. Présent à toutes les étapes du parcours scolaire, il est compétent pour assurer le suivi des élèves. Il assure un lien permanent avec l'équipe pluridisciplinaire de la MDPH.

II. Les modalités de communication et les aides techniques possibles

A • Le braille

Le **braille** est une écriture destinée aux personnes ayant une déficience visuelle. Les symboles sont formés à l'aide de six points en relief. Des aides techniques sont possibles pour l'individu déficient visuel. Exemples : un assistant de poche permet la lecture immédiate de textes imprimés, un logiciel spécifique pour écrire en braille avec le clavier de l'ordinateur.

B • La langue française des signes (LFS)

La **langue des signes** a les mêmes fonctions que la langue orale. Chaque signe comporte cinq caractéristiques (forme et orientation de la main, emplacement du signe, mouvement de la main, expression du visage).
C'est une langue gestuelle utilisée par les sourds et malentendants et par les muets. C'est le seul moyen qui leur permet de développer des capacités cognitives et psychologiques équivalentes à celle d'un entendant.
Les aides techniques possibles pour l'individu déficient auditif sont la prothèse auditive, le logiciel de sous-titrage ou de transcription écrite d'un texte oral.

C • La langue française parlée complétée (LPC)

La **langue parlée complétée** accompagne la langue orale et complète la lecture labiale. C'est un code selon lequel la position de la main correspond à une voyelle (pommette, menton...) et la position des doigts représente un son. Son apprentissage simple favorise la communication entre l'enfant sourd et sa famille, et l'apprentissage de la langue orale par les sourds.

À SAVOIR

Les élèves en situation de handicap ont des aménagements pour se présenter aux examens et concours de l'Éducation nationale : installation matérielle dans la salle d'examen, utilisation de matériel technique ou informatique, secrétariat ou assistance (aide humaine), adaptation dans la présentation des sujets, temps de composition majorés. Dans certains cas, les candidats sont autorisés à la conservation de notes, à l'étalement des épreuves sur plusieurs sessions, à l'adaptation ou la dispense d'épreuves.

LA CONDUITE D'ACTIVITÉS POUR UNE PERSONNE OU UN GROUPE

Activités manuelles		
	Enfant	**Adulte**
Objectifs	Se socialiser, aider au développement, apprendre en jouant.	Maintenir ou recréer du lien social, maintenir ou retrouver la coordination, la dextérité.
Intérêts	• Développer la motricité fine, redécouvrir ses sens. • Découvrir les matériaux : sable, eau, papier. • Développer la créativité : s'adapter, imaginer. • Développer la socialisation, maintenir le lien social : apprendre les règles de vie en groupe et en société.	
Matériels nécessaires	• Outils de coupe, perforatrices fantaisie, pochoirs. supports à décorer, colle, pinceaux. • Différents papiers, plastiques, plâtres, gommettes, paillettes, crayons, peintures au doigt, au pinceau, tissus…	
Techniques de réalisation	• Avant l'activité, l'animateur prépare un modèle et organise le lieu d'activité. • Pendant l'activité, de 30 à 60 minutes, l'animateur rappelle les règles, présente le modèle, explique le déroulement, sollicite le public pour énumérer les étapes et préparer le matériel. Il conseille en respectant les capacités et l'imagination. • Après l'activité, l'animateur sollicite les personnes pour le rangement, leur demande d'enlever leurs protections et de se laver les mains.	

Jeux individuels		
	Enfant	**Adulte**
Objectifs	Se responsabiliser, aider au développement harmonieux de la personnalité, apprendre en jouant.	Favoriser le maintien de l'autonomie, maintenir ou retrouver la coordination des mouvements, rééduquer par la détente.
Intérêts	• Développer l'intelligence, la mémoire et la concentration, la capacité à trouver des solutions et à réfléchir. • S'approprier des connaissances et se préparer aux apprentissages fondamentaux.	
Matériels nécessaires	Jeux de société, jeux vidéo, papier, crayons. Exemples : jeux de repérage dans l'espace, jeux de mémoire, jeux de stratégie, jeux de logique.	
Techniques de réalisation	• Atmosphère calme et confortable, en début de journée ou après un temps de repos. 30 à 60 minutes, selon les capacités. • L'opérateur installe les personnes et le matériel, et leur explique l'activité. Il les accompagne, les guide, les sollicite, les encourage et souligne leur réussite.	

Contes	
Objectifs	Découvrir le patrimoine littéraire, développer des stratégies de compréhension, donner du sens à l'écrit.
Intérêts	Améliorer la qualité de concentration, élargir le domaine de connaissances, développer l'imaginaire.
Matériels	Livres, imagés ou non, CD et lecteur de CD.
Techniques de réalisation	L'opérateur prépare la salle et installe les personnes. L'animateur ou une personne du public lit le conte.

Jeux de groupe		
	Enfant	**Adulte**
Objectifs	Se socialiser, apprendre l'interdépendance, la coordination avec les autres, avoir du plaisir à être ensemble.	Maintenir le lien social, avoir du plaisir à être ensemble.
Intérêts	Apprendre à respecter la règle, l'interdit, situer la personne dans un contexte social, permettre des échanges entre les individus, être acteur au sein du groupe, être reconnu, favoriser la solidarité.	
Matériels nécessaires	Ballon, jeux de société, tableau géant et peinture, feutres. Quelquefois, aucun matériel n'est nécessaire.	
Techniques de réalisation	L'opérateur prépare le matériel et le lieu du jeu, acceuille le groupe, explique la règle. Si besoin, il forme les groupes ou demande aux personnes de le faire. Le jeu de groupe commence, l'opérateur arbitre en restant neutre et équitable. À la fin du jeu, les groupes se félicitent entre eux, expriment leur plaisir d'avoir joué ensemble, et se séparent en bon termes. Les personnes rangent le matériel, se lavent les mains.	

À SAVOIR

Les produits sont toujours utilisés sous la surveillance de l'animateur. Il propose des produits dont la date limite d'utilisation n'est pas dépassée. Il veille au respect de leur mode d'emploi.
Il est important que l'animateur respecte les capacités des individus. Il veille à leur proposer des activités à leur portée, de manière à les mettre en situation de réussite.

Chants	
Objectifs	Développer le sens de l'ouïe, les capacités d'écoute, pratiquer une activité artistique, se détendre.
Intérêts	Favoriser le travail de la mémoire, apprendre la coordianation avec le groupe, développer les capacités artistiques de la personne.
Matériels nécessaires	Musique (CD et lecteur de CD), instruments de musique, textes de chants.
Techniques de réalisation	L'animateur installe les personnes et le matériel. L'activité se pratique assis ou debout. L'animateur apprend le chant aux personnes, petit à petit. Le chant est adapté au public, à la génération, les paroles sont accessibles à tous. Il veille à ce que tout le monde puisse chanter selon ses capacités. Durée : 30 à 60 minutes
Activités d'extérieur	
Objectifs	Découvrir et respecter son environnement, la nature, son lieu de vie, développer la vitesse, la maîtrise du corps.
Intérêts	Garder le contact avec la vie extérieure, maintenir l'autonomie physique, apporter du bien-être.
Matériels nécessaires	Trousse de secours, plan du trajet, matériels spécifiques à l'activité. Exemple : le parcours de motricité.
Techniques de réalisation	L'opérateur prépare l'activité, le matériel, le déplacement des personnes. Il se renseigne sur les moyens de locomotion, l'accessibilité aux personnes à mobilité réduite… Il accompagne les personnes sur le lieu de l'activité et doit les compter. À la fin, l'opérateur doit s'assurer que toutes les personnes sont de retour.

LE PROJET D'ANIMATION

I. LES DIFFÉRENTES PHASES DE L'ÉLABORATION D'UN PROJET D'ANIMATION

À SAVOIR

Le projet d'animation est mis en place par une équipe pluridisciplinaire de professionnels. Il doit être réaliste et réalisable. Il se déroule en six phases, la réalisation est l'une d'elle.

A • L'observation (phase 1)

L'équipe observe et analyse :
- le public, ses besoins pour adapter le projet au public concerné ;
- l'environnement pour que le projet soit réalisable ;
- les moyens à disposition pour que le projet soit faisable, réalisable.

B • Les objectifs (phase 2)

Les résultats à atteindre sont définis ainsi que la progression. Cette phase permet de répondre aux questions :
- À qui s'adresse le projet ?
- Pourquoi ce projet ?
- Comment est né ce projet ? D'un constat, d'une idée, d'un besoin ?
- Qui a eu l'idée ? Le public, les animateurs, les partenaires, la direction de la structure ?
- À quel besoin le projet répond-il ? À qui va-t-il profiter ? Au public, aux animateurs, aux partenaires ?

Les objectifs définis donnent une ligne directrice au projet. Ils sont clairs et précis, pour être compris et pour être évaluables.

C • Les différentes possibilités (phase 3)

Il faut identifier toutes les possibilités. Les membres de l'équipe échangent et proposent différents projets, ils examinent :
- les actions possibles ;
- les acteurs, les professionnels, les partenaires ;
- les délais, la durée de réalisation des étapes ;
- les coûts financiers, les moyens humains et matériels.

D • Les choix (phase 4)

Les membres de l'équipe choisissent un scénario, parmi ceux discutés lors de la phase 3. Ils décident de l'objectif, des étapes et des moyens nécessaires. Le projet choisi peut être une ou un ensemble de propositions émises à la phase 3. La hiérarchie donne son accord pour le projet choisi, et sur les moyens financiers, humains et matériels. Dans le cas contraire, le projet s'arrête là.

E • La mise en œuvre (phase 5)

Cette phase se déroule en deux parties :

– la **programmation d'un plan d'action et ses étapes de réalisation**. Le projet est contrôlé, évalué, à chaque étape de réalisation, pour pouvoir passer à l'étape suivante ;

– la **réalisation du projet** : les étapes se déroulent comme au moment de la programmation. Toutefois, le projet n'est pas figé, l'adaptation à la situation est nécessaire pour avancer.

F • L'évaluation (phase 6)

L'évaluation peut servir de point de départ pour un nouveau projet. Les résultats sont enregistrés, les écarts entre les résultats et les objectifs sont mesurés puis interprétés et corrigés pour la prochaine fois. Le travail en équipe est évalué. On mesure également la qualité de la communication entre les personnes.

À SAVOIR

À la fin de chaque phase, pour passer à l'étape suivante, l'équipe doit contrôler que le travail a été fait. Une fois le projet décidé, chaque membre de l'équipe doit suivre la programmation choisie. Dans le cas contraire, l'avancement du projet est mis en difficulté, voire impossible.

G • Choix et organisation d'un projet en fonction du public

Le projet répond à un besoin, une demande, un problème qui touche un public. Il doit être réalisé dans les conditions de coût et de délai prévus. L'organisation du projet permet d'assurer la coordination des acteurs et des tâches. Un chef ou directeur de projet est nommé, il est en relation permanente avec chaque membre de l'équipe. La méthodologie de conduite de projet est contraignante, c'est un atout pour arriver au bout.

Puisque le projet d'animation est destiné à un public, la phase d'observation est importante. L'équipe meneuse du projet prend le temps d'observer le public visé, l'environnement et les moyens. Le projet d'animation demande que tous les acteurs puissent s'exprimer sur le choix des activités et l'organisation retenue. Le projet fait partie du projet de la structure (projet pédagogique, projet de vie, projet d'établissement...).

II. Les démarches administratives et règlementaires à effectuer

A • Autorisation

Toutes les initiatives de l'équipe de projet doivent obtenir l'autorisation du directeur de la structure qui accueille le public concerné.
Le transport des usagers requiert l'accord du directeur de la structure, il est fait selon les règlementations en vigueur des transports en commun.
Exemple : pas de transport d'enfants hors du département le dernier samedi de juillet et premier samedi d'août.

B • Les instances à contacter

Elles sont nombreuses. Les services départementaux vétérinaires vérifient les denrées alimentaires et l'équipement des cuisines. L'inspection du travail contrôle les conditions de travail. La commission de sécurité veille à la conformité des locaux à la loi en vigueur.
Les instances sont différentes selon le public. Exemple : les services de la jeunesse et des sports et les services départementaux des affaires sanitaires et sociales et de la PMI (protection maternelle infantile) pour les enfants.

C • Les assurances

Seule la responsabilité civile peut être assurée, elle garantit :
- le personnel, les bénévoles, les participants et les dommages qu'ils peuvent causer dans la cadre du centre de loisirs ou de vacances ;
- les locaux ;
- les véhicules ;
- le transport.

La responsabilité civile est engagée dès qu'une personne (physique ou morale) est tenue de réparer un dommage subi par une autre personne. Nous sommes responsables des dommages que l'on a personnellement causés (que ce soit volontairement, négligemment ou imprudemment). La réparation s'effectue sous forme de dommages et intérêts qui évoluent selon la gravité du préjudice.
Pour le transport des personnes, le responsable doit vérifier que le transporteur remplit toutes les obligations déterminées par la réglementation en vigueur.

D • Les délais

Le projet d'animation programme une progression, les phases de réalisation sont datées. Toutefois, le projet doit s'adapter au fur et à mesure de son avancement et le délai de réalisation du projet peut être modifié selon les imprévus.

E • L'encadrement

Le nombre d'animateurs est fonction du nombre d'usagers, de leur âge, leur degré d'autonomie, de la durée du projet, du lieu. Les animateurs sont diplômés (exemple : le BAFA), au moins certains d'entre eux. Des activités spécifiques demandent un encadrement particulier (exemples : la baignade, l'équitation, les activités à la montagne...).

F • Les documents obligatoires

Les documents suivants sont affichés :
- les numéros de téléphone du médecin, de l'hôpital, des pompiers, de la gendarmerie/police, du centre antipoison, et des numéros spécialisés (exemple : 119 « Allo-enfance-maltraitée »), de l'inspection du travail et de la médecine du travail ;
- les menus ;
- l'interdiction de fumer dans les locaux ;
- les horaires de travail du personnel ;
- l'avis relatif au contrôle de sécurité ;
- les consignes à respecter en cas d'incendie ;
- les projets éducatifs et pédagogiques doivent être à disposition.

LA CONDUITE D'ANIMATION

I. LES DIFFÉRENTS MODES D'ANIMATION

À SAVOIR

L'animateur choisit un mode d'animation en fonction de divers éléments : le public, les objectifs, la situation. S'il doit être capable de s'adapter à l'imprévu, il doit toujours préparer l'animation pour atteindre les objectifs en gardant à l'esprit que rien n'est figé, un changement est toujours possible.

A • L'animation directive (ou autoritaire)

L'animateur impose ses règles au public, qui doit les suivre. Son rôle est de structurer, prendre les décisions. Il donne beaucoup de consignes et contrôle tout. Le mode directif rassure le public, car il est cadré.

En contrôlant tout, le risque est de ne pas être assez à l'écoute des personnes, entraînant une baisse de motivation. Ce mode laisse peu de place aux relations entre les membres du groupe et entre le public et l'animateur. Il est utilisé lorsque l'animateur a une information à faire passer. Il s'adresse à un public peu expérimenté ou en cas d'urgence ou de situation conflictuelle dans le groupe.

B • L'animation semi-directive (ou coopérative ou participative)

L'animateur propose des idées au public qui est libre de choisir. Cela incite à la collaboration entre les membres. L'influence du meneur repose sur l'auto-direction. Le mode semi-directif incite les individus du groupe à collaborer entre eux. L'animateur encourage chaque individu à participer selon ses capacités et son désir. Ce mode d'animation demande beaucoup d'organisation préalable.

Le mode présente le risque que les personnalités les plus affirmées prennent toute la place. Ce mode s'adresse à un groupe que l'animateur connaît bien. Il est utilisé pour une animation qui se fait sur plusieurs rencontres.

C • L'animation non directive (laisser-faire)

L'animateur n'intervient pas et laisse le public agir. L'animateur a un petit rôle, il donne un cadre très large. Ce sont les individus qui prennent les décisions. L'animateur est là pour éviter les débordements.

II. Obtenir l'adhésion de la personne ou la participation d'un groupe

A • Les qualités de l'animateur

L'animateur a le sens de l'organisation. Ses animations sont préparées, il doit cerner le sujet, présenter l'activité, et planifier son action tout en tenant compte des contraintes. L'improvisation n'est pas possible.

L'animateur est capable d'avoir plusieurs rôles : le meneur (il lance l'activité et freine les débordements) et le spectateur (il permet à chaque individu de s'exprimer et de trouver sa place). Il a le sens des responsabilités, il coordonne la place de chaque membre du groupe. L'animateur a le sens de la relation, de la pédagogie. Patient, il est capable de s'adapter. Il guide les personnes en les laissant s'exprimer.

B • La motivation des participants

L'animateur s'assure de la motivation des personnes. Il **prépare l'animation** pour informer les individus le mieux possible : sujet/thème de l'animation, horaires, objectifs, étapes. Il **met en valeur les compétences** de chacun et celles que l'activité va permettre de développer. Il peut avoir un entretien individuel avec les individus. L'animateur **fixe les limites et s'efface** pour permettre aux personnes de s'exprimer, mais il gère l'animation, les échanges entre les personnes.

C • Impliquer la personne et le groupe

Si les individus et le groupe ont le sentiment d'être impliqués dans les décisions, ils s'épanouiront dans les activités. Cela crée un climat propice au bon déroulement de l'animation.

L'animateur teste l'opinion du groupe. Il est attentif à la position des minoritaires. Il pose des questions et demande aux personnes d'argumenter leurs choix.

L'animateur fait en sorte que chacun ait des responsabilités individuelles afin d'éviter toute forme de démotivation.

METTRE EN PLACE UNE RÉUNION DE TRAVAIL

I. LA PRÉPARATION

À SAVOIR

La préparation est importante pour le bon déroulement de la réunion.

A • Avant la réunion

L'animateur doit :
- **cerner le sujet** : synthétiser les informations, évaluer le nombre de réunions nécessaires et contacter les personnes ;
- **définir les objectifs de la réunion** : pour permettre au groupe de centrer son travail. L'animateur vérifiera si les objectifs sont atteints ;
- **établir le plan de travail de la réunion** : le plan doit être logique, mais les participants doivent pouvoir en changer. L'animateur prévoit le temps approximatif accordé à chaque partie de la réunion ;
- **composer le groupe de travail** : déterminer le nombre de participants en fonction du type de réunion. Exemple : 40 personnes pour une réunion d'information, 12 pour une réunion de résolution de problème.

B • Organisation de la réunion

L'animateur choisit les participants selon leurs compétences, il doit :
- **programmer la réunion** : date, temps de déplacement et de pause ;
- **rédiger les convocations** : chaque participant en reçoit une (l'ordre du jour, le genre de réunion, date, heure et lieu, la liste des participants, le plan de travail et des documents pour préparer la réunion) ;
- **assurer l'organisation matérielle de la réunion** : il réserve la salle, prépare le matériel et prévoit la disposition des personnes dans la salle.

II. LE DÉROULEMENT DE LA RÉUNION

A • L'ouverture de la réunion

Elle débute par un tour de table (les participants se présentent). L'animateur définit les objectifs, phases et horaires de la réunion, les participants valident ces éléments. L'animateur assure le bon déroulement des **échanges**.

Les participants respectent les règles établies, ils avancent dans les échanges pour atteindre les objectifs. Le groupe se sépare sur des accords et des conclusions compris par tous.

B • Après la réunion

L'animateur rédige un compte rendu, destiné aux intéressés : ordre du jour, liste des participants, étapes de la réunion, teneur des échanges, conclusion. Il a un regard critique sur sa méthode de travail, la qualité des échanges. C'est important pour améliorer la qualité de la prochaine réunion.

III. Les différents types de réunion

A • La réunion d'information

Elle renseigne sur le fonctionnement de l'entreprise ou d'un nouvel outil, collecte les problèmes. L'information est **descendante**, l'animateur parle aux participants, ou **ascendante**, l'animateur écoute les participants. Le mode est souvent directif.

B • La réunion de réflexion

Elle permet les échanges d'idées sur le mode semi-directif ou non directif.

C • La réunion de négociation

Deux parties adverses échangent sur leurs divergences afin de trouver un accord. Le nombre de participants est limité. Le mode est directif pour une négociation tendue, ou semi-directif pour une négociation calme et sereine afin de favoriser la fluidité des échanges.

D • La réunion de régulation

Elle permet à une équipe de décider des adaptations à apporter pour répondre aux besoins des usagers ou pour mieux travailler ensemble.

E • La réunion de décision

Elle est faite par une équipe qui a étudié les solutions possibles et qui présente ses choix. Le mode semi-directif est le plus adapté.

À SAVOIR

Pour s'adapter à l'imprévu, l'animateur peut changer de mode d'animation en cours de réunion.

ÉDUCATION À LA SANTÉ : ANALYSE DES BESOINS

En 1983, l'Organisation mondiale de la santé (OMS) définit l'**éducation à la santé** : « tout ensemble d'activités d'information et d'éducation qui incitent les gens à vouloir être en bonne santé, à savoir comment y parvenir, à faire ce qu'ils peuvent individuellement et collectivement pour conserver la santé, à recourir à une aide en cas de besoin ». En 1986, elle définit la **promotion de la santé** : processus permettant aux individus de mieux maîtriser leur santé et ainsi de l'améliorer.

I. L'ANALYSE DES BESOINS SANITAIRES

A • Les risques sanitaires

Ce sont les éléments qui portent atteinte à la santé de la population : agents infectieux (virus), produits chimiques (pollution), substances radioactives, produits utilisés dans le système de soins (médicaments, organes), actes thérapeutiques ou dysfonctionnements des organisations de soins (maladies nosocomiales).

B • La prévention des risques sanitaires

C'est l'ensemble des mesures visant à éviter ou réduire le nombre ou la gravité des maladies ou accidents. Elle est différente :

- selon le moment où elle se situe par rapport à la survenue de la maladie :
  - **prévention primaire** pour diminuer l'apparition de nouveaux cas ;
  - **prévention secondaire** pour à réduire l'évolution du problème ;
  - **prévention tertiaire**, destinée à réduire les effets secondaires de la maladie et les récidives, pour favoriser la réinsertion de la personne ;
- selon le public visé (Professeur San Marco, 2003) :
  - **prévention universelle** pour donner une culture à l'ensemble de la population, lui permettant de maintenir et améliorer sa santé ;
  - **prévention orientée** qui s'adresse aux sujets à risques ;
  - **prévention ciblée** pour donner aux malades une éducation thérapeutique ;
- selon l'implication de la population : **prévention passive ou active**.

II. Les mesures de prévention

A • Le plan d'action de prévention

C'est l'ensemble des moyens humains et financiers pour effectuer les actions de prévention en un temps donné. Les campagnes de prévention sont effectuées par affiches, des publicités, des slogans, pour informer l'opinion sur un problème qui met en danger la santé d'un grand nombre de personnes, afin de le diminuer ou l'arrêter.

B • Exemples

Exemple de plan d'action de prévention nationale : plan obésité 2010-2013 (PO).

Exemple de campagne de prévention nationale : en 2012, le ministère de la Santé, l'Institut national du cancer et des partenaires, lancent (pour la septième année) un dispositif pour inciter les femmes de 50 à 74 ans à participer au dépistage organisé du cancer du sein. C'est une mesure de prévention secondaire orientée.

III. L'analyse des besoins du projet

A • Motif du projet

Le projet répond au besoin-demande-problème d'un individu ou une population. La perception du besoin détermine l'orientation du projet.

B • Repérage des besoins

Étape 1. L'observation : le professionnel observe la structure, le personnel et les usagers, repère des besoins en vue d'une démarche de projet.

Étape 2. L'entretien individuel : la personne exprime ses besoins.

Étape 3. La boîte à idées postée à un endroit de passage : informées, les personnes sont invitées à y déposer leurs idées sur un sujet donné.

Étape 4. Le questionnaire : présenté aux personnes pour connaître leurs besoins. Les questions sont fermées ou ouvertes.

Étape 5. Les statistiques : étude d'un groupe d'usagers, les résultats chiffrés sont présentés sous forme de tableaux, graphiques, courbes.
Les étapes 2 et 3 visent un petit nombre de personnes. Les étapes 4 et 5 visent un nombre élevé de personnes, le dépouillement informatisé est réalisé par des professionnels.

ÉDUCATION À LA SANTÉ : PRÉPARATION DE L'ACTION ET MISE EN ŒUVRE

I. LES PARTENAIRES POSSIBLES

A • Les différents acteurs

Selon la définition de la commission de terminologie et de néologie du domaine social, le **partenariat** est la coopération entre des personnes ou des institutions, généralement différentes par leur nature et leurs activités. L'apport de contributions mutuelles différentes (financement, personnel…) permet de réaliser un projet commun.

En matière d'éducation et de promotion à la santé, les partenaires possibles diffèrent selon le thème choisi et le public ciblé.

Les partenaires sont des institutions (Éducation nationale, Assurance maladie), des associations (de prévention du sida, de prévention contre l'alcoolisme…).

Le public est constitué d'usagers (adultes, élèves, personnes alcooliques…).

B • Exemples

Exemple 1 : Éducation à la santé pour les élèves

Pour renforcer la cohérence de la politique mise en œuvre (éducation à la santé pour tous les élèves de la maternelle au lycée), l'Éducation nationale a une convention de partenariat avec l'Institut national de prévention et d'éducation à la santé (INPES), pour toutes les actions d'éducation à la santé destinées aux élèves. Les thèmes choisis sont variés : l'éducation à la sexualité, la prévention du sida, la prévention des conduites addictives… Les partenaires sont deux institutions : l'Éducation nationale et l'INPES. Le public est constitué par les élèves.

Exemple 2 : L'IREPS

L'Institut régional pour l'éducation et la promotion de la santé (IREPS) Rhône-Alpes est un centre de ressources documentaires au service des professionnels, des bénévoles, des élus. Il développe les actions de promotion à la santé sur différents thèmes (santé au travail, prévention de l'obésité…). Il travaille en partenariat avec différents organismes : l'Association départementale d'éducation pour la santé du Rhône qui met à disposition des professionnels de l'éducation à la santé, des documents, des aides et conseils. Les partenaires sont une institution et une association. Le public est formé des professionnels de l'éducation à la santé.

C • Le planning familial

Le planning familial est une **association féministe d'éducation populaire** qui défend le droit à l'éducation à la sexualité, à la contraception, à l'avortement, à l'égalité entre les hommes et les femmes et qui lutte contre les violences faites aux femmes. Le planning familial accueille en métropole et dans les DOM plus de 450 000 personnes chaque année. En Rhône-Alpes, le planning familial regroupe six associations départementales. Les partenaires sont une institution et une association. Le public est formé d'usagers.

II. L'ensemble documentaire

A • Définition

L'ensemble documentaire est un ensemble de documents réunis autour d'un même thème. Les différents types de documents sont des articles de presse, des plaquettes publicitaires, des documents publiés par des universitaires, des graphiques, des tableaux, des croquis, des schémas, etc. L'ensemble documentaire fournit une information fondamentale sur le thème traité : la définition du thème, de la notion, du sujet traité, la mise en relation des informations données dans les différents documents.

B • Constitution

L'ensemble documentaire est constitué autour d'un thème ou fil conducteur :
- pour orienter les recherches : vers les sites Internet, les publications scolaires et universitaires, les revues spécialisées, la presse généraliste ;
- pour éviter la perte de temps dans des directions inutiles ;
- pour limiter le nombre de documents à conserver.

C • Organisation

L'ensemble documentaire est organisé pour assurer une présentation cohérente du sujet. Les types et les sources des documents sont variés, de même que les supports de présentation pour assurer une argumentation la plus objective possible, maintenir le public en éveil, avoir une réflexion cohérente sur le sujet présenté.

L'ensemble documentaire doit être composé d'un nombre raisonnable, voire restreint, de documents pour fixer l'attention du public tout au long de la présentation.

D • Choix des supports et contenu des messages

Les supports de communication et le contenu des messages sont choisis en fonction de différents éléments :
- l'objectif : informer en général, sensibiliser à une problématique, éduquer un groupe de personnes, modifier le comportement des personnes…
- le public ciblé : âge, origine sociale, professionnelle, public déjà sensibilisé ou non ;
- le mode de diffusion ;
- le délai à respecter, l'échéancier ;
- le coordonnateur de la présentation, les moyens financiers.

E • La communication

Le **grand public** a une opinion (erronée ou non) sur un thème abordé, et il a ses propres préoccupations. L'informateur doit montrer de l'intérêt pour ce public. Son discours doit être compréhensible, le langage simple mais juste, l'information explicite le sujet. L'informateur doit prendre le temps d'expliquer le vocabulaire spécifique.

Lorsque **la communication cible un public**, l'informateur connaît les attentes de ce public qui a déjà certaines connaissances sur le sujet abordé. L'informateur doit valoriser le public ciblé, reconnaître le travail déjà accompli, pour le motiver sur ce qui reste à faire.

III. Spécificités des techniques d'animation des actions d'éducation à la santé

A • Les moyens

Le mode d'animation semi-directif est privilégié. L'animateur guide et présente le déroulement de l'action, il cadre les échanges, tout en donnant la parole au public.
Le public est libre de poser les questions, de s'exprimer et d'échanger entre personnes qui le constituent.
Les outils de communication sont multiples : l'affiche, le dépliant, la brochure, le magazine, le message radio, l'exposé, le diaporama, la vidéo, le classeur imagier, l'exposition, le tableau, le proverbe, la comparaison, le jeu (de cartes, de dominos…), le conte ou la fable…

B • Le message

Le message n'est ni culpabilisant ni stigmatisant. Il faut favoriser la compréhension du message : avec des mots simples, avec une information ciblée.

Le message est adapté à la population visée : âge, milieu socioprofessionnel, contexte. Il faut parfois le répéter.

Lorsque le message est un savoir-faire (utilisation du préservatif), il doit être accompagné de démonstration.

Il faut favoriser **l'appropriation du message** :
- avec des exemples de réussite ;
- en encourageant les questions et échanges ;
- en apportant une réponse à une question de la population cible.

Il faut favoriser **la confiance dans le message** : faire intervenir des personnes connues de la population cible pour leurs compétences, pour leurs actions passées, pour leurs opinions...

LES CONSTITUANTS ALIMENTAIRES : NATURES ET RÔLES

Un aliment est un ensemble de constituants (glucides, vitamines...) qui sont libérés dans l'organisme au cours de la digestion. Les constituants sont classés en deux groupes :
- les **constituants alimentaires énergétiques** qui fournissent l'énergie aux cellules ;
- les **constituants alimentaires non énergétiques** qui sont indispensables aux processus biologiques.

I. LES CONSTITUANTS ALIMENTAIRES ÉNERGÉTIQUES

A • Les glucides

Les glucides sont des molécules composées de trois éléments : carbone, oxygène et hydrogène. Ils fournissent de l'énergie aux cellules (1 gramme de glucide libère 17 kilojoules). Ces biomolécules sont constituées d'un ou plusieurs **oses.** Les glucides sont classés en deux catégories en fonction du nombre d'oses :

Biomolécules		Nombre d'oses	Rôle
Glucides simples	Glucose	1	Énergétique : ils produisent essentiellement l'énergie nécessaire aux cellules.
	Fructose	1	
	Galactose	1	
	Lactose	2 (fructose + glucose)	
	Saccharose	2 (glucose + galactose)	
	Maltose	2 (glucose + glucose)	
Glucides complexes	Amidon	Longue chaîne de plusieurs oses	
	Glycogène		
	Cellulose		

B • Les protides

Les protides sont des molécules composées de quatre éléments : carbone, oxygène, hydrogène et azote. Ils sont formés de plusieurs acides aminés reliés par des liaisons peptidiques. Il existe une vingtaine d'acides aminés qui se combinent de multiples façons, donnant naissance à un nombre considérable de protides.
Parmi ces acides aminés, huit sont dits essentiels car l'organisme est incapable de les synthétiser. Ils doivent être obligatoirement apportés par l'alimentation. Ils fournissent de l'énergie aux cellules (1 gramme de protide libère 17 kilojoules).

Les protides sont classés en trois catégories, selon le nombre d'acides aminés qui les composent :

Biomolécules	Nombre d'acides aminés	Rôles
Peptides	2 à 10 acides aminés	• Énergétique : ils fournissent de l'énergie aux cellules. • Plastique : ils fournissent des molécules pour fabriquer des tissus. • Fonctionnel : ils participent à de nombreuses fonctions biologiques, comme la fabrication d'hormones.
Polypeptides	10 à 100 acides aminés	
Protéines	+ de 100 acides aminés	

C • Les lipides

Les lipides sont des molécules formées à partir de trois atomes différents : le carbone, l'hydrogène et l'oxygène. Ils fournissent de l'énergie aux cellules (1 gramme de lipide libère 38 kilojoules). Ils sont répartis en deux catégories selon leur composition chimique : les lipides simples et les lipides complexes.

Biomolécules	Structure chimique	Rôles
Les lipides simples	• Structure complexe de plusieurs molécules : un, deux ou trois acides gras fixés sur une molécule de glycérol. • Il existe trois types d'acides gras : – les acides gras saturés (AGS) : présents dans le beurre, le lait et le fromage ; – les acides gras mono-insaturés (AGMI), présents dans l'huile d'olive ; – les acides gras polyinsaturés (AGPI), présents dans l'huile de noix ou l'huile de pépins de raisin. Les acides gras oméga 3 et oméga 6 en font partie. Certains AGPI sont qualifiés d'**acides gras essentiels.**	Énergétique/réserve : ils s'accumulent dans les tissus adipeux et constituent une réserve d'énergie.
Les lipides complexes	• Structure complexe de molécules. • Les lipides complexes sont constitués de carbone, d'hydrogène, d'oxygène et d'azote et/ou de phosphore, ou éventuellement de soufre. Exemple : la lécithine contenue dans le jaune d'œuf.	• Plastique : ils entrent dans la composition de la membrane des cellules. • Fonctionnel : ils participent aux fonctions biologiques.

II. Les constituants alimentaires non énergétiques

A • L'eau

L'eau est le constituant le plus important de l'organisme car il représente entre 58 et 85 % du poids du corps. L'eau provient essentiellement de l'alimentation (boissons et aliments) ; une faible partie résulte des réactions biologiques de notre organisme.

L'eau a plusieurs rôles :
- **plastique** : c'est le principal constituant des cellules ;
- **fonctionnel** : elle permet le transport des constituants alimentaires, elle régule la température par la transpiration et élimine des déchets solubles par les urines.

B • Les vitamines

Ces molécules agissent à très faible dose dans l'organisme. Elles sont apportées par l'alimentation et ont un rôle fonctionnel. Elles sont classées en fonction de leur solubilité. Elles sont toutes composées de carbone, d'hydrogène, d'oxygène et d'azote.

Biomolécules		Rôles
Les vitamines liposolubles (solubles dans les corps gras)	Vitamine A	Elle améliore la vision de nuit, agit sur le système immunitaire et stimule la croissance cellulaire.
	Vitamine D	Elle permet la fixation du calcium sur les os et assure la croissance et l'entretien des os.
	Vitamine E	Elle agit au niveau des membranes des cellules.
	Vitamine K	Elle participe à la coagulation.
Les vitamines hydrosolubles (solubles dans l'eau)	Vitamine C	Elle permet de lutter contre les infections, la fatigue et aide à l'absorption du fer.
	Vitamines B	Les vitamines du groupe B sont toutes spécifiques d'une fonction biologique. La vitamine B1 intervient dans la transmission de l'influx nerveux. La vitamine B2 agit dans le métabolisme des glucides. La vitamine B3 intervient dans la production de chaleur.

C • Les éléments minéraux

Contrairement aux autres molécules, les sels minéraux sont d'origine minérale. Ils sont apportés par l'alimentation. Ils ont un rôle fonctionnel et plastique. On les classe en deux groupes, en fonction de l'apport quotidien nécessaire : les **macroélements** et les **oligoéléments**.

Biomolécules	Apport quotidien		Rôles
Macroéléments	Supérieur à 100 mg	Calcium	Plastique : il participe à la formation des os et des dents. Fonctionnel : il permet la contraction musculaire et la transmission du message nerveux.
		Potassium	Fonctionnel : il permet le maintien du potentiel de membrane.
		Phosphore	Plastique : il accompagne le calcium dans la formation des os.
		Magnésium	Fonctionnel : il intervient au niveau de la contraction des muscles.
		Sodium	Fonctionnel : il participe aux échanges cellulaires.
Oligoéléments	Inférieur à 100 mg	Fer	Fonctionnel : il permet le transport des gaz dans l'organisme.
		Iode	Fonctionnel : il permet la fabrication des hormones thyroïdiennes.
		Zinc	Fonctionnel : il permet la fabrication des protéines.

D • Les fibres

Les fibres sont d'origine végétale et sont situées dans la paroi des cellules végétales. Elles sont classées en fonction de leur digestibilité, c'est-à-dire de leur capacité à être partiellement digérées ou non : les **fibres digestibles** et les **fibres non digestibles.** Elles facilitent le transit intestinal en augmentant le volume des selles. Elles préviennent le cancer du côlon. Elles réduisent l'absorption du sucre et des lipides au niveau de l'intestin.

DÉFINITIONS

Plastique : participe à la constitution des cellules et à leur entretien.

Ose : plus petit des glucides obtenu après digestion. On parle de glucide directement assimilable (exemple : le glucose).

Acides gras essentiels : molécules fabriquées par des bactéries ou des végétaux. Ils doivent être apportés par l'alimentation car l'organisme ne les synthétise pas.

LES CONSTITUANTS ALIMENTAIRES : PROPRIÉTÉS

La connaissance des propriétés physiques des constituants alimentaires permet d'améliorer la qualité et les méthodes de fabrication des aliments.

I. LES ÉTATS PHYSIQUES DES CONSTITUANTS ALIMENTAIRES

Il existe trois états physiques de la matière : liquide, solide et gazeux. On passe d'un état à l'autre en faisant varier la température.

État initial	(transformation)	État final	Nom de la transformation
Solide	⟶	Liquide	Fusion
Solide	⟶	Gazeux	Sublimation
Liquide	⟶	Solide	Solidification
Liquide	⟶	Gazeux	Vaporisation
Gazeux	⟶	Solide	Condensation
Gazeux	⟶	Liquide	Liquéfaction

II. PROPRIÉTÉS DES CONSTITUANTS ALIMENTAIRES

Propriétés	État physique des constituants alimentaires	Phénomène observé	Application en technologie culinaire
Solubilité	Eau + Solide	Les molécules sont suffisamment petites pour se mélanger complètement avec l'eau. On parle de **mélange homogène** ou de solution vraie.	Le sirop = sucre dans l'eau chauffée à 100 °C.
	Eau + Liquide		Les boissons alcoolisées = alcool dans l'eau.
Suspension	Eau + Solide	Les molécules ne peuvent pas se mélanger avec l'eau. L'aliment solide est donc **insoluble** dans l'eau.	Les soupes mixées = les légumes sont en suspension dans le bouillon.
Mousse	Eau + Gaz	Dispersion d'un gaz dans l'eau : le gaz forme de toutes petites bulles, ce qui donne un aspect mousseux au liquide.	Le blanc d'œuf en neige : le blanc d'œuf est composé de protéines et d'eau. Le volume du mélange augmente par incorporation de l'air ; la structure des protéines est modifiée.

Diffusion	Liquide + Solide/ Liquide	Les molécules d'eau se déplacent toujours du milieu le moins concentré vers le milieu le plus concentré afin d'obtenir deux milieux de concentrations identiques.	La cuisson par expansion : elle commence à froid. Les sucs de l'aliment se déplacent dans le liquide de cuisson, tandis que les composés aromatiques du liquide de cuisson font le chemin inverse. C'est l'aliment à cuire qui donne le goût au liquide dans lequel il est immergé. La cuisson par concentration : elle commence à chaud, ce qui entraîne la coagulation des protéines et constitue une barrière aux échanges entre le liquide de cuisson et l'aliment. C'est la caramélisation des glucides (ou réaction de Maillard). La cuisson mixte : elle se déroule en deux étapes. Elle commence à chaud ; l'aliment est coloré : on a un phénomène de concentration, ce qui limite les échanges. Puis, on verse un liquide, ce qui favorise les échanges entre l'aliment et le liquide de cuisson (passage des éléments nutritifs).
Émulsion	Eau + Liquide	Elle fait intervenir deux liquides qui ne se mélangent pas. De fines gouttelettes se forment dans le liquide. Il existe 2 types d'émulsions : – **stable** : l'huile est dispersée dans l'eau ; en ajoutant un émulsifiant, la consistance est modifiée ; – **instable** : l'huile est dispersée dans l'eau ; après agitation, l'huile forme de petites gouttelettes dans le liquide. Cet état n'est pas définitif : les gouttelettes fusionnent et forment une phase lipidique.	La mayonnaise : émulsion stable ; l'émulsifiant est le jaune d'œuf. La vinaigrette : émulsion instable.

Fiche 83 — Les constituants alimentaires : modifications physico-chimiques

La chaleur, l'air, la lumière et l'utilisation d'acides modifient la couleur, l'aspect et la texture, voire la qualité nutritionnelle des aliments. Il est donc nécessaire de connaître ces modifications physico-chimiques pour conserver au mieux les aliments.

I. Les modifications physico-chimiques provoquées par l'air et la lumière

Altération des aliments	Agents de l'environnement responsables	Constituants alimentaires altérés	Modifications physico-chimiques observées	Précautions lors du stockage et conseils lors de la préparation des aliments
Aliments flétris	Air	Eau	Perte d'eau qui entraîne un **dessèchement**.	• Préparer les crudités juste avant leur consommation. • Entreposer dans une chambre froide. • Conserver les aliments dans un emballage sous atmosphère modifiée.
Perte de vitamines	Air	Vitamines	**Oxydation** des vitamines A, E, D, C, B8, B9.	
Apparition d'odeur	Air/lumière	Lipides	L'oxydation des lipides provoque la formation de composés volatiles accompagnée d'une odeur désagréable, c'est le **rancissement**.	• Utiliser des emballages opaques. • Conserver à l'abri de la lumière. • Fermer les récipients après utilisation.
Changement de couleur	Air	Lipides (les pigments)	**Brunissement** : les lipides au contact de l'oxygène prennent la couleur brune.	• Rincer dans une eau légèrement salée ou sucrée. • Citronner les aliments.

II. Les modifications physico-chimiques provoquées par la chaleur et les acides

Agents	Constituants alimentaires altérés	Modifications physico-chimiques observées	Modifications observées ou recherchées lors des techniques de préparation culinaire
Chaleur	Glucides simples	**Caramélisation** : le sucre et l'eau chauffés à 100 °C. Le sucre fond puis le mélange brunit.	Confiserie.
	Glucides complexes	**Gélification** : la solution d'amidon épaissit à 70 °C et forme un gel appelé « empois d'amidon ». **Dextrinisation** : l'hydrolyse partielle des glucides libère des dextrines. **Maltage** : transformation de l'amidon, contenu dans l'orge, en glucose.	Confitures et pâtes de fruit. Fabrication de farines infantiles. Fabrication de la bière.
	Lipides	**Décomposition** : les lipides produisent un composé volatile toxique : l'acroléine.	Huile de friture.
	Protides	**Coagulation** : précipitation de protéines qui forment un gel. **Hydrolyse** : libération des acides aminés par destruction des liaisons peptidiques.	Yaourts, fromage. Blanquettes. Attendrissement de la viande.
	Glucides et protides	**Réaction de Maillard** : la réaction entre un acide aminé et un glucide libère des composés aromatiques.	Croûte brune du pain.
Acide	Vitamines	Destruction des vitamines A, D, B5, B9.	Perte de vitamines.
	Protides	Coagulation des protéines = formation d'un gel	Protéines de poisson qui coagulent avec du jus de citron.

LES GROUPES D'ALIMENTS

Les aliments contiennent des constituants alimentaires en quantités variables. Ils sont classés en sept groupes. La connaissance de la composition des aliments permet d'équilibrer notre alimentation.

I. RÉPARTITION DES CONSTITUANTS ALIMENTAIRES SELON LES GROUPES D'ALIMENTS

Groupes d'aliments	Constituants alimentaires importants	Constituants alimentaires secondaires
Viandes, produits de la pêche, œufs	• Protéines • Certains acides aminés essentiels • Fer assimilable pour les viandes • Iode pour les produits de la pêche • Vitamines du groupe B	• Acides gras insaturés pour les poissons tels que le saumon et le thon • Cholestérol
Produits laitiers	• Calcium • Tous les acides aminés essentiels • Protéines • Vitamine B2 • Vitamines A et D • Acides organiques	• Lactose • Potassium
Céréales et féculents	• Glucides complexes • Vitamines du groupe B • Éléments minéraux	• Fibres
Légumes et fruits	• Eau • Fibres • Éléments minéraux (potassium, calcium, fer) • Vitamine C	• Glucides simples
Boissons	• Glucide simple (saccharose) • Eau • Oligoéléments • Macroéléments	

Groupes d'aliments	Constituants alimentaires importants	Constituants alimentaires secondaires
Corps gras	• Vitamines A et D pour le beurre • Vitamine E et acides gras essentiels dans les huiles • Acides gras insaturés et saturés	
Sucre et produits sucrés	• Glucides simples (essentiellement du saccharose)	• Constituants variables selon les produits sucrés • Éléments minéraux et fibres pour les confitures

II. Les équivalences alimentaires

A • Les équivalences énergétiques

1 000 kilojoules sont apportés par :

- 25 ml d'huile ;
- 35 g de beurre ;
- 65 g de sucre ;
- 65 g d'emmental ;
- 100 g de pain ;
- 100 g de camembert ;
- 150 g d'œuf entier (2 à 3 unités selon le calibre) ;
- 200 g de jambon maigre ;
- 500 ml de lait demi-écrémé.

B • Les équivalences protidiques

25 g de protéine sont apportés par :

- 100 g de jambon découenné (2 tranches) ;
- 200 g d'œuf (3 à 4 unités selon le calibre) ;
- 625 g de yaourt (5 unités) ;
- 140 g de fromage à pâte molle (camembert) ;
- 100 g de fromage à pâte pressée (cantal, bleu, chèvre) ;
- 70 g à 80 g de fromage à pâte cuite (comté, beaufort) ;
- 300 g de pain ;
- 100 g à 120 g de légumes secs (lentilles, pois).

C • Les équivalences calciques

300 mg de calcium sont apportés par :

- 30 g d'emmental ;
- 80 g à 100 g de camembert ;
- 250 ml de lait ;
- 250 g de yaourt (2 unités) ;
- 300 g de fromage blanc ;
- 200 g de noix ou de noisette ;
- 250 g d'épinards ou de figues sèches ;
- 500 g de poireaux.

LES BESOINS NUTRITIONNELS ET APPORTS NUTRITIONNELS RECOMMANDÉS

Le corps consomme de l'énergie pour **vivre**. L'énergie est indispensable aux cellules pour fonctionner. Les besoins énergétiques sont assurés par l'alimentation.

I. LES BESOINS NUTRITIONNELS

A • Les différents besoins nutritionnels

Les besoins nutritionnels sont variés et peuvent être regroupés en trois catégories :

– le **besoin énergétique** : l'énergie est utilisée pour maintenir une température constante à 37 °C, pour le « travail des cellules » et pour maintenir l'activité physique ;

– le **besoin constructeur ou plastique** : l'alimentation apporte les constituants pour la fabrication des cellules lors de la croissance et le remplacement des cellules mortes ;

– le **besoin fonctionnel** : la défense de l'organisme contre les infections, l'accomplissement des différentes fonctions qui nécessitent de l'énergie, telles que la fonction respiratoire.

Les constituants alimentaires contenus dans les aliments permettent ainsi de couvrir ces différents besoins.

B • Les apports recommandés de la personne

Sur le site Internet de l'ANSES (Agence nationale de sécurité sanitaire de l'alimentation, de l'environnement et du travail), sont répertoriées les quantités minimales d'aliments qu'il faut consommer pour satisfaire les besoins des différentes catégories d'individus de la population. L'ANSES indique pour chaque constituant alimentaire, un **apport nutritionnel conseillé (ANC) quotidien**. Ainsi, vitamines, éléments minéraux et autres nutriments doivent être apportés quotidiennement dans certaines proportions, afin de permettre au corps de faire face à ses besoins. L'ANSES précise aussi l'**apport énergétique quotidien conseillé (ANC en énergie)**. L'ANC en énergie est différent selon la catégorie d'individus à laquelle la personne appartient.

Les apports nutritionnels conseillés pour l'énergie

Âge/État d'activité	ANC quotidien en énergie (en kJ)*	
	Homme	Femme
Bébé de 0 à 3 mois	410	
Bébé de 3 à 6 mois	370	
Bébé de 6 à 9 mois	370	
Bébé de 9 à 12 mois	400	
Enfant de 4 à 6 ans	5 000	4 600
Enfant de 7 à 9 ans	8 300	5 900
Enfant de 10 à 12 ans	9 600	9 000
Adolescent de 13 à 15 ans	11 600	10 700
Adolescent de 16 à 18 ans	13 300	10 700
Adultes :		
– Activité faible	10 000	8 000
– Activité moyenne	11 400	9 100
– Activité intense	13 000	10 500
– Grossesse		9 500
Personnes âgées	7 500	

* 1 kcal = 4,18 kJ.

Les apports quotidiens recommandés pour les constituants alimentaires non énergétiques

Constituants alimentaires		ANC/jour		
		Homme	Femme	Cas particuliers
Vitamines	Vitamine C	60 à 100 mg		Femme enceinte : + 20 mg
	Vitamine B1	1,5 mg		Femme enceinte : + 0,3 mg
	Vitamine B2	1,8 mg		Femme enceinte : + 0,3 mg
	Vitamine B3	18 mg		Femme enceinte : + 2 mg
	Vitamine A	1 mg		Femme enceinte : 1,2 mg
	Vitamine D	10 µg		Femme enceinte : 15 mg
	Vitamine E	De 12 à15 mg		
Fibres		20 à 25 g		
Eau		1,5 L		

Constituants alimentaires		ANC/jour		
		Homme	Femme	Cas particuliers
Minéraux	Calcium	900 mg	900 mg	Enfant de 10 à 19 ans : 900 mg Femme enceinte : 1 000 mg Femme allaitante : 1 000 mg
	Phosphore	750 mg	750 mg	Enfant de 10 à 19 ans : 900 mg Femme enceinte : 1 000 mg Femme allaitante : 1 000 mg
	Magnésium	420 mg	360 mg	Enfant de 10 à 19 ans : 280 à 410 mg Femme enceinte : 400 mg Femme allaitante : 400 mg
	Fer	9 mg	16 mg	Adolescente : 15 mg Femme enceinte : 30 mg Femme allaitante : 9-10 mg
	Fluor	2 à 2,5 mg		
	Iode	150 µg		Femme enceinte et adolescente : 200 µg
	Zinc	15 mg		Enfant de 0 à 1 an : de 3 à 5 mg Enfant de 1 à 10 ans : 10 mg

II. L'équilibre alimentaire

Pour maintenir un bon statut nutritionnel, il faut respecter la répartition suivante :

Constituants alimentaires	ANC en énergie	Commentaires
Protides	10 à 15 %	50 % de protéines animales 50 % de protéines végétales
Glucides	50 à 55 %	La consommation de produits sucrés ne doit pas dépasser 10 % Privilégier la consommation de fruits et de légumes (50 % d'amidon)
Lipides	30 à 35 %	25 % d'acides gras saturés 75 % d'acides gras insaturés 300 mg/jour de cholestérol

III. Les conséquences d'une alimentation hyperlipidique et hyperglucidique

Une alimentation **hyperlipidique** ou **hyperglucidique** caractérise une consommation excessive des aliments riches en lipides ou en glucides.
Ces régimes alimentaires caractérisés par un excès sont à l'origine de maladies aux conséquences graves.

Type d'alimentation	Caractéristiques	Conséquences ou maladies
Alimentation hyperlipidique	Consommation importante d'aliments riches en acides gras saturés Exemple : la viande de porc	• Hypercholestérolémie • Maladies cardiovasculaires • Accidents liés à l'athérosclérose • Obésité
Alimentation hyperglucidique	Consommation importante d'aliments riches en sucres simples Exemples : la confiture, le miel…	• Hyperglycémie • Diabète gras • Obésité (les glucides assimilés au-delà des besoins sont stockés dans le tissu adipeux) • Caries dentaires • Maladies cardiovasculaires (l'excès de glucides est responsable du taux élevé de triglycérides dans le sang) • Carences vitaminiques

IV. Les conséquences d'une carence en fer, calcium, vitamines, protéines

Carences		Conséquences ou maladies
Carence en protéines	Énergie et protide	Amaigrissement extrême du jeune enfant
	Acides aminés essentiels	**Kwashiorkor** : apparition d'œdème au niveau des membres inférieurs et du visage, fonte musculaire et dépigmentation de la peau
Carence en vitamines	Vitamine C	**Scorbut** : douleur et saignement au niveau des gencives chez les enfants. Elle peut entraîner un déchaussement des dents. C'est une maladie mortelle
	Vitamine D	**Rachitisme** : fragilité des os chez les enfants
	Vitamine B1	**Béri-béri** : maladie ayant comme conséquences des troubles neurologiques et des problèmes cardiaques
Carence en minéraux	Calcium	**Ostéoporose** : diminution de la masse osseuse ; fragilité osseuse, prédominante chez les personnes âgées
	Fer	**Anémie** : diminution du nombre d'hématies

DÉFINITIONS

Athérosclérose : accumulation de dépôts de lipides sur les grosses voies artérielles, pouvant entraîner un infarctus du myocarde.

Hypercholestérolémie : taux de cholestérol sanguin supérieur à 2,5 g/L.

L'ALIMENTATION DU NOURRISSON ET DE L'ENFANT

Le premier aliment de l'enfant est le lait. L'Organisation mondiale de la santé (OMS) recommande d'introduire les premiers aliments vers 6 mois. C'est le début de l'**alimentation diversifiée**.

I. LA RATION LACTÉE

A • La ration lactée en fonction de l'âge

Le dosage des biberons dépend de l'âge et du poids du nourrisson.

Nourrisson âgé de 0 à 5 mois	Nourrisson âgé de + de 5 mois
On applique la formule d'Appert pour déterminer la quantité de lait pour la journée (ml/jour) : $\text{Quantité} = \frac{\text{Poids de l'enfant (en g)} + 250}{10}$	La règle d'Appert ne s'applique plus pour les bébés ayant un poids supérieur à 6 kg (poids atteint vers les 5 mois).
Il suffit de diviser la quantité de lait par le nombre de repas pour estimer la quantité de lait par biberon.	210 ml d'eau + 7 mesurettes de lait en poudre par biberon. Il faut environ 500 ml de lait par jour pour couvrir les besoins du nourrisson.

B • Les différents types de lait

L'OMS recommande l'allaitement maternel jusqu'à l'âge de 6 mois. Il couvre entre autres les besoins nutritionnels du nourrisson.

Constituants	Lait maternel	Lait de vache
Protéines en g/l	12 à 14	30 à 35
Lipides en g/l	30 à 40	35 à 40
Glucides g/l	60 à 70	45 à 50

Le **lait maternel** comporte plusieurs avantages par rapport au lait de vache :
- sa composition et sa température varient au cours de la tétée et selon l'âge de l'enfant, pour s'adapter exactement à ses besoins ;
- sa teneur en vitamine D et en immunoglobulines A est supérieure ;
- il apporte beaucoup d'énergie sous un faible volume.

Lorsque l'allaitement n'est pas possible ou non souhaité, des **laits infantiles** peuvent être pris en substitution dès la naissance. Ces laits sont appelés **aliments lactés diététiques (ALD)** ou aliments destinés aux nourrissons et aux enfants en bas âge ; ils sont spécifiques à chaque âge.

ALD	Caractéristique	Dénomination courante	Âge
Lait premier âge	La composition est proche de celle du lait maternel. Il est enrichi en fer et en vitamine D. Il couvre les besoins nutritionnels.	Préparation pour les nourrissons.	De 0 à 6 mois.
Lait deuxième âge	Il est enrichi en acides gras essentiels, en fer, en calcium et il contient de nombreuses vitamines (C, D).	Préparation de suite.	De 6 à 12 mois en relais du lait maternel ou du lait premier âge ; il complète l'alimentation diversifiée.
Lait de croissance	Il est enrichi en acides gras essentiels, en vitamines et en fer ; il est appauvri en protéines.	Aliment lacté destiné aux enfants en bas âge.	De 1 an à 3 ans.

À SAVOIR

L'OMS (l'Organisation mondiale de la santé) recommande l'allaitement maternel exclusif pendant au moins 4 mois et si possible pendant 6 mois pour un enfant **né à terme**. L'OMS préconise ensuite l'allaitement maternel mixte. L'allaitement est associé avec d'autres aliments dans le cadre de l'alimentation diversifiée jusqu'à la deuxième année de l'enfant.

Des laits spéciaux ont été mis au point afin d'apporter une réponse aux problèmes que peuvent rencontrer certains enfants.

Les **laits anti-régurgitation** ou de confort premier âge et deuxième âge sont des laits épaissis pour limiter les rejets de petites quantités de lait.

Les **laits hypoallergéniques** sont adaptés aux enfants exposés aux risques d'allergies. Ils sont fabriqués à partir de protéines de plus petites dimensions pour réduire les manifestations allergiques. Ils sont préconisés pendant les six premiers mois de la vie.

Les **laits sans lactose ou hydrolysats de protéines** sont des laits adaptés aux nourrissons souffrant de coliques souvent dues aux éléments difficiles à digérer comme les protéines et le lactose.

II. L'alimentation diversifiée

A • Le principe de la diversification alimentaire

Au départ, le lait reste l'aliment prédominant dans le régime alimentaire, puis le nourrisson peut avaler, déglutir et mâcher grâce à l'apparition des dents. Suivant les recommandations de l'OMS, l'introduction des aliments peut commencer entre 4 et 6 mois.

Il faut introduire un seul aliment à la fois par semaine pour qu'il soit reconnu et accepté par l'organisme, afin de détecter une éventuelle allergie. La consistance des plats doit devenir plus épaisse au cours du temps, pour suivre l'évolution des capacités digestives.

À SAVOIR

On appelle **mesurette** une petite cuillère servant de dose. Une **dose** représente la quantité de poudre à dissoudre dans **30 ml d'eau**. La mesurette doit être remplie puis arasée à l'aide d'un couteau sans être tassée.

B • Introduction des nouveaux aliments en fonction de l'âge

Âge	Texture	Justification	Aliments
De 0 à 3 mois	Liquide	– Absence de dent – Réflexe de succion – Le système digestif n'est pas encore fonctionnel	Lait maternel ou aliment lacté diététique premier âge
4e mois	Fluide		– Jus de fruits sans sucre ajouté – Farine sans gluten – Purée de légumes
5e mois	Fluide mais de plus en plus épais	Déglutition : le bébé utilise sa langue pour avaler	Aliment lacté diététique dit « de suite »
Du 6e au 8e mois	Grumeleuse	Début de la mastication, apparition des premières dents	– Yaourts spécifiques pour bébé – Viande blanche (poulet, jambon blanc), poisson ou œuf bien cuit (un jaune d'œuf par semaine) mixés – Matières grasses : beurre, huile, margarine – Fruits cuits mixés hors agrumes et fruits rouges (risques d'allergies)
9e mois	Petits morceaux	Mastication plus efficace car les dents sont plus nombreuses	– Pain, riz, pâtes – Viande (bœuf, agneau, porc) – Chocolat – Œuf entier
Du 10e au 12e mois	Morceaux plus gros	Plus autonome, le bébé peut tenir sa cuillère et son verre et manger seul	– Légumes et féculents écrasés à la fourchette – Viande (toujours en faible quantité, 20 à 40 g par jour) – Éviter les abats et la charcuterie – Fruits crus râpés hors agrumes et fruits rouges (risques d'allergies) – Produits laitiers : lait de croissance, yaourt nature…

FICHE 87

L'ALIMENTATION DES ADOLESCENTS, DES ADULTES ET DES PERSONNES ÂGÉES

La **ration alimentaire** est une application pratique des principes à respecter pour maintenir l'équilibre alimentaire.

À SAVOIR

La ration alimentaire définit la quantité et le type d'aliment qu'il faut consommer par jour pour couvrir les **besoins nutritionnels**. Il faut répartir ces aliments entre les différentes prises alimentaires de la journée.

I. LES ADOLESCENTS

L'apport énergétique quotidien d'un **adolescent âgé de 16 à 18 ans** doit être de **13 300 kJ/jour** (3 182 Kcal/jour). Les besoins nutritionnels sont accrus pour assurer la croissance. Il faut être attentif au choix des aliments et utiliser les équivalences alimentaires pour proposer un aliment qui sera mieux accepté par l'adolescent. Les troubles du comportement alimentaire (boulimie et anorexie) apparaissent durant l'adolescence.

II. LES ADULTES

L'apport énergétique quotidien d'une **femme d'activité moyenne**, n'étant ni enceinte ni allaitante, est de **9 100 kJ/jour** (2 177 Kcal/jour). Il faut faire attention à l'apport en fer, pour compenser les pertes au cours des menstruations.
L'apport énergétique quotidien d'un **homme d'activité moyenne** est de **11 400 kJ/jour** (2 727 Kcal/jour). Ceci s'explique par le fait que la masse maigre (muscle, organe, viscères) est plus importante chez l'homme que chez la femme. Cette masse maigre est consommatrice d'énergie pour son bon fonctionnement.

III. LES PERSONNES ÂGÉES

L'apport énergétique quotidien d'un **homme de 70 ans** est de **7 500 kJ/jour**. L'apport en eau doit être surveillé pour couvrir les besoins car les personnes âgées perdent la sensation de soif. L'apport en protéines doit aussi être surveillé en raison du ralentissement du métabolisme et du ralentissement de la vitesse de fabrication de nouveaux tissus.

Aliments	Quantité			Commentaires
	Pour un adolescent	Pour un adulte	Pour une personne âgée	
Lait demi-écrémé	250 ml	225 ml	400 à 500 g	– Apport de calcium. – 1 yaourt = 125 ml de lait. – Les produits laitiers sont préférés au fromage pour limiter les apports lipidiques. – La portion moyenne de fromage en collectivité est de 40 g.
Yaourt	250 ml	125ml		
Fromage	40 g	40 g (femme) 60 g (homme)	40 g	
Viandes, produits de la pêche et œufs	170 g	120 g (femme) 150 g (homme)	120 à 170 g	– Varier les sources de protéines, en mangeant du poisson 2 à 3 fois par semaine.
Céréales	50 g	30 g (femme) 40 g (homme)	30 à 40 g	– On peut augmenter la quantité des glucides complexes selon l'appétit. – On peut remplacer les pommes de terre par des féculents équivalents (pâtes, riz…). – Ils sont riches en glucides complexes. – Ces glucides favorisent la satiété. – Céréales et pain complets améliorent le transit intestinal.
Pain	270 g	120 g (femme) 220 g (homme)	120 à 180 g	
Pomme de terre	400 g	300 g (femme) 350 g (homme)	250 à 350 g	
Légumes	350 g	350 g	300 g	– Les légumes peuvent être consommés sans restriction (crudités, potages…). – Privilégier les fruits entiers. – Manger des légumes cuits et crus. – Consommer cinq portions de fruits et de légumes par jour. – Les fruits crus apportent de la vitamine C (détruite à la chaleur).
Fruits	350 g	300 g	350 g	
Huile	30 g	20 g (femme) 30 g (homme)	20 à 25 g	– Consommer une huile crue riche en acide gras poly insaturés (exemple : huile d'olive). – Apport en vitamines A et D.
Beurre	35 g	20 g (femme) 30 g (homme)	10 g	
Sucre	70 g	50 g (femme) 60 g (homme)	50 à 60 g	Le sucre et les produits sucrés sont liés au plaisir. Il est conseillé de limiter leur consommation pour éviter le développement de caries, du diabète, des troubles cardio-vasculaires…
Eau	1,5 L	1,5 L	1,5 L	Sous plusieurs formes : eau minérale, jus de fruits, thé, café…

L'ÉQUILIBRE ALIMENTAIRE

La ration alimentaire représente tous les aliments de la journée qu'un individu doit consommer. Il faut répartir cette ration en 3, 4, voire 5 prises alimentaires selon l'état physiologique ou pathologique de la personne. La répartition raisonnée de la ration au cours de la journée permet la confection de menus.

I. LA RÉPARTITION DE LA RATION

Les trois principaux repas sont le **petit-déjeuner**, le **déjeuner** et le **dîner**. Selon les cas, viennent s'ajouter la **collation** du matin et le **goûter** sans augmenter l'apport énergétique de la journée. Il s'agit simplement de répartir la ration alimentaire.

Répartition de la ration (en pourcentage)

Prise alimentaire	Adulte	Enfant	Personne âgée
Petit-déjeuner	25	25	25
Déjeuner	45	30	35
Goûter		15	15
Dîner	30	30	25

II. MENU

A • Élaboration d'un menu

Un menu indique le nom des plats que l'on consomme à chaque repas.
On recommande de consommer :
– 5 portions de légumes et de fruits dont deux crus et deux cuits par jour ;
– 3 portions de produits laitiers dont une portion de fromage par jour ;
– 2 à 3 fois de poisson par semaine ;
– 100 à 150 g de viande (en alternant viande rouge et viande blanche) ou deux œufs par jour ;
– 30 à 40 g de matière grasse (10 g de beurre cru) quotidiennement.

Repas	Petit-déjeuner	Déjeuner/Dîner	Goûter
Composition	• Produit laitier • Boisson • Produit céréalier • Corps gras • Fruit entier ou jus de fruit • Produit sucré si nécessaire pour couvrir les besoins	• Légumes et fruits doivent être présents à chaque repas ; sous toutes leurs formes (crus, cuits, frais) • Plat protidique le midi ; le soir un complément protidique (œuf, jambon...) • Produit laitier au déjeuner comme au dîner • Produit céréalier à chaque repas • Féculent ou équivalent en complément des légumes et à chaque repas • Eau	• Produit céréalier • Produit laitier/fruit • Boisson

B • Exemple d'un menu

Ce menu est destiné à **une personne âgée de 70 ans** en maison de retraite.

Menu	
Petit-déjeuner	• Café au lait sucré • Pain beurré avec de la confiture de fraise
Déjeuner	• Salade d'endives aux noix, à la vinaigrette • Bœuf bourguignon accompagné de carottes vichy • Roquefort • Île flottante
Goûter	• Thé • Compote de pommes accompagnée de biscuits
Dîner	• Potage de légumes • Risotto aux champignons • Yaourt nature • Salade de fruits frais

C • Vérification du menu

Le goûter complète la ration en apportant la 5e portion de légumes et/ou de fruits. L'alimentation de la personne âgée est différente de celle d'un adulte d'âge moyen. On conseille de fractionner les repas sur la journée en plusieurs prises afin de couvrir les besoins nutritionnels. De plus, la personne âgée ressent moins la sensation de soif, la boisson au goûter constitue un apport en eau intéressant.

Produits laitiers	Viande/poisson	Corps gras	Produits céréaliers	Féculents ou équivalent	Légumes	Fruits
3	1	2	2	1	1 (cru) 2 (cuits)	2 (crus et cuits)

LES DIFFÉRENTS RÉGIMES PRESCRITS

Un régime prescrit tient compte de la pathologie, des habitudes alimentaires, des goûts de la personne. L'objectif est d'améliorer l'état de santé ou de ne pas aggraver la pathologie présente.

I. LES RÉGIMES PRESCRITS

Régimes prescrits	Caractéristiques	Pathologies associées aux régimes prescrits
Régime hyposodé	Alimentation pauvre en sodium (exemple : on réduit la consommation de sel)	• Maladie cardiovasculaire • Maladie rénale
Régime hypoglucidique	Alimentation pauvre en glucides (exemple : on réduit la consommation de sucre)	• Obésité simple • Obésité avec diabète • Prévention du diabète sucré
Régime hypolipidique	Alimentation pauvre en lipides (exemple : on évite l'utilisation des fritures)	• Prévention et traitement du cholestérol • Maladie cardiovasculaire (limite les athéromes)
Régime hypoprotidique	Alimentation pauvre en protides (exemple : on limite la consommation des aliments du groupe VPO)	• Insuffisance rénale chronique • Crise de goutte
Régime sans résidu	Alimentation exempte d'aliments difficiles à digérer	• Préparation pour certaines opérations • Maladies digestives (exemple : la diarrhée aigüe)

II. LES COMPLÉMENTS ALIMENTAIRES

Les compléments alimentaires sont des denrées alimentaires qui complètent un régime. Ils ne sont prescrits qu'aux personnes ayant une **carence** précise ou un **apport nutritionnel insuffisant**.

Compléments alimentaires	Personnes concernées	Justification
Vitamine B12	Végétalien	Absence de la vitamine B12 dans les végétaux.
Calcium	Personne âgée	En prévention de l'ostéoporose qui peut entraîner entre autres la fracture du col du fémur.
Vitamine D		Pour répondre aux besoins des personnes sans activité en extérieur.
Vitamine B9 (avant et en début de grossesse)	Femme enceinte	Un apport insuffisant pendant la grossesse peut entraîner des malformations au niveau du système nerveux.
Vitamine D (pendant la grossesse)		Le rayonnement solaire entre juin et octobre est suffisant pour une production optimale de vitamine D. Cette supplémentation est conseillée pour les femmes accouchant entre mars et juin.
Fer		Il limite le risque d'accouchement prématuré ; il est prescrit sur avis médical.
Vitamine K	Nourrisson	En cas d'allaitement maternel.

III. Les troubles digestifs

	Définitions et symptômes	Conséquences	Mesures à respecter
Diarrhées	Selles liquides et/ou abondantes	• Déshydratation qui peut être grave pour les personnes âgées et les nourrissons • Amaigrissement • Carences en vitamines et en éléments minéraux	• S'hydrater (boire de l'eau) • Ralentir le transit intestinal : limiter les aliments riches en fibres, supprimer le lactose
Constipations	Faible fréquence d'émission des selles (moins de 3 selles par semaine)	À long terme : occlusion intestinale	• Accélérer le transit : consommer des aliments riches en fibres • Diversifier les repas • Manger à heure régulière • Pratiquer une activité physique régulière
Vomissements	• Rejet du contenu de l'estomac par la bouche lors d'un spasme • Fièvre • Douleurs abdominales • Perte d'appétit	Déshydratation	• S'hydrater régulièrement : boire en dehors des repas • Fractionner les repas au cours de la journée (4 à 5 rations) • Manger les aliments à température ambiante

LES ALLERGIES ALIMENTAIRES ET L'INTOLÉRANCE AU GLUTEN

Les **allergies alimentaires** sont des réactions consécutives à l'ingestion de certains aliments. Il ne faut pas confondre l'**allergie** avec l'**intolérance alimentaire**. L'**allergie** sollicite le système immunitaire.

I. L'ALLERGIE ALIMENTAIRE

La plupart des allergies apparaissent avant 4 ans et certaines disparaissent avec l'âge. Il n'existe pas de traitement médical.

A • Les symptômes et les principaux aliments allergènes

Les signes d'une allergie ou les symptômes peuvent être variables selon les personnes.

Symptômes	Aliments allergènes
• Cutané : démangeaison, rougeurs et gonflement… • Respiratoire : difficulté à respirer, sensation d'étouffement… • Digestif : diarrhée, colique, vomissement… • Cardiovasculaire : perte de conscience, pouls faible…	• Arachide (cacahuète) • Fruits à écales (amande, noix de cajou…) • Lait de vache (2,5 % des enfants en bas âge vont présenter une réaction au lait de vache) • Œufs • Poissons et crustacés

B • Les mesures à respecter en cas d'allergie alimentaire

• **Identifier** l'allergène par un test cutané, test sanguin ou test de provocation.
• **Informer** son entourage, les amis, le personnel de l'école pour les enfants…
• **Porter** un bracelet indiquant la nature de l'allergie alimentaire ; il peut être utile en situation d'urgence.
• **Décoder et surveiller** la liste des ingrédients des aliments car l'allergène peut être un ingrédient contenu dans plusieurs produits alimentaires.
• **Identifier** les plats exempts d'allergène et destinés à la personne allergique.
• **Éliminer** les sources de contamination susceptibles d'apporter un ou plusieurs allergènes (exemple : ustensile contaminé par l'allergène).
• **Avoir sur soi** un auto-injecteur d'adrénaline pour les personnes qui ont des difficultés respiratoires, au cas où une absorption accidentelle d'un aliment contenant un ou plusieurs allergènes a lieu.

II. L'INTOLÉRANCE AU GLUTEN

Le **gluten** est une protéine présente dans certaines céréales : blé, seigle, orge, avoine. L'intolérance au gluten ou maladie cœliaque est une maladie digestive fréquente (une personne sur cent en Europe). Cette maladie se traduit par une mauvaise absorption des constituants alimentaires, notamment le fer, le calcium et l'acide folique au niveau de l'intestin grêle.

A • Les symptômes

Nouveau-né	• Diarrhée chronique • Fatigue • Anorexie • Abdomen gonflé • Ralentissement de la croissance en poids et taille
Jeune enfant	• Petite taille • Puberté tardive • Anémie chronique (diminution du taux d'hémoglobine) • Douleurs aux articulations
Adulte	• Diarrhée • Amaigrissement • Ostéoporose (fragilité diffuse des os) • Crampe musculaire • Fausse-couche (due entre autres à la carence en acide folique)

B • Les mesures à respecter en cas d'intolérance au gluten

Seul un **régime alimentaire strict** sans gluten permet la disparition des symptômes :

• **Éliminer** les aliments contenant du gluten (produits céréaliers et aliments préparés). Le gluten entre dans la composition de plusieurs aliments courants comme les pâtes, le pain, les biscuits. Il faut bannir tous ces aliments de l'alimentation.

• **Ne pas contaminer** les aliments sans gluten. Il faut faire attention aux échanges d'ustensiles avec les personnes qui ne suivent pas un régime sans gluten.

• **Privilégier** les aliments frais. Un régime sans gluten repose sur l'utilisation de beaucoup d'aliments frais et de peu d'aliments transformés.

• **Intégrer** un groupe de soutien, ce qui permet d'avoir facilement des conseils, voire des recettes de plats sans gluten.

Dans certains cas, un régime sans gluten ne suffit pas à faire disparaître les symptômes, le médecin peut prescrire des injections de corticostéroïdes (hormones anti-inflammatoires).

LA QUALITÉ ORGANOLEPTIQUE

I. L'APPÉTIT

A • L'acte de manger

L'acte de manger doit procurer une satisfaction au consommateur. Pour cela, les aliments doivent remplir deux exigences :
- ils doivent **être reconnus** en tant qu'aliments consommables ;
- ils doivent **être savoureux**, autrement dit, ils doivent être agréables au goût.

B • Les facteurs déclencheurs de l'appétit

L'appétit est l'envie de manger. Ce désir est lié à plusieurs facteurs tels que les **facteurs sensoriels** :

- le **facteur visuel** : la présentation d'un met dans l'assiette... ;

- le **facteur olfactif** : les parfums s'échappant des préparations culinaires, l'odeur agréable des cuissons ;

- le **facteur gustatif** : les différents arômes d'un plat.

D'autres facteurs interviennent tels que le contexte.

Le mécanisme de l'appétit est lié aux hormones, aux organes dont l'hypothalamus. On distingue deux types de faim :

- la **faim physiologique** : le manque d'énergie provoque la libération d'hormones dans le cerveau qui déclenchent la sensation de faim ;

- la **faim psychologique** : le cerveau est à l'origine de la sensation de faim, alors que le corps n'a pas besoin de nourriture. La faim psychologique peut aggraver les maladies alimentaires comme l'obésité.

À SAVOIR

Le **manque d'énergie** est un signal déclenché par la baisse de la glycémie, c'est-à-dire du taux de glucose dans le sang.

II. La qualité organoleptique

A • Définition

Elle concerne l'ensemble des propriétés d'un aliment perceptibles par les sens (la **couleur**, l'**odeur**, la **saveur**, la **consistance**). Le cerveau associe des sensations ou des caractéristiques à un aliment (exemple : une tomate correspondant à une couleur rouge, de forme ronde…). Les critères organoleptiques correspondent aux caractéristiques de l'aliment qui procurent une sensation.

Les sens	Les caractéristiques de l'aliment
La vue	• La forme (rond, cylindrique…) • La couleur (rouge, vert…) • L'aspect (lisse, granuleux…)
Le toucher	• La texture (mou, râpeux, doux…) • La température (chaud, froid, tiède…)
L'odorat	• L'odeur (agréable, désagréable, épicée…)
Le goût	• La température (chaud, froid, tiède…) • La consistance (ferme, onctueux, croquant, gluant, fluide…) • La saveur (acide, salé, sucré, amer)
L'ouïe	• Le bruit lorsqu'on mâche l'aliment (croustillant, croquant…)

B • Les organes sensoriels

Plusieurs organes participent à la perception des saveurs et des odeurs.

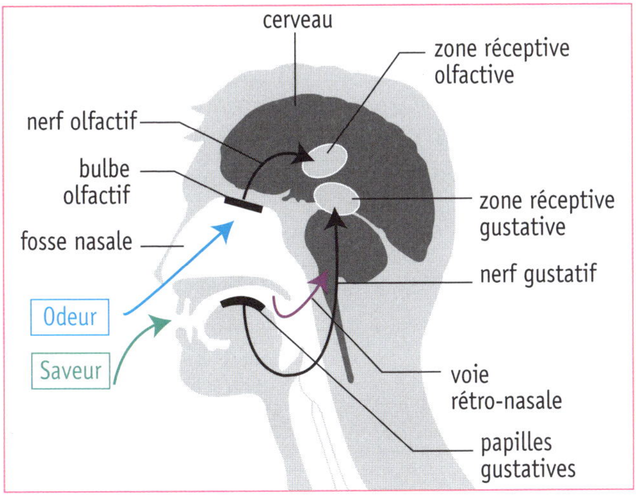

L'ÉDUCATION ALIMENTAIRE

L'éducation alimentaire est l'une des stratégies pour prévenir des maladies comme l'obésité, le diabète de type II (non-insulino-dépendant).

I. L'ÉDUCATION ALIMENTAIRE

A • Le principe

L'éducation alimentaire concerne plusieurs domaines :
- la **connaissance de l'aliment** : l'origine et le processus de fabrication de l'aliment, la recette, le mode et la technique de préparation, la liste d'ingrédients ;
- la **connaissance nutritionnelle** : des repas ajustés aux besoins de chaque consommateur et la connaissance de la composition des aliments ;
- la **qualité organoleptique** de l'aliment : les sensations procurées par les aliments.

B • L'intérêt

L'éducation nutritionnelle fournit les moyens pour manger avec plaisir tout en couvrant les besoins nutritionnels. Manger sainement maintient en bonne santé les individus, notamment en évitant les carences et les déficits en éléments minéraux et en vitamines.

Intérêt	Maladies	Estimation des personnes concernées en France (PNNS* 2011-2015)
Prévenir certaines maladies	• Le cancer • Les maladies cardiovasculaires • Le diabète type II • L'ostéoporose	33 % des décès chez l'homme et 23 % chez la femme. 26 % des décès chez l'homme et 31 % chez la femme. 2,5 millions de personnes traitées.
	• L'obésité	16,1 % des hommes et 17,6 % des femmes et 3,5 % des enfants âgés de 3 à 17 ans.
Combattre la dénutrition des personnes âgées	• La dénutrition	45 % des personnes en maison de retraite.

* PNNS : programme national nutrition santé.

II. Surpoids et obésité

A • Définition

Surpoids et obésité caractérisent une **surcharge pondérale**. Elle est moins importante dans le cas du surpoids. Une surcharge pondérale est due à une alimentation riche en lipides simples et en glucides simples durant des années.

B • Diagnostic

L'IMC (indice de masse corporelle) est l'outil le plus souvent utilisé pour évaluer les surcharges pondérales. Il est obtenu par la formule :

$$\textbf{IMC} = \frac{\text{Poids (en kg)}}{\text{Taille} \times \text{Taille (en m)}}$$

Il y a **surpoids** lorsque l'IMC est compris **entre 25 et 29**. Il y a **obésité** lorsque l'IMC est **supérieur ou égal à 30**. En plus de l'IMC, il faut tenir compte de deux autres critères pour déterminer l'obésité d'une personne :
– le tour de taille (en cm) : chez la femme $\geq$ 88, chez l'homme $\geq$ 102 ;
– le rapport tour de taille/tour de hanche : chez la femme $\geq$ 0,85, chez l'homme $\geq$ 1.

C • Prévention

La prévention peut débuter dès le plus jeune âge. L'obésité peut être liée à des habitudes alimentaires prises dès l'enfance. La pratique d'une activité physique est essentielle pour maintenir un **poids de santé**.

Repas	• Manger équilibré pour encourager les enfants à faire de même. • Ne pas obliger l'enfant à finir son assiette ; il a un appétit qui varie d'un jour à l'autre. Il peut ainsi être à l'écoute des signes de faim et de satiété. • Boire de l'eau pour se désaltérer. Limiter la consommation de jus de fruits. • Diversifier les aliments. Varier les sources de protéines.
Activité physique	• Pratiquer une activité physique régulièrement. • Privilégier la marche à pied plutôt que les déplacements en voiture, pour de petits déplacements. • Limiter le temps consacré à la télévision ou à l'ordinateur. • Partager des activités avec les enfants pour les inciter à être actifs.
Sommeil	• Dormir suffisamment aide à contrôler son poids. Le déficit de sommeil incite au grignotage pour compenser la baisse d'énergie.
Maîtriser le stress	• Limiter le stress qui incite à manger plus vite et plus que nécessaire.

LES TROUBLES DE L'ALIMENTATION

Pour certaines personnes, il est important d'accepter de changer leurs habitudes alimentaires pour manger sainement. Pour cela, il faut comprendre comment nous choisissons ce que nous mangeons. Il faut donc décoder le comportement alimentaire. Parfois, il peut être à l'origine de **troubles de l'alimentation**.

I. LES OBSTACLES AU CHANGEMENT ALIMENTAIRE

Ce que nous mangeons n'est pas seulement dicté par nos préférences. Des facteurs interviennent comme les intérêts personnels (exemple : pour ou contre le bio), le contexte social du repas, sans pour autant s'opposer à une bonne alimentation. Parfois, il est nécessaire de modifier ses habitudes alimentaires pour retrouver une alimentation saine. Elles ne seront acceptées que si elles sont en adéquation avec nos envies.

Divers facteurs influencent nos choix :

– **les facteurs physiologiques** : les propriétés organoleptiques de l'aliment (le goût, l'odeur ou l'apparence) ;

– **les facteurs socioculturels** : l'attirance ou le dégoût de certains aliments, le mode de vie (moins de temps disponible pour préparer les repas), les connaissances de l'alimentation et de la santé, les habitudes alimentaires de la famille ;

– **les facteurs économiques** : le coût des aliments, la disponibilité des aliments.

II. LES CONSÉQUENCES DE LA DÉSHYDRATATION ET DE LA DÉNUTRITION

A • La dénutrition

La **dénutrition** caractérise un apport insuffisant de constituants alimentaires.

Catégorie de personnes	Signes	Conséquences
Nouveau-né	• Maigreur	• Ralentissement de la croissance • Augmentation du risque d'infections • Augmentation de la mortalité infantile
Personne âgée	• Perte de poids • Diminution de la masse musculaire • Diminution de la masse graisseuse • Altération du système immunitaire	• Accélération de la perte d'autonomie • Augmentation du risque d'infections • Augmentation du risque de chutes • Augmentation de la mortalité

B • La déshydratation

Le premier signe est la **perte de poids**, si elle dépasse 10 % du poids total, on parle de déshydratation importante.

Catégorie de personnes	Signes	Conséquences
Nouveau-né	• Fontanelle déprimée • Perte de poids • Teint gris, cernes sous les yeux	• Trouble de la conscience • Insuffisance rénale
Personne âgée	• Sécheresse de la bouche • Mal de tête • Crampe • Diminution du nombre d'urines • Disparition des larmes	• Perte accrue de la sensation de soif lorsqu'elle dure trop longtemps. • Troubles de la conscience • Infarctus et **phlébite** dus à la diminution du flux sanguin • Infection urinaire • Escarres

III. Les troubles du comportement alimentaire : anorexie et boulimie

Les personnes souffrant d'anorexie et de boulimie ne contrôlent pas leur comportement alimentaire ; elles ont une vision déformée de leur corps et sont obsédées par la nourriture.

A • L'anorexie

L'**anorexie** est caractérisée par un refus de maintenir un poids normal par rapport à l'âge et à la taille. Cela se traduit par un refus de manger. La personne anorexique a une perception erronée de son image corporelle : elle se voit toujours plus grosse qu'elle ne l'est.

B • La boulimie

La **boulimie** est caractérisée par une alternance d'excès alimentaires entrecoupés par des périodes de privation de nourriture. Un sentiment de culpabilité accompagne ces excès alimentaires ; pour se déculpabiliser, la personne vomit ou prend des laxatifs.

DÉFINITION

Phlébite : obstruction d'une veine par un caillot de sang au niveau des membres inférieurs.

LA QUALITÉ SANITAIRE DES ALIMENTS

Un aliment doit répondre à plusieurs critères de qualité :
- la **satisfaction** : il doit être plaisant à consommer ;
- la **santé** : il doit couvrir les besoins nutritionnels de l'organisme ;
- le **service** : il doit avoir un coût raisonnable ;
- la **sécurité sanitaire** : il doit être sans danger pour le consommateur.

I. CRITÈRES DE LA QUALITÉ SANITAIRE

Pour être qualifié de sain, un aliment doit respecter un ensemble de normes. Il ne doit pas contenir notamment :
- de micro-organismes pathogènes ;
- de substances chimiques toxiques ;
- de corps étrangers.

II. LES ALTÉRATIONS DES ALIMENTS

Les altérations des aliments peuvent avoir plusieurs origines :
- attaque d'animaux nuisibles : rats, cafards, mouches…
- écrasement des aliments au cours du transport ; le gel qui détruit les récoltes de fruits et de légumes… (action physique) ;
- rancissement dû à l'action de l'air ou de la lumière sur les corps gras tel que le beurre… (action chimique) ;
- détériorations dues aux aliments eux-mêmes : maturation des viandes, ramollissement des fruits…
- contamination par des micro-organismes (pathogènes ou non).

III. LES MODES DE CONTAMINATION DES ALIMENTS

A • La règle des 5 M

La règle des 5 M est un outil qui montre les modes de contamination des aliments tout au long de la chaîne alimentaire. Les facteurs pouvant être à l'origine d'une contamination sont regroupés en cinq familles (les 5 M) :
- **matériel** : les ustensiles mal nettoyés (casseroles, couteaux…) peuvent être à l'origine d'une contamination microbienne ;
- **méthode** : l'organisation du poste de travail peut être à l'origine d'une contamination. Exemples : les contaminations croisées peuvent se produire si la marche en avant n'est pas respectée ; la multiplication des micro-organismes éventuellement présents dans les aliments s'accélère si la chaîne du froid n'est pas respectée.

– **matière première** : les denrées alimentaires contaminées. Exemple : les œufs contaminés par les salmonelles (bactéries provoquant des gastro-entérites) ;
– **main-d'œuvre** : le personnel peut être porteur de micro-organismes. Il peut contaminer les aliments en les manipulant ;
– **milieu** : les paramètres liés à l'environnement. Exemple : l'air peut transporter des poussières qui peuvent se déposer sur les aliments.

B • Les risques de contamination

	Les risques de contamination	Les pratiques professionnelles à mettre en place pour éviter les contaminations
Matériel	• Ustensiles et matériels souillés (couteaux…) • Défaillance du matériel de cuisson, des chambres froides et des cellules de refroidissement	• Mettre en place des plans de nettoyage et des procédures adaptées • Respecter les plannings de nettoyage • Veiller au respect des contrats d'entretien du matériel (livret de suivi du matériel) ; renouveler le matériel défaillant
Méthode	• Rupture de la chaîne du froid ou du chaud • Contamination entre les produits propres et sales • Poubelles non fermées • Préparations réalisées trop tôt	• Respecter la marche en avant dans le temps et dans l'espace • Respecter les plannings de nettoyage
Matière première	• Contamination des denrées alimentaires • Emballages abîmés • DLC dépassée	• Vérifier la qualité des matières premières et des emballages (réalisation des autocontrôles) • Vérifier la date limite de consommation (DLC) et éliminer les produits dont la DLC est dépassée
Milieu	• Présence d'animaux nuisibles • Aération • Propreté de la cuisine • Eau polluée	• Mettre en place des plans de nettoyage et des procédures adaptées • Respecter les plannings de nettoyage • Respecter les protocoles de préparation des repas et des collations
Main-d'œuvre	• Hygiène corporelle • Personnel porteur sain • Personnel malade • Mains sales	• Se laver les mains et porter la tenue professionnelle recommandée • Mettre à jour les vaccins et faire des examens médicaux • Former le personnel sur les risques de contamination

DÉFINITION

Contamination croisée : contamination d'un produit sain par un produit souillé.
Exemple : le croisement de la vaisselle sale avec la vaisselle propre.

LES INFECTIONS D'ORIGINE ALIMENTAIRE

On appelle **infection d'origine alimentaire**, une infection du système digestif causée par la consommation d'aliments contaminés par des agents microbiens. Une telle contamination résulte habituellement de méthodes inadéquates de manipulation, de préparation, de stockage, de conservation ou de cuisson des aliments : le non-respect des températures d'entreposage ou de cuisson, contaminations croisées… De bonnes pratiques d'hygiène avant, pendant, et après la préparation de la nourriture peuvent réduire ces risques de contamination.

I. LES TOXI-INFECTIONS ALIMENTAIRES (TIA)

Les toxi-infections alimentaires sont des maladies, souvent infectieuses et accidentelles, contractées suite à l'ingestion de nourriture ou de boisson contaminée par des agents pathogènes qu'il s'agisse de bactéries, de virus ou de parasites.

A • Les micro-organismes pathogènes

Micro-organismes	Exemples
Bactéries	*Listeria monocytogenes* *Clostridium botulinum* *Salmonella enteritidis* *Clostridium perfringens*
Virus	Virus de l'hépatite A

À SAVOIR

La **listeria** est l'agent responsable de la listériose. Cette maladie est grave pour les femmes enceintes, elle peut provoquer des fausses-couches ; elle est traitée par des antibiotiques.

B • Les modes d'actions

Micro-organismes pathogènes	Mode d'action
Bactéries qui agissent spécifiquement au niveau des cellules de l'intestin	**Invasion** : les bactéries envahissent et se multiplient dans la cellule.
	Intoxication : les bactéries se développent et libèrent une toxine dans l'aliment avant sa consommation.
	Intoxination : les bactéries sont ingérées avec l'aliment ; elles libèrent la toxine dans l'organisme.
Bactéries non spécifiques à un organe	Les aliments contaminés sont consommés ; les bactéries pénètrent alors dans un **macrophage** pour être transportées au foie ou au système nerveux.
	Une toxine synthétisée par une bactérie est présente dans l'aliment ingéré ; elle peut être transportée au niveau des muscles et provoquer une atteinte.

À SAVOIR

Le **macrophage** est une cellule d'origine sanguine en charge de la digestion et de l'élimination des corps étrangers. Elle fait partie du système immunitaire.

II. Les toxi-infections alimentaires collectives (TIAC)

On parle de **toxi-infections alimentaires collectives** lorsqu'on a l'apparition d'au moins deux malades ayant les mêmes symptômes et pour lesquels on peut rapporter la cause à une même origine alimentaire.

Les micro-organismes responsables	Les aliments concernés
Staphylococcus aureus	Le lait, les produits laitiers, les viandes crues
Salmonella	Les coquillages, les viandes crues, les produits à base d'œufs
Clostridium perfringens	Les viandes consommées tièdes ou froides
Escherichia coli	Les viandes (hachées et crues)
Clostridium botulinum	Les plats préparés, les conserves

LA PROPRETÉ ET L'HYGIÈNE
LES DÉGRADATIONS ET LES SALISSURES

I. LE CONCEPT DE PROPRETÉ ET D'HYGIÈNE

A • Définitions

La **propreté** et l'hygiène sont recherchées aussi bien dans les structures collectives que chez les particuliers. La propreté est l'état d'un produit, d'une surface, d'un appareil, présentant un niveau défini de contamination biologique ou particulaire. Les contrôles sont essentiellement d'ordre visuel (taux de déchets, d'empoussièrement...). On parle de propreté pour des zones à risque classées 1.

L'**hygiène** est l'ensemble des pratiques tendant à préserver et à améliorer la santé. Elle repose sur l'assainissement périodique des surfaces et de l'atmosphère ambiante des locaux. Dans certains cas, le nettoyage est complété par des opérations spécifiques permettant de lutter contre certains contaminants microbiens (désinfection), particulaires ou chimiques. Les prestations de nettoyage doivent s'attacher à réduire les salissures ou contaminants à un niveau non dangereux et à ne pas provoquer de contaminations nouvelles par l'usage de méthodes et/ou de produits inadaptés. On parlera d'hygiène pour des zones à risque classées au moins 2.

B • Les objectifs de l'hygiène

Objectifs	Effets recherchés	Exemples
Bien-être des usagers	Améliorer l'esthétique des surfaces, des matériels et des revêtements.	Améliorer le confort de vie dans les collectivités de personnes âgées.
Santé des usagers	Éliminer les micro-organismes des surfaces ou les substances particulaires présentes dans l'air ambiant.	Mettre en œuvre des opérations de nettoyage et de désinfection en fonction des risques rencontrés à l'hôpital (environnement direct du patient) ou dans une crèche (désinfection des tables à langer).
Sécurité des usagers	Procurer aux usagers des revêtements et matériels exempts de déchets, de micro-organismes.	Des logements et des lieux de travail nettoyés et rangés permettent de prévenir un grand nombre d'accidents.
Économique	Diminuer les coûts résultant des arrêts de travail, améliorer l'image de marque de l'entreprise ou de la collectivité.	Former le personnel des cuisines aux procédures de lavage des mains (cela diminue les risques de toxi-infections alimentaires collectives).

II. Dégradations et salissures

A • La classification des dégradations

Une dégradation est le résultat d'une détérioration irréversible d'un support. Une salissure est un élément indésirable qui adhère ou qui n'adhère pas sur une surface horizontale ou verticale : c'est une dégradation réversible. Parmi les salissures qui n'adhèrent pas au support, on trouve les déchets, visibles individuellement et les particules, invisibles individuellement.

B • Les salissures non adhérentes

Ce sont des salissures qui ne collent pas au support :
– les **déchets** (grandes dimensions) : les ordures ménagères (papier, plastique, déchets alimentaires), les déchets organiques (déchets agricoles, déchets des industries agroalimentaires), les déchets industriels (piles, huiles, cartons), les déchets hospitaliers ;
– les **poussières** ou particules (très petites dimensions) : les particules venant d'aérosol (désodorisant en bombe), les gouttelettes (détergent utilisé en vaporisateur, postillons, gouttelettes de Flügge), les particules végétales, de fumée, les squames…

C • Les salissures adhérentes

Ce sont des dégradations réversibles qui collent aux supports et qui en modifient l'aspect ou l'état. Elles peuvent être maigres (solubles dans l'eau) ou grasses (solubles dans des solvants organiques) :
– les **dépôts** : ensemble de matières solides qui se déposent au fond d'un liquide ou sur un support après évaporation ou élimination de ce liquide. Exemple : le tartre (carbonate de calcium) obstrue les canalisations, dégrade les appareils ménagers et diminue leur rendement, grisaille le linge et les sols carrelés, forme des dépôts sur la vaisselle et les éléments sanitaires et durcit certains aliments à la cuisson ;
– les **taches** : ensemble des salissures adhérentes fixées sur un support (sol ou surface) et qui en modifient l'aspect ;
– les **graffiti** : dessins ou inscriptions tracés sur les surfaces lisses ou poreuses (murs, tables, chaises…) à l'aide de peinture ou d'encre.

À SAVOIR

Les salissures adhérentes peuvent être de nature animale, végétale ou minérale. Elles peuvent être dites maigres (solubles dans l'eau), ou grasses (solubles dans un solvant organique ou un produit alcalin).

LES FACTEURS ET MÉTHODES D'ENTRETIEN

I. LES FACTEURS DU NETTOYAGE

A • Le cercle de Sinner

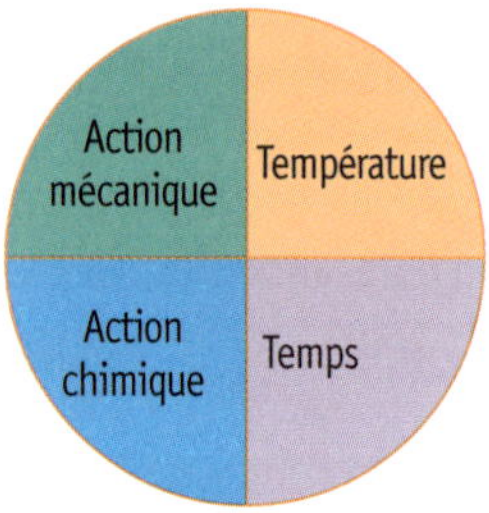

Dans les opérations de nettoyage, le résultat final est influencé par 4 facteurs interdépendants, regroupés dans le cercle de Sinner. Si l'un des facteurs est diminué, on doit obligatoirement compenser cette perte en augmentant un ou plusieurs des autres facteurs.

1. L'action chimique

Le choix d'un produit dépend de :

- la nature de la salissure à éliminer (maigre ou grasse) ;
- la nature du revêtement ou du support (il ne doit pas « agresser » le support) ;
- la méthode utilisée (nettoyage manuel ou mécanisé) ;
- la dureté de l'eau (une eau dure inhibe l'effet tensioactif du détergent).

Le respect de la concentration indiquée par le fabriquant est primordial. Par exemple un produit désinfectant n'agira qu'à une concentration déterminée, de la même façon qu'un produit décapant (extrêmement alcalin) ou détartrant (très acide).

2. L'action mécanique

L'action mécanique correspond à un frottement produit manuellement (par l'agent d'entretien) et/ou par le matériel utilisé (brosse, raclette, lavette non tissée, monobrosse...). Elle permet d'enlever ou de décoller les salissures en facilitant le contact entre les salissures et le produit.

3. La température

L'eau chaude favorise la détergence d'un produit en particulier son pouvoir mouillant (il est conseillé de laver le linge à l'eau chaude). En revanche, elle est contre-indiquée lors de l'utilisation de certains produits désinfectants (eau de Javel).

On peut également utiliser les propriétés de la vapeur d'eau (sèche ou humide) pour nettoyer et désinfecter des revêtements et du matériel médical (nettoyeur vapeur).

L'action thermique peut aussi être apportée par le frottement d'un disque avec une monobrosse sur un support (méthode spray, décapage à sec). Elle favorise l'action des produits thermo-réactifs, tels que les produits pour la méthode spray et les décapants à sec, les émulsions, les produits nettoyants autolustrants.

4. Le temps

Le temps d'action d'un produit est indiqué sur sa fiche technique. Il faut le respecter afin que le produit ait le temps d'agir sur la salissure et qu'elle passe en solution. Ainsi, un détergent a un temps d'action précis afin d'éliminer la ou les salissures.

B • Les actions mises en œuvre en fonction des techniques

Les facteurs du cercle de Sinner n'ont pas tous la même importance. Suivant les techniques mises en œuvre et les résultats attendus, la participation de chaque facteur peut varier.

Exemples de cercles de Sinner pour deux méthodes d'entretien

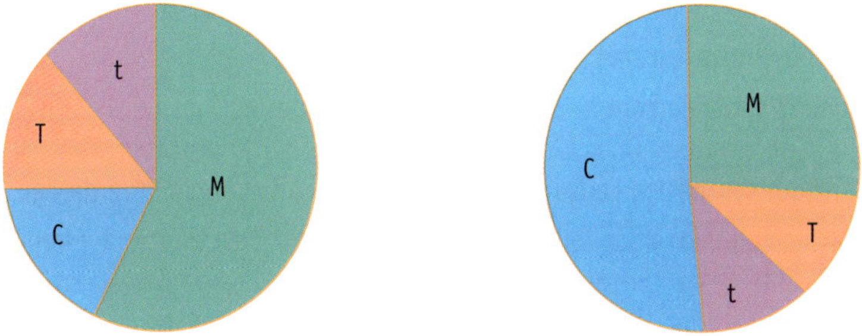

Nom du matériel : monobrosse
Type d'entretien : récurage mécanisé

Nom du matériel : balai rasant ou faubert
Type d'entretien : lavage manuel des sols

M : action mécanique / C : action chimique / T : action de la température / t : action du temps

Une méthode mécanisée privilégiera l'action mécanique, une méthode d'entretien manuelle privilégiera une action chimique (voir exemples précédents).
On peut ainsi caractériser chaque méthode d'entretien et de désinfection par l'importance relative de ses actions à l'intérieur du cercle de Sinner.

Méthodes	Lieux	Actions prépondérantes	Observations
Dépoussiérage mécanisé (aspirateur)	Bureaux, domicile	Mécanique	La participation des autres actions est proche de zéro.
Lavage à l'autolaveuse	Couloirs, halls, tout espace dégagé	Mécanique et chimique	Le temps d'action a une importance inférieure à 10 %.
Nettoyeur vapeur	Hôpital, domicile, cuisine de collectivité, crèche, établissement d'hébergement pour personnes âgées dépendantes (EHPAD)	Température	La participation des actions chimiques et mécaniques est proche de zéro.

II. Mode opératoire et protocole

A • Le mode opératoire

Il décrit généralement le déroulement détaillé des actions nécessaires à l'obtention d'un résultat. On parle aussi de **process** (ou de processus). C'est un document qui synthétise l'ensemble des pratiques sans donner trop de détails.

Par exemple, le mode opératoire de l'entretien des locaux à l'hôpital décrit l'ensemble des activités reliées au nettoyage : le lavage des mains, la préparation du matériel, l'évacuation des déchets, le nettoyage du mobilier et des équipements, le nettoyage des sols. Le **mode opératoire** énonce ainsi ce qu'il faut faire.

B • Le protocole

C'est une description précise d'un mode opératoire à suivre. Par exemple, le protocole de lavage des mains décrit de manière précise les gestes à effectuer par un opérateur (agent de soins hospitalier), le temps de lavage et de rinçage, le matériel à utiliser pour cette opération... Ce protocole s'intègre ainsi dans le mode opératoire de l'entretien des locaux. Un protocole indique ainsi comment réaliser telle ou telle action.

C • Justification du mode opératoire et du protocole

Elle répond à une exigence règlementaire en mettant fin à des pratiques variables entre différents opérateurs. Elle permet au personnel de coordonner les différentes activités entre elles, de développer et de valoriser les compétences d'un opérateur, de gagner du temps tout en donnant une certaine autonomie.

DÉFINITION

EHPAD : établissement d'hébergement pour personnes âgées dépendantes.

CONTRÔLE DES OPÉRATIONS ET DES RÉSULTATS

On distingue deux types de contrôles des locaux : les **contrôles visuels** pour la propreté et les **contrôles microbiologiques** pour l'hygiène. Les contrôles visuels sont privilégiés pour l'entretien à domicile (sans appareillage particulier). On parle d'autocontrôle dans ce cas-là.

I. LES CONTRÔLES VISUELS

A • Mesure du taux d'empoussièrement

1. Procédure de contrôle au Bassoumètre

Il s'agit de recueillir sur une gaze pré-imprégnée, placée sous un patin (doc. 1) glissant dans un cadre (doc. 2), les poussières d'une surface déterminée.
Le patin est muni de 7 lames en caoutchouc collectant les poussières. Il suffit de faire glisser le patin sur le cadre et de compter le nombre de traits sur la gaze (doc. 3). S'il n'y a pas de trait, la surface a été entièrement dépoussiérée ; si quelques traits subsistent, le dépoussiérage est à refaire.

Patin muni d'une gaze pré-imprégnée

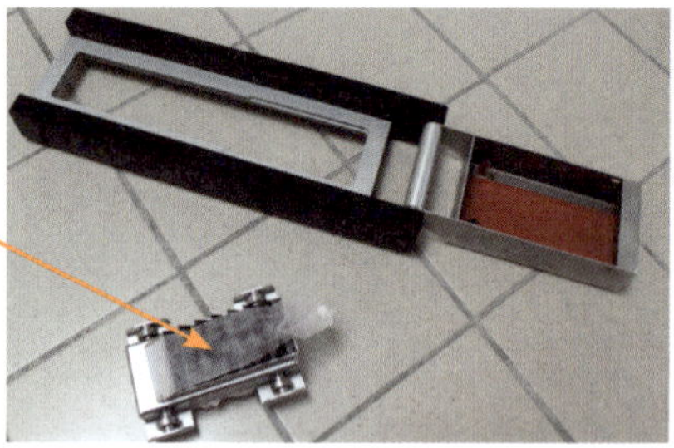

Document 1

Cadre

Document 2

Gaze pré-imprégnée

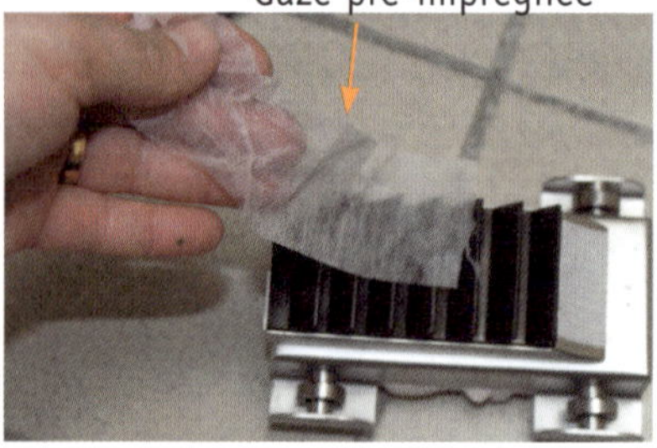

Document 3

2. Procédure de contrôle de l'empoussièrement par frottis

Le frottis consiste à prélever par frottement, à l'aide d'un tissu blanc d'essuyage (exemple : Kleenex), sur une surface de 100 cm² (10 x 10 cm), les salissures non adhérentes et de comparer le spectre obtenu à l'échelle des gris (doc. 4) ou à l'échelle de Bacharach (doc. 5), afin de lui attribuer une valeur comprise entre 0 et 9.
Cette valeur sera ensuite comparée au seuil d'acceptabilité de l'élément considéré.

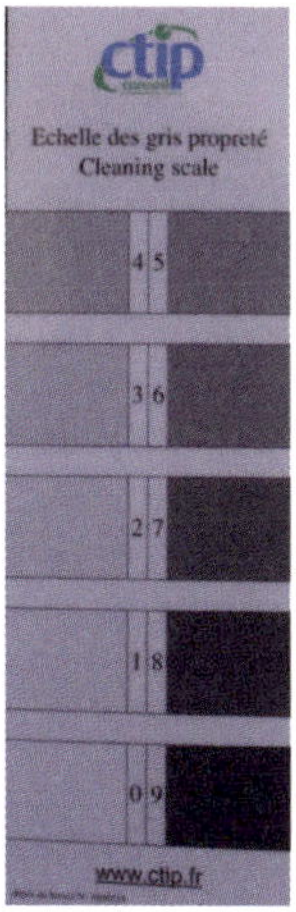

Document 4
Échelle des gris

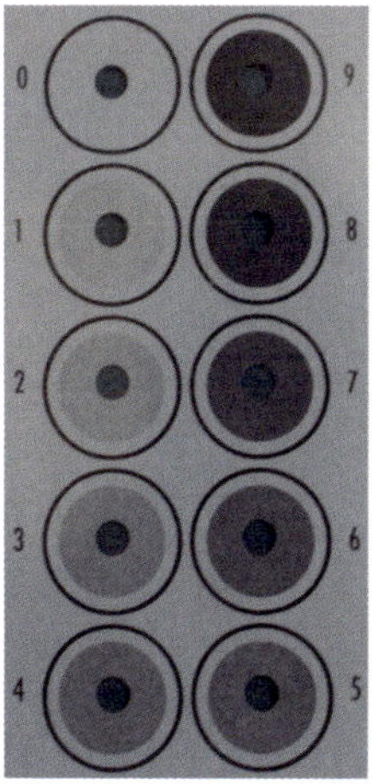

Document 5
Échelle de Bacharach

B • Évaluation chiffrée du bionettoyage

On attribue à chaque élément à nettoyer :
- un critère d'évaluation correspondant notamment aux salissures à éliminer ou au type de nettoyage à effectuer ;
- un coefficient afin de rendre compte de son importance (suivant le risque encouru par le patient).

Pour chaque élément, on note la prestation :
- par un « 0 » si elle est non conforme (nettoyage mal réalisé) ;
- par un « 1 » si elle est conforme (nettoyage bien réalisé).

On multiplie ensuite chaque note par son coefficient afin d'obtenir une note pondérée. On divise enfin la somme des notes pondérées (B) par la somme des coefficients (A) et on compare ce résultat au seuil d'acceptabilité prédéterminé (0,7 ou 70 % dans l'exemple de la page suivante). Dans la grille remplie, la somme des coefficients est égale à 30, la somme des notes pondérées à 22. Le résultat est donc égal à 22/30 soit 0,73 (soit 73 % du nettoyage a bien été réalisé). Ce résultat est supérieur au seuil d'acceptabilité, le contrôle est donc accepté.

Éléments à observer	Critères d'évaluation	Notes* (0 ou 1)	Coeff (A)	Notes pondérées (B)
Lit	Position basse, réfection	0	3	0
Sonnette, téléphone	Accessible	1	3	3
Chaise, poubelle, balayette	Sur le sol	1	3	3
Porte	Traces de doigts, coulures, empoussièrement	1	1	1
Sol	Déchets, empoussièrement, taches	0	2	0
Mobilier	Salissures adhérentes	1	1	1
Lit	Salissures adhérentes, empoussièrement	0	3	0
Table de nuit	Salissures adhérentes, empoussièrement	1	2	2
Chaise/fauteuil	Salissures adhérentes, empoussièrement	1	1	1
Téléphone	Salissures adhérentes	1	2	2
Télécommande	Salissures adhérentes	1	2	2
Sonnettes	Salissures adhérentes	1	2	2
Interrupteurs	Salissures adhérentes	1	3	3
Luminaires	Empoussièrement	1	2	2

* 0 : Non conforme 1 : conforme

Seuil d'acceptabilité : 0,7 ou 70 %

Résultat : B/A = 22/30 = 0,73 ou 73 %

Contrôle accepté ☒ Contrôle non accepté ☐

II. Les contrôles microbiologiques des surfaces

A • Principe

Le contrôle microbiologique de surface permet d'identifier les micro-organismes présents sur une surface et de dénombrer la contamination d'une surface.

Il permet d'apprécier l'efficacité des méthodes du bionettoyage réalisé. Il s'effectue après un bionettoyage des locaux sur des surfaces qui présentent un risque infectieux élevé pour le patient ou pour l'usager.

L'opérateur réalise toujours ces contrôles sur les mêmes surfaces et avec la même méthodologie afin de pouvoir comparer les résultats. Le nombre de points de contrôle par salle ne doit pas être inférieur à 5. Les prélèvements se font toujours de la périphérie de la salle vers le centre, afin d'éviter de contaminer un site non encore contrôlé.

Pour réaliser ces contrôles microbiologiques de surface, plusieurs méthodes peuvent être utilisées : la lame gélosée, la boîte Count-Tact, la méthode de l'écouvillonnage, le Pétrifilm et l'ATPmètre. L'opérateur aura ainsi besoin, pour réaliser un contrôle microbiologique de surface, du matériel de contrôle, du protocole d'utilisation et de la feuille de résultats.

B • Enregistrement, lecture et interprétation des résultats

Il conviendra d'indiquer au préalable sur la fiche de résultat au préalable : la zone à risque contrôlée, le lieu contrôlé, le nombre de points de contrôle (minimum 5), la date et l'heure du contrôle, la date et l'heure prévue de la lecture des résultats, le nom et la signature de l'opérateur.

On indiquera sur la fiche de résultats le nombre de colonies (ou UFC pour unités formant une colonie) de la flore totale par exemple.

Enfin, on établira l'interprétation des résultats au moyen d'un tableau de référence.

Exemple de tableau de référence pour la flore totale

Zone à risques	Seuil de contamination : sols, surfaces (UFC/cm^2)
1	< 5
2	< 2
3	< 0,2
4	< 0,2

UFC : unité formant une colonie

Pour une zone à risque classée 1 on doit avoir moins de 5 colonies (UFC) par cm^2 sur les sols et les surfaces

LES MATÉRIAUX À ENTRETENIR

La sélection des matériaux ou revêtements doit s'effectuer en fonction de leurs propriétés et des méthodes d'entretien que l'on doit mettre en œuvre. On pourra ainsi tenir compte de leur résistance à l'usure, au poinçonnement, aux différents produits chimiquess, au lavage à grandes eaux. Ces critères sont regroupés dans le classement UPEC (usure – poinçonnement – eau – chimique).

Usure	**U1** Résistance légère **U2** Résistance normale **U2S** Résistance élevée	Locaux à usage privé individuel
	U2S Résistance modérée **U3** Résistance normale **U4** Résistance élevée	Locaux à usage collectif
Poinçonnement	**P1** Résistance faible au poinçonnement **P2** Résistance moyenne au mobilier lourd **P3** Bonne résistance au mobilier lourd	
Eau	**E0** Ne supporte pas l'eau. Entretien à sec exclusivement **E1** Peut supporter occasionnellement un nettoyage humide **E2** Nettoyage habituel par lavage **E3** Peut être lavé à grandes eaux	
Chimique	**C0** Aucune tenue aux agents chimiques (ne rien employer) **C1** Résistance à la présence accidentelle de produits alimentaires, pharmaceutiques ou ménagers **C2** Résistance normale aux produits alimentaires, pharmaceutiques ou ménagers **C3** Excellente résistance à tous les produits	

Exemples :

– une salle d'activités d'une crèche doit avoir un revêtement de sol ayant les caractéristiques suivantes : U3P3E2C1 ;

– le sol d'une chambre d'un domicile : U2P2E1C0.

Nature du revêtement	Propriétés d'usage		Méthodes d'entretien
	Avantages	**Inconvénients**	
Carrelage Grès cérame	• Imputrescible (qui ne peut pourrir) • Inaltérable (qui ne s'abîme pas) • Ininflammable • Résiste aux acides et aux bases	• Présence de joints • Fragilité des arêtes	• Supporte tout type de produit et tout type de techniques manuelles et mécanisées
Résine coulée	• Absence de joints • Surface lisse et uniforme • Résistances aux agressions chimiques et physiques • Imperméable	• Coût élevé • Mise en œuvre difficile	• Entretien facile • Détergents-désinfectants • Eau de Javel • Tout type de techniques
Revêtements plastiques	• Imperméables • Surface lisse • Présentation en lés (en bandes rectangulaires)	• Sensibles aux solvants, aux traces de chaussures	• Entretien facile • Détergents neutres, détergents-désinfectants • Eau de Javel
Acier inoxydable	• Imperméable • Résiste aux chocs, à la chaleur, aux acides et aux bases	• Sensible aux rayures et abrasifs, à l'eau de Javel	• Détergent neutre, légèrement acide ou légèrement basique (rinçage rapide)
Linoléum	• Antistatique • Bonne résistance aux brûlures de cigarettes • Résiste aux acides	• Mauvais comportement au poinçonnement • Devient poreux à l'usage • Ne résiste pas aux produits alcalins ni à l'eau de Javel	• Pas de nettoyage à grande eau • Préférer un nettoyage doux et régulier avec un détergent neutre
Moquette Tapis	• Isolant thermique et acoustique • Esthétique, confort	• Sensible aux taches, à l'eau, peu hygiénique • Sensible au feu et à la chaleur	• Dépoussiérage mécanisé régulier, nettoyage à sec (poudre absorbante) • Shampooing mousse à utiliser ponctuellement

LES PRODUITS DE NETTOYAGE ET DE DÉSINFECTION

Il existe de nombreux produits de nettoyage et d'entretien. Les produits sont choisis en fonction de leur mode d'action, des salissures à enlever, des résultats à atteindre et du support.

I. LES DIFFÉRENTS PRODUITS

Produits	Utilisations	Propriétés et mode d'actions
Les détergents	• Ce sont des substances organiques utilisées dans les opérations de nettoyage pour éliminer les salissures. • Il existe des détergents pour la vaisselle, le sol, les mains (savons), les textiles (lessive).	• Ils éliminent les salissures adhérentes grâce à leurs pouvoirs mouillant, émulsifiant et dispersant.
Les désinfectants	• Ce sont des produits qui éliminent, tuent ou inhibent les micro-organismes et/ou inactivent les virus présents sur des surfaces inertes. • Leur action n'est que momentanée. • Ils doivent être utilisés après le nettoyage de la surface.	• Ils peuvent être bactéricides, bactériostatiques, virucides, fongicides, fongistatiques, sporicides. • Ils détruisent les micro-organismes en agissant de différentes façons : – ils provoquent la lésion de la paroi ; – ils altèrent la membrane cytoplasmique ; – ils perturbent le métabolisme ; – ils oxydent les enzymes ; – ils dénaturent les protéines.
Les détergents-désinfectants	• Ce sont des produits qui permettent de réaliser simultanément le nettoyage et la désinfection grâce à leurs pouvoirs détergent et désinfectant. • On les utilise surtout en collectivité.	• Ils éliminent les salissures adhérentes grâce à leurs pouvoirs mouillant, émulsifiant et dispersant. • Comme les désinfectants, ils détruisent les micro-organismes en agissant de différentes façons (voir ci-dessus).
Les détartrants	• Ce sont des produits capables d'éliminer les dépôts de tartre présents sur les parois des lavabos, des sanitaires… • L'élimination du dépôt de tartre facilite les opérations ultérieures de nettoyage.	• Ce sont des produits dont le pH est acide. • Ils dissolvent les dépôts de tartre des surfaces entartrées grâce à leur pH.

Les abrasifs	• Ce sont des substances qui permettent de polir une surface. • Les abrasifs sont parfois mélangés à un détergent pour améliorer le nettoyage grâce à leur action mécanique. • Il existe différents types d'abrasifs : la poudre à récurer, le papier de verre, le tampon à récurer, la toile émeri, la pierre ponce…	• Les abrasifs agissent par frottement. • Ils décollent les salissures par usure.
Les agglutinants	• Ce sont des produits utilisés pour le dépoussiérage. • Ils sont utilisés avec des lavettes ou des gazes, pour le balayage humide des sols, le dépoussiérage du mobilier.	• Ils sont à base d'huile minérale ou végétale. • Ils éliminent les salissures non adhérentes (poussières, petites particules) en les agglutinant. • Les poussières se collent à la lavette ou à la gaze. Cela évite la remise en suspension des salissures non adhérentes.
Les solvants	Ils permettent l'élimination des taches ou des souillures présentes sur des supports.	• Ils agissent en dissolvant les taches ou les souillures. • Ils possèdent des pouvoirs mouillant, hydrolysant et diluant.

II. Le choix des produits

Opérations	Résultats recherchés	Produits
Balayage humide des sols	Élimination des salissures non adhérentes	Agglutinant
Dépoussiérage humide du mobilier et des équipements	Élimination des salissures non adhérentes	Agglutinant
Lavage manuel de la vaisselle	Élimination des salissures adhérentes	Détergent
Lavage manuel des sols	Élimination des salissures adhérentes	Détergent
Lavage des vitres	Élimination des salissures adhérentes	Détergent
Entretien des sanitaires (WC, urinoirs)	Élimination du tartre Élimination des salissures adhérentes Élimination des micro-organismes	Détartrant Détergent Désinfectant

III. Les règles de rangement et de conservation

A • Ce qu'il ne faut pas faire

Fiche 103

– Il ne faut pas stocker au même endroit certains produits susceptibles de réagir violemment au contact les uns des autres tels que des acides, des solvants, des cristaux de soude. Cela peut aussi amener à commettre des erreurs quant au choix d'un produit.
– Il est interdit de transvaser des produits de nettoyage dans des emballages alimentaires.
– Il ne faut pas stocker les produits d'entretien avec des produits alimentaires.

B • Règles et précautions

– Conserver les produits à l'abri de la lumière, du gel, de la chaleur et de l'humidité.
– Conserver les produits dans leur emballage d'origine.
– Ranger les produits en les regroupant par famille (séparer les détartrants, les solvants, les détergents, les désinfectants…).
– Étiqueter les produits reconditionnés.
– Ranger, de préférence, les produits liquides en dessous des produits solides.
– Assurer la rotation des stocks.
– Placer les produits hors de portée des enfants.
– Limiter la quantité de produits stockés.
– Fermer hermétiquement les récipients (risques d'évaporation des solvants).
– Terminer tout récipient entamé avant d'en ouvrir un nouveau.

IV. Les règles de sécurité et les précautions

Certains produits peuvent être dangereux à l'emploi ou au stockage. Il est important d'identifier les **pictogrammes** de danger : certains produits d'entretien sont **nocifs**, **corrosifs**, **toxiques**, **inflammables** ou **explosifs**… Il convient donc de respecter certaines précautions pour éviter les accidents par contact, ingestion, inhalation ou déflagration (violente explosion).

À SAVOIR

Voir Annexe

Comburant | Corrosif | Explosif | Toxique | Toxique, irritant | Inflammable | Dangereux pour le milieu aquatique

À SAVOIR

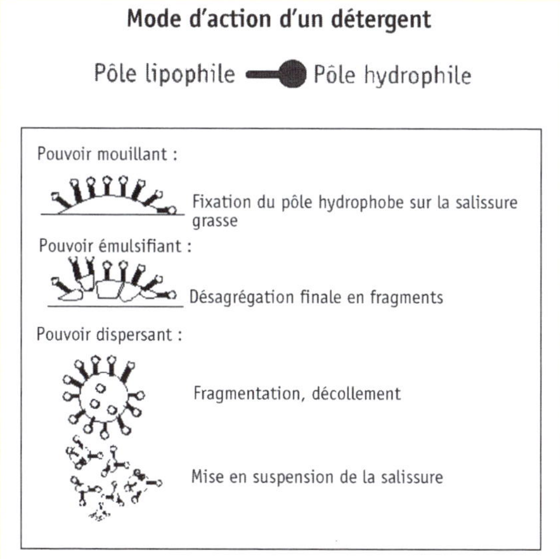

Pouvoir mouillant : la solution de détergent est mise au contact de la salissure ; les particules tensioactives se fixent et s'introduisent dans la salissure.

Pouvoir émulsifiant : les particules tensioactives de la solution de détergent fractionnent la particule.

Pouvoir dispersant : les particules tensioactives de la solution de détergent enveloppent les particules, les décollent de leur support et les empêchent de se redéposer.

FICHE 101 LES OUTILS DE GESTION

I. GÉNÉRALITÉS

Magasin, réserve, entrepôt	Espace organisé dans lequel sont rangés les produits et le matériel.
Le stock	C'est la quantité de produits et de matériel disponibles. Quand un article manque dans le stock, on dit que l'on est en « **rupture de stock** ». Pour éviter cette situation, il faut passer commande avant la rupture de stock. Il faut prévoir la consommation de chaque article pour se fixer un **stock d'alerte**.
Rotation d'un stock	C'est le renouvellement des produits en stock. La rotation d'un stock évite les gaspillages et l'immobilisation de produits et de matériel pendant de longues périodes ; la rotation permet d'utiliser les produits qui ont été livrés en premier.

II. LES DIFFÉRENTS DOCUMENTS

A • Le bon de commande

Un bon de commande est un document complété par le client dans lequel il détaille les articles commandés et toutes les conditions utiles à la bonne exécution de la commande. Il contient :
- le nom et l'adresse du fournisseur ;
- la date et le numéro de la commande ;
- les détails des marchandises ;
- le prix unitaire et le prix global ;
- les conditions de livraison et de paiement ;
- les coordonnées et la signature du client.

B • Le bon de livraison

Suite à une commande, la marchandise est livrée ; elle doit être vérifiée et stockée. Le bon de livraison précise les références et les quantités des produits livrés.

Le bon de livraison doit :
- permettre de faire le lien administratif avec le bon de commande ;
- décrire exhaustivement dans quelle mesure cette commande a été réalisée.

Plusieurs bons de livraison peuvent correspondre à une même commande.

C • La facture

La facture est la preuve comptable d'un achat ou d'une vente de produits ou d'une fourniture de services. Pour le fournisseur, la facture est une créance, résultant de la vente d'un bien ou de la prestation d'un service. La facture est créée pour obliger un client à payer son fournisseur.

D • Le contrat de location

Le contrat de location est un document écrit qui indique la mise à disposition d'un équipement. Il indique que le loueur peut utiliser l'équipement en contrepartie d'un paiement. Le contrat énonce les droits et obligations du loueur.

E • Le contrat de maintenance

Le contrat de maintenance est un document écrit qui lie un prestataire de service à son client. Il énonce les devoirs des deux parties signataires. C'est un contrat de prestation de services par lequel un prestataire s'engage à fournir un certain nombre de prestations, dont l'assistance au client dans l'utilisation d'un matériel et la réparation des dysfonctionnements.

F • La fiche de stock

Elle permet à tout moment :
- de suivre les entrées (livraisons) et les sorties (utilisations) des marchandises ;
- de connaître la quantité de marchandises en magasin.

Pour une bonne maîtrise des stocks, plusieurs indicateurs de gestion des stocks sont utilisés :
- le **stock de sécurité** : la quantité en dessous de laquelle il ne faut pas descendre ;
- le **stock d'alerte** : la quantité qui détermine le déclenchement de la commande ;
- le **stock minimum** : la quantité d'articles qu'il faut avoir en stock le temps que les articles commandés soient livrés ;

Stock minimum = stock d'alerte – stock de sécurité

- le **stock maximum** : il est fonction de l'espace de stockage disponible, mais aussi du coût que représente l'achat par avance du stock ; c'est la quantité de marchandises en stock à ne pas dépasser.

G • La fiche de signalement des anomalies

C'est un document complété par le client qui mentionne les anomalies constatées lors de la livraison : cartons manquants et/ou endommagés, défaut de fonctionnement, erreur sur la marchandise livrée...

LE RANGEMENT DES PRODUITS ALIMENTAIRES ET PHARMACEUTIQUES

Lors du rangement des produits alimentaires et pharmaceutiques, il faut respecter quelques règles d'hygiène et de sécurité.

I. LES PRODUITS ALIMENTAIRES

A • Les règles générales de stockage

– Respecter la règle du premier entré, premier sorti.
– Respecter la **chaîne du froid**. Ranger en premier les produits surgelés puis les produits réfrigérés et terminer par l'épicerie.
– Vérifier les dates de conservation.
– Vérifier l'intégrité des emballages.

À SAVOIR

La **chaîne du froid** est l'ensemble des dispositions prises pour maintenir de façon constante un produit à une température basse afin qu'il conserve toutes ses qualités depuis le moment de l'élaboration jusqu'à sa consommation finale en passant par les étapes de stockage et de transport.

B • Le stockage des produits surgelés

– Il se fait dans un congélateur (– 18 °C). Dans le congélateur, il faut conserver une température homogène en répartissant les produits dans toute l'enceinte. Dans le cas où peu de produits sont conservés, combler les différences de remplissage en congelant des bouteilles d'eau à moitié pleines et en les plaçant dans les espaces vacants.
– Ne pas surcharger le congélateur. Quand il déborde, l'air ne circule plus et la température n'est plus uniforme. Certains aliments risquent de ne plus être suffisamment froids.
– Séparer les produits : mettre les viandes, les plats cuisinés, les légumes dans des compartiments différents.
– En cas de produits déconditionnés et reconditionnés, indiquer la date de mise en congélation et vérifier qu'ils soient correctement étiquetés afin de ne pas conserver des produits alimentaires sans aucune information.
– Retirer les sacs plastiques et les cartons d'emballage qui sont isolants et sales.
– Ne pas recongeler un produit décongelé.

C • Le stockage des produits frais

Fiche 141

- Il se fait dans un réfrigérateur (0 °C à 8 °C).
- Ranger les produits en fonction de leur nature et de leur température de conservation.
- En structure collective, ranger les produits en les répartissant dans différentes chambres froides (fruits et légumes, viandes, produits laitiers, poissons).
- Protéger les produits par un emballage (film ou boîte fermée).
- Nettoyer les légumes et fruits frais.
- Retirer les sacs plastique et les cartons d'emballage qui sont isolants et sales.

D • Le stockage des produits d'épicerie

- Il est réalisé à température ambiante.
- Ranger dans un endroit propre, sec, à l'abri de la lumière et de la chaleur.
- Vérifier régulièrement les dates de conservation.
- Placer les nouveaux produits au fond du lieu de rangement et ramener les anciens sur le devant pour respecter la règle du premier entré, premier sorti.
- Regrouper les produits par famille.

II. Les produits pharmaceutiques (exemple : les médicaments)

A • Le lieu de stockage des médicaments

Il se fait dans une armoire spécifique. Le lieu de stockage doit être :
- propre et bien entretenu ;
- conçu afin d'éviter tout écart important de températures ;
- sec car l'humidité peut altérer la qualité des produits ;
- sécurisé (armoire fermant à clé) afin d'éviter tout risque d'intoxication accidentelle ;
- placé hors de portée des enfants.

B • Les règles générales de stockage des médicaments

- Ranger régulièrement les médicaments afin de les retrouver facilement.
- Conserver les médicaments dans leur emballage d'origine.
- Surveiller les dates de péremption.
- Identifier régulièrement les produits périmés afin de les retirer du stock et de les apporter dans une pharmacie.

À SAVOIR

Les pharmaciens sont dans l'obligation de récupérer les médicaments périmés ou non.

LE RANGEMENT DES PRODUITS D'ENTRETIEN

I. LES RÈGLES DE SÉCURITÉ CONCERNANT LE LIEU DE STOCKAGE

Les produits d'entretien sont des produits chimiques. Le lieu de stockage doit donc présenter certaines dispositions.

A • Le lieu de stockage à domicile

Lorsque les quantités de produits sont faibles comme dans un domicile, le stockage des produits d'entretien est envisageable dans une armoire spécifique placée dans une pièce bien aérée.

B • Le lieu de stockage en structure

Lorsque les quantités de produits sont importantes, il est recommandé de les stocker dans un local spécifique disposant :
- d'une surface assez grande permettant de séparer les produits les uns des autres et de les placer dans des cuvettes de rétention de volume égal à celui des récipients ou dans des cuves de récupération des produits. Les produits de natures différentes peuvent, en effet, réagir entre eux en dégageant des vapeurs toxiques ;
- d'un éclairage suffisant et d'une installation électrique aux normes ;
- d'une aération convenable ou d'une ventilation adaptée (ventilation mécanique ou ventilation naturelle avec entrée d'air en partie basse du local et sortie de l'air en partie haute) ;
- d'un sol imperméable, résistant aux produits chimiques, légèrement incliné vers un caniveau d'évacuation relié à une fosse de récupération ;
- d'une porte dégagée fermant à clé et munie d'une barre anti-panique ;
- d'un affichage donnant des consignes de sécurité et de premiers secours et interdisant de fumer ;
- d'une réserve de matière absorbante adaptée aux produits stockés à proximité du local ;
- d'un système d'extinction incendie (extincteur adapté et en bon état de fonctionnement situé près de l'entrée du local ou à proximité) ;
- d'un poste d'eau avec un système anti-siphonage ;
- d'un contrôle des températures pour les produits sensibles au gel (isolation thermique du local, dispositif hors gel).

II. Le rangement des produits d'entretien

Certains produits utilisés lors des diverses opérations de nettoyage et d'entretien peuvent être dangereux à l'emploi ou au stockage. Il convient de respecter quelques règles :

- Ne jamais stocker au même endroit certains produits susceptibles de réagir violemment les uns au contact des autres : regrouper les produits par famille, séparer détartrants, décapants, solvants…
- Tenir les produits à l'abri de la lumière, du gel, de la chaleur et de l'humidité.
- Fermer hermétiquement les récipients (risques d'évaporation des solvants).
- Terminer tout récipient entamé avant d'en ouvrir un nouveau pour éviter la multiplication inutile du nombre de bidons en circulation.
- Conserver les produits d'entretien dans leur emballage d'origine.
- Étiqueter correctement le produit en cas de reconditionnement (nom du produit, information sur les risques, principales mesures de prévention…).
- Choisir des récipients incassables et essayer d'utiliser un récipient ayant contenu le même produit.
- Ranger, de préférence, les produits liquides en dessous des produits solides.
- Ne jamais transvaser des produits de nettoyage dans des emballages alimentaires.
- Ne jamais stocker des denrées alimentaires avec des substances ou préparations dangereuses.
- Ranger immédiatement après usage.
- Dater les produits au moment de la livraison ou de l'achat et assurer la rotation du stock.
- Organiser le rangement des produits en fonction de la fréquence d'utilisation.
- Placer les produits hors de portée des enfants.
- Stocker le moins de produits possibles car le risque d'incident ou d'accident croît avec la durée et le volume de stockage.

AGENCEMENT ET ÉQUIPEMENT DES LOCAUX

I. LES PLANS

Pour repérer l'orientation, les surfaces et l'agencement des locaux, nous disposons de plusieurs types de plans :

– le **plan de situation** : il précise la **position géographique** d'une maison ou d'un bâtiment par rapport à des repères comme la mairie, une école, une église, une gare, un marché ;

– le **plan de masse** : il situe le logement par rapport aux limites du terrain. Une **rose des vents** indique l'orientation. On repère ainsi le nord, le sud, l'est et l'ouest ;

– le **plan d'aménagement intérieur** d'un logement : il est souvent représenté à une certaine **échelle** (souvent au 1/50 (1 cm pour 50 cm) ou au 1/100 (1 cm pour 1 m)). Il est accompagné d'un plan de coupe de l'immeuble permettant de situer le logement. Dans ce plan, une rose des vents indique l'orientation. Selon les cas, le plan est plus ou moins détaillé, mais il contient toujours les informations indispensables relatives à la forme des pièces, leurs dimensions et leur surface habitable. Ces informations sont présentées dans un tableau attenant au plan. Le plan indique également :

- le nombre et le type d'ouvertures (porte-fenêtre, ouverture à la française, châssis fixe, etc.) ;
- l'épaisseur des murs et des cloisons.

Les cotations mentionnées sur le plan sont généralement indiquées en centimètres.

À SAVOIR

L'**échelle** indique le rapport entre une longueur réelle et sa désignation sur le plan. Elle s'exprime par un quotient : la mesure du plan est au numérateur et la longueur réelle est au dénominateur.

II. L'adaptation du logement

Pour les personnes en perte d'autonomie, âgées, malades ou handicapées vivant chez elles, il est important d'aménager et d'adapter le domicile afin de réduire au maximum les contraintes physiques, d'optimiser le confort de vie et d'améliorer l'environnement de travail du personnel soignant. Les solutions d'aménagement ne manquent pas.

Voici quelques exemples d'aménagements :

- pour l'**accessibilité extérieure et intérieure** : rampes d'accès, plans inclinés, garde-corps et mains courantes sur mesure, rails de transfert ;
- pour l'**aménagement de la cuisine** : plans de travail, éviers et meubles de rangement à hauteur variable instantanée, appareils électroménagers adaptés, accessoires (robinets, mitigeurs, poignées ergonomiques) ;
- pour l'**aménagement de la salle de bains et des toilettes** : receveurs de douche, bacs extra plats, lavabos à hauteur variable, robinetterie spécifique, sièges de douche rabattables, barres d'appui et de relèvement, cuvettes de toilette surélevées à hauteur variable, accessoires (patère, porte-savon)...
- des **installations d'automatismes extérieures** : portail, portes de garage, portes d'entrée, volets et stores roulants...

III. Les accidents domestiques

A • Les principales causes d'accidents domestiques

Causes	Pourcentage de décès
Chutes	61,9
Suffocations	18,8
Intoxications	6,8
Noyades	6,7
Feux	3,4
Efforts excessifs	1,5
Chocs	0,5
Électrocutions	0,4

INVS (Institut national de veille sanitaire), juillet 2011.

B • La prévention des accidents domestiques

Pour prévenir les accidents domestiques dans un logement, il faut réaliser un repérage des risques. Dans chaque pièce du logement, on doit vérifier l'état des meubles, des appareils électroménagers, le fonctionnement des installations électriques ou de plomberie ainsi que l'aménagement des espaces de vie.

La prévention des accidents domestiques peut donner lieu à différents types de mesures et de gestes à adopter :
- Retirer les tapis.
- Déplacer les meubles encombrants.
- Fixer les fils électriques au mur.
- Coller des morceaux de ruban adhésif phosphorescent sur les interrupteurs.
- Fixer des barres d'appui notamment dans la douche et dans les toilettes.
- Installer un monte-escalier, une douche au lieu d'une baignoire.
- Installer des tapis de douche antidérapants.
- Supprimer le gaz et utiliser une cuisinière électrique.
- Ne pas laisser d'appareil électrique à proximité de l'eau.
- Fixer les meubles au mur pour éviter qu'ils ne tombent sur un enfant.
- Installer des caches-prises.
- Ne jamais lâcher le bébé lors de l'utilisation de la table à langer.
- Vérifier la température du bain du bébé avec un thermomètre.
- Ne jamais laisser un enfant dans le bain sans surveillance.
- Ranger les médicaments et produits d'entretien hors de portée des enfants.
- Ne pas laisser traîner d'objet coupant ou tranchant.
- Tourner les queues de casseroles vers l'intérieur de la cuisinière.
- Vérifier la température des biberons.

C • Quelques dispositions nécessaires en matière d'accessibilité

(Extraits du Code de la construction)
Un logement accessible permet la circulation d'une personne handicapée en fauteuil roulant.

1. L'accès aux bâtiments

Les entrées principales du bâtiment doivent être facilement repérables par des éléments architecturaux ou par un traitement utilisant des matériaux différents ou visuellement contrastés.

2. Les portes

Le système d'ouverture des portes doit être utilisable en position debout comme en position assise. La porte d'entrée doit avoir une largeur minimale de 0,90 m. La largeur minimale des portes intérieures doit être de 0,80 m. Les serrures doivent être situées à plus de 0,30 m d'un angle rentrant de parois ou de tout autre obstacle à l'approche d'un fauteuil.

3. Les pièces principales

La cuisine doit offrir un passage d'une largeur minimale de 1,50 m entre les appareils ménagers installés ou prévisibles et ce, hors du débattement de la porte. La chambre doit offrir, en-dehors du débattement de la porte et de l'emprise d'un lit de 1,40 m × 1,90 m :

- un espace libre d'au moins 1,60 m de diamètre ;
- un passage d'au moins 0,90 m sur les deux grands côtés du lit et un passage d'au moins 1,20 m sur le petit côté libre du lit, ou un passage d'au moins 1,20 m sur les deux grands côtés du lit et un passage d'au moins 0,90 m sur le petit côté libre du lit.

La salle d'eau doit offrir un espace libre d'au moins 1,60 m de diamètre en-dehors du débattement de la porte et des équipements fixes.

Les toilettes doivent offrir un espace libre accessible à une personne en fauteuil roulant d'au moins 0,80 m × 1,30 m latéralement à la cuvette et en dehors du débattement de la porte.

4. Les escaliers intérieurs

Il est nécessaire de disposer d'un équipement facilitant notamment le repérage des obstacles et l'équilibre tout au long de l'escalier.

La largeur minimale de l'escalier (entre les mains courantes) doit être de 1 m. Les marches doivent être conformes aux exigences suivantes : hauteur de marches inférieure ou égale à 17 cm, largeur du giron supérieur ou égal à 28 cm (Le giron est la distance horizontale comprise entre deux nez de marches consécutifs). L'escalier doit comporter un dispositif d'éclairage artificiel supprimant toute zone sombre et commandé aux différents niveaux desservis.

5. Éclairage et électricité

Pour chaque pièce, une prise de courant est disposée à proximité immédiate de l'interrupteur de commande d'éclairage situé à l'entrée de la pièce. Les prises d'alimentation électrique, les prises d'antenne et de téléphone ainsi que les branchements divers imposés par les normes et règlements applicables doivent être situés à une hauteur inférieure ou égale à 1,30 m du sol.

LES PRINCIPES D'ORGANISATION DES CIRCUITS DANS LES LOCAUX

I. LES RISQUES DE BIOCONTAMINATION

Les déplacements dans les locaux des personnels d'entretien ou des fluides (eau, air) sont susceptibles de propager des micro-organismes et d'être ainsi les **vecteurs de biocontaminations**.

Les déchets, le matériel d'entretien (balais, bandeaux de lavage...), les produits, les chariots sales, le linge souillé et la vaisselle sale portent des micro-organismes susceptibles d'être disséminés dans l'air. Il est donc nécessaire de prendre des précautions durant le transport de ces vecteurs de contamination dans les zones à risques en concevant des locaux et des circuits adaptés afin d'éviter toute biocontamination.

II. LES MESURES RÉGLEMENTAIRES

Certaines règles doivent donc s'appliquer dans les zones à risques :
– toute production (cuisine), acte de décontamination, stérilisation ou entretien (locaux ou linge) doivent s'effectuer en continu (**sans retour en arrière**) ;

– les produits ou matériels dits « souillés » et les produits ou matériels dits « propres » ne doivent circuler qu'emballés et ne doivent pas se croiser. On choisira des **circuits d'acheminement différents** (on essaiera de séparer les zones propres, qui doivent être exemptes de micro-organismes et les zones sales, pourvoyeuses de germes) ;

– les zones contaminées (stockage des déchets par exemple) doivent être isolées des zones propres.

On parle du principe de la **marche en avant**, par exemple dans le domaine des établissements de santé ou d'alimentation. On la définit comme une progression rationnelle et continue des différentes opérations (pas de retour en arrière) depuis l'arrivée des matières premières ou le début de l'entretien jusqu'à la consommation des plats ou la fin des prestations.

III. Exemple n° 1 : les circuits dans un service de stérilisation

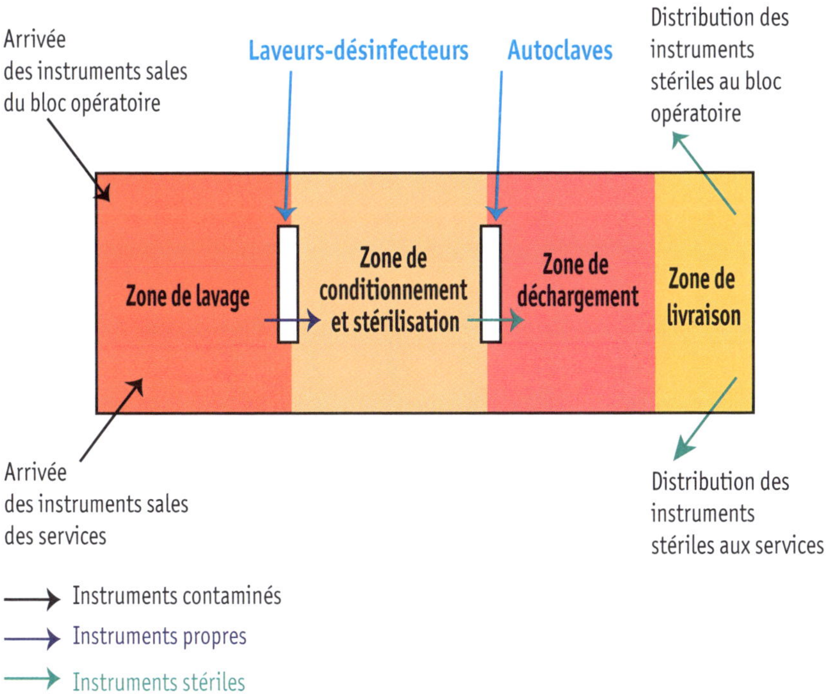

Dans ce premier exemple, le principe de la marche en avant est le suivant : les instruments transitent tour à tour par les zones de lavage, de conditionnement et de stérilisation, de déchargement puis de livraison. À aucun moment les instruments ne « retournent en arrière », évitant toute recontamination par des micro-organismes venant de l'étape antérieure. Les zones sont bien distinctes et il n'y a pas de communication possible par le personnel d'une zone à l'autre.

À SAVOIR

Autoclave : c'est un récipient à parois épaisses et à fermeture hermétique destiné à réaliser sous pression une stérilisation à la vapeur.
Laveur-désinfecteur : c'est une machine à laver qui peut combiner une action mécanique et une action chimique. L'eau de lavage est renouvelée en continu et les phases pour les cycles de nettoyage, désinfection et séchage se font selon un programme préétabli.

IV. Exemple n° 2 : les circuits du linge souillé et du bionettoyage des chambres dans un service de soin

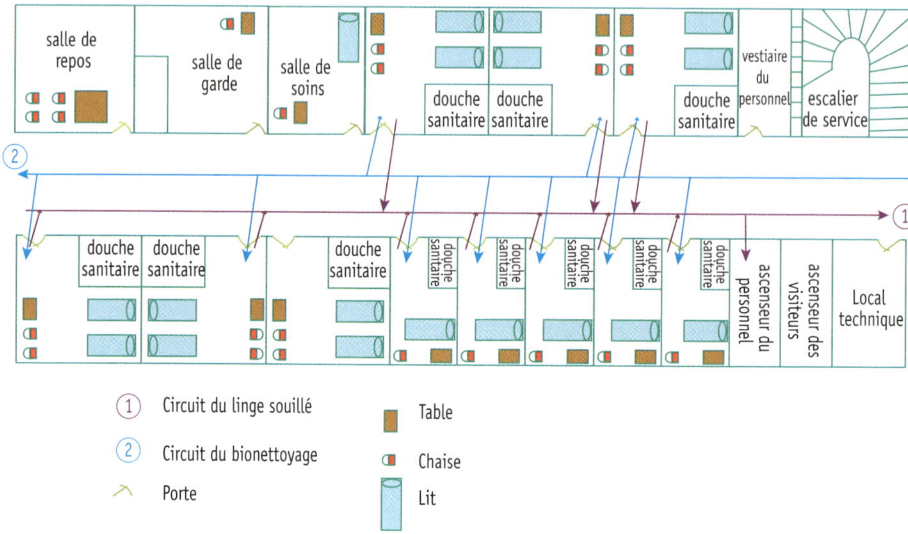

Ce deuxième exemple nous montre que le circuit de bionettoyage des chambres des malades et celui de l'évacuation du linge souillé se croisent. Dans ce cas, le risque d'intercontamination existe : ne pouvant pas réaliser la marche en avant dans l'espace, il faudra réaliser la marche en avant dans le temps, c'est-à-dire dissocier les deux activités dans le temps. Concrètement, le linge sale sera évacué vers la lingerie (en utilisant un ascenseur réservé au personnel), puis les agents de service hospitalier réaliseront l'entretien des chambres.

V. Exemple n° 3 : les circuits des denrées et d'évacuation des déchets dans une cuisine d'une maison de retraite

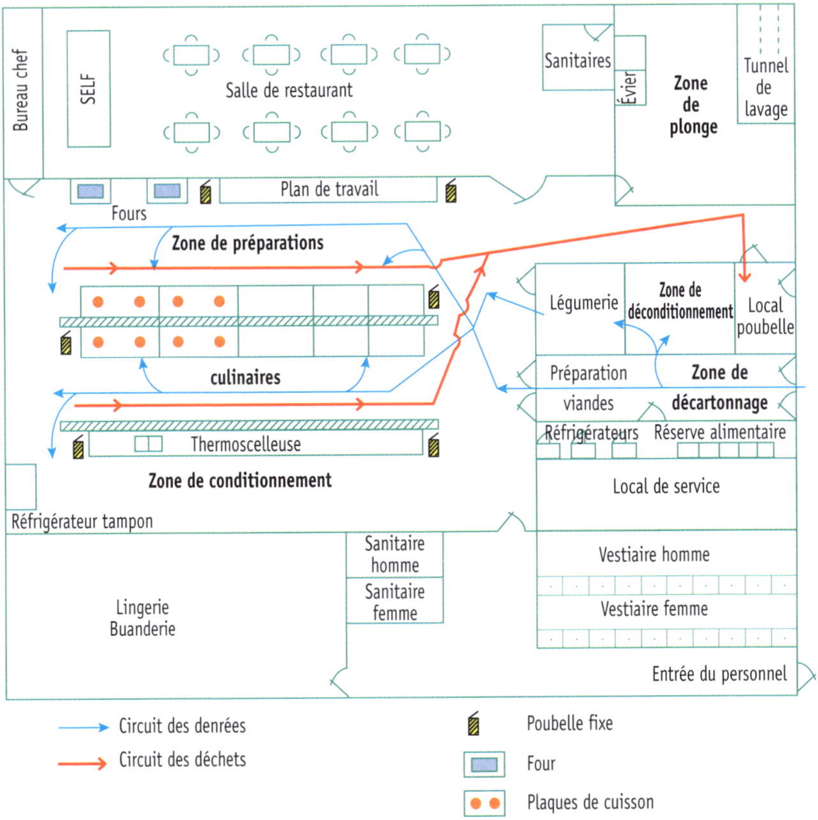

Dans ce troisième exemple, le circuit d'acheminement des denrées depuis la zone de livraison vers les zones de déconditionnement, puis de préparation et de cuisson, croise celui de l'évacuation des déchets. Dans ce cas, il conviendra de réaliser une marche en avant dans le temps afin de dissocier les deux activités et éviter les contaminations croisées. Les déchets lors des étapes de préparation seront stockés dans des poubelles fixes près des plans de travail, puis les sacs de déchets seront évacués à la fin de la production vers le local à poubelles.

DÉFINITIONS

Marche en avant : progression rationnelle et continue des différentes opérations.

Intercontamination : contamination microbiologique opérée lors du croisement d'objets, d'aliments ou de personnes dans les locaux.

LE MATÉRIEL DE DÉPOUSSIÉRAGE MANUEL

I. LE MATÉRIEL DE DÉPOUSSIÉRAGE DU SOL

A • Le balai de dépoussiérage

Le balai de dépoussiérage élimine les salissures non adhérentes, les déchets et les détritus d'un sol dur et lisse.

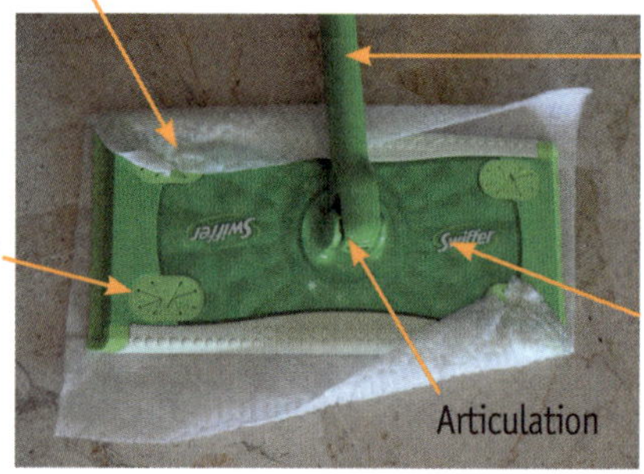

Consignes d'utilisation	– Régler la longueur du manche du balai. – Éviter de soulever le balai du sol. – Travailler en « godille », en chevauchant légèrement la précédente bande nettoyée. – Commencer par le détourage de la pièce.
Consignes de nettoyage	– Dépoussiérer régulièrement le balai. – Laver le balai avec un détergent. – Nettoyer la pelle et la balayette. – Ranger le matériel.
Fréquence d'entretien	Après chaque utilisation.
Consignes de maintient en état	– Vérifier l'état des points d'ancrage de la gaze, l'état de la semelle, la fixation du manche à balai et de son support. – Revisser l'axe de fixation si nécessaire.

B • La pelle et la balayette

	- La balayette est un petit balai à main, utilisé pour rassembler la poussière vers une pelle, ou pour nettoyer des endroits peu accessibles. - Nettoyage : laver et sécher après utilisation.

II. Le matériel de dépoussiérage du mobilier et des équipements : les chiffons

Les chiffons permettent le dépoussiérage en retenant les poussières (salissures non adhérentes), présentes sur le mobilier et sur les équipements.

Le chiffon classique 	- Imprégner de produit agglutinant. - Laver le chiffon en machine après utilisation.
Le chiffon microfibre dépoussiérant 	- Le frottement du chiffon sur la surface à dépoussiérer provoque un effet électrostatique, qui attire et capture la poussière sans la laisser retomber. - Il s'utilise sans produit agglutinant. - Secouer le chiffon à l'air libre pour retirer les poussières. - Laver le chiffon en machine après utilisation.

FICHE 107 La technique de dépoussiérage manuel du sol

Objectif : éliminer les salissures non adhérentes sur un sol dur et lisse.

I. La technique

Matériel	Produits/support
• Balai trapèze de dépoussiérage • Gants de ménage • Pelle et balayette	• Gaze pré-imprégnée • Sac-poubelle • Sol dur et lisse

Avant de commencer, se laver les mains, aérer le local et enlever les objets au sol pouvant gêner l'opération d'entretien.

- Préparer le matériel et la zone de travail.

- Fixer la gaze sur la semelle du balai.

- Se positionner du côté opposé à la porte.

- Procéder au détourage.

- Pratiquer le dépoussiérage : déplacer le balai en reculant, en faisant des « S » sans soulever le balai (**technique de la godille**).

	- Décrocher la gaze sans la décoller du sol.
	- Plier la gaze délicatement vers l'intérieur, la placer dans un sac-poubelle. - Récupérer le reste des poussières avec la pelle et la balayette. - Évacuer les déchets dans un sac-poubelle.
Autocontrôle et critères de qualité	- Vérifier l'absence de salissures non adhérentes.
Hygiène et sécurité	- Se laver les mains avant et après l'activité.
Ergonomie et économie	- Garder le dos droit, fléchir les genoux pour se baisser. - Éviter de placer plusieurs gazes sur le balai afin de limiter le gaspillage. - Changer la gaze saturée en salissures.

II. Le choix du balayage humide

Le balayage humide est plus efficace que le balayage à sec :
- il est plus hygiénique : il évite de remettre en suspension dans l'air ambiant les poussières véhiculant des micro-organismes ;
- il permet d'éliminer toutes les poussières au sol.

III. L'ordre des opérations

On prépare la zone de travail afin de réaliser un travail rapide et efficace. On poursuit le travail par un détourage et un nettoyage du centre de la pièce afin d'être sûr de dépoussiérer toute la surface.

LA TECHNIQUE DE DÉPOUSSIÉRAGE MANUEL DU MOBILIER ET DES ÉQUIPEMENTS

Objectif : éliminer les salissures non adhérentes sur du mobilier ou des équipements à l'aide d'un textile et d'un produit agglutinant.

I. LA TECHNIQUE

Matériel	Produits
• Chiffons en microfibres, lavables (aussi appelés lavettes) • Gants de ménage	• Eau ou eau additionnée d'alcool à brûler (1 %) pour des surfaces plastique • Produit agglutinant cirant pour des surfaces en bois

Avant de commencer, se laver les mains, aérer le local et porter une tenue professionnelle comprenant des sabots, une blouse et des gants.

	– Préparer la zone de travail en éliminant les gros déchets et s'il y a lieu les objets placés sur le mobilier. – Plier la lavette en 4. – Vaporiser l'agglutinant choisi sur la lavette et la faire glisser sur la surface à dépoussiérer. **Pour le dépoussiérage d'une table ou d'un bureau** : – Réaliser le détourage ; la main est positionnée en crochet.
	– Dépoussiérer par bandes parallèles en faisant des « S » (technique de la godille). – Dépoussiérer le piètement (les pieds du meuble) du haut vers le bas.

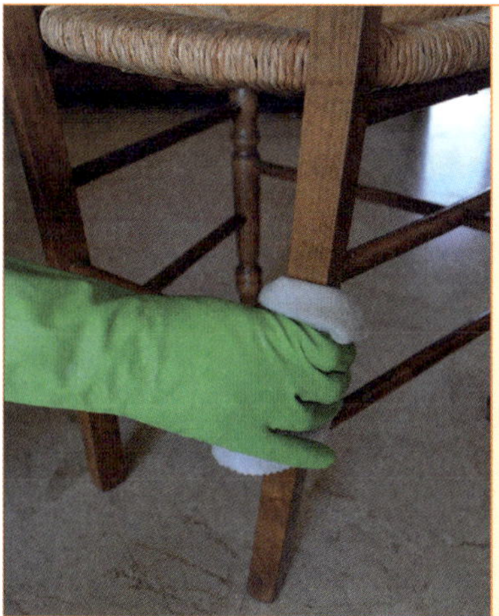	**Pour le dépoussiérage d'une chaise** : procéder du haut vers le bas : commencer par le dossier ; puis dépoussiérer l'assise du siège et terminer par le piétement. **Pour le dépoussiérage d'un équipement** (exemples : téléphone, lampe de chevet) : passer la lavette imprégnée d'agglutinant en progressant du haut vers le bas.
Autocontrôle et critères de qualité	Vérifier l'absence de salissures non adhérentes, de traces de doigts et de produit.
Hygiène et sécurité	Se laver les mains avant et après l'activité.
Ergonomie et économie	– Garder le dos droit, fléchir les genoux pour se baisser. – Changer régulièrement la face de la lavette avec laquelle le dépoussiérage est réalisé. Il faut plier la lavette en quatre pour l'adapter à la taille de la main et changer de face au fur et à mesure pour optimiser l'utilisation de la lavette. – Changer la lavette lorsqu'elle est saturée en salissures.

À SAVOIR

Pour limiter les **contaminations manuportées**, il faut se laver les mains régulièrement et notamment avant et après les opérations de dépoussiérage.

II. Le choix du dépoussiérage humide

Le dépoussiérage humide permet d'éliminer les salissures non adhérentes ; il évite de les remettre en suspension dans l'air en les piégeant dans un textile.

III. L'ordre des opérations

La préparation de la zone de travail permet de réaliser un travail rapide et efficace. On dépoussière d'abord les bords, puis l'intérieur de la surface afin d'être sûr de dépoussiérer l'ensemble du mobilier ou de l'équipement. Pendant le travail, les salissures non adhérentes peuvent tomber, il est donc préférable de progresser du haut vers le bas.

LE MATÉRIEL DE DÉPOUSSIÉRAGE MÉCANIQUE

Objectif : éliminer les salissures non adhérentes à l'aide d'un puissant courant d'air.

I. FICHE TECHNIQUE DE L'ASPIRATEUR

L'aspirateur

Consignes d'utilisation	– Choisir les accessoires en fonction du dépoussiérage à effectuer. – S'il y a lieu, vérifier que l'appareil est équipé d'un sac de poussière. – Débarrasser la surface à dépoussiérer de tout objet pouvant gêner l'opération d'entretien.
Consignes de nettoyage	– Vérifier et nettoyer régulièrement les filtres. – Nettoyer régulièrement l'extérieur de l'appareil, les roulettes (dépoussiérer par essuyage humide). – Vérifier que les suceurs et flexibles ne soient pas obstrués. – Nettoyer périodiquement les suceurs par trempage et brossage.

Fréquence d'entretien	– Après chaque utilisation afin de conserver un appareil propre et en bon état avant la prochaine utilisation.
Consignes de maintien en état	– Ranger l'appareil et vérifier sa propreté. – Changer régulièrement le filtre moteur.

II. Les différents accessoires et leurs fonctions

Le **suceur long** et plat permet d'accéder aux endroits les plus inaccessibles : les plinthes, les interstices des parquets…

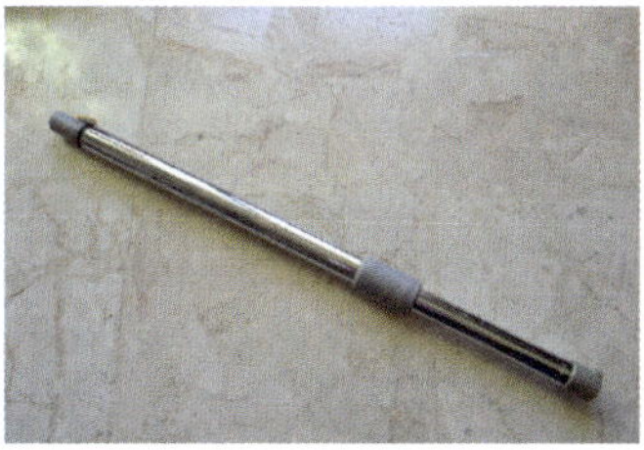

Le **tube télescopique** permet de dépoussiérer sans se baisser et d'atteindre des endroits inaccessibles.

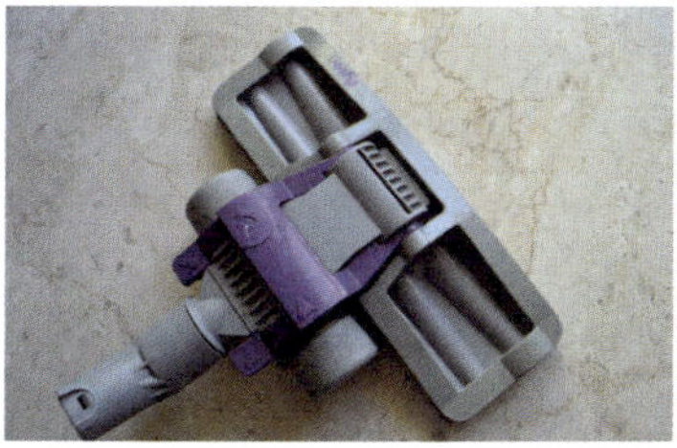

Le **suceur brosse** permet le dépoussiérage des sols durs et textiles.

La **brosse à meuble** permet d'enlever la poussière des meubles.

III. Le principe de fonctionnement

La mise en route du moteur permet d'alimenter une turbine qui produit un puissant courant d'air. Ce courant d'air entraîne une forte dépression au niveau du suceur d'aspiration (différents types existent) porté par un tuyau rigide (tube télescopique), relié à l'aspirateur par un flexible. L'air entraîne les salissures dans une cuve ou dans un sac papier jetable. Il est ensuite rejeté vers l'extérieur de l'appareil après avoir été filtré.

À SAVOIR

Il existe des aspirateurs très performants sans sac. La cuve récupère les poussières. Une fois pleine, on la vide dans une poubelle. Cela permet de réaliser des économies sur les achats de sacs et réduit la quantité de déchets.

FICHE 110

LA TECHNIQUE DE DÉPOUSSIÉRAGE MÉCANIQUE DU SOL

Objectif : éliminer les salissures non adhérentes sur le sol.

I. LA TECHNIQUE

Matériel	Support
• Aspirateur à poussières muni des accessoires nécessaires : suceur brosse, suceur long, brosse à meuble, tube télescopique • Sac-poubelle	• Surface à dépoussiérer

Avant de commencer :
- Vérifier l'état de propreté et de fonctionnement de l'appareil.
- Préparer l'équipement (accessoires choisis en fonction de la surface à aspirer).
- Préparer la surface : déplacer le mobilier gênant (chaises, fauteuils...).
- La surface doit être sèche et débarrassée de gros déchets et éléments adhérents.

	– Éliminer manuellement les gros déchets (papiers, crayons, petits objets...) afin d'éviter de boucher le conduit d'aspiration. – Dépoussiérer la surface : commencer par le fond de la pièce en faisant chevaucher les bandes de passage. Puis, positionner le suceur avec la « brosse sortie » pour brosser la surface.
	– Passer l'aspirateur sur toute la surface dégagée entre le piétement et le dessous du mobilier. – Utiliser les suceurs de différentes formes pour l'aspiration dans les coins, recoins et plinthes. La vitesse de déplacement du suceur doit être régulière, assez lente. – Les bandes de passage doivent se chevaucher.

Autocontrôle et critères de qualité	– Absence de salissures au sol. – Non-détérioration des surfaces.
Hygiène et sécurité	– Ne pas utiliser d'appareil endommagé. – Ne pas forcer pour fermer l'aspirateur. – Ne pas aspirer de substances inflammables ou explosives (liquides ou gaz). – Ne pas aspirer de cendres chaudes, braises ou objets acérés. – Ne pas aspirer d'eau ou d'autres liquides. – Éteindre l'appareil dès qu'un bruit anormal se fait entendre. – Ne pas tirer sur le câble électrique. Si le câble de branchement est endommagé et afin d'éviter tout danger, il convient de le faire remplacer par un technicien agréé. – Vérifier que la tension délivrée par l'installation électrique correspond à la tension indiquée sur la plaque signalétique. – Ne jamais autoriser un enfant à utiliser l'appareil sans surveillance.
Ergonomie et économie	– Garder le dos droit, fléchir les genoux en cas de travail en partie basse.

À SAVOIR

Le respect des règles de sécurité est primordial pour prévenir les accidents (risques électriques, risques d'incendie...). Il s'agit également d'utiliser rationnellement l'appareil afin de le maintenir en bon état.

II. Le choix des accessoires

Les accessoires de l'aspirateur sont choisis en fonction de la surface à aspirer :
- le suceur brosse (brosse sortie pour les sols durs et lisses, brosse rentrée pour les sols textiles) ;
- le suceur long pour les plinthes et recoins ;
- la brosse à meuble pour les canapés et le mobilier ;
- le tube télescopique pour passer sous les lits ou le dépoussiérage en partie haute.

LE MATÉRIEL DE LAVAGE MANUEL

I. FICHE TECHNIQUE DU BALAI À FRANGES

Le balai à franges permet d'éliminer les salissures adhérentes sur le sol.

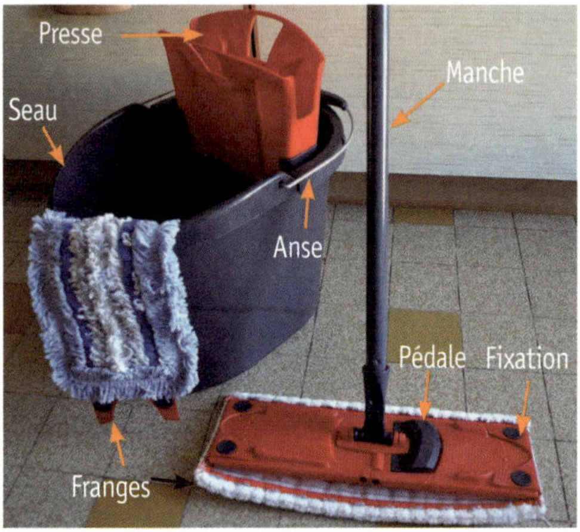

Le balai à franges

Consignes d'utilisation	– Tremper et essorer les franges en appuyant le balai dans la presse. – Effectuer le lavage en commençant par le détourage. – Utiliser, pour le lavage, la méthode en « S ». – Rincer les franges sous l'eau courante tiède après les avoir enlevées ; essorer les franges. – Recommencer l'opération. – Changer l'eau autant de fois que nécessaire.
Consignes de nettoyage	– Dépoussiérer le matériel. – Laver et désinfecter le matériel. – Laver les franges à la machine à 90 °C.
Fréquence d'entretien	– Après chaque utilisation.
Consignes de maintien en état	– Vérifier l'état des franges, des fixations des franges du balai, de la presse et de l'anse du seau. – Ranger le matériel.

II. Le matériel du lavage des vitres

Il est utilisé pour éliminer les salissures adhérentes sur les surfaces vitrées.

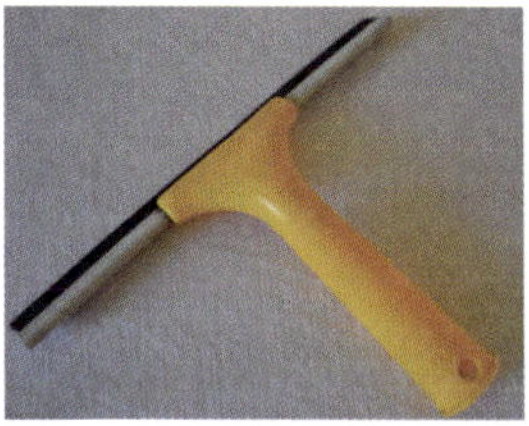

Raclette

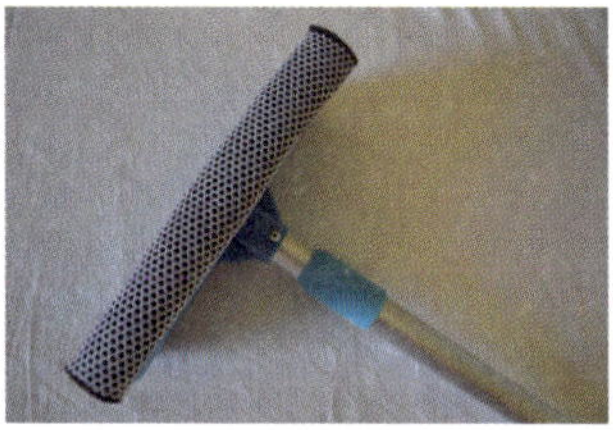

Mouilleur

Escabeau sécurisé

Lavette

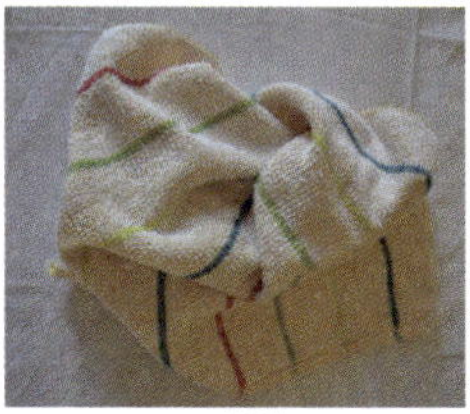

Serpillière

Consignes d'utilisation	– Protéger le sol avant de commencer le travail. – Effectuer le lavage en commençant par le détourage. – Utiliser, pour le lavage, la méthode en « S ». – Utiliser un escabeau sécurisé pour tout travail en hauteur. ⚠ Vérifier l'état de l'escabeau avant utilisation.
Consignes de nettoyage	– Dépoussiérer les éléments du matériel. – Laver, désinfecter et sécher les éléments du matériel. – Laver les lavettes à la machine à 60 °C.
Fréquence d'entretien	– Après chaque utilisation afin de conserver un bon état de propreté pour la prochaine opération.
Consignes de maintien en état	– Vérifier l'état du mouilleur et des lavettes. – Ranger le matériel.

À SAVOIR

Un escabeau sécurisé comprend des pieds antidérapants, un verrou de barre d'écartement et une barre d'appui.

FICHE 112 LA TECHNIQUE DE LAVAGE MANUEL DU SOL

Objectif : éliminer les salissures adhérentes sur le sol.

I. LA TECHNIQUE

Matériel	Produit et support
• Gants de ménage • Balai à franges • Franges ou bandeau de lavage • Seau avec presse	• Détergent multi-usage • Sol carrelé

Avant de commencer, se laver les mains, aérer le local et porter une tenue professionnelle.

	– Fixer les franges sur le balai. – Plier le socle du balai à l'aide de la pédale. – Tremper les franges du balai dans le seau. – Essorer les franges à l'aide de la presse.
	Laver le sol : – Commencer par le détourage (le long des plinthes) de la pièce et revenir au point de départ. – En partant du fond de la pièce, travailler par bandes parallèles en faisant des mouvements de gauche à droite et de droite à gauche en formant des « S » ou des « 8 » et en reculant dans la partie encore sale. – Faire chevaucher les bandes parallèles.

	– Tremper les franges dans la solution détergente et essorer. – Changer la solution détergente dès qu'elle est saturée de salissures. – À la fin du travail : nettoyer, sécher et ranger le matériel. Laver les franges en machine à 90 °C.
Autocontrôle et critères de qualité	– Vérifier l'absence de salissures adhérentes et de traces.
Hygiène et sécurité	– Se laver les mains avant et après l'activité. – Changer les franges et la solution détergente saturées en salissures.
Ergonomie et économie	– Garder le dos droit, fléchir les genoux pour se baisser.

À SAVOIR

Dans toutes les opérations d'entretien du logement, il faut préparer le matériel et la zone de travail (ranger la pièce) afin d'éviter les allers et venues ; cela permet un gain de temps et limite la fatigue physique. Le respect du dosage du produit est important car :
- une trop grande quantité de produit utilisé conduit à un gaspillage (surdosage) ;
- une trop faible quantité de produit utilisé n'est pas assez efficace pour permettre au produit d'agir (sous dosage).

II. Le choix du matériel

Fiche 111

L'utilisation d'un **balai à franges** se justifie car les franges sont lavables en machine ; la présence d'une presse dans le seau permet d'essorer les franges gorgées de solution détergente sans les toucher.

III. L'ordre des opérations

Fiche 110

Il s'agit d'effectuer au préalable un dépoussiérage de manière à laver efficacement le sol. Le détourage doit précéder le lavage du reste de la pièce afin de s'assurer que toute la surface sera nettoyée. Il faut faire chevaucher les bandes parallèles pour éviter les oublis. On évite ainsi de devoir repasser sur les zones qui n'auraient pas été lavées. Cela permet de gagner du temps et de limiter la fatigue physique.

LES TECHNIQUES DE LAVAGE MANUEL DES SURFACES

Objectif : éliminer les salissures adhérentes d'une surface vitrée ou carrelée.

I. LE LAVAGE MANUEL DES VITRES

Matériel	Produit et localisation
• Raclette • Gants de ménage • Serpillière de protection • Lavette en microfibres ou mouilleur • Escabeau sécurisé (si nécessaire)	• Détergent spécial vitres • Surfaces vitrées

Avant de commencer, se laver les mains et porter une tenue professionnelle.

Fig. 1	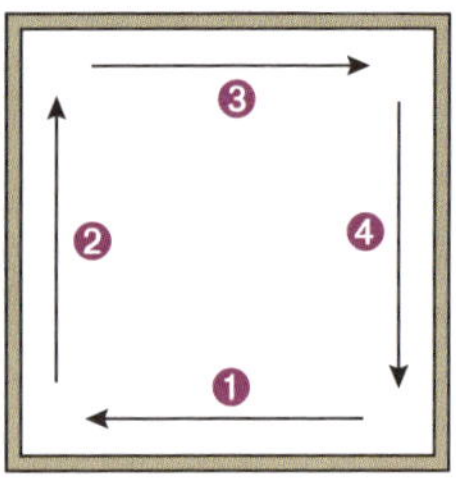	– Préparer le matériel et installer le poste de travail (escabeau, serpillière au sol sous la vitre). – Dépoussiérer l'encadrement avec une lavette essorée. – Vaporiser du détergent sur la vitre ou sur la lavette (ou le mouilleur).
Fig. 2	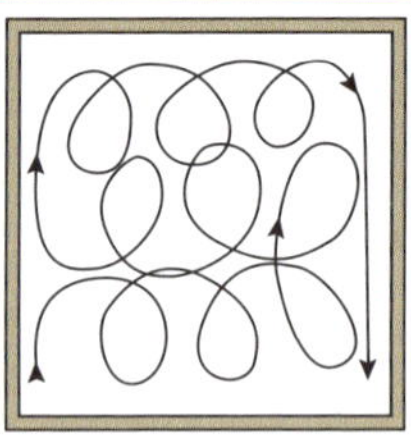	– Frotter à l'aide d'une lavette ou d'un mouilleur en commençant par détourer la surface, en insistant dans les angles (figure 1). – Nettoyer le reste de la vitre, frotter en décrivant des spirales (figure 2).
Fig. 3	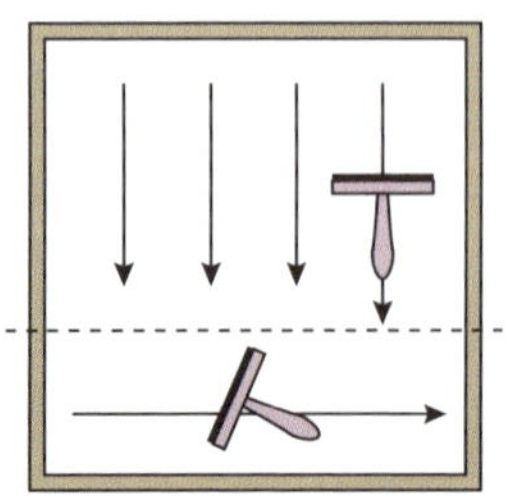	– Essuyer et sécher à la raclette pour éliminer le détergent et les salissures. – Commencer par les 2/3 supérieurs de la vitre (figure 3) en faisant glisser la raclette de haut en bas. Pour finir, racler latéralement le tiers inférieur de la vitre. Essuyer les bords de la vitre. – Répéter cette opération sur l'autre coté de la vitre. – Nettoyer, sécher et ranger le matériel.

Autocontrôle et critères de qualité	– Vérifier l'absence de salissures, de traces de doigts et de coulures.
Hygiène et sécurité	– Se laver les mains avant et après l'activité. – Ne pas mouiller le sol, le protéger avec une serpillière. – Utiliser un escabeau si nécessaire.
Ergonomie et économie	– Changer la lavette saturée en salissures. – Respecter le dosage, entretenir le matériel.

II. Le lavage manuel d'un mur carrelé

Matériel	Produits
• Gants de ménage • Une bassine ou un seau • 2 ou 3 lavettes en microfibres • Papier absorbant	• Eau • Vaporisateur détergent spécial cuisine ou salle de bains ou multi-usage

Avant de commencer, se laver les mains et porter une tenue professionnelle. Préparer le poste de travail en retirant les ustensiles, débrancher et déplacer les petits appareils électroménagers. Vérifier sur l'étiquette du produit utilisé si un rinçage est nécessaire. Dans ce cas, préparer un seau d'eau claire avec une lavette.

	– Vaporiser du détergent sur la surface et/ou sur la lavette. – Frotter à l'aide de la lavette en commençant par détourer la surface et en insistant dans les angles et les joints de carrelage. – Nettoyer le reste de la surface, frotter en décrivant des « S » en allant du haut vers le bas. Laisser agir le produit. – Rincer si nécessaire avec l'autre lavette préalablement plongée dans le seau d'eau. – Sécher à l'aide d'un papier absorbant ou d'une autre lavette sèche. – Replacer les ustensiles et matériels de cuisine. – Nettoyer, sécher et ranger le matériel utilisé. Laver les lavettes à la machine à laver (programme à 90 °C).
Autocontrôle et critères de qualité	– Vérifier l'absence de salissures et de traces. – La surface doit être brillante.
Hygiène et sécurité	– Se laver les mains avant et après l'activité et porter des gants. – Débrancher les appareils en tirant sur la fiche et non sur le cordon.

FICHE 114 L'ENTRETIEN DES ÉQUIPEMENTS : LE PLACARD

Objectif : éliminer les salissures adhérentes et non adhérentes sur du mobilier ou sur un équipement à l'aide d'un textile et d'un détergent (ou détergent-désinfectant).

I. La technique

Matériel	Produit et localisation
• 2 lavettes en microfibres lavables (pour dépoussiérer et pour laver) • Gants de ménage • Serpillières de protection • Escabeau sécurisé (si nécessaire)	• Détergent ou détergent-désinfectant en vaporisateur (spécial cuisine ou salle de bains)

Avant de commencer, se laver les mains et porter une tenue professionnelle.

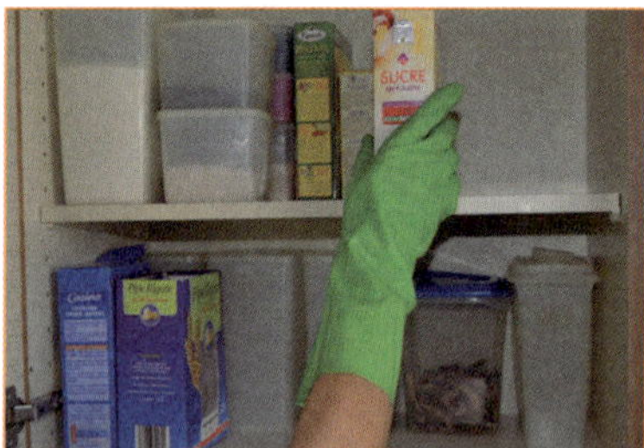

- Préparer le matériel.

- Évacuer le contenu du meuble et/ou des tiroirs en prenant soin de classer les objets par ordre de rangement.

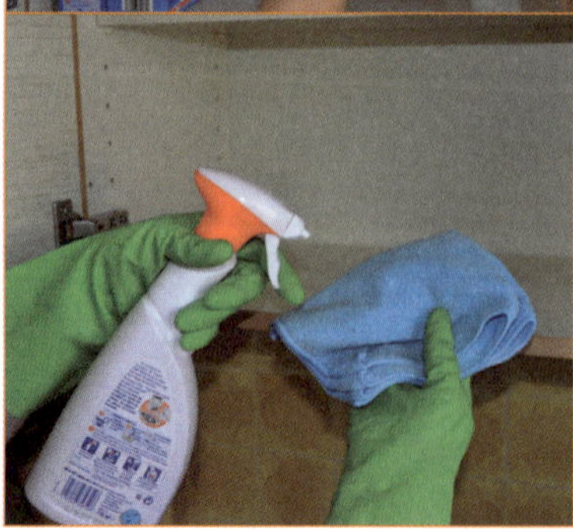

- Plier la lavette en 4.
- Procéder au dépoussiérage des étagères et/ou des tiroirs en travaillant du haut vers le bas.
- Vaporiser le détergent ou le détergent-désinfectant sur la lavette et la faire glisser sur la surface à nettoyer.

	- Nettoyer l'intérieur de la porte. - Nettoyer l'extérieur du meuble. - Ranger le placard en respectant l'ordre de rangement.
Autocontrôle et critères de qualité	- Vérifier l'absence de salissures, de traces de doigts et de produit.
Hygiène et sécurité	- Se laver les mains avant et après l'activité. - Porter des gants. - Travailler du haut vers le bas. - Utiliser un escabeau trois marches sécurisé en cas de travail en hauteur.
Ergonomie et économie	- Garder le dos droit et fléchir les genoux pour se baisser. - Retourner la lavette lorsqu'elle est saturée en salissures.

II. Le choix des produits

Pour des équipements et des placards de produits alimentaires, vous devez, de préférence, utiliser des produits spécifiques pour contact alimentaire. L'usage d'un produit détergent permet l'élimination des salissures adhérentes.

III. L'ordre des opérations

Il s'agit de commencer par vider le contenu du placard afin de pouvoir nettoyer toute la surface. Il faut veiller à classer les objets par ordre de rangement. Ainsi, le placard sera rangé de la même façon qu'avant l'entretien. Effectuer un dépoussiérage avant de réaliser le lavage pour obtenir un meilleur résultat.

À SAVOIR

Fiche 94

Pour le nettoyage de placards contenant des produits alimentaires, vérifier les dates de péremption. Ranger ensuite selon la règle du premier entré premier sorti.

FICHE 115 L'ENTRETIEN DE LA VAISSELLE

Objectif : éliminer les salissures présentes sur la vaisselle.

I. LA TECHNIQUE

Matériel	Produits
• Lavette ou éponge • Égouttoir • Torchon (utilisé pour la vaisselle uniquement) • Gants de ménage • Évier • Brosse ou tampon à récurer	• Détergent à contact alimentaire • Vaisselle • Eau

Avant de commencer :

- Mettre des gants de ménage.
- Éliminer les restes d'aliments restant dans les assiettes.
- Remplir les deux bacs d'eau chaude (si on dispose d'un évier muni d'un seul bac, on effectue le lavage en deux temps).
- Ajouter le détergent dans un des deux bacs.
- Disposer la vaisselle sale à proximité du bac contenant la solution détergente.
- Classer la vaisselle par catégorie d'objets et du plus propre au plus sale, du plus petit au plus grand.

	– Tremper la vaisselle dans le bac contenant la solution détergente. – Frotter au moyen de la lavette ou d'une éponge. – Tremper la vaisselle dans le bac de rinçage. – Sortir la vaisselle et la passer sous un filet d'eau chaude.
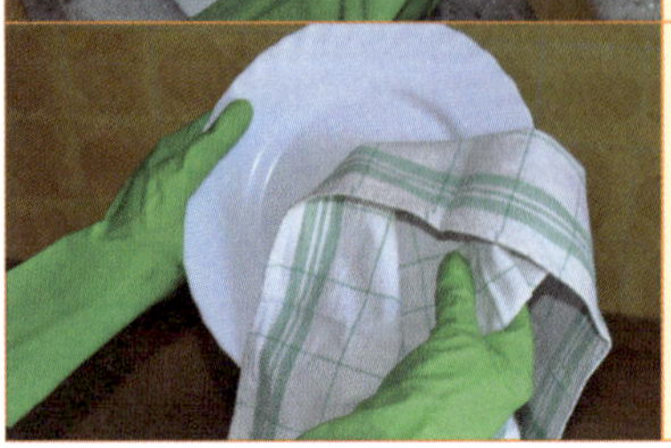	– Laisser égoutter la vaisselle sur l'égouttoir. – Essuyer et ranger la vaisselle. – Vider et rincer les bacs, éliminer les déchets d'aliments, sécher les deux bacs avec la lavette ou le torchon. – Ranger le matériel, mettre le torchon à laver.

Autocontrôle et critères de qualité	– Vérifier l'absence de salissures, de graisses et de produit. – La vaisselle doit être propre et brillante.
Hygiène et sécurité	– Se laver les mains avant et après l'activité. – Porter des gants. – Saisir les objets coupants par la partie ne présentant pas de danger.
Ergonomie et économie	– Garder le dos droit. – Ne pas mettre trop d'eau dans les bacs. – Respecter le dosage du produit.

À SAVOIR

Le port des gants évite le contact direct entre la peau et le détergent et prévient ainsi l'apparition d'irritations et de rougeurs.
Garder le dos droit permet d'éviter une courbure excessive de la colonne vertébrale à l'origine d'une fatigue et d'accidents (hernie discale, sciatique, lombalgie...).

II. Le choix de la lavette

La lavette permet de décrocher les salissures adhérentes grâce à l'action mécanique qu'elle exerce sur la vaisselle. La lavette se lave en machine à laver à 90 °C. Elle est très hygiénique et a une durée de vie assez longue. On préfère la lavette à l'éponge qui est un véritable « nid à micro-organismes ».
En cas d'utilisation d'une éponge, celle-ci doit être désinfectée régulièrement. Cette opération réduit cependant sa durée de vie, la rendant très courte car l'éponge est rongée par l'eau de Javel.

III. L'ordre des opérations

On commence par tremper la vaisselle car cela permet de favoriser le contact entre la vaisselle et les molécules de tensioactifs contenus dans le détergent. Ce trempage facilite l'action de la lavette ou de l'éponge et ou de la brosse qui décrochent plus facilement les salissures. La vaisselle doit être séchée immédiatement afin d'enlever l'humidité, facteur de développement des micro-organismes.

L'ENTRETIEN D'UNE CHAMBRE

Objectif : réaliser l'entretien complet de la chambre.

I. LA TECHNIQUE

Matériel	Produits
• Gants de ménage Fiche 106 • Matériel de dépoussiérage du sol et du mobilier • Matériel de lavage du sol et des vitres Fiche 111 • Corbeille à linge • Sac-poubelle • Linge propre (facultatif)	• Eau • Détergent ou détergent-désinfectant • Dépoussiérant-agglutinant

Recommandations :

Afin d'effectuer un travail de qualité il faut :

- organiser son intervention (organiser l'espace, récupérer tout le matériel afin de limiter les allers-retours ;
- respecter les techniques d'entretien ;
- utiliser le produit pour l'effet recherché ;
- respecter les temps d'action du produit.

Avant de commencer :

- Se laver les mains.
- Porter une tenue professionnelle.
- Préparer les produits et le matériel.
- Aérer la pièce.

Technique Fiche 110 Fiche 112 Fiche 113	– Récupérer le linge sale et le placer dans la corbeille prévue. – Ramasser les gros déchets (mouchoirs, papiers) et les mettre à la poubelle. – Faire le lit ou changer les draps si besoin. – Nettoyer les vitres selon le degré de salissures. – Dépoussiérer le mobilier, les bibelots et les accessoires. – Déplacer les meubles gênants. – Dépoussiérer mécaniquement ou manuellement le sol (selon le matériel disponible et selon la nature du sol : moquette, parquet, carrelage...). – Laver le sol (si la nature du sol de celui-ci s'y prête). – Replacer les meubles après séchage du sol. – Refermer la fenêtre. – Entretenir le matériel et le ranger.
Autocontrôle et critères de qualité	– Vérifier l'absence de salissures non adhérentes, de déchets, de traces et de produit.
Hygiène et sécurité	– Se laver les mains avant et après l'activité. – Respecter les dosages de produit. – Porter des gants de ménage.
Ergonomie et économie	– Garder le dos droit et fléchir les genoux pour se baisser. – Changer la lavette saturée en salissures. – Changer régulièrement la face de la lavette.

II. L'entretien régulier de la chambre : le confort de la personne

La qualité de vie dépend du niveau de propreté apparente et du degré d'hygiène du cadre de vie. Un entretien régulier et adapté est indispensable pour conserver un niveau de propreté et d'hygiène constant. Il permet d'éviter la dégradation des locaux et influence l'état de santé physique et moral de la personne qui occupe les lieux.

III. L'ordre des opérations

L'entretien de la chambre s'effectue :

– en procédant de haut en bas ;

– en nettoyant les meubles avant de nettoyer le sol pour éviter de remettre des salissures sur des zones déjà propres.

L'ENTRETIEN D'UNE CUISINE

Objectif : réaliser l'entretien complet de la cuisine.

I. LA TECHNIQUE

Matériel	Produits
• Gants de ménage • Plusieurs lavettes en microfibres • Matériel de dépoussiérage du sol et du mobilier (Fiche 106) • Matériel de lavage du sol et des vitres (Fiche 111) • Sac-poubelle	• Eau • Détergent-dégraissant spécial cuisine • Détergent multi-usage pour le sol • Produit de lavage de la vaisselle pour lave-vaisselle

Avant de commencer, se laver les mains et porter une tenue professionnelle, préparer les produits et le matériel et aérer la pièce.

Se reporter aux recommandations annoncées à la fiche 116.

Technique Fiche 113	– Nettoyer les vitres selon le degré de salissures. – Placer la vaisselle sale au lave-vaisselle et le mettre en fonctionnement. – Laver le petit électroménager et le sécher. – Laver le mur carrelé de la cuisine avec le détergent-dégraissant spécial cuisine. – Laver le plan de travail. – Entretenir le réfrigérateur si besoin, éventuellement dégivrer le congélateur. – Laver les gros appareils électroménagers (plaque de cuisson, four, four à micro-ondes) selon l'état de propreté. – Changer le sac-poubelle. – Laver l'évier et le sécher. – Dépoussiérer et laver le sol. – Refermer la fenêtre. – Entretenir le matériel et le ranger.
Autocontrôle et critères de qualité	– Vérifier l'absence de salissures non adhérentes, de déchets, de traces et de produit.

Hygiène et sécurité	- Se laver les mains avant et après l'activité. - Respecter les dosages de produit. - Porter des gants de ménage.
Ergonomie et économie	- Garder le dos droit et fléchir les genoux pour se baisser. - Changer la lavette ou la gaze saturée en salissures. - Changer régulièrement la face de la lavette.

II. L'entretien régulier de la cuisine : l'hygiène alimentaire

Dans la cuisine, les contaminations microbiennes peuvent se développer dans de multiples endroits si l'hygiène n'est pas maîtrisée : au niveau des ustensiles utilisés, du plan de travail, de l'évier, des portes, du réfrigérateur et du four. C'est la pièce la plus fréquentée par tous les membres de la famille. Une hygiène impeccable peut prévenir des cas d'intoxications alimentaires.

III. Le choix du matériel et des produits

Les bactéries se développent facilement dans les éponges en raison de leur humidité. Celles-ci sont pourtant censées être le meilleur outil pour nettoyer. Pour prévenir la dispersion dans la cuisine des contaminants portés par l'éponge, il faut en changer fréquemment ou privilégier l'utilisation de lavettes lavables. Il est recommandé d'utiliser des produits vaisselle qui ont une activité désinfectante et en imprégner les éponges entre deux utilisations. Les produits détergents pour le sol permettent l'élimination des salissures adhérentes.

L'ENTRETIEN D'UNE SALLE DE BAINS

Objectif : réaliser l'entretien complet de la salle de bains.

I. LA TECHNIQUE

Matériel	Produits
• Gants de ménage • Plusieurs lavettes en microfibres • Matériel de dépoussiérage du sol et du mobilier (Fiche 106) • Matériel de lavage du sol et des vitres (Fiche 111)	• Eau • Spray détergent-détartrant pour salle de bains • Détergent pour vitres

Avant de commencer, se laver les mains et porter une tenue professionnelle, préparer les produits et le matériel et aérer la pièce.
Se reporter aux recommandations annoncées à la fiche 116.

Technique Fiche 113	– Nettoyer les vitres selon le degré de salissures. – Retirer les serviettes sales, changer les gants de toilettes. – Dépoussiérer les accessoires et le mobilier en progressant du haut vers le bas et du plus propre vers le plus sale. – Nettoyer le miroir. – Nettoyer et détartrer si besoin le mur autour de la baignoire ou de la douche. – Nettoyer la baignoire ou la douche en commençant par la robinetterie ; rincer. – Nettoyer le lavabo en commençant par la robinetterie et en terminant par le piétement ; rincer. – Dépoussiérer ou changer le tapis de bain. – Dépoussiérer puis laver le sol. – Placer des serviettes propres. – Entretenir et ranger le matériel. – Se laver les mains.

Autocontrôle et critères de qualité	– Vérifier l'absence de salissures non adhérentes, de déchets, de traces et de produit.
Hygiène et sécurité	– Se laver les mains avant et après l'activité. – Porter des gants de ménage. – Respecter les dosages de produit.
Ergonomie et économie	– Garder le dos droit, fléchir les genoux pour se baisser. – Changer la lavette saturée en salissures. – Changer régulièrement la face de la lavette utilisée.

II. L'entretien régulier de la salle de bains : limiter le développement des micro-organismes

L'atmosphère chaude et humide de la salle de bains est favorable à la prolifération des bactéries. Il faut donc entretenir régulièrement les éléments de la salle de bains : serviettes, gants de toilettes, mobiliers et accessoires, surfaces... Il faut également aérer régulièrement afin de faciliter l'évacuation de la vapeur d'eau.

III. L'ordre des opérations

Il faut travailler du plus propre au plus sale : nettoyer la baignoire (ou la douche) puis le lavabo et terminer par le sol afin d'éviter de contaminer ou de salir des zones déjà nettoyées.

L'ENTRETIEN DES SANITAIRES

Objectif : réaliser l'entretien complet des toilettes.

I. LA TECHNIQUE

Matériel	Produits
• Gants de ménage • Plusieurs lavettes en microfibres • Matériel de dépoussiérage du sol et du mobilier (Fiche 106) • Matériel de lavage du sol et des vitres (Fiche 111)	• Eau • Spray détergent-désinfectant • Détergent-détartrant spécial sanitaires • Brosse pour les sanitaires • Détergents vitres

Avant de commencer, se laver les mains et porter une tenue professionnelle, préparer les produits, le matériel et aérer la pièce.
Se reporter aux recommandations annoncées à la fiche 116.

Technique	– Nettoyer les vitres selon le degré de salissures. – Vider l'eau de la cuvette, en repoussant énergiquement l'eau avec la brosse pour les sanitaires. – Répandre du produit détergent-détartrant dans le fond de la cuvette et brosser à l'aide de la brosse. Laisser agir. – Nettoyer le bouton de la chasse d'eau avec une lavette imprégnée de détergent-détartrant spécial sanitaires. À l'aide du détergent-désinfectant : – Nettoyer le réservoir de la chasse d'eau (derrière et devant). – Nettoyer l'abattant : le dessus puis le dessous. – Nettoyer la cuvette (l'extérieur puis l'intérieur) à l'aide de la brosse. – Tirer la chasse d'eau. – Dépoussiérer puis laver le sol. – Entretenir et ranger le matériel et se laver les mains.

Autocontrôle et critères de qualité	– Vérifier l'absence de salissures, de traces et de produit. – La cuvette doit être blanche et brillante.
Hygiène et sécurité	– Se laver les mains avant et après l'activité. – Respecter les dosages de produit. – Porter des gants de ménage.
Ergonomie et économie	– Garder le dos droit, fléchir les genoux pour se baisser. – Changer la lavette saturée en salissures. – Changer régulièrement la face utilisée de la lavette.

II. Le choix du produit

L'entretien des sanitaires nécessite un produit détergent pour retirer les salissures, un désinfectant pour éliminer les micro-organismes et un détartrant pour éliminer les sels calcaires.

III. L'ordre des opérations

Il faut travailler du plus propre au plus sale : nettoyer le haut des sanitaires, l'extérieur puis l'intérieur afin d'éviter la dispersion des micro-organismes.

LES ZONES À RISQUES

Une zone à risques est un local géographiquement défini et délimité dans lequel les personnes ou les produits sont particulièrement vulnérables face aux biocontaminations.

I. LES ZONES À RISQUES DANS LES COLLECTIVITÉS

Dans un centre hospitalier, une crèche ou une collectivité de personnes âgées, toutes les zones n'ont pas le même degré de risques. Ces zones sont indiquées en fonction de la vulnérabilité du patient et de la nature des lieux afin de lutter de façon la plus efficace contre les biocontaminations en appliquant les protocoles de bionettoyage et en prenant les mesures de prévention nécessaires.

L'entretien des établissements de soins, des maisons de retraite, des EHPAD (établissement d'hébergement pour les personnes âgées dépendantes), des crèches, doit prendre en compte la diversité des locaux. Les activités pratiquées, le type de patient ou le type d'acte médical effectué influencent les exigences du nettoyage et de la désinfection.

Ainsi, les locaux hospitaliers sont classés en quatre zones, ce qui permet d'adapter le choix des équipements, des produits et de construire un calendrier d'entretien :

- **zone 1 : zone à faibles risques** ;
- **zone 2 : zone à moyens risques** ;
- **zone 3 : zone à hauts risques** ;
- **zone 4 : zone à très hauts risques.**

Exemples de zones à risques et types de nettoyage associés

Zones	1	2	3	4
Types de locaux	• Hall • Bureaux • Services administratifs • Services économiques • Services techniques (maintenance) • Maison de retraite • Résidence pour personnes âgées	• Circulation • Halls • Ascenseurs • Montées d'escaliers • Salles d'attente • Consultations externes • Rééducation fonctionnelle • Maternité • Services longs et moyens séjours • Psychiatrie • Zone de lavage de la stérilisation centrale • EHPA* et • EHPAD	• Pédiatrie • Soins intensifs • Urgences • Salle de travail • Médecine • Laboratoire • Radiologie • Hémodialyse • Réanimation • Exploration fonctionnelle • Hématologie • Chimiothérapie • Bloc opératoire obstétrical • Cure médicale • Stérilisation centrale • Salle de bains • Sanitaires, cuisine	• Néonatalogie (soins du nouveau-né) • Bloc opératoire aseptique (exempt de tout germe) • Services de soins des grands brûlés • Immunodéprimés (personnes ayant un système immunitaire affaibli) • Service de greffe • Oncologie (traitement des cancers)
Type de nettoyage	Nettoyage de type « domestique » : utilisation d'un détergent simple	Bionettoyage quotidien : utilisation d'un détergent-désinfectant	Bionettoyage quotidien ou pluriquotidien : alternance d'un détergent-désinfectant et d'un détergent plus un désinfectant	Bionettoyage quotidien ou pluriquotidien : alternance d'un détergent-désinfectant et d'un détergent plus un désinfectant

* EHPA : établissement d'hébergement pour personnes âgées.

II. Les précautions à prendre

A • Par rapport aux locaux

Une organisation rationnelle des locaux et des communications est nécessaire :

- il ne doit pas y avoir d'angles morts et de recoins pour un entretien plus efficace ;

- les équipements sont surélevés pour faciliter le bionettoyage ;

- les circuits des personnels et des déchets doivent respecter la marche en avant ;

- les revêtements des sols et des murs sont adaptés au bionettoyage ;

- les locaux ayant des fonctions différentes, ils doivent être séparés afin d'éviter tout croisement entre les personnels et les visiteurs lors des opérations de nettoyage.

B • Par rapport au personnel

- Avoir une hygiène personnelle irréprochable.
- Avoir une tenue vestimentaire propre et adaptée.
- Proscrire le port de bijoux et de vernis à ongles.
- Avoir les cheveux attachés.
- Porter des chaussures fermées.
- Porter des gants adéquats.
- Maîtriser ses gestes professionnels (formation aux techniques).
- Connaître les règles et les pratiques d'hygiène à adopter pour éviter les biocontaminations (formation au lavage des mains obligatoire).
- Avoir répondu aux exigences en matière de vaccination.

III. Les zones à risques et entretien dans un service de consultation en chirurgie

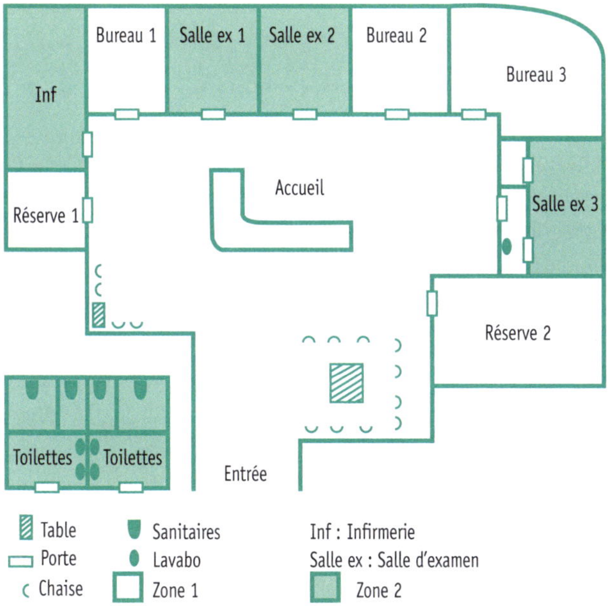

Collectif sous la coordination de B. Aubry, G. Mauury, J.-L. Vignot, *Nettoyage et entretien des locaux*, Travail lorrain réalisé en collaboration avec la cellule régionale hygiène, 2005.

Zone	Local	Méthode d'entretien
1	Bureaux	1. Vider les poubelles. 2. Réaliser un balayage humide ou une aspiration. 3. Laver avec un détergent neutre (balai réservoir, balai rasant ou Faubert).
2	Salle d'examen Infirmerie Toilettes	1. Élimination des déchets. 2. Essuyage humide du mobilier et des points de contact avec un détergent-désinfectant. 3. Balayage humide du sol. 4. Lavage du sol avec un détergent-désinfectant.

FICHE 121 MATÉRIEL D'ENTRETIEN EN STRUCTURE : LE CHARIOT DE BIONETTOYAGE

I. FICHE TECHNIQUE

Le **chariot de bionettoyage** contient l'ensemble du matériel permettant de réaliser les tâches de nettoyage et de désinfection des équipements, de l'environnement du patient/usager et du sol en respectant l'ordre prévu par les protocoles de bionettoyage (séparation des textiles propres et souillés, des eaux propres et usées...). Il est plus complet que le **chariot polyservice** (davantage d'accessoires et volume de rangement accru).

Emplacement pour le sac-poubelle de 100 litres avec couvercle

Plateau supérieur : emplacement pour des seaux de 5 litres (lavettes propres et sales, bandeaux propres, sachet de gazes pré-imprégnées...)

Presse

Seaux de lavages de 10 litres

Roulettes en caoutchouc

Emplacements pour balai trapèze et rasant

Plateaux moyen et inférieur : emplacements pour les produits détergents et désinfectants (vaporisateurs, bidons de 5 litres, crème à récurer, produit à vitre...)

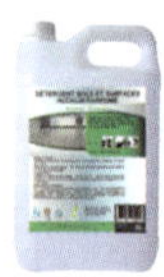

Le chariot de bionettoyage

II. Consignes

A • Les consignes d'utilisation

- Préparer le chariot avant l'entretien.
- Disposer chaque élément à sa place (produits, textiles, balais, seaux, presse...).
- Placer le chariot devant la chambre du patient.
- Réaliser les opérations d'entretien du mobilier, du sol...
- Veiller à fermer le couvercle du sac-poubelle lors des déplacements et à placer les textiles sales à leur emplacement. Exemple : les bandeaux sales dans un filet sur le plateau inférieur.
- Ranger le chariot après utilisation.

B • Les consignes de nettoyage

Après chaque service :

- Vider, rincer et sécher les seaux.
- Réaliser un essuyage du chariot et des balais à l'aide d'une lavette propre et d'un produit détergent-désinfectant.
- Amener les franges et les lavettes sales à la lingerie pour les laver en machine (à 90 °C).

C • Les consignes de maintien en état

Une fois par semaine :

- Vérifier l'intégralité du chariot, les attaches de fixation des balais et l'état des roues, le serrage des écrous...
- Nettoyer le matériel après chaque service ; au moins une fois par semaine pour le maintien en état.

D • Les consignes d'hygiène et de sécurité

- Vérifier la stabilité du chariot à chaque prise de poste.
- Disposer le chariot de façon à ne pas gêner la circulation.
- Utiliser des gants adaptés.
- Placer les textiles souillés préférentiellement sur l'étage inférieur du chariot.
- Travailler toujours avec les produits d'entretien en respectant les dosages préconisés.

À SAVOIR

Le **chariot de bionettoyage** est plus volumineux que le chariot poly-services. Il dispose de plusieurs plateaux permettant d'entreposer les différents produits et accessoires et de séparer les linges propres et sales (bandeaux et lavettes de différentes couleurs).

FICHE 122 MATÉRIEL D'ENTRETIEN EN STRUCTURE : LE BALAI TRAPÈZE

I. FICHE TECHNIQUE

Le **balai trapèze** permet d'éliminer les salissures non adhérentes à l'aide d'une gaze humidifiée avec de l'eau ou un agglutinant, combinant ainsi l'effet mécanique et l'effet chimique.

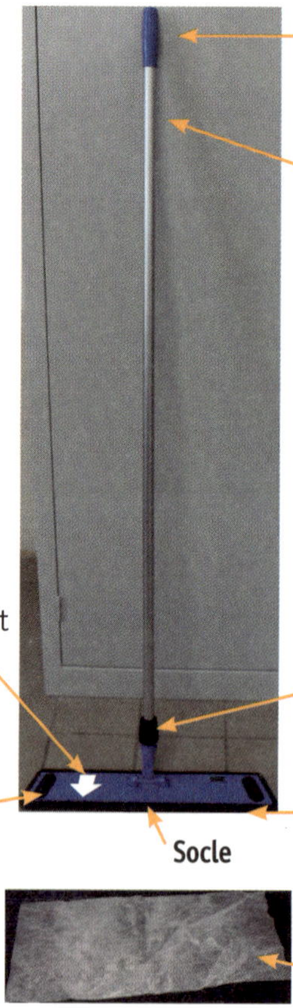

Le balai trapèze

II. Les consignes

A • Les consignes d'utilisation

1. Installation de la gaze

- Étirer la gaze pour libérer l'agglutinant si besoin.
- Se baisser en maintenant le dos bien droit et les genoux pliés.
- Poser la semelle au centre de la gaze.
- Fixer la gaze bien tendue aux 4 coins.
- Se relever en maintenant le dos droit.

2. Réalisation du balayage humide

- Réaliser un détourage de la pièce.
- Réaliser le balayage humide du fond de la pièce vers la porte en reculant et en effectuant des « S » (technique de la godille). Ne jamais soulever le balai. Déplacer le balai dans le sens de la flèche (grand côté du trapèze toujours dans le sens de la marche).

3. Enlèvement de la gaze

- Se baisser en maintenant le dos droit ; la main droite tient le manche.
- Dégager la gaze des 4 fixations avec la main gauche.
- Maintenir la gaze au sol avec la main gauche.
- Soulever délicatement le balai.
- Ramener la gaze au centre en emprisonnant les salissures, à l'aide des 2 mains. Les faire glisser dans une pelle ou les jeter directement dans un sac.

B • Les consignes de nettoyage et de maintien en état

- Laver et désinfecter le manche avec une lavette.
- Faire tremper dans une solution détergente et bactéricide les articulations, le plateau du balai trapèze.
- Brosser, rincer puis laisser sécher.
- Nettoyer le balai après chaque utilisation.

C • Les consignes d'hygiène et de sécurité

- Régler la hauteur du manche afin de garder le dos droit.
- S'organiser dans l'espace et respecter les règles d'ergonomie.
- Utiliser une gaze par chambre ou pour 20 m².

MATÉRIEL D'ENTRETIEN EN STRUCTURE : LE BALAI RASANT

I. FICHE TECHNIQUE

Le **balai rasant** permet d'éliminer facilement les salissures adhérentes et les micro-organismes sur les sols lisses, dans les zones à risques.
L'utilisation d'un bandeau imbibé d'une solution détergente ou détergente-désinfectante permet d'augmenter la pression au sol ainsi que la surface de contact. Un **manche articulé** permet un mouvement dans tous les sens. La solution détergente ou détergente-désinfectante permet l'élimination des salissures adhérentes et des micro-organismes.

❶ Manche en aluminium ou en acier inoxydable

❷ Socle ou plateau pliable permettant de plonger plus facilement le bandeau dans la solution de lavage et/ou de désinfectant

❸ Rotule permettant la mobilité du balai rasant

❹ Pince de fixation du bandeau en microfibres

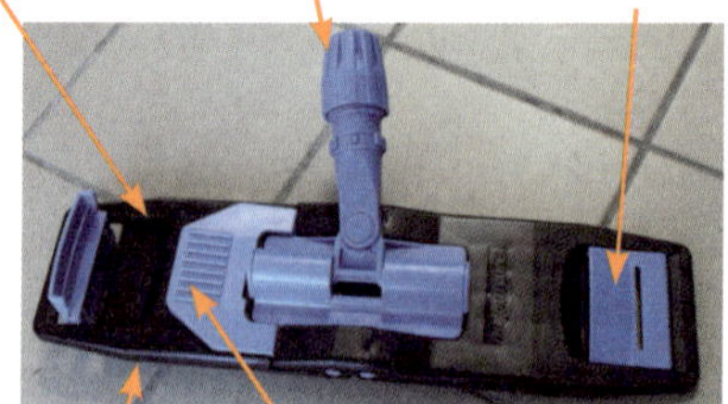

❺ Système d'ouverture et de fermeture du plateau

❻ Semelle du balai rasant

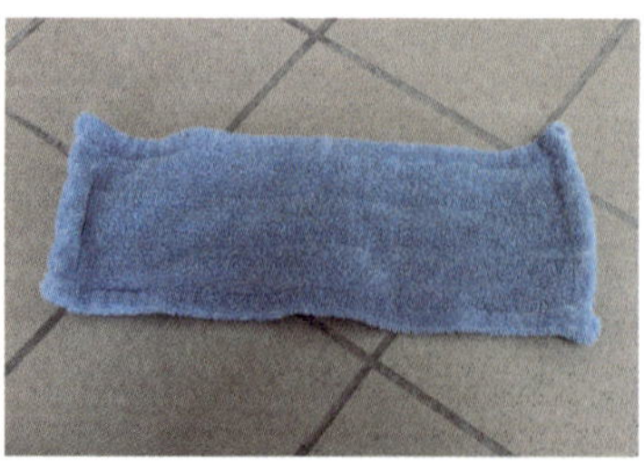

❼ Bandeau en microfibres avec languette d'attache

Le balai rasant

II. Les consignes

A • Les consignes d'utilisation

– Fixer le bandeau en microfibres (❼) sous la semelle (❻) du balai rasant en coinçant les languettes à l'aide des pinces (❹) situées sur le socle (❷). « Ouvrir » le balai en 2 en appuyant sur le système d'ouverture (❺).

– Plonger le bandeau dans la solution détergente-désinfectante.

– Réaliser le détourage de la pièce.

– Réaliser le lavage et la désinfection en partant du fond de la pièce jusqu'à la porte en réalisant des « S » (technique de la godille).

– Décrocher le bandeau et le mettre dans un seau ou un filet en attendant son acheminement à la lingerie.

B • Les consignes de nettoyage et de maintien en état

– Nettoyer (avec une lavette en microfibres verte) et désinfecter (avec une lavette en microfibres blanche) le manche et le plateau.

– Acheminer les bandeaux réutilisables à la blanchisserie.

– Nettoyer le balai après chaque utilisation.

C • Les consignes d'hygiène et sécurité

– Respecter le dosage de la solution détergente-désinfectante.

– S'organiser dans l'espace et respecter les règles d'ergonomie.

– Utiliser 1 bandeau par chambre ou pour 20 m^2.

– En cours de travail, mettre les bandeaux utilisés à décontaminer.

MATÉRIEL D'ENTRETIEN EN STRUCTURE : LE BALAI APPLICATEUR

I. FICHE TECHNIQUE

Le **balai applicateur** (ou **balai réservoir** de désinfection des sols) permet de déposer une solution détergente-désinfectante rapidement et uniformément sur les sols lisses, dans les zones à risques, afin d'éliminer en une seule opération les salissures adhérentes et les micro-organismes (action nettoyante et désinfectante).

La solution détergente-désinfectante est contenue dans le réservoir dont l'ouverture est commandée par une poignée ; elle descend vers le bandeau et elle est répartie uniformément sur le sol ; la libération de la solution est ainsi précise.

Le balai applicateur

II. Les consignes

A • Les consignes d'utilisation

- Remplir le réservoir.
- Fixer le bandeau sous la semelle, la partie la plus large du socle vers l'avant.
- Réaliser le détourage en partant de l'entrée du local.
- Poursuivre le lavage de la surface en imprimant des mouvements en « S » tout en reculant vers la sortie du local.

B • Les consignes de nettoyage et de maintien en état

- Après usage, vider le réservoir et le rincer.
- Nettoyer et désinfecter avec une lavette en microfibres le manche et la semelle.
- Acheminer les bandeaux réutilisables à la blanchisserie.
- Nettoyer le balai après chaque utilisation.

C • Les consignes d'hygiène et de sécurité

- Respecter le dosage de la solution détergente-désinfectante.
- S'organiser dans l'espace et respecter les règles d'ergonomie.
- Utiliser 1 bandeau par chambre ou pour 20 m^2.
- Après le bionettoyage, mettre les bandeaux utilisés à décontaminer.

MATÉRIEL D'ENTRETIEN EN STRUCTURE : LA MONOBROSSE

I. FICHE TECHNIQUE

La monobrosse

	Organes	Fonctions
1	Poignée de conduite	Saisir, diriger
2	Sécurité	Mettre sous tension électrique
3	Interrupteur	Mettre en fonctionnement ou en arrêt
4	Levier de timon	Régler l'inclinaison
5	Levier de commande	Régler le débit de la solution détergente
6	Timon	Organe de direction et support des réservoirs
7	Support de fixation	Accrocher et porter le réservoir
8	Capot moteur	Protéger et isoler le moteur
9	Raccordement du réservoir	Acheminer la solution vers le sol
10	Système d'enroulement du câble électrique	Maintenir le câble enroulé en position de rangement
11	Plateau	Supporter des accessoires (plateaux, brosses)
12	Pare-chocs	Protéger et amortir des chocs
13	Trou de fixation	Fixer le tuyau reliant le réservoir et le plateau pour projeter la solution sur le sol
14	Axe de fixation	Fixer la brosse ou le plateau
15	Roulettes	Déplacer l'appareil
16	Câble d'alimentation électrique	Brancher l'appareil au réseau électrique
17	Réservoir	Contenir le produit

La **monobrosse** est une machine électrique destinée à l'entretien des sols. Elle permet de nettoyer et de détacher les salissures adhérentes (biofilm). Elle nettoie par l'**action combinée** :

- de son poids ;
- du mouvement rotatif de la brosse ou d'un disque fixé sur un plateau entraineur produisant ainsi une action mécanique de frottement ;
- du produit utilisé (détergent : action chimique) ;
- de la mobilité de l'appareil (mouvement latéral et circulaire) ;
- de l'élévation de température provoquée par les frottements sur le sol.

II. Les consignes

A • Les consignes d'utilisation

- Insérer la brosse ou le plateau.
- Insérer le produit dans le réservoir.
- Brancher la machine.
- Travailler du fond de la pièce vers l'entrée en reculant.

B • Les consignes de nettoyage et de maintien en état

- Réaliser l'essuyage humide de l'appareil.
- Démonter, nettoyer, rincer et sécher les accessoires (plateaux, disques, brosse, réservoir).
- Essuyer le fil électrique, le capot et les différents organes.
- Réaliser l'essuyage humide après chaque utilisation.
- Ranger la machine et ses accessoires après chaque utilisation.

C • Les consignes d'hygiène et de sécurité

- Débrancher l'appareil lors du montage et du démontage des accessoires.
- Toujours travailler avec le fil derrière soi.
- Travailler le dos droit et régler la hauteur du timon afin de travailler dans les meilleures conditions d'ergonomie.

BIONETTOYAGE DES ÉQUIPEMENTS EN CRÈCHE

Objectif : éliminer les salissures adhérentes et non adhérentes et abaisser le niveau de contamination des micro-organismes et virus pouvant contaminer directement le bébé ou le jeune enfant.

Matériel	Produits
• Gants de ménage **Pour le lit à barreaux :** • 3 lavettes en microfibres • 1 seau de 5 litres contenant de l'eau claire • 1 drap propre **Pour la chaise haute :** • 2 lavettes en microfibres • 1 seau de 5 litres contenant de l'eau claire • Papier absorbant à usage unique	• Produit détergent-désinfectant en spray

Avant de commencer, se laver les mains et porter une tenue professionnelle (cheveux attachés, ne pas porter de bijoux). Préparer le matériel et le produit détergent-désinfectant.

Bionettoyage d'un lit à barreaux

- Retirer le drap sale du lit et le mettre dans un sac.
- Pulvériser le produit détergent-désinfectant sur le matelas plastifié. Laisser agir le produit.
- Nettoyer à l'aide de la lavette pliée en 4 le pourtour puis l'intérieur en effectuant des « S ».
- Réaliser les mêmes opérations sur l'envers du matelas. Laisser agir le produit et placer le matelas sur une table ou une chaise, préalablement bionettoyée.
- Nettoyer la tête de lit et les montants de haut en bas avec une deuxième lavette. Terminer par le piétement. Laisser agir le produit.

	– Tremper la 3e lavette dans le seau d'eau claire et rincer dans le même ordre les différents éléments du lit à barreaux. – Rincer le matelas plastifié et le remettre à l'intérieur du lit. – Remettre un drap propre.
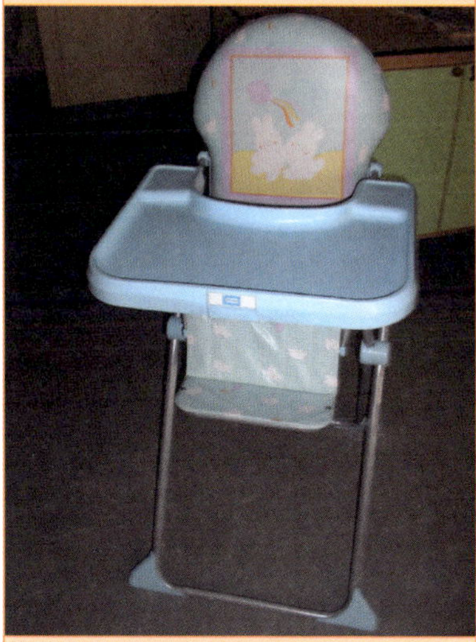	**Bionettoyage d'une chaise haute** – Éliminer les restes alimentaires éventuels à l'aide de papier à usage unique. – Pulvériser le produit du plus propre au plus sale (de haut en bas) et nettoyer le dos de l'assise, l'intérieur de l'assise, le haut et le bas du plateau, les montants, le repose-pieds et les piétements. – Rincer en suivant le même ordre à l'aide de la deuxième lavette les différents éléments de la chaise haute.
Autocontrôle et critères de qualité	– Absence de salissures adhérentes (contrôle visuel). – Contrôle microbiologique.
Hygiène	– Ranger le matériel et les produits utilisés. – Acheminer les lavettes utilisées et les draps en lingerie. – Se laver les mains et se changer.
Sécurité	– Porter des gants lors de l'utilisation des produits d'entretien. – Rincer immédiatement et abondamment en cas de projection dans les yeux. – Avant de commencer, prendre connaissance des fiches techniques et fiches de données de sécurité des produits utilisés. – Travailler calmement, sans précipitation.
Ergonomie et économie	– Garder le dos droit, fléchir les genoux pour se baisser.

Bionettoyage des équipements et du mobilier d'une chambre d'hôpital

Objectif : assurer au patient un environnement propre en éliminant les salissures et en abaissant le niveau de contamination de la surface et ainsi prévenir les infections nosocomiales.

Matériel	Produits
• Chariot de bionettoyage Fiche 121 • Lavettes en microfibres • Seau de 5 litres contenant de l'eau claire pour le rinçage • Papier à usage unique • Sac-poubelle de 20 litres	• Produit détergent-désinfectant en spray

Avant de commencer :
- Se laver les mains.
- Porter une tenue professionnelle (cheveux attachés, ne pas porter de bijoux).
- Disposer le matériel et le produit nécessaire sur le chariot. Fiche 120
- Ranger la zone.
- Aérer la pièce en tenant compte du patient (en zone 2 uniquement).
- S'assurer du confort du malade. Le couvrir.
- Ranger la chambre : les journaux, les fleurs…

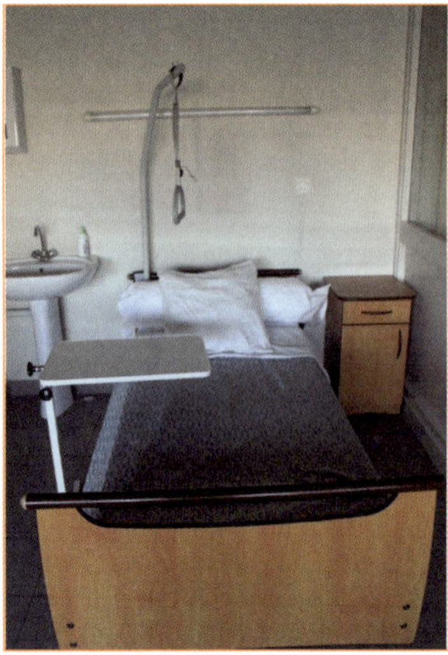

- Plier la lavette en microfibres en 4.
- Pulvériser uniformément la solution de détergent-désinfectant sur les surfaces proches du malade et les parties hautes en travaillant toujours du plus propre vers le plus sale.
- Bionettoyer le lit : potence, tête de lit, barrières de sécurité, pieds).

Potence : support vertical permettant au patient de s'asseoir, de se lever et de se soulever tout seul.

Bionettoyer :
- la table de chevet en commençant par la surface supérieure de la table ;
- les objets déposés sur la table (sonnette, téléphone) ;
- les poignées, la façade de la porte, le tiroir et les pieds.

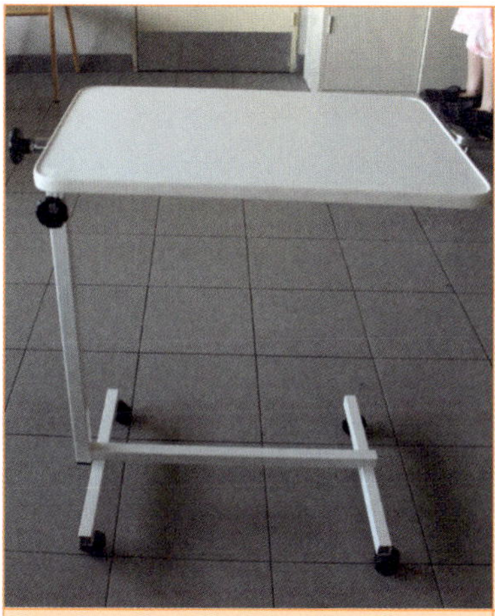	- Bionettoyer la table roulante ou adaptable : surface supérieure du plateau, rebords, surface inférieure du plateau, montants, roulettes. - Bionettoyer les fauteuils et chaises : dossiers, assises, accoudoirs, piètement. - Attendre 5 minutes et rincer éventuellement avec une autre lavette en microfibres. Déplier et replier la lavette si nécessaire. - Avec une autre lavette, bionettoyer de la même façon les points de rencontre des mains (interrupteur, poignées...), finir par la désinfection de la corbeille et évacuer les déchets. - Utiliser une lavette en microfibres par lit.
Autocontrôle et critères de qualité	- Contrôle visuel : absence de salissures et de surfaces humides. - Contrôle microbiologique des surfaces.
Hygiène	- Se laver les mains (lavage antiseptique des mains). - Nettoyer avec le détergent-désinfectant et une lavette en microfibres propre le chariot et ses accessoires, le pulvérisateur de la solution du jour. Les rincer avec une autre lavette en microfibres si nécessaire. - Ranger tout le matériel et les produits utilisés. - Apporter les lavettes utilisées en lingerie. - Se laver les mains une nouvelle fois et se changer.
Sécurité	- Porter des gants lors de l'utilisation des produits d'entretien. - Rincer immédiatement et abondamment en cas de projection dans les yeux. - Avant de commencer, prendre connaissance des fiches techniques et fiches de données de sécurité des produits utilisés. - Travailler calmement, sans précipitation.
Ergonomie et économie	- Garder le dos droit, fléchir les genoux pour se baisser. - Vérifier les stocks du matériel et des produits. - Vérifier le rangement de la zone de stockage matériel-produits.

BIONETTOYAGE D'UNE CHAMBRE D'HÔPITAL

Objectif : assurer au patient un environnement propre en éliminant les salissures et en abaissant le niveau de contamination de la surface et ainsi prévenir les infections nosocomiales.

Matériel	Produits
• Chariot de bionettoyage Fiche 121 • Pulvérisateur pour produit Fiche 123 • Balai trapèze • Balai réservoir ou balai rasant • Bandeau en microfibres pour balai réservoir ou balai rasant Fiche 122 • 2 lavettes en microfibres jaunes (mobilier) • 1 lavette en microfibres bleue • 2 lavettes en microfibres rouges (sanitaire) • 3 lavettes en microfibres vertes (matériel) • Papier à usage unique • Sac-poubelle blanc de 20 litres • Sac-poubelle pour sanitaire • Gazes pré-imprégnées pour balayage humide • Rouleau de papier toilettes	• Produit détergent désinfectant • Crème à récurer ou détergent spécial sanitaire • Produit détergent-détartrant-désinfectant

Avant de commencer :
- S'assurer du confort du malade. Le couvrir.
- Aérer la pièce en tenant compte du patient.
- Ranger la chambre : les journaux, les fleurs…
- Évacuer les déchets de la corbeille à papier et renouveler le sac plastique.
- Se laver les mains.
- Porter une tenue professionnelle (cheveux attachés, ne pas porter de bijoux).
- Disposer sur le chariot le matériel et les produits nécessaires.

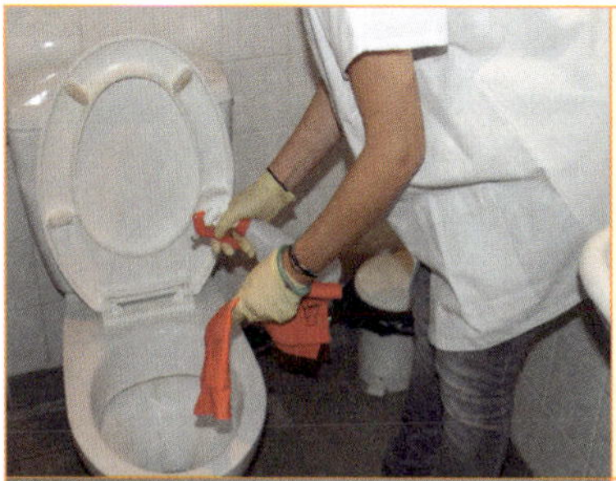

Le bionettoyage des sanitaires

- Appliquer le produit détergent-détartrant-désinfectant dans la cuvette, sur la robinetterie, les bondes d'évacuation des lavabos, de la douche et de ses parois. Laisser agir 10 minutes.
- Pendant ce temps, vider le support de la brosse des toilettes dans la cuvette. Tirer la chasse. Réaliser ensuite le bionettoyage de la chambre.

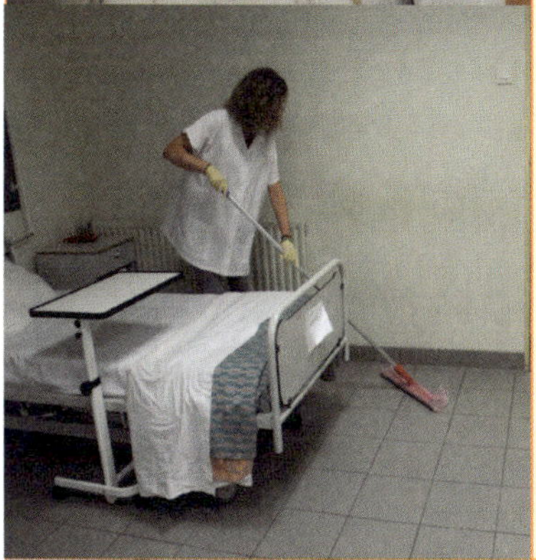

Le bionettoyage de la chambre

- Plier la lavette jaune en 4.
- Pulvériser uniformément le détergent-désinfectant sur les surfaces proches du malade et les parties hautes (lit, table de chevet, table roulante ou adaptable, fauteuils et chaises).
- Vérifier la propreté des surfaces verticales et les bionettoyer si cela est nécessaire. Attendre 5 minutes.
- Essuyer de haut en bas et du propre vers le sale.
- Déplier et replier la lavette si nécessaire.
- Avec une autre lavette jaune, bionettoyer de la même façon les points de rencontre des mains (interrupteurs, poignées…).

Réaliser :

- le balayage humide du sol de la chambre et des sanitaires ;
- le détourage (méthode au poussé) ;
- le balayage par la méthode de la godille : commencer du fond de la chambre et progresser vers l'entrée en déplaçant le mobilier si nécessaire sans oublier la zone sous le lit.

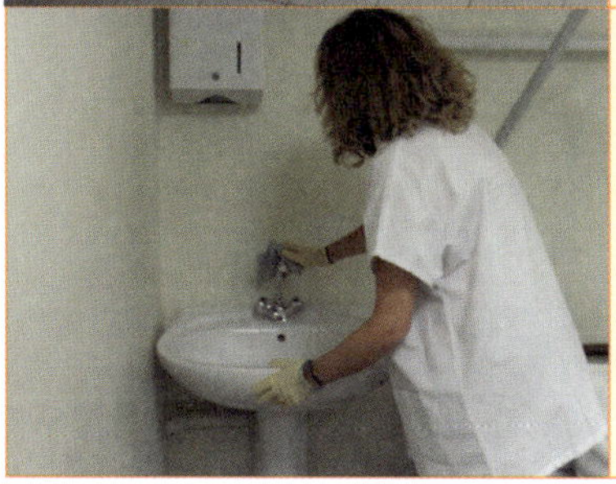

Le bionettoyage des sanitaires

- Réaliser la suite de l'entretien des sanitaires : rincer, à l'aide d'une lavette bleue en microfibres, les éléments traités avec le produit détergent-détartrant-désinfectant. Sécher la robinetterie.

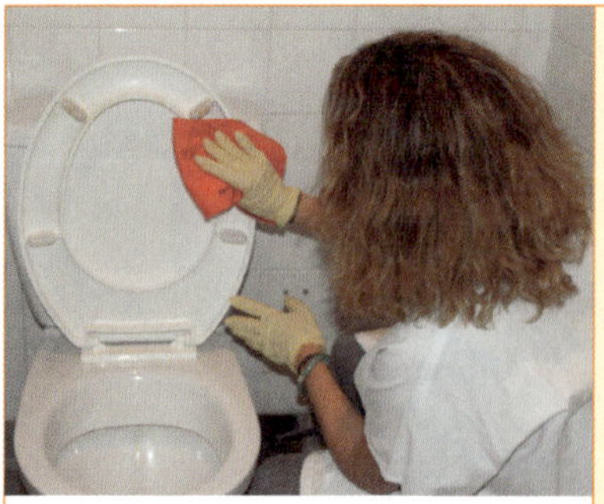

- Avec la lavette bleue en microfibres, bionettoyer ce qui entoure les lavabos : le carrelage mural, l'extérieur du lavabo, les divers accessoires (porte-serviettes, portemanteau, barre d'appui, interrupteur, poignée de porte), la robinetterie, l'intérieur du lavabo. Attendre 5 minutes. Rincer dans le même ordre puis sécher.
- Pulvériser uniformément la solution et l'appliquer avec la lavette sur ce qui entoure le receveur de douche et les accessoires. Laisser agir 5 minutes. Rincer puis sécher.
- Recharger les distributeurs (savon, papier toilette) et mettre un nouveau sac-poubelle.

- Nettoyer les accessoires et l'intérieur des toilettes. Appliquer la solution avec une lavette rouge en microfibres sur le dérouleur papier toilette, le réservoir de la chasse, l'extérieur de la cuvette, le couvercle, la lunette, le rebord des toilettes, la poubelle. Laisser agir 5 minutes minimum.
- Brosser l'intérieur de la cuvette et rincer en actionnant la chasse.
- Rincer avec une autre lavette en microfibres rouges le dérouleur papier toilette, le réservoir de la chasse, l'extérieur de la cuvette, le couvercle, la lunette, le rebord des toilettes.
- Installer un nouveau sac-poubelle.
- Placer les lavettes au sale.

Le lavage du sol
- Débuter par le point le plus éloigné de la porte d'entrée.
- Terminer par le lavage du sol des sanitaires.
- Éventuellement, changer le matériel de lavage du sol si cet ordre ne peut être respecté (changer de bandeau et de microfibres…).
- Laisser sécher.
- Fermer la fenêtre.

	**Rangement et entretien du matériel** - Se laver les mains (lavage antiseptique des mains). - Nettoyer le matériel utilisé avec un détergent en spray et une première lavette verte en microfibres. - Rincer à l'aide de la 2e lavette verte en microfibres et du seau de rinçage. - Utiliser une 3e lavette verte pour désinfecter. - Jeter les déchets. - Ranger tout le matériel et les produits utilisés. - Acheminer les lavettes utilisées en lingerie. - Vérifier les stocks du matériel et des produits. - Se laver les mains et se changer.
Autocontrôle et critères de qualité	- Contrôle visuel : absence de salissures et de surfaces humides. - Contrôle microbiologique de surface : recherche de la flore totale et des coliformes fécaux.
Hygiène et sécurité	- Porter des gants lors de l'utilisation des produits d'entretien. - Rincer immédiatement et abondamment en cas de projection dans les yeux. - Avant de commencer, prendre connaissance des fiches techniques et des fiches de données de sécurité des produits utilisés qui se trouvent dans le local de stockage des produits et matériels. - Travailler calmement, sans précipitation.

DÉFINITION

Infection nosocomiale : infection contractée dans un établissement de santé, absente lors de l'admission du patient à l'hôpital et qui se développe 48 heures au moins après l'admission (jusqu'à un an si elle a été contractée dans une salle d'opération).

FICHE 129

LA STÉRILISATION

La stérilisation a pour objectif de délivrer aux différents services d'un hôpital du matériel ou des dispositifs médicaux stériles, c'est-à-dire exempts de micro-organismes.

I. DÉFINITIONS

Stérilisation : opération permettant d'éliminer ou de tuer les micro-organismes portés par les milieux inertes contaminés. Le résultat de l'opération est durable.

Désinfection : opération au résultat momentané permettant d'éliminer ou de tuer les micro-organismes et/ou d'inactiver les virus indésirables portés par des milieux inertes contaminés, en fonction des objectifs fixés. Le résultat de cette opération est limité aux micro-organismes présents au moment de l'opération.

Pré-désinfection (ou décontamination) : opération au résultat momentané permettant d'éliminer, de tuer ou d'inhiber une partie des micro-organismes indésirables en fonction des objectifs fixés.

Détergent-désinfectant pour la pré-désinfection : produit utilisé avant le nettoyage, sur un dispositif médical (DM) souillé, dans le but d'empêcher la contamination des manipulateurs de ce matériel et des circuits empruntés par celui-ci. Il élimine une partie des salissures et des micro-organismes.

Bionettoyage : ensemble des opérations visant à réduire ou éliminer les micro-organismes sur les surfaces de manière à les ramener au niveau cible requis. Il est obtenu par la combinaison d'un nettoyage, d'une évacuation de la salissure et des produits utilisés, de l'application d'un désinfectant (suivie ou non d'un rinçage).

Les dispositifs médicaux (DM) : tout instrument, équipement, matière, produit (sauf d'origine humaine) ou autre article seul ou en association, y compris les accessoires et logiciels intervenant dans son fonctionnement, destiné par le fabricant à être utilisé chez l'homme à des fins médicales.

II. Les techniques de stérilisation

A • Les différentes méthodes

Les différentes méthodes de stérilisation des dispositifs médicaux (DM) dépendent de leur nature (textile, matériel en acier inoxydable, matériel en plastique, endoscopes...). On peut ainsi utiliser :

- une **stérilisation à haute température** en autoclave pour les textiles recyclables (champs opératoires, habillement chirurgical), les pansements (tissés et non tissés), les instruments chirurgicaux en acier inox, la verrerie, certains caoutchoucs, les polymères et les élastomères ;
- une **stérilisation à basse température** employant un produit désinfectant (trempage), des radiations ionisantes (pour le matériel thermosensible médico-chirurgical), un gaz (oxyde d'éthylène pour le matériel électronique, les caméras, les microscopes, le matériel en PVC...), un gaz plasma.

B • La stérilisation à haute température

Elle permet de stériliser au moyen d'un **autoclave** le matériel grâce à la production de vapeur d'eau saturante permettant d'obtenir une température supérieure ou égale à 121 °C afin d'assurer la dénaturation des micro-organismes (sous forme végétative ou de spores) présents sur des instruments ou du matériel.

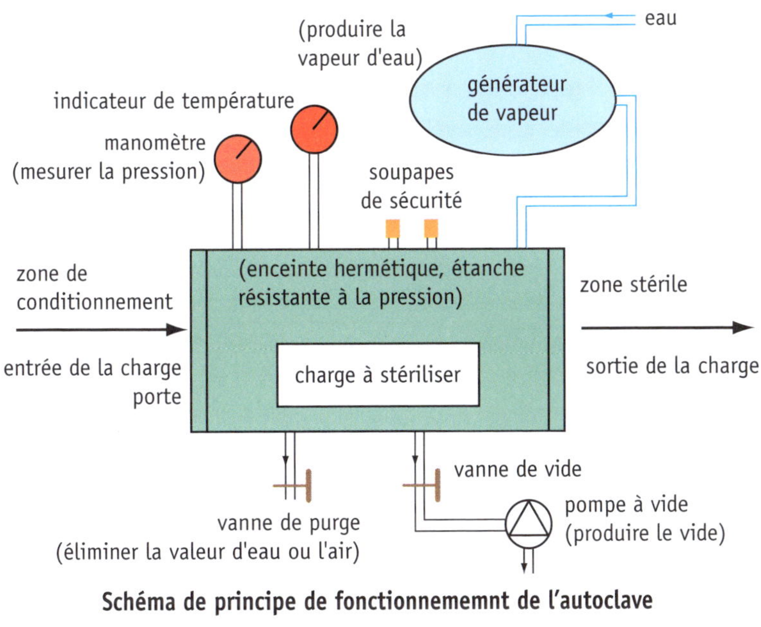

Schéma de principe de fonctionnememnt de l'autoclave

Fonction principale	Organe de l'appareil (solution technologique)
Assurer la production de vapeur d'eau sous pression	Générateur de vapeur
Contenir la vapeur d'eau sous pression	Enceinte hermétique étanche
Maintenir et réguler la pression Assurer la sécurité de l'usager	Soupapes de sécurité
Réaliser un vide afin d'éliminer les poches d'air et d'éliminer la vapeur en fin de cycle	Pompe et vanne à vide, vanne de purge
Contenir la charge à stériliser	Panier ou chariot
Indiquer la pression	Manomètre
Indiquer la température	Sonde de température et thermomètre

C • Les techniques de stérilisation à basse température

Technique de stérilisation	Caractéristiques
Par immersion	Les DM sont immergés dans une solution désinfectante puis rincés et conditionnés.
Par des radiations non ionisantes (rayons UV)	Ce sont des radiations ultra-violettes. Leur longueur d'onde est comprise entre 100 et 400 nanomètres. Elles provoquent la destruction des micro-organismes par altération de leur structure (les micro-organismes ne peuvent plus se multiplier). Elles n'ont pas d'action sur les spores.
Par des radiations ionisantes (rayons β et γ)	Elles regroupent les rayons gamma et les rayons bêta (électrons accélérés). Leur longueur d'onde est inférieure à 1 nm. Elles sont d'excellents agents de stérilisation qui agissent en profondeur dans les objets. Elles agissent sur différents constituants de la structure de la bactérie, et plus particulièrement sur l'ADN en provoquant soit une mutation de l'ADN, soit la mort de la bactérie.
Par de l'oxyde d'éthylène	C'est un puissant gaz au pouvoir bactéricide, virucide et sporicide. Il agit en dénaturant des acides nucléiques et les protéines des micro-organismes. Il constitue un procédé chimique de stérilisation à basse température (55 °C) applicable à des objets thermosensibles qui ne supportent ni la chaleur sèche ni la chaleur humide.
Par le peroxyde d'hydrogène (sous forme de gaz plasma)	Il convient pour stériliser le matériel thermosensible. Il possède une action bactéricide, sporicide, fongicide et virucide. Ce gaz est activé à l'état de plasma. C'est une stérilisation à basse température (45 °C), rapide (75 minutes au total), simple, mais dont le matériel nécessaire à sa mise en œuvre est coûteux.

III. Les étapes de la stérilisation des dispositifs médicaux (DM)

Pré-désinfection
↓
Rinçage
↓
Nettoyage manuel ou automatique (machine à laver)
Rinçage
↓
Séchage par égouttage, essuyage, soufflage d'air

- ↙ **Matériel thermorésistant**
  ↓
  Conditionnement
  ↓
  Stérilisation 134 °C/18 minutes
  ↓
  Contrôle et étiquetage ↘
- ↘ **Matériel thermosensible**
  ↓
  Désinfection chimique par immersion
  ↓
  Rinçage
  ↓
  Séchage ↙

Stockage dans un local fermé. Le DM sera emballé.

DÉFINITIONS

Autoclave : récipient à parois épaisses et à fermeture hermétique conçu pour réaliser des stérilisations, sous pression, à la vapeur d'eau.
Dénaturation : phénomène d'altération des molécules provoqué généralement par la chaleur.
Gaz de plasma : quatrième état de la matière constitué de nuages d'ions, de neutrons et d'électrons créés par l'application d'un champ électrique ou magnétique.
Spore : état de résistance d'une bactérie qui s'enferme dans une « coque » lui permettant de résister ainsi aux agressions du milieu extérieur et en particulier à de fortes températures.

PRÉPARATION À LA STÉRILISATION

Les deux premières opérations de préparation à la stérilisation sont la **pré-désinfection** et le **nettoyage**.

I. LA PRÉ-DÉSINFECTION

Elle consiste à **immerger les instruments dans une solution détergente et désinfectante** (bactéricide) se trouvant dans un bac de pré-désinfection aussitôt après leur utilisation. Elle permet l'élimination des salissures et des micro-organismes et évite :

- la fixation des matières organiques (salissures) par séchage et facilite ainsi le nettoyage ;
- la contamination du personnel ;
- la contamination de l'environnement.

Pour que la pré-désinfection soit efficace, elle doit être **réalisée immédiatement après l'emploi** des instruments, sur le lieu d'utilisation.

II. LE NETTOYAGE

Il consiste à éliminer les salissures (notamment les matières organiques : pus, sang, sécrétions) et réduire le nombre de micro-organismes présents.

Il existe deux techniques de nettoyage :

- le **nettoyage manuel** : utilisation d'une brosse, d'un écouvillon, d'une lavette et d'un produit détergent, suivie d'un rinçage à l'eau du réseau ;
- le **nettoyage automatique** grâce à une machine à laver à ultrasons.

À l'issue du rinçage, le **séchage** permet de limiter la prolifération des micro-organismes durant le stockage et le risque de corrosion (apparition de rouille) sur certains dispositifs médicaux.

III. Les techniques de pré-désinfection par immersion en bac de pré-désinfection

Le **bac de pré-désinfection** (appelé aussi bac de décontamination) assure la pré-désinfection d'objets souillés. Le bac est rempli d'un **détergent-désinfectant** (bactéricide) dans lequel sont immergés des objets souillés ; le contact avec la solution élimine les micro-organismes.

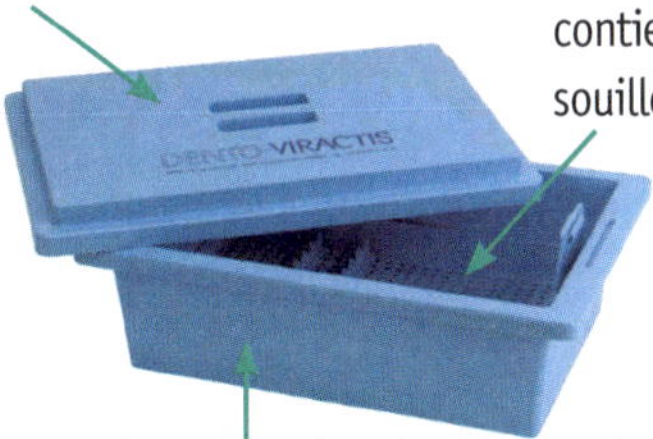

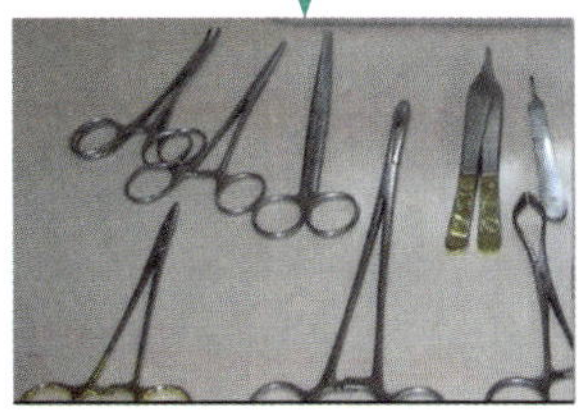

Le bac de pré-désinfection

Consignes d'utilisation	– Préparer le bain de trempage en mélangeant le produit avec de l'eau tiède. Respecter la dilution recommandée par le fabricant. – Mettre à tremper, après utilisation, le matériel dans les meilleurs délais ; la durée de trempage est indiquée par le fabricant (généralement 15 à 30 minutes). – Retirer le panier contenant le matériel du bac de décontamination. – Rincer à l'eau du robinet. – Jeter les gants.
Consignes de nettoyage	Le bac de décontamination doit être rincé et nettoyé chaque jour avec le ou les produits adaptés, puis séché soigneusement.
Consignes de sécurité	– Bien fermer le bac lors de la pré-désinfection. – Changer régulièrement la solution de détergent-désinfectant. – Ne jamais mélanger deux produits différents. – Changer le bain tous les jours, sauf si le matériel est particulièrement souillé (dans ce dernier cas, changer le bain à chaque fois). – Ne jamais laisser sécher les instruments souillés. – Le port de gants est obligatoire et le port de lunettes est recommandé afin d'éviter le contact du produit détergent-désinfectant avec la peau et les muqueuses.

LES DÉCHETS DES ACTIVITÉS DE SOINS

Les déchets des activités de soins sont vecteurs de micro-organismes qui peuvent être dangereux pour l'homme et son environnement. Il faut les évacuer en respectant des consignes de sécurité très précises.

I. DÉFINITIONS

Déchets : toute substance, matériau, produit destiné à l'abandon.

Déchets d'activités de soins (DAS) : déchets issus des activités de diagnostic, de suivi et de traitement préventif, curatif ou palliatif dans les domaines de la médecine humaine et vétérinaire.

Déchets d'activités de soins à risques infectieux (DASRI) : déchets à risques contenant des micro-organismes viables ou leurs toxines et pouvant causer des maladies chez l'homme ou chez d'autres organismes vivants.

On trouve ainsi à l'hôpital des **déchets assimilés aux ordures ménagères**, provenant de la vie quotidienne, auxquels s'ajoutent des **déchets spécifiques des activités de santé**. Si les premiers peuvent être collectés et traités par les services municipaux ou des organismes privés spécialisés, les déchets spécifiques de l'activité hospitalière doivent être considérés comme contaminés et leur élimination est de la responsabilité de l'établissement qui les produit.

II. LES RISQUES ENCOURUS LORS DE L'ACTIVITÉ ET LES MESURES PRÉVENTIVES

Les risques sont chimiques et biologiques. Tout produit biologique est une **substance potentiellement contaminante** dont la manipulation doit être parfaitement maîtrisée. La présence de germes pathogènes est susceptible d'infecter d'autres patients hospitalisés, le grand public et des agents de santé (exposition du personnel aux risques de contamination par le VIH, l'hépatite B ou C, certaines bactéries comme le *staphylococcus aureus*...).

Ces germes peuvent se propager dans les établissements de soins et peuvent parfois être résistants à un ou plusieurs antibiotiques (BMR : bactéries multirésistantes).

Afin de se prémunir des contaminations, il faut veiller à :
- se laver les mains après avoir manipulé des déchets, porter des gants (surtout en cas de lésion cutanée) ;
- ne pas mélanger les différents types de déchets ;
- s'informer et respecter les protocoles de tri des déchets du service (récupérer les déchets dans les conteneurs adaptés) ;
- fermer les sacs de déchets contaminés à l'extérieur de la chambre.

III. Les différents types de déchets hospitaliers

Les déchets d'activités de soins (DAS)		Exemples
Les déchets assimilables aux ordures ménagères (DAOM)		• Secteur hôtelier : restes de repas, bouteilles en plastique. • Bureaux : journaux, papiers. • Entretien des chambres : gants de ménage, chiffons. • Emballages de conditionnement de linges et matériels stériles. • Emballages légers souples : flaconnages, sachets, boîtes. • Linge à usage unique : coiffes, tabliers, blouses, draps…
Les déchets à risques	1re catégorie : les DASRI	• Les matériels coupants (aiguilles, cathéters, bistouris, lames, ampoules…). • Les déchets mous contaminés (exemple : linge à usage unique). • Les produits sanguins.
	2e catégorie : les produits chimiques ou toxiques, liquides ou solides	• Réactifs, mercure, piles, radiographies, solvants, acides, bases, médicaments…
	3e catégorie : les pièces anatomiques	• Organes, membres, embryons.
	4e catégorie : les déchets radioactifs solides, liquides ou gazeux	• Liquide radioactif.

IV. Le circuit des déchets à risques

A • Le tri à la source

Il s'agit de séparer les déchets ménagers et les déchets à risques sur leur lieu de production en les plaçant dans des conteneurs adaptés.

B • Le conditionnement des déchets à risques

Les sacs ou récipients de conditionnement doivent être à usage unique, résistants, étanches et faciles à fermer.

Les différents types de contenants

Déchets solides	Déchets piquants, coupants, tranchants	Déchets liquides
Sac en plastique jaune	Collecteur à aiguille	Carton double
	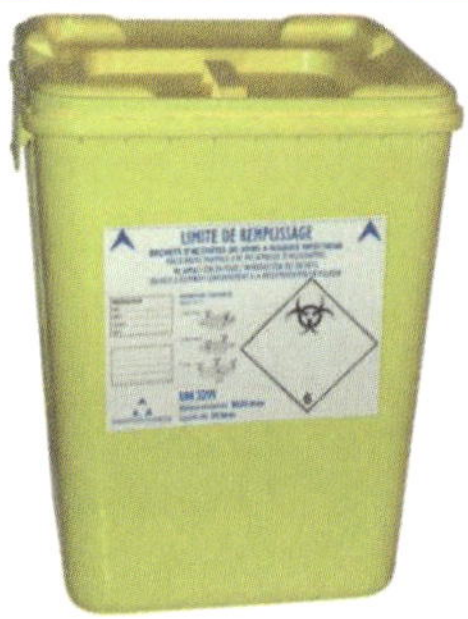	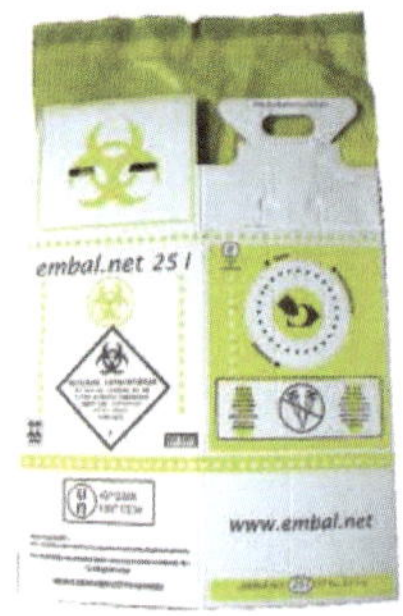

C • Le stockage

Le **stockage intra-service** est l'entreposage des déchets dans les services avant leur évacuation, dans un local à l'extérieur des activités de soins (zones sales), réservé uniquement aux agents.

Le **stockage central** est le lieu où sont collectés et stockés tous les déchets provenant de l'ensemble des services de l'hôpital. Les déchets sont entreposés dans des conteneurs identifiés par le symbole « danger biologique ».

D • Enlèvement, transport et traitement des déchets

Dès lors que les déchets infectieux empruntent une voie publique, leur conditionnement, étiquetage et transport sont soumis aux dispositions de l'arrêté relatif au **transport de matières dangereuses par route** (dit arrêté ADR*) :

- Les **déchets d'activités de soins à risques infectieux (DASRI)** sont :
  - soit prétraités (par exemple une désinfection thermique par autoclavage) de telle façon qu'ils puissent être éliminés comme des déchets ménagers par les filières classiques par incinération ;
  - soit incinérés directement en tant que DASRI.
- Les produits chimiques ou toxiques sont traités de manière spécifique.
- Les pièces anatomiques d'origine humaine doivent être incinérées dans un crématorium habilité.
- Les effluents à risques infectieux radioactifs (par exemple certains déchets liquides issus de la radiologie) sont pris en charge par l'Agence nationale des déchets radioactifs.

* ADR : Accord européen relatif au transport international des marchandises Dangereuses par Route sur le territoire français.

À SAVOIR

Les textes règlementaires concernant les déchets issus des activités de soin :
- Décret n° 97-1048 du 6 novembre 1997 : définitions DASRI.
- Décret n°97-517 du 15 mai 1997 : classification des déchets dangereux.
- Décret n° 97-1048 du 6 novembre 1997 : l'élimination des DASRI et assimilés et des pièces anatomiques.

LES DÉCHETS DU DOMICILE

Les déchets du domicile sont des déchets qui ont la particularité d'être d'origine et de nature très diverses. De nos jours, nous voyons l'augmentation de la production de déchets de soins à domicile dont la gestion est réglementée.

I. LES DIFFÉRENTES CATÉGORIES DE DÉCHETS ET LEURS ORIGINES

Catégories de déchets	Origine	Exemples
Ménager	• Familles • Usagers • Intervenants à domicile	• Déchets de nettoyage • Déchets de préparations alimentaires • Déchets d'emballage • Déchets domestiques divers
Banal	• Familles • Usagers • Intervenants à domicile	• Verre • Bois • Textiles • Papier • Carton
Soins Fiche 131	• Professionnel de santé	• Les déchets assimilables aux ordures ménagères (DAOM) : couches et alèses à usage unique, protections périodiques (souillées dans le cadre d'une utilisation habituelle sans notion d'infection spécifique). • Les poches de perfusion vides sauf poches de sang et dérivés sanguins. • Les compresses ayant servi à l'asepsie du matériel. • Les poches de nutrition avec tubulures. • Les papiers protecteurs d'emballages stériles. • Le plâtre. • Les déchets d'activités de soins à risques infectieux (DASRI). • Les matériels coupants (aiguilles, ampoules...), les déchets mous contaminés (compresses, pansements, coton ou objets en contact avec du sang).

II. Les risques professionnels et les mesures de prévention

A • Les risques

Les déchets de soins à domicile peuvent présenter des risques, notamment **infectieux** pour la famille, l'usager, l'intervenant à domicile, pour les agents de collecte des déchets et pour la population en général. Ainsi, les accidents de piqûres de seringues à travers les sacs de collecte des ordures ménagères sont fréquents.

B • Les mesures réglementaires

Fiche 131

Les déchets de soins à risques produits au domicile des particuliers ont les mêmes contraintes d'élimination que les DASRI. Cela signifie que les professionnels de santé sont responsables des DASRI produits au domicile du patient. Il leur incombe de les éliminer comme ceux qu'ils produisent à leur cabinet, sous peine de sanctions civiles ou pénales.

C • Les précautions à prendre

Un certain nombre de précautions sont à prendre vis-à-vis des déchets de soins :
- se laver les mains et porter des gants ;
- vérifier que vous êtes à jour de vos vaccinations ;
- informer votre responsable des dysfonctionnements liés à la gestion des déchets de soins à domicile ;
- consulter un médecin en cas de blessure, piqûre, ou après contact avec des déchets de soins.

III. Les différentes voies d'élimination et de valorisation des déchets

Il existe différentes voies d'élimination et de valorisation des déchets.
Quelques exemples :
- l'**incinération** (pour les déchets ménagers, les déchets banals et les DASRI) est la destruction à haute température des déchets. Elle produit de l'énergie utilisable pour le chauffage ou la production d'électricité ;
- le **recyclage** (pour les déchets banals) est la réintroduction d'un déchet dans le cycle de production, un réemploi pour un usage analogue ou une réutilisation pour un usage différent ;
- la **biodégradation** (pour les déchets ménagers organiques) est la transformation par des micro-organismes de la matière organique en matière minérale.
Exemple : le compostage (engrais), la méthanisation (production de méthane utilisé comme carburant) ;
- le **centre de stockage** : pour tout déchet ne pouvant plus être valorisé.

DÉFINITION

Asepsie : méthode préventive utilisée pour éviter toute contamination microbienne.

LES MATIÈRES TEXTILES

I. LES PROPRIÉTÉS DES DIFFÉRENTES MATIÈRES TEXTILES

Les matières textiles se distinguent selon leur origine. On trouve :
- des fibres naturelles d'origines animales (la laine, la soie, le cachemire, l'angora, l'alpaga...) ;
- des fibres naturelles végétales (le lin, le coton...) ;
- des fibres minérales (l'amiante, les fibres de verre...) ;
- des fibres chimiques artificielles (l'acétate, la viscose) ;
- des fibres chimiques synthétiques (le polyester, le polyamide...).

A • La soie

La soie est une fibre textile d'origine animale ; elle est secrétée par des chenilles de papillon (exemple : le Bombyx du mûrier). Les qualités de la soie sont nombreuses : c'est une fibre légère de faible densité, très agréable à porter, douce au toucher, elle a un bon pouvoir thermique. Son entretien est délicat. Elle a un fort pouvoir isolant : elle est chaude en hiver et fraîche en été. La soie ne supporte pas l'essorage et se lave à l'eau froide ou tiède.

B • La laine

La laine est fabriquée à partir de la toison de différents animaux, notamment le mouton et des poils fins d'animaux, tels que l'alpaga, le lama, la chèvre cachemire... La laine est un bon isolant thermique qui absorbe facilement l'humidité. Son toucher est agréable. Cependant, cette matière n'est pas toujours bien supportée au contact de la peau lorsqu'elle est de mauvaise qualité ou tissée grossièrement. Elle est relativement étirable mais ne reprend que difficilement sa forme originelle. C'est pourquoi le lavage en machine est risqué ; il est ainsi recommandé de faire sécher les pulls à plat.

C • Le coton

Le coton, issu du cotonnier, est la fibre végétale la plus produite au monde. Sa fibre est essentiellement composée de cellulose. Il peut être mat ou brillant. Il est doux, souple, confortable et facile d'entretien. Il offre une bonne résistance mécanique. Ses qualités thermiques sont appréciables. Léger, il évite la rétention des mauvaises odeurs et permet à la peau de respirer. Même après de nombreux lavages, les chemises 100 % coton conservent leurs couleurs. Petit bémol, le coton se froisse facilement. Le coton ne doit pas être lavé à trop forte température car il risque de rétrécir.

D • Le lin

Le lin est une fibre végétale naturelle hypoallergénique extraite de la tige du linum. Il a un excellent pouvoir isolant. C'est une matière raffinée, subtile, fraîche et confortable ; elle est facile d'entretien et conserve bien les couleurs. De plus, elle ne se déforme pas et ne peluche pas.

E • Le polyester

C'est la fibre textile synthétique la plus produite au monde. On la retrouve ainsi dans de très nombreux vêtements, soit pure, soit mélangée avec d'autres fibres telles que la laine ou le coton. Le polyester a une bonne élasticité et ne se froisse pas, il est donc idéal pour tout ceux qui n'aiment pas le repassage. Il est résistant à l'usure et aux frottements et souple. Il offre une bonne isolation thermique. Il est facile d'entretien, ne rétrécit pas au lavage et sèche rapidement (il ne retient pas l'eau). Cependant, il a une fâcheuse tendance à faire des peluches et est assez rêche au toucher. Lorsqu'il fait trop chaud, il vaut mieux ne pas porter de vêtement en polyester : c'est une matière qui favorise la transpiration.

II. L'entretien des matières textiles

Il est important d'identifier les symboles liés aux conseils d'entretien afin de déterminer les précautions à prendre et les conditions optimales de lavage et d'entretien du linge.

L'étiquetage d'entretien est facultatif en France. Sur les étiquettes des textiles, on peut trouver des symboles qui donnent des indications sur les conditions d'entretien à observer. Il existe cinq symboles d'entretien normalisés. Ce sont des marques déposées et gérées en France par le COFREET (Comité français de l'étiquetage pour l'entretien des textiles).

	Le cuvier pour le lavage.
	Le triangle pour le blanchiment (traitement à l'eau de javel ou autre).
	Le fer à repasser pour le repassage.
	Le cercle pour un nettoyage professionnel (nettoyage à sec).
	Le cercle dans un cadre pour l'usage du sèche-linge.

A • Le lavage 

Ce symbole indique que l'article peut être lavé à l'eau. Les chiffres à l'intérieur du cuvier indiquent la température de lavage maximale, en degrés Celsius. La **barre simple** placée sous le cuvier prescrit un traitement mécanique plus doux. Elle se réfère aux programmes de lavage spécialement conçus pour les articles faciles d'entretien et sensibles aux sollicitations mécaniques. La **barre double** est réservée aux articles exigeant un traitement mécanique très doux (lainages, par exemple). La **main dans le cuvier** indique que l'on peut laver le linge à la main.

Symboles	Température maximale de lavage	Signification pour l'entretien	Commentaires
	95 °C	• Action mécanique normale • Rinçage normal • Essorage normal	• Linge pouvant bouillir à 95 °C. • Articles en coton ou lin par exemple, blancs, teints ou imprimés grand teint. • Remplir la machine. Enclencher le programme de lavage correspondant après avoir enlevé les taches tenaces.
	95 °C	• Action mécanique réduite • Rinçage à température décroissante • Essorage réduit	
	60 °C	• Action mécanique normale • Rinçage normal • Essorage normal	• Linge de couleur supportant 60 °C. • Articles en couleurs ne résistant pas aux fortes températures, en coton, modal ou polyester, ainsi qu'en mélanges de ces fibres.
	60 °C	• Action mécanique réduite • Rinçage à température décroissante • Essorage réduit	• Linge de couleur supportant 60 °C/50 °C. • Articles attestés faciles d'entretien. • Réduire sensiblement la quantité de linge. • Ne remplir la machine qu'aux 2/3 de sa capacité. Enclencher le programme modéré correspondant. Ne prélaver le linge que s'il est très sale. Ne pas essorer ou essorer brièvement (risque de froissement).
	50 °C	• Action mécanique réduite • Rinçage à température décroissante • Essorage réduit	

	40 °C	• Action mécanique normale • Rinçage normal • Essorage normal	• Linge de couleur supportant 40 °C. • Articles multicolores foncés, en coton, polyester, mélanges, etc.
	40 °C	• Action mécanique réduite • Rinçage à température décroissante • Essorage réduit	• Linge fin supportant 40 °C. • Linge fin en modal, viscose ou fibres synthétiques (polyester ou polyamide) par exemple. • Réduire la quantité de linge. • Enclencher le programme de lavage approprié. Ne prélaver que les articles très sales. • Éviter d'essorer ou n'essorer que brièvement (risque de froissement).
	40 °C	• Action mécanique très réduite • Rinçage à température décroissante • Essorage à éviter	• Linge fin supportant 40 °C. • Articles en laine lavables à la machine. • Les sollicitations mécaniques de ce programme sont particulièrement douces. • Réduire fortement la quantité de linge limiter la charge de la machine à un tiers. • Enclencher le programme de lavage.
	30 °C	• Action mécanique normale • Rinçage normal • Essorage normal	• Linge supportant 30 °C. • Articles multicolores foncés, en coton, polyester ou mélanges par exemple. • Enclencher le programme correspondant.
	30 °C	• Action mécanique réduite • Rinçage normal • Essorage réduit	• Linge fin supportant 30 °C. • Linge fin en modal, viscose, polyester ou polyamide par exemple. • Réduire la quantité de linge. • Enclencher le programme qui correspond. • Éviter d'essorer ou n'essorer que brièvement.
	30 °C	• Action mécanique très réduite • Rinçage normal • Essorage normal	• Linge fin supportant 30 °C. • Articles en laine lavables à la machine par exemple. • Les sollicitations mécaniques de ce programme sont particulièrement douces. • Réduire fortement la quantité de linge. • Enclencher le programme correspondant.

	40 °C	• Lavage à la main	• Articles lavables à la main. • Température de l'eau : 30 °C – 40 °C selon les articles. • Dissoudre préalablement la lessive dans beaucoup d'eau. Immerger puis remuer avec précaution. • Ne pas frotter, ni tordre, ni essorer. Rincer avec soin, presser légèrement pour enlever l'eau puis étendre en forme. • Laver rapidement les articles en couleurs et délicats ; ne pas les laisser tremper.
		• Lavage interdit	• Les articles ainsi désignés ne supportent pas le lavage. Ils peuvent être sensibles à l'eau ou, en fonction de leur taille, impossibles à laver en lave-linge.

B • Le blanchiment

Symboles	Signification pour l'entretien
	Blanchiment possible ; possibilité d'utiliser des produits de blanchiment, à base de chlore ou à base d'oxygène.
	Blanchiment uniquement possible avec des produits à base d'oxygène.
	Blanchiment interdit (n'utiliser que des produits lessiviels qui ne contiennent aucun agent de blanchiment.)

C • Le nettoyage à sec

Les lettres (P, F ou W), à l'intérieur du cercle ○, désignent les types de processus et de solvants supportés par l'article textile. Une barre en dessous du symbole indique que des précautions particulières sont à prendre (restrictions au processus de nettoyage) en ce qui concerne les sollicitations mécaniques et/ou l'addition d'eau au solvant et/ou la température.

Symboles	Signification pour l'entretien
	Nettoyage à sec selon un processus normal. Nettoyage en libre service possible. Solvants autorisés : perchloréthylène ; hydrocarbures.
	Nettoyage à sec selon un processus modéré avec restrictions. La barre placée sous le cercle prescrit certaines restrictions au processus de nettoyage. Nettoyage en libre service impossible. Solvants autorisés : perchloréthylène ; hydrocarbures.
	Nettoyage à sec selon un processus très modéré avec restrictions. La double barre placée sous ce symbole réclame une forte réduction des sollicitations mécaniques, et/ou de l'adjonction éventuelle et/ou de la température du bain et/ou du séchage. Solvants autorisés : perchloréthylène ; hydrocarbures

	Nettoyage à sec selon un processus normal. Solvants autorisés : hydrocarbures.
	Nettoyage à sec selon un processus modéré avec restrictions. La barre placée sous ce symbole réclame une réduction des sollicitations mécaniques, de l'adjonction éventuelle d'eau ainsi que de la température du bain et/ou du séchage. Nettoyage en libre service impossible. Solvants autorisés : hydrocarbures.
	Nettoyage à sec interdit. Usage de détachants à base de solvants exclu.
	Nettoyage professionnel à l'eau selon un processus normal. Le nettoyage professionnel à l'eau est un procédé d'entretien des textiles faisant appel à la chimie de pointe (pas de solvants) et à des bains successifs à température maîtrisée.
	Nettoyage professionnel à l'eau selon un processus doux adapté aux textiles délicats, avec action mécanique réduite.
	Nettoyage professionnel à l'eau selon un processus très doux adapté aux textiles très délicats, avec action mécanique très réduite.
	Le procédé de nettoyage professionnel à l'eau est exclu.

D • Le repassage

Les points dans le fer à repasser (un, deux ou trois points) indiquent la température maximale, en degrés Celsius, à laquelle les articles peuvent être repassés.

Symboles	Signification pour l'entretien	Exemples de textiles
	Repassage à une température maximale de 200 °C.	Coton, lin.
	Repassage à une température maximale de 150 °C.	Laine, soie, polyester, viscose.
	Repassage à une température maximale de 110 °C (la vapeur est interdite).	Acrylique, nylon, acétate.
	Repassage interdit.	T-shirt avec transfert.

E • Le séchage en tambour 

Ce symbole doit être complété par un ou deux points correspondants à des niveaux de température.

Symboles	Signification pour l'entretien
	Pas de restrictions en ce qui concerne la température de séchage en tambour après lavage (80 °C).
	Séchage en tambour ménager à température modérée après lavage (60 °C maximum et avec des sollicitations mécaniques réduites).
	Séchage en tambour ménager interdit (ne pas utiliser de sèche-linge).

MATÉRIEL ET APPAREILS D'ENTRETIEN DU LINGE

I. LES APPAREILS D'ENTRETIEN DU LINGE

A • Le lave-linge

1. Fonction et principe

Le lave-linge permet l'élimination des salissures et des taches des vêtements, serviettes, draps et autres tissus ménagers grâce à un ensemble d'opérations physiques et chimiques. L'eau constitue le solvant de la solution de lavage.

Toutes les machines ont le même principe de fonctionnement : un **cycle de lavage** (éventuellement précédé par un cycle de mouillage et de prélavage) avec de l'eau et un produit lessiviel, à chaud (entre 30 et 95 °C) ou à froid. Dans la plupart des modèles, la lessive, comme tous les autres produits utilisés, est placée dans un **bac à produits**. Ces derniers sont entraînés par de l'eau dans le **tambour** où se trouve le linge. Suivent ensuite des essorages et des rinçages successifs, pour éliminer la lessive et les salissures se trouvant dans l'eau.

Le linge est placé dans le tambour situé dans une cuve étanche dans laquelle l'eau et le produit lessiviel sont ajoutés à une certaine température. Un moteur entraîne le tambour par l'intermédiaire d'une courroie. La rotation du tambour assure la mise en contact du produit lessiviel, de l'eau et des tissus.

2. Les différents organes

3. Les consignes d'utilisation, d'entretien et de sécurité

Fiche 137

L'**utilisation** du lave-linge nécessite de prendre des précautions afin de ne pas abîmer les tissus traités : identifier les textiles à laver et sélectionner le programme adapté.

Il est important de respecter des consignes strictes de sécurité pour ne pas se mettre en danger et éviter tout risque d'électrisation, de brûlure ou d'intoxication :

- Ranger les détergents en lieu sûr, hors de la portée des enfants.
- Ne pas essayer de réparer l'appareil soi-même.
- Ne pas toucher le hublot pendant le fonctionnement (risque de brûlure).
- Débrancher toujours la prise de courant et fermer le robinet d'arrivée d'eau après chaque utilisation et avant le nettoyage et l'entretien de l'appareil.
- Ne jamais débrancher l'appareil en tirant sur le cordon.

Il est aussi important d'**entretenir régulièrement** le lave-linge pour garantir un fonctionnement optimal. Il faut ainsi effectuer :

- un détartrage du lave-linge pour éliminer les dépôts de tartre (2 à 4 fois par an selon le degré d'usage du lave-linge) ;
- un lavage d'entretien régulier en vidant le tambour et en sélectionnant le programme de lavage pour coton le plus chaud pour éliminer les micro-organismes et les mauvaises odeurs éventuelles (une fois par mois) ;
- un contrôle du joint du hublot afin d'éliminer tout objet, débris ou salissure (à chaque utilisation).

B • Le sèche-linge

1. Fonction et principe

Le sèche-linge sèche rapidement le linge qui vient d'être lavé. Il est constitué de plusieurs organes :

- le **bandeau de commande** permet de programmer l'appareil ;
- le **tambour** détend le linge et lui permet de le sécher efficacement ;
- la **turbine** crée un mouvement d'air à l'intérieur du tambour ;
- le **moteur** entraîne la turbine et le tambour ;
- la **résistance** assure le chauffage de l'air qui circule dans le tambour ;
- le **filtre** retient toutes les fibres mortes du linge ;
- la **thermistance** contrôle la température de l'air et coupe l'alimentation dans le cas d'une surchauffe.

Il existe deux types de sèche-linge :

– le **sèche-linge à évacuation** : une turbine aspire l'air qui se trouve dans la pièce avant de la propulser sur des résistances afin de le chauffer. L'air chaud pénètre dans le tambour pour traverser le linge et emmagasine son humidité. L'air chaud qui s'est humidifié passe à travers le filtre où sont déposées les peluches pour être enfin évacué par une gaine vers l'extérieur ;

– le **sèche-linge à condensation** : l'air ambiant de la pièce est aspiré par la turbine. Il traverse un condenseur. L'air est ensuite propulsé vers des résistances afin d'être chauffé. L'air chaud rentre dans le tambour, y traverse le linge et s'imprègne de l'humidité de ce dernier. L'air chaud humidifié passe à travers le filtre et y laisse les peluches. Il traverse une nouvelle fois l'autre partie du condenseur qui est également appelé échangeur thermique et est refroidi par l'air ambiant. L'eau, qui a été condensée quant à elle, peut être soit orientée vers un bac de récupération, soit évacuée par un tuyau d'évacuation identique à celui d'un lave-linge.

Selon les modèles, les sèche-linge sont à ouverture de chargement par le dessus ou à ouverture de chargement par l'avant avec hublot. On distingue des sèche-linge :

– à commande mécanique : le temps de séchage est déterminé par l'utilisateur ;

– à commande électronique : l'utilisateur programme le résultat de séchage escompté (humide, sec ou encore très sec) ainsi que la nature du linge ; le sèche-linge s'arrête alors automatiquement.

2. Les consignes d'utilisation

Il convient de respecter les consignes suivantes :

– Trier le linge en fonction des symboles d'entretien.

– Vérifier l'absence d'objets dans les poches, retourner le linge et fermer toutes les fermetures et les boutons.

– Charger le linge dans le tambour sans le tasser, pour un séchage uniforme.

– Ne pas surcharger le tambour.

– Fermer la porte et déterminer le degré de séchage.

– Sélectionner un programme de séchage adapté au linge à sécher et l'option souhaitée.

– Démarrer le programme de séchage.

– À la fin du cycle de séchage : arrêter le programme, éteindre le sèche-linge, retirer le linge du tambour. Le placer dans des corbeilles à linge.

– Réaliser la vidange du bac de récupération de l'eau (facultatif).

– Nettoyer le filtre avec une brosse douce ou du bout des doigts. Fermer le filtre et le remettre correctement en place.

C • L'étendoir

Un étendoir est un support permettant de faire sécher le linge. Il existe divers modèles : on distingue la simple corde à linge et des systèmes plus ou moins grands constitués de poteaux tubulaires étayés par des traverses horizontales.

D • Le fer à repasser et la centrale vapeur

1. Fonction et principe

Ils permettent le repassage : ils lissent les tissus, propres et secs. Ils éliminent les plis grâce à la chaleur qu'ils produisent. Ils ont aussi une action hygiénique puisque la chaleur tue les micro-organismes. Ils facilitent le pliage et le rangement du linge.

Fiche 138

Le **fer à repasser** permet de repasser le linge même dans les recoins, grâce à la légèreté de l'appareil et à la forme de la semelle. Il est idéal pour les personnes qui ont peu de linge à repasser. Lorsque le fer à repasser est branché sur le courant, la résistance se met en route et fait chauffer le fer progressivement. La chaleur se règle ensuite par le thermostat qui chauffe l'eau du réservoir pour en faire sortir la vapeur, lorsque le fer à repasser est à vapeur. La vapeur sort ainsi par la semelle du fer qui est chauffée de l'intérieur et qui permet de défroisser le linge. Le thermostat du fer se règle en fonction du type de linge à repasser.

La **centrale vapeur** permet le repassage rapide du linge. Elle est adaptée pour repasser de grandes quantités de linge. L'efficacité de la centrale vapeur est obtenue grâce à une production importante de vapeur.
Avant de brancher et d'utiliser la centrale vapeur, il faut remplir le réservoir avec de l'eau du robinet sans dépasser le niveau maximum. L'appareil est ensuite branché et mis en marche. Le voyant de mise sous tension s'allume. Le thermostat est ensuite réglé sur la température du tissu à repasser. Le voyant s'éteint lorsque la température désirée est atteinte. Une fois le moteur mis en route, l'eau est rapidement chauffée et transformée en vapeur. La vapeur est ensuite dirigée vers le fer ; elle est libérée à haute pression au niveau de la semelle par simple appui sur la commande du fer. La vapeur émise à haute pression est capable de traverser les textiles et d'en hydrater les fibres pour les démêler en un seul passage. La diffusion de la vapeur s'interrompt dès relâchement de la pression sur le fer.

2. Les consignes d'utilisation et de sécurité

Fiche 138

Appareils dangereux, il convient de respecter certaines consignes lors de l'utilisation du fer à repasser et de la centrale vapeur. Ces appareils électriques nécessitent de prendre des précautions afin d'éviter les risques de brûlure et d'électrocution.

E • La planche à repasser

C'est un outil indispensable. Elle reçoit le linge à repasser, le fer ou la centrale vapeur. Elle facilite le repassage en permettant à l'utilisateur d'adopter une position ergonomique et en étendant le linge à repasser.

La table à repasser portable est constituée de plusieurs organes. Le plan de repassage (ou plateau) est épais et fixé. Le levier d'ouverture assure le rangement et le déploiement aisé de la table. Pendant le repassage, le fer peut être laissé sur la grille d'appui.

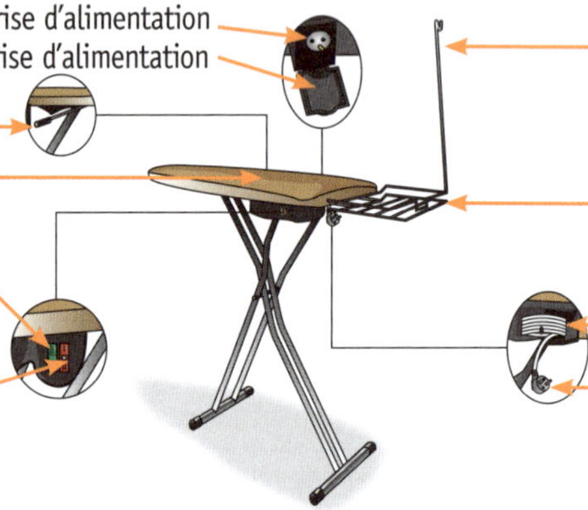

II. Le matériel de couture

A • La machine à coudre

1. Fonction et principe

Une machine à coudre est un appareil qui exécute mécaniquement les points de couture, généralement en utilisant deux fils, le fil supérieur enfilé dans l'aiguille et le fil inférieur venant de la canette.

La machine à coudre est composée de plusieurs éléments : l'aiguille, le volant, la pédale, le réglage de la tension du fil et le support de la canette sur lequel est enroulé le fil de dessous.

Le volant permet de commencer la couture manuellement en plaçant l'aiguille au bon emplacement sur le tissu. Par simple pression du pied, la pédale est activée, le pied presseur appuie sur le tissu qui avance grâce au mouvement des griffes d'entraînement ; le mécanisme permet au fil du dessus placé dans le chas de l'aiguille et celui du dessous de s'entrelacer pour former un point et traverser le tissu. Ainsi, le fil du dessus tendu par le bouton de tension et celui du dessous tendu par la canette située sous la plaque, s'entrecroisent et forment le point de couture.

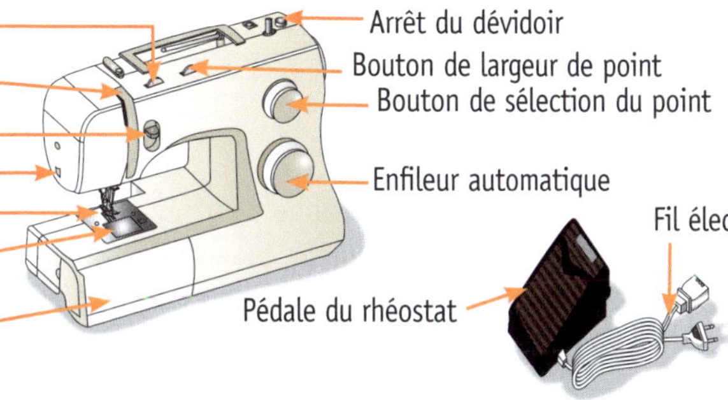

2. Les consignes d'utilisation et de sécurité

– Pendant la couture, garder toujours les yeux sur la couture en cours et ne toucher à aucune des parties mobiles, telles que le levier releveur du fil, le volant ou l'aiguille.

– Éteindre et débrancher systématiquement la machine de la prise de courant lorsque la machine est sans surveillance et lors de son nettoyage.

B • Le petit matériel

Une **aiguille à coudre** ou aiguille à chas est un instrument de couture permettant de faire passer un fil à travers un tissu ou un cuir. L'une des extrémités est pointue et permet de percer le tissu. L'autre est munie d'une perforation appelée « chas », dans laquelle on passe le fil afin qu'il soit entraîné avec l'aiguille à travers le tissu.

Un **dé à coudre** est un petit objet souvent cylindrique et en métal dans lequel on insère le bout du doigt (généralement le majeur ou l'annulaire) qui pousse l'aiguille à coudre. Il sert d'étui afin de protéger le doigt lors de l'utilisation d'une aiguille à coudre et permet ainsi de pousser l'aiguille dans le tissu avec facilité. La face extérieure est souvent piquetée afin d'éviter les glissades.

Le **fil à coudre** permet l'assemblage (la couture) de plusieurs pièces.

Le **mètre de couturière** est un ruban en plastique de 1,5 mètre de long, gradué (le plus souvent sur les 2 faces et en inversé (c'est-à-dire, le début de la numérotation d'une face commence là où se termine celle de l'autre face)). Il permet de prendre des mesures.

Les **épingles** permettent d'assembler plusieurs épaisseurs de tissu et de maintenir un patron sur un tissu.

LE TRI DU LINGE

Objectif : il s'agit de trier le linge pour séparer les textiles selon la nature de leur fibre, leur forme, leur couleur, la nature et l'importance de leur tache. Cela permet de sélectionner le linge devant subir un détachage et de laver le linge avec des programmes de lavage adaptés.

I. RÉALISATION DU TRI

Le tri du linge est indispensable pour pouvoir laver au mieux le linge et pour respecter les fibres des textiles. Le tri doit être rigoureux. Les étiquettes d'entretien des textiles à laver fournissent des informations qui permettent de déterminer les cycles de lavage qui conviendront. On y lit la composition du textile, les programmes de lavage adaptés et les températures de lavage. Il s'effectue en fonction du code d'entretien figurant sur l'étiquette (on identifie la nature des fibres), des couleurs, de la forme du linge (linge plat, linge en forme) et des salissures (nature et degré).

Fiche 133

Il convient de séparer les textiles :
- de couleurs différentes pour ne pas décolorer le linge ;
- qui ne sont pas de même nature et qui ne se lavent pas à la même température ;
- devant subir un traitement préalable (détachage) ;
- ayant des taches d'origines différentes ;
- ayant des degrés de saletés différents.

II. LES CONSÉQUENCES D'UN MAUVAIS TRI

Un mauvais tri peut avoir diverses conséquences sur le linge.

Exemples	Conséquences
Mélange de linges de couleurs claires et foncées	Les linges à couleurs claires risquent d'absorber les couleurs des linges plus foncés.
Mélange de textiles qui ne se lavent pas tous à la même température	Il y a un risque de rétrécissement de certains textiles.
Des textiles sont lavés ensemble alors qu'il aurait fallu effectuer un traitement préalable (détachage) pour certains d'entre eux.	Il y a un risque de fixer la tache sur les textiles qui n'ont pas été détachés.
Des textiles de même nature comportent des taches d'origines différentes et sont lavés ensemble.	Il y a un risque que le traitement choisi (cycle de lavage et choix du produit de lavage) ne soit pas efficace pour l'ensemble du linge.

III. Opérations complémentaires

À l'issue du tri, quelques conseils facilitent le lavage du linge :
- fouiller et vider les poches ;
- fermer les boutonnages, les fermetures Éclair, nouer les liens ;
- dérouler les manches (d'une chemise par exemple) ;
- ôter les parties amovibles (capuche, doublure des manteaux) ;
- mettre les lainages à l'envers ;
- nouer les torchons.

IV. La technique

Avant de commencer, se mettre en tenue professionnelle, se laver les mains, rassembler le linge et nettoyer le plan de travail.

	– À l'aide de plusieurs corbeilles à linge, séparer le linge de couleurs claires du linge de couleurs foncées. – Séparer le linge plat (draps, serviettes, gants de toilettes…) du linge en forme (chemises, pantalons, pyjamas…). – Séparer le linge sale du linge peu sale pour éviter que le linge peu sale absorbe la saleté du linge sale.
	– Séparer les textiles en fonction de la nature de leur tissu et de leurs conditions de lavage respectives : lire les étiquettes d'entretien (nature du textile, températures et programmes de lavage). – Vider les poches, fermer les fermetures Éclair, dérouler les manches... – Regrouper le linge qui nécessite un détachage préalable.
Autocontrôle et critères de qualité	– Vérifier que les différents textiles d'un même lot soient de couleurs similaires. – Contrôler que les différents textiles d'un même lot supportent les mêmes conditions de lavage (programme de lavage, température…). – Vérifier que les différents textiles d'un même lot aient tous à subir les mêmes traitements préalables (détachage).
Ergonomie et économie	Utiliser des bacs surélevés pour stocker le linge à trier pour éviter d'avoir à se pencher (manipuler le dos droit).

LE DÉTACHAGE DU LINGE

Objectif : le détachage permet d'éliminer les taches sur le linge.

Certains textiles nécessitent de subir un traitement préalable avant d'être lavés. Certaines taches résistantes ne s'éliminent pas toujours avec de l'eau et de la lessive. Il est donc conseillé de les traiter avant le lavage. Cette opération est nécessaire pour faciliter le lavage et éviter de fixer la salissure sur le linge. Chaque tache nécessite un processus et/ou un produit de détachage précis, à adapter au cas par cas.

I. LA TECHNIQUE

Matériel	Produits/support
• Linge • Gant de ménage • Chiffon ou lavette • Lunettes de protection (facultatif)	• Produit détachant • Le linge à détacher

Avant de commencer, se laver les mains et rassembler le matériel (chiffon sec ou lavette), le détachant, le linge à traiter. Aérer la pièce (les produits utilisés peuvent dégager des vapeurs toxiques) et porter des gants et des lunettes de protection si c'est possible.

Technique	– Nettoyer le plan de travail. – Identifier la fibre textile sur l'étiquette d'entretien et la tache (son aspect, sa couleur, sa taille). – Vaporiser le produit directement sur la tache à traiter. – Laisser agir de 1 à 5 minutes, puis laver le linge comme d'habitude. – Ranger le matériel et nettoyer le plan de travail. – Se laver les mains. – Fermer la fenêtre.
Autocontrôle et critères de qualité	– Vérifier que les produits détachants soient adaptés aux tissus et aux taches à traiter. – Contrôler que le textile ne soit pas détérioré par le produit détachant sur la partie testée. – Vérifier la disparition des taches.

Hygiène et sécurité	– Certains produits détachants peuvent être irritants : • éviter le contact avec les yeux (risque de lésions oculaires) ; en cas de contact avec les yeux, laver immédiatement et abondamment avec de l'eau et consulter un spécialiste ; • ne pas ingérer ; en cas d'ingestion, consulter immédiatement un médecin ou consulter le centre antipoison ; • ne pas respirer les vapeurs. – Se laver les mains après avoir utilisé le produit détachant. Porter des gants si c'est nécessaire. – Aérer la pièce dans laquelle les opérations de détachage sont réalisées.
Ergonomie et économie	Utiliser la quantité de produit d'entretien recommandée par le fabricant.

II. Les différentes taches

Nature de la tache	Procédés pour détacher
Taches de gras séchées	Étaler le vêtement sur un chiffon propre et tamponner avec de l'essence de térébenthine.
Café	Humidifier avec du savon de Marseille et frotter la tache de café. Laisser le savon agir 20 minutes, mettre le textile à la machine.
Rouge à lèvres	Tamponner à l'acétone et traiter les taches avec de l'alcool dénaturé ou laver au savon de Marseille.
Vernis à ongles	Utiliser de l'acétone.
Sang	Traiter les taches fraîches avec de l'eau froide. Pour les taches sèches, tamponner la tache de sang avec un linge imbibé d'ammoniaque légèrement dilué puis éventuellement avec de l'eau oxygénée.
Boue	Brosser la tache séchée puis utiliser de l'eau savonneuse tiède.
Cambouis	Appliquer de l'essence de térébenthine ou du beurre sur et sous la tache pendant 24 heures.
Chewing-gum	Durcir le chewing-gum en appliquant un glaçon sur toute la surface. Décoller le chewing-gum avec un couteau.
Peinture à l'huile	Tamponner à l'aide d'un solvant (exemple : white spirit) après avoir étalé le vêtement sur un chiffon propre, répéter plusieurs fois l'opération. Essayer au préalable sur une partie invisible pour vérifier que le solvant ne décolore pas le vêtement.
Chocolat	Laver la tache de chocolat à l'eau froide ou tiède. Appliquer de la lessive sur la tache, tamponner un peu et bien rincer. Répéter plusieurs fois si nécessaire.

LE LAVAGE DU LINGE

Une opération de lavage nécessite de prendre des précautions : choisir un programme adapté au textile, adapter le dosage de la lessive à la quantité de linge, à son degré de salissures et à la dureté de l'eau.

I. LA TECHNIQUE

Matériel	Produits/support
• Lave-linge	• Détergent • Assouplissant (facultatif) • Eau de Javel (facultatif) • Linge à laver

Avant de commencer :

Fiche 135 Fiche 136

- Se laver les mains et porter la tenue professionnelle.
- Rassembler le matériel : le détergent, l'assouplissant (facultatif) et le linge à laver.
- Vérifier que le linge a été trié au préalable et que les opérations de détachage éventuelles ont été faites.
- Vérifier que le lave-linge est branché et que l'arrivée d'eau est ouverte.

- Ouvrir le hublot en tirant avec précaution vers l'extérieur à l'aide de la poignée et vérifier que le lave-linge est vide.
- Placer les articles un à un dans le tambour, en les dépliant le plus possible.
- Ne pas surcharger le tambour.

En règle générale :

- Coton, lin : tambour plein, mais sans surcharge.
- Synthétiques : tambour à moitié de son volume.
- Articles délicats et lainages : tambour au tiers de son volume.

	– Vérifier qu'aucun tissu ne soit coincé entre le hublot et le joint en caoutchouc. – Fermer correctement le hublot. – Veiller à entendre l'enclenchement du verrouillage qui doit être audible. – Choisir le produit détergent (pastille de lavage, poudre ou liquide).
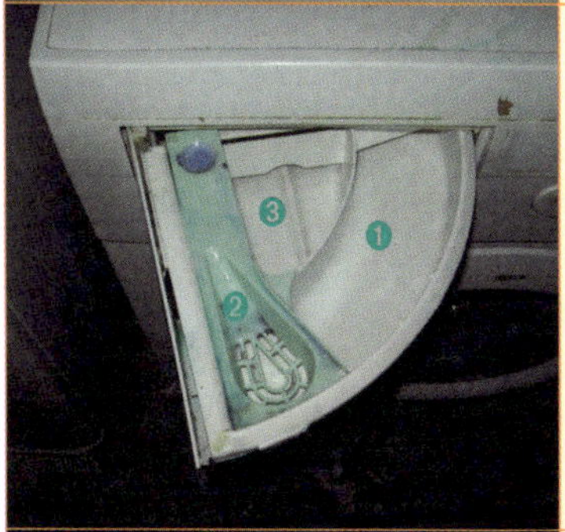	– Respecter le dosage en fonction des indications du fabricant (la quantité de produit utilisé dépend de la nature du linge, du degré de salissure, de la qualité et de la dureté de l'eau utilisée). – Utiliser les compartiments prévus de la boîte à produit : compartiments pour le détergent (❶), pour l'assouplissant (❷), pour l'agent de blanchiment (eau de javel ou autre produit chloré) (❸).
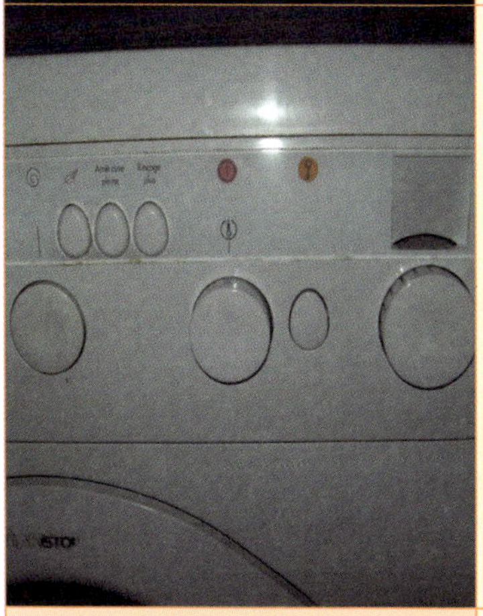	– Sélectionner le programme de lavage en respectant le code d'entretien de l'étiquette et en se reportant aux consignes d'utilisation du lave-linge. – Sélectionner éventuellement les options nécessaires : vitesse d'essorage, arrêt cuve pleine… – Mettre en route le cycle de lavage. – À la fin du cycle, éteindre le lave-linge. – Préparer une corbeille à linge propre pour y placer le linge. – Ouvrir la porte et sortir le linge. – Laisser la porte du lave-linge ouverte pour éviter le développement de mauvaises odeurs et de moisissures et pour que l'humidité s'élimine. – Étendre le linge ou utiliser un sèche-linge.
Autocontrôle et critères de qualité	Vérifier que le linge soit propre et qu'il ne soit pas abimé ni décoloré.
Ergonomie et économie	– Utiliser si possible l'appareil à pleine charge afin de réaliser des économies d'eau. – Laver si possible à basse température.

LE REPASSAGE ET LE PLIAGE DU LINGE

Objectif : Le repassage consiste à lisser une pièce de tissu, principalement les vêtements et le linge de maison venant d'être lavés. Cela permet d'éliminer les plis grâce à la chaleur produite par un fer à repasser ou une centrale vapeur. Le repassage a aussi une action hygiénique puisque la chaleur tue les micro-organismes. Il facilite le pliage et le rangement du linge car il permet un gain de place. Il nécessite pour cela de disposer d'un équipement adapté.

Fiche 134

II. LES PRÉCAUTIONS À PRENDRE

A • Choisir le bon thermostat

Lors du repassage du linge, il faut prendre des précautions pour ne pas abimer les fibres. Chaque textile nécessite une température de repassage précise. Le thermostat permet d'adapter le fer aux différents tissus à repasser.
On se reporte à l'étiquette des textiles à repasser.

À SAVOIR

 Repassage interdit

 Repassage à température faible (maximum : 110°C)

 Repassage à température moyenne (maximum : 150°C)

 Repassage à température élevée (maximum : 200°C)

B • Les consignes de sécurité

L'usage d'un fer à repasser ou d'une centrale vapeur nécessite de prendre des précautions afin d'éviter les risques de brûlure et d'électrocution :
- Ne jamais laisser le fer sans surveillance lorsqu'il est branché.
- Pour débrancher l'appareil, ne jamais tirer sur le cordon.
- Toujours saisir le fer ou la centrale vapeur par la poignée.
- Ne pas toucher la semelle lorsqu'elle est chaude.
- Ne jamais plonger l'appareil dans l'eau.

- Ne pas orienter la vapeur sur des personnes et des animaux et ne pas traiter les vêtements portés sur le corps.

- Toujours débrancher l'appareil avant chaque remplissage et vidage.

- Utiliser et ranger l'appareil hors de la portée des enfants.

- Ne pas dévisser le bouchon de la chaudière de la centrale vapeur lorsque celle-ci est sous pression.

- Ne jamais poser le fer ou la centrale vapeur sur la planche lorsque l'on s'arrête de repasser.

- Remplir le fer avant de le brancher.

C • Les consignes d'entretien

Afin d'utiliser le fer ou la centrale vapeur dans les meilleures conditions, on emploie de l'eau déminéralisée si l'eau est trop calcaire.
Régulièrement :

- Ôter les particules de calcaire et autres impuretés de la semelle au moyen d'un chiffon humide et d'un détergent (liquide) non abrasif.

- Nettoyer la partie supérieure de l'appareil avec un chiffon humide.

- Rincer le réservoir avec de l'eau. Vider le réservoir après l'avoir rincé.

III. La technique

Matériel	Produits/support
• Corbeille de linge à repasser • Fer à repasser ou centrale vapeur • Planche à repasser	• Eau pour le fer à repasser ou la centrale vapeur ou eau déminéralisée si l'eau est trop calcaire

Avant de commencer :
- Se laver les mains et porter la tenue professionnelle.
- Préparer le matériel et les produits : le fer à repasser ou la centrale vapeur, la planche à repasser, la corbeille à linge, l'eau.
- Vérifier que le linge soit sec.

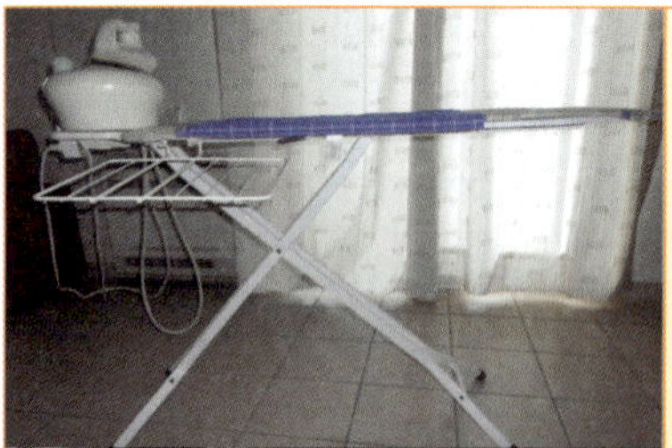

- Sortir le fer à repasser (ou la centrale vapeur) et la planche à repasser.
- Vérifier l'état du cordon d'alimentation et le cordon d'arrivée de la vapeur.
- Installer le matériel et son environnement de travail (ouvrir et positionner la planche à la hauteur souhaitée).
- Remplir le réservoir d'eau en posant le fer à plat.
- Brancher l'appareil.
- Commencer à repasser le linge qui nécessite d'être repassé à basse température puis terminer par celui qui supporte les températures plus élevées (utiliser les étiquettes d'entretien des textiles).

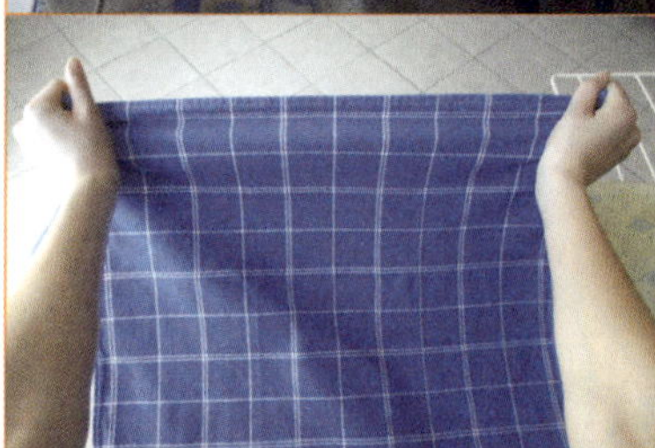

Pour chaque élément à repasser :
- sélectionner la température adaptée au linge à repasser en positionnant le thermostat en face du repère : un voyant s'allume. Il s'éteint quand la semelle est chaude ;
- positionner le vêtement à plat sur la planche à repasser.

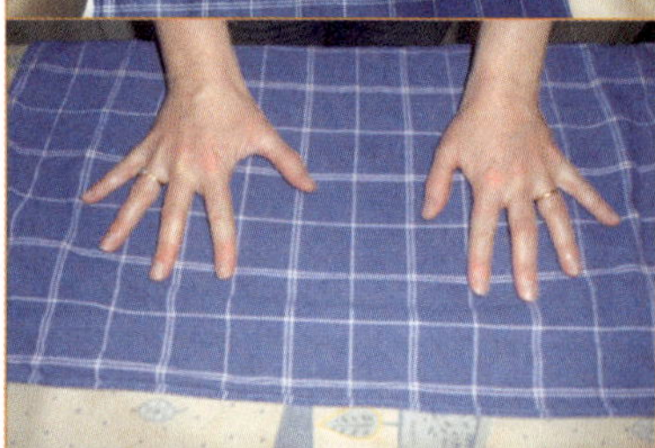

- Humecter (si nécessaire), étirer délicatement le linge avant de le repasser (saisir le linge entre le pouce et l'index).
- Lisser le linge pour éliminer les faux plis.
- Saisir le fer d'une main.
- Repasser en faisant glisser l'appareil.

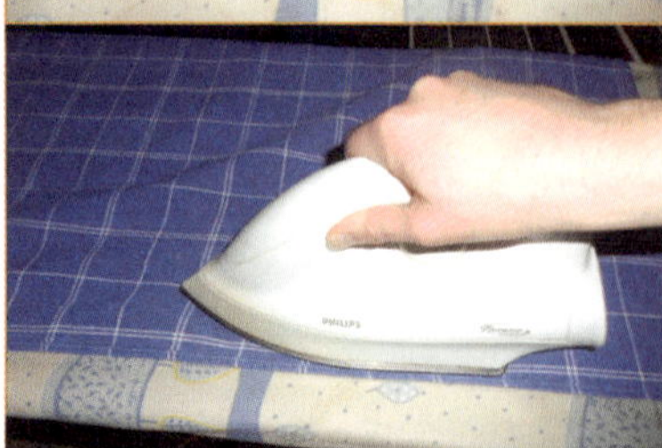

Pour repasser un torchon :
- Procéder en déplaçant l'appareil en ligne droite.
- Réaliser des bandes parallèles qui se chevauchent légèrement en godillant.
- Exercer une pression plus soutenue sur le fer lors du repassage des ourlets.

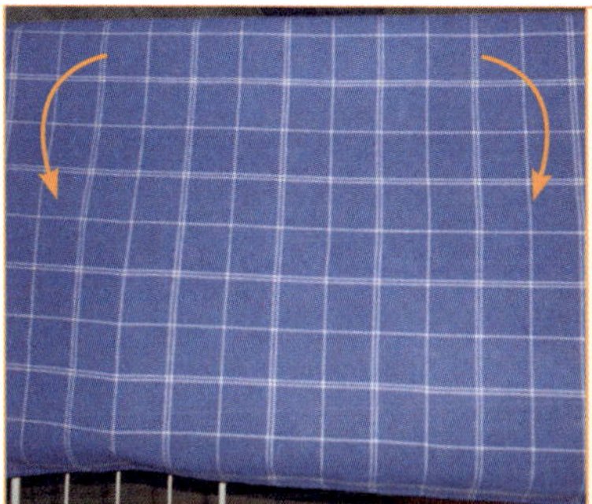	Pour plier le torchon : – Placer le torchon repassé sur la planche à repasser. – Rabattre le tiers du torchon en ramenant vers soi la partie la plus éloignée. – Marquer le pli du linge avec la main. – Repasser à nouveau. – Rabattre le 2e tiers du torchon, en ramenant vers le centre de la planche la partie la plus proche de soi. – Repasser à nouveau.
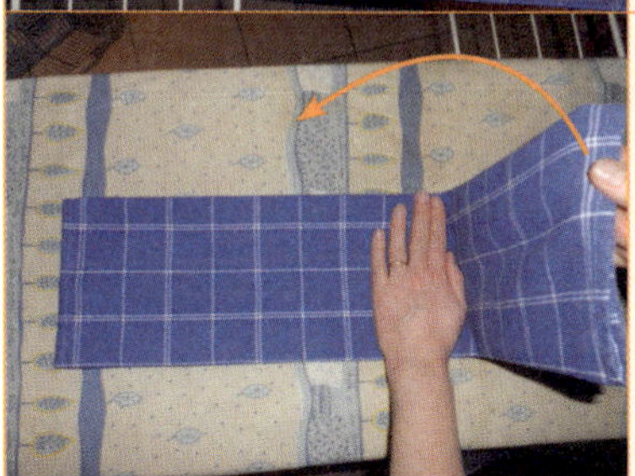 	– Plier au 1/3 de la droite vers la gauche, placer la main pour marquer le pli. – Plier au 1/3 de la gauche vers la droite, repasser à nouveau. À la fin : – Placer le linge repassé dans une corbeille. – Arrêter le fer, en positionnant le thermostat sur zéro. – Débrancher l'appareil et le laisser refroidir. – Vider le réservoir ; enrouler le cordon électrique autour du talon du fer. – Ranger le fer froid sur son talon. – Ranger le matériel utilisé et le linge.
Autocontrôle et critères de qualité	– Vérifier que tout le linge soit repassé. – Noter l'absence de plis et de brûlures sur le linge repassé. – Constater l'absence de traces dues à la semelle.
Ergonomie et économie	Régler la hauteur de la planche à repasser afin de garder le dos droit.

FICHE 139 LA CUISSON DES ALIMENTS : LES FOURS ET LES PLAQUES DE CUISSON

I. LES FOURS

A • Fonction et principe de fonctionnement

Le four est une enceinte close, **calorifugée** (qui conserve la chaleur). Il permet de cuire, griller ou gratiner les aliments. Il assure aussi la remise en température. On distingue des fours à **convection naturelle** et des fours à air pulsé ou **chaleur tournante**. L'énergie produite est surtout d'origine électrique. La chaleur est produite au niveau d'une résistance. Elle se transmet alors par convection naturelle ou par convection forcée à l'ensemble de l'enceinte du four.

1. Les fours dits « statiques » (ou non ventilés ou à convection naturelle)

Il n'y a ni ventilateur ni turbine qui brasse l'air. L'air se déplace par les différences de chaleur ; l'air chaud monte, l'air froid descend : c'est la **convection naturelle**. L'air chaud cède sa chaleur aux aliments et aux parois du four qui, une fois portées à hautes températures, émettent de la chaleur par rayonnement en direction des aliments. Ils peuvent être électriques ou à gaz, parfois à vapeur. Le chauffage se fait soit dans le bas du four (la sole) soit dans le haut du four (la voûte), soit dans le haut et le bas.

2. Les fours dit « ventilés » (appelés également « à air pulsé » ou « à convection forcée »)

Ils sont caractérisés par un ventilateur ou des turbines qui mettent l'air en mouvement dans le four pendant la cuisson (la turbine s'arrête en général en cas d'ouverture de la porte en cours de cuisson). La montée en température est assez rapide dans ce type de four et un préchauffage d'une dizaine de minutes est souvent suffisant pour atteindre la température de consigne. Un thermostat régule la température de façon assez précise.

La plupart des fours disposent de modes de cuisson variés permettant de cuire les aliments au grill, au tournebroche... Une minuterie permet de programmer la mise en route du four à l'heure désirée, la durée de cuisson et son arrêt automatique. Une alarme sonore indique alors la fin du cycle de cuisson.
Certains modèles proposent une fonction de préchauffage, une fonction de décongélation, une fonction de maintien au chaud. Les fours sont généralement fournis avec des accessoires (la grille, la lèchefrite).

B • L'entretien du four

Suivant les modèles, le nettoyage d'un four se fait à **catalyse**, à **pyrolyse** ou manuellement.

1. Le four à catalyse

Les parois d'un four à catalyse sont faites d'un émail poreux qui absorbe les graisses à partir de 200 °C. Le nettoyage se fait automatiquement pendant la cuisson des aliments, à condition que la température du four soit assez élevée. Les parois du four s'autonettoient ; il suffit de passer une éponge de temps en temps.

2. Le four à pyrolyse

Il chauffe jusqu'à 500 °C de manière à réduire les saletés en cendres. Aucun produit de nettoyage n'est nécessaire ; il suffit de ramasser les cendres avec une éponge et de nettoyer la vitre.

C • Les règles de sécurité

– Ne pas toucher les éléments chauffants ou les parois du four sans les avoir éteints suffisamment tôt car il y a des risques de brûlures.

– Ne pas laisser des enfants ou des personnes ne sachant pas utiliser ces appareils seuls.

– Les résidus d'aliments décollés, la graisse et le jus de rôti peuvent s'enflammer pendant la pyrolyse car il existe un risque d'incendie ; avant chaque pyrolyse, enlever ainsi les grosses salissures présentes dans le four.

– Ne pas accrocher d'objets inflammables sur la poignée de la porte (exemple du torchon à vaisselle) car il risque de s'enflammer.

– Ouvrir prudemment la porte du four car de la vapeur chaude peut s'échapper et provoquer des brûlures.

– Ne jamais conserver des objets inflammables dans le four.

II. Les plaques de cuisson

A • Fonction et principe de fonctionnement

Les plaques de cuisson permettent de cuire ou de chauffer des aliments en vue de leur consommation. Elles produisent de la chaleur selon différents principes :

1. La plaque de cuisson électrique

Des résistances électriques transforment l'énergie électrique en énergie thermique grâce à l'effet joule. La chaleur est transmise par conduction à l'ustensile posé dessus.

2. La plaque de cuisson à induction

- Une bobine de cuivre, située sous les plaques, émet un champ magnétique dont les ondes ne chauffent que les récipients adaptés à ce type de cuisson.
- On passe instantanément d'un feu fort à un feu doux, ce qui permet de réagir parfaitement à l'évolution d'une cuisson.
- Le temps de cuisson est très rapide. Grâce au système magnétique, seul le récipient chauffe, il n'y a donc aucun risque de se brûler.
- La plupart des plaques disposent de verrouillage et de systèmes d'arrêt automatique en cas de surchauffe ou de débordement.
- Comme la plaque ne chauffe pas d'elle-même, les restes d'aliments ne brûlent pas, la plaque se nettoie facilement avec une éponge et un produit adapté.

3. La plaque de cuisson vitrocéramique

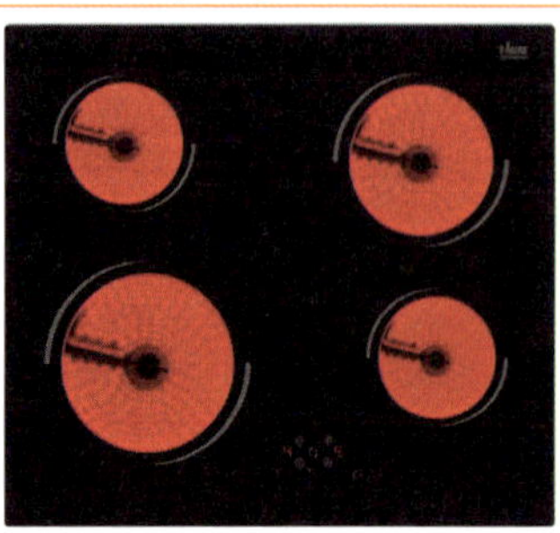

- Elle se compose de deux sortes de foyers : les radiants qui chauffent par rayonnement et les halogènes, plus puissants, mais qui ne chauffent que par impulsions successives.
- Elle chauffe relativement vite, moins que du matériel à induction.
- Le nettoyage est facile avec une simple éponge et un produit adapté à cette surface.

4. La plaque de cuisson à gaz

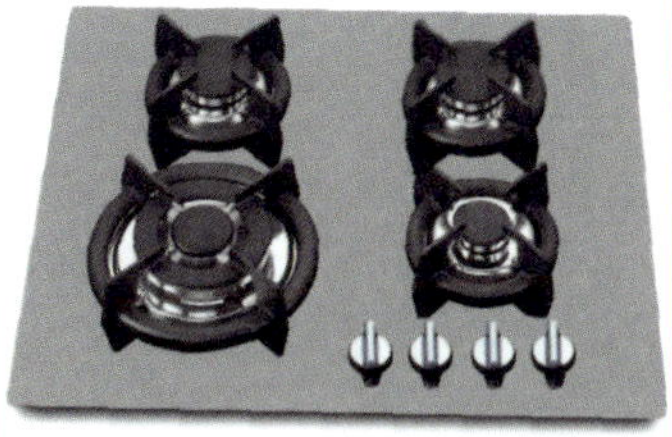

• C'est le plus ancien des systèmes et il est encore utilisé aujourd'hui.
• C'est un système simple d'utilisation. Certaines plaques à gaz sont désormais équipées de systèmes d'allumage intégrés et de sécurité (arrêt automatique de l'alimentation si la flamme est éteinte par inadvertance).
• La flamme du gaz permet un contrôle visuel de la cuisson.

B • L'entretien des plaques de cuisson

Il est conseillé de nettoyer aussitôt que possible la plaque vitrocéramique ou les foyers en cas de débordement ou de projection : le nettoyage est ainsi plus facile. En chauffant moins le verre d'une plaque vitrocéramique ou à induction, on évite que les projections ou les débordements ne durcissent sur la plaque. Le nettoyage est ainsi facilité.

Pour les plaques à induction ou vitrocéramiques :
- Ne pas utiliser de produits abrasifs ou de poudre à récurer qui peuvent rayer la plaque.
- Ne pas utiliser de machine à nettoyer à vapeur.
- Les taches légères se nettoient simplement avec un chiffon ou un morceau de papier de cuisine essuie-tout.
- Pour les taches plus résistantes, utiliser des produits spécifiques pour plaque vitrocéramique ou pour plaque à induction. Un grattoir est parfois fourni avec la plaque. Les utiliser en suivant les conseils du fabricant.
- Éviter les chocs avec les récipients : la surface en verre est très résistante, mais n'est toutefois pas incassable.
- Éviter les frottements de récipients qui peuvent à la longue générer une dégradation du décor sur le dessus en vitrocéramique.

C • Les règles de sécurité

- Ne pas toucher les éléments chauffants sans les avoir éteints suffisamment tôt car il existe de réels risques de brûlures.
- Ne pas laisser des enfants ou des personnes ne sachant pas utiliser ces appareils seuls (risques de brûlures).
- Ne pas laisser des ustensiles de cuisson en métal, des couverts, des couteaux et des objets métalliques sur la table. Ils peuvent s'échauffer s'ils sont au voisinage d'une zone de cuisson en fonctionnement (risque de brûlure).
- Ranger dans le meuble situé sous la table de cuisson, les produits d'entretien ou inflammables (éviter les risques d'incendie).

FICHE 140

LES MOYENS DE CONSERVATION DES ALIMENTS

SERVICES À L'USAGER

Les enceintes à froid positif (**réfrigérateurs**) et à froid négatif (**congélateurs**) permettent la conservation des denrées périssables pendant un certain temps, avant leur distribution et leur consommation.

La conservation des denrées par le froid est le procédé de conservation le plus utilisé en collectivité et au niveau familial. Le froid prolonge la durée de conservation des produits alimentaires, mais il ne tue pas les micro-organismes.

I. ENCEINTE À FROID POSITIF : LE RÉFRIGÉRATEUR

A • Fonction globale

Les enceintes à froid positif assurent la conservation des aliments en diminuant la température (entre 2 °C et 6 °C). Le développement des micro-organismes responsables de l'altération des aliments est ralenti. La durée de conservation des aliments est alors augmentée (quelques jours à quelques semaines).

B • Principe de fonctionnement

Un réfrigérateur est constitué d'une enceinte calorifugée. Il contient un fluide frigorigène volatile qui circule dans un circuit fermé. Ce fluide est comprimé dans un compresseur puis il se liquéfie progressivement lors de son passage dans le condenseur. Le détendeur diminue la pression du fluide. Lorsque le fluide se détend progressivement dans l'évaporateur, il retourne en phase gazeuse, ce qui a pour effet d'absorber les calories qui se trouvent à l'intérieur du réfrigérateur. Le gaz est ensuite de nouveau comprimé puis liquéfié dans le condenseur. La chaleur absorbée à l'intérieur est alors cédée à l'air extérieur.

C • Les consignes d'utilisation

- Régler le thermostat à la température indiquée par le fabricant de l'appareil.
- Vérifier la température dans les différentes zones à l'aide d'un thermomètre.
- Se laver les mains avant de manipuler des aliments du réfrigérateur.
- Nettoyer les légumes terreux, source de contamination des autres aliments.
- Emballer systématiquement les produits pour éviter leur dessèchement, la transmission d'odeurs, la contamination aéroportée et manuportée.
- Ôter les suremballages (cartons) qui freinent le refroidissement des aliments et qui constituent une source de contamination.
- Laisser refroidir la nourriture avant de la placer dans le réfrigérateur.
- Ne pas laisser la porte des appareils ouverte trop longtemps.
- Ne pas trop charger les appareils afin de ne pas bloquer la circulation de l'air.
- Utiliser les produits en respectant la règle du « premier entré - premier sorti ».
- Vérifier régulièrement les dates limites de consommation des produits conservés.
- Ranger les produits dans la zone de température du réfrigérateur correspondant à la zone optimale de conservation.

D • Les consignes de nettoyage et d'entretien

- Nettoyer et désinfecter régulièrement l'intérieur du réfrigérateur ainsi que le joint en caoutchouc de la porte (une fois par mois) pour prévenir les toxi-infections alimentaires. On utilise un produit d'entretien doux sans effet oxydant sur les parties métalliques puis on rince avec de l'eau additionnée de jus de citron, de vinaigre blanc ou avec tout produit désinfectant adapté au réfrigérateur.
- Si le réfrigérateur ne dégivre pas automatiquement, il faut le débrancher régulièrement (tous les trois mois), le vider et essuyer les gouttières qui récoltent l'eau.
- Enlever au moyen d'un aspirateur la poussière déposée sur la grille située à l'arrière du réfrigérateur.

II. Enceinte à froid négatif : le congélateur

A • Fonction globale

Les enceintes à froid négatif assurent la conservation des aliments pendant plusieurs semaines (voir plusieurs mois) à la température de **– 18 °C**.

B • Principe de fonctionnement

Un congélateur est constitué d'une enceinte calorifugée. L'eau contenue dans les denrées est transformée en **glace** grâce à la production importante de froid par le moteur de l'enceinte. L'eau étant indisponible, le développement des micro-organismes est arrêté. La durée de conservation des denrées alimentaires est ainsi considérablement allongée.

C • Les consignes d'utilisation

- Se laver systématiquement les mains avant de manipuler chaque aliment.
- Laisser refroidir la nourriture avant de la placer dans le congélateur.
- Ne pas laisser la porte des appareils ouverte trop longtemps.
- Indiquer le contenu et la date sur les paquets à congeler.
- Utiliser les produits en respectant la règle du « premier entré – premier sorti ».
- Ne jamais recongeler un aliment décongelé.
- Ne pas surcharger l'enceinte à froid négatif pour assurer une bonne circulation de l'air.
- Ranger les paquets par groupe de produits.
- Emballer toujours les aliments à congeler en portions adaptées à la consommation courante.
- N'utiliser que des emballages disponibles dans le commerce type sacs de congélation, récipients recyclables en plastique, métal et aluminium.
- Ne pas placer des produits frais à congeler au contact de produits déjà congelés. Veiller aussi à ce que les paquets soient secs, pour éviter qu'ils ne se collent entre eux en congelant.
- Décongeler les aliments au réfrigérateur, dans un récipient recouvert d'un film plastique pour éviter les contaminations microbiennes.
- Surveiller la température du congélateur qui doit se situer à – 18°C au maximum.
- Choisir des denrées de qualité et de première fraîcheur lorsque l'on prépare des produits congelés.

D • Les consignes de nettoyage et d'entretien

- Nettoyer l'intérieur ainsi que les parois extérieures de l'appareil avec de l'eau tiède mélangée à de faibles quantités de produit à vaisselle. N'utiliser en aucun cas des détergents contenant des abrasifs, de l'acide ou des solvants chimiques.
- Ne pas employer d'appareils de nettoyage à la vapeur (risque de dommages matériels et de blessures).
- Essuyer soigneusement tous les éléments avec un chiffon sec.
- Nettoyer régulièrement les grilles de ventilation. L'accumulation de poussière provoque une surconsommation d'énergie.

III. Les règles de sécurité communes aux deux familles d'enceintes

- Éviter d'installer l'appareil à un endroit directement exposé à une source de chaleur (rayons de soleil, cuisinière, chauffage ou autre).
- Installer l'appareil sur une surface horizontale et plane.
- Avant toute intervention sur un appareil électrique, éteindre l'appareil et le débrancher (risque électrique).
- Vérifier régulièrement le bon état des prises de courant et des fils des appareils électriques (risque électrique).
- N'utiliser aucun appareil électrique en ayant les pieds ou les mains mouillées ou les pieds nus (risque électrique).
- Attention aux prises multiples qui risquent de chauffer ; ne pas abuser des cordons prolongateurs : ils peuvent être à l'origine d'accidents (risque d'incendie).
- Ne pas laisser des enfants ou des personnes ne sachant pas utiliser ces appareils seuls.

DÉFINITIONS

Effet oxydant : altération du matériau constituant le réfrigérateur consécutive à une réaction chimique entre les parties métalliques et le produit d'entretien.

Toxi-infection alimentaire : maladie, souvent infectieuse et accidentelle, contractée après l'ingestion de nourriture ou de boisson contaminées par des micro-organismes pathogènes ou par leurs toxines.

LES PRODUITS ALIMENTAIRES COURANTS

Pour manger équilibré et varié, il faut connaître les aliments. La connaissance des règles de stockage et de conservation permet de préserver toutes leurs qualités nutritionnelles.

I. LES ÉLÉMENTS PRÉSENTÉS SUR L'ÉTIQUETTE

L'étiquette indique deux types d'informations concernant le produit : des informations **obligatoires** et **facultatives**.

Informations obligatoires	Informations facultatives
– Dénomination du produit. – DLC (date limite de conservation) ou DDM (date de durabilité minimale). – Poids net. – Composition nutritionnelle ou liste d'ingrédients. – Mode d'emploi ou précautions d'usage. – Numéro du lot de fabrication. – Règles de conservation. – Estampille vétérinaire pour les produits d'origine animale.	– Qualificatif : frais, allégé… – Teneur en vitamines et en sels minéraux. – Signe de qualité : Label rouge, appellation d'origine contrôlée (AOC), indication géographique protégée (IGP), agriculture biologique (AB). – Marque. – Allégation commerciale : lait demi-écrémé.

II. LES PRODUITS LAITIERS

On définit le lait comme le produit intégral d'un mammifère femelle. Il peut subir des transformations (caillage, égouttage, moulage…) pour obtenir du fromage frais, des yaourts… On classe les produits laitiers en trois catégories : **les laits**, les **produits gélifiés** obtenus à partir du lait qui doivent être consommés trois semaines après leur date de fabrication et les **fromages**. Les produits laitiers apportent les 2/3 des apports calciques de la journée. Le lait est une composante essentielle au petit-déjeuner. L'apport est essentiel aux enfants en période de croissance.

Les produits alimentaires	Les règles lors de la réception, du stockage et de la conservation
Fromages	– Contrôler l'état de l'emballage. – Conserver dans leur emballage. – Stocker dans une enceinte à froid positif. – Vérifier et respecter la DLC ou la DDM.
Laits modifiés (yaourts, crèmes desserts…)	– Contrôler l'état de l'emballage. – Vérifier la DLC ou la DDM à la réception ; refuser le produit si elle est dépassée. – Stocker dans une enceinte à froid positif.
Lait stérilisé ou UHT	– Contrôler l'état de l'emballage. – Vérifier la DDM à la réception du produit (90 jours pour le lait UHT et 150 jours pour le lait stérilisé). – Conserver hors du réfrigérateur, à une température fraîche et à l'abri de la lumière, avant ouverture. – Stocker dans une enceinte à froid positif, après ouverture. – Consommer dans les 72 heures, après ouverture.
Lait pasteurisé	– Vérifier que la température à la livraison ne dépasse pas 10 °C. – Vérifier la DLC ; le lait doit être consommé dans les 7 jours qui suivent son conditionnement. – Stocker dans une enceinte à froid positif. – Consommer le lait dans les 48 heures, après ouverture.
Lait en poudre	– Vérifier que l'emballage ne soit pas abîmé et que la DLC ne soit pas dépassée. – Stocker dans un endroit sec.
Lait cru	– Lait fragile, à conserver dans une enceinte à froid positif, au maximum 72 heures après sa mise en bouteille. – Consommer très rapidement dans les 48 heures maximum, après ouverture.

Les produits alimentaires	Les règles d'utilisation
Les fromages, les laits modifiés	– Ne sortir que les quantités nécessaires. – Refermer les emballages après utilisation. – Si l'emballage est détérioré, mettre le produit dans un récipient fermé et étiqueté.
Les laits pasteurisés et laits stérilisés ou UHT	– Consommer froid ou chaud. – Utiliser comme ingrédient dans des préparations alimentaires (gâteaux). – Dans le cadre d'un usage à domicile, il n'est pas nécessaire de le faire bouillir. – Refermer l'emballage après utilisation.
Les laits crus	– Faire bouillir le lait 10 minutes avant toute utilisation. – Utiliser principalement au petit-déjeuner ou au goûter.
Les laits en poudre	– Réhydrater obligatoirement. – Lire et respecter le mode d'emploi pour connaître la proportion de liquide à utiliser. – Refermer l'emballage après usage.

III. Viande, produits de la pêche, œufs (VPO)

Les produits alimentaires	Les règles lors de la réception, du stockage et de la conservation
Viande	– Transporter la viande en sac isotherme. – Stocker à 4°C. – Ne pas mettre en contact la viande avec d'autres aliments au réfrigérateur.
Produits de la pêche (poissons appertisés, frais, surgelés)	– Pour le poisson entier : enlever les viscères, puis sécher et emballer dans du papier aluminium. – À consommer dans les 2 jours. – Conserver au froid entre 0 °C et 2 °C.
Œufs (frais et extra-frais)	– Vérifier l'absence de fêlure. – Ranger les œufs dans l'emplacement prévu dans le réfrigérateur. La partie pointue de l'œuf est orientée vers le bas, la partie arrondie vers le haut. – Nettoyer cet emplacement avec du vinaigre. – Conserver au réfrigérateur après achat (28 jours exactement à partir du jour de ponte). – Acheter les œufs au plus près de la date de ponte.

IV. Les fruits et légumes

Ils sont commercialisés frais, appertisés, surgelés, crus sous vide, cuits sous vide.

Gammes	Définitions, les règles lors de la réception, du stockage et de la conservation
Fruits et légumes de 1re gamme **Produits frais à l'état brut**	– Aliments qui ont subi peu de transformations et qui sont conservés soit à température ambiante (pomme de terre), soit à une température comprise entre 3 °C et 8 °C. – Conserver dans le bac à légumes à une température comprise entre 6 °C et 8 °C, à l'exception de l'ananas, la banane et l'avocat qui sont conservés à température ambiante. – Consommer rapidement ; la durée de conservation est de quelques jours seulement.
Fruits et légumes de 2e gamme **Produits appertisés**	– Aliments et préparations cuisinées, mis en conserve. – Conserver à température ambiante pendant plusieurs mois. – Vérifier la DLC. – Transvaser le reste du contenu dans un récipient fermé et conserver à 4 °C, après ouverture.
Fruits et légumes de 3e gamme **Produits surgelés**	– Aliments et préparations cuisinés conditionnés pour être conservés à une température de – 18 °C. – À la réception des fruits et légumes, vérifier l'état de l'emballage et rechercher les signes de rupture de la chaîne du froid (givre). – Conserver les produits dans une enceinte à froid négatif (congélateur). – Consommer les légumes et fruits surgelés avant la DDM.
Fruits et légumes de 4e gamme **Produits frais prêts à l'emploi**	– Produits placés sous atmosphère modifiée ou sous vide et emballés dans un sachet plastique. – Dès la réception, il faut vérifier l'état de l'emballage et la DLC. – Stocker au réfrigérateur à une température inférieure ou égale à 4 °C.
Fruits et légumes de 5e gamme **Produits cuits mis sous vide**	– Aliments cuits puis stérilisés ou pasteurisés, prêts à l'emploi. – Dès réception, vérifier l'état de l'emballage et la DLC. – Conserver à une température comprise entre 0 et 2 °C.

Gammes	Les règles d'utilisation
Fruits et légumes de 1re gamme	– Nettoyer à l'eau du robinet avant consommation pour éliminer les salissures et les décontaminer. – Ne pas conserver un légume cuit car il s'oxyde rapidement.
Fruits et légumes de 2e gamme	– Essuyer les conserves avant de les ouvrir. – Cuisiner ou réchauffer comme des produits frais (haricots verts). – Consommer directement ou égouttés (fruits au sirop).
Fruits et légumes de 3e gamme	– Décongeler le produit si la notice le préconise et cuisiner comme un produit frais. – Chauffer sans décongeler dans le cas des préparations cuisinées.
Fruits et légumes de 4e gamme	Les fruits et légumes sont prêts à l'emploi, il n'est pas utile de les rincer.
Fruits et légumes de 5e gamme	– Faciles à utiliser, ils sont prêts à l'emploi. – Consommer froid (betterave...) ou chaud (pomme de terre...). – Consommer dès l'ouverture du conditionnement.

V. Les céréales et produits céréaliers

Elles apportent des minéraux, des fibres et des glucides complexes et simples. Les principales céréales sont :
- le blé : farines (pour fabrication de pain), semoule (couscous), soufflé (céréales) ;
- le riz : farines (desserts), grain (accompagnement de plats), soufflé (céréale du petit-déjeuner) ;
- le maïs : farine (épaississant maïzena), semoule (polenta), soufflé (céréale du petit-déjeuner) ;
- l'avoine : farine (farine infantile), flocon (céréale du petit-déjeuner) ;
- l'orge : malt (fabrication de bière) ;
- le seigle : farine (pain).

Les produits céréaliers contiennent peu d'eau, ils peuvent être conservés plusieurs mois dans un emballage fermé et à l'abri de l'humidité.

VI. Les produits sucrés

Le sucre est commercialisé sous plusieurs formes :
- le sucre blanc : il contient 99,7% de saccharose (glucide simple) ;
- la cassonade : c'est un sucre brut roux ;
- le sucre liquide : il est obtenu à partir de la betterave.

On distingue aussi la vergeoise, le candi.

Parmi les produits sucrés, on recense aussi les confitures, le miel, le chocolat...

VII. Les corps gras

A • Origine des corps gras

Origine	Produits alimentaires	Caractéristiques
Corps gras d'origine animale	Crème	• Texture : liquide à épaisse • Matière grasse : 15 à 40 % • Méthode de conservation : crue, pasteurisée, UHT, stérilisée
	Beurre	• Texture : tendre ou pâte à tartiner • Matière grasse : 82 % pour le beurre fin, 40 % pour le beurre dit « allégé » • Méthode de conservation : pasteurisé…
Corps gras d'origine végétale	Huile	• Huiles destinées aux fritures et assaisonnement : coprah, palme, arachide, olive, tournesol, maïs • Huiles destinées aux assaisonnements uniquement : colza, soja…
Corps gras d'origine mixte	Margarine	Margarine dite allégée, margarine contenant des acides gras essentiels

B • Les règles lors de la réception, du stockage et de la conservation

Beurre	• Conserver dans une enceinte à froid positif. • La durée de conservation dépend du traitement, ne pas dépasser la DLC. • Possibilité de le congeler.
Crème	• Crème pasteurisée : conserver dans une enceinte à froid positif, respecter la DLC. • Crème UHT : avant ouverture, conservation possible hors du réfrigérateur. • Conserver dans une enceinte à froid positif après ouverture. • Ne pas mettre au congélateur ni dans le compartiment à glace du réfrigérateur. • Consommer rapidement après ouverture.
Margarine	• Conserver dans une enceinte à froid positif.
Huile	• Conserver à l'abri de la lumière.

Les huiles apportent des acides gras essentiels, insaturés et polyinsaturés. Mais la consommation trop importante des corps **gras** peut être à l'origine de maladies graves, comme les maladies cardiovasculaires.

VIII. Les boissons

Les boissons comprennent les eaux de boissons (eaux de source, eaux minérales, eaux gazeuses), les jus de fruits et jus de légumes, les nectars et boissons aux fruits, les boissons sucrées, les boissons alcoolisées, les boissons aromatiques (café, thé).

LES PRODUITS ALIMENTAIRES SPÉCIFIQUES

I. LES LAITS POUR NOURRISSONS

A • Le mode d'utilisation et de conservation

Le mode de préparation est identique pour tous les laits infantiles :
- Se laver les mains avant de manipuler le biberon et aussi souvent que nécessaire.
- Nettoyer et stériliser le biberon.
- Verser la quantité d'eau nécessaire dans le biberon.
- Selon les cas, chauffer l'eau sans faire bouillir (eau tiédie à 37 °C).
- Ajouter la poudre selon la quantité correspondante au volume d'eau (le dosage), à l'aide de la mesurette.
- Fermer le biberon et homogénéiser.

Il faut respecter des **règles strictes** pour préserver les qualités nutritionnelles :
- Conserver dans un endroit sec et à l'abri de la lumière (avant et après utilisation).
- Avant ouverture : le lait peut être conservé pendant 3 ans.
- Après ouverture : consommer le lait avant 4 semaines.
- Refermer la boîte après utilisation.

B • La composition

Ces laits peuvent se substituer au lait maternel, ils sont aussi qualifiés d'**aliments lactés diététiques (ALD)**. Leur composition quantitative évolue avec l'âge. Ils apportent des glucides, des protéines, des lipides, des vitamines et des minéraux. Il existe plusieurs catégories de laits :
- le **lait premier âge**, destiné aux nourrissons de 0 à 6 mois ;
- le **lait deuxième âge**, destiné aux enfants de 6 mois à 12 mois.
- le **lait de croissance**, destiné aux enfants de 10 mois à 3 ans. Il est exempt de sucres ajoutés pour ne pas habituer les enfants à manger trop sucré. La teneur en protéines est moins élevée que dans le lait de vache pour réduire le risque d'allergie. Il est enrichi en fer, en zinc et en acides gras essentiels.

Dans certains cas, les nourrissons peuvent mal digérer ce lait. On le remplace par des laits spécifiques : le **lait anti-régurgitation** (plus épais pour éviter le rejet) et le **lait hypoallergique** (pauvre en protéine pour réduire le risque d'allergie aux protéines de vache).

II. Les farines infantiles

A • Le mode d'utilisation et de conservation

Les farines infantiles sont fabriquées à partir de certaines céréales (riz, maïs...), de tubercules (tapioca), de fruits oléagineux (soja) ou de légumineuses (lentilles). Elles se présentent essentiellement sous deux formes :
- les **farines à cuire** : prendre la quantité prescrite en fonction de l'âge du nourrisson, délayer dans le lait et cuire en respectant les indications de la notice ;
- les **farines instantanées** : ajouter la quantité nécessaire directement dans le biberon et mélanger pour homogénéiser la bouillie.

Les farines infantiles doivent être conservées et stockées dans un endroit sec et consommées dans les 4 semaines après ouverture. Il faut bien refermer le sachet après chaque utilisation pour éviter la dégradation des farines.

B • La composition

Leur composition varie en fonction de leur origine : certaines sont riches en amidon et pauvres en protéines, lipides et minéraux (farine à base de céréales) ; d'autres sont riches en protéines mais pauvres en amidon (farine à base de soja). Elles ne contiennent pas de sucre ajouté. Elles sont sans colorant et sans conservateur comme le prévoit la réglementation.

III. Les substituts alimentaires et les compléments

Les nourrissons sont des êtres fragiles qui peuvent se déshydrater très rapidement ou présenter un problème physiologique. Sur **prescription**, ils peuvent être amenés à suivre un traitement à base de substituts ou de compléments.

A • Les substituts alimentaires

La solution de réhydratation orale est un aliment diététique destiné à des fins médicales spéciales, pour la réhydratation des nourrissons et enfants en bas âge en cas de diarrhée (exemple : Adriaril). L'étiquette nous renseigne sur l'utilisation, les règles de conservation et de stockage et les précautions à prendre.

B • Les compléments alimentaires

Ils apportent à l'organisme un apport nutritionnel spécifique, à des doses correspondantes aux apports nutritionnels conseillés. Ils peuvent être prescrits sur ordonnance. Le mode d'utilisation varie selon la forme de commercialisation. D'une manière générale, il faut les conserver à température ambiante et à l'abri de l'humidité lorsqu'il s'agit de poudre ou de gélule et respecter la DLC.

LES PRÉPARATIONS DES PRODUITS ALIMENTAIRES

Vous trouverez dans cette fiche les techniques pour réaliser différents modes de cuisson : la **cuisson à l'eau** (les abricots pochés dans un sirop), la **cuisson au four** (poulet rôti) et la **préparation d'une sauce** (sauce Béchamel).

I. LES MODES DE CUISSONS

A • La cuisson à l'eau

1. Présentation

Ce type de cuisson permet d'améliorer le goût de certains aliments ; on assiste à des échanges entre le liquide de cuisson et l'aliment, favorisant ainsi la transmission des parfums. On peut cuire un très grand nombre d'aliments à l'eau : les légumes, les féculents, le poisson...

2. Exemple de cuisson à l'eau : les abricots pochés dans un sirop

Matériel	Produits
• Une casserole	• 200 g d'abricot
• Un verre mesureur	• 125 ml d'eau
• Une balance de cuisine	• 18 g de sucre fin
• Un couteau	• ½ bâton de vanille
• Une cuillère à soupe	• Une pincée de cannelle
• Une écumoire (ou une passoire)	• Un zeste de citron
• Un saladier	• Vinaigre
• Papier film étirable pour aliments	

Objectif : pocher un fruit dans un sirop en évitant le noircissement.

Avant de commencer, porter une tenue professionnelle, se laver les mains et préparer le matériel.

Préparer le sirop :

– Mettre l'eau, le sucre, le bâton de vanille coupé en deux, la cannelle et le zeste de citron dans une casserole.

– Chauffer le sirop à feux doux : le sucre se dissout dans l'eau.

– Nettoyer et décontaminer les abricots : tremper les fruits dans trois bains successifs : un bain d'eau claire, un bain d'eau vinaigrée puis un bain d'eau claire.

Préparer les fruits selon les règles d'hygiène et de sécurité permet d'éliminer les salissures et les micro-organismes.

– Découper les abricots en deux et les dénoyauter.

Pocher les abricots :

– Plonger le fruit dans le sirop et faire cuire à feu doux.

– Le sirop doit arriver à mi-hauteur du fruit pour ne pas l'abîmer.

– Retourner les fruits à mi-cuisson pour les cuire entièrement.

– Égoutter les fruits pour éliminer le surplus de sirop.

– Couvrir les fruits et mettre au frais, après refroidissement. Cela permet de protéger des contaminations et de limiter les phénomènes de détérioration des abricots (oxydation).

– Nettoyer les ustensiles et le plan de travail afin d'éliminer les salissures adhérentes et non adhérentes ainsi que les micro-organismes.

À SAVOIR

Cette technique préserve les qualités nutritionnelles des fruits et augmente leur teneur en sucre car la cuisson est réalisée dans un sirop.

B • La cuisson au four

1. Présentation

La sélection des températures de cuisson des fours est réalisée, dans certains fours, au moyen d'un thermostat numéroté (1, 2, 3...). D'autres fours indiquent la température en degrés. Il existe une relation mettant en relation thermostat et température de cuisson : (numéro du thermostat + 1) × 30 = température (en °C)

Par exemple pour un thermostat à 6 : (6 + 1) × 30 = 210 °C.

Il est recommandé pour une cuisson au four de préchauffer le four à 180 °C pendant 10 à 15 minutes. Cela dépend cependant du four (à convection naturelle, à chaleur tournante...).

2. Exemple de cuisson au four : le poulet rôti

Matériel	Produits
• Un plat à rôtir	• 1 poulet • Poivre • Sel • Huile d'arachide

Objectif : cuire un poulet au four.

Avant de commencer, porter une tenue professionnelle, se laver les mains, nettoyer le plan de travail et allumer le four.

- Huiler le poulet sur toutes ses faces pour favoriser une coloration homogène.
- Assaisonner le poulet pour relever le goût.

	– Positionner le poulet sur un flanc. – Cuire au four pendant 10 minutes. – Refaire cette opération sur l'autre flanc : la couleur doit être dorée et homogène.
	– Arroser le poulet avec un peu d'eau régulièrement pendant 40 minutes pour que le poulet soit tendre et qu'il ne sèche pas.
	– Sortir le poulet du four et le découper s'il doit être consommé immédiatement, sinon le conserver par le froid dans une cellule de refroidissement rapide (enceinte permettant d'abaisser la température au cœur des aliments rapidement) puis le remettre en température juste avant de le servir. – Nettoyer les ustensiles et le plan de travail pour éliminer les salissures adhérentes et non adhérentes et les micro-organismes.
Qualité organoleptique	Une coloration homogène participe à la mise en valeur de la viande.
Règles d'économie	Le jus de cuisson peut être récupéré pour servir de base à une sauce.

II. Préparer une sauce

A • Les sauces

Les sauces sont des liaisons à base d'amidon, à base de jaune d'œuf ou à base de crème. L'objectif d'une **liaison** est d'épaissir une préparation liquide, modifier sa couleur ou sa saveur. Les sauces permettent de lier les constituants entre eux.

Concernant les **liaisons à base d'amidon**, le principe est de mélanger de l'amidon contenu dans la farine avec un liquide, puis sous l'action de la chaleur ce mélange épaissit. On distingue plusieurs liaisons à base d'amidon :

– la liaison dite « bouillie » : on ajoute de la farine ou de la maïzena dans la sauce que l'on veut épaissir ;

– la liaison à base de beurre manié : on ajoute du beurre pommadé et de la farine (dans les mêmes proportions) dans un liquide chaud ;

– la liaison à l'amidon sec : on saupoudre la farine sur l'aliment puis on ajoute le liquide (exemple : le ragout) ;

– la liaison à base de roux : on mélange de la farine avec de la matière grasse, puis on chauffe ce mélange à feu moyen et on obtient un roux. En fonction du temps de cuisson, on obtient différents types de roux : roux blanc (mélange mousseux), roux blond (couleur sable), roux brun (couleur doré foncé).

B • La préparation de la sauce Béchamel

La sauce Béchamel est une application de la liaison à base de roux, plus particulièrement, le roux blond.

Matériel	Produits
• Un fouet	Pour une personne :
• Une casserole	• 15 à 30 g de farine
• Un couteau	• 20 g de beurre
• Une balance de cuisine	• 125 ml de lait
• Un verre mesureur	• Sel et poivre

Avant de commencer, porter une tenue professionnelle, se laver les mains et nettoyer le plan de travail.

- Faire fondre le beurre dans la casserole.
- Hors du feu, lorsque le beurre est entièrement fondu, ajouter la farine petit à petit en remuant avec le fouet jusqu'à l'obtention d'un mélange homogène. (Pour assurer un mélange homogène avec la farine et éviter que la préparation n'accroche au fond de la casserole).

- Remettre la préparation à cuire à feu doux. Cela consiste à dextriniser l'amidon grâce à l'eau contenue dans la matière grasse et à la chaleur.
- Mélanger constamment pendant 3 à 4 minutes jusqu'à l'obtention d'un mélange mousseux : roux blond. Une cuisson trop longue donnerait un roux brun.

- Hors du feu, ajouter le lait froid en remuant énergiquement pour ne pas former de grumeaux.

- Cuire à feux doux tout en remuant jusqu'à ce que la préparation épaississe : sous l'effet de la chaleur, la sauce épaissit.
Ce phénomène est dû aux propriétés de l'amidon hydraté par le lait.
- Assaisonner avec le sel et le poivre.

À SAVOIR

Dextriniser consiste à transformer les molécules d'amidon en molécules plus petites appelées dextrines, sous l'effet de la chaleur et de l'humidité. Elles sont plus digestes et donnent un goût aux préparations mettant en œuvre cette technique.

LES PRÉPARATIONS MIXÉES

Objectif : préparer une entrée mixée destinée aux personnes âgées (une salade de betteraves).

Les préparations à textures modifiées sont destinées aux personnes qui ont des difficultés de déglutition, notamment les personnes âgées.

Ces préparations peuvent avoir plusieurs textures différentes :

- texture hachée ;
- texture moulinée ;
- texture liquide ;
- texture mixée (les préparations mixées sont aussi très utilisées pour les enfants en bas âge).

Les aliments mixés conviennent aux personnes édentées ou qui ont des difficultés de déglutition. Les aliments doivent être mixés et présentés séparément dans l'assiette pour conserver le goût et l'identité de chaque aliment.
Toutes les préparations peuvent être mixées ; il est important de soigner la présentation de la préparation pour donner envie aux personnes de manger.

Matériel	Produits
• Un cul de poule • Un mixeur • Une spatule • Une cuillère • Des ramequins • Papier film	• Betteraves 100 g/personne • Vinaigrette préparée • Persil

Avant de commencer, porter une tenue professionnelle, se laver les mains et nettoyer le plan de travail.

	– Mettre les betteraves coupées en morceaux dans le mixeur pour favoriser un mixage rapide et homogène. – Mixer les betteraves en respectant les consignes de sécurité de l'appareil pour ne pas se blesser. Le mixeur est un appareil électrique ; il y a donc des risques d'électrocution et de coupure. Le mixage permet de faciliter la déglutition des aliments.
	– Mettre les betteraves mixées dans un cul de poule à l'aide de la spatule. Ceci permet de limiter les pertes de matières premières. – Attention ! Veiller à ne pas se couper avec les lames du mixeur et à ne pas abîmer les parois de l'appareil. – Répartir les betteraves dans les différents ramequins à l'aide d'une cuillère. Les ramequins représentent une portion de légumes crus. L'usage de la cuillère garantit l'hygiène des préparations.
	– Répartir la vinaigrette à l'aide d'une cuillère pour apporter la portion de corps gras adaptée aux besoins des usagers. – Hacher du persil sur les ramequins. – Couvrir les ramequins et les conserver en chambre froide ou en enceinte à froid positif, entre 0 °C et 8 °C, jusqu'au service pour éviter les contaminations par les poussières et les micro-organismes de l'environnement. – Nettoyer les ustensiles et le plan de travail, pour éliminer les salissures adhérentes et non adhérentes et les micro-organismes.

À SAVOIR

Le **persil** participe à la mise en valeur de la préparation et apporte de la vitamine C.

LA PRÉPARATION DES FRUITS

Objectif : préparer des fruits entrant dans la composition d'une collation.

Les fruits sont présents dans les collations des enfants et des personnes âgées. Ils sont source de vitamines, d'eau et de fibres, et participent à couvrir les besoins nutritionnels de la journée. Les fruits sont facilement contaminables, une attention particulière doit être apportée à leur préparation. Le principe de la marche en avant doit ainsi être respecté.

Matériel	Produits
• 3 bacs de lavages (décontamination) • Un couteau d'office en acier inoxydable • Un couteau économe • Une planche à découper • Deux assiettes • Deux saladiers • Un plat	• Une orange • Une pomme • Un citron (facultatif)

Avant de commencer, porter une tenue professionnelle, se laver les mains et nettoyer le plan de travail.

Technique	– Nettoyer les fruits une première fois dans un bac d'eau claire. – Laisser les fruits 5 minutes dans le second bac contenant de l'eau et du vinaigre blanc (décontamination). Il s'agit de nettoyer et d'enlever les particules présentes sur les fruits. – Rincer les fruits en utilisant le troisième bac contenant de l'eau claire. – Mettre les fruits décontaminés dans le plat.

Technique	– Éplucher l'orange/la pomme sur la planche à découper. Le couteau Économe permet d'éplucher des fruits en minimisant l'épaisseur des épluchures. – Déposer les pelures dans le premier saladier. – Découper l'orange/la pomme en quartiers si nécessaire. Le but est de trancher le fruit pour soigner la présentation et minimiser la taille. – Mettre le fruit épluché dans le second saladier.
Règles d'hygiène et de sécurité	– N'utiliser que des produits sains. – Pendant la découpe des fruits, orienter la pointe du couteau vers le bas pour éviter de blesser une autre personne. – Organiser le plan de travail en respectant la marche en avant pour les fruits et les ustensiles. Il faut mettre de gauche à droite les éléments suivants : • le saladier pour mettre les épluchures, le plat contenant les fruits décontaminés, une assiette pour mettre les couteaux utilisés ; • la planche à découper les fruits ; • le saladier pour mettre les fruits épluchés, une assiette pour mettre les couteaux propres. – Ne jamais poser une denrée ou un ustensile de cuisine directement sur le plan de travail. – Le lavage des mains est réalisé aussi souvent que nécessaire : avant la préparation du poste de taillage, à l'issue de l'épluchage…
Règles d'économie et de conservation	Le lavage des fruits doit être rapide pour éviter un lessivage des vitamines.
Modification physico-chimique	Pour conserver la valeur nutritionnelle des fruits, ils peuvent être arrosés d'un jus de citron, celui-ci empêche l'oxydation.

LA PRÉPARATION D'UNE PÂTE : LA PÂTE BRISÉE, LA PÂTE À CRÊPES ET LA PÂTE LEVÉE

Objectif : préparer une pâte brisée, une pâte à crêpes et une pâte levée.

La pâte brisée peut être utilisée pour des tartes sucrées et salées comme la tarte aux poireaux, la tarte aux légumes et la quiche. Les pâtes à crêpes et les pâtes levées apportent les produits céréaliers à travers une collation par exemple.

I. LA PÂTE BRISÉE

Matériel	Produits
• Un couteau • Un verre mesureur • Une balance de cuisine • Une cuillère à café • Film plastique étirable	• 150 g de farine • 60 g de beurre doux • 1 à 5 cuillères à café d'eau • Une pincée de sel

Avant de commencer, porter une tenue professionnelle, se laver les mains et nettoyer le plan de travail.

– Mettre la farine en fontaine et le sel dans un saladier sur le plan de travail.

– Déposer le beurre coupé en morceaux et ramolli au centre de la fontaine pour éviter que le beurre ne se mélange complètement avec l'amidon (de la farine).

<table>
<tr><td></td><td>- Ajouter l'eau par cuillérée.
- Travailler rapidement la pâte du bout des doigts pour empêcher de développer l'élasticité du gluten. Cela permet d'obtenir un mélange sablonneux.</td></tr>
<tr><td>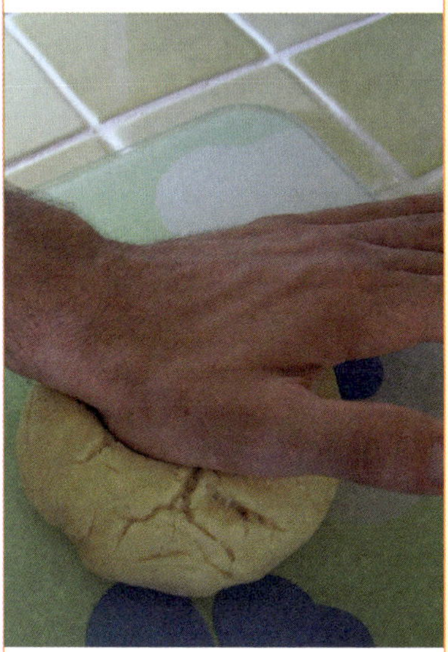</td><td>- Fraiser deux fois, en poussant la pâte avec la paume de la main. Le fraisage sert à donner de la tenue à la pâte et à bien incorporer les morceaux de beurre à l'amalgame.
- Le travail de la pâte ne doit pas être trop long sinon, elle se briserait trop et deviendrait impossible à mettre en boule.
- Former une boule. On obtient une pâte lisse, souple et sans morceaux.
- Envelopper la pâte dans un film pour empêcher la déshydratation de la couche extérieure de la pâte.
- Laisser reposer pendant 20 minutes au frais. En abaissant la température de la matière grasse, elle durcit.
- Nettoyer les ustensiles et le plan de travail afin d'éliminer les salissures adhérentes et non adhérentes et les micro-organismes.</td></tr>
<tr><td>Qualité organoleptique</td><td>- Il faut travailler rapidement la pâte pour éviter de la rendre cassante.
- La quantité d'eau varie d'une farine à une autre. Il faudra estimer la quantité d'eau nécessaire au toucher. Si on ajoute trop d'eau la pâte sera trop dure.
- Il est recommandé d'enfourner la pâte lorsque le four est chaud pour éviter la formation d'un empois d'amidon.</td></tr>
</table>

II. La pâte à crêpes

Matériel	Produits
• Un bol • Un saladier • Un verre mesureur • Une balance alimentaire • Récipients pour mettre les denrées	Pour 4 personnes • 1 œuf entier • 80 g de farine de blé • 150 ml de lait • 15 à 20 g de beurre fondu • Une pincée de sel • Garniture sucrée (confitures, sucre...) ou salée (jambon, fromage...) au choix

Avant de commencer, porter une tenue professionnelle, se laver les mains et nettoyer le plan de travail.

	– Tamiser la farine dans un saladier : séparer les grains de la farine et éviter la formation de grumeaux. – Disposer la farine en fontaine.
	– Casser et battre l'œuf dans un bol : vérifier sa fraîcheur. – Ajouter le sel, l'œuf et le parfum dans la fontaine et mélanger le tout. Le sel renforce le goût de la crêpe. Les lécithines du jaune d'œuf agissent comme un liant, améliorent la tenue de la crêpe et apportent la coloration. Les protéines du blanc d'œuf améliorent la composition nutritionnelle.
	– Ajouter progressivement le lait froid tout en mélangeant pour éviter la formation de grumeaux. Le lactose intervient dans la coloration (réaction de Maillard). – Passer la pâte au tamis en cas de grumeaux. – Laisser reposer la pâte avant de l'utiliser (filmer la pâte et la laisser reposer 30 minutes au réfrigérateur) et laisser la pâte gonfler.
Hygiène et sécurité	– Vérifier que la coquille de l'œuf ne présente ni fêlure ni souillure. – Casser l'œuf selon les règles d'hygiène : casser l'œuf sur le bord d'un verre puis verser l'œuf dans le bol et mettre les débris de coquille dans le verre, puis se laver les mains.

III. La pâte levée à la levure chimique : le cake

Matériel	Produits
• Une balance alimentaire • Un verre mesureur • Un saladier • Un fouet • Récipients pour mettre les denrées	• 1 œuf entier • 60 g de beurre doux • 60 g de sucre semoule blanc • 90 g de farine (type 55) • ½ sachet de levure chimique • Une pincée de sel • Parfum (zeste de citron, 60 g de raisin...) au choix

Avant de commencer, porter une tenue professionnelle, se laver les mains et nettoyer le plan de travail.

	– Travailler le beurre dans un saladier pour le ramollir : l'air pénètre dans le beurre. – Ajouter le sucre et mélanger énergiquement jusqu'à ce que la pâte devienne blanche et mousseuse à l'aide du fouet. Le sucre se dissout dans le beurre.
	– Ajouter les œufs un par un tout en mélangeant énergiquement. Cela permet d'homogénéiser le mélange en incorporant progressivement les œufs. – Incorporer le parfum pour apporter du goût. – Ajouter la farine et la levure tout en mélangeant énergiquement pour incorporer de l'air. Le gluten contenu dans la farine apporte l'élasticité à la pâte levée.
Hygiène et sécurité	– Vérifier que la coquille de l'œuf ne présente ni fêlure ni souillure. – Casser l'œuf selon les règles d'hygiène (voir page 424).
Modification physico-chimique	La technique de fabrication de la pâte à cake repose sur : – la façon de mélanger les ingrédients pour incorporer et retenir l'air qui donnera du volume ; – la présence de la levure chimique qui permet la levée de la pâte pendant la cuisson. La libération de gaz carbonique (CO_2) favorise le gonflement de la pâte.

LA PRÉPARATION DES BIBERONS

Objectif : préparer un biberon.

Il faut nettoyer et stériliser soigneusement le biberon et ses accessoires pour éliminer les salissures et les micro-organismes. Les bébés sont sensibles aux infections, leur système immunitaire n'est efficace qu'à partir de 6 mois environ.

Matériel	Produits
• Un biberon • Un stérilisateur • Un couteau	• Une bouteille d'eau minérale appropriée pour les nourrissons • Une boîte de lait infantile

Avant de commencer, porter une tenue professionnelle, se laver les mains et nettoyer le plan de travail.

I. PREMIÈRE ÉTAPE : STÉRILISATION DU MATÉRIEL À L'AIDE DU STÉRILISATEUR

– Nettoyer les biberons à l'eau chaude et avec un goupillon.

– Remplir la cuve d'eau en utilisant le doseur fourni avec de l'eau froide du robinet. Éviter le trop-plein d'eau qui pourrait gêner le bon fonctionnement du stérilisateur.

– Placer les biberons dans le panier de l'appareil. La stérilisation concerne le biberon, la bague, la tétine, le capuchon.

– Lancer le cycle de stérilisation à l'aide du bouton de commande et attendre la fin du cycle (environ une dizaine de minutes). Le respect du temps de chauffage assure la stérilisation du matériel.

– Attendre 20 minutes avant d'ouvrir l'appareil pour récupérer les biberons et leurs accessoires.

⚠ Attention aux risques de brûlures avec le dégagement de vapeur.

II. Deuxième étape : préparation du biberon de lait

	– Se laver les mains. – Vérifier la date limite de consommation (DLC) sur la boîte de lait. – Préparer le matériel nécessaire : le biberon, sa tétine et son capuchon, la boîte de lait et sa mesurette, la bouteille d'eau minérale, le couteau. – Introduire la quantité d'eau recommandée dans le biberon.
	– Mettre un peu d'eau du robinet dans la cuve du chauffe-biberon. – Lire la notice du chauffe-biberon afin de respecter les consignes de sécurité. – Brancher le cordon d'alimentation de l'appareil sur une prise de courant adaptée. – Régler la température du chauffe-biberon pour obtenir une eau à la température désirée. – Mettre en marche le chauffe-biberon à l'aide du bouton de commande. – Attendre la fin du cycle de chauffe pour sortir le biberon.
	– Ouvrir le biberon. – Ajouter la poudre à l'aide de la mesurette. Une mesurette correspond à une quantité d'eau donnée (30 ml). Araser avec un couteau propre. Cela évite une surdose de lait. L'utilisation d'un couteau propre évite la contamination croisée.
	– Fermer le biberon. – Agiter le biberon verticalement et circulairement afin de dissoudre le lait infantile dans l'eau.
Les consignes d'hygiène et de sécurité	– Laver le biberon après utilisation avec un goupillon et du liquide-vaisselle. – Vider l'eau restante dans la cuve du chauffe-biberon, milieu propice à la prolifération des micro-organismes. – Débrancher le cordon d'alimentation. – Ranger l'appareil.

MODE DE DISTRIBUTION DES REPAS ET DES COLLATIONS

La restauration des usagers, des patients ou des résidents peut être réalisée de deux façons. On distingue la **distribution directe** et la **distribution différée** ou indirecte.

I. LA DISTRIBUTION DIRECTE

Les repas et les collations sont préparés et immédiatement servis, sur le lieu ou à proximité du lieu où ils ont été préparés. On associe la distribution directe à la restauration traditionnelle ou à domicile.

Exemple : dans une maison de retraite, les plats sont préparés dans la matinée et consommés sur place dès la fin de leur préparation par les résidents.

II. LA DISTRIBUTION DIFFÉRÉE

Les repas et les collations sont souvent cuisinés à l'avance. Ils peuvent être consommés le jour même ou deux à trois jours après dans un lieu qui peut être plus ou moins éloigné du lieu de leur élaboration. Leur distribution peut ainsi être différée dans le temps et dans l'espace.

On utilise l'expression « liaison » pour désigner l'ensemble des règles à respecter pour garantir l'hygiène des produits alimentaires et des préparations culinaires entre la fabrication et la distribution. Il existe différentes liaisons. On distingue :

- la **liaison chaude** : elle est mise en œuvre lorsqu'il n'y a pas de refroidissement durant toute la période séparant la préparation d'un plat et sa consommation. Elle concerne notamment les préparations consommées chaudes. Ainsi, lorsque les plats sont conservés par la chaleur jusqu'au moment de leur consommation, on parle de liaison chaude ;
- la **liaison réfrigérée** : dès la fin de sa préparation, un plat est refroidi ; il est ensuite stocké puis éventuellement transporté dans des conditions garantissant le maintien des qualités nutritionnelles et hygiéniques du plat. Le plat est alors selon les cas servi froid ou chaud. Dans ce dernier cas, il est nécessaire de chauffer le plat et de le maintenir au chaud jusqu'au moment de son service.

A • La liaison chaude

Dès la fin de cuisson → Les préparations sont conditionnées → Et maintenues à une température supérieure ou égale + 63 °C → Service à une température supérieure ou égale + 63 °C

B • La liaison froide

Dès la fin de cuisson → Les préparations sont conditionnées → Refroidissement rapide : la température passe de + 63 °C à + 10 °C à cœur en moins de 2 heures → Entreposer entre 0 °C et + 3 °C pendant une durée de trois jours → Transporter à une température comprise entre 0 °C et 3 °C → Remise en température à + 63 °C minimum (la température ne doit pas rester pendant plus d'une heure à des valeurs comprises entre + 10 °C et + 63 °C minimum) → Service le jour même à la température de + 63 °C minimum

LES SERVICES À TABLE ET AU LIT

Suivant le degré d'autonomie de la personne, on réalise soit un service à table (en salle de restauration) soit un service au lit dans la chambre.

I. LE SERVICE À TABLE

Ce service est assuré par les agents de service hospitalier ou les agents de services dans d'autres structures collectives. Il existe deux formes de service :

– les préparations sont remises et maintenues en température, en cuisine. Les assiettes sont dressées en cuisine. À l'aide d'un chariot, l'agent passe de table en table pour servir les individus ;

– les préparations sont remises et maintenues en température, en cuisine. À l'aide de plats de services posés sur un chariot, l'agent peut servir les individus directement dans l'assiette en passant auprès de chacun d'eux.

II. LE SERVICE AU PLATEAU

En cuisine, l'agent dispose les différentes préparations sur un plateau et les entrepose dans un chariot isotherme pour le maintien en température. Il amène et dépose ensuite le plateau sur les tables de lit auprès des résidents/patients.

À SAVOIR

Dans le cas du service à domicile, le repas peut être servi à table ou sur un plateau, en fonction du degré d'autonomie de la personne.

III. LA QUALITÉ DE SERVICE

La qualité de service attendue doit être la même en salle ou en chambre.

– Dresser les tables avec des nappes et serviettes, rappelant ainsi l'ambiance conviviale de la maison.

– Afficher le menu à l'entrée de la salle de restauration.

– Apporter les plats à l'heure prévue.

– Servir les préparations à une bonne température pour éviter les brûlures.

- Respecter les règles d'hygiène et de sécurité. Se laver les mains régulièrement.

- Vérifier la correspondance entre le nom et celui indiqué sur le plateau.

- Contrôler l'ensoleillement et la température. Maîtriser le niveau sonore en installant des cloisons amovibles.

- Être à l'écoute des personnes et rester accessible pour apporter toute aide nécessaire, comme l'aide à la prise des repas.

- Effectuer un service en chambre qui soit équivalent à celui réalisé en salle.

IV. La mise en valeur des plats

Afin de stimuler l'appétit, il est important de présenter les préparations en les mettant en valeur.

Exemples :

- Proposer des aliments de qualité, comme des produits issus de l'agriculture biologique.

- Offrir un choix d'assaisonnements variés.

- Présenter des préparations avec une consistance adaptée aux capacités de déglutition des personnes âgées (repas mixés).

- Servir les plats à bonne température au moment du service.

- Réaliser une présentation harmonieuse des aliments dans l'assiette.

- Concevoir des préparations culinaires colorées.

Aide à la prise des repas

Les professionnels (agent de service hospitalier, aide-soignant…) accompagnent les personnes en perte d'autonomie pour s'alimenter et s'hydrater à l'hôpital, en maison de retraite, en salle de restauration ou en chambre, à leur domicile…
Le but de l'aide est :
- de contrôler la prise des repas et d'eau ;
- d'encourager l'autonomie de la personne ;
- d'aider partiellement ou totalement la personne selon le degré d'autonomie.

I. Estimation de l'aide à apporter

Il faut contrôler certaines informations pour rendre sûre la prise des repas et estimer l'aide à apporter. On utilise le cahier de transmission qui doit comporter les indications suivantes :
- la personne suit un régime particulier ;
- la personne dispose d'une certaine capacité à boire et à prendre seule son repas ; elle a un certain état de fatigue ;
- la prescription médicale.

Parallèlement à cela, on détermine les conditions permettant d'installer le plus confortablement possible la personne.

II. L'aide partielle ou totale

Selon l'état du patient (degré d'autonomie, handicap, immobilisation d'un membre...) et sa fatigue, le professionnel apporte une aide partielle ou totale à la personne.

L'aide partielle consiste à :
- vérifier la correspondance entre le nom de la personne et celui indiqué sur le plateau ;
- la préparation de la prise de repas : ouvrir les barquettes, couper les aliments disposer la serviette, remplir le verre d'eau ;
- aider à manger en fin de repas si nécessaire.

L'aide totale consiste à :
- s'asseoir à côté de la personne ;
- vérifier si la température du plat lui convient ;
- lui demander de choisir l'ordre des plats à manger ;

– prévenir le risque des fausses routes : laisser le temps d'avaler et mâcher les aliments, faire des pauses entre deux prises alimentaires, lui proposer de boire ;

– expliquer chaque geste, tenir son verre et faire boire, guider et encourager par la parole.

À SAVOIR

Le **cahier de transmission** comporte des informations sur le dossier médical de la personne afin d'assurer des soins adaptés et de suivre l'évolution de l'état de santé.

III. Les conditions de réalisation

Il faut réaliser certains gestes pour assurer la sécurité de la personne pendant la prise de repas.

Préserver l'hygiène :

– se laver les mains et mettre une sur-blouse propre ;
– aider le patient à se laver si nécessaire ;
– éviter de mettre les doigts dans les assiettes et les verres ;
– proposer une hygiène dentaire à la fin du repas.

Veiller à la sécurité :

– réinstaller la personne en cours de repas si nécessaire ;
– prendre les précautions pour prévenir des fausses routes ;
– vérifier que le verre contient toujours de l'eau ;
– remplir et mettre en place une fiche « hydratation » pour les personnes qui ont perdu la sensation de soif ;
– rendre visite régulièrement pour vérifier que tout se passe bien.

Dialoguer avec la personne :

– donner la raison d'un changement éventuel d'un plat, pour éviter de brusquer la personne ;
– stimuler son appétit en mettant en valeur le contenu du plat en lui parlant ;
– respecter les habitudes alimentaires.

Dialoguer avec l'équipe :

– transmettre l'apparition de signes physiques : sécheresse de la peau, gorge sèche ;
– informer des modifications du comportement : refus de manger, difficulté à avaler, nausées, vomissements, diminution de l'appétit...

LES ACHATS

Les achats de produits alimentaires représentent une grande part du budget des ménages. Chacun effectue ses achats en fonction de son budget, de son mode de vie et des lieux d'achat dont il dispose près de son domicile.

I. LES LIEUX D'ACHATS

A • Les supermarchés

Les supermarchés disposent d'une grande variété de produits avec un large choix de marques. Les prix sont parfois avantageux avec des offres promotionnelles, mais il faut être vigilant car la profusion d'actions publicitaires pousse néanmoins à la consommation. Les facilités de stationnement et les services clientèles comme le service après-vente ou le crédit séduisent beaucoup de clients.

B • Les magasins traditionnels spécialisés

Les magasins traditionnels spécialisés (boulangerie, boucherie...) sont souvent installés en centre-ville, facilement accessibles à pied. Les relations personnalisées avec les commerçants et les autres clients y sont propices. Les prix sont moins compétitifs qu'en supermarchés. Faire l'ensemble de ses achats dans des magasins traditionnels spécialisés nécessite de se rendre dans plusieurs magasins.

C • Les achats par Internet

Faire ses achats de produits alimentaires par Internet concerne encore peu de clients et représente une part assez faible des dépenses. Ce système d'achat permet de gagner du temps en choisissant de chez soi les produits, de bénéficier d'une livraison à domicile ou de retirer sa commande déjà préparée dans un commerce de proximité. Ce mode d'achat est en pleine expansion.

D • Le marché

Le marché séduit beaucoup de Français pour son côté convivial. Les prix des produits frais y sont souvent très intéressants. En revanche, le marché n'a lieu qu'une à deux fois par semaine.

II. Les structures accessibles aux personnes en grandes difficultés financières

Les **épiceries solidaires et sociales** sont des lieux de vente de produits alimentaires et d'hygiène, destinés à un public en difficulté économique, fragilisé ou exclu, comme les bénéficiaires des minima sociaux, les « travailleurs pauvres », les retraités, les intérimaires, les étudiants sans ressources. Une épicerie sociale dépend d'une municipalité ou d'une communauté de communes. Elle est essentiellement financée par un CCAS (Centre communal d'action sociale). Les épiceries solidaires dépendent d'associations.

Dans des espaces aménagés en libre-service, les épiceries donnent la possibilité aux personnes qui y ont accès, d'y faire leur courses moyennant une faible participation financière : autour de 20 % du prix usuel.

Les usagers signent un contrat d'accès d'une durée variable (de 3 à 6 mois) dans lequel ils s'engagent à remplir des objectifs fixés avec un travailleur social (remboursement d'une dette, recherche d'emploi...).

III. Les critères de choix pour un achat alimentaire

Les critères de choix des produits alimentaires sont personnels. Ils dépendent de la composition du ménage, du mode de vie et des habitudes alimentaires. Plusieurs critères retiennent l'attention du consommateur :

- le prix ;
- la qualité du produit, la présence d'un label ;
- la fraîcheur ;
- le goût ;
- la composition ;
- l'absence de produits chimiques ;
- la confiance dans la marque ;
- les habitudes de consommation ;
- le conditionnement, la présentation, l'aspect.

LES MODES DE PAIEMENT

Les consommateurs disposent de moyens de paiement très variés.

I. L'INTÉRÊT DES DIFFÉRENTS MODES DE PAIEMENT

Modes de paiement	Intérêt
Les espèces	• Elles sont très simples à utiliser. • Elles constituent un moyen de paiement accepté par tous les commerçants. • Ce mode de paiement est pratique pour les petits budgets qui peuvent ainsi conserver le contrôle de leurs dépenses.
La carte bancaire	• Elle permet le paiement de sommes parfois importantes sans avoir à utiliser d'argent en espèces. • La carte peut être à débit immédiat ou différé, à utilisation nationale ou internationale.
Le chèque	• C'est un moyen de paiement accepté avec une ou deux pièces d'identité. • Il évite à l'usager de devoir circuler avec beaucoup d'espèces.
Le virement bancaire	• Le virement bancaire est une opération qui permet de transférer une somme d'argent d'un compte vers un autre compte. • Il n'y a pas besoin d'utiliser de l'argent en espèces.
Le prélèvement automatique	• Il est utile pour régler les factures qui se présentent régulièrement et qu'il vaut mieux éviter d'oublier.
Le titre interbancaire de paiement (TIP)	• Sans se déplacer, le TIP permet de rester maître de ses paiements et d'être conscient de régler ses factures.

II. Les règles à respecter lors de l'utilisation des différents modes de paiement

Modes de paiement	Règles
Les espèces	• Il n'est pas possible de régler en espèces un achat d'une valeur supérieure à 3 000 €. • Un commerçant peut également refuser un billet trop abîmé. • Un paiement effectué avec plus de 50 pièces de monnaie peut ne pas être accepté.
La carte bancaire	• Le compte bancaire doit être approvisionné. • La carte s'utilise avec un code secret personnel.
Le chèque	• Pour être valable, un chèque émis doit comporter des mentions obligatoires : le nom du bénéficiaire, l'indication de la somme en chiffres et en lettres, le lieu et la date d'émission ainsi que la signature du titulaire. • Pour déposer un chèque sur un compte, il faut l'endosser, c'est-à-dire y apposer sa signature au dos. Il faut aussi y inscrire son numéro de compte pour limiter les risques d'erreurs de traitement. • La validité d'un chèque est de 1 an et 8 jours en France. • Le compte bancaire doit être approvisionné.
Le virement bancaire	• Le titulaire donne ses instructions par fax, par Internet, par courrier ou en agence et le banquier se charge ensuite de son exécution. • Le compte bancaire doit être approvisionné.
Le prélèvement automatique	• Il ne peut être effectué par l'organisme bénéficiaire que si le titulaire du compte a signé une autorisation écrite et joint un RIB (relevé d'identité bancaire). • Le compte bancaire doit être approvisionné.
Le TIP	• Le TIP doit être envoyé après réception de la facture. • Pour être valable, il doit être daté et signé. • Le titulaire du compte doit transmettre un RIB. • Le compte bancaire doit être approvisionné.

LA GESTION DU BUDGET

I. LES DIFFÉRENTS POSTES DU BUDGET

A • Qu'est-ce qu'un budget ?

Un **budget** est un état prévisionnel des recettes et des dépenses pour une période donnée (semaine, mois, trimestre, année). Il est composé :

– de **recettes** : le salaire, les prestations familiales ou sociales, la retraite, les revenus immobiliers...

– de **dépenses** : elles sont regroupées par postes et classées en trois catégories : les charges fixes, les dépenses courantes et les dépenses d'équipement.

B • Les différents postes de dépenses

Les **charges fixes** comprennent :

– les impôts : sur le revenu, locaux ou la taxe foncière ;

– les assurances : responsabilité civile, habitation, mutuelle ;

– les frais liés au logement : loyer ou remboursement d'emprunts, charges (eau, gaz, électricité), téléphone ;

– les frais liés à l'éducation (frais d'inscription, fournitures scolaires...).

Les **dépenses courantes** incluent :

– l'alimentation ;

– les soins d'hygiène : l'entretien du logement et l'hygiène corporelle ;

– la santé : achat de médicaments, examens et visites médicales ;

– les transports : carburant, carte d'abonnement pour transport en commun ;

– les loisirs et la culture.

À SAVOIR

On appelle « dépenses d'équipement », les achats de vêtements, d'équipement de la maison (meubles, électroménager...), de communication (Internet, téléphone portable).

II. La part relative des différents postes du budget

La part relative des différents postes de dépenses du budget varie avec la composition du ménage (âge, nombre de personnes), le mode et le lieu de vie.

En moyenne, le logement (24,7 %) et l'alimentation (18,2 %) représentent les postes de dépenses les plus élevés. On trouve ensuite les dépenses de transport (14,5 %).
Les dépenses d'équipement (18,6 %) sont en augmentation en raison de la diversité des offres : Internet, téléphone mobile, les vêtements et l'équipement de la maison. Les loisirs, l'hygiène et la santé représentent chacun environ 8 % des dépenses d'un ménage.

III. Le livre de compte

La tenue de compte consiste à recenser, dans un livre de compte, les entrées et les sorties d'argent successives et à actualiser le solde en conséquence. Chaque opération du livre de compte représente une ligne. Pour chacune d'entre elles, il convient d'inscrire dans la colonne appropriée,
- la date,
- l'intitulé,
- puis le montant, dans la colonne « dépense », en cas de sortie d'argent, ou dans la colonne « recette », s'il s'agit d'une entrée.

À SAVOIR

Tenir un livre de compte permet de connaître le solde de son compte à tout moment et de prévenir un éventuel déficit et/ou une éventuelle épargne.

LA GESTION DES DOCUMENTS ADMINISTRATIFS

I. LES DOCUMENTS ET DÉMARCHES LIÉS À LA SANTÉ

A • Les décomptes de remboursement de soins

Ils renseignent sur les remboursements de soins effectués par la Sécurité sociale. Ces décomptes doivent être envoyés à la mutuelle santé afin de bénéficier du complément de remboursement de celle-ci.

B • L'allocation personnalisée d'autonomie (APA)

L'APA est une allocation destinée aux personnes âgées. Elle est ouverte aux personnes hébergées à domicile ou dans un établissement.

Le demandeur doit remplir un certain nombre de conditions pour pouvoir en bénéficier. La demande de l'APA se fait par dépôt ou envoi d'un dossier au président du Conseil général de résidence. Ce dossier est délivré par le Conseil général et par les organismes de Sécurité sociale, sociaux ou médico-sociaux (centres communaux d'action sociale par exemple), de mutuelles ou de services d'aide à domicile, qui ont conclu une convention avec le département.

Les documents à joindre au dossier :

- une photocopie du livret de famille ou de la carte d'identité ou du passeport ou un extrait d'acte de naissance ou une photocopie du titre de séjour ;
- une photocopie du dernier avis d'imposition ou de non-imposition ;
- une photocopie du dernier relevé de taxe foncière ;
- un relevé d'identité bancaire ou postal.

Une fois l'APA attribuée, la personne âgée doit respecter certaines obligations envers le Conseil général.

II. EMPLOYER UN SALARIÉ : LE CESU DÉCLARATIF

A • Législation

L'emploi d'un salarié à domicile doit être déclaré, afin que celui-ci bénéficie des prestations de la Sécurité sociale, d'assurance chômage et de retraite. Ne pas déclarer un salarié est puni pénalement.

B • Le CESU

Le **chèque emploi service universel (CESU)** permet de rémunérer et de déclarer les personnes employées pour aider l'employeur dans le cadre de ses activités

familiales ou domestiques tout en simplifiant les démarches déclaratives.
Le paiement s'effectue en remplissant deux imprimés :
- un chèque à remettre au salarié comme moyen de rémunération ;
- un volet social adressé au Centre national du chèque emploi service universel (CNCESU) qui tient lieu de déclaration d'embauche et prend en charge le calcul et le prélèvement des cotisations. Il adresse ensuite une attestation d'emploi au salarié qui lui tient lieu de fiche de paie.
L'employeur reçoit un avis de prélèvement des cotisations sociales et une attestation permettant de bénéficier des avantages fiscaux liés à l'emploi d'une aide à domicile. Les CESU sont à retirer auprès de la banque après avoir complété une demande d'adhésion.

III. Les documents et démarches liés au logement

Les documents nécessaires sont :
- les **factures de téléphone, d'électricité, de gaz** : constituées du montant de l'abonnement et de la consommation, elles peuvent servir de justificatif de domicile ;
- les **contrats d'assurances** couvrant le domicile, la responsabilité civile des membres de la famille et le véhicule. La location d'un logement entraîne obligatoirement la souscription d'une assurance.

IV. Les documents et démarches liés aux impôts

Toute personne doit remplir **une déclaration d'impôt sur le revenu**. Cette déclaration est faite en mai sur un imprimé spécial envoyé par le Centre des impôts ou par Internet. Vous devez indiquer :
- le montant des revenus perçus dans l'année ;
- le montant des charges déductibles et celles donnant droit à une réduction d'impôt avec un justificatif (exemples : frais de garde d'enfant, emploi d'un salarié à domicile...).
Le Centre des impôts effectue le calcul du montant de l'impôt à acquitter pour l'année. Il envoi un avis d'impôt sur le revenu au début du mois de septembre. Ce document est utile pour diverses démarches et justifie les aides ou allocations. Afin de faciliter la gestion du budget, le paiement des impôts peut être mensualisé.
Le montant de l'**impôt foncier** et de la **taxe d'habitation** est calculé en fonction du type de logement occupé. On peut demander une mensualisation des paiements. Les propriétaires doivent s'acquitter des deux impôts tandis que les locataires ne paient que la taxe d'habitation.

LES TECHNIQUES DE CLASSEMENT

Afin de pouvoir retrouver sans difficulté les documents dont on a besoin, il est indispensable d'organiser leur classement. Un classement bien fait rend d'énormes services et procure un gain de temps important. Il n'existe pas de modèle type de classement. Un classement est bon quand on retrouve rapidement ce que l'on cherche. Il doit reposer sur une méthode, être à jour et être épuré des documents qui n'ont rien à y faire.

I. LES DIFFÉRENTS CLASSEMENTS

Il existe différentes méthodes de classements. Celles-ci-doivent être adaptées à la nature des documents à classer, à la fréquence de leur consultation et aux situations des ménages.

Les différentes méthodes de classement se distinguent par l'ordre de classement et le mode de classement.

A • Les ordres de classement

Classement	Description	Applications
Alphabétique	• Les mots sont classés par ordre alphabétique. La première lettre du mot est prise comme point de repère. • Si plusieurs mots commencent par la même lettre, on les classe alors en considérant la première lettre qui les distingue. • Il convient pour les éléments à classer qui ne sont pas trop nombreux. • C'est une méthode simple, rapide (le classement est facile), extensible.	Il est très utilisé pour le classement des fiches, des dossiers/des fichiers des usagers, des livres… Exemple : *ALBERT Jean* *BRUGIERE Philippe* *MAGNAND Jeanne* *PERALDI Antoine*

Classement	Description	Applications
Numérique	• Un numéro est attribué à chaque document. Les documents sont alors classés en fonction du numéro qui leur a été attribué. • Le classement peut être croissant ou décroissant. • La règle de classement est simple et facile ; c'est une méthode rapide (la recherche et le reclassement des documents est facile) qui convient même s'il y a beaucoup de documents. • Elle est extensible.	Dans de nombreuses activités, les usagers ou les résidents, sont identifiés par un numéro qui sert de base pour le classement de leur dossier. Exemple : *0125 MAGNAND Jeanne* *0158 ALBERT Jean* *0201 BRUGIERE Philippe* *0342 PERALDI Antoine*
Thématique ou idéologique	• Il se fait à l'aide d'un plan de classement établi d'avance. • On distingue des thèmes et des sous-thèmes classés par ordre alphabétique ou numérique. • Cette méthode permet un regroupement de documents. Elle est extensible (de nouvelles divisions ou subdivisions peuvent être créées).	Il est très utilisé pour le classement des factures, des dossiers de presse, des dossiers des usagers, des résidents… Exemple : le classement des recettes de cuisine dans les rubriques suivantes : **Entrées :** – coquilles Saint-Jacques – tomates aux crevettes **Potages :** – potage aux champignons – soupe froide de concombre **Plats de résistance :** – escalopes de bœuf – lapin aux pruneaux **Desserts :** – coupe de glace aux fruits – tarte aux kiwis
Chronologique	• Les documents sont classés les uns à la suite des autres, au fur et à mesure de leur date de création ou de leur ordre d'arrivée. • On peut les classer du plus ancien au plus récent ou inversement.	Le classement des factures de téléphone, d'électricité, des courriers, des relevés de banque…

Classement	Description	Applications
Géographique	• Il permet de classer les documents par leur zone géographique.	Exemple : Les dossiers des usagers ayant recours à une association d'aide à domicile sont classés par zone géographique. (*Marseille, Aix-en-Provence, Aubagne*)
Décimal	• C'est une combinaison des classements numérique et idéologique. • Les documents sont classés en plusieurs divisions, d'après un plan de classement idéologique. • Chaque division et subdivision est affectée d'un numéro.	Exemple : *3-Usagers des Bouches-du-Rhône* *31-Dossiers de Marseille* *311-Premier arrondissement* **3111-Quartier du Vieux-Port* **3112-Quartier de la gare Saint-Charles.*
Alpha-numérique	• C'est une combinaison du classement alphabétique et du classement numérique. • Les documents sont d'abord répartis dans des classes alphabétiques préétablies, puis à l'intérieur de celles-ci on leur attribue un numéro selon leur ordre d'arrivée.	Exemple : Le classement des produits d'entretien : tous les produits sont référencés par une lettre qui correspond au fournisseur et par un nombre qui correspond à un type de produit déterminé. *Détartrant des sanitaires réf. C 71 904* *Détergent-désinfectant des sols réf. D 53 344* *Produit de lavage des vitres réf. H 34 613*

B • Les modes de classement

On distingue plusieurs modes de classement :

– le **classement horizontal ou à plat** : les documents sont empilés les uns sur les autres. On utilise des chemises à rabats avec élastiques, des meubles à tiroirs…

– le **classement debout ou vertical** : les documents sont placés debout les uns à côté des autres. On utilise des boîtes à archives, des classeurs à anneaux, des armoires…

– le **classement suspendu** : les documents sont placés dans un hamac en carton ou en plastique. Le hamac est suspendu soit aux rebords d'un tiroir ou d'un bac, soit à des rails d'une étagère d'une armoire.

II. Durée d'archivage des documents

Le délai de conservation des papiers varie selon leur nature.

Type de document		Durée de conservation
Assurances	Quittances, avis d'échéance, preuves du règlement,…	2 ans
	Contrat d'assurance habitation et automobile	Durée du contrat + 2 ans
Voiture	Factures (achat, réparation...) d'un véhicule	Durée de conservation du véhicule
Banque	Chèques à encaisser	1 an et 8 jours
	Relevés de compte, virement, prélèvement, remises de chèque ou d'espèce, talons de chèque	5 ans
Famille	Remboursements des cotisations d'allocations familiales	3 ans
	Mariage (contrat, documents relatifs aux biens apportés ou acquis lors du mariage par donation ou legs)	Indéfinie
	Livret de famille, jugement de divorce, jugement d'adoption	Indéfinie
Logement	Factures d'électricité et de gaz	2 ans
	Factures de téléphone, certificats de ramonage	1 an
	Contrat de location	Durée de la location + 5 années
	Quittances de loyer	5 ans
Impôts et taxes	Déclarations de revenus et avis d'imposition sur le revenu	3 ans
	Avis d'impôts locaux (taxe foncière, taxe d'habitation)	1 an
Travail	Bulletins de salaire, contrat de travail, certificats de travail, attestations de Pôle emploi	Indéfinie
Santé	Remboursements d'assurance maladie et maternité	2 ans
	Ordonnances	1 an

LES SYMBOLES DE SÉCURITÉ

Depuis 2009, de nouveaux pictogrammes ont remplacé progressivement les anciens symboles de sécurité présents sur les étiquettes des produits d'entretien.

Les pictogrammes	Les dangers associés au produit
	Produit qui peut exploser au contact d'une flamme, d'une étincelle, par frottement, sous l'effet de la chaleur ou d'un choc.
	Produit inflammable. Produit pouvant s'enflammer selon le cas au contact d'une flamme, sous l'effet de la chaleur, au contact de l'air, au contact de l'eau…
	Produit qui peut provoquer ou aggraver un incendie, voire une explosion.
	Gaz sous pression dans un récipient (peut exploser ou provoquer des blessures liées au froid).
	Produit corrosif pouvant, selon le cas, attaquer ou détruire les métaux, ronger la peau et/ou les yeux par contact.
	Produit empoisonnant rapidement, même à faible dose. Il peut provoquer divers effets : nausées, maux de têtes, perte de connaissance ou autres troubles plus importants entraînant la mort.
	Produit pouvant, selon les cas, provoquer des cancers, des mutations génétiques, être toxique pour la reproduction, modifier le fonctionnement de certains organes, provoquer des allergies respiratoires.
	Produit pouvant, selon les cas, entraîner les effets suivants : empoisonnement, irritation, allergies cutanées, somnolence, vertige.
	Produit provoquant des effets néfastes sur les organismes du milieu aquatique.

PRODUITS CHIMIQUES
J'EXPLOSE
JE FLAMBE
JE FAIS FLAMBER
JE SUIS SOUS PRESSION
JE RONGE
JE TUE
JE NUIS GRAVEMENT À LA SANTÉ
J'ALTÈRE LA SANTÉ OU LA COUCHE D'OZONE
JE POLLUE
Dangers physiques
Dangers pour la santé
Dangers pour l'environnement
Les 9 nouveaux pictogrammes de danger

© INRS

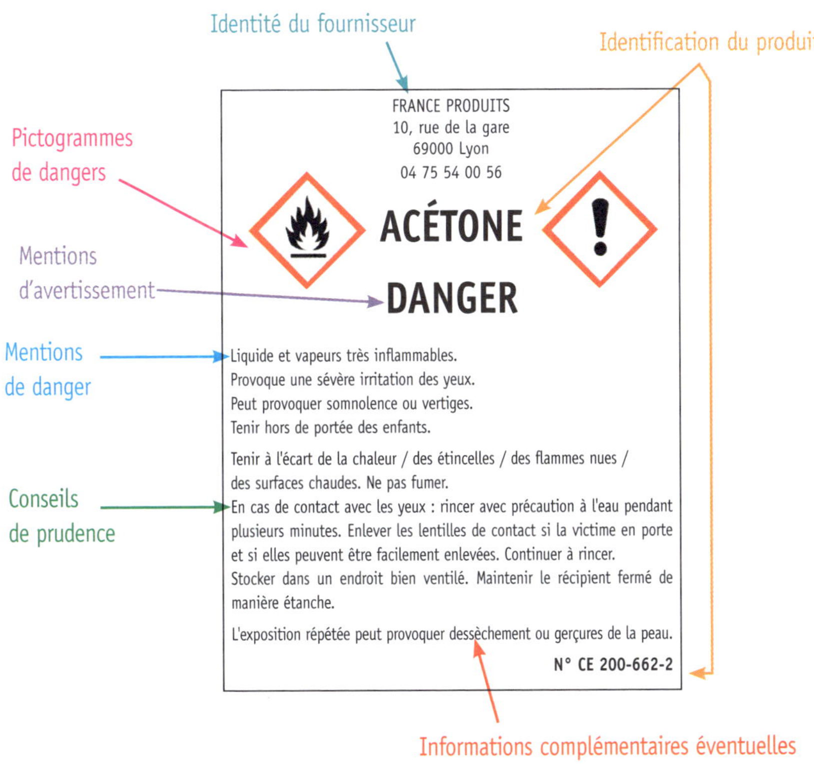
Identité du fournisseur
Identification du produit
Pictogrammes de dangers
Mentions d'avertissement
Mentions de danger
Conseils de prudence
Informations complémentaires éventuelles
FRANCE PRODUITS
10, rue de la gare
69000 Lyon
04 75 54 00 56
ACÉTONE
DANGER
Liquide et vapeurs très inflammables.
Provoque une sévère irritation des yeux.
Peut provoquer somnolence ou vertiges.
Tenir hors de portée des enfants.
Tenir à l'écart de la chaleur / des étincelles / des flammes nues / des surfaces chaudes. Ne pas fumer.
En cas de contact avec les yeux : rincer avec précaution à l'eau pendant plusieurs minutes. Enlever les lentilles de contact si la victime en porte et si elles peuvent être facilement enlevées. Continuer à rincer.
Stocker dans un endroit bien ventilé. Maintenir le récipient fermé de manière étanche.
L'exposition répétée peut provoquer dessèchement ou gerçures de la peau.
N° CE 200-662-2

Les auteurs remercient Madame Carine Bettini, infirmière scolaire au lycée des métiers Laviste, pour son aimable participation.

Couverture : Stéphanie Benoit
Maquette : PAON
Réalisation : Ma petite FaB – Laurent Grolleau
Illustrations : Carole Fumat, Bernard Sullerot, Hachette Education
Shutterstock : pages 170, 171, 172, 198, 204, 205, 206, 207, 209
Parapharm : pages 208, 209
Compo-Méca : page 273
Domino : pages 384, 385
Les photos sont la propriété d'Hachette Éducation.

Achevé d'imprimer en Novembre 2020 en Slovaquie par Polygraf
Dépôt légal : Janvier 2021 - Édition 01
17/6743/4